GOLDMANN

WOLFGANG HOHLBEIN

VIDEO KILL

HORROR-THRILLER

GOLDMANN VERLAG

Originalausgabe

Der Goldmann Verlag
ist ein Unternehmen der Verlagsgruppe Bertelsmann

Made in Germany · 4/92 · 1. Auflage

Umschlaggestaltung: Design Team München
Umschlagillustration: Luserke/Salomoni, Friolzheim
Satz: Uhl + Massopust, Aalen
Druck: Elsnerdruck, Berlin
Verlagsnummer: 8095
Lektorat: Sky Nonhoff
Redaktion: Antje Hohenstein
Herstellung: Ludwig Weidenbeck
ISBN 3-442-08095-9

1

Die Spinne kroch mit der behäbigen Eleganz eines großen Tieres über die Tischplatte, verharrte einen Moment im Licht und bewegte sich dann ein winziges Stück zurück, wobei sich ihre pelzigen Beine hoben und senkten. Es war abstoßend, aber er wußte nicht warum. Es war eine typische Spinnenbewegung; eben jenes eckig-abgehackte Gleiten und Wogen, dessen bloßer Anblick Unwohlsein hervorrufen kann, manchmal schon dann, wenn er nur von einer Hand nachgeahmt wird. Eine Bewegung, die schwerfällig aussah und Langsamkeit vortäuschte, aber beides nicht sehr überzeugend. Die feinen, dunkelroten Härchen auf ihrem Körper zitterten sacht, und in den beiden großen und dem halben Dutzend kleinerer Augen brach sich das Licht so, daß man glauben mochte, daß in ihrem Blick mehr als Beutegier und tierische Wildheit lag, dazu nämlich auch noch etwas wie eine böse, verschlagene Intelligenz. Zwei, drei Sekunden lang hockte sie wieder vollkommen reglos da, dann zog sie sich noch einmal ein Stück zurück, so daß sie fast zwischen dem Geschirr verschwand, das auf dem Tisch stand. Nur ihre enorme Größe verhinderte jetzt noch, daß sie völlig unsichtbar wurde. Im übrigen stand das Geschirr nur aus diesem einen Grund da: um die Größe des Tieres zu verdeutlichen. Der Körper der Spinne war so groß wie eine Kinderfaust – eine ziemlich kräftige Kinderfaust. Jedes einzelne Bein war so lang wie der kleine Finger eines Mannes, aber dicker und öfter untergliedert. Beeindruckend. Und ziemlich ekelig.

Fred nahm einen gewaltigen Schluck aus seiner Bierflasche, stellte fest, daß sie leer war und angelte nach dem Sechserpack neben sich – nur um festzustellen, daß der ebenfalls leer war. Einen Moment erwog er den Gedanken, in die Küche zu gehen und einen neuen aus dem Kühlschrank zu holen, doch dann entschied er sich dagegen. Sechs Flaschen Becks an einem Abend waren genug. Eigentlich schon ein bißchen mehr als genug. Er würde es in ein paar Stunden schwer haben, aus dem Bett zu kommen, auch ohne einen Kater. Er sah auf die Uhr. Fast eins. In wenig mehr als drei Stunden klingelte der Wecker. *Scheiß-Schichtdienst.*

Da es nichts anderes gab, womit er seine Hände beschäftigen konnte, zündete er sich eine Zigarette an und konzentrierte sich wieder auf die Spinne.

Sie war wahrhaftig ein Monster. Fred litt nicht etwa unter Arachnophobie, aber der Anblick *dieses* Ungeheuers jagte selbst ihm einen Schauer über den Rücken, zumal er ihn beinahe bildschirmfüllend auf der 125-cm-Röhre seines Flat-Square-Monitors erlebte. Es gehörte wirklich nicht viel Phantasie dazu (vielleicht auch nur noch zwei oder drei weitere Flaschen Becks), sich vorzustellen, daß sie gleich die Panzerglasscheibe vor dem Fernseher sprengen und herauskriechen würde, um über ihn herzufallen, wie sie und ungefähr fünftausend ihrer Brüder und Schwestern es gerade mit dem unglückseligen Bewohner des Motels getan hatten. Nein, wirklich nicht. Es gehörte überhaupt wenig Phantasie dazu. Je länger Fred dieser Geschichte mit den krabbelnden Hauptdarstellern folgte, desto heftiger mußte er gegen den Impuls ankämpfen, sich am ganzen Leib zu kratzen.

Abgesehen von dem, was seine eigene Phantasie dazu beisteuerte, war der Film allerdings eine glatte Katastrophe; gelinde ausgedrückt. Und Fred war längst nicht mehr in der Stimmung, sich vornehm auszudrücken. Der Moment, in dem er den Streifen nur als »Schmarrn« bezeichnet hatte, lag drei Flaschen Bier und eine halbe Stunde zurück. Nach einer weiteren Flasche hatte er schon etwas von »hirnrissigem Blödsinn« gemurmelt, und das letzte Becks – zusammen mit der Szene, in der William Shatner alias Doc Sowieso alias Captain James Tiberius Kirk mit dem Rücken voller als Vogelspinnen verkleideter Taranteln aus dem Keller getaumelt kam und dekorativ in den Armen seiner (ungeachtet ihres akademischen Grades natürlich strohdummen) Kollegin zusammengebrochen war – hatte ihm ein »Scheiße!« entlockt, das von Herzen kam. Shatner war übrigens auch der einzige Grund, aus dem dieser Film seinen Fernseher länger als zwei Minuten hatte okkupieren können. Freds Daumen hatte sich bereits unheildrohend über den

»OFF«-Schalter der Fernbedienung gesenkt, als er dessen Namen im Vorspann entdeckte. Er mochte Shatner; als alter Trekkie *hatte* er ihn zu mögen, das war Ehrensache. Aber mit diesem Film hatte der eine Menge von seinem Sympathiebonus bei Fred verbraucht.

Evelin hatte jene Szene einen bösen Blick entlockt und die spitze Frage, warum er sich eigentlich die halbe Nacht mit einem Film um die Ohren schlug, an dem er ununterbrochen herummekkerte.

Abgesehen von seiner Vorliebe für den designierten Kommandanten der ENTERPRISE war diese Frage nicht einmal so unberechtigt, aber Fred hatte sogar mehrere Gründe, sie nicht zu beantworten. Zuerst einmal – und hauptsächlich – weil sie ihm gar keine Gelegenheit dazu gelassen hatte, sondern beleidigt aufgestanden und ins Bad abgerauscht war, um in die Wanne zu steigen. Evelin badete immer, wenn sie sich gestritten hatten, und in letzter Zeit badete sie wirklich *sehr* oft. Früher war das eine gute Gelegenheit gewesen, einfach eine Weile zu warten und ihr dann nachzukommen; und zweifellos war das auch der Grund, aus dem sie *dorthin* floh, statt sich im Schlafzimmer einzuschließen oder endlose Telefongespräche mit ihrer Mutter zu führen, oder was auch immer andere Frauen in einer solchen Situation zu tun pflegten.

Ihre Bewegung nach links ins Bad war stets mehr als ein Weglaufen gewesen, eher eine unausgesprochene Einladung, ihr zu folgen und sich zu entschuldigen; oder auch einen Hinweis, sie würde eine Entschuldigung entgegennehmen, je nachdem. Der alte Scherz, wonach die Versöhnung nach einem Streit manchmal die Provokation desselben rechtfertigte, war bei ihnen Tatsache gewesen. Aber in letzter Zeit hatte er diese stillschweigende Einladung eigentlich immer seltener angenommen. Und seit ungefähr drei Monaten gar nicht mehr.

Das war der zweite Grund, weswegen er nicht geantwortet hatte. Sie hatten vor drei Monaten aufgehört, miteinander zu schlafen, vor wenigen Wochen, sich zu streiten, und vor etwas mehr als einer Woche, überhaupt miteinander zu reden, wenn es sich irgendwie vermeiden ließ. Es war vorbei. Sie wußten es beide. Es war nur noch eine Frage der Zeit, wann einer von ihnen den Mut aufbrachte, die Sache auch nach außen hin abzuschließen. Er fragte sich, *wie* es sein würde. Evelin war so wenig seine erste Frau gewesen wie er ihr erster Mann, aber die Beziehungen, die er zuvor gehabt hatte, waren nie sehr lang und nie sehr tief gewesen, und sie waren stets irgendwie im Sande verlaufen, ohne daß es einem der Beteiligten dabei sehr geschmerzt hätte.

Diesmal war es anders. Es *würde* weh tun, und er fragte sich, ob der Schmerz weniger schlimm war, weil er auf ihn vorbereitet war. Wahrscheinlich nicht.

Es gab noch einen dritten Grund, weswegen er nicht geantwortet hatte, und das war der *eigentliche* Grund, nämlich der, daß ihn dieser Schwachsinnsfilm nicht die Bohne interessierte, aber daß er einfach etwas brauchte, um sich abzulenken.

Er hatte Sorgen.

Große Sorgen.

Und er hatte verdammt noch mal wahrhaftig *Grund*, sich Sorgen zu machen.

Fred schnippte seine Zigarettenasche achtlos auf den Teppich und sah zur Tür. Sie stand offen. Aus dem Bad auf der anderen Seite des Flures drang das leise Plätschern von Wasser, und für eine Sekunde war er fast soweit, aufzustehen und hinüberzugehen und ihr alles zu erzählen. Warum eigentlich nicht? Warum zum Teufel eigentlich nicht? Okay, er konnte sich lebhaft vorstellen, wie Evelins Reaktion aussehen würde. Sie hatte nie einen Hehl daraus gemacht, daß es nicht nur sein hübsches Gesicht und sein Charme waren, die sie an ihm liebte, sondern mindestens ebensosehr das angenehme Leben, das er ihr bot, die Kleider und Parties, die Wochenendtrips nach Venedig und London, die Opernbesuche und Einkaufsbummel, die Streifzüge durch Boutiquen und Schmuckgeschäfte, kurz gesagt: sein Geld. Sie würde ihn verlassen, wahrscheinlich schon, bevor er ihr auch nur die Hälfte der Geschichte erklären konnte.

Aber eben nur *wahrscheinlich* (wenn auch mit ziemlich großer Wahrscheinlichkeit, wie er zugeben mußte). *Vielleicht* würde sie ja zuhören, und vielleicht würde sie ihn sogar verstehen, und sie würden miteinander reden und möglicherweise sogar gemeinsam einen Ausweg finden. Er hatte zwar keine Millionen in der Schweiz oder Südamerika, aber für einen – bescheidenen – neuen Anfang reichte es; auch für zwei. Was hatte er zu verlieren – außer einigen *Wahrscheinlichs* und *Vielleichts* und *Möglicherweises*?

Vielleicht genau diese drei Worte, dachte er. Hier sitzen zu bleiben und sich an die winzige Hoffnung zu klammern, daß sie vielleicht *doch* zurückkam, war einfach leichter, als aufzustehen und zu ihr zu gehen und eine Entscheidung zu erzwingen. Plötzlich sah er ein, wie närrisch dieser Gedanke war. Er benahm sich nicht anders als ein kleines Kind, das sich in einem dunklen Zimmer die Decke über den Kopf zieht und sich einbildete, daß das Ungeheuer es nicht sehen kann, solange es selbst es nicht sieht.

Außerdem war es feige. Und man konnte ihm eine Menge nachsagen – *er selbst* konnte sich eine Menge nachsagen –, aber feige zu sein, das gehörte nicht dazu.

Er drückte seine Zigarette im Aschenbecher aus und wollte aufstehen, aber im selben Moment erscholl vom Bildschirm her ein spitzer Schrei, und Fred wandte seine Aufmerksamkeit wieder dem Film zu und verspielte damit nicht nur seine letzte Chance, Evelin zurückzugewinnen, sondern brachte sich damit gleichzeitig auch um – aber das konnte er in diesem Moment natürlich nicht wissen. Der Film lief gerade zu einem ungeahnten Höhepunkt an Schwachsinn auf. Eine ganze Armee von Vogelspinnen (die Idioten, die diesen Schinken verbrochen hatten, kannten offensichtlich nicht einmal den Unterschied zwischen *Taranteln* und *Vogelspinnen*, denn die kamen in Nordamerika ja gar nicht vor!) verwüstete gerade eine ganze Kleinstadt, zwar völlig gegen jede Logik, aber trotzdem gründlicher und schneller, als es ein Jahrhundertwirbelsturm gekonnt hätte, und das war nach perfekter Hollywoodmanier in Szene gesetzt.

Fred stand tatsächlich auf, aber jetzt nicht mehr, um mit Evelin zu reden. Er ging zum Recorder, ließ den Film ein Stück zurücklaufen und holte sich dann doch noch eine Flasche Bier aus dem Kühlschrank. Kater oder nicht, das Zeug würde ihm wenigstens helfen, müde zu werden und einzuschlafen, falls dieser Film es nicht vorher schaffte. Irgend etwas war sonderbar daran, und ein winziger Teil seines Bewußtseins spürte dies sehr wohl und versuchte, ihm eine Warnung zukommen zu lassen. Aber diese Stimme war nicht laut genug. Fred hörte sie, aber er verstand die Worte nicht. Ihm fiel weder auf, daß er sich bis heute niemals für Horrorfilme interessiert hatte, noch daß dieser Film nun wirklich das mit Abstand Unwichtigste war, womit er sich im Moment beschäftigen konnte. Etwas an ihm faszinierte – nein: *fesselte* – ihn, über jede Logik und jedes andere Gefühl hinaus. Er war zwar ungefähr in der Lage eines Mannes, der mit zusammengebundenen Händen und verbundenen Augen über die Schneide eines *Katana* balancierte, einen Teich voller halbverhungerter Piranhas auf der einen und eine Grube voller angespitzter Bambusstäbe auf der anderen Seite. Trotzdem sah er dem Film weiter gebannt zu.

Die Spinnen randalierten gut fünf Minuten lang weiter in der Stadt, wobei sie keinen Stein auf dem anderen, kein menschliches Wesen uneingesponnen und kein Auge unausgebissen ließen, und selbstverständlich bekamen auch die Pyrotechniker noch ihren großen Auftritt. Was nicht von den Spinnen gefressen oder für schlechte Zeiten auf Lager gelegt und eingewoben worden war, ging in Flammen auf; vollkommen unmotiviert, aber *sehr* dekorativ. Dann hörte er ein Geräusch, das nicht in den Film paßte und auch nicht dazugehörte: das Zuschlagen der Badezimmertür.

Er sah auf und erblickte gerade noch Evelins nackten Rücken, der im Schlafzimmer verschwand. Sekunden später hörte er, wie der Schrank geöffnet und Kleidungsstücke herausgenommen wurden. Zu heftig und zu viele für ein Negligé oder einen Bademantel. Was zum Teufel – ?

Einen Moment lang war er verwirrt und auf eine völlig aberwitzige Weise hin und her gerissen zwischen dem, was die Geräusche aus dem Schlafzimmer bedeuteten (natürlich *wußte* er, was sie tat, und verdammt noch mal, er hatte recht gehabt: Es *tat* weh, und es war kein bißchen weniger schlimm, nur weil er das gewußt hatte), und dem völlig absurden Wunsch, dem Film weiter zu folgen.

Schließlich siegte doch die Vernunft, sehr knapp, aber sie gewann.

Er sprang auf, ging ins Schlafzimmer und kam gerade noch zurecht, um zu sehen, wie Evelin einen Koffer aufs Bett warf und in der gleichen Bewegung aufklappte. Sie hatte sich bisher nicht einmal die Zeit genommen, sich etwas anzuziehen, sondern stand nackt und nur zum Teil abgetrocknet vor dem Bett und warf mit zitternden Händen Kleidungsstücke in den Koffer.

»Was wird das, wenn es fertig ist?« fragte er, nachdem er ihr eine ganze Weile schweigend zugesehen hatte. Er bemühte sich, halbwegs ruhig zu sprechen. Seine Zunge war schwer, und er hörte selbst, daß er leicht lallte. Allmählich begann der Alkohol doch zu wirken. Die Behauptung, daß Schmerz oder Schock oder Zorn einen schlagartig nüchtern machen, stimmte nicht. Er war betrunken, und er fühlte es immer deutlicher.

»Das siehst du doch«, antwortete Evelin. »Ich gehe.«

»Jetzt?«

Sie nickte, aber eigentlich sah er die Bewegung nur in ihren Augen, so verkrampft stand sie da. Sie hat Angst, dachte er, vor mir. »Jetzt. Ich packe meine Sachen. Keine Angst – ich nehme nichts mit, was ich nicht selbst gekauft oder mitgebracht habe.«

Plötzlich packte ihn rasende Wut. Er trat auf sie zu, hob die Hand – und ließ den Arm wieder sinken, als sein Zorn so schnell verrauchte, wie er gekommen war, und noch ehe er sie berühren konnte. »Und diesen Entschluß hast du jetzt gerade gefaßt, einfach so?«

»Nein.« Auch Evelin bemühte sich, sachlich und ruhig zu klingen, aber natürlich gelang es ihr ebensowenig wie ihm. »Bitte, Fred – mach es uns nicht schwerer, als es sowieso schon ist. Wir wissen doch beide, daß es keinen Zweck mehr hat.«

»So?« fragte er. »Wissen wir das?« Er trat einen weiteren halben Schritt auf sie zu und blieb wieder stehen, als er sah, daß sie zusammenzuckte. Er hatte sie nie geschlagen. Er hatte überhaupt niemals eine Frau geschlagen, aber in diesem Moment hatte er das Gefühl, daß er es vielleicht tun könnte, und sie schien das zu spüren. Hastig trat er so weit zurück, daß sie sich nicht mehr in seiner Reichweite befand.

»Bitte, Fred!« sagte Evelin. »Laß uns einen sauberen Schlußstrich ziehen.«

»Es ist mitten in der Nacht!« sagte er in einem Ton, den er nicht anschlagen wollte, aber gegen den er machtlos war. »Wo zum Teufel willst du hin?« Er schrie fast. Nein: nicht *fast*. Er schrie.

»Ich komme schon irgendwo unter.«

»Sicher. Ganz egal wo, nicht wahr? Alles ist besser als hier!« Er wollte das nicht sagen. Er hätte sich selbst ohrfeigen können. Für diese Worte und vor allem für den *Ton*, in dem er sprach. Aber er konnte nicht anders. Etwas... war in ihm, vor dem er selbst erschrak. Etwas Neues und Gewalttätiges, das allmählich die Herrschaft über seine Gedanken zu gewinnen schien.

Evelin schwieg. Sie sah ihn nur an, lächelte plötzlich bitter und auf eine Weise, die ihn voller Erschrecken begreifen ließ, daß sie spürte, was in ihm vorging, und ihre Augen füllten sich mit Tränen. Dann drehte sie sich mit einem Ruck um und fuhr fort, wahllos Kleider in ihren Koffer zu stopfen. Ihre Hände zitterten.

Ein Wort, dachte er. Ein einziges Wort, vielleicht nur ein Schritt auf sie zu, eine sanfte Berührung am Arm, und vielleicht würde alles gut werden. Aber er hatte nicht die Kraft dazu. Er wollte es, aber irgend etwas in ihm war einfach stärker und zwang ihn, reglos stehenzubleiben und ihr zuzusehen, bis sie ihren Koffer fertig gepackt hatte und sich anzuziehen begann.

Langsam drehte er sich herum und ging ins Wohnzimmer zurück. Sein Blick streifte den Fernseher. Shatner wurde eben auf den Tisch gehoben, und seine Freunde pflückten gerade die gleichen Spinnen, die ihn fast zu Tode gebissen hatten, mit bloßen Händen von seinem Körper. Der Film interessierte ihn nicht mehr. Er sah die Bilder, aber er registrierte nicht einmal mehr die unfreiwillige Komik, die der Szene innewohnte. Mit schleppenden Schritten ging er zum Fenster, riß die Vorhänge beiseite und sah hinaus. Aber er sah auch die Straße dort draußen nicht wirklich. Hinter seiner Stirn tobte ein Chaos. Er wollte nicht, daß sie ging. Er wollte nicht, daß sie ihn verließ, und er wollte nicht, daß sie morgen oder spätestens übermorgen kamen und ihn verhafteten und ihm all das hier wegnahmen und ihn einsperrten.

Aber er wußte, daß genau das passieren würde. Er hatte vorgesorgt, sicher, aber jetzt, wo es soweit war, wußte er auch, wie sinnlos es war, weglaufen zu wollen. Er kannte sich zu gut aus, um sich ernsthaft einreden zu können, daß er ein Leben auf der Flucht über Jahre oder gar Jahrzehnte ertragen würde.

Aber er *wollte* nicht, daß es geschah! Er wollte irgend etwas *tun*. Alles rückgängig machen. Jemanden anrufen. Schreien. *Irgend etwas!*

Das Gefühl der Hilflosigkeit überkam ihn so stark, daß es beinahe körperlich weh tat. Seine Hand schloß sich so fest um die Bierflasche, bis das Glas zu knirschen begann, aber er ließ es trotzdem nicht los, sondern drückte im Gegenteil nur noch stärker zu. Auf diese Weise konnte er sich wenigstens einbilden, daß es Schmerzen waren, die ihm die Tränen in die Augen trieben.

Er wußte nicht, wie lange er schon so dastand und aus dem Fenster starrte, ohne die Dunkelheit dort draußen wirklich zu sehen. Sein eigenes Gesicht spiegelte sich bleich und verzerrt in der Scheibe, aber er nahm auch das nicht wahr. In ihm war eine Dunkelheit, die tiefer war als die dort draußen, und die Gespenster des Morgen waren erschreckender als die fahle Totenkopfmaske, die sich auf dem Glas spiegelte. Als er sich schließlich wieder herumdrehte, war es in der Wohnung sehr still geworden. Der Fernseher lief noch, aber der Film war zu Ende. Über der Aufnahme einer amerikanischen Kleinstadt, die von weißen Spinnweben wie von einem Leichentuch aus Altweibersommerfäden eingehüllt war, flimmerte der Abspann, untermalt von völlig unpassender Country-music. Er konnte das leise Quietschen hören, mit dem das Band im Recorder ablief. In der Küche summte der Kühlschrank, und aus dem Bad drang das Geräusch der tropfenden Dusche, sonderbarerweise nicht gleichmäßig und monoton, wie man es von einem tropfenden Wasserhahn erwartete, sondern unrhythmisch, fast als versuche er, einen geheimnisvollen Text zu skandieren. All diese Laute erschienen ihm plötzlich überdeutlich, als arbeiteten seine Sinne mit einer merkwürdigen neuen Schärfe. Und trotzdem schien sich ein fast unheimliches Schweigen in der Wohnung auszubreiten, dem all diese Geräusche nichts anhaben konnten. Als hätte sich das Universum aufgespalten und existiere nun in mehreren, leicht verschiedenen Versionen, zugleich und nebeneinander, ohne daß die eine Wirklichkeit der anderen etwas anhaben konnte. Er fragte sich, ob Evelin schon gegangen war.

Der Abspann war zu Ende. Die Country-music verstummte, aber das Bild der eingesponnenen Stadt blieb noch einige Sekunden. Und plötzlich – und erst jetzt wirklich, als hätte etwas in seinem Geist die Worte zurückgehalten, bis er wieder in der Lage war, sie zu verstehen und die Botschaft zu hören, die für ihn persönlich darin enthalten war – glaubte er noch einmal den letzten Satz zu hören, den Shatner in diesem Film gesprochen hatte: *Mein Gott, was sollen wir nur tun?*

Er hätte seine rechte Hand dafür gegeben, die Antwort auf diese Frage zu wissen. Was sollte *er* nur tun? Er stand vor den Trümmern seines Lebens. Es war noch nicht völlig zusammengebrochen, aber er konnte die Risse bereits sehen. Noch einen Tag, dachte er, oder zwei. Kaminsky hatte geredet. Er hatte nichts davon gesagt, aber Fred wußte es. Er *spürte* es einfach. Er hatte geredet, oder er würde reden. Nicht, weil er ihn haßte oder weil es ihm Spaß machte, ihn zu denunzieren. Kaminsky war in Ordnung. Ganz einfach deswegen würde er reden: *weil* er in Ordnung war. Weil er das war, was Fred nie gewesen war: ein guter Polizist.

Ein halblautes Stöhnen kam über seine Lippen, fast ein kleiner Schrei. Und plötzlich wünschte er sich fast, daß Kaminsky bereits geredet hatte. Was bisher nur Theorie gewesen war, wurde plötzlich zur Gewißheit: Er wußte, daß er den Druck nicht mehr ertragen konnte. Wenn Kaminsky nicht geredet hatte, dann würde er es selbst tun. Gleich morgen früh.

Auf dem Bildschirm war noch immer die weiß eingesponnene Stadt zu sehen, als hätte jemand das Band gestoppt, aber ein Blick auf die Anzeige des Recorders bewies ihm, daß das Band noch lief. Es war ihm gleich. Einerseits. Aber andererseits verspürte er plötzlich ein völlig hysterisches Ordnungsbedürfnis. Er wollte irgend etwas *Nützliches* tun. Und sei es etwas so Profanes, wie ein Gerät auszuschalten, das nicht mehr gebraucht wurde.

Als er hingehen wollte, um abzuschalten, erschien plötzlich ein Schatten auf dem Bildschirm. Er war etwas kleiner als seine Hand, hatte acht Beine, und es war unangenehm, seine Bewegungen anzuschauen.

Es war eine Spinne. Diesmal hatte sie genau die richtige Größe, und sie schien tatsächlich von innen über die Scheibe zu kriechen, so daß er die haarige Unterseite ihres kinderfaustgroßen Leibs erkennen konnte und die winzigen, nadelspitzen Fänge, die eine dünne, glitzernde Tropfenspur auf dem Glas hinterließen. Widerlich. Ekelhaft und so dämlich wie dieser ganze Film.

Trotz allem weckte das Bild sein Interesse. Die Spinne gehörte nicht zur Aufnahme der eingewobenen Stadt, sondern war offensichtlich ein besonderer Gag, den sich der Regisseur hatte einfallen lassen, um den Zuschauern noch einen letzten Schrecken einzujagen, denn es sah *wirklich* so aus, als sei sie nicht Teil des Films, sondern kröche in seinem Fernseher herum.

Seltsam war nur, daß sie diesen Gag nicht früher gebracht hatten. Neunzig Prozent der Videokonsumenten hatten hier sicher längst abgeschaltet.

Und noch seltsamer war, daß er die Spinne in der richtigen Größe sah. Er hatte einen Fernseher, der gut das Doppelte eines durchschnittlichen Gerätes maß. Wenn es ein Gag war, um die Kassette besser zu verkaufen, dann hätte eigentlich ein Vieh von der Größe eines Fußballs auf seiner Mattscheibe herumkriechen müssen!

Ein wenig beunruhigt ließ sich Fred vor dem Fernseher in die Hocke sinken und besah sich die Spinne genauer.

Vielleicht war diese Idee wirklich nicht so gut.

Es war kein Film.

Die Spinne war *echt*. Dreidimensional und fett und ekelerregend kroch sie auf der anderen Seite der Glasscheibe empor, und noch während er hinsah, erschienen eine zweite und dritte und vierte Spinne hinter dem Glas.

Ein dicker, bitterer Klumpen saß plötzlich in seinem Hals, ein Klumpen, der ebenfalls acht Beine und einen pelzigen Rücken zu haben schien und sich bewegte. Von Ekel geschüttelt, stand er auf und ging zum Recorder. Er wollte ihn ausschalten, sah dann aber noch einmal zum Fernseher zurück.

Und erstarrte.

Die Mattscheibe war schwarz vor Spinnen.

Es war genau wie vorher im Film, als Shatner und seine Freunde zum Fenster gingen und die Sonne nicht mehr sehen konnten, weil Hunderte von Vogelspinnen das Glas bedeckten.

Dieser Gag ging ihm entschieden zu weit. Plötzlich hatte er *wirklich* Angst. Er geriet fast in Panik und schaltete den Recorder aus. Er sah, wie die grüne LED-Anzeige erlosch, hörte das Klikken, als das Band wieder in die Kassette zurückschnappte und sich die Klappe davor schloß, und beinahe in der gleichen Sekunde klickte und klickerte es erneut, und er konnte hören, wie sich das Band wieder einfädelte und weiterlief.

Er drückte ein zweites Mal auf die Taste, diesmal sehr viel kräftiger. Die grüne Kontrolleuchte erlosch, das Band schnappte in seine Plastikhülle zurück, und die phosphorgrünen Leuchtbuchstaben flackerten auch diesmal wieder und erklärten ihm höhnisch, daß er sich seinen Daumen genausogut sonstwohin schieben konnte, denn das Band lief in der nächsten Sekunde unverändert weiter.

Von einem Gefühl erfüllt, das er vor sich selbst zum Zorn deklarierte, um sich nicht eingestehen zu müssen, daß es blankes Entsetzen war, preßte er den Daumen zum dritten Mal und so heftig auf den Schalter, daß das Plastik protestierend knirschte und tatsächlich ein kleiner Riß sichtbar wurde. Doch als er das zweite, lautere, *gläserne* Knirschen neben sich hörte, einen Laut wie das Geräusch eines Glasschneiders, der über eine Scheibe fährt, da wußte er wieder, was im Film nach dieser Szene geschehen war. Er fuhr herum und starrte den Fernseher an. Der Flat-Square-Monitor war nicht mehr flat.

Die Glasscheibe hatte sich nach außen gewölbt. Sie war nicht mehr klar, sondern von Millionen winziger Risse und Sprünge durchzogen und milchig, und sie wölbte sich ihm entgegen, bis sie zerplatzte. Ein Sturzbach aus Glassplittern und rauchenden elektronischen Trümmerstücken ergoß sich auf den Teppich.

Und Spinnen.

Dutzende, wenn nicht Hunderte der ekelerregenden, haarigen Tiere stürzten mit dem Glas herab, und aus der zerborstenen Bildröhre quollen immer mehr Spinnen nach, die auf den Teppich stürzten, einen Moment lang wie benommen liegen blieben oder sofort auf emsig wirbelnden Beinen davonhuschten, an den Möbeln und Wänden emporflitzten, sich an den Gardinen in die Höhe hangelten und in Schränke und Regale krochen.

Ein Teil seines Bewußtseins sagte ihm sehr deutlich und sehr ruhig, daß das, was er sah, einfach nicht möglich sein konnte. Was sich aus dem Fernsehgerät ergoß, das war ein dicker, pulsierender Strom aus lebenden Körpern, zehnmal mehr, als überhaupt im Inneren des Gerätes Platz gehabt hätten! Es war einfach unmöglich.

Aber es war nur seine Logik, die dies behauptete. Seine Augen, sein Gehör und sogar sein Tastsinn sagten etwas anderes.

Fred schrie gellend auf, als eine der Spinnen seinen Fuß berührte und, ohne zu zögern, an seinem Bein hinaufzukrabbeln begann. Entsetzt sprang er in die Höhe, hüpfte sekundenlang auf einem Fuß herum und schüttelte das andere Bein wild, bis die Spinne den Halt verlor und wieder zu Boden stürzte.

Es nutzte nichts. Schon erreichten zwei, drei weitere Tiere seinen anderen Schuh und begannen daran in die Höhe zu klettern.

Fred schüttelte zwei von ihnen ab, aber das dritte hatte sich in den Stoff seiner Jeans verbissen und klammerte sich hartnäckig mit allen acht Beinen daran fest, und als er sich vorbeugte, um nach ihm zu schlagen, ließ sich eine Spinne von der Decke zielsicher in seinen Nacken fallen und grub ihre Giftzähne in seine Haut. Im ersten Moment tat es nicht einmal weh.

Aber wirklich nur im *aller*ersten Moment.

Der Schmerz war zehnmal schlimmer, als er erwartet hatte. Fred brüllte vor Ekel und Qual auf, schlug instinktiv zu und zerquetschte die Spinne, aber der Schmerz flaute nicht ab, sondern wurde nur noch schlimmer. Zwei rotglühende Messer schienen sich in seinen Nacken zu bohren und sich bis in sein Knochenmark zu wühlen. Er konnte *fühlen*, wie das Gift sich in seinen Schultern und seinem Hinterkopf ausbreitete, wobei es jede einzelne Nervenzelle in Brand zu setzen schien. Niemals zuvor hatte er etwas Vergleichbares gespürt. Er hatte nicht einmal gewußt, daß es solche Qualen *gab*. Der Schmerz hätte ihn augenblicklich zu Boden geworfen und wahrscheinlich ebenso augenblicklich das Bewußtsein verlieren lassen, wäre da nicht ein zweites Gefühl gewesen, das in diesem Moment noch stärker war: Angst.

Keuchend taumelte er in die Höhe. Etwas berührte sein Bein und kroch daran empor, eine Spinne fiel auf seine Schulter herab und versuchte vergeblich, ihre Fangzähne durch sein dickes Flanellhemd zu schlagen. Er streifte sie ab, spürte gleichzeitig, wie eine weitere Spinne auf seinem Haar landete und erschlug auch diese, ehe sie zubeißen konnte. Dann bohrte sich ein winziges, glühendes Messerpaar in seine Wade, verwandelte sich in das rotierende Blatt einer Kreissäge und ließ ihn abermals vor Schmerz aufschreien.

Er taumelte, fiel auf die Knie, erschlug die Spinne, die ihn ins Bein gebissen hatte, und wurde fast im gleichen Sekundenbruchteil in die andere Hand gebissen. Die Schmerzen waren unvorstellbar stark, als würden seine Finger explodieren.

Schmerz, Ekel und Panik machten ihn fast wahnsinnig. Er konnte nicht mehr richtig sehen. Rote Schleier tanzten vor seinen Augen, und hinter seiner Stirn erwachte etwas, das schlimmer als Angst war, dunkler und seltsam *endgültig*. Aber er begriff immerhin noch, daß er aus dem Zimmer heraus mußte, wenn er auch nur die nächsten Sekunden überleben wollte. Der Raum war schwarz vor Spinnen. Sie bedeckten den Boden, krochen an den Möbeln empor, hingen in dicken, haarigen Trauben an den Wänden und den Gardinen und krochen sogar an der Decke entlang. Er war dreimal gebissen worden, und schon diese drei Bisse waren fast mehr, als er ertragen konnte. Wenn sie ihn zu Dutzenden attakkierten, würde er binnen Sekunden tot sein. Er wollte nicht sterben. Nicht *so*. Um Gottes Willen – *bitte nicht so!* Er hatte Angst vor dem Tod wie jeder andere, aber er hätte ihn akzeptiert, wäre er anders gekommen. Was ihm die Kraft gab, sich jetzt noch einmal zu wehren, das war nicht die Angst vor dem Sterben, sondern die Angst, auf *diese Weise* zu sterben.

Mühsam stemmte er sich in die Höhe und wankte zur Tür. Er konnte kaum gehen. Sein rechtes Bein war taub und tat ihm trotzdem höllisch weh, und der Boden war knöcheltief mit Spinnen bedeckt, die er unter seinen Schritten zermalmte.

Er spürte, wie etwas seinen Rücken hinaufkroch, aber er widerstand der Versuchung, stehenzubleiben und danach zu schlagen, sondern wankte mit zusammengebissenen Zähnen weiter. Unter seinen Füßen zerplatzten die Spinnen wie große, überreife Früchte, voll von einer klebrig-warmen Masse, und mit Geräuschen, die so widerlich waren, daß er sich übergeben hätte, hätte er Zeit und Kraft dazu gehabt.

Schwankend erreichte er die Tür und taumelte hindurch. Auch draußen im Flur waren bereits Spinnen, allerdings längst nicht so viele wie hinter ihm. Hastig drückte er die Tür hinter sich ins Schloß, streifte die Spinnen ab, die sich an seiner Hose und seinem Hemd festgeklammert hatten und stürzte zum Spiegel. Er war immer noch halb verrückt vor Angst, vielleicht sogar mehr als zuvor, aber vielleicht kehrte gerade deshalb plötzlich auch ein Teil seines klaren Denkens zurück. Plötzlich begann er sich zu wehren, und sei es nur, weil er sich auf diese Weise an etwas klammern konnte, das Substanz hatte.

Auf seinem Rücken hockten gleich vier der haarigen Biester. Fred drehte sich herum, warf sich mit aller Kraft rücklings gegen die Wand und zerquetschte sie. Dann sah er sich noch einmal und aufmerksamer im Flur um. Er entdeckte ungefähr ein Dutzend Spinnen und tötete alle, die er erreichen konnte. Und schließlich entdeckte er noch etwas: So stark die Wirkung des Spinnengiftes auch war, sie hielt nur sehr kurze Zeit an. Die Schmerzen verebbten rasch, und gleichzeitig war er wieder ansatzweise zu klarem Denken fähig.

Er mußte hier raus. Raus aus der Wohnung, raus aus dem Haus. Er mußte einen Arzt finden und jemanden anrufen, um –

Schicken Sie einen Kammerjäger in meine Wohnung, denn mein Fernseher ist gerade explodiert, und eine Million Vogelspinnen ist herausgekommen?

Ein hysterisches Lachen stieg in seiner Kehle hoch, aber es hielt nicht lange an, denn plötzlich hörte er ein Geräusch, das ihn abrupt an den Alptraum erinnerte, in den sich die Wirklichkeit verwandelt hatte: das Knirschen von Holz, das so großem Druck ausgesetzt war, daß es ihm nicht standhalten konnte.

Die Wohnzimmertür hatte Risse bekommen. Noch ein paar Sekunden, und sie würde unter dem Druck Tausender winziger Körper, von denen jeder einzelne kaum mehr wog als eine Pakkung Zigaretten, genauso zerbersten wie die Scheibe von seinem Fernseher.

Er mußte raus!

Fred wirbelte herum, stürzte zur Tür – und erstarrte plötzlich mitten in der Bewegung.

Die Schlafzimmertür stand offen.

Evelin.

Für eine einzige Sekunde klammerte er sich ganz irrational einfach an die Hoffnung, daß sie schon gegangen war, daß sie die Wohnung verlassen hatte, ohne daß er es merkte. Daß sie gegangen war, ehe sie gekommen waren. Er klammerte sich mit aller Macht daran und betete, daß es so war, noch während er mit einem einzigen gewaltigen Schritt über den Flur ins Schlafzimmer stürzte.

Seine Gebete wurden nicht erhört.

Evelin war noch da, und sie hatten sie erwischt.

Sie lag rücklings auf dem Bett, nur mit Slip und BH bekleidet, und von den Hüften abwärts waren ihre Beine bereits unter einem seidigen Kokon verschwunden, über den ein Dutzend Spinnen huschte, um geschäftig weiter daran zu weben. Andere Spinnen krabbelten über den Schrank und die Wände, bedeckten das Fenster und das Bett und krochen durch den immer noch offenstehenden Koffer, als suchten sie nach einer Beute, die ihnen bisher entgangen war.

Fred tötete sie alle.

Er zertrat sie, zermalmte sie mit der bloßen Hand und zerquetschte sie mit den Knien, indem er sich mit seinem ganzen Körpergewicht auf sie fallen ließ, wie ein zorniger Gott, der die Sterblichen zermalmt, ohne eine Spur von Furcht oder Ekel und ohne ein einziges Mal gebissen zu werden. Dann begann er unendlich behutsam, den Kokon zu entfernen, der Evelins Beine verhüllte.

Eine Spinne hatte sich darin versteckt. Er packte sie mit beiden Händen, riß ihr fünf ihrer acht Beine aus, ehe er die blutigen Überreste von sich schleuderte und fortfuhr, den Kokon abzulösen. Er fühlte nichts. Seine Wut war erloschen und hatte einer entschlossenen Kälte Platz gemacht, die schlimmer war als jede Raserei.

Dann sah er Evelins Knie und wünschte sich, er hätte es lieber nicht getan. Ihre Haut hatte bereits begonnen, sich aufzulösen. Nicht nur die Spinnen selbst, auch ihre Kokons waren anders als die normaler Spinnen. Evelins Haut war ... verschwunden, so daß das rote Muskelfleisch darunter sichtbar wurde. Er sah eine weitere Spinne, die neben ihrem Oberschenkel hockte und die verflüssigte Masse in sich einsog, wobei sich ihr Körper wie ein pumpender Blasebalg bewegte.

Er konnte gerade noch rechtzeitig den Kopf zur Seite drehen, um sich nicht auf Evelins Leichnam zu übergeben. Kälte, die für einen Moment von ihm Besitz ergriffen hatte und ihn fast wie einen Roboter reagieren ließ, zerbrach wie ein Schutzschild aus Eis unter einem Hammerschlag.

Fred erbrach sich würgend und qualvoll und so lange, bis sein Magen leer war und er nicht einmal mehr Galle hervorbrachte. Aus dem Flur drang wieder das bedrohliche Knistern und Knirschen herein, und er dachte ganz flüchtig an die Tür, die im Zerbrechen begriffen war, aber der Gedanke drang nicht deutlich genug in sein Bewußtsein, um die Lähmungen zu durchdringen. Keuchend und geschüttelt von Grauen und Ekel richtete er sich auf und sah wieder auf Evelin hinab. Ihr Körper war, bis auf drei winzige, kaum nadelstichgroße Bisse, die kaum geblutet hatten, beinahe unversehrt, und auf ihrem Gesicht lag ein Ausdruck, der eher erstaunt als entsetzt war. Wahrscheinlich hatte sie nicht einmal richtig begriffen, was geschehen war. Wenn sie von einem Dutzend dieser Bestien zugleich gebissen worden war, mußte es sehr schnell gegangen sein. Er hoffte es. Er betete, daß es so gewesen war.

Evelins BH bewegte sich.

Fred starrte aus hervorquellenden Augen auf das zitternde rechte Körbchen, unter dem sich etwas zu bewegen begonnen hatte. Die schwarze Seide hob und senkte sich wie unter einem absurden Atemzug nur einer Brusthälfte, dann erschienen zwei haarige schwarze Beine unter dem Rand des Körbchens, und Fred stürzte mit einem gellenden Schrei herum und aus dem Zimmer, ehe sein Verstand sich selbständig machen konnte.

Die Wohnzimmertür zerbarst im selben Moment, als er in den Flur taumelte. Das Holz schien regelrecht zu explodieren. Trümmer und scharfkantige Splitter überschütteten ihn, bohrten sich in die Wände und den Boden und zerschlugen den Spiegel. Wie durch ein Wunder blieb er unverletzt. Er riß die Wohnungstür auf und warf sich mit einem verzweifelten Satz hindurch. Hinter ihm flutete eine braunrote Woge aus Leibern und wirbelnden Beinen und schnappenden Giftzähnen heran. Fred rappelte sich hoch, raste zur Treppe und verlor schon auf der zweiten Stufe das Gleichgewicht. Er fiel, fing sich ungeschickt an der Wand ab und schlitterte die restlichen elf Stufen grotesk vornübergebeugt nach unten, halb gegen die Wand gelehnt, halb taumelnd, halb fallend.

Diesmal war der Aufprall so hart, daß er einige Sekunden lang benommen liegenblieb. Der einzige Grund, weswegen er nicht das Bewußtsein verlor, war das sichere Wissen, daß er nie wieder zu sich kommen würde. Und die vage, aber unbeschreibliche Furcht, daß es vielleicht doch geschehen würde, daß er aufwachen und sich eingesponnen vorfinden konnte, am Leben und hilflos und von Spinnen bedeckt, die seinen Körper tranken.

Trotzdem hatte er Mühe, die Augen zu öffnen und den Kopf zu heben. Er hatte sich verletzt. Sein eigenes Blut war ihm in die Augen gelaufen, so daß er kaum sehen konnte.

Aber er *hörte*.

Es war ein Laut, wie er ihn noch nie zuvor vernommen hatte und der das Grausen in ihm noch mehr steigerte. Ein Rascheln, Schaben und Klicken wie Popcorn, das auf einer heißen Herdplatte hüpft, aber böser, gräßlicher. Es war das Geräusch Hunderttausender federleichter Beine, die den Marmor der Treppenstufen herabeilten.

Er sah nicht einmal zurück, sondern sprang auf und raste zur Tür. Sie war verschlossen. Natürlich – er hatte sie selbst abgeschlossen, als sie nach Hause gekommen waren, und der Schlüssel befand sich unerreichbar fern in seiner Hosentasche, nur ein paar Zentimeter und wenige Sekunden entfernt, aber die hatte er nicht mehr.

Verzweifelt sah er nun doch zurück. Die Spinnen hatten das Erdgeschoß erreicht und näherten sich ihm, und er erschrak, als er sah, wie *schnell* sie waren. Trotzdem vergeudete er eine weitere kostbare Sekunde damit, vergebens an der Türklinke zu rütteln. Schließlich raffte er all seine Kraft zusammen und warf sich gegen die Glasscheibe.

Die Todesangst verlieh ihm übermenschliche Kräfte. Das Drahtglas zerbrach knirschend, beulte sich nach außen, und ein zweiter, verzweifelter Stoß ließ ihn in einem Regen von winzigen würfelförmigen Glassplittern ins Freie taumeln. Die Spinnen waren nur noch einen Meter hinter ihm. Er hatte sich die Schulter gebrochen, aber das war egal.

Er hatte keine Zeit zu stürzen, deshalb kämpfte er mit aller Gewalt um sein Gleichgewicht, sprang mit gewaltigen, fast grotesken Schritten nach rechts und links und legte einige Sätze wie ein rennender Gorilla auf Füßen und Fäusten zurück, ehe er wieder in die Höhe kam. Er hielt auch jetzt noch nicht an, sondern raste weiter, rannte blindlings auf die Straße hinaus und entfernte sich fünfzig, sechzig Schritte weit vom Haus, ehe er es auch nur wagte, ein wenig langsamer zu werden und über die Schulter einen Blick zurück zu werfen.

Aus der zerborstenen Tür ergossen sich Spinnen wie ein lebender Sturzbach. Es mußten Millionen sein. Sie waren noch immer sehr schnell, aber jetzt, im Freien, wo er sich ungehindert bewegen konnte, längst nicht mehr so schnell wie er. Er blieb nicht stehen, aber er verfiel in einen etwas langsameren, kräftesparenden Trab, der die Entfernung zwischen ihm und der Front der Vogelspinnen immer größer werden ließ. Die Spinnen breiteten sich jetzt fast symmetrisch vor der Tür aus; aus der Entfernung sahen sie aus wie eine Lache aus schwarzem Teer, die allmählich wuchs.

Fred lief bis zum Ende der Straße, ehe er keuchend stehenblieb und sich umsah. Das Haus war von hier aus kaum noch zu sehen, aber er spürte die Bewegung, die sich davor ausbreitete und langsam, aber unerbittlich in seine Richtung glitt, eine schwarze, haarige Flut, die ihm mit der erbarmungslosen Unaufhaltsamkeit einer Naturkatastrophe folgte und die ihm auch weiter folgen würde, ganz egal, wie weit er rannte, ganz egal, wo er sich versteckte.

Vor ihm bewegte sich etwas. Er konnte nicht genau erkennen, was es war, denn es gab nur wenige Straßenlaternen, und die Stelle lag im Schatten, aber all seine Sinne waren zum Zerreißen angespannt; er spürte die Gefahr mehr, als er sie mit seinen normalen Sinnen wahrnahm, aber er spürte sie überdeutlich. Er machte einen Schritt, blieb stehen, beugte sich vor, und dann sah er es.

Er hatte nicht einmal mehr die Kraft, zu schreien. Er hatte nicht einmal mehr die Kraft, wirklich zu erschrecken. Es war, als wäre er ausgebrannt, erschöpft und leer und unfähig, noch Schrecken und Furcht zu empfinden. Er stand einfach da und starrte den Gully an, der zwei Schritte vor ihm lag, und die faustgroßen schwarzen Spinnen, die daraus hervorkrochen, und er dachte, es könnte nicht schlimmer kommen.

Aber das stimmte nicht. Es konnte schlimmer kommen, und es kam schlimmer, als er den Blick hob.

Zwei Schritte vor ihm stand Evelin.

Sie war tot. Ihre Augen waren zu milchig-blaumelierten Glasmurmeln geworden, und von den Knien abwärts waren die Beine zersetzt, als wäre sie durch einen Fluß aus Säure gewatet. Ihre Füße waren skelettiert, so daß sie ihm vorkam wie die Karikatur eines holzbeinigen Piraten. Er konnte ihre Spuren erkennen; schleimige, feucht schimmernde Pfützen aus etwas, das schlimmer war als Blut, und kleine, weiße Knochenstücke, die sie verloren hatte, denn sie war offensichtlich ein sehr unaufmerksamer Zombie. Wenn sie nicht achtgab, dachte er hysterisch, würde sie den Kopf verlieren.

Der Anblick war so absurd, daß er nicht nur die Grenzen des Vorstellbaren, sondern auch das *Unvorstellbare* überstieg. Irgend etwas in seinem Gehirn schien auszusetzen, wie eine überforderte mechanische Sicherung, und für einen Moment begriff er mit einer Schärfe, wie ein körperlicher schneidender Schmerz, daß das, was er zu erleben glaubte, einfach nicht sein konnte. Auch ein Alptraum gehorchte einer gewissen inneren Logik, auch wenn sie noch so aberwitzig sein mochte. Dieses Bild hier hatte eindeutig *keinerlei* Logik mehr.

Doch das alles änderte nichts daran, daß Evelin trotzdem da war und daß sie trotzdem näher kam. Sie trug einen weißen Umhang aus Spinnenseide, der in der kaum bewegten Luft wehte und flatterte wie ein Mantel im Sturm. Eine fette Spinne turnte in ihrem Haar herum, und eine andere hatte sich auf ihrer Schulter niedergelassen und glotzte ihn an. Sie war eindeutig tot, sie hatte tot zu sein, so tot, wie man nur selbst sein konnte, und trotzdem hob sie in diesem Moment die Arme und kam auf ihn zu. Hätte selbst dieses grausame Willkommen noch nicht ausgereicht, ihn aus seiner Erstarrung zu reißen, so tat es spätestens die entsetzliche Grimasse, zu der sich ihr Gesicht plötzlich verzerrte. Er wußte nicht, ob es ein Lächeln sein sollte, oder ein Ausdruck von Pein, aber das spielte auch keine Rolle.

Fred schrie auf; so gellend und schrill, daß seine Stimmbänder zu zerreißen schienen. Er wirbelte herum und taumelte mit wild rudernden Armen davon und blindlings auf die Straße hinaus. Bremsen quietschten. Ein grelles Licht streifte sein Gesicht und verlor sich wieder in der nächtlichen Dunkelheit, und etwas Großes glitt dicht neben ihm vorbei. Er torkelte weiter, in kopfloser Panik schreiend und um sich schlagend. Wahllos bog er irgendwo ab und prallte gegen ein Hindernis und fiel auf ein Knie. Ein scharfer Schmerz schoß durch sein Bein und ließ ihn aufstöhnen, riß ihn aber auch für einen kostbaren Moment zurück in die Wirklichkeit. Aus dem Schmerzenslaut wurde ein ersticktes Wimmern, als er den wehenden weißen Schleier sah, der sich von einer Häuserreihe zur anderen quer über die Straße spannte, riesig und voller Löcher und buchstäblich voll von Tausenden von Spinnen, die mit unfaßbarer Schnelligkeit daran webten.

Als er herumfuhr, sah er auch hinter sich Spinnen. Quer über die

Straße spannten sich bereits die ersten Fäden; im Moment noch dünne, filigrane Muster aus glitzerndem Nichts, die sich aber wie in einer Zeitrafferaufnahme binnen Sekunden vor seinen Augen zu symmetrischen, dichten Netzen zusammenfügten. In spätestens einer Minute würde das Gewebe auf dieser Seite der Straße so dicht und undurchdringlich sein wie auf der anderen. Es war eine Falle, und er wäre um ein Haar blindlings hineingelaufen.

Er wartete nicht, bis sie sich endgültig schloß, sondern rannte los, hob schützend die Arme vor das Gesicht und brach durch die Spinnweben. Sie waren erstaunlich fest. Es kostete ihn zwar keine Mühe, die Fäden zu zerreißen, aber er registrierte doch einen fühlbaren Widerstand, und ihre Berührung brannte wie Feuer auf seiner Hand. Zwei, drei Spinnen klammerten sich an ihm fest und bissen mi ihren Giftzähnen wütend auf den Eindringling ein, der ihr Netz zerstört hatte, aber sie konnten seine Kleidung nicht durchdringen, und er streifte sie ab, ehe sie eine Stelle finden konnten, an der sie wirkungsvoller hätten zubeißen können. Die Tiere stürzten zu Boden. Er zertrat eines, aber die anderen setzten auf wirbelnden Beinen sofort zur Verfolgung an; winzige haarige Bälle, die im Zickzack hinter ihm herjagten und kaum weniger langsam waren als ein Mann.

Aber er war kein Mann, der nur rannte; er war ein Mann, der in Todesangst rannte. Seine Füße schienen kaum den Asphalt zu berühren, während er zurückwich und wahllos in die erste Seitenstraße hineinstürzte. Er sah etwas Helles auf sich zuwanken, etwas mit einem wehenden weißen Mantel und einem zerstörten Grinsen, über das Spinnen krochen, und wandte sich instinktiv in die entgegengesetzte Richtung; und diesmal erkannte er die Falle zu spät.

Der Boden war lebendig geworden. Tausende von Spinnen quollen aus Gullys und Kanaldeckeln, fielen wie schwarzer Regen von den Ästen der Alleebäume, von Fensterbrettern und Dachrinnen, krabbelten aus Briefkastenschlitzen und Blumenbeeten, krochen über Mauern, Fensterbänke und Autos. Im Zickzack und schreiend vor Panik stürmte er weiter, wobei er die Spinnen gleich zu Dutzenden zertrampelte. Mehr als einmal drohte er in der übelriechenden rotbraunen Schmiere auszugleiten, die an seinen Schuhen klebte, aber er wußte, daß es sein sicheres Ende sein würde, wenn er jetzt stürzte, und die bloße Panik hielt ihn auf den Beinen. Sein Herz raste. Jeder Atemzug bereitete ihm unerträgliche Schmerzen, und auf seiner Zunge machte sich langsam ein gräßlicher Geschmack nach Blut und Erbrochenem breit. Er wußte, daß er ernsthaft in Gefahr war, seinen Körper zu überlasten, daß er vielleicht gleich einen Schritt zuviel machte und sein Herz aussetzte wie ein Motor, der zu lange bis an die Grenzen seiner Leistungsfähigkeit strapaziert worden war. Aber auch das war ihm egal. Selbst der Tod war ein akzeptabler Weg, um aus diesem Alptraum zu entfliehen, solange nicht die Spinnen seinen Tod brachten.

Irgendwie gelang es ihm schließlich, auch dieser Meute zu entkommen. Er handelte sich zwar zwei weitere Bisse ein, aber das Gift von vorhin schien seine Wirkung bereits völlig eingebüßt zu haben, denn die Stiche taten einfach nur höllisch weh, warfen ihn aber nicht zu Boden. Er wurde im Gegenteil sogar noch schneller, rannte im Zickzack, um größeren Ansammlungen von Spinnen auszuweichen, so gut es ging weiter und war schließlich durch. Er war in einer anderen Seitenstraße gelandet, die schmaler und schlechter beleuchtet und auch schon von der achtbeinigen Pest befallen war. Weiße Schleier hingen wie staubiger Nebel an Büschen und Ästen, hier und da war ein geparkter Wagen unter einer durchscheinenden Decke aus Zuckerwatte verborgen, und der Boden war auch hier nicht völlig frei von Spinnen. Aber es waren nur vereinzelte Tiere, denen er ohne Mühe ausweichen konnte. Er zertrat so viele von ihnen, wie er konnte, ohne allzusehr von seinem direkten Weg abzuweichen und langsamer zu werden. Einen Moment lang hatte er die Orientierung verloren, aber die Furcht, sich verirrt zu haben, entsprang nur seiner Panik. Er wußte, wo er war.

Vor ihm wurde es heller. Er näherte sich dem Stadtzentrum, das selbst zu dieser fortgeschrittenen Stunde noch nicht schlief, sondern hell erleuchtet war und von Leben pulsierte. Er erschrak, als ihm klar wurde, daß er fast fünf Kilometer gelaufen sein mußte, beschleunigte seine Schritte aber nur noch mehr. Menschen bedeuteten – vielleicht – Sicherheit. Licht bedeutete Sicherheit, denn im Hellen konnte er sie sehen und vor ihnen davonlaufen.

Er erreichte die Hauptstraße, prallte hart gegen einen Laternenpfahl und wäre beinahe gestürzt. Der Aufprall ließ seine linke Augenbraue aufplatzen. Blut lief über sein Gesicht. Ihm schwindelte. Ein Passant blieb stehen, sah ihn verwirrt an und streckte hilfreich seine Hand aus. Obwohl Freds Blick das Gesicht des anderen nur für den Bruchteil einer Sekunde streifte, sah er es doch in allen Einzelheiten, wie in einer bizarren Blitzlichtaufnahme, die sich unauslöschlich in seine Netzhäute einbrannte. Der Mann war verwirrt. Seine Hilfsbereitschaft war echt und spontan, aber er hatte auch instinktiv Angst, daß er es vielleicht mit einem Betrunkenen zu tun haben könnte. Oder schlimmer: daß er *in irgend etwas hineingezogen* werden könnte. Er sagte etwas, das Fred nicht verstand. Er mußte weiter. Er war im Licht, aber noch nicht weit genug aus der Gasse heraus, um wirklich in Sicherheit zu sein, falls es so etwas wie Sicherheit jetzt überhaupt noch gab. Er sah zurück. Die Spinnen hatten haltgemacht; vielleicht waren sie auch einfach nur langsamer, als er in seiner Panik bisher geglaubt hatte. Auf jeden Fall sah er sie nicht.

Aber hinter der finsteren Einmündung der Seitenstraße lauerte eine zweite, tiefere Dunkelheit, und er konnte die Blicke Tausender tückisch glitzernder Augen wie die Berührung ekliger eisiger Finger spüren.

Er konnte auch *sie* spüren, ihre Königin, eingehüllt in ihrem wehenden weißen Umhang, der sie bei lebendigem Leib auffraß. Weg. Weiter weg. Auf die andere Straßenseite, ins Licht.

Fred rannte los. Der Mann neben ihm schrie etwas, das er zur Hälfte nicht verstand, und das auch gleich in einem wütenden Hupen und dem Kreischen von Reifen unterging. Ein Wagen schlitterte vorüber, streifte ihn fast, kam mehr durch Glück und Zufall als durch das Können des Fahrers wieder auf Kurs und rollte aus. Er sprang auf den jenseitigen Bordstein, registrierte beiläufig die erschrockenen Blicke, die ihm zugeworfen wurden und spürte plötzlich einen stechenden Schmerz im rechten Unterschenkel. Als er weiterlief, humpelte er sichtbar.

Trotzdem verlor er kaum an Schnelligkeit. Immer wieder sah er sich um. Weder von den Spinnen noch von ihrer in Auflösung begriffenen Herrin war etwas zu sehen. Er war schneller als sie. Und das Licht schützte ihn.

Der Schmerz in seiner Wade nahm zu. Jeder Schritt wurde von

einem pochenden Hämmern begleitet, das schon nach Sekunden sein Knie und danach die Hüfte erreichte, als hätte er einen glühenden Nagel im Schuh, der sich mit jedem Schritt tiefer in seinen Fuß bohrte. Fast gleichzeitig erwachte auch in seinem Nacken und seiner rechten Hand dasselbe stechende Klopfen, ein wühlender Schmerz, der sich blitzschnell ausbreitete, ehe er sich mit der Pein in seiner Wade vereinigte. Die drei Bisse, die er am Anfang bekommen hatte! Offensichtlich wirkte das Spinnengift doch länger, als er geglaubt hatte; und anders. Im Laufen blickte er auf seinen Handrücken hinab und bemerkte eine bläuliche Verfärbung, kaum größer als ein Bienenstich, aber zehnmal so schmerzhaft.

Schließlich wurde das Pochen in seinem Fuß so schlimm, daß er nicht mehr weiter konnte. Aus seinem Humpeln wurde ein mühsames Torkeln, und nach zwei weiteren, schmerzerfüllten Schritten ging es einfach nicht mehr. Er sank gegen die Wand, schob sich mit der rechten Schulter am rauhen Stein entlang und entdeckte eine rettende Insel aus weißem Licht, nur noch ein paar Schritte und einen Fußmarsch durch die Hölle entfernt. Licht. Menschen. Keine Spinnen. *Vielleicht* keine Spinnen.

Es war ein Kino. Die Nachtvorstellung lief noch, und was er gesehen hatte, war die Leuchtreklame über dem Eingang. Im Foyer brannte Licht, und er hörte Musik und die Fetzen von Gesprächen; nur das dunkle Pochen der Bässe, die trotz aller Schallisolierung durch die Wände drangen. Die Kasse war nicht besetzt, und er rüttelte vergeblich an der Glastür. Keine Reaktion. Das Foyer war groß und hell erleuchtet, ein in freundlichen Farben gehaltener Raum mit Filmplakaten an den Wänden und einer kleinen Snackbar vor der Treppe, die zum eigentlichen Kino hinabführte. Aber menschenleer.

Doch die Vorstellung konnte nicht mehr lang dauern. Umgeben von lichtüberfluteten Glasvitrinen voller Filmplakate war er sicher vor den Spinnen, sicher vor der Dunkelheit. Selbst wenn es schlimmer wurde und er nicht durchhielt, würde ihn jemand finden. Er hatte noch eine Chance. Instinktiv spürte er, daß er in der Nähe von Menschen sicher war.

Dieser Gedanke kam ihm plötzlich absurd vor. Vielleicht, *weil* er so logisch war, inmitten einer Realität, die so gründlich aus den Fugen geraten war wie ein Ameisenbau, über den eine Elefantenherde hinwegtrampelte. Er lachte schrill und fast hysterisch, sank gegen eine Glasvitrine und begann qualvoll zu husten. In dem Schleim, den er ausspie, war Blut. Vielleicht löste er sich bereits innerlich auf. Die Wirkung des Giftes war vielleicht heimtückischer, als er geglaubt hatte; ein perfider Streich, der dem Opfer Sicherheit vorgaukelte, während sich sein Fleisch bereits von innen heraus zu zersetzen begann.

Der Schmerz in seinem Bein wurde immer heftiger. Er konnte nicht mehr gut sehen, und seine rechte Hand pochte so heftig, daß sie vor seiner Brust zuckte, als schlüge er eine unsichtbare Trommel. Sie war heiß und fühlte sich an, als wäre sie mindestens auf das Doppelte ihres normalen Umfanges angeschwollen. Er wagte nicht, sie anzusehen.

Seine Kräfte schwanden jetzt rapide. Ganz langsam sank er an der Glasvitrine hinab. Seine Lider fielen zu, und der pochende Schmerz wurde unerträglich, stieg weiter, bis er die Grenzen des *Vorstellbaren* erreichte und machte auch davor nicht halt. Mit aller Gewalt zwang er sich, noch einmal die Augen zu öffnen und auf die Hand hinabzusehen, die in seinem Schoß lag.

Sie war zu einem bläulichroten, unförmigen Klumpen angeschwollen, einem formlosen pulsierenden Etwas, unter dessen Oberfläche sich etwas zu bewegen schien und das nicht mehr aussah wie eine Hand, sondern wie etwas ... *Falsches*. Die Finger waren kaum noch zu erkennen. Er stöhnte, hob den Kopf, und sein Blick fiel auf das Filmplakat in der gegenüberliegenden Vitrine. Es zeigte eine idyllisch gelegene, typisch nordamerikanische Kleinstadt, die von einem Leichentuch aus weißer Seide bedeckt war. Darüber stand in flammend roten Lettern der Filmtitel:

MÖRDERSPINNEN
Kingdom of the Spiders

Was er fühlte, war weder Schrecken noch Schock, sondern etwas, das so fremd und entsetzlich war wie das pulsierende Ding, in das sich seine Hand verwandelt hatte. Er war nicht einmal mehr sonderlich überrascht, als er eine Bewegung hinter den Glastüren des Kinos sah. Hatte er sich wirklich eingebildet, ihnen entkommen zu können?

Fred wußte selbst nicht, woher er die Kraft nahm, sich noch einmal in die Höhe zu stemmen. Er wußte auch nicht, warum er es tat. Es gab kein Entkommen vor dem achtbeinigen Tod.

Trotzdem taumelte er zur Straße, hielt sich mit der unverletzten linken Hand an einem Laternenpfahl fest und versuchte, Kraft für die nächsten Schritte zu sammeln. Er mußte aufpassen. Auf der Straße fuhren Autos vorbei, nicht sehr viele, vielleicht zwei oder drei in der Minute, aber sehr schnell, weil die meisten Fahrer wohl annahmen, daß nach Mitternacht die Geschwindigkeitsbeschränkung aufgehoben wurde. Er wollte –

Ein grausamer Schmerz explodierte in seiner rechten Hand und überflutete ihn mit weißglühenden Qualen. Er schrie, fiel auf die Knie und starrte seine Hand an, die nicht mehr zuckte, sondern zu pulsieren begonnen hatte wie ein verunstaltetes, dunkelrotes Herz, das sich entschlossen hat, aus seinem Körper herauszuwandern. Die Haut auf seinem Handrücken platzte auf. Blut lief an seinem Arm hinab, und gleichzeitig spürte er auch eine warme, klebrige Nässe auf dem Rücken und am Bein. Mit dem Blut lief auch ein Teil der Schmerzen aus seinem Körper hinaus, aber was übrigblieb, war noch immer unerträglich.

Er zwang sich, wieder auf seine Haut hinabzusehen. Der Gedanke an das, was er vielleicht sehen würde, war schrecklich, aber noch viel schlimmer war die Vorstellung, es nicht zu tun und hilflos den Bildern seiner Phantasie ausgeliefert zu sein.

Aber manchmal war die Wirklichkeit eben *doch* schlimmer als die Phantasie...

Die Haut riß weiter auf, und aus den Tiefen seines Fleisches wühlte sich ein zitterndes Bein mit dunkelrotem feinen Fell hervor. Mikroskopisch feine Blutströpfchen glitzerten daran.

Irgend etwas in ihm zerbrach. Fred schrie gellend mit sich überschlagender, hysterischer Stimme auf, sprang in die Höhe und taumelte auf die Straße hinaus, während ein zweites und drittes und viertes Bein wie zusätzliche dürre Finger aus seinem Handrücken hervorzuwachsen begannen, gefolgt von einem haarigen, aufgedunsenen Balg.

Grelles Licht fiel plötzlich auf sein Gesicht. Eine Hupe schrie. Fred hörte das Zischen einer Luftdruckbremse, das vergebliche Kreischen von Reifen, die ihren Gummibalg auf dem Asphalt abrieben und spürte, wie etwas in seinem Bein zerriß, und einen Sekundenbruchteil darauf in seinem Nacken.

Er rannte nicht mehr vor dem Licht davon, sondern darauf zu. Das Hupen und schrille Pfeifen blockierender Reifen wurde lauter, lauter und immer lauter, und das Licht schien für eine Sekunde so grell zu sein wie das der Sonne, in die er unvorsichtigerweise hineingeblickt hatte. Für einen winzigen Moment erwachte sein Selbsterhaltungstrieb, und er versuchte noch, eine Bewegung zur Seite zu machen. Es gelang ihm nicht. Er spürte nicht einmal mehr den Aufprall.

2

»Bulle zu sein ist sowieso ein Scheißjob«, sagte Yaegher, während er sich mit dem vollbeladenen Tablett in der rechten und einer Flasche Kelts Alkoholfrei in der linken Hand auf dem viel zu engen Gang zwischen den Tischen hindurchschlängelte und vor Borghorst stehenblieb, wo er hinzufügte: »Aber Bulle für die Bullen zu sein, das ist ein Scheiß-Scheißjob.«

Er sprach nicht besonders deutlich, was sicherlich zu einem Teil an dem Plastikbecher lag, den er in Ermangelung einer dritten Hand mit den Zähnen festhielt. Was überhaupt von seiner Stimme zu hören war, das klang, als dränge es aus der Tiefe eines Kunststoffgullys herauf. Außerdem nuschelte er an diesem Tag noch stärker als sonst, und Yaegher pflegte ohnehin jedes dritte oder vierte Wort zu verschlucken, so daß seine jeweiligen Gesprächspartner schon über eine gewisse Kombinationsgabe verfügen mußten, um ihn zu verstehen. Das war einer der Gründe, aus denen seine Karriere nicht mit der eines Derrick oder Alten zu vergleichen war.

Nicht im entferntesten, um ehrlich zu sein.

Trotzdem blickte Borghorst nach einem kurzen, demonstrativem Zögern von seinem Teller auf. Das Zeug, das er in erstaunlichen Mengen darauf aufgehäuft hatte, sieht aus, als wäre es ebenfalls aus Plastik, dachte Yaegher. Borghorst gab ihm mit einem Blick zu verstehen, daß er sich setzen solle. Mit einem weiteren, kaum weniger mißmutigen Blick scheuchte er Mendel davon, der voll stummen Protests aufstand, seinen Plastikteller mit dem Plastikessen auf ein Plastiktablett räumte, wenn auch nicht, ohne Yaegher einen Blick zuzuwerfen, der fast so eisig war wie der Kaffee, den die Stegmüller servierte. Schließlich trollte er sich. Mendel war Borghorsts Assistent und nach Yaeghers Weggang der zwar unbestätigte, aber von niemandem angezweifelte Kronprinz der Abteilung. Kein Zweifel, daß er in drei Jahren Borghorsts Nachfolger werden würde. Eigentlich hätte er Yaegher dankbar sein müssen, daß der so kampflos das Feld geräumt hatte. Aber er war es nicht. Sie hatten sich vom ersten Tag an gehaßt, und daran hatte sich auch nichts geändert, seit sie *keine* Kollegen (genauer ausgedrückt: *Konkurrenten*) mehr waren. Mendel hielt Yaegher für ein ausgemachtes Arschloch, und Yaegher dachte umgekehrt über Mendel genauso. Der einzige Unterschied ist, daß Mendel in der Tat ein Arschloch ist, dachte Yaegher. Und noch dazu ein ehrgeiziges. Zweifellos würde er eines Tages Polizeipräsident werden. Oder Bundeskanzler.

Er verscheuchte den Gedanken, als er Borghorsts Blicke immer durchdringender auf sich ruhen fühlte. Leicht verlegen drehte er sich wieder zu seinem Exvorgesetzten herum, hielt seinen ärgerlich zusammengezogenen Brauen und dem unheilverkündenden Blitzen darunter eine Sekunde lang stand und rettete sich dann in eine Kopfbewegung auf Borghorsts Teller hin.

»Wie schmeckt das Zeug?«

»Wie es aussieht«, antwortete Borghorst. »Sie werden es gleich selber feststellen. Sie haben dasselbe.«

Yaegher tat so, als fiele ihm erst jetzt auf, was er sich geholt hatte, obwohl es keinen Grund gab, überrascht zu sein. Die Kantine servierte prinzipiell nur *ein* Essen, und seit Jahren hielt sich hartnäckig das Gerücht, daß es immer dasselbe war. Es gab Tage, an denen Yaegher geneigt war, das zu glauben. »Oh«, sagte er. »Wenn das so ist, sollte ich vielleicht lieber den Teller essen.«

»Möglich«, antwortete Borghorst. »Aber deswegen sind Sie nicht hier, oder?«

Yaegher unterdrückte einen Seufzer. Hatte er sich wirklich eingebildet, der Alte hätte sich geändert? Schließlich kannte er ihn lange genug. Es war erst sechs Monate her, seit er die Abteilung verlassen hatte. Borghorst hatte sich in den acht Jahren zuv geändert, warum sollte er es jetzt tun? Plötzlich war er nicht so sicher, daß es wirklich eine gute Idee gewesen war, herzukommen. Aber jetzt war es auch zu spät, einen Rückzieher zu machen.

»Nein«, gestand er, nachdem er eine weitere Sekunde damit herausgeschunden hatte, sich mit einer Gabel unappetitlich aussehender Kartoffelpampe die Zähne zu verkleben. Seine Aussprache wurde dadurch noch undeutlicher. Das Zeug hatte nicht ganz die Konsistenz von Tapetenkleister, aber es schmeckte so ähnlich.

»Und ich nehme an«, fuhr Borghorst fort, nachdem er Yaegher vergeblich ein paar Augenblicke lang angesehen und darauf gewartet hatte, daß der von sich aus weitersprach. »Sie sind auch nicht hier, um ein bißchen mit mir zu plaudern.« Seine Stimme war hörbar kälter geworden. Ein schneidender Ton hatte sich hineingeschlichen, der von kaum noch verhohlener Feindschaft erzählte. Yaeghers Mut sank. Er hatte die Hälfte all dessen, was er sich den ganzen Vormittag über zurechtgelegt hatte, schon vergessen, und was er noch wußte, kam ihm plötzlich gar nicht mehr so überzeugend vor, wie noch vor ein paar Minuten. Was zum Teufel *tat* er hier eigentlich?

»Warum nicht?« fragte er unsicher. »Wir haben uns lange nicht gesehen. Wie läuft es in der Abteilung?«

»Wie immer«, antwortete Borghorst knapp. Er trank einen Schluck Kaffee und fügte hinzu: »Jede Menge Arbeit. Jede Menge *unerledigte* Arbeit. Und jede Menge Ärger. Allerdings deutlich weniger als noch vor einem halben Jahr.«

»Arbeit?«

Borghorst schüttelte den Kopf. »Ärger.«

Yaegher schluckte die Frage, die ihm auf der Zunge lag, zusammen mit dem klebrigen Kartoffelbrei hinunter und brachte es sogar irgendwie fertig, zu lächeln. Zu seinem eigenen Erstaunen spürte er kaum Ärger.

»Was wollen Sie, Yaegher?« Borghorst sah demonstrativ auf die Uhr. »Meine Mittagspause ist gleich vorbei. Ich habe wirklich viel zu tun. Sie sind doch bestimmt nicht gekommen, um mir zu erzählen, wie schön die Arbeit in der Disziplinarabteilung ist, oder?«

»Nein«, gestand Yaegher. »Abgesehen davon, daß sie mir tatsächlich Spaß macht.« Das war nicht einmal gelogen. Er fühlte sich vielleicht nicht wohler, seit er nicht mehr unter Borghorst arbeitete und litt, aber zumindest befreiter.

»Ich brauche Ihre Hilfe«, sagte er geradeheraus. Die Worte gingen ihm erstaunlich leicht über die Lippen. Er hatte nicht gewußt, ob es ihm überhaupt möglich sein würde, sie auszusprechen. Borghorst um Hilfe zu bitten – nach allem, was zwischen ihnen vorgefallen war –, das hatte er sich ungefähr so leicht vorgestellt wie die Aufgabe, den Papst zu überreden, zum Buddhismus zu konvertieren. Seltsam: Es hatte ihm fast nichts ausgemacht.

Diesmal war die Verblüffung auf Borghorsts Gesicht echt. »Sie?«

Yaegher nickte, machte fast im gleichen Moment eine Bewegung, die sein Nicken zu einer Mischung aus einem Kopfschütteln und einem Achselzucken werden ließ und antwortete: »Sagen wir lieber einen Rat.« Er zögerte, weiterzusprechen. Etwas sagte ihm, daß er jetzt besser aufstehen und gehen sollte. Es war eine Schnapsidee gewesen, herzukommen. Er fragte sich allen Ernstes, warum er es überhaupt getan hatte.

Borghorst sah ihn an. Nicht mehr feindselig, sondern einfach nur noch aufmerksam; vielleicht sogar mit einer Spur von echter Gewogenheit. Aber verdammt, das war ganz genau das, was ihn nervös machte. Es gab nur einen Menschen auf der Welt, den Borghorst mochte, und der hieß Borghorst.

»Privat oder beruflich?«

»Beruflich.«

Das Interesse in Borghorsts Augen erlosch. Was zum Teufel hatte er jetzt wieder falsch gemacht?

»Es...« Er brach ab, biß sich auf die Unterlippe und fing noch einmal auf andere Weise an. »Ich dürfte das eigentlich gar nicht. Ich meine, was ich jetzt tue, das verstößt mindestens gegen ein halbes Dutzend Verordnungen, aber...«

»Warum tun Sie es dann?« unterbrach ihn Borghorst kühl.

Yaegher schwieg einen Moment. Eine wirklich gute Frage. Dummerweise wußte er keine überzeugende Antwort darauf. »Ich habe das Gefühl, es Ihnen schuldig zu sein.«

Er sprach noch leiser und undeutlicher als sonst und ohne auch nur in Borghorsts Richtung zu blicken. Was auch nicht nötig war. Er kannte ihn wahrlich gut genug, um sich den Ausdruck auf seinem Gesicht in diesem Moment lebhaft vorstellen zu können.

»Es geht um Issler«, sagte Borghorst schließlich.

Yaegher war ihm fast dankbar, daß *er* es war, der es aussprach. »Ja. Ich bin ... Ach verdammt, ich weiß einfach nicht, was ich tun soll.«

»Wie wäre es mit Ihrer Pflicht?«

Yaegher sah nun doch auf. Borghorst blickte ihn völlig ausdruckslos an, und gerade das war es, was ihm klarmachte, daß irgend etwas nicht stimmte. Er hatte auch diese Möglichkeit (sogar als ziemlich wahrscheinlich) durchdacht: nämlich daß Borghorst ihn schlicht und einfach an seine Pflicht erinnern und ihn im übrigen zum Teufel jagen würde; falls er nicht die Gelegenheit beim Schopf ergriff und dafür sorgte, daß seine Personalakte um einen Verweis reicher wurde.

Aber er wirkte nicht zornig. Oder triumphierend. Oder einfach nur verstimmt. Er wirkte irgendwie ... überhaupt nicht.

Dann begriff er, was es war, was ihn an Borghorsts Gesichtsausdruck so irritierte. Borghorst wirkte ... verstört. Und das war etwas, was Yaegher in acht Jahren ziemlich intensiver Zusammenarbeit noch nie erlebt hatte. Möglicherweise war es überhaupt das erste Mal, daß irgend jemand diesen Ausdruck auf Borghorsts Gesicht sah.

Aber dann, gerade als das Schweigen wirklich unangenehm zu werden begann, fuhr Borghorst fort, und schon seine ersten Worte zerstörten alle Illusionen, die Yaegher sich gemacht hatte. »Sie enttäuschen mich, Yaegher«, sagte er; kalt, in einem Ton, als rede er über ein verregnetes Wochenende, das er aber sowieso zu Hause hatte verbringen wollen und das ihn daher nicht sonderlich gestört hatte. Im krassen Gegensatz zu diesem Tonfall stand allerdings die *Wahl* seiner Worte. »Ich habe Sie nie für einen sonderlich guten Beamten gehalten, das wissen Sie.«

»Stimmt«, sagte Yaegher. Er spürte einen leisen Ärger in sich aufsteigen, der allerdings mehr ihm selbst als Borghorst galt. Er hätte es besser wissen müssen. Nein, er *hatte* es besser gewußt. Was zum Teufel hatte er sich nur dabei gedacht, hierherzukommen? »Sie haben nie ein Hehl daraus gemacht.«

»Es ist auch nicht meine Art, ein Hehl aus irgend etwas zu machen«, sagte Borghorst gelassen. »Aber ich habe Sie trotzdem für jemanden gehalten, der sich bemüht. Nicht immer erfolgreich, aber zumindest ehrlich bemüht.«

»Ich verstehe nicht ganz«, begann Yaegher, aber Borghorst fuhr völlig unbeeindruckt fort. Er machte sich nicht einmal die Mühe, die Stimme zu heben: »Ich habe damals nicht darauf hingearbeitet, daß Sie die Abteilung verlassen, Yaegher. Ich weiß, daß Sie das glauben, aber es stimmt nicht. Aber ich war auch nicht sonderlich unglücklich, als sie gingen. Ich dachte, daß Sie in der internen Abteilung besser aufgehoben wären. Aber allmählich beginne ich mich zu fragen, ob ich mich nicht doch in Ihnen getäuscht habe.« Er seufzte, tief und lang und eine Winzigkeit zu laut, um es nicht theatralisch wirken zu lassen. »Issler ist Ihr erster wirklicher Fall in der internen Abteilung, nicht wahr? Ich meine, das erste Mal, daß es wirklich *ernst* wird.«

»Und jetzt glauben Sie ganz selbstverständlich, daß ich die Hosen voll habe, nicht wahr?« antwortete Yaegher. Seine eigene Stimme verdarb ihm den gewünschten Effekt. Die Worte klangen nicht scharf, sondern einfach nur trotzig; und ein bißchen dumm. Selbst in seinen eigenen Ohren.

»Nein«, sagte Borghorst und trank einen Schluck Kaffee. »Sie sind kein Feigling. Aber Sie sind unentschlossen, Yaegher, und das ist vielleicht schlimmer. Sie haben einen Verdacht, Sie haben eine Menge Indizien und wahrscheinlich auch einige Beweise, zumindest genug, um sich den Burschen zu schnappen, nicht wahr? Aber wie es der Zufall will, ist es nicht *irgendein* Bursche, sondern jemand, den Sie kennen. Ein ehemaliger Kollege von Ihnen. Nicht irgendein Polizist. Nicht irgendein Name, den Sie schon einmal gehört haben oder auch nicht. Nicht irgendein Gesicht, das Ihnen schon einmal auf dem Flur begegnet ist oder während eines Betriebsausfluges, sondern jemand, den Sie kennen und mit dem Sie jahrelang zusammengearbeitet haben. Und jetzt wissen Sie einfach nicht, wie Sie reagieren sollen.«

»Und wenn es so wäre, du Idiot?« sagte Yaegher.

Allerdings sagte er es vorsichtshalber nicht laut. Eigentlich sagte er es überhaupt nicht laut, sondern ziemlich leise und nur in Gedanken und zu sich selbst. Was nichts daran änderte, daß Borghorst diese Frage aus seinen Augen abzulesen schien, denn sein Gesichtsausdruck wurde noch eisiger als bisher.

Yaegher begann sich unbehaglich auf seinem Sitz hin und her zu bewegen. Er widerstand der Versuchung, sich umzudrehen, aber er konnte die neugierigen Blicke in seinem Rücken regelrecht fühlen. Borghorst hatte laut genug gesprochen, daß seine eigenen Worte auch noch zwei Tische weiter zu hören waren, und obwohl sich jedermann bemühte, so zu tun, als hätte er nichts gehört, hatte sich doch eine Art atemloser Stille in der unmittelbaren Umgebung ihres Tisches ausgebreitet, die sich jetzt wie eine kreisförmige Welle in der ganzen Kantine auszubreiten schien.

Plötzlich wurde ihm klar, daß es tatsächlich ein Fehler gewesen war, hierherzukommen. Er hatte es für eine gute Idee gehalten, nicht in Borghorsts Büro zu gehen, sondern ihn hier zu treffen, wo sie sich sozusagen auf neutralem Boden befanden. Aber dieser Boden *war* nicht neutral. Seine Versetzung in die Interne hatte zu einer Menge Gerede Anlaß gegeben; und zu noch mehr Gerüchten. Worauf all diese verstohlen blickenden Augen und gespitzten Ohren warteten, das war nicht einfach ein Gespräch zwischen ehemaligen Kollegen, sondern die große Abrechnung zwischen Borghorst, dem anerkannt größten Ekel des Präsidiums, und Yaegher, seinem langjährigen Fußabstreifer. Aber er war nicht gekommen, um den großen Showdown einzuläuten; auch wenn er wußte, daß insgeheim schon Wetten liefen, wann und auf welche Weise er ihm acht Jahre Frust heimzahlen würde. Er war nicht einmal sicher, ob er es überhaupt jemals tun würde. Oh, er hatte Rachepläne geschmiedet; von kleinen Bosheiten bis hin zu ausgeklügelten Mordplänen (von denen einige gute Chancen gehabt hätten, tatsächlich zu funktionieren), aber so etwas funktionierte nur im Kopf, dort allerdings hervorragend. Nein, er würde nicht mit Borghorst abrechnen. Zumindest nicht heute. Dafür war die Sache zu wichtig.

»Sie irren sich, Borghorst«, sagte er, so ruhig er konnte. »Ich weiß sehr gut, was ich zu tun habe. Ich werde in ...« Er schob den Ärmel hoch und sah auf die Uhr, obwohl es nicht nötig war, »... zehn Minuten zum Alten hochgehen und um einen Haftbefehl für Issler und einen Durchsuchungsbefehl für seine Wohnung bitten. Ich dachte, ich wäre es Ihnen schuldig, Sie zu informieren, das ist alles.«

»So?« fragte Borghorst spöttisch. »Warum?«

»Vielleicht, weil Issler fast ebenso lange mit Ihnen zusammenarbeitet, wie ich es getan habe, und ich bis gerade eben glaubte, Sie interessieren sich für Ihre Leute. Aber möglicherweise habe ich mich ebenso in Ihnen getäuscht wie Sie sich in mir.«

Borghorst nippte abermals an seinem längst kalt gewordenen Kaffee und verzog das Gesicht. Vielleicht galt die Grimasse auch dem, was Yaegher gerade gesagt hatte. Das Schlimmste, dachte Yaegher, war vielleicht, daß Borghorst der Wahrheit ziemlich nahe gekommen war. Er *war* unentschlossen. Es war eine Sache, einen bestechlichen Polizeibeamten zu überführen und festzunageln, aber eine ganz andere, einem ehemaligen Kollegen die Handschellen anzulegen; noch dazu einem, der ihm ziemlich sympathisch war. Es fiel ihm selbst jetzt noch schwer, das Ganze zu akzeptieren, selbst nach Kaminskys Aussage. Sicher – sein *Verstand* hatte es begriffen, sogar schon vor einer Weile. Aber etwas in ihm glaubte es immer noch nicht. Er stand auf. »Entschuldigen Sie, daß ich Sie in Ihrer Mittagspause gestört habe, Herr Oberinspektor.«

Zornig griff er nach seinem Tablett und wollte gehen, doch Borghorst sagte ganz ruhig:

»Setzen Sie sich hin, Sie Trottel.«

Yaegher gehorchte aus reiner Gewohnheit.

»Nachdem wir jetzt beide gesagt haben, was uns schon lange auf der Seele brennt, können wir vielleicht vernünftig miteinander reden«, sagte Borghorst. »Sie können sich die Mühe sparen, einen Durchsuchungsbefehl zu beantragen. Ich war sowieso auf dem Weg zu Isslers Wohnung. Ich habe nichts dagegen, wenn Sie mich begleiten. Fragen Sie mich nicht, warum, aber es ist so. Vielleicht glaube ich, es *Ihnen* schuldig zu sein.«

Yaegher sah ihn völlig verständnislos an, und diesmal ließ sich Borghorst tatsächlich zu einem flüchtigen Lächeln herab. Allerdings nur für die zwei oder drei Sekunden, die er brauchte, um in die Jackentasche zu greifen und ein Schlüsselbund herauszunehmen, das er vor Yaegher auf den Tisch legte. Es war ein ziemlich umfangreiches Bund mit einem ebenso auffälligen wie geschmacklosen Anhänger. Yaegher sah beides nicht zum ersten Mal. Den Anhänger hatte er vor zwei Jahren selbst gekauft und Issler zum Geburtstag geschenkt. Er hatte lange gebraucht, um etwas so

Geschmackloses zu finden: eine Retourkutsche für die grüngepunktete Krawatte, die Fred *ihm* zum fünfjährigen Dienstjubiläum geschenkt hatte.

»Der gehört Issler«, sagte er verblüfft. »Woher haben Sie den?«

»Aus seiner rechten Hosentasche«, antwortete Borghorst. Er hob die Hand, als Yaegher etwas sagen wollte, und stand auf. »Kommen Sie, Yaegher. Wir können uns im Wagen weiter unterhalten.«

Er stand auf, und Yaegher vollzog die Bewegung verblüfft nach. »Was ... ist passiert?« fragte er.

Borghorst wandte sich um und war bereits auf dem Weg zur Tür, ohne sich die Mühe zu machen, sein Tablett zurückzubringen. Yaegher blickte eine Sekunde lang unentschlossen auf sein eigenes, kaum angerührtes Essen, dann zuckte er innerlich mit den Schultern und ließ es neben Borghorsts Geschirr stehen. Wahrscheinlich würde er für die Todsünde, sein Geschirr nicht zurückgetragen zu haben, mit mindestens zwei versalzenen Essen bezahlen müssen. Aber er war plötzlich sicher, daß das, was Borghorst ihm zu sagen hatte, entschieden wichtiger war.

Tapfer versuchte er weiter den Eindruck zu erwecken, daß er die spöttischen Blicke nicht spürte, die ihm folgten. Aber er schritt rasch aus und versuchte, Borghorst einzuholen. Es gelang ihm erst draußen auf dem Flur, und auch nur, weil Borghorst dort langsamer ging.

»Also?« fragte er noch einmal. Seine Stimme klang erschrockener und aufgeregter, als er war, aber er war ein bißchen außer Atem.

Borghorst schüttelte den Kopf und wandte sich nach rechts, auf den altmodischen Paternoster am Ende des Korridors zu. »Zuerst Sie«, sagte er. »Was hat Kaminsky Ihnen erzählt?«

»Ich bin nicht ganz sicher, ob ich das –«

»Aber ich«, unterbrach ihn Borghorst. Er lachte leise. »Haben Sie etwa Angst, daß ich Issler warnen könnte?«

Yaegher schluckte die Antwort auf *diese* Frage herunter und beantwortete die erste. Er wollte es noch immer nicht, aber fünf Minuten in Borghorsts Gesellschaft hatten völlig ausgereicht, ihn wieder in seine seit acht Jahren angelernten Verhaltensweisen zurückfallen zu lassen. Er dachte nicht, sondern gehorchte, wie Borghorst es von seinen Mitarbeitern erwartete. »Das, was Sie im

Grunde schon wußten«, sagte er, »aber bis jetzt nicht beweisen konnten.«

Er legte eine völlig unnötige, aber dramatische Pause ein, und Borghorst tat ihm tatsächlich den Gefallen, im Gehen den Blick zu wenden und ihn anzusehen. Allerdings nicht auf eine Art, die Yaegher gefallen konnte.

»Fred hat sich verkauft«, sagte er.

»Das vermuten Sie.«

»Ich weiß es«, antwortete Yaegher. »*Vermutet* habe ich es schon eine ganze Weile. Seit zwei Stunden weiß ich es. Er verkauft Informationen an Strauss. Und vermutlich auch noch an andere.«

»Und das können Sie beweisen?« Borghorsts Stimme klang interessiert, aber völlig unbeteiligt. *Was weiß er, was ich nicht weiß*, dachte Yaegher verwirrt.

»Ich habe ihm eine Falle gestellt«, gestand er. »Mit Kaminskys Hilfe. Erinnern Sie sich an die Razzia, die die Kollegen vom Rauschgift vergangene Woche in einem von Strauss' Nachtclubs durchgeführt haben?«

Sie hatten den Paternoster erreicht. Yaegher wollte in die abwärts fahrende Kabine treten, aber Borghorst deutete auf die andere und gab ihm mit einem befehlenden Wink zu verstehen, daß er ihm folgen sollte, ehe er nickte. »Und?«

»Es war ein ziemlicher Schlag ins Wasser«, sagte Yaegher, während er Borghorst mit einem hastigen Satz folgte und gewohnheitsmäßig den Kopf einzog, um nicht gegen die Zwischendecke zu stoßen, die sich langsam auf ihn herabsenkte. Er würde sich niemals an Paternoster gewöhnen. »Jemand hat Strauss gewarnt.«

»Issler?«

»Wir haben Informationen gezielt durchsickern lassen«, bestätigte Yaegher. »Und zwar auch *nur* an ihn. Und Kaminsky hat dafür gesorgt, daß er keine Gelegenheit hatte, mit irgendeinem anderen Kollegen darüber zu reden.«

Borghorst sah ihn auf eine schwer zu deutende Art an. »Ich erinnere mich«, sagte er. »Das Rauschgiftdezernat war ziemlich wütend. Die Razzia wurde zwei Wochen lang vorbereitet.« Er fuhr sich mit Daumen und Zeigefinger über die Lippen und betrachtete dann eine Sekunde lang seine Fingerspitzen. »Haben Sie auch mitgespielt?«

»Nein«, gestand Yaegher.

»Sie werden Sie kreuzigen, wenn sie herausfinden, wer ihnen die Tour vermasselt hat«, prophezeite Borghorst. Sie hatten den dritten Stock erreicht, und er sprang mit einem eleganten Satz aus der Kabine. Yaegher folgte ihm etwas weniger elegant, wobei er um ein Haar das Gleichgewicht auf dem glatten Linoleumboden verloren hätte; wie üblich. Er haßte diesen Aufzug. Irgendwann, dachte er, werde ich es einmal nicht schaffen. Ich werde stürzen und mir den Schädel einschlagen und bewußtlos liegenbleiben, Kopf und Schultern und Leib hier draußen auf dem Gang und die Beine noch in der Kabine, und das verdammte Ding würde mich einfach in zwei Teile schneiden.

»Vielleicht«, sagte er. »Aber es war nötig. Strauss läuft uns nicht davon.« Warum sollte er auch? Sie versuchten seit zehn Jahren, ihm das Handwerk zu legen, und bisher war es ihnen nicht gelungen.

»Nötig?« Borghorst blieb stehen, und mit einem Mal wirkte er sehr aufmerksam. »Wozu? Um einen bestechlichen Bullen zu überführen?«

»Um das System zu schützen«, sagte Yaegher, und er meinte es so ernst und ehrlich, wie es sich anhörte. »Wir können genausogut nach Hause gehen und die Arbeit einstellen, wenn wir zulassen, daß einer von uns für die Gegenseite arbeitet.«

Nach der Art, wie Borghorst ihn angesehen hatte, hatte er nicht damit gerechnet – aber das schienen genau die Worte zu sein, die er hatte hören wollen. Er nickte zufrieden, gab Yaegher mit einer Geste zu verstehen, daß er warten sollte, und verschwand in seinem Büro. Allerdings kaum länger als für eine Sekunde. Als er wieder herauskam, hatte er den rechten Arm und die Schulter im Mantel und versuchte im Gehen, auch den Rest des Kleidungsstückes anzuziehen. Es gelang ihm nicht sehr gut, denn er hielt seinen Wagenschlüssel und ein kleines, in braunes Paketpapier eingeschlagenes Päckchen in der Hand. Yaegher nahm ihm beides ab und warf ganz automatisch einen Blick auf die Adresse des Paketes.

»Sie kennen den Weg zum Sender?« fragte Borghorst. »Er liegt praktisch an der Strecke. Dr. Berger hat mich gebeten, das Päckchen abzugeben.«

»Berger und sein Lieblingsprojekt.« Yaegher verdrehte die Augen, ließ das Päckchen aber trotzdem in seiner Manteltasche verschwinden – schon deshalb, weil Borghorst keinerlei Anstalten machte, es zurückzunehmen. Die Wagenschlüssel übrigens auch nicht. »Irgendwann werden wir alle noch einmal zu Filmstars. Und Dirty Harry wird unser Boß.«

»Ein bißchen Öffentlichkeitsarbeit tut uns ganz gut«, sagte Borghorst. Sie gingen zum Aufzug zurück. »Warum sollen immer nur die bösen Jungs die kostenlose PR bekommen?«

Yaegher verkniff sich die Antwort, die ihm auf der Zunge lag. Berger und Borghorst überholten sich gegenseitig darin, sich bei den Machern des TNT-Network anzubiedern, und wenn man der internen Hitliste glaubte, die die Kollegen aufgestellt hatten, dann lag Borghorst im Augenblick nach Punkten ganz klar in Führung. Yaegher persönlich hielt überhaupt nichts von diesem Rummel.

TNT-Network (er wußte nicht einmal genau, wofür diese abenteuerliche Abkürzung stand) war einer der zahllosen Privatsender, die in den letzten Jahren wie Pilze aus dem Boden geschossen waren (und meistens ebenso schnell wieder verschwanden, sobald die Sonne aufging). Niemand wußte so genau, wer hinter dem Fernsehsender stand, aber es schien jemand mit verdammt viel Geld zu sein – und mit einer Vorliebe für Beamte. Nach einer zwanzigteiligen Serie über die Stadtverwaltung und ihre verschiedenen Aufgaben planten sie jetzt einen ausführlichen Bericht über die Polizei, der wie das gesamte Programm zwar nur regional ausgestrahlt werden würde, trotzdem aber eine gute Million Zuschauer erreichte. Yaegher konnte sich gut vorstellen, was es für Borghorst bedeuten mußte, über etliche zehntausend Mattscheiben zu flimmern. Allerdings fragte er sich, *wer* um alles in der Welt sich dafür interessierte.

»Sie wollten mir verraten, wie sie an Isslers Wohnungsschlüssel gekommen sind«, sagte er.

»Nein«, antwortete Borghorst, »wollte ich nicht. Aber ich tue es trotzdem.« Er lächelte flüchtig, sprang in den Paternoster und sah voller unverhohlener Schadenfreude zu, wie Yaegher ihm ungeschickt folgte. »Issler liegt auf der Intensivstation. Es steht nicht besonders gut um ihn.«

Hätte er das eine Sekunde früher gesagt, dann wäre Yaegher jetzt vielleicht *wirklich* in zwei Teile geschnitten worden, denn er war so verblüfft, daß er mitten in der Bewegung erstarrte und ihn aus aufgerissenen Augen ansah.

»Was ist passiert?«

»Ein Verkehrsunfall«, antwortete Borghorst. »Jedenfalls sieht es so aus. Bisher.«

»Bisher?«

Borghorst zuckte mit den Schultern. »Es gibt noch ein, zwei Fragen zu klären«, sagte er. »Fahren wir zu seiner Wohnung und sehen uns um. Vielleicht sind wir hinterher schlauer.«

3

Das Appartementhaus gehörte zu den Gebäuden, denen man ansieht, daß ihre Architekten ganz bewußt Wert darauf gelegt haben, sie einfacher und dezenter wirken zu lassen, als sie sind: ein weißer Rauhputzbau mit einem breiten, überhängenden Dach und schweren, dunkel gebeizten Balken, die ihm trotz der hellen Wände und der verspielten Sprossenfenster etwas Festungsähnliches, Abweisendes gaben. Die Scheiben waren leicht getönt; Kupferglas, das nur von einer Seite *wirklich* durchsichtig war. Über dem Eingang hing der metallgraue Kasten einer Alarmanlage. Das Sicherheitsglas der Tür war eingeschlagen.

Die Scherben waren bereits weggeräumt und die schärfsten Kanten nachträglich abgebrochen worden, damit sich niemand daran verletzte, aber Yaegher erkannte trotzdem, daß das Drahtglas von innen nach außen gedrückt worden war. Diese Tür war *auf*-, nicht *ein*geschlagen worden.

Yaegher registrierte diese Beobachtung ganz automatisch, fast ohne ihr in diesem Moment eine besondere Bedeutung zuzumessen, aber Borghorst blieb stehen, besah sich die Tür eine einzige, aber aufmerksame Sekunde lang und runzelte dann die Stirn. Yaegher wußte, daß er seine Beobachtung und alles, was er daraus schloß oder vermutete, mit diesem Stirnrunzeln unauslöschlich in dem imaginären Notizbuch in seinem Gedächtnis notiert hatte. Borghorst besaß ein phantastisches Erinnerungsvermögen, was seine Arbeit und alles, was damit zusammenhing, betraf. Er notierte sich prinzipiell nie etwas, aber er vergaß auch nie etwas, solange ein Fall nicht abgeschlossen und endgültig zu den Akten gelegt war.

Yaegher widerstand der Versuchung, seinen Exvorgesetzten zu fragen, was an dieser eingeschlagenen Scheibe so sehr seine Aufmerksamkeit erregt hatte und das er selbst offensichtlich nicht sah. Es fiel ihm heute schwerer denn je, Borghorst gegenüber irgendeine Schwäche zuzugeben. Er war sehr verwirrt.

Da die Tür ohnehin ein mannsgroßes Loch hatte, hatte sich niemand die Mühe gemacht, sie abzuschließen. Yaegher bückte sich vor Borghorst durch das Loch im Glas, trat einen Schritt zur Seite und fuhr ganz leicht zusammen, als Borghorst die Tür aufschob und eintrat, ohne Gefahr zu laufen, sich den Mantel oder gleich die Haut in Streifen zu reißen. Borghorst lächelte dünn, sagte aber nichts.

Der sowieso nur halbherzige Eindruck von Schlichtheit, den das Gebäude zu erwecken versuchte, zerplatzte wie die berühmte Seifenblase, kaum daß sie drinnen waren. Der Hausflur war hoch und breit und protzte mit Quadratmetern, die er verschenken konnte. Der Boden bestand aus weißem Marmor. Schwere Eichentüren ohne Namensschilder oder sonstige Bezeichnungen führten zu zwei Wohnungen auf der linken und einer auf der rechten Seite, die Stelle der vierten Tür nahm die Treppe ein, die nach oben führte. Es war sehr still. In der Luft hing der Geruch von Putzmitteln.

Borghorst blieb auf der obersten Stufe stehen und sah sich ein wenig ratlos um. Auch hier oben gab es keine Namensschilder an den Türen. Die drei Wohnungen auf dieser Etage waren so anonym wie die unten und vermutlich auch die in den oberen Stockwerken.

»Dort drüben.« Yaegher deutete auf die Tür, die der Treppe gegenüber lag.

»Waren Sie etwa schon einmal hier?« Borghorst runzelte die Stirn. Sein Ton klang eindeutig vorwurfsvoll.

Yaegher schüttelte den Kopf. »Ich habe mich informiert«, sagte er, wobei er Mühe hatte, nicht zu selbstgefällig zu klingen. Sie hatten zwar sehr wenig miteinander geredet, aber sein ehemaliger

Chef hatte eine ganz bestimmte Art, *nichts* zu sagen. Der Saldo auf Borghorsts Gehässigkeitskonto war während der halbstündigen Fahrt hier heraus wieder größer geworden. Nichts hatte sich geändert in den letzten sechs Monaten.

Yaegher ging an ihm vorbei, streckte die Hand nach der Klinke aus und drückte sie hinunter; selbstverständlich erfolglos. Die Tür war abgeschlossen. Mit einem Achselzucken trat er zurück und drückte auf den Klingelknopf.

»Was soll der Unsinn?« fragte Borghorst. »Er wird Ihnen kaum aufmachen können.«

»Aber vielleicht seine Lebensgefährtin«, erwiderte Yaegher, ohne sich zu ihm umzudrehen, und drückte zum zweiten Mal auf die Klingel. Er hörte nichts. Die Tür mußte sehr dick oder die Klingel sehr leise sein. »Er lebt mit einer jungen Frau zusammen. Seit ungefähr anderthalb Jahren. Wußten Sie das nicht?«

Borghorst antwortete nicht, aber Yaegher konnte seinen eisigen Blick geradezu spüren. Er unterdrückte ein Lächeln, betätigte zum dritten Mal die Klingel und zählte in Gedanken bis zwanzig, ehe er mit einem Achselzucken zur Seite trat und Borghorst ein entsprechendes Zeichen machte, die Tür zu öffnen.

»Sind Sie sicher, daß wir das überhaupt dürfen?« fragte er, während Borghorst nacheinander und mit wachsender Ungeduld einen Schlüssel von Isslers Bund nach dem anderen ausprobierte. Natürlich war der richtige der letzte. Er beantwortete seine Frage erst, nachdem sie die Tür geöffnet und die Wohnung betreten hatten.

»Nein.«

»Nein, Sie sind nicht sicher, oder nein, es ist nicht legal?« Yaegher sah sich aufmerksam um. Genauer gesagt, er versuchte es. Der Flur war wesentlich dunkler als der Korridor draußen. Nur eine der vier Türen war einen Spaltbreit geöffnet und ließ einen Schimmer grauer Helligkeit herein.

Borghorst machte sich nicht die Mühe, darauf zu antworten. Sie hatten zwar während der halbstündigen Fahrt hier heraus kaum miteinander geredet, obwohl sie – eingedenk des Umwegs zum Sender (der selbstverständlich *nicht* direkt am Weg lag) – eine gute Dreiviertelstunde gebraucht hatten, um herzukommen, aber Yaegher hatte immerhin einen groben Überblick über die Geschehnisse der vergangenen Nacht erhalten. Soweit sie Borghorst selbst bekannt waren, hieß das. Wie es aussah, war Issler nach Mitternacht halb betrunken und in Hausschuhen und völlig aufgelöst durch die Stadt geirrt und schließlich von einem Lastwagen angefahren worden. Er hatte Borghorst nicht bewegen können, mehr zu erklären, aber er hatte deutlich gespürt, daß das nicht alles war. Daß Issler ausgerechnet *jetzt* einen Unfall gehabt haben sollte, kam ihm beinahe ein bißchen *zu* zufällig vor. Natürlich *gab* es solche Zufälle. Aber die Erfahrung hatte ihn gelehrt, daß Zufälle um so weniger dazu tendieren, auch wirklich Zufälle zu sein, je größer sie waren.

Die Wohnung war nicht sehr groß, aber aufs Feinste ausgestattet. Vom Korridor aus führten vier Türen in ein winziges Bad, eine noch kleinere Küche und ein Schlafzimmer, das außer für Schrank, Bett und Frisierkommode gerade noch Platz für eine Person bot, sich am Fußende des Bettes umzuziehen. Das Bett war sauber bezogen, aber man sah, daß jemand etwas Schweres daraufgeworfen und sich nicht die Mühe gemacht hatte, die Decke wieder glattzustreichen. Eine der Schiebetüren des großen Spiegelschrankes stand offen.

Borghorst ging hin und warf einen kurzen, aber sehr aufmerksamen Blick hinein und inspizierte dann auch den Rest des Schrankes, der sich hinter den anderen Türen verbarg.

»Sagten Sie nicht, er lebt mit einer jungen Frau zusammen?«

Yaegher nickte. »Warum?«

Borghorst schloß sorgfältig alle Türen wieder bis auf die, die schon offengestanden hatte, als sie kamen. »Hier sind nur seine Sachen. Jedenfalls keine Frauenkleider.«

Yaegher zuckte mit den Schultern, verließ das Schlafzimmer und betrat den letzten Raum, den sie noch nicht gesehen hatten. Er war größer als der Rest der Wohnung zusammengenommen, aber ebenso dunkel. Die Kunststoffjalousien waren heruntergelassen und filterten das Sonnenlicht zu schmalen geometrischen Streifen, die blendeten, aber kaum Helligkeit gaben. Borghorst ging kommentarlos zum Fenster, zog eine der Jalousien hoch und sah sich um. Auch Yaegher ließ seinen Blick kurz durch das Wohnzimmer schweifen, betrachtete aber im übrigen sehr viel aufmerksamer Borghorsts Gesicht als die teure Designereinrichtung.

Was er darauf sah, war ein höchst seltener Anblick, möglicherweise sogar eine Premiere. Oberinspektor Stefan Borghorst gestattete es sich, Gefühle zu zeigen: Neugier, Überraschung, Zorn, Fassungslosigkeit und dann wieder Zorn, in dieser Reihenfolge und wachsend. Dabei, dachte Yaegher, hätte er wissen müssen, was ihn erwartete. Geheimhaltung hin oder her, sie hatten seit Monaten gegen Issler ermittelt, und Borghorst hatte davon gewußt. Yaegher war nicht einmal sicher, ob Issler selbst es nicht auch gewußt hatte.

»Ich frage mich, wieviel Miete man für einen Palast wie diesen bezahlen muß«, sagte Borghorst nach einer Weile. »Vermutlich mehr, als Sie und ich im ganzen Monat verdienen.«

»Keinen Pfennig«, antwortete Yaegher.

Borghorst sah ihn verwirrt an, und Yaegher fuhr mit einer umfassenden Geste fort: »Das Appartement gehört seiner Mutter. Sie hat es vor zwei Jahren gekauft; zusammen mit dem größten Teil der Einrichtung.«

»Isslers Mutter ist tot.«

»Sie starb im letzten Herbst«, bestätigte Yaegher. »Er hat alles geerbt. Diese Wohnung hier, den Wagen und ein hübsches Sümmchen in bar und Wertpapiere. Die Erbschaftssteuer muß gewaltig gewesen sein. Aber jetzt gehört ihm alles ganz legal, und niemand stellt Fragen. Jedenfalls nicht an ihn.«

»Und seine Mutter kann keine mehr beantworten.« Borghorsts Augenbrauen zogen sich zu einem struppigen, in der Mitte geteilten »W« zusammen. »Er kennt wahrhaftig alle Tricks.«

Yaegher konnte sich nicht verkneifen, zu sagen: »Er hatte einen guten Lehrmeister.«

Die Bemerkung tat ihm auf der Stelle wieder leid, aber Borghorst schien sie gar nicht zur Kenntnis zu nehmen. Er öffnete das zweite Fenster, um den Tag ganz hereinzulassen und begann das Wohnzimmer dann gründlicher zu inspizieren. Yaegher half ihm dabei, aber sie hielten sich beide zurück. Es gab keine Schublade oder Tür, die sie nicht öffneten, aber sie gingen trotzdem nicht halb so gründlich (und rücksichtslos) vor wie bei einer *echten* Hausdurchsuchung. Was sicher zum einen daran lag, daß es keine *war*, denn sie hatten weder einen ordentlichen Durchsuchungsbefehl noch Isslers Einverständnis, die Wohnung zu betreten, geschweige denn, sie zu durchsuchen. Vielleicht lag es aber auch daran, daß es die Wohnung eines *Kollegen* war, die sie filzten. Borghorst war allerdings mit der Bemerkung in der Kantine der Wahrheit näher gekommen, als Yaegher recht war.

Yaegher hatte sich vom ersten Tag an gefragt, wie es wohl sein würde. Issler war sein erster wirklicher Fall, denn gottlob waren bestechliche oder kriminell veranlagte Polizisten in Wirklichkeit etwas dünner gesät, als Filme und Romane den Leuten auf der Straße draußen glauben machten. Ein paar Beschwerden, einige kleinere Verstöße, ein paar Beamte, die ihre Kompetenzen überschritten hatten, das war alles gewesen, womit er sich in den letzten sechs Monaten beschäftigt hatte.

Nun, jetzt wußte er, wie es war, einen *echten* Fall zu haben: nicht besonders schön.

Übrigens auch nicht besonders fruchtbar. Sie fanden alles, was man in der Wohnung eines gut betuchten Junggesellen zu finden erwartete: von teurem elektronischem Spielzeug bis hin zu brillantbesetzten Manschettenknöpfen. Aber Yaegher war sich auch sicher, daß sie für jedes Teil von nennenswertem Wert eine Quittung finden würden, wenn sie sich die Mühe machten, danach zu suchen. Issler war Profi. Er wußte, wie der Hase lief.

Nach einer Weile gab er es auf, erfolglos Schubladen zu durchwühlen und hinter Schranktüren zu blicken. Wenn es belastendes Material gegen Issler gab, dann war es nicht hier.

Mehr aus privatem als aus beruflichem Interesse heraus wandte er sich der Wand rechts neben der Tür zu, die Isslers Medienzentrum beherbergte. Das Wort »Stereoanlage« wäre all dem ganz und gar nicht gerecht geworden. Yaegher entdeckte gleich vier Kassettenrecorder, drei normale und ein DAT-Gerät, einen Doppel-CD-Player, Tuner und Verstärker, auf die so manche Diskothek neidisch geworden wäre, und zwei Videorecorder. Auf einem Regal daneben standen ungefähr einhundertfünfzig, vielleicht auch zweihundert Videokassetten, die meisten davon selbst aufgenommen, einige aber auch gekauft, so daß sich ihre bunten Cover wie exotische Fremdkörper zwischen den gleichförmigen, von Issler in Schönschrift gekennzeichneten Rücken der übrigen Kassetten ausnahmen. Und davor ein wahres Monstrum von Fernseher. Issler war ein Medienfreak gewesen.

Yaegher betrachtete die Unterhaltungselektronik im Wert eines gehobenen Sportwagens mit einer Mischung aus Bewunderung und unverblümtem Neid. Vor allem der Fernseher erweckte sein besonderes Interesse. Der Bildschirm hatte eine Diagonale von weit über einem Meter. Gute zehntausend Mark, schätzte er, wenn nicht mehr. Wirklich ein bißchen viel für einen kleinen Kriminalbeamten, selbst für einen, der eine Erbschaft gemacht hatte.

»Etwas Interessantes?« fragte Borghorst.

Yaegher zuckte nur mit den Schultern. Abgesehen von ihrem vermutlichen Preis gab es an dieser Anlage im Grunde nichts Außergewöhnliches. Einer der Videorecorder und der Fernseher waren noch eingeschaltet. Er schaltete den Fernseher aus, ließ die Kassette aus dem Recorder schnappen und stellte sie aufs Regal zurück, nachdem er sich den Titel gemerkt hatte. Irgend etwas daran fiel ihm auf, aber er wußte im Moment nicht, was.

Borghorst war neben ihn getreten und betrachtete das Sammelsurium sündhaft teurer Elektronik aufmerksam. Dann glitt sein Blick schnell, aber sehr aufmerksam über die Kassetten. Obwohl er kaum eine halbe Minute dazu benötigte, war Yaegher sicher, daß er jeden einzelnen Titel gelesen und sorgsam registriert hatte.

»Alles geerbt, wie?« fragte Borghorst, als er sich wieder zu ihm umdrehte. In seiner Stimme war ein neuer Ton. Im ersten Moment hielt Yaegher ihn für Bitterkeit, aber dann sah er den Ausdruck in Borghorsts Augen, und er begriff, daß es ganz ordinärer Ärger war. Er sagte nichts, aber sein Schweigen allein schien für Borghorst ein Zeichen zu sein, weiterzureden.

»Wissen Sie, was mich so etwas macht, Yaegher?« fragte Borghorst wütend. »Stinkwütend.«

»Bestechliche Polizisten hat es schon immer...« begann Yaegher. Aber er wurde sofort wieder von Borghorst unterbrochen.

»Aber nicht in meiner Abteilung«, schnappte der Oberinspektor. Er machte eine Bewegung, die noch um vieles wütender aussah, als seine Stimme klang, und Yaegher fragte sich, ob Borghorst nicht vielleicht jetzt und hier vor seinen Augen die Beherrschung verlieren würde. »Und nicht *so*! Es macht mich wütend, Yaegher, wenn ich sehe, wie dieser Kerl gelebt hat. Es macht mich *krank* vor Wut, verstehen Sie?«

Yaegher dachte einen Moment ernsthaft über diese Frage nach, und dann schüttelte er ebenso ernsthaft den Kopf. »Nein«, gestand er.

Borghorst zog eine Grimasse, zündete sich eine Zigarette an und blies eine Rauchwolke in Yaeghers Richtung, wie ein alt gewordener Drache, der noch einmal vergeblich versucht, Feuer zu speien. »Was erwarten Sie jetzt von mir, Yaegher?« fragte er, noch immer erregt, aber schon merklich ruhiger. »Einen großen Vortrag über die Verachtung, die ich korrupten Polizeibeamten entgegenbringe? Etwas darüber, was wir den Menschen dort draußen auf den Straßen schuldig sind, die uns vertrauen? Ich muß Sie enttäuschen. Polizeibeamte sind Menschen wie alle anderen auch. Manche sind gut, manche schlecht. Manche ehrlich und manche korrupt. Und wissen Sie was, Yaegher? Es ist mir *egal*. Sind Sie jetzt schockiert?«

Yaegher schwieg. Borghorst wollte gar keine Antwort auf diese Frage, das war ihm klar. Er hätte sie vielleicht nicht einmal gehört. Aber er verstand plötzlich, warum Borghorst ihn überhaupt mit hierhergenommen hatte. Auch er war ein Mensch (wenn es auch im Präsidium mehr als einen gab, der dies ernsthaft bezweifelte), und er hatte einfach jemanden gebraucht, um sich auszusprechen; vielleicht auch nur, um seinem Zorn einmal Luft zu machen.

»Das hier, Yaegher, das macht mich wirklich rasend«, fuhr Borghorst fort und zog erregt an seiner Zigarette. »Dieser Kerl hat mit uns zusammengearbeitet. Aber während Sie und ich uns für ein paar Kröten abgeschunden und unsere Köpfe hingehalten haben, hat er das große Geschäft gemacht. Wieviel hat er von seiner Mutter *geerbt*, Yaegher?«

»Außer dieser Wohnung?« Yaegher tat so, als müsse er einen Moment nachdenken, obwohl das nicht nötig war. Er hatte die Zahl bis auf die zweite Stelle hinter dem Komma im Kopf. »So um die zweihundertfünfzigtausend.«

»Eine Viertelmillion!« Borghorst spie die Worte regelrecht aus. »Und jetzt fragen Sie mich noch einmal, warum ich so wütend bin.«

Yaegher tat es. »Warum sind Sie es?«

Borghorsts Blick kündigte einen weiteren seiner gefürchteten Wutausbrüche an, aber der kam nicht. Er begnügte sich damit, Yaegher volle fünf Sekunden lang zornig anzustarren, dann stampfte er seine gerade erst angezündete Zigarette in den Aschenbecher, daß die Funken flogen. Als er wieder aufsah, hatte er sich beruhigt; der Zorn war zwar nicht aus seinem Blick, aber zumindest aus seiner Stimme gewichen.

»Sie haben doch auch schon einmal darüber nachgedacht, nicht wahr?« fragte er.

»Worüber?«

»Dasselbe zu tun«, Borghorst wedelte mit der Hand in die Runde. »Ein kleiner Tip hier und da, ein Telefonanruf im richtigen Moment... man kann eine Menge Geld nebenher machen als Polizeibeamter.«

»Ich bin niemals...« begann Yaegher im Ton heiliger Empörung, aber Borghorst schnitt ihm mit einer Geste das Wort ab.

»Natürlich haben Sie. Reden Sie keinen Unsinn. Natürlich haben Sie die Möglichkeit erwogen, zumindest theoretisch. Ich habe es, und jeder andere Beamte auch. Wir alle denken irgendwann einmal darüber nach. Ich habe es getan, als ich ungefähr so alt war wie Sie jetzt, Yaegher. Ich habe damals einfach das Risiko und den möglichen Gewinn gegeneinander abgewogen und mich so entschieden, wie die meisten anderen auch. Es lohnt sich nicht, sich zu verkaufen.«

»Aus keinem anderen Grund?« fragte Yaegher zweifelnd.

Borghorst lachte. »Was erwarten Sie jetzt zu hören? Vermissen Sie das Wort ›Gewissen‹ oder ›Überzeugung‹ in meiner kleinen Rede?«

»Vielleicht.«

»Ihr Problem«, sagte Borghorst unfreundlich. »Ich für meinen Teil bin einfach zu dem Schluß gekommen, daß das Risiko zu groß ist. Früher oder später werden fast alle erwischt.« Er sah Yaegher eine Sekunde lang an und weidete sich ganz unverblümt an dessen verwirrtem Gesichtsausdruck. Dann fuhr er mit kühler, wieder vollkommen sachlich klingender Stimme fort: »Auf jeden Fall *habe* ich mich entschieden, Yaegher. Genau wie Sie und die allermeisten anderen von uns. Und dann kommt ein Kerl wie Issler daher und macht uns alle zu Idioten. *Das* ist es, was mich so wütend macht. Wir versuchen, unseren Job zu tun, so gut wir es können, kassieren ein paar Kröten dafür und kriegen vielleicht eines Tages eine Kugel verpaßt, oder irgendein kahlköpfiger Arsch in Stiefeln und Bomberjacke schlägt uns zu Krüppeln. Irgendwie habe ich ständig das Gefühl, daß er das alles hier *uns* gestohlen hat, Yaegher. Ihnen und mir und all den anderen Trotteln, die sich entschieden haben, ehrlich zu bleiben. Wenn ich mich hier umsehe, dann könnte ich kotzen!«

»Aber bitte nicht auf den Teppich«, sagte eine Stimme von der Tür her, »es dauert Wochen, den Geruch wieder herauszubekommen.«

Yaegher und Borghorst drehten sich im gleichen Moment um und blickten in das Gesicht einer dunkelhaarigen, schlanken Frau von vielleicht dreißig Jahren, die unbemerkt hinter ihnen aufgetaucht war. Ihr Haar war zu einer kurzen, beinahe streng wirkenden Frisur geschnitten, und ihre Kleider verrieten den gleichen erlesenen Geschmack wie den, der sich auch in der Einrichtung dieses Appartements zeigte. In der rechten Hand trug sie einen Koffer aus genopptem Rindsleder und in der linken eine Pistole Kaliber .22, deren Lauf auf einen imaginären Punkt genau zwischen Yaegher und Borghorst gerichtet war. Ihr Zeigefinger lag ganz locker auf dem Abzug, aber Yaegher sah auch, daß die Waffe nicht entsichert war. Borghorst, der auf der anderen Seite stand, konnte das nicht sehen, und Yaegher hoffte, daß er nichts Unbedachtes tat. Er versuchte, ein beruhigendes Zeichen mit der Hand zu machen, das die so überraschend aufgetauchte Besucherin nicht bemerkte. Laut sagte er: »Bitte tun Sie die Waffe weg. Es ist nicht nötig.«

Die Pistole bewegte sich nicht, aber auf dem Gesicht der Frau erschien ein Ausdruck, der irgendwo zwischen Spott und mühsam unterdrückter Nervosität schwankte. »Ich bin nicht ganz sicher«, sagte sie, »soll ich nun die Polizei rufen, oder ist sie vielleicht schon da?«

»Letzteres«, antwortete Yaegher und atmete innerlich auf. Er lächelte und hob langsam die Hand. »Erschießen Sie mich, wenn ich in die Jacke greife und meinen Dienstausweis herausnehme?«

Er bekam keine Antwort, und so führte er die Bewegung zu Ende und kramte seinen Ausweis hervor. Die Dunkelhaarige nahm ihn entgegen, nachdem sie endlich auf die Idee gekommen war, den sichtlich sehr schweren Koffer zu Boden zu stellen, las ihn sehr aufmerksam und mindestens zweimal hintereinander durch und reichte ihn dann an Yaegher zurück. Fast in der gleichen Bewegung senkte sie die andere Hand und ließ die Pistole in der Manteltasche verschwinden.

Die blieb allerdings nicht sehr lange darin, denn Borghorst trat mit zwei schnellen Schritten neben sie, griff in ihren Mantel und zog die Waffe wieder heraus. »Sie gestatten doch, oder?«

Er betrachtete die Zweiundzwanziger eine Sekunde lang kopfschüttelnd, bevor er das Magazin entfernte und beides in seinen eigenen Manteltaschen verschwinden ließ. »Haben Sie einen Waffenschein für das Ding?«

Die Antwort bestand aus einem kalten Blick, in dem allerdings auch eine Spur von Spott glitzerte. »Sie müssen Borghorst sein. Und um Ihre Frage zu beantworten: nein, ich habe keinen Waffenschein. Werde ich jetzt verhaftet?«

Yaegher unterdrückte ein Grinsen. »Kaum«, sagte er rasch, ehe Borghorst antworten und die Situation auf seine unbeschreiblich taktvolle Art weiter verschlimmern konnte. »Vorausgesetzt, Sie beantworten uns ein paar Fragen. Wer sind Sie und was tun Sie hier. Außer mit Pistolen auf Polizisten zu zielen, meine ich?«

»Mein Name ist Freytag. Mit Ypsilon. Evelin Freytag. Und ich wohne zufällig hier. Aber Sie nicht, Herr Yaegher. Ich kann mich jedenfalls nicht erinnern, Sie hier schon einmal gesehen zu haben. Also was tun Sie hier?«

Diesmal kam Borghorst *ihm* zuvor. »Sie sind Fred Isslers Verlobte, nicht wahr?«

»Man könnte es so nennen.«

»Ziehen Sie gerade ein oder aus?« Borghorst deutete auf den Koffer.

»Ein«, antwortete Evelin. »Ausgezogen bin ich gestern abend.«

»Warum?«

Der Spott in ihren Augen machte Ärger Platz. »Ich wollte zu meiner Mutter zurück, aber dummerweise ist die gerade zu ihrer Mutter zurückgegangen. Allerdings wüßte ich nicht, was Sie das alles angeht.«

»Hatten Sie Streit mit Fred?«

Aus dem Ärger in Evelins Augen wurde purer Zorn, aber er war gemischt mit einer ersten Spur von Sorge. »Was wird das? Ein Verhör? Was zum Teufel tun Sie hier? Wo ist Fred?« Sie fuhr leicht zusammen. »Ist ... irgend etwas passiert?«

»Es hat einen Unfall gegeben«, sagte Borghorst.

Keine der Reaktionen, auf die Yaegher gefaßt war, kam. Evelin sah Borghorst nur eine Sekunde lang ausdruckslos an, dann wandte sie sich zu ihm um und fragte sehr gefaßt: »Wie schlimm ist es?«

»Ziemlich schlimm«, antwortete Borghorst. »Ich fürchte –«

»Bitte!« Sie hob die Hand, und atmete einmal sehr tief und hörbar ein. »Ich habe mit einem Polizisten zusammengelebt. Ich kenne Ihre Art, schlechte Nachrichten zu überbringen, also ersparen Sie sie uns beiden. Ist er ... tot?«

»Nein«, antwortete Yaegher. »Aber es ist noch nicht sicher, ob er durchkommt.«

Wieder breitete sich Schweigen zwischen ihnen aus. Für lange Sekunden diesmal. Es war eine Stille ganz besonderer Art, die Yaegher kannte und haßte wie sonst nichts auf der Welt, denn sie gehörte zu jenen Seiten seines Berufes, an die er sich nie gewöhnen würde und an die er sich auch nicht gewöhnen wollte. Evelin gehörte offensichtlich zu jenen Menschen, die Hiobsbotschaften verkrafteten, ohne in Tränen auszubrechen oder hysterisch zu werden. Aber das bedeutete nicht, daß es leichter für ihn war.

»Was ist passiert?« fragte sie schließlich.

»Das wissen wir noch nicht genau«, antwortete Borghorst. »Er wurde von einem Lastwagen angefahren.«

»Wann?«

»Vergangene Nacht, kurz nach halb zwei. Warum?«

»Weil ich ...« Sie brach ab, biß sich auf die Unterlippe und schüttelte dann den Kopf. »Nichts. Vergessen Sie es. Es ist unwichtig.«

»Ich würde lieber selbst entscheiden, was unwichtig ist und was nicht«, sagte Borghorst.

Evelin funkelte ihn an. Aber sie antwortete trotzdem. »Wir hatten Streit. Einen ziemlich schlimmen Streit. Ich dachte, daß er ... daß er vielleicht meinetwegen aus dem Haus gerannt ist. Aber das war fast eine Stunde früher.«

»Und fünf Kilometer entfernt«, fügte Borghorst hinzu. »Er wurde nicht hier angefahren.«

Evelin seufzte sehr tief. »Wie ist es passiert?«

»Wie schon gesagt, das wissen wir noch nicht genau«, antwortete Borghorst. »Wir haben die Aussagen des Lkw-Fahrers und die einiger Zeugen, aber es gibt da ein paar kleine Unstimmigkeiten.«

Yaegher sah auf. Seine Vermutung war also richtig gewesen. Borghorst hatte ihm etwas verschwiegen. Wahrscheinlich sogar eine ganze Menge.

»Aber deswegen sind Sie nicht hier«, vermutete Evelin. Sie hatte sich jetzt wieder völlig in der Gewalt und wirkte erstaunlich gefaßt. Aber Yaegher hatte schon zu viele solcher Situationen erlebt, um sich länger als eine Sekunde täuschen zu lassen. Er wußte, wie es in der jungen Frau wirklich aussah.

»Nicht nur«, gestand Borghorst. »Es gibt...«

»Dann gehen Sie bitte«, unterbrach ihn Evelin. Sie sah den Zorn in Borghorsts Augen aufblitzen und fuhr rasch mit ernster, fast ausdrucksloser Stimme fort: »Bitte verstehen Sie, ich möchte einfach eine Weile allein sein, das ist alles. Ich verspreche Ihnen, hier nicht wegzugehen und nichts anzurühren und ... und wenn Sie es wünschen, dann komme ich später aufs Revier und werde all ihre Fragen beantworten. Aber im Augenblick möchte ich einfach allein sein. Bitte haben Sie Verständnis dafür.«

»Natürlich«, sagte Yaegher rasch. Er konnte Borghorsts bösen Blick regelrecht fühlen, aber er fuhr trotzdem fort: »Rufen Sie uns einfach an, wenn Sie glauben, soweit zu sein. Wir schicken Ihnen dann einen Wagen, der sie abholt.«

Borghorst starrte ihn auf eine Weise an, die von kommendem Unheil kündete, aber er schluckte alles, was ihm auf der Zunge lag, hinunter, obwohl es ein verdammt großer Brocken sein mußte, und folgte ihm wortlos zur Tür. Bevor sie die Wohnung verließen, blieb er jedoch noch einmal stehen und wandte sich zu Evelin um.

»Noch eine letzte Frage: Wissen Sie, was mit der Tür unten geschehen ist?«

»Der Hauseingang?« Sie schüttelte den Kopf. »Nein. Als ich gestern abend gegangen bin, war er noch heil.«

Borghorst zog die Wohnungstür hinter sich ins Schloß, ohne sich mit überflüssigen Förmlichkeiten wie »Auf Wiedersehen« oder »Vielen Dank« aufzuhalten, ging wortlos an Yaegher vorbei zur Treppe und ebenso wortlos die dreizehn Stufen nach unten, ehe er stehenblieb. Yaegher wußte, was kam. Aber er war darauf vorbereitet.

»Hören Sie mir zu, Yaegher«, begann Borghorst leise, mit ausdrucksloser, fast eisiger Stimme. »Was ich Ihnen jetzt sage, werde ich nur ein einziges Mal sagen. Sie bekommen keine zweite Warnung. Wenn Sie mir auch nur noch einmal so ins Wort fallen wie gerade und mich bei meiner Arbeit behindern, dann sorge ich dafür, daß Sie vierundzwanzig Stunden später wieder Parkuhren kontrollieren.«

»Es tut mir leid, wenn ich Sie behindert habe«, antwortete Yaegher kühl. »Das lag nicht in meiner Absicht. Aber es wäre wahrscheinlich auch nicht passiert, wenn Sie mir vorher die ganze Geschichte erzählt hätten.«

Borghorst machte sich nicht einmal die Mühe, abzuleugnen, was Yaegher zwischen den Zeilen andeutete. »Warum sollte ich?«

»Vielleicht, weil mich *alles* an meinem Fall interessiert«, antwortete Yaegher schon nicht mehr ganz so kühl wie gerade. »Nicht nur das, was ich morgen früh in der Zeitung lesen kann.«

»Es ist nicht *Ihr* Fall«, antwortete Borghorst. »Er war es vielleicht, bis heute nacht. Jetzt nicht mehr.«

»Wenn das so ist, warum haben Sie mich dann überhaupt mitgenommen?« Yaegher spürte, daß ihm die Situation zu entgleiten drohte. Er wollte das nicht sagen. Nicht mit diesen Worten und gar nicht *so*.

»Weil ich nicht sicher war«, antwortete Borghorst. »Jetzt bin ich es. Und wenn Sie nur halb soviel Aufmerksamkeit auf die *Fakten* verschwendet hätten, wie darauf, dieser Kleinen da oben auf die Titten zu starren, dann hätten Sie schon von selbst begriffen, was hier los ist.«

»Ich war eben schon immer etwas begriffsstutzig«, sagte Yaegher gereizt. »Helfen Sie mir auf die Sprünge, Herr Oberkommissar.«

Borghorst ignorierte seinen beleidigenden Ton ebenso wie Yaegher den seinen. Vielleicht ist dies doch der große Showdown, dachte Yaegher mit einem leisen Anflug von Bedauern. Er hätte sich mehr Publikum dafür gewünscht. Vorausgesetzt natürlich, er gewann ihn.

»Das war kein Unfall heute nacht«, sagte Borghorst. »Ich habe keine Sekunde lang daran geglaubt. Der Lkw-Fahrer schwört, daß Issler direkt in seinen Wagen hineingelaufen ist, und zwar *absicht-*

lich. Und wir haben ein halbes Dutzend Zeugen gefunden, die dasselbe sagen.«

»Selbstmord?« Yaegher machte ein zweifelndes Gesicht. Fred Issler war nicht der Typ für so etwas. Auf der anderen Seite: Genau dasselbe hatten wahrscheinlich schon Hunderttausende von Hinterbliebenen mit der gleichen Überzeugung gesagt. Niemand war der Typ für *so etwas*.

Borghorst schien es allerdings auch nicht zu glauben. »Kaum«, sagte er. »Nicht nach dem, was ich hier gesehen habe. Ich glaube allerdings auch nicht, daß er einfach so in den Wagen hineingelaufen ist, wie der Fahrer behauptet. Ich schätze, jemand hat ihn verfolgt. Irgend jemand hat ihm angst gemacht. So große Angst, daß er sich nicht einmal die Mühe gemacht hat, die Tür aufzuschließen, sondern einfach hindurchgerannt ist. Und dann immer weiter, bis ihn schließlich der Wagen erwischt hat. Es gibt einen Zeugen, der behauptet, er sei völlig aufgelöst gewesen und wie von Furien gehetzt auf die Straße hinausgelaufen.«

Yaegher sah die eingeschlagene Tür zweifelnd an. Das Drahtglas machte einen ziemlich massiven Eindruck. Auf der anderen Seite wußte er auch, welch erstaunliche Kräfte ein Mensch mobilisieren kann, der in Todesangst ist. Aber in der Wohnung oben hatte es keine Spuren eines Kampfes gegeben.

»Wer sollte das gewesen sein?« fragte er. »Und warum?«

»Woher soll ich das wissen«, antwortete Borghorst. »Vielleicht seine Auftraggeber. Die Herrschaften, die ihm seine Wohnung und sein bequemes Leben finanziert haben.«

»Einen Polizisten zu bestechen und ihn zu ermorden, das sind zwei paar Schuhe«, sagte Yaegher.

Borghorst lachte nur. »Sie haben doch gesehen, wie er lebt, oder nicht? Was sind Sie, Yaegher? Naiv oder nur dumm? Soviel Geld bekommt man nicht, wenn man ab und zu einmal ein Strafmandat verschwinden läßt, das sollte Ihnen klar sein. Da stecken ganz andere Kaliber dahinter. Ich nehme an, irgend jemand hat kalte Füße bekommen und entschieden, daß es besser ist, ihn auszuschalten, ehe Sie sich mit ihm unterhalten und er auspackt. Jemand, der einem Polizisten eine Viertelmillion an Bestechungsgeldern zuschiebt, der schreckt auch vor einem Mord nicht zurück.«

Es war nicht etwa so, daß Yaegher dies bezweifelte. Ganz im

Gegenteil: Borghorst hatte eigentlich nur ausgesprochen, was er schon selbst gedacht hatte. Aber da fehlte noch etwas. Und obwohl er wußte, daß ihn die Antwort nur wütend machen würde, stellte er die Frage laut: »Woher hätten sie das wissen können?«

»Was weiß ich!« antwortete Borghorst grob. »Irgend jemand hat nicht dichtgehalten, nehme ich an.«

»Mit irgend jemand meinen Sie mich, nicht wahr?«

»*Ich* weiß seit Wochen, daß Sie hinter Issler her sind«, antwortete Borghorst kühl. »Und wenn ich es herausfinden konnte, dann konnten es andere auch. Sie können sich aussuchen, was Ihnen lieber ist: die Erklärung, daß es eine undichte Stelle bei Ihnen gibt, oder die, daß Sie einfach unfähig sind, Yaegher.« Er lächelte kalt und auf eine Weise, für die allein Yaegher ihm am liebsten alle Zähne eingeschlagen hätte, und fuhr fort: »Aber so oder so, Sie sind aus diesem Fall raus.«

»Wieso?« fragte Yaegher.

Borghorst seufzte. Sein Blick und die Art, wie er die Luft zwischen den Zähnen einsog, waren die, mit der ein Erwachsener einem etwas zurückgebliebenen Kind erklären mochte, warum man sich nicht mit einer elektrischen Brotschneidemaschine die Fingernägel stutzt. Aber er antwortete trotzdem. »Weil es nicht mehr in Ihr Ressort fällt, Yaegher.«

»Und weil Sie es persönlich nehmen.«

»Ja, verdammt noch mal«, polterte Borghorst. »Ich nehme es verdammt persönlich, wenn jemand einen meiner Männer umzubringen versucht.«

»Und wenn es wirklich nur ein Unfall war?«

»Dann werden wir es herausfinden«, antwortete Borghorst. »Es ist mein Job, so etwas herauszufinden. Ich werde dafür bezahlt.«

4

Borghorst hielt Wort. Es dauerte eine gute halbe Stunde, bis der Anteil an Adrenalin in Yaeghers Kreislauf wieder deutlich geringer war als der an Blut. Er brauchte diese Zeit allerdings auch, um wieder zurück ins Präsidium zu kommen, denn Borghorst hatte sich nicht entblödet, ihm die Wagentür vor der Nase zuzuschlagen und zu erklären, daß ihre Zusammenarbeit hiermit beendet sei.

Aber das war noch nicht alles. Nach einer Irrfahrt mit S- und U-Bahn und einer Taxe (eine Quittung ließ er sich erst gar nicht geben, da er die Meinung seines Vorgesetzten zu Dienstfahrten mit dem Taxi kannte) endlich im Polizeipräsidium angekommen, fand er nicht nur einen ganzen Berg von Aktennotizen, Post und Telefonnummern, die er zurückrufen sollte, auf seinem Schreibtisch vor, sondern ganz obenauf auch eine Nachricht, daß er sich umgehend bei Kriminalrat Berger melden solle.

Das Gespräch dauerte zwei Minuten, und es übertraf seine schlimmsten Erwartungen. Borghorst mußte die Zeit, die Yaegher gebraucht hatte, um ins Präsidium zurückzukehren, genutzt haben, um emsig zu telefonieren und seine Fäden zu spinnen. Berger ließ sich auf gar keine Diskussion ein, sondern teilte ihm knapp mit, daß er Oberinspektor Borghorst alle Akten und Unterlagen im Fall Issler auszuhändigen habe. Aber er nahm ihm den Fall nicht weg. Er tat etwas viel Schlimmeres: Er erklärte ihm, daß die Mordkommission und die Interne Abteilung in diesem besonderen Fall zusammenarbeiten würden und er erwarte, daß er Oberinspektor Borghorst nach Kräften unterstütze. Im Klartext hieß das nichts anderes, als daß Yaegher nach knapp sechs Monaten wieder Borghorsts Assistent war, ob ihm das nun paßte oder nicht.

Es war wieder alles beim alten.

Yaegher kochte innerlich vor Wut, als er in sein Büro zurückkehrte, und die hämischen, schadenfrohen Blicke, die ihm auf dem Weg dorthin folgten, machten es auch nicht gerade besser. Ebensowenig wie der Umstand, daß er sich mittlerweile selbst eingestand, nicht besonders geschickt gewesen zu sein. Auch wenn er es ungern zugab: Natürlich *war* ein Gutteil Schadenfreude dabeigewesen, Borghorst, ausgerechnet Borghorst, mit der Neuigkeit überraschen zu können, daß ein Mann aus seiner Abteilung im dringenden Verdacht stand, Bestechungsgelder angenommen zu haben.

Er hätte sich denken können, daß es *so* ausging.

Das Telefon klingelte. Yaegher war mit zwei schnellen Schritten beim Schreibtisch, warf sich halbwegs darüber und angelte mit einem ausgestreckten Arm nach dem Hörer, darauf gefaßt, Borghorsts Stimme zu vernehmen, die ihn in dessen Büro zitierte.

Aber es war nicht Borghorst. Es war Evelin Freytag.

Yaegher war ein wenig überrascht, ihre Stimme zu hören. Alles in allem war keine Dreiviertelstunde vergangen, seit sie die Wohnung verlassen hatten. Er hatte nicht damit gerechnet, so schnell von ihr zu hören.

»Fräulein Freytag«, begann er, leicht verlegen und auch ein bißchen befangen; es war ihm immer schwergefallen, mit einem Menschen zu reden, dem er wenige Augenblicke zuvor die Nachricht vom Tod oder zumindest einem schweren Unglück eines Familienmitgliedes überbracht hatte. »Was kann ich für Sie tun?«

»Evelin«, antwortete sie. »Bitte nennen Sie mich Evelin. Niemand nennt mich Fräulein Freytag.«

»Evelin, gut.« Zu Yaeghers Befangenheit gesellte sich Verwirrung. »Also, was kann ich für Sie tun?«

»Ich ... ich habe vorhin ... ich meine, als Borghorst und Sie hier waren, ging alles so schnell, und ...«

»Sie brauchen sich nicht zu entschuldigen«, sagte Yaegher sanft. »Ich verstehe, wie Ihnen zumute ist.«

»Nein«, sagte Evelin scharf. »Das glaube ich nicht.« Sie schwieg ein paar Sekunden, dann klang ihre Stimme wieder ruhiger, aber jetzt auch nicht mehr stockend und unsicher wie zuvor. »Ich habe nicht einmal gefragt, in welchem Krankenhaus er ist. Ich kann doch zu ihm, oder?«

Yaegher war nicht einmal sicher, daß das so war. Er war aber auch nicht in der Stimmung, einem wildfremden Menschen gegenüber, noch dazu am Telefon, einzugestehen, daß man ihn gerade gemaßregelt und wie einen nichtsnutzigen Schüler in seine Schranken verwiesen hatte. »Theoretisch schon«, sagte er.

»Und praktisch?«

»Ich habe nicht selbst mit den Ärzten gesprochen«, antwortete er ausweichend. »Oberinspektor Borghorst leitet diesen Fall, müssen Sie wissen. Ich ... bin da vielleicht nicht der richtige Ansprechpartner für Sie. Ich weiß nicht, ob Fred schon vernehmungsfähig ...« Er verbesserte sich hastig »... ob er in der Lage ist, mit jemandem zu sprechen.«

»Ich will ihn nur sehen«, antwortete Evelin. »Wo ist er?«

Nur um Zeit zu gewinnen und nicht zugeben zu müssen, daß er nicht einmal das wußte, sagte er: »Ich halte das für keine so gute Idee, Evelin. Glauben Sie mir, ich habe Erfahrung mit solchen Dingen. Sie sollten erst einmal eine Weile zur Ruhe kommen.« Einem plötzlichen Impuls folgend, fügte er hinzu: »Wenn Sie jemanden brauchen, um zu reden, komme ich gern vorbei. Nicht als Polizist.«

»Sondern?«

»Einfach nur so.« Plötzlich hatte er eine Idee. »Wissen Sie was, ich rufe jetzt im Krankenhaus an und spreche mit dem Arzt. Und danach hole ich Sie ab, und wir fahren gemeinsam in die Klinik. Einverstanden?«

»Ja«, antwortete Evelin. Eine Sekunde herrschte Schweigen, dann fügte sie hinzu: »Aber bitte kommen Sie allein.«

Das versprach Yaegher ihr gern. Ganz davon abgesehen, daß es Borghorst ärgern würde, hatte er plötzlich das sichere Gefühl, daß Evelin ihn nicht nur angerufen hatte, um sich nach der Adresse der Klinik zu erkundigen. Er verabschiedete sich, fuhr mit dem Paternoster zwei Etagen nach unten und ging in Borghorsts Büro. Mendels schadenfrohes Grinsen ersparte ihm die Frage, ob das Ergebnis seines Gespräches mit Kriminalrat Berger schon bis zur Mordkommission durchgedrungen war. Er ließ sich nichts von dem Ärger, den er bei diesem Gedanken empfand, anmerken, ebensowenig wie von seiner Erleichterung, Borghorst selbst nicht anzutreffen, sondern erkundigte sich harmlos nach der Klinik, in die Issler gebracht worden war. Und sowohl Mendel als auch die Stegmüller waren viel zu sehr damit beschäftigt, ihn hämisch anzugrinsen, als daß sie auf den Gedanken gekommen wären, ihn nach dem Grund für seine Neugier zu fragen. Eine Minute später verließ er mit der Adresse des Krankenhauses, der Abteilung und sogar der Zimmernummer das Büro, und zwanzig Minuten später stieg er vor dem Appartementhaus zum zweiten Mal an diesem Tag aus dem Wagen und betrat es durch die eingeschlagene Glastür.

Evelin Freytag öffnete ihm, noch bevor er die Hand nach dem Klingelknopf ausstrecken konnte. Sie mußte am Fenster gestanden und auf ihn gewartet haben. In der allerersten Sekunde entdeckte er Mißtrauen und eine Spur von Furcht auf ihrem Gesicht, dann, nachdem sie sich mit einem raschen Blick davon überzeugt hatte, daß er tatsächlich allein gekommen war, Erleichterung und eine neue, mühsam unterdrückte Nervosität. Er lächelte. »Keine Sorge«, sagte er. »Borghorst ist nicht mitgekommen. Er weiß nicht einmal, daß ich hier bin.«

Sie erwiderte sein Lächeln, machte einen Schritt zurück in die Wohnung und gleichzeitig eine angedeutete Geste, er solle eintreten. Erst nachdem er es getan und sie die Tür wieder hinter ihm ins Schloß gedrückt hatte, fragte sie: »Woher wissen Sie, daß ich ihn nicht leiden kann?«

»Aus zwei Gründen: Ich war dabei, als Sie vorhin zum ersten Mal mit ihm gesprochen haben, und *niemand* kann Borghorst leiden, nicht einmal Borghorst.«

Er drehte sich zu ihr um und versuchte, in der blassen Helligkeit des Flures irgendeine Reaktion auf ihrem Gesicht zu erkennen. »Wollen wir gleich fahren?«

»Ehe Ihr Chef herausfindet, daß Sie hier sind und Sie zurückpfeift?«

»Borghorst ist nicht mein Chef«, antwortete Yaegher. »Jedenfalls nicht direkt.«

»Ich weiß.«

Er sah sie fragend an, und Evelin ging an ihm vorbei und antwortete, während sie die Wohnzimmertür öffnete: »Fred hat viel von Ihnen erzählt. Es tut mir leid, wenn Sie meinetwegen Ärger bekommen. Aber ich ...« Sie brach mitten im Satz ab, blieb wieder stehen und drehte sich halb zu ihm herum. »Ich muß einfach mit jemandem reden.«

»Und dieser Jemand soll nicht unbedingt Borghorst heißen«, Yaegher nickte. »Aber früher oder später werden Sie es müssen.«

Sie nickte nur, lächelte auf sonderbar traurige Weise und ging dann weiter. Yaegher folgte ihr.

Das Wohnzimmer hatte sich verändert.

Evelin hatte Wort gehalten und nichts angerührt, aber sämtliche Jalousien hochgezogen und die Vorhänge weit geöffnet, so daß das Sonnenlicht ungehindert hereinströmen konnte. Der einzige Unterschied, der ihm auf den ersten Blick auffiel, war der Tisch. Als sie vorhin hier gewesen waren, hatte ein schon fast überlaufender Aschenbecher und ein halbes Dutzend Bierflaschen darauf gestanden. Jetzt war er so blank poliert, daß er sich darin spiegeln konnte.

Evelin bemerkte seinen Blick und lächelte flüchtig. »Ich weiß, ich hätte das nicht tun sollen«, sagte sie verlegen, »aber ich kann nun einmal Unordnung nicht leiden.«

»Das macht nichts«, antwortete Yaegher.

»Sie haben sowieso schon alles gefunden, wonach Sie gesucht haben, nicht wahr?« Die Frage kam so rasch und in so beiläufigem Ton, daß er um ein Haar ganz automatisch geantwortet hätte. Doch dann legte er nur den Kopf schräg und sah sie fragend an.

»Ich bin nicht blind«, sagte Evelin, »und auch nicht begriffsstutzig. Sie und Ihr Kollege waren nicht hier, um mich über den Unfall zu informieren, Sie haben etwas gesucht.«

Yaegher glaubte, das Eis, auf das er sich mit seinen nächsten Worten hinauswagte, unter seinen Füßen knistern zu hören, so dünn war es. Und er wußte auch, daß er sich nicht nur nasse Füße holen würde, wenn er einbrach. Er würde jämmerlich ersaufen. Borghorst wartete nur auf eine Gelegenheit, ihn endgültig abzuwürgen. Er sollte gar nicht hier sein und Fragen stellen. Geschweige denn, Fragen *beantworten*. Trotzdem nickte er und sagte: »Ja. Aber wir haben nichts gefunden. Und ich glaube auch nicht, daß wir etwas finden werden. Oder?«

Sie sah ihn nur an, auf eine völlig undeutbare Art, ohne Erschrecken, ohne Furcht oder Zorn oder irgendeine der anderen Reaktionen, die er in Situationen wie dieser gewohnt war. Evelin war entweder eine ausgezeichnete Schauspielerin oder sie wußte wirklich nichts. Yaegher hoffte, daß letzteres der Fall war. Die junge Frau war ihm sympathisch. Er hätte es bedauert, wenn sie noch weiter in die Geschichte hineingezogen würde, als sie es ohnehin schon war.

Gerade, als das Schweigen zwischen ihnen auf eine schwer faßbare Weise unangenehm zu werden drohte, machte Evelin eine Handbewegung zur Couch und sagte: »Bitte setzen Sie sich einen Moment. Ich muß nur noch etwas heraussuchen, dann können wir fahren.«

Er nickte, blieb aber stehen, und sie wiederholte ihre Einladung nicht, sondern ging mit plötzlich sehr schnellen Schritten aus dem Zimmer. Yaegher widerstand der Versuchung, ihr nachzublicken, aber er konnte hören, daß sie das Schlafzimmer betrat und dort eine Schublade aufzog. Während sie tat, wozu immer sie hinausgegangen war, sah sich Yaegher ein zweites Mal und mit verändertem Blick in Isslers Appartement um. Die offenen Fenster und das viel hellere, freundliche Licht hatten in dem Raum eine erstaunliche Veränderung bewirkt. Vorhin war ihm alles hier drinnen schwer und drückend vorgekommen, der Raum klein und düster, die Möbel übergroß und gerade eine Spur zu wuchtig, um noch behaglich zu wirken, und selbst das Luftholen war ihm schwerer gefallen als jetzt. Möglicherweise hatte es auch daran gelegen, daß sie sich wie Einbrecher im Halbdunkel bewegt und Schubladen und Türen aufgezogen hatten, um ihren Inhalt zu durchwühlen, während er jetzt *hereingebeten* worden war. Aber das war nicht alles. Und nach einigen weiteren Sekunden begriff er den Unterschied ganz deutlich, ohne ihn zu verstehen. Irgend etwas fehlte. Es war, als wäre vorhin etwas dagewesen, das ihn mit Unbehagen erfüllte, etwas, dessen Anwesenheit man erst spürte, nachdem es *nicht* mehr da war, so absurd ihm der Gedanke auch selbst vorkam.

Er verscheuchte ihn. Wie jeder gute Polizist (übrigens auch jeder schlechte, der sich für einen guten hielt) hatte er gelernt, auf seine Stimmungen und Ahnungen zu hören und auch den abwegigsten Gedanken, der ihm kam, nicht einfach beiseite zu schieben. Aber erstens war der Gedanke an einen unsichtbaren Beobachter, der hier drinnen lauerte, völlig verrückt, und zweitens war an diesem Fall nichts, aber auch gar nichts normal. Für einen kurzen Moment meldete sich ein kleiner Rest von Vernunft in ihm und versuchte, ihn davon zu überzeugen, daß er auf der Stelle gehen und Kriminalrat Berger darum bitten sollte, ihn von diesem Fall abzuziehen, ehe er sich in eine Situation hineinmanövrieren konnte, aus der er nicht mehr herauskam. Es *war* die Entscheidungsschlacht zwischen Borghorst und ihm; nur, daß sie nicht zehn Minuten oder eine halbe Stunde dauern würde, sondern Tage, vielleicht Wochen; solange diese Geschichte eben dauerte. Es gab weder einen greifbaren noch logischen Grund dafür, aber er *wußte* einfach, daß Borghorst die Gelegenheit nutzen würde, ihn endgültig fertigzumachen. Und bisher hatte er alles in seiner Macht Stehende getan, ihm die Sache auch noch zu erleichtern.

Es klingelte. Ganz automatisch wandte sich Yaegher zur Tür und machte einen halben Schritt. Erst dann fiel ihm wieder ein, daß dies hier nicht *seine* Wohnung war, und blieb nicht nur stehen, sondern machte sogar einen halben Schritt zurück, damit Evelin ihn nicht sah und glaubte, er würde sie beobachten. Er hörte, wie sie zur Tür ging und öffnete, aber ihre Stimme war zu leise, als daß er die Worte verstehen konnte. Eine männliche Stimme antwortete, die Worte waren ebenfalls nicht zu identifizieren.

Der Polizist in ihm erklärte ihm, daß es sogar seine Pflicht wäre, die Ohren zu spitzen, um vielleicht das eine oder andere Interessante mitzubekommen. Das Dumme war nur, daß er gar nicht als Polizist hier war. Was er vorhin am Telefon einfach so dahergesagt hatte, war die reine Wahrheit gewesen, ohne daß ihm dies in diesem Moment selbst klar gewesen wäre. Er war aus zwei Gründen hier, von denen ihm einer sehr deutlich und der andere bis zu dieser Sekunde überhaupt nicht bewußt gewesen war: zum einen, um sich auf diese Weise wie ein trotziges Kind gegen Borghorst aufzulehnen – und zum anderen wegen Evelin.

Der Gedanke erfüllte ihn mit einer Mischung aus Verwirrung und Schrecken. Er hatte sie, alles in allem, nicht einmal fünf Minuten lang gesehen und selbst das in der schwachen Beleuchtung hier drinnen nur sehr undeutlich. Was, um alles in der Welt, war in ihn gefahren? Er war weder ein Schürzenjäger, noch glaubte er an Liebe auf den ersten Blick. Und selbst wenn: worüber er hier nachdachte, war Liebe *vor* dem ersten Blick. Verrückt!

Verwirrt begann er, im Wohnzimmer auf und ab zu gehen, wobei er aber sorgfältig darauf achtete, sich von der Tür fernzuhalten, und schließlich blieb er wieder vor Isslers überdimensionaler Stereo-Fernseh-Kombination stehen. Vorhin hatte ihn der Anblick vor allem mit Neid und der festen Überzeugung erfüllt, daß eine Anlage wie diese die finanziellen Möglichkeiten eines Polizeibeamten bei weitem überstieg. Jetzt betrachtete er sie mit dem Blick eines interessierten Laien, der Dinge wie diese normalerweise nur in einem Katalog oder bestenfalls auf einem Messestand zu Gesicht bekommt. Vor allem korrigierte er seine Schätzung, was ihren Preis anging, um einen Faktor zwischen zwei oder drei nach oben. Gleichzeitig wunderte er sich ein bißchen. Issler war möglicherweise korrupt, vielleicht sogar ein bißchen naiv; aber er mußte schlichtweg nicht mehr alle Tassen im Schrank gehabt haben, wenn er sich im Ernst eingebildet hatte, *damit* durchzukommen. Auch die geschickt aufgebaute Geschichte von der Erbschaft klang wenig überzeugend, wenn man gleichzeitig mit einer Anlage wie dieser protzte, deren Wert deutlich über 50 000 Mark lag. Vom Rest der Wohnung und ihrer Einrichtung völlig zu schweigen. Soviel Yaegher bisher hatte herausfinden können, lief diese ganze häßliche Geschichte seit gut vier Jahren. Aber Issler hatte nicht wirklich damit rechnen können, seine Wohnung und seinen wirklichen Lebensstandard für alle Zeiten geheimzuhalten. Vielleicht hatte er es auch nicht gewollt.

Die Stimmen aus dem Flur wurden lauter, und obwohl Yaegher immer noch nicht verstehen konnte, was Evelin und ihr Besucher miteinander redeten, verstand er doch zumindest den Ton, in dem sie es taten. Es war noch kein Streit, aber es war dicht davor. Er schob seine albernen Bedenken zur Seite und ging mit ein paar schnellen Schritten zu ihr hinaus.

Evelin hatte die Wohnungstür geöffnet und unterhielt sich, heftig gestikulierend, mit einem jungen Mann in Jeans und einer für die Jahreszeit viel zu warmen Lederjacke, der langes Haar, einen ungepflegten Dreitagebart und eine kleine Narbe über der linken Augenbraue hatte. Unter dem linken Arm trug er einen zerschrammten Motorradhelm, in der rechten Hand hielt er ein Klemmbrett mit einem grünen Zettel. Als er Yaegher sah, brach er mitten im Wort ab und musterte ihn eine Sekunde lang auf feindselig-abschätzende Art. Dann schien er zu dem gleichen Schluß zu kommen, zu dem die meisten kamen, die Yaegher das erste Mal sahen und nicht wußten, wer er war: daß er sich einem harmlosen Trottel gegenübersah, den er getrost ignorieren konnte. Yaegher wußte, daß er diesen Eindruck erweckte, aber da er, zumal in seinem Beruf, eher nützlich war, hatte er nie versucht, etwas dagegen zu unternehmen. Er sagte auch jetzt nichts, sondern trat wortlos vollends neben Evelin und sah sie nur fragend an.

»Ich habe jetzt wirklich weder Zeit noch Lust dazu«, sagte Evelin in diesem Moment.

»Hören Sie, Fräulein«, sagte der Langhaarige. Seine Stimme klang irgendwie ungepflegt. Und so überheblich, daß er Yaegher noch unsympathischer wurde. »Ich habe meinen Auftrag. Mein

Chef reißt mir den Kopf ab, wenn ich ohne das Ding zurückkomme. Es ist doch nun wirklich kein großer Umstand, wenn Sie …«

»Jetzt nicht«, unterbrach ihn Evelin, diesmal etwas schärfer. Sie warf Yaegher einen raschen, beistandheischenden Blick zu und schüttelte dann bekräftigend den Kopf und sagte noch einmal: »Ich kann das jetzt nicht. Kommen Sie morgen wieder oder besser in zwei oder drei Tagen. Bis dahin habe ich das Band herausgesucht.«

»Und ich bin meinen Job los!« wimmerte der Junge. »Außerdem kostet es nur unnötig Geld. Warum gehen Sie nicht …«

»Warum gehen *Sie* nicht einfach nach Hause und erzählen Ihrem Chef, daß Sie niemanden angetroffen haben?« unterbrach ihn Yaegher. »Ich weiß zwar nicht, worum es geht, aber Sie haben doch eben gehört, daß Sie im Moment ungelegen kommen, oder?«

Evelin blickte ihn kurz und dankbar an. In den Augen des jungen Mannes blitzte es dagegen verärgert auf. Für eine einzige Sekunde sah er *gefährlich* aus. Aber der Augenblick verging so rasch, wie er gekommen war, und Yaegher schob den Gedanken wieder beiseite. Einen Moment lang spielte er mit der Vorstellung, seinen Dienstausweis zu ziehen und dem Burschen einen gehörigen Schrecken einzujagen, erkannte aber, daß das ebenso überflüssig wie kindisch gewesen wäre, und sagte daher nur noch einmal und sehr ruhig: »Bitte, gehen Sie jetzt.«

Er gab dem anderen nicht einmal Gelegenheit, noch einmal zu widersprechen, sondern schob in einer einzigen Bewegung Evelin ein Stück zurück und die Tür ins Schloß.

»Wer war das?« fragte er.

Evelin zuckte mit den Schultern und ging wieder ins Wohnzimmer zurück. »Der Bote von irgend so einem Videoclub, in dem Fred Mitglied ist. Ich glaube, er hat eine Kassette nicht pünktlich zurückgegeben.«

»Das ist wirklich ein todeswürdiges Verbrechen.« Yaegher grinste. »Ich hoffe, sie rücken nicht gleich morgen früh mit einem Rollkommando hier an und schlagen die Tür ein. Sind Sie soweit?«

Evelin schien seinem Gedankengang nicht sofort folgen zu können, denn sie blieb stehen und sah ihn eine Sekunde lang verwirrt an, dann nickte sie beinahe hastig. »Sicher.«

Trotz dieser Antwort gelang es ihr, sich noch gute zwei oder drei Minuten damit aufzuhalten, ihre Handtasche aus dem Wohnzimmer zu holen und verschiedene Dinge wie Schlüssel, Portemonnaie und ein Parfümfläschchen aus allen Zimmern der Wohnung zusammenzutragen, ehe sie das Appartement schließlich verließen. Vermutlich wollte sie dem Langhaarigen nicht noch einmal draußen auf der Treppe begegnen, dachte Yaegher.

Das Funkgerät in seinem Wagen begrüßte ihn mit einem ungeduldigen Piepsen, als er hinter dem Steuer Platz nahm und die Beifahrertür entriegelte. Er wartete, bis Evelin die Tür geschlossen und sich angeschnallt hatte, dann startete er den Motor und fuhr los. Das Funkgerät piepste weiter. Yaegher ignorierte es, bis sie an der nächsten Ampel anhalten mußten, dann streckte er die Hand nach dem Hörer aus, zuckte im letzten Moment zurück und schaltete das Gerät statt dessen vollkommen ab.

»Gehen Sie denn nicht ran?« fragte Evelin.

»Normalerweise schon«, antwortete Yaegher.

»Es könnte wichtig sein«, sagte sie. »Vielleicht ist es ja Oberinspektor Borghorst.«

Er lächelte schwach. »*Wahrscheinlich* ist er es sogar. Und das ist genau der Grund, weshalb ich *nicht* drangehe.«

5

Der Arzt war so jung, daß Yaegher ihm ohne weiteres den Medizinstudenten oder allenfalls den Assistenzarzt im ersten Jahr abgekauft hätte, nicht den Dr. med. Saarstädt, wie das geätzte Namensschildchen in mattem Chrom auf dem Revers seines weißen Kittels behauptete. Wahrscheinlich war er das auch, ein Assistenzarzt, der nicht nur völlig übermüdet und, nach den rotunterlaufenen Augen und seinen ganz leicht zitternden Händen zu schätzen, seit mindestens sechsunddreißig Stunden ununterbrochen im Dienst war, sondern auch ebenso offensichtlich vollkommen überfordert war. Yaeghers Dienstausweis hatte ihn derart eingeschüchtert, daß er nicht einmal nach dem Grund ihres Besuches fragte, sondern wortlos auf den Aufzug deutete und mit ihnen in die Kabine trat. Während sie nach oben fuhren, hatte er Mühe, nicht im Stehen, an die Wand des Aufzugs gelehnt, einzuschlafen; die Augen fielen ihm jedenfalls mehrmals zu. Yaegher war das nur recht. Normalerweise war es eher so, daß der behandelnde Arzt das erste und nur zu oft unüberwindliche Hindernis darstellte, mit einem Verdächtigen oder auch nur einem Zeugen zu reden. Ärzte schienen Polizeibeamte als eine Art natürliche Feinde zu betrachten, die sie unter allen Umständen von ihren Patienten fernhalten mußten.

Nun, dieser hier nicht. Offensichtlich war er zufrieden, daß Yaegher nicht versuchte, ihn in ein Gespräch zu verwickeln oder sich auch nur nach dem Befinden des Patienten zu erkundigen, sondern ihn mit offenen Augen weiterschlafen ließ. Er schlurfte vor ihnen aus der Kabine, als sie oben waren, und überzeugte sich nicht einmal davon, daß Yaegher und Evelin ihm folgten.

Issler war im letzten Zimmer ganz am Ende des Flures untergebracht, und vor seiner Tür stießen sie auf das erste *wirkliche* Hindernis: einen uniformierten Polizisten, der auf einem unbequemen Hocker saß und darauf wartete, daß seine Schicht zu Ende ging. Yaegher konnte sich lebhaft vorstellen, welche Befehle er von Borghorst bekommen hatte. Aber auch diesmal hatten sie einfach nur Glück. Yaegher kannte den Beamten, und obwohl er sich nicht an seinen Namen erinnern konnte, schien der junge Schutzpolizist auch ihn sofort zu erkennen, aber keinerlei Ahnung von seinem Zwist mit Borghorst zu haben. Er versuchte daher nicht einmal, sie aufzuhalten, sondern lächelte Yaegher nur flüchtig zu und fuhr dann fort, Löcher in die Luft zu starren und das Verstreichen der Sekunden zu zählen.

Yaegher streckte die Hand nach der Tür aus, doch diesmal machte der junge Assistenzarzt eine entsprechende Kopfbewegung und sagte: »Eigentlich dürfte ich Sie nicht hineinlassen. Der Patient ist nicht vernehmungsfähig.«

»Es geht nicht um eine Vernehmung«, improvisierte Yaegher. Er unterdrückte den Impuls, Evelin einen beschwörenden Blick zuzuwerfen und fügte hinzu: »Meine Begleiterin soll ihn identifizieren, das ist alles. Außerdem ...«, er zuckte mit den Schultern. »Na ja, wir sind Kollegen, und... ich wollte ihn einfach sehen, Sie verstehen?«

»Zwei Minuten«, sagte der Arzt. »Keine Sekunde länger. Ich warte hier draußen.«

Yaegher verbiß es sich im letzten Moment, ihm eine gute Nacht zu wünschen, öffnete lautlos die Tür und trat ein.

Das Zimmer war nur schwach erhellt. Die Jalousien waren heruntergelassen und sperrten den Tag aus, und über dem Bett brannte nur eine winzige Notleuchte, die mehr Schatten als Licht verbreitete. Die meiste Helligkeit kam von den Monitoren der Überwachungsgeräte, die das Bett wie eine piepsende, surrende Phalanx elektronischer Leibwächter an drei Seiten umgaben. Dutzende von Drähten, Kabeln und Schläuchen verbanden sie mit der reglosen Gestalt im Bett. Daß es sich dabei um Fred Issler handelte, mußte Yaegher einfach glauben. Sehen konnte er es nicht, denn die Gestalt war fast bis zum Hals zugedeckt, und was von ihrem Gesicht eigentlich hätte sichtbar sein müssen, war unter weißen Mullbinden verborgen. Yaegher erschrak. Borghorst hatte ihm gesagt, daß Fred schwer verletzt war; aber nicht, *wie* schwer. Er war oft genug in Krankenzimmern gewesen, um zu wissen, was diese technischen Präventivmaßnahmen bedeuteten. Niemand stellte diese millionenteuren Apparaturen auf, wenn der Patient, der mit ihnen verkabelt war, nicht in jeder Sekunde um sein Leben ringen mußte.

Er hörte, wie Evelin hinter ihm scharf die Luft einsog, drehte sich halb zu ihr herum und machte eine rasche, warnende Bewegung. Sie schien ihn nicht einmal mehr wahrzunehmen, aber sie verharrte trotzdem plötzlich. Alles, was über ihre Lippen kam, war ein leiser, fast völlig unterdrückter Schrei. Ihre Augen füllten sich mit etwas, das mehr als Entsetzen zu sein schien, aber nur wenige Momente blieb.

Nachdem sie Yaegher mit einem beruhigenden Blick signalisiert hatte, daß sie sich wieder ganz in der Gewalt hatte, ging sie an ihm vorbei, trat an die einzige freie Stelle des Bettes und blickte auf Issler hinab. Sie blieb lange so stehen. Völlig reglos, ohne einen Laut von sich zu geben, mit beherrschtem, beinahe steinernem Gesicht. Schließlich – die zwei Minuten, die ihnen der Arzt gegeben hatte, waren längst überschritten – drehte sie sich ebenso wortlos wieder um und ging zur Tür. Yaegher streckte die Hand aus, aber sie blieb stehen, ehe er sie berühren konnte.

»Es tut mir leid«, sagte er leise. »Vielleicht hätten wir nicht herkommen sollen.«

»Ich mußte es«, antwortete Evelin. Sie versuchte, sich zu einem Lächeln zu zwingen, das eindeutig seiner Beruhigung diente, aber es mißlang.

Vergeblich suchte Yaegher nach irgendwelchen Worten des Trostes, die in diesem Moment nicht hohl und verlogen klingen würden. Was immer er sagen konnte, wurde vom Anblick der weiß vermummten Gestalt an den surrenden Apparaten ad absurdum geführt. »Kommen Sie«, sagte er leise und ergriff sie nun doch am Arm. »Reden wir draußen weiter.«

Sie verließen das Zimmer. Der Polizist auf seinem Stuhl döste noch immer vor sich hin, und auch der Assistenzarzt war noch da und gab sich alle Mühe, nicht im Stehen einzuschlafen. Als er Yaegher sah, blickte er erst ihn, dann Evelin eine Sekunde lang verwirrt an und runzelte schließlich die Stirn. Yaegher wurde plötzlich klar, wie albern seine Behauptung, zu einer Identifizierung hier zu sein, angesichts dessen, was sie dort drinnen gesehen hatten, geklungen haben mußte.

»Ich ... muß telefonieren«, sagte Evelin plötzlich. »Gibt es hier einen Apparat?«

Der Arzt nickte und deutete gleichzeitig mit einer Handbewegung über die Schulter zurück. »Am Ende des Ganges ist ein Münzfernsprecher.«

»Ich warte hier«, sagte Yaegher. Evelin entfernte sich, während sie bereits ihre Handtasche öffnete und nach Münzen zu kramen begann, und Yaegher fand, daß Angriff in diesem Moment die beste Verteidigung sei und wandte sich mit einem perfekt geschauspielerten, verlegenen Lächeln an den Arzt: »Ich glaube, den Weg hätten wir uns sparen können. Da gibt es nicht viel, was sie hätte wiedererkennen können.«

»Ich dachte, es wäre ein Kollege von Ihnen?« sagte der Arzt. Irrte er sich, oder hörte Yaegher Mißtrauen in seiner Stimme?

Er nickte. »Es geht auch nicht um mich, sondern darum, ob *sie* ihn gestern abend an einem bestimmten Ort gesehen hat. Sie verstehen?«

Der Blick des Arztes machte deutlich, daß er weder verstand noch verstehen wollte.

»Wie sieht es aus?« fragte Yaegher und wurde übergangslos wieder sehr ernst. »Kommt er durch?«

»Das weiß ich nicht. Wenn er den heutigen Tag übersteht, hat er eine gute Chance.«

»Wann wird er soweit sein, daß wir mit ihm reden können?«

Der Arzt seufzte, drehte sich um und begann, mit langsamen Schritten und hängenden Schultern in die gleiche Richtung zu gehen, in die sich Evelin entfernt hatte, Yaegher folgte ihm. Es war ihm ganz recht, daß sie nicht in Hörweite des Polizisten vor der Tür blieben.

»Vielleicht in zwei, drei Tagen«, sagte der Arzt müde. Seine Stimme klang monoton, und Yaegher bezweifelte, daß er selbst wirklich mitbekam, was er redete. Vielleicht war das auch gut so. Menschen, die hellwach waren, antworteten im allgemeinen präziser, das hatte aber auch den unbestrittenen Nachteil, daß sie über ihre Antworten *nachdenken* konnten, ehe sie sie gaben. »Die körperlichen Schäden sind nicht einmal so schlimm«, fuhr er fort. »Er ist schwer verletzt, aber die Zeiten, in denen ein Patient wochenlang ums Überleben gerungen hat, sind vorbei. Wenn er die nächsten zwei Tage übersteht, dann flicken wir ihn auch wieder zusammen.«

»Was ich da gerade gesehen habe, machte aber einen anderen Eindruck«, sagte Yaegher.

Der Arzt winkte ab. »Lassen Sie sich nicht täuschen. Das meiste ist überflüssiges Brimborium. Schließlich müssen die Apparate ja auch nach etwas aussehen, die sie uns für etliche Millionen andrehen, nicht wahr?« Er lächelte flüchtig. »Im Ernst: Es sieht schlimmer aus, als es ist. Er hat ein paar üble Schnittwunden im Gesicht und ein paar gebrochene Knochen, aber das meiste von dem Zeug, das Sie da gesehen haben, haben wir aufgestellt, damit er ruhig schlafen kann.«

Yaegher blieb stehen. »Wie meinen Sie das?«

»Er ist nicht bewußtlos, wenn Sie das glauben.« Auch der Arzt blieb stehen, drehte sich ganz zu ihm herum und sah ihn eine Sekunde mit unverhohlenem Mißtrauen an. »Hat man Sie nicht informiert?«

»Nein«, sagte Yaegher ganz offen.

»Der Mann hat einen Schock, aber eindeutig nicht durch den

Unfall«, sagte der Arzt. »Ich war dabei, als er eingeliefert wurde. Er hat so geschrien und getobt, daß wir nur die Wahl hatten, ihn ans Bett zu fesseln oder auf eine andere Weise ruhig zu stellen.«

»Was hat er gesagt?« erkundigte sich Yaegher.

»Nichts, was Ihnen weiterhelfen würde«, antwortete der Arzt. Yaegher wollte ihm widersprechen, aber diesmal kam er nicht zu Wort. »Unzusammenhängendes Zeug. Irgendeinen Unsinn von einer Spinne und einer weißen Frau, glaube ich.« Er machte ein verlegenes Gesicht. »Wie ich Ihnen schon sagte: Er steht unter Schock. Aber wahrscheinlich war dieser Schock der Grund für den Unfall, nicht der Unfall der Grund für den Schock.«

Yaegher brauchte eine halbe Sekunde, um dieser komplizierten Erklärung folgen zu können. »Sie meinen, er ist –«

»– völlig kopflos auf die Straße und in den Wagen hineingerannt, der ihn überfahren hat, ja«, sagte der Doktor. »Wir hatten den Lastwagenfahrer auch hier. Ich habe ihn behandelt, während Ihr Kollege im OP lag.«

»Ist er noch hier?« erkundigte sich Yaegher.

Ein Kopfschütteln. »Nein. Er hatte einen leichten Schock und eine Platzwunde an der Stirn. Diese Lkw-Fahrer halten nie etwas davon, sich anzuschnallen, wissen Sie. Auf jeden Fall haben wir ihn ambulant behandelt und dann nach Hause geschickt.«

Sie redeten noch einige Augenblicke über ganz allgemeine Dinge, während sie nebeneinander den Flur hinuntergingen. Vor dem Schwesternzimmer hielten sie an; Yaegher sah, wie Evelin den Telefonhörer auf die Gabel legte und die Krankenschwester, die auf einem Stuhl unter dem Fenster saß und diskret so tat, als hätte sie nichts gehört, fragend anblickte. Die Scheibe an der Tür war zu dick, als daß er ihre Worte verstehen konnte, aber sie waren nicht schwer zu erraten. Nach ein paar Augenblicken kramte Evelin ein Markstück aus ihrer Handtasche und legte es auf den Tisch neben dem Telefon.

Yaegher dachte vergeblich über einen glaubhaften Grund nach, wie er den Arzt überzeugen konnte, seinen und Evelins Besuch Borghorst gegenüber nicht zu erwähnen, fand aber keinen, und schließlich trat Evelin aus dem Schwesternzimmer, und der Assistenzarzt verabschiedete sich mit einem wortlosen Nicken von ihnen und schlurfte wieder in Richtung Aufzug davon.

»Ich habe meinen Anruf erledigt«, sagte Evelin überflüssigerweise. »Wir können jetzt gehen.«

»Möchten Sie, daß ich Sie nach Hause fahre?« fragte Yaegher, während sie mit dem zweiten Aufzug nach unten fuhren.

Im ersten Moment schien es, als hätte sie die Frage gar nicht gehört, denn sie starrte mit leerem Blick an ihm vorbei. Dann nickte sie und schüttelte beinahe in der gleichen Bewegung den Kopf. »Ja ... nein. Ich ... Sie hatten recht, ich hätte nicht herkommen sollen.«

Was nicht stimmte. Yaegher verstand sehr gut, was in der jungen Frau vorging. Natürlich hatte sie gewußt, daß Borghorst und Yaegher ihr die Wahrheit sagten, als sie von Freds Unfall sprachen. Und ebenso hätte es des Anblicks der leblosen Gestalt mit dem verbundenen Gesicht nicht bedurft, um ihr klarzumachen, wie ernst es um ihn stand. Aber manchmal genügte es eben einfach nicht, etwas zu wissen. Manchmal mußte man es *sehen*.

Der Aufzug hielt im Erdgeschoß an, und sie stiegen aus. Evelin wollte sich am Haupteingang nach rechts wenden, zum Parkplatz hin, doch Yaegher blieb stehen und deutete in die entgegengesetzte Richtung über die Straße. »Es gibt dort hinten eine kleine Cafeteria«, sagte er. »Trinken wir einen Kaffee zusammen? Oder auch etwas Stärkeres?«

Er wußte selbst nicht so genau, warum er die Frage gestellt hatte; und dem Ausdruck auf Evelins Gesicht nach zu schließen, schien sie mindestens ebenso überrascht zu sein wie er.

Trotzdem nickte sie.

6

Ob er tot gewesen war, wußte er nicht. Vielleicht. Zumindest aber dem Tod so nahe wie nie zuvor und so nahe, wie man ihm nur sein konnte, ohne den Punkt zu überschreiten, an dem eine Umkehr nicht mehr möglich war. Er erinnerte sich an zahllose Berichte, die er über das Sterben gelesen hatte: das Tunnelerlebnis, die rasende Fahrt auf das Licht an seinem Ende zu und das Herauslösen aus dem eigenen Körper, und seine erste wirklich klare Erinnerung nach dem Erwachen war die, zwei dieser drei Empfindungen ebenfalls gehabt zu haben. Da war der Tunnel gewesen und auch das Licht. Aber es war nicht *schön* gewesen. Nichts von dem Hochgefühl, das einen überkommen sollte, nichts von dem großen Frieden. Der Tunnel war ein schwarzes, enges Rohr voll von drahtigem Fell gewesen, in dem sich klebrige Netze spannten, und etwas hatte ihn mit brutaler Gewalt hindurch und auf ein Licht zu gezerrt, das keine Erlösung brachte, sondern den Sturz zurück in eine Welt, die nur noch Schmerzen und Furcht für ihn bereit hatte.

Dieser Erinnerung folgten eine erste, unerschütterliche Erkenntnis und das erste mühsame Aufschlagen der Augen. Die Erkenntnis war die, daß das Sterben endgültig war. Kein Hinübergleiten in eine andere und womöglich bessere Welt. Er war der Grenze nahe genug gewesen, um zu spüren, daß dahinter nichts war als ein bodenloser, schwarzer Abgrund, in den er stürzen und stürzen und stürzen würde, bis sich sein Geist in dieser allumfassenden Dunkelheit aufgelöst hatte wie ein Tropfen Tinte, der ins Meer fiel. Was man über das Sterben sagte, das war Lüge und Wahrheit zugleich. Der Mensch wurde wieder zu dem, woraus er entstanden war: nichts. Die Lüge war, daß es danach etwas geben sollte. Aber es erschreckte ihn nicht. Der Gedanke hatte vielmehr etwas Tröstliches, denn wenn da nichts mehr war, dann konnten *sie* ihm auch nicht mehr folgen.

Der erste Blick, mit dem er sich umsah, brachte weniger Trost. Er befand sich in einem kahlen, weißen Zimmer, leer bis auf das Bett, auf dem er lag, und einen Halbkreis unheimlich blinkender, summender Apparaturen, der es flankierte. Die Geräte und die unbeschreibliche Trostlosigkeit seiner Umgebung ließen nur einen Schluß zu: Er hatte es überlebt, und jemand hatte ihn ins Krankenhaus gebracht. Zimmer wie diese gab es nur auf der Intensivstation. Er überlegte, ob es das Sterbezimmer war, verfolgte den Gedanken aber nicht weiter.

Als nächstes versuchte er, sich zu bewegen, doch es ging nicht. Er war nicht auf dem Bett festgeschnallt, aber in und an seinem Körper waren mindestens ein Dutzend spitzer Nadeln und Sensoren befestigt, so daß er gefesselt und hilflos dalag wie in einem gewaltigen Spinnennetz aus Metall und durchsichtigem Kunststoff.

Dem Gedanken folgte ein noch größerer Schrecken, der sich schnell und lähmend in seinem Körper breitmachen wollte. Er ließ es nicht zu, aber es gelang ihm auch nicht, ihn völlig niederzukämpfen. Er vermochte ihn zu bändigen, ehe er sich verpuppen und die schwarzen Schwingen der Panik entfalten konnte, und das war auch alles: Ein Teil seiner Aufmerksamkeit blieb für diese Aufgabe gebunden, und der Rest reichte nicht aus, daß er völlig wach wurde.

Ganz allmählich kehrten seine Erinnerungen zurück, wenn auch bruchstückhaft und in umgekehrter Reihenfolge, als blättere er das Buch in seinem Kopf von hinten nach vorne durch: Das erste, woran er sich erinnerte, war zugleich das letzte, was geschehen war. Der Unfall. Dann das Kino, die Flucht, die Straße voll von schwarzen, krabbelnden Dingern und schließlich seine Wohnung. Evelin.

Er spürte, daß er nicht allein war. Jemand stand neben seinem Bett, und er hörte Stimmen. Aber er hatte nicht die Kraft, sich zu rühren oder auf irgendeine andere Weise ihre Aufmerksamkeit zu erregen. Nach einer Weile wurden die Stimmen von Schritten abgelöst. Eine Tür fiel ins Schloß. Er war wieder allein.

Zeit verging. Er wußte nicht, wieviel es war – eine Stunde, eine Minute, ein Tag. Die unsichtbare Uhr in seinem Innern war ins Stolpern geraten. Aber die Bilder in seinem Kopf ordneten sich allmählich neu, und bald erinnerte er sich wieder an jedes schreckliche Detail der vergangenen Nacht. Nur etwas war neu: Er wußte plötzlich, daß nichts von alledem wirklich geschehen war. Es war eine Vision gewesen. Eine Vision von grausamer Eindringlichkeit vielleicht, aber trotzdem nicht mehr. Aber diese Erkenntnis half ihm trotzdem nicht, mit seiner Angst fertig zu werden – im Gegenteil. Sie machte es eher schlimmer. Wie schrecklich die Wirklichkeit auch sein mochte, sie hatte Grenzen. Das Unwirkliche nicht.

Wieder verging eine Weile, in der seine Gedanken in jenem dämmerigen Zwielicht zwischen Traum und Wachsein umherstreiften, ohne mehr als vage Gefühle zurückzubringen und die Erinnerung an etwas, das er vergessen hatte. Als er die Augen wieder aufschlug, fühlte er sich viel kräftiger; wacher. Er hatte jetzt zumindest die Kraft, das Zentnergewicht seiner Augenlider zu heben und länger als eine Sekunde oben zu behalten. Nicht viel, man wird bescheiden, wenn man in einem Zimmer erwacht, das von der Mehrzahl seiner Bewohner *tot* verlassen wird.

Ein Geräusch: das winzige Quietschen einer Metallfeder, wie sie in Schlössern Verwendung finden. Er hatte nicht die Kraft, den Kopf zu drehen, aber er wußte, daß die Türklinke heruntergedrückt wurde. Sehr vorsichtig, wie man es tut, wenn man besonders leise in einen Raum eintreten will. Er spürte eine ganz leichte Veränderung in der Luft, und ein noch sachteres Vibrieren: die Tür war geöffnet worden, und jemand kam herein. Jemand *schlich* herein. So hilflos er durch die Nadeln in seiner Haut und die unsichtbaren Ketten in seinen Adern auch sein mochte, so hypersensibel arbeiteten die wenigen Bereiche seiner Sinne, die sie ihm gelassen hatten. Und so präzise arbeitete der kleine Rest seines Verstandes, der ihm noch gehorchte: jemand kam herein. Er bewegte sich sehr leise, und er bewegte sich sehr *langsam*. Warum?

Plötzlich war die Angst wieder da; nicht die, die er gerade erst so mühsam gebändigt hatte und noch immer gebändigt hielt, sondern eine neue, ganz reale Furcht. Er wußte nur zu gut, wie wenig Rücksicht das Personal in einem Krankenhaus darauf nahm – darauf nehmen *konnte* –, ob der Patient in einem Zimmer gerade schlief oder nicht. Wenn jemand so vorsichtig hereinkam, dann –

Die Schritte näherten sich seinem Bett, verharrten einen Moment und bewegten sich dann weiter. Ein verschwommener Schatten erschien in seinem Gesichtsfeld. Er konnte noch immer nicht richtig sehen. Jemand – ein Mann? Eine Frau? Auf jeden Fall trug er einen weißen Kittel – ging langsam um das Fußende seines Bettes herum, blieb wieder eine Sekunde oder vielleicht auch zwei stehen, um auf ihn herabzublicken, so daß er sein Gesicht zumindest als weißen Fleck irgendwo über seinen Schultern ausmachen und auch bestimmen konnte, daß es sich um einen Mann handelte, mehr aber auch nicht. Und dann ging er weiter. Fred versuchte, die Hand zu bewegen, und er meinte zu spüren, daß sich seine Finger bewegten. Aber wenn, dann war diese Bewegung zu schwach, um von dem anderen gesehen zu werden. Vielleicht interessierte sie ihn auch nicht: ein Krankenpfleger, der seine Runde machte und sich nur davon zu überzeugen hatte, daß die elektronischen Leibwächter neben seinem Bett ihren Dienst taten. Eine Weile machte er sich daran zu schaffen, dann ging er wieder; so leise – aber viel schneller –, wie er gekommen war.

Man kümmerte sich um ihn. Jemand sorgte sich um ihn oder wenigstens darum, daß sich *etwas* um ihn sorgte. Gut.

Irgend etwas in seiner Umgebung begann sich zu ändern, während die Zeit so träge dahintröpfelte wie die Glukoselösung in den Infusionsschläuchen, die sich zwischen der Nadel in seinem Arm und dem verchromten Gestell neben dem Bett ringelten wie futuristische Nabelschnüre. Zuerst wußte er nicht, was es war; dann identifizierte er es als ein Geräusch: Eines der Instrumente in dem elektronischen Orchester spielte plötzlich falsch.

Er versuchte den Kopf zu drehen, aber jede einzelne Zelle seines Körpers wog eine Tonne. Die Bewegung kostete ihn ebensoviel Kraft wie Zeit, und als er es endlich geschafft hatte, weigerten sich seine Augen, sich auf die Entfernung einzustellen. Er blickte wie durch eine Kameralinse, die auf Unendlich eingestellt ist, und versuchte, die Pollen einer Blume unmittelbar vor dem Objektiv zu fokussieren. Erst nach einer geraumen Zeit gerannen die grausilbernen Schemen vor seinen Augen zu Objekten, allesamt fremd und bizarr, aber zumindest mit erkennbaren Umrissen. Das Piepsen kam von einem kleinen Gerät mit zahllosen Knöpfen, Lichtern und einem handflächengroßen, grünleuchtenden Monitor. Ein winziger weißer Punkt lief von links nach rechts über diesen Bildschirm und hinterließ einen nachleuchtenden Schwanz aus verblassendem Licht, der nie ganz verlosch, sondern stets erneuert wurde.

Etwas daran stimmte nicht. Und nach einer Weile begriff selbst Fred in seinem Dahindämmern, was es war: Der Leuchtpunkt zeigte nicht seinen Puls oder seine Gehirnströme oder was immer sonst er auch eigentlich anzeigen sollte. Er versuchte aus seiner vorgeschriebenen Bahn auszubrechen, stieß wie eine wütende Wespe, die in einem Glas gefangen ist, immer wieder gegen die obere und untere Begrenzung des Schirmes, und Fred glaubte sogar ein zorniges, elektrisches Summen zu hören; und ein ganz feines Knistern – wie jener Laut, den er gehört hatte, als sein Fernseher zerbrach, nur viel leiser, viel zarter.

Er hob die Hand; nur ein paar Millimeter, denn mehr ließen die unsichtbaren Fesseln der Drogen in seinem Blut nicht zu. Aber so winzig wie die Bewegung auch war, sie reichte aus, eines der Geräte neben ihm zu einem protestierenden Piepsen zu veranlassen. Zugleich wurde das Hüpfen des oszillierenden Lichtes hektischer, schneller. Er konnte sehen, wie sich die Glasscheibe vor dem Monitor wölbte, wenn der Lichtpunkt dagegensprang; wie eine feine transparente Membran, auf die mehr und mehr Druck ausgeübt wurde.

Bis er schließlich zu groß wurde.

Die Scheibe zerbrach nicht, wie die vor seinem Fernseher gestern nacht. Der Lichtpunkt glitt einfach durch sie hindurch, taumelte einen Moment wie ein elektrisches Glühwürmchen, das die Orientierung verloren hat, und berührte fast sein Gesicht. Ein scharfer Ozongeruch stieg in seine Nase, und etwas Warmes, Unsichtbares berührte seine Haut, zu flüchtig, um es wirklich zu spüren. Der leuchtende Punkt taumelte weiter, stieg über dem Fußende seines Bettes jäh in die Höhe und begann Kreise und Linien zu fliegen, die nur willkürlich schienen, es aber offenbar nicht waren. Ein Strom noch winzigerer, blitzender blauer Funken zeichnete die Spur nach. Ein Umriß bildete sich, verschwand wieder und bildete sich neu, um wieder zu vergehen und wieder neu in die Leere gezeichnet zu werden. Es war ein unablässiges Werden und Vergehen, das wohl nur Sekunden dauerte, ihm aber wie eine Ewigkeit vorkam. Und das Werden siegte über das Vergehen.

Am Ende stand eine Gestalt vor Freds Bett. Sie war groß, sicher zwei Meter oder mehr. Die Gestalt eines Mannes ohne Gesicht und Innenleben. Es war ein knisterndes Gitternetz aus blauen Funken wie eine leere, elektrische Haut. Das Gesicht war angedeutet, eine dreidimensionale Vektorgrafik, durch deren leere Flächen man ins Innere des Schädels sehen konnte. Zwei lodernde Bälle aus weißem Feuer blickten wie dämonische Augen auf Fred herab. Die Luft im Raum wurde warm und bald heiß. Vom Fußende des Bettes, dort, wo die blauflackernden Beine des Oszillographenmannes den Boden berühren mußten, stieg grauer Rauch auf. Die Geräte neben seinem Bett begannen einen Chor mißtönender Alarmschreie anzustimmen. Irgendwo in einem anderen Zimmer auf diesem Flur würden jetzt andere Alarmsignale ertönen, und jemand würde kommen, um nach ihm zu sehen.

Er wußte, daß dieser Jemand zu spät kommen würde. Der Oszillographenmann war gekommen, um ihn zu töten, und so, wie er mit seiner Geburt die Gesetze der Logik außer Kraft gesetzt hatte, setzte er auch die der Zeit außer Kraft.

Nein – er würde ihn nicht töten.

Er würde etwas ungleich *Schlimmeres* mit ihm tun. Fred wußte nicht, was es sein konnte, aber er wußte, daß es ein Fehler gewesen war, davonzulaufen. Was immer die Spinnen und Evelin ihm hätten antun können, war alles nichts gegen das, was dieser Dämon vorhatte.

Die Gestalt bewegte sich, und im gleichen Moment bewegte sich auch Fred. Sein Grauen war so groß, daß es selbst die lähmende Wirkung der Drogen überwand. Keuchend vor Angst richtete er sich auf und zog die Knie an den Leib, und im gleichen Moment berührte eine Hand aus blauem Gitterwerk die Bettdecke. Sie hinterließ eine schwarze Brandspur aus haardünnen, rauchenden Linien, während sie wie eine fünfbeinige Spinne auf ihn zuzukriechen begann. Fred schrie auf vor Angst, warf sich herum und fiel mit einem Ruck wieder zurück auf das Bett. Die Infusionsnadel löste sich mit einem reißenden Schmerz aus seiner Armbeuge, Blut und wasserklare Glukoselösung tropften auf die Bettwäsche. Die elektrische Spinne hatte die halbe Entfernung zu seinem Körper bereits überwunden und kroch näher.

Mit zitternden Fingern riß Fred sämtliche Nadeln und Pflaster ab, rollte aus dem Bett und kam durch puren Zufall auf die Füße. Er taumelte zurück, riß schützend die Hände vor das Gesicht und prallte gegen den Wagen mit seinen elektronischen Leibwächtern. Eines der Geräte stürzte zu Boden und zerbrach, die anderen protestierten mit Klirren und Piepsen und Pfeifen. Der Oszillographenmann zog die Hand zurück und sah ihn an. Sein Vektorgesicht verzog sich zu einem höhnischen Grinsen, als er die Arme ausstreckte.

Fred taumelte zurück und riß dabei weitere Geräte vom Tisch. Er konnte das Heulen der Alarmglocke draußen auf dem Flur jetzt selbst durch die geschlossene Tür hindurch hören, und außerdem aufgeregte Stimmen und Schritte, die näher kamen. Aber sie würden es nicht schaffen. Die Zeit hatte sich gespalten in eine Ebene, die draußen auf dem Flur herrschte und in der eine Sekunde eine

Sekunde war und sonst nichts, und eine, die hier drinnen war, und in der der elektrische Mann mit ihm tun konnte, was er wollte, und so lange er es wollte. Fred stolperte vor der glühenden Gestalt zurück und versuchte, das Bett zwischen sich und dem Dämon zu bringen. Es gelang ihm, aber es nutzte nichts – der Oszillographenmann machte einfach einen Schritt durch das Bett hindurch, ohne daß ihn das aufgehalten hätte. Wieder griffen seine flammenden Arme nach Freds Gesicht.

Wie durch ein Wunder gelang es ihm noch einmal, der Berührung zu entgehen. Die knisternden Finger verfehlten ihn und zeichneten eine schwarze Brandspur auf die Wand. Fred torkelte zur Seite, prallte schmerzhaft gegen die Fensterbank und vergrößerte die Entfernung zwischen sich und dem Unheimlichen einen Herzschlag lang. Er war in die Ecke gedrängt. Es gab jetzt nichts mehr, wohin er fliehen konnte.

Seltsamerweise kam der Oszillographenmann nicht näher, sondern blieb plötzlich wieder stehen und sah ihn aus seinen blauweiß glühenden Augen an. Dann...

Er hob die Hände. Aber nicht, um nach Fred zu greifen. Seine Finger öffneten sich, bildeten Körbe aus leuchtendem Gitter, und aus diesen Körben tropfte blaues Feuer zu Boden. Die einzelnen Tropfen verbanden sich, bildeten kochende Lichtflecke, wie Wasser, das auf eine Herdplatte hüpft – und begann sich zu verwandeln. Eine Spinne entstand, dann noch eine und noch eine, eine Armee knisternder blauer Arachniden, die auf flackernden Beinen und langsam, unerträglich *langsam* auf ihn zuzukriechen begann. Wenn sie ihn erreichten...

Nein, das würden sie nicht.

Mit einer Bewegung, die eigentlich unmöglich war, warf sich Fred zurück. Kopf und Schulter prallten mit unvorstellbarer Wucht gegen das Fensterglas und zerbrachen. Er spürte, wie eine Scherbe seine Haut zerschnitt und in seinen Nacken drang, so tief und grausam wie eine Messerklinge, und daß andere seine Kopfhaut zerschnitten und sich in das Fleisch seiner Schulter wühlten. Der Schmerz war unvorstellbar, aber er war auch unvorstellbar *süß*, denn er war real und körperlich, und er dauerte nicht sehr lange.

Fred Issler kippte rückwärts aus dem Fenster, überschlug sich mehrmals und stürzte ohne einen Laut vier Stockwerke tief auf den Beton des Personalparkplatzes hinab. Und diesmal war das Ende *wirklich* das Ende. Und obwohl er wußte, daß danach nichts mehr kam und alle Geschichten vom ewigen Leben und dem Nirwana nicht wahr waren, hätte man – wäre der Ausdruck auf seinem Gesicht noch zu rekonstruieren gewesen (was er nicht war) – ein fast glückliches Lächeln in seinen Zügen entdecken können.

7

Die meisten der kleinen runden Tische mit ihren einfachen Plastikstühlen waren frei, so daß sie einen Platz fanden, an dem sie ungestört reden konnten. Evelin setzte sich, während Yaegher an der Selbstbedienungstheke ein Glas Cognac und zwei Kannen Kaffee holte. Während sie ihn tranken, schwiegen sie beide bedrückt. Dann schob Yaegher das Cognacglas über den Tisch und machte eine auffordernde Bewegung. »Ich glaube, der tut Ihnen jetzt gut.«

»Sie nicht?«

Yaegher schüttelte wortlos den Kopf. Evelin nippte an ihrem Cognac, stellte das Glas zurück, zündete sich eine Zigarette an und hielt ihm die Packung hin. Yaegher schüttelte abermals den Kopf.

»Kein Alkohol, keine Zigaretten – und keine Frauen?«

Er lächelte schwach. »Kein Alkohol, wenn ich mit dem Wagen unterwegs bin, keine Zigaretten mehr seit fünf Wochen, zwei Tagen und etwa elf Stunden und nur sehr wenige, ganz besondere Frauen.« Aber *sie* könnte einer dieser ganz besonderen Frauen sein, dachte er. Der Zeitpunkt, es zumindest sich selbst gegenüber einzugestehen, war längst überfällig: er war nicht nur zu ihr gefahren, weil dies sein Fall war, und schon gar nicht, um Borghorst zu ärgern. Tatsache war, daß ihn etwas an dieser jungen Frau mit dem dunklen Haar und den großen Augen fasziniert hatte. Vom ersten Sekundenbruchteil an. Er hatte es nicht gewußt, es war dagewesen, und etwas in ihm hatte nur auf einen Grund gewartet, sie wiederzusehen. Dabei war sie nicht einmal eine besondere Schönheit. Sie war hübsch, sicher, aber das waren viele, und sie hatte eine gute

Figur und eine angenehme Art, zu reden und sich zu geben, aber auch das hatten viele. Vielleicht lag es an der Art, wie sie ihre Trauer zeigte. Yaegher war schon seit langem davon überzeugt, daß Menschen, die um jemand trauerten, ihr ehrlichstes Gesicht zeigten. Und sosehr er mit ihr fühlte, sosehr er ihren Schmerz bedauerte und sosehr ihn der Gedanke vielleicht auch selbst erschreckte, so war es nicht einmal das, was Issler geschehen war, sondern vielmehr das, was der Schmerz um ihn *ihr* antat, was ihn berührte. Und er bewunderte sie in diesem Moment zugleich. Er fragte sich, ob er in einer Stunde oder zwei oder spätestens morgen früh anfangen würde, zu hoffen, daß Fred *nicht* überlebte, und als er an diesem Punkt seiner Überlegungen angekommen war, schob er den Gedanken hastig und beinahe entsetzt von sich.

Er nippte an seinem Kaffee, stellte die Tasse ein wenig zu heftig auf den Tisch zurück und fragte: »Wozu die Pistole?«

»Die Waffe, die Ihr Kollege mir abgenommen hat?«

Bei jedem anderen hätte Yaegher ganz selbstverständlich angenommen, daß diese vollkommen unnötige Frage nur einem einzigen Zweck diente, nämlich dem, Zeit zu gewinnen und sich eine passende Ausrede einfallen zu lassen. In diesem Moment kam er nicht einmal auf den Gedanken, sondern nickte nur.

»Ich hörte schließlich Stimmen, als ich die Wohnung betrat«, erklärte Evelin. »Nicht die von Fred oder der Putzfrau, sondern die von zwei fremden Männern. Und ich konnte hören, wie Sie Schubladen öffneten und durchwühlten. Sie hätten Einbrecher sein können.«

»Das meine ich nicht«, antwortete Yaegher.

»Sondern?«

»Hat Fred Ihnen die Waffe gegeben?«

Sie nickte. »Das hätte er nicht gedurft, nicht wahr?«

»Darum geht es nicht. Die allermeisten Menschen, die irgend jemandem eine Waffe geben, hätten das nicht gedurft. Aber Fred ist Polizeibeamter. Er muß ganz genau gewußt haben, was er tat. Und was ihm und auch Ihnen passieren kann, wenn Sie mit dieser Pistole erwischt werden.«

Evelin drückte ihre Zigarette in den Aschenbecher, blickte eine Sekunde lang auf die erlöschende Glut und zündete sich eine neue an, noch ehe sie die letzte Rauchwolke ausgeatmet hatte. Sie war sehr nervös. Ihre Hände zitterten. Aber das mußte nicht an seiner Frage liegen. Daß sie sich bisher so perfekt beherrscht hatte, bedeutete nicht zwangsläufig, daß sie das in alle Zukunft konnte. Niemand verfügte über unerschöpfliche Kraftreserven.

Als sie auch nach einer guten Minute nicht auf seine Frage geantwortet hatte, fuhr Yaegher in beinahe entschuldigendem Tonfall fort: »Das soll kein Verhör sein, Evelin. Es ist nur ...«

»Es ist schon gut.« Sie unterbrach ihn: »Ich wollte ja mit Ihnen reden. Ich wollte Fred sehen, aber ich wollte auch mit jemandem sprechen. Ich bin nur nicht sicher, ob ... ich es jetzt schon kann.«

»Sie müssen es nicht«, sagte Yaegher. »Wir können auch morgen weiterreden. Oder in ein paar Tagen.«

»Das können wir nicht. In spätestens einer Stunde wird mir leid tun, überhaupt mit Ihnen gesprochen zu haben«, behauptete Evelin. »Aber im Moment kann ich es. Er stirbt, nicht wahr?«

Yaegher schwieg. Einen Moment lang überlegte er, ob er ihr von seinem Gespräch mit dem jungen Assistenzarzt berichten sollte, entschied sich dann aber dagegen. Sie brauchte jetzt alles, nur keine zweite Hiobsbotschaft. Wenn er durchkam, würde sie früh genug begreifen, daß die paar gebrochenen Knochen und die Verletzungen im Gesicht vielleicht das kleinere Übel waren. Und wenn nicht, war es sicher kein Trost für sie, wenn sie erfuhr, daß Fred seine letzten Stunden in geistiger Umnachtung verbracht hatte.

Evelin schien sein Schweigen als Zustimmung zu werten. »Ich wußte, daß etwas passiert.«

»Wie meinen Sie das?«

»Nicht der Unfall. Aber ich wußte, daß ... irgend etwas passiert. Er hat sich verändert, wissen Sie? Und nicht erst seit gestern.«

»Verändert? Inwiefern?«

»Wie sich Menschen eben verändern, wenn sie Angst haben«, antwortete Evelin, und Yaegher mußte an das denken, was Borghorst gesagt hatte: daß Fred halb wahnsinnig vor Angst aus dem Haus gestürmt und offensichtlich ohne anzuhalten und wie von Furien gehetzt fünf Kilometer durch die Stadt und unter die Räder dieses Lastwagens gerannt war.

»Hatte er das denn? Angst?«

»Ja. Ich weiß nicht wovor, aber er hatte Angst. Er war halb verrückt in den letzten Tagen.« Sie sah auf, und in ihren Augen schimmerten plötzlich Tränen. »Sagen Sie mir die Wahrheit. Sie sind heute mittag gekommen, um ihn zu verhaften, nicht wahr?«

»Heute mittag lag er bereits hier in der Klinik.«

»Bitte, keine Wortklaubereien«, sagte Evelin matt. »*Was* hat er getan?«

»Wie kommen Sie auf die Idee, daß er etwas getan haben könnte?« fragte Yaegher aufmerksam. Beinahe verärgert registrierte er, daß sich der Polizist in ihm bereits wieder meldete.

»All dieses Geld. Die Wohnung. Der teure Wagen. Die teuren Anzüge und alles andere ... ein Polizeibeamter verdient nicht so viel.«

»Das meiste hat er geerbt«, antwortete Yaegher. »Es ist nicht verboten, Geld zu haben.«

»Aber ein paar Arten, es sich zu beschaffen, sind es«, fügte Evelin hinzu. »Ich weiß nicht, was er getan hat. Aber ich weiß, *daß* er etwas getan hat. Und daß es bestimmt nicht legal war, sonst hätte er nicht solche Angst gehabt.«

»Angst? Vor wem?«

»Vor Ihnen. Vor seinem Chef, diesem Borghorst. Aber auch vor ... vor etwas anderem.«

»Wissen Sie, vor wem?«

»Nein«, antwortete Evelin.

»Ihr Streit gestern abend«, sagte Yaegher nach einer Weile sehr behutsam. »Worum ging es dabei?«

»Wir haben nicht gestritten«, sagte Evelin. »Nicht wirklich, verstehen Sie? Wir haben uns nicht angeschrien oder Türen geworfen oder sonst etwas. Wir haben schon vor ein paar Monaten aufgehört, uns zu streiten. Gestern abend habe ich es einfach nicht mehr ausgehalten und bin gegangen. Vielleicht wäre er noch am Leben, hätte ich es nicht getan.«

»Oder Sie würden jetzt ebenfalls dort liegen«, fügte Yaegher hinzu.

»Irgendwie habe ich das Gefühl, daß es meine Schuld ist«, sagte Evelin, scheinbar zusammenhanglos. »Wissen Sie, ich habe geahnt, daß irgend etwas nicht stimmt. Jedenfalls hätte ich es wissen müssen.«

Yaegher sagte nichts darauf. Sie brauchte niemanden, der *redete*. Der einzige Grund, weswegen er hier war, war der, daß er zuhören sollte.

»Ich hätte es wissen müssen«, sagte sie noch einmal, sog nervös an ihrer Zigarette und stieß den Rauch wieder aus, ohne ihn einzuatmen. »Aber ich habe es nicht gesehen. Ich glaube, ich wollte es nicht wissen. Ich habe sein Geld genommen und das schöne Leben, das er mir geboten hat, und einfach die Augen zugemacht. Und deshalb habe ich das Gefühl, irgendwie mitschuldig zu sein.«

»Dann sollten Sie uns helfen, die Leute zu finden, die ihm das angetan haben«, sagte Yaegher sanft. Er gab damit eine ganze Reihe von Dingen zu, die er bisher bestritten oder zumindest nicht bestätigt hatte, aber Evelins Reaktion zeigte ihm, wie wenig Unterschied das jetzt noch machte.

»Ich weiß nichts«, sagte sie. Es klang ehrlich. »Ich habe nie irgendwelche Telefongespräche mit angehört oder Briefe gelesen oder sonst etwas. Ich fürchte, ich kann Ihnen nicht helfen, sosehr ich es auch möchte. Aber vielleicht erfahren Sie morgen früh mehr.«

»Wieso?«

Statt direkt zu antworten, griff sie in ihre Handtasche, zog einen kleinen Zettel hervor und schob ihn über den Tisch. Yaegher nahm ihn auf. Es stand nur eine achtstellige Zahl darauf, sonst nichts.

»Eine Telefonnummer?«

»Die Nummer, die ich gerade angerufen habe«, bestätigte Evelin. »Er hat mich gebeten, das zu tun, wenn ihm eines Tages etwas zustoßen sollte.«

Yaegher ließ den Zettel mit der Telefonnummer in der Manteltasche verschwinden und sagte in einem Ton, der völlig frei von Tadel war: »Sie hätten vorher mit mir darüber reden können.«

»Ich wußte nicht, daß es die Nummer eines Rechtsanwalts ist.«

»Was hat er gesagt?«

»Nichts. Ich habe nur den Anrufbeantworter erreicht und das hinterlassen, worum Fred mich gebeten hat: die Nachricht, daß ihm ein Unfall zugestoßen ist.« Sie schwieg eine Sekunde, die sie offensichtlich brauchte, um Kraft zum Weiterreden zu sammeln. »Ich nehme an, daß Sie morgen oder in ein paar Tagen einen versiegelten Umschlag bekommen werden.« Sie lächelte ohne die geringste Spur von Humor. »Komisch, nicht? Wenn man so etwas in einem Kriminalfilm sieht, dann kommt es einem ganz logisch und einleuchtend vor. Aber wenn man das wirklich erlebt, wirkt es irgendwie ... albern.«

»Und vor allem so nutzlos«, fügte Yaegher hinzu.

»Nutzlos? Vielleicht hilft es Ihnen ja, die Kerle zu erwischen.«

Den Kerl, den ich erwischen sollte, liegt fünf Etagen über uns im Bett und ist an ein halbes Dutzend Computer angeschlossen, damit er überhaupt noch atmen kann, dachte Yaegher. Laut sagte er: »Wissen Sie, Evelin, ich habe eine andere Auffassung von meinem Beruf, als Fred sie vielleicht hatte.« Er bemerkte die Veränderung in ihren Augen und begriff im gleichen Moment, wie mißverständlich diese Worte waren. Daher beeilte er sich, sie zu erklären: »Ich war nie der Meinung, daß die Polizei dazu da ist, Verbrechen *aufzuklären*. Das ist das zweitbeste Ergebnis, das wir erreichen können. Richtig erfolgreich sind wir nur, wenn es uns gelingt, sie zu *verhindern*.«

Sie sah ihn auf sonderbare Weise an, trank schweigend den Rest ihres Cognacs und drückte ebenso wortlos ihre Zigarette aus. Dann erhob sie sich. Sie machte eine abwehrende Bewegung, als Yaegher ebenfalls aufstehen wollte. »Es ist nicht nötig, daß Sie mich begleiten.«

»Ich fahre Sie gern nach Hause.«

»Ich weiß. Aber ich ... werde zu Fuß gehen.«

»Das sind mehr als zehn Kilometer«, gab Yaegher zu bedenken, aber Evelin schüttelte entschieden den Kopf. »Ich werde ein Stück gehen und mir ein Taxi rufen, wenn ich müde werde«, sagte sie. »Ich brauche jetzt einfach ein bißchen Bewegung. Der Spaziergang wird mir guttun.«

»Hätten Sie etwas dagegen, wenn ich Ihnen Gesellschaft leiste?« fragte Yaegher.

8

Die zwei Stunden, die er an diesem Abend früher als gewöhnlich aus dem Büro nach Hause gegangen war, hatte er sich im Grunde gestohlen. Genaugenommen hatte er sie einem seiner *Klienten* gestohlen, der jetzt zu Hause wie auf glühenden Kohlen saß und weitere vierundzwanzig Stunden darauf warten mußte, seinen Nachbarn zu verklagen, damit der endlich die drei Birken an seiner Grundstücksgrenze abholzte.

Manchmal fragte sich Rugner allen Ernstes, ob die menschliche Rasse nur noch aus kompletten Idioten bestand. Vor zwanzig Jahren, als er sein Studium beendet und seine erste eigene Kanzlei eröffnet hatte (mit geliehenen dreitausend Mark, einer zusammengebettelten Einrichtung und voller Enthusiasmus), da hatte er geglaubt, etwas wirklich Wichtiges zu tun. Er hatte Jura studiert, weil er den Menschen helfen wollte; Menschen, denen Unrecht geschehen war oder die nicht in der Lage waren, sich gegen Ungerechtigkeit und Terror zur Wehr zu setzen. Damals hatte er wirklich gedacht, einen, vielleicht kleinen, aber wichtigen Beitrag dazu leisten zu können, die Welt ein winziges bißchen besser, ein bißchen gerechter zu machen. Aber diese Illusionen waren im gleichen Maße erloschen, in dem sein Erfolg zunahm und sein Bankkonto wuchs. Seine edlen Motive und Ziele waren ihm Stück für Stück verlorengegangen, erstickt unter einem Wust von Gesetzestexten und Verordnungen, von Verträgen und Hintertüren, von juristischen Spitzfindigkeiten und Wortklauberei. Heute war er ein erfolgreicher Anwalt, vielleicht nicht der beste, doch einer der besten der Stadt. Doch wenn er heute einen Fall übernahm, so interessierte es ihn kaum noch, ob seine Klienten im Recht waren oder nicht. Was zählte, waren seine Aussichten, ein Verfahren zu gewinnen; und das Honorar selbstverständlich. Es war nicht so, daß er sein Gewissen verloren hätte. Aber er hatte gelernt, es zu ignorieren und seine manchmal bohrende Stimme nur als einen von mehreren Faktoren zu betrachten, die er bei seiner Arbeit in Erwägung zu ziehen hatte. Und nicht als einen der wichtigsten. Sicher *gab* es manchmal diese Fälle, von denen er früher geträumt hatte, und sicher gelang es ihm manchmal, wirkliches Unrecht zu verhindern. Aber das war eher die Ausnahme. Der Großteil seiner Klienten bestand aus Narren wie dem, dem seine Sekretärin jetzt gerade absagte, und die den gesamten juristischen Apparat und eine Menge Geld und Energien, die an anderer Stelle viel dringender benötigt worden wären, in Bewegung setzten, um sich eine halbe Stunde mehr Sonnenlicht auf ihrer Terrasse zu ertrotzen.

»Hattest du Ärger im Büro?«

Die Stimme seiner Frau und vor allem ihr Blick machten Rugner klar, daß sie diese Frage mindestens zum zweiten Mal stellte. Er schüttelte den Kopf und fragte zurück: »Warum?«

»Du siehst nachdenklich aus«, antwortete Ellen. »Außerdem bist du heute früher nach Hause gekommen. Das tust du sonst nur, wenn du über etwas Wichtiges nachdenken mußt.«

»Nein. Es gab keinen Ärger.« Er schüttelte andeutungsweise den Kopf und schenkte sich eine zweite Tasse Kaffee ein. »Ich habe nur ein wenig über den Sinn des Lebens im allgemeinen und die Daseinsberechtigung meines Berufsstandes im besonderen philosophiert.«

Ellen sah ihn verständnislos an, aber er lächelte nur, nippte an seinem Kaffee und stand dann mit langsamen, fast umständlichen Bewegungen auf. »Ich gehe für eine Stunde oder zwei in mein Arbeitszimmer. Wenn jemand anruft, ich bin nicht da.«

»Ich habe die Post auf den Schreibtisch gelegt«, rief Ellen ihm nach. »Und denk bitte daran, daß wir um neun mit den Hartsteins verabredet sind.«

Rugner ging die Treppe hinauf, betrat sein Arbeitszimmer und schloß die Tür hinter sich ab. Das war nichts Außergewöhnliches. Sein Arbeitszimmer gehörte ihm ganz allein. Es war eher ein Spiel- als ein Arbeitsraum, denn gut ein Drittel des vorhandenen Platzes wurde von einer gewaltigen Eisenbahn im H0-Maßstab eingenommen, an der er seit zehn Jahren herumbastelte und die er wahrscheinlich niemals wirklich fertigstellen würde. Niemand betrat dieses Zimmer, nicht einmal die Putzfrau. Auch Ellen und die Kinder respektierten dieses Refugium, das er sich unter dem Dach des Hauses geschaffen hatte, und soweit er sich erinnern konnte, war er nur zweimal hier oben gestört worden; einmal, als sein Vater gestorben war, das zweite Mal vor acht Jahren, bevor Stefan geboren wurde, als Ellen mitten in der Nacht Wehen bekam, während er hier oben saß und an seiner Eisenbahn bastelte.

Er trat an die Platte, warf einen prüfenden Blick auf die mittelalterliche Stadtmauer, an der er im Moment gerade arbeitete und runzelte unzufrieden die Stirn. Einen Moment lang überlegte er, ob er mit den Verbesserungen anfangen sollte, die er sich für die nächste Bauphase vorgenommen hatte, ging dann aber erst einmal wieder auf den Flur hinaus, um die Post zu holen, die Ellen auf den kleinen Sekretär neben der Tür gelegt hatte. Er hatte wenig Lust, sich damit zu beschäftigen, aber er wußte auch, daß ihn der Gedanke an den Stapel unerledigter Arbeit nur ablenken würde, Bewegungen, die man nur aus den Augenwinkeln wahrnahm, die die Konzentration aber nachhaltig störten. Besser, er erledigte es jetzt und hatte dann den Rest der Zeit für sich, ehe sie zu ihrer Verabredung gingen.

Er sah die Post sehr schnell durch. Sie entsprach seinen Erwartungen: Reklame, ein paar Rechnungen, zwei oder drei Briefe, die er aussortierte, um sie am nächsten Tag im Büro in aller Ruhe zu beantworten, und eine Postkarte seiner Schwester, die ihm zum Geburtstag gratulierte. Sein Geburtstag lag drei Wochen zurück. Er warf einen Blick auf den Poststempel und stellte fest, daß die Karte tatsächlich so lange unterwegs gewesen war.

Er legte die Karte auf den Stapel mit den Reklamesendungen, den er nachher mit hinunternehmen und in die Mülltonne werfen wollte, und wandte sich jetzt dem letzten Umschlag zu. Er war groß und erstaunlich schwer, und als er ihn öffnete, fiel ihm eine Videokassette entgegen. Rugner runzelte die Stirn, drehte die Kassette einen Herzschlag lang verwirrt in den Händen und sah dann noch einmal in den Umschlag. Nichts. Kein Brief, keine Karte, kein Hinweis, wer ihm diese Kassette geschickt haben könnte und warum.

Er untersuchte den Umschlag genauer. Es war eine wattierte Versandtasche, die ein bißchen muffig roch. Die Adresse war mit schwarzem Filzstift in Druckbuchstaben darauf geschrieben, und es gab keinen Absender. Es gab auch keinen Poststempel. Nicht einmal eine Briefmarke. Offenbar hatte jemand den Umschlag persönlich in den Briefkasten vorne am Tor geworfen. Rugner fragte sich, warum. Es war nicht so ungewöhnlich, daß er anonyme Post bekam; manche seiner Klienten und Informanten wagten es nicht, sich zu erkennen zu geben, oder hatten auch guten Grund dazu. Aber er bekam solche Briefe *niemals* nach Hause. Seine private Telefonnummer und erst recht seine Adresse waren ein wohlgehütetes Geheimnis, das er nicht einmal mit all seinen Angestellten teilte. An dem schmiedeeisernen Tor vor der Garagenauffahrt war kein Namensschild, und im Telefonbuch stand der Mädchenname seiner Frau.

Neugierig, aber auch ein bißchen beunruhigt, stand er auf, ging zum Recorder und legte die Kassette ein. In der Unordnung auf dem Regal über dem Fernseher konnte er die Fernbedienung nicht sofort finden. Er bediente das Gerät mit den winzigen Knöpfen, die hinter einer Klappe verborgen waren, ging zurück zum Tisch und setzte sich. Der Bildschirm füllte sich mit Schnee und wurde schwarz und dann erschien das futuristische Signet der United Artists Corporation auf dem Monitor. Gleichzeitig waren die ersten Töne der Titelmelodie zu hören.

Rugners Verwirrung wuchs. Nach den geheimnisvollen Umständen, unter denen man ihm die Kassette zugespielt hatte, hatte er mit einer Nachricht in Bild und Ton gerechnet; von jemand, der ihm etwas mitzuteilen hatte oder ihm auch einfach nur besonders entlastendes Material zu irgendeinem seiner Fälle zuspielen wollte. Was dort auf dem Bildschirm begann, war aber eindeutig ein Spielfilm.

Das United-Artists-Signet verblaßte, die Musik wurde lauter, und dann erschien der Titel auf schwarzem Untergrund:

DREAM DEMON

Aus Rugners Neugier wurde Verblüffung, in die sich auch eine ganz leise Spur von Ärger mischte. Er kannte diesen Film nicht, aber der Titel machte eindeutig klar, worum es sich handelte. Wenn das ein Scherz sein sollte, dann war der gründlich. Er machte sich nicht viel aus Spielfilmen, und *Horrorfilme* haßte er geradezu. Seiner Meinung nach bot das wirkliche Leben mehr als genug Horror.

Er griff noch einmal nach dem Umschlag, in dem die Kassette gesteckt hatte. Die Adresse war korrekt. Er war noch dazu an ihn persönlich gerichtet. Eine Verwechslung war also kaum möglich. Aber was sollte das?

Er stellte diese Frage während der ganzen zwanzig Minuten, die er sich dazu zwang, der nicht besonders originellen Handlung zu folgen. Es ging um ein junges Mädchen, das in ein seit Jahren leerstehendes Haus gezogen war, in dem es natürlich – was sonst? – spukte. Eine Zeitlang versuchte er, in der Handlung irgendeinen verborgenen Hinweis zu entdecken. Sein Beruf brachte es mit sich, daß er es manchmal auch mit wirklich Verrückten zu tun hatte. Vielleicht war ja irgend jemand auf die geniale Idee verfallen, ihm auf diese Weise eine Information zukommen zu lassen, die sich auf einen seiner Fälle bezog. Wenn ja, dann war sie so gut verschlüsselt, daß er sie nicht entdeckte.

Nach gut zwanzig Minuten hatte er genug. Seine Verblüffung und die anfänglich noch vorhandene Neugier waren purem Ärger gewichen, der zu einem Gutteil auch ihm selbst galt, daß er wertvolle Zeit damit verschwendet hatte, hier zu sitzen und sich diesen Unsinn anzusehen. Er stand auf, schaltete in einer einzigen Bewegung Fernseher und Videorecorder aus und wollte die Kassette aus dem Gerät nehmen.

Die grüne Kontrolleuchte des Videorecorders flackerte, ging aus und ging dann wieder an, und Rugner hörte verblüfft, wie sich das Gerät wieder einschaltete und das Band surrend aus der Kassette gezogen wurde. Eine Sekunde zögerte er, dann schaltete er den Apparat wieder aus.

Die kleine LED-Anzeige flackerte höhnisch, und das Gerät startete erneut. Rugner runzelte die Stirn. Er versuchte es noch einmal, ging vor dem Apparat in die Hocke und drückte auf die Auswurftaste, als der Recorder das Band stur zum dritten Mal startete. Nichts geschah. Der Fernseher war ausgeschaltet, aber das Bandzählwerk bewegte sich weiter. Ganz offensichtlich hatte das Gerät einen Defekt und ließ sich nicht mehr ausschalten.

Da er bei dem Versuch, das Band gewaltsam herauszunehmen, nicht auch noch den Apparat beschädigen wollte, stand er auf und drehte sich mit einem Achselzucken um. Schlimmstenfalls würde das Band eben laufen, bis ein Techniker kam, um sich um den Apparat zu kümmern. Er ging zum Schreibtisch, setzte sich aber nicht, sondern ging nach ein paar Sekunden zu seiner Eisenbahn hinüber und betrachtete wieder das Modell, an dem er gerade arbeitete. Er war überhaupt nicht zufrieden damit. Rugner hatte schon vor Jahren aufgehört, vorgefertigte Plastikmodelle für seine Miniaturlandschaften zu kaufen. Er baute ganze Städte aus Sperrholz, Pappkarton und bunt bedrucktem Papier selbst. Manchmal brauchte er Wochen, um ein einziges Gebäude fertigzustellen, und nur zu oft tat er es nur, um das Ergebnis seiner Arbeit hinterher unten im Wohnzimmer im Kamin zu verbrennen, weil er damit nicht zufrieden war. Mit der Stadtmauer, an der er im Moment arbeitete, war er ganz und gar nicht zufrieden. Die Architektur stimmte, aber die Farbe paßte nicht. Er mußte die Bemalung noch einmal erneuern.

Aber nicht in den Kleidern, die er anhatte. Ellen hatte sich schon oft und zu Recht über die Zahl der Anzüge und Hemden beschwert, die er schon mit Ölfarbe, Lack und Terpentin ruiniert hatte. Also wandte er sich um und ging zur Tür, um sich im Schlafzimmer auf der anderen Seite des Flures umzuziehen. Im Vorbeigehen streifte sein Blick den Videorecorder. Das Band lief noch immer. Die grünen Leuchtziffern des Zählwerkes zeigten die Sekunden an, während der Recorder Bilder an einen Fernseher schickte, der sie nicht mehr empfing, und der Anblick ließ den Ärger von vorhin noch einmal kurz in ihm aufflackern. Das Gerät war nicht einmal sechs Wochen alt. Ein Fehler wie dieser konnte zwar vorkommen, sollte es aber nicht. Nun, der Mann, der ihm das Gerät verkauft hatte, würde sich beeilen, für Ersatz zu sorgen, wenn er den Briefkopf sah und begriff, um wen es sich bei diesem Kunden handelte. Die leise Schadenfreude, die Rugner bei dieser Vorstellung empfand, versöhnte ihn schon beinahe wieder.

Er öffnete die Tür und trat auf den Flur hinaus, und im gleichen Moment vergaß er den defekten Videorecorder und seinen Ärger darüber schlagartig, denn der Korridor war nicht mehr da.

Rugner riß verblüfft die Augen auf. Der Anblick war so bizarr, daß er im ersten Moment nicht einmal erschrak. Er wohnte seit fünfzehn Jahren in diesem Haus, und er kannte darin jeden Quadratzentimeter. Vor der Tür seines Arbeitszimmers lag der Korridor, sechseinhalb Meter lang und mit zwei Türen auf der rechten und einer auf der linken Seite, dann der kleine Absatz, der zur Treppe hinunterführte, und auf der anderen Seite ein Fenster aus bunten Glasbausteinen. Jedenfalls war das noch so gewesen, als er vor einer halben Stunde hier heraufgekommen war; und die fünfzehn Jahre zuvor auch. Jetzt waren der Flur und die Türen und das bunte Glasfenster verschwunden, und an ihre Stelle war eine schmale Treppe mit ausgetretenen Holzstufen getreten, die in steilem Winkel in die Tiefe führte. An deren Ende lauerten Schatten und ein unheimliches, blasses flackerndes Licht.

Aber das war doch unmöglich!

Rugner fuhr sich verwirrt mit dem Handrücken über die Augen, blinzelte, wandte den Kopf und sah über die Schulter in sein Zimmer zurück. Er war darauf gefaßt, auch hinter sich eine völlig veränderte, unwirkliche Umgebung zu erblicken. Sein Zimmer sah aus wie immer. Die eine Hälfte der Wirklichkeit war noch da. Die andere nicht. Die Treppe und das unheimliche Leuchten an ihrem Ende weigerten sich, wieder zu dem zu werden, was sie eigentlich nur sein konnten, nämlich eine Halluzination, die einem zweiten Blick nicht standhielt.

Für einen Moment drohte er in Panik zu geraten. Sein Herz begann schnell und hart zu schlagen, seine Hände zitterten, und sein Atem schmeckte plötzlich scharf und bitter. Was er sah, war völlig unmöglich, und es gab nur eine einzige, logische Erklärung: nämlich die, daß er den Verstand verloren hatte oder einen besonders üblen Alptraum erlebte. Dummerweise gab es zwei Dinge, die dagegen sprachen. Er hatte niemals gehört, daß jemand, der verrückt war, dies auch wußte, zumindest nicht im gleichen Moment, in dem er von einer Halluzination heimgesucht wurde, und er war sehr sicher, daß er wach war.

Trotzdem war das, was er sah, völlig ausgeschlossen. Der Hausflur, den er seit fünfzehn Jahren jeden Tag mindestens zweimal entlangging, hatte sich binnen Minuten in eine baufällige Kellertreppe verwandelt, die er noch nie zuvor gesehen hatte, und –

Genau das stimmte nicht.

Der Schock, den diese Erkenntnis mit sich brachte, war beinahe schlimmer als der, den ihm der Anblick des so unheimlich veränderten Flures bereitet hatte. Er *hatte* diese Kellertreppe schon einmal gesehen. Und das war erst wenige Minuten her.

Es war die Treppe aus dem Film. Die Kellertreppe aus dem Spukhaus, die auf der Mattscheibe seines Fernsehers erschienen war, Augenblicke, bevor er aufgestanden war und das Gerät abgeschaltet hatte.

Mit klopfendem Herzen drehte sich Rugner wieder um. Der Videorecorder lief noch immer, aber der gleichmäßige Wechsel der grünleuchtenden Ziffern im Zählwerk hatte plötzlich eine neue, bedrohliche Bedeutung bekommen. Der Teil seines Verstandes, der nicht damit beschäftigt war, Angst zu haben, sagte ihm sehr deutlich, daß es eine andere Erklärung geben mußte und daß das, was er sah und erlebte (nein: was er zu sehen und zu erleben glaubte!), einfach nicht möglich sein konnte. Aber da war noch ein anderer, dunklerer Teil in ihm, ein Teil seines Bewußtseins, der sich nicht um Logik und Erklärungen scherte und ihm klarmachte, daß es *wirklich* geschah. Es war jener Teil des Bewußtseins, der immer noch da war, aber selten bemerkt wurde, der Abgrund, in dem die Alpträume und der Wahnsinn wohnten und der nur auf eine Gelegenheit wartete, sich aufzutun und die flüchtige Illusion, die sich Intellekt und logisches Denken nannte, zu verschlingen. Die dunkle Seite, die um Dinge und Geschehnisse wußte, die zu schrecklich waren, um sie ans Licht zu bringen. Rugners Hände zitterten stärker. Aus seiner Angst wurde etwas Neues, Schlimmeres, das er mit Worten nicht beschreiben konnte, und für einen Moment spürte er ganz deutlich, daß sein Verstand zu zerbrechen drohte. Er hatte sich sein Leben lang mit Dingen beschäftigt, die *logisch* aufgebaut waren, die er verstehen und erklären konnte. Jetzt war er mit dem Unerklärlichen konfrontiert, mit etwas, das nicht zu verstehen war, weil seine innere Logik nicht aus der Welt stammte, in der er lebte. Und was ihn bisher immer geschützt hatte, sein analytisches, präzises Denken, der vermeintlich unüberwindliche Panzer aus Logik und kühler Berechnung, kehrte sich plötzlich gegen ihn.

Aber zugleich rettete ihn das vielleicht. Denn wenn er auch nicht verstand, was um ihn *herum* vorging, so begriff er doch sehr wohl, was *in ihm* geschah, und er tat das einzige, wozu er in der Lage war: Er versuchte erst gar nicht zu verstehen, *was* hier vorging. Er klammerte sich an die einzige Information, die er hatte, nämlich die, *womit* es geschah.

Der Recorder. Es hatte irgend etwas mit dem Videorecorder zu tun, der immer noch lief. Mit dem Film, dem er seine Stimme genommen hatte, indem er den Fernseher abschaltete, und der sich nun rächte, indem er die Wirklichkeit an sich riß.

Rugner fuhr herum, warf die Tür hinter sich ins Schloß und sperrte das so entsetzlich veränderte Treppenhaus aus. Mit zwei gewaltigen Schritten war er beim Recorder, ließ die flache Hand auf die Front des Gerätes klatschen und drückte alle Knöpfe gleichzeitig. Ein Surren und Klicken ertönte, ein halbes Dutzend Lämpchen begann gleichzeitig zu flackern, und der Film lief weiter.

Rugner schrie auf, griff nach dem Kabel und wollte es aus der Steckdose ziehen, aber es gelang ihm nicht. Er selbst hatte ja den schweren Phonoschrank mühsam von der Wand gerückt und ein Loch in dessen Rückwand gesägt, um den Stecker hindurchzuschieben, der nun unverrückbar in der Steckdose verkeilt war. Eine Sekunde lang zog er vergeblich und mit aller Kraft am Kabel, dann zerrte er das ganze Gerät aus dem Regal, riß mit brutaler Gewalt alle Stecker und Anschlüsse ab, die er finden konnte, und warf den Recorder schließlich zu Boden, so fest er konnte. Ein leiser Knall und das Knirschen von zerbrechendem Kunststoff waren zu hören. Die grüne LED-Anzeige erlosch mit einem Flakkern, das endgültig aussah, und hinter den Belüftungsschlitzen waren winzige, blaue elektrische Funken zu sehen. Der Gestank von verschmortem Plastik erfüllte die Luft.

Und das Band lief weiter.

Rugners erschrockenes Keuchen ging in einem unheimlichen Brausen und Rumoren unter, das plötzlich das Zimmer erfüllte. Ein flackerndes rot-orangenes Licht überflutete ihn, und er hörte etwas wie eine Stimme, unendlich weit entfernt. Ein schmerzerfülltes Wimmern.

Als er herumfuhr, hatte sich auch sein Arbeitszimmer verändert. Die Wand hinter der Eisenbahnplatte war verschwunden. An ihrer Stelle erhob sich ein Meer aus roten und weißen Flammen, die wie eine gierige, tausendfingrige Hand ins Zimmer griffen. Ein glühender Lufthauch streifte sein Gesicht, und das Prasseln der Flammen wurde immer lauter. Sie waren echt, keine Illusion. Die Hitze ließ die Kunststoffbäume der winzigen Landschaft schmelzen und binnen Sekunden zu häßlichen grün-braunen Klumpen werden, färbte die Pappdächer der Häuser schwarz und schmolz die Styropor-Berge auf der linken Seite der Anlage zusammen. Beißender Rauch erfüllte die Luft.

Rugner stand da wie gelähmt. Die Flammen schwärzten Decke, leckten an den Balken und färbten sie dunkel und lie ätzenden Dampf aus der Kunstfaser des Teppichbodens aufs gen. Und sie breiteten sich rasend schnell aus. Das hintere Drit der Eisenbahnplatte stand bereits in Flammen. Das Feuer ve zehrte Flüsse und Wiesen, brannte die Stadt, an der er drei Jahr gearbeitet hatte, nieder wie eine mittelalterliche Feuersbrunst ein wirkliche Stadt und ließ die haardünnen Drähte der Hochspannungsleitungen rot aufglühen und verdampfen. Einer der Züge setzte sich von selbst in Bewegung, als die Hitze einen Kurzschluß in der elektrischen Anlage auslöste, rasselte ein Stück weit die Schienen entlang und entgleiste, und für eine Sekunde gingen sämtliche Lichter der Anlage auf einmal an und erloschen dann wieder.

Und dann sah er die Gestalt.

Sie erschien nicht plötzlich, sondern tauchte ganz langsam aus den Flammen auf, ein weißer Schemen, den der Vorhang aus Hitze und Licht nur widerwillig freigab. Es war eine Frau; vielleicht ein Kind, Engel und Dämon in einem. Sie trug ein weißes Kleid und hatte helles, bis weit über die Schultern fallendes Haar, und hinter ihren weit ausgebreiteten Armen spannte sich ein gewaltiges Paar ebenfalls weißer, weit gespreizter Flügel. Die Flammen hatten den Saum ihres Kleides und die Flügelspitzen angesengt, und der flackernde rote Lichtschein schien ihr Gesicht wie in leuchtendes Blut zu tauchen. Ihr Mund bewegte sich, aber ihre Worte wurden vom Brüllen der Flammen verschluckt. Sie kam näher, ohne sich zu bewegen, und hinter und neben ihr tobten die Flammen heran. Feuer, das dieses Zimmer verschlingen mußte, dieses Haus und auch ihn selbst.

Die Erkenntnis, daß er sich konkret in Lebensgefahr befand, brach den Bann. Rugners Lähmung wich den Energien, die die Todesangst freimachte. Plötzlich spürte er, *wie* grausam die Hitze bereits war. Sein Gesicht und seine Hände schmerzten unerträglich, selbst das Metall der Gürtelschnalle war so heiß, daß seine Berührung weh tat. Er riß schützend beide Arme vor das Gesicht, taumelte zur Tür und schrie vor Schmerz auf, als er die Klinke herunterdrückte. Auch sie war glühend heiß. Trotzdem riß er die Tür auf, taumelte hindurch und weiter, ohne sich noch einmal

umzublicken. Der Feuerschein und ein Schwall kochendheißer, brüllender Luft folgten ihm, und die Treppe, eingebildet oder nicht, unmöglich oder nicht, war da, und sie führte so steil und ausgetreten in die Tiefe, daß er fast das Gleichgewicht verloren hätte und sich mit der Hand am nackten Beton der Mauer neben sich abstützen mußte.

Erst als er ein gutes Dutzend Stufen zwischen sich und die Tür gebracht hatte, wagte er es, für eine Sekunde stehenzubleiben und wieder nach oben zu blicken.

Die Tür seines Arbeitszimmers war noch da. Es war der gleiche, dreihundert Jahre alte Eichenrahmen, den er eigenhändig aus einem Bauernhaus im Schwarzwald ausgebaut und hierher gebracht hatte, aber er befand sich auf einmal in einer Wand, die es nicht geben durfte. Uralter Ziegelstein war da, von dem Verputz und Farbe in großen Flecken abgeblättert waren, und außerdem ein Treppengeländer, das nicht so aussah, als könne man es guten Gewissens berühren. Die Tür war von Feuerschein erfüllt. Rotes, zuckendes Licht fiel heraus, und für einen winzigen Moment glaubte er, eine schemenhafte, weiße Gestalt zu erkennen, die sich der Tür näherte. Er lief weiter, ehe sie diese erreichte und er hätte zugeben müssen, daß sie real war.

Die Treppe selbst war so unwirklich wie die Art, auf die er sie erreicht hatte. Er konnte ihr Ende sehen, fünf, vielleicht sechs oder allerhöchstens sieben Meter unter sich, aber er rannte Stufe um Stufe, ohne ihm näher zu kommen. Es war, als liefe er eine Rolltreppe hinab, die sich genauso schnell aufwärts bewegte, wie er selbst nach unten, ohne daß man diese Bewegung erkennen konnte.

Dann begannen die Wände zu bluten.

Zuerst dachte er, es wäre das Licht. Die Flammen hatten die Tür erreicht. Sie folgten ihm nicht, aber der zuckende, rote Schein erfüllte die Treppe mit unheimlicher roter Bewegung und ließ die Schatten namenloser Ungeheuer auf den Wänden entstehen. Einige dieser Schatten schienen ihrerseits Schatten zu werfen, andere bewegten sich gegen den Rhythmus des Lichtes, als wären sie von eigenem düsterem Leben erfüllt, und plötzlich quoll eine dunkle, zähe Flüssigkeit aus den Wänden. Ein süßlicher Geruch erfüllte die Luft, und was vor einer Sekunde noch Risse in Putz

und Mauerwerk gewesen war, das verwandelte sich in tiefe, blutende Wunden, als befände er sich im Inneren eines gewaltigen Tieres, das verletzt worden war.

Er rannte schneller. Das Ende der Treppe kam näher, quälend und unmöglich langsam, denn er überwand in jeder Sekunde fünf, sechs, sieben Stufen, aber es *kam* näher. Rugner lief, so schnell er nur konnte. Er achtete jetzt nicht mehr darauf, ob er das morsche Treppengeländer berührte oder stürzte, aber er versuchte verzweifelt, von der blutenden Wand fortzubleiben, soweit es nur ging. Aus den einzelnen, zähen Tropfen war ein breiter, fast schwarzer Strom geworden, der längst begonnen hatte, auch die Treppenstufen zu überfluten. Das Holz unter seinen Füßen war glitschig, und er glitt mehr als einmal aus und mußte sich am Geländer festhalten. In das Prasseln der Flammen hatte sich ein unheimliches Wimmern und Stöhnen gemischt, das aus keiner bestimmten Richtung, sondern von überall her zugleich zu kommen schien, als schreie das ganze Haus unter den Schmerzen, die ihm zugefügt wurden.

Endlich erreichte er das Ende der Treppe, aber er hielt nicht an, sondern stürmte zwei, drei Dutzend Schritte weiter, ehe er es auch nur wagte, zurückzublicken.

Er war nicht einmal sonderlich erstaunt, als er sah, daß die unterste Stufe kaum einen Meter hinter ihm lag. Das Blut, in dem er ein paar Mal ausgeglitten war und das noch immer dick und klebrig an seinen Schuhen und seinen Hosenbeinen haftete, war verschwunden, aber der Feuerschein war noch da. Die Tür am oberen Ende der Treppe war von prasselnden Flammen erfüllt und der Rahmen unter der Hitze geborsten. Inmitten des Feuers stand eine brennende Gestalt. Es war nicht das Mädchen mit den Engelsflügeln, sondern ein schwarzes, verkohltes Ding, das nur mehr vage menschliche Umrisse hatte und kein Recht mehr, sich zu bewegen und zu leben. Erloschene Augen starrten Rugner aus einem Gesicht an, das vom Feuer der Hölle verzehrt wurde.

Er konzentrierte sich wieder auf den Weg vor sich und versuchte, noch schneller zu laufen, aber es gelang ihm nicht. Seine Kräfte waren aufgebraucht. Er war kein junger Mann mehr, fast fünfzig, und schon die Treppe hatte ihm alles abverlangt, was ging. Sein Atem ging schnell und pfeifend, sein Herz hämmerte so rasch, daß jeder Schlag weh tat, und in seiner Seite erwachte ein dünner, aber quälender Schmerz, der mit jedem Atemzug schlimmer wurde. Aber wenn er anhielt, wenn er auch nur langsamer wurde, würde er sterben, das wußte er. Und so ignorierte er den Schmerz und das Kreischen seiner überanstrengten Lungen und raste auf die Tür am Ende des kurzen Korridores zu. Er betete, daß sie nicht verschlossen war.

Sein Gebet wurde erhört. Es war eine Tür aus morschem Sperrholz, die nicht einmal ein Schloß hatte. Aber nachdem er sie aufgesprengt hatte, ohne auch nur im Laufen innezuhalten, war er plötzlich nicht mehr sicher, ob er es wirklich hätte tun sollen.

Hinter der Tür lag ein Keller, wie er erwartet hatte. Zu dem Unmöglichen, das er bisher erlebt hatte, gesellte sich weiteres. Vor ihm erstreckte sich eine Landschaft, eine ganze Welt aus Treppen und Gängen, aus Fluren und Türen, aus Schächten und Abgründen, die ins Nirgendwo führten oder aus dem Nichts kamen, ein gewaltiges Labyrinth aus grau-schwarzem Stein, groß wie eine Stadt, das jedem Versuch, es mit Worten oder auch nur in Gedanken zu beschreiben, spottete. Dieses gewaltig steinerne Labyrinth war nicht nur an sich unmöglich, es war eigentlich auch nicht möglich, daß er es in seiner ganzen Größe sah, und doch tat er das, als gäbe es plötzlich eine neue, zusätzliche Dimension, die nur für ihn und eigens zu dem Zweck geschaffen worden war, ihm das Labyrinth in seiner ganzen, gewaltigen Größe zu zeigen.

Trotz des Entsetzens, mit dem ihn dieser Anblick erfüllte, blieb er nicht stehen. Er rannte weiter, bog blindlings rechts und links ab, rannte Treppen hinauf und über gewendelte, steinerne Stufen nach unten, taumelte unter Torbögen hindurch und sprang über Abgründe und Spalten, die im Boden vor ihm jäh aufklafften. Er wagte es nicht, langsamer zu werden. Er wagte es nicht einmal mehr, zurückzublicken. Aber er wußte, daß die brennende Gestalt ihm folgte. Er spürte ihre Hitze, er hörte das Geräusch der Flammen, die wie ein Mantel aus Licht und Schmerz hinter ihm flatterten.

Die Schmerzen in seiner Seite und in seinen Lungen wurden unerträglich. Rugner wurde langsamer. Er bemühte sich verzweifelt, schneller zu laufen oder sein Tempo wenigstens zu halten, aber seine Beine weigerten sich mit jedem Schritt ein kleines bißchen mehr, seinen Befehlen zu gehorchen. Seine Glieder schienen plötzlich Zentner zu wiegen, dann Tonnen und jeder Atemzug trieb eine Million winziger glühender Dolche in seine Kehle. Blutgeschmack erfüllte seinen Mund.

Schließlich konnte er nicht mehr. Er taumelte, machte einen letzten, ungeschickten Schritt und fiel schwer gegen die Wand. Hilflos sackte er zu Boden, sank auf die Seite und rang verzweifelt nach Atem. Selbst das Luftholen war zur Qual geworden. Erschöpfung und Schmerz waren zu groß, um ihn die Angst noch fühlen zu lassen, aber er spürte auf einer anderen Ebene seines Verstandes, daß der brennende Mann noch da war und daß er näher kam.

Er wußte nicht einmal, wie lange es dauerte, bis er auch nur die Kraft fand, die Augen zu öffnen und den Kopf zu drehen; sicherlich Minuten. Der brennende Mann hatte ihn noch nicht eingeholt, aber er war auch nicht mehr allein. Vor ihm, auf der anderen Seite des steinernen Ganges, der ebensogut zwei oder auch eine Million Meter breit sein konnte, stand eine andere Gestalt. Es war ein kleiner, fetter Mann in einem grauen Straßenanzug, über den er einen billigen Trenchcoat geworfen hatte. Sein Gesicht war breit und glänzte, als wäre es mit Öl eingerieben, und in seinen Augen stand etwas, das ganz und gar kein Mitleid oder Erbarmen war. Aber es war ein Mensch, kein Wesen aus einem Alptraum. Ein Mensch wie er. Er würde ihm helfen.

Rugner raffte seine letzten Kräfte zusammen, um sich auf Hände und Knie hochzustemmen, versuchte etwas zu sagen und brachte nur ein Geräusch zustande, das nicht einmal mehr ein Stöhnen war. Der dicke Mann sah seinen Anstrengungen wortlos zu.

»Helfen Sie mir«, wimmerte Rugner. Er versuchte aufzustehen, und schaffte es nicht, aber er brachte wenigstens die Kraft auf, den Arm zu heben und die Hand dem Fremden hilfesuchend entgegenzustrecken. »Helfen Sie mir«, wimmerte er. »Ich... er ist hinter mir her. Er wird mich umbringen.«

Auf dem Gesicht des Dicken war keine Regung abzulesen, Rugner vermochte nicht einmal mit Bestimmtheit zu sagen, ob er seine Worte überhaupt gehört oder verstanden hatte. Sekundenlang stand er weiter reglos da und blickte aus diesen sonderbar kalten, teilnahmslosen Augen auf Rugner herab, dann drehte er sich um und ging mit schlurfenden Schritten auf eine Tür zu, von der Rugner hätte schwören können, daß sie eine Sekunde zuvor noch nicht dagewesen war.

»Nein!« stöhnte Rugner. »Bitte, bitte, gehen Sie nicht weg. Helfen Sie mir!«

Der Dicke machte keine Anstalten, ihm zu helfen, aber kurz vor der Tür blieb er plötzlich wieder stehen, wandte sich noch einmal kurz zu ihm um und sah zu ihm herab. Etwas, das ein Lächeln sein konnte, huschte über sein Gesicht und erlosch sofort wieder. Er ging weiter und verschwand hinter der Tür.

Mit der Kraft der Verzweiflung stemmte sich Rugner in die Höhe und taumelte hinter ihm her. Diesmal war es genau umgekehrt. Die Tür schien dreißig oder vierzig Meter entfernt zu sein, aber er brauchte kaum ein halbes Dutzend Schritte, um sie zu erreichen. Er fiel mehr hindurch, als daß er ging, hielt sich im letzten Moment mit der Hand am Rahmen fest und sah sich fassungslos um. Vor ihm lag ein runder, sehr großer Raum, dessen Wände Dutzende weiterer Türen aufwiesen. Von irgendwoher kam ein flackerndes, unangenehmes Licht, obwohl es keine Fenster oder Lampen gab. Der dicke Mann saß an einem gewaltigen Tisch in der Mitte des Raumes und aß. Er sah Rugner teilnahmslos entgegen. Aber vielleicht starrte er auch durch ihn hindurch. Er aß langsam, mit bedächtigen Bewegungen, aber eigentlich *aß* er nicht wirklich, sondern stopfte wahllos in sich hinein, was er auf dem Teller vor sich fand. Aber er sah auch nicht hin. Ein Gefühl völliger Absurdität überkam Rugner. War ihm vorhin oben, als er aus dem Zimmer gestürmt war, die Wirklichkeit entglitten, so begann sich nun selbst die Scheinrealität dieses Alptraumes vor seinen Augen aufzulösen. Für ein paar Augenblicke hatte er das Gefühl, nur noch ein unbeteiligter Zuschauer in seinem eigenen Körper zu sein. Aber die Angst und der Irrsinn, die ihn peinigten, wurden dadurch auch nicht einen Deut schwächer. Langsam löste er die linke Hand von ihrem Halt, machte einen Schritt in den Raum hinein und näherte sich dem Tisch und dem dicken Mann.

Er sah erst jetzt, daß die gewaltige Tafel über und über mit Speisen bedeckt war. Die Menge des Essens, das da aufgefahren war, hätte für hundert Personen gereicht, aber es gab nur einen einzigen Stuhl, den, auf dem der fette Mann saß, und irgendwie wußte Rugner, daß er mit diesem monotonen, gleichförmigen Kauen und Schlucken fortfahren und nicht eher innehalten würde, bis er alles vertilgt hatte. Aber in einer Welt, in der sich Treppen veränderten und Wände bluteten, war wahrscheinlich auch das möglich.

Die teilnahmslosen Augen des Fetten folgten Rugner, während er ganz langsam um den Tisch herum ging, aber in ihrem Blick war noch immer kein Erkennen, kein Gefühl, das Rugner hätte genau bezeichnen können. Es *war* etwas darin, aber er konnte es nicht einordnen.

Er blieb stehen, dachte plötzlich wieder an seinen Verfolger und sah sich erschrocken um. Alle Türen sahen gleich aus. Er konnte nicht mehr sagen, durch welche er den Raum betreten hatte. Vielleicht war der brennende Mann fort, vielleicht wartete er auch nur draußen, daß sich sein Opfer wieder zeigte.

»Wer sind Sie?« fragte Rugner zögernd.

Der Dicke stopfte ein weiteres Stück Fleisch in den Mund. Auf seinem Gesicht war keine Reaktion auf Rugners Worte zu erkennen. Seine Kiefer mahlten wie die einer Maschine. Speichel und brauner Bratensaft liefen aus seinen Mundwinkeln und hinterließen eine schmierige Spur auf seinem Kinn, und zum ersten Mal besah sich Rugner genauer, *was* er da aß.

Er wünschte, er hätte es nicht getan. Was er für Fleisch oder Brot oder dunkles Obst gehalten hatte, das waren formlose Klumpen einer unidentifizierbaren, widerwärtigen Masse, von der ein fauliger Geruch ausging. Voller Entsetzen glaubte er zu sehen, wie sich etwas darin bewegte. Doch die Illusion erlosch so rasch, wie sie entstanden war. Auf dem Tisch waren Teller und Platten voll von Fleisch und großer Brotlaibe, voll von appetitlichem Obst und Gemüse. Seine eigenen, überstrapazierten Nerven hatten ihm einen Streich gespielt. Er atmete erleichtert auf, und er spürte sogar, wie sich ein Lächeln auf seine Lippen stahl; allerdings nur für eine einzige Sekunde. Plötzlich fühlte er die Schwäche wieder. Den stechenden Schmerz in seiner rechten Seite, das Brennen seiner Lungen und das jetzt langsame, aber sehr schwere und mühsame Schlagen seines Herzens. Er schwankte, hielt sich an der Tischkante fest und fühlte, wie seine Knie unter dem Gewicht seines Körpers nachzugeben begannen.

»Warum setzen Sie sich nicht?« fragte der Fette. Er sprach mit vollem Mund und ohne mit dem Kauen innezuhalten. Speichel und Fleischsaft sprudelten über sein eigenes Essen und einen Teil des Tisches, und auf seinem Gesicht lag ein unangenehmes Grinsen. Aber er sprach. Seine Stimme mochte so widerlich sein wie seine Tischmanieren, aber es war die Stimme eines Menschen in einer Welt, in der nur noch der Wahnsinn regierte. Rugner empfand eine tiefe Dankbarkeit für den Klang dieser Stimme. Man wurde bescheiden in einer Welt, in der die Wirklichkeit in Stücke fiel.

Ohne sonderliche Überraschung registrierte er, daß es plötzlich doch noch einen zweiten Stuhl gab, und daß der sogar hinter ihm stand, so daß er sich einfach nur darauf niedersinken lassen mußte. Schwäche und Erschöpfung wurden plötzlich schwer wie eine Zentnerlast, die seine Schultern nach vorn beugte und ihn zwang, sich mit den Ellbogen auf dem Tisch abzustützen. Alles drehte sich um ihn. Aus seinem Magen stieg ein noch leises Gefühl von Übelkeit empor, das immer noch wuchs.

»Sie sehen müde aus«, sagte der Dicke. »Und erschöpft. Essen Sie eine Kleinigkeit.«

»Wo bin ich hier?« flüsterte Rugner. »Was ist das hier? Wie komme ich hierher?«

»Später«, sagte der Dicke. »Wir haben viel Zeit, um zu reden. Essen Sie. Man muß essen, um bei Kräften zu bleiben.«

Das letzte, was Rugner wollte, war, jetzt zu essen. Aber er war vorsichtig geworden. Offensichtlich gehorchte selbst dieser Irrsinn gewissen Gesetzen. Vielleicht würde dieser Mann ihm helfen, wenn er ihn nicht verärgerte. Mit zitternden Händen griff er nach einer der zahllosen Schalen vor sich und riß ein kleines Stück von dem Brotlaib ab, der darauf lag. Es war hart und schmeckte fade, als versuche er, ein Stück Pappe zu kauen, und sein ohnehin rebellierender Magen zog sich zu einem harten Klumpen zusammen. Aber Rugner schluckte es tapfer herunter und nahm sich auch ein zweites Stück, als der Dicke ihn mit einer Bewegung aufforderte und sagte: »Essen Sie. Es ist genug da, nur keine falsche Bescheidenheit. Man muß immer sehen, daß man genug zu essen bekommt.«

»Wo bin ich hier?« flüsterte Rugner. Er schluckte den nächsten

Bissen hinunter und hatte das Gefühl, daran ersticken zu müssen. Doch trotzdem folgte er der auffordernden Geste seines Gastgebers und nahm sich noch ein drittes Stück Brot.

Als er es zum Mund führen wollte, begann sich das Gesicht seines Gastgebers zu verändern. Das Fleisch unter seinem linken Auge rutschte nach unten wie weiches Wachs, das in die Nähe eines Hochofens geraten ist, und schmolz, so daß sein Kauen zu einem unfreiwilligen, höhnischen Clownsgrinsen wurde. Aber es war kein Wachs. Die Haut unter dem linken Auge des fetten Mannes brach auf, und plötzlich begriff Rugner, daß das Fleisch darunter so faul und mürbe geworden war, daß es unter seinem eigenen Gewicht zerriß. Die linke Hälfte des fetten Gesichtes floß in einer zuckenden, blutigen Bewegung an der Wange hinab und begann, auf den Tisch zu tropfen, dann folgte ihr das Auge. Wie eine weiße, weiche Murmel fiel es auf die Hand des Fetten hinab, rollte über seine Finger und landete mit einem ekelerregenden Geräusch auf seinem Teller.

Rugner erstarrte. Sein Herz machte einen einzelnen, schweren Schlag, der seinen ganzen Körper erzittern ließ, und eine unsichtbare Hand schien seine Kopfhaut gepackt zu haben und zusammenzuziehen. Ein Gefühl abgrundtiefen, tödlichen Entsetzens breitete sich in ihm aus.

»Essen Sie doch«, sagte der Fette. Sein halbiertes Gesicht verzog sich zu einem Grinsen, während sich seine Finger wieder auf den Teller senkten und ein Stück von dem Fleisch abrissen, das darauf lag. »Man sollte immer gut essen, wenn man es kann. Niemand weiß, wann man das nächste Mal etwas bekommt.«

Rugner konnte spüren, wie ihm im wahrsten Sinne des Wortes die Augen aus den Höhlen quollen. Die schmierigen Fetzen, die zwischen den mahlenden Zähnen des Dicken verschwanden, waren kein gebratenes Fleisch mehr. Es war eine feuchte, halb verweste Masse, in der sich Maden und Würmer tummelten und die einen unerträglichen Gestank verströmte. Rugner stieß einen Schrei aus, der nur noch wie ein Quietschen klang. Mit einer entsetzten Bewegung prallte er zurück und sprang auf, und er schrie noch lauter, als er sah, was *wirklich* auf dem Tisch lag.

Dann fiel sein Blick auf seine eigenen Hände, und er sah, was *er* gegessen hatte.

»Greifen Sie zu«, sagte der Fette mit einem grausigen, halbierten Lächeln. »Es ist genug da.«

Das Entsetzen überstieg alle Grenzen des Erträglichen. Rugner taumelte zurück und prallte gegen die Wand, und sein Herz schlug noch ein einziges, schweres, allerletztes Mal.

9

Es WAR fast Mitternacht, als das Taxi in die Straße einbog, in der das Appartementhaus lag. Ein überraschend einsetzender Regenschauer hatte ihren Spaziergang nach kaum zehn Minuten beendet (worüber Yaegher nicht besonders unglücklich gewesen war, denn er *haßte* Spaziergänge), so daß sie hastig an einer Bushaltestelle Schutz gesucht und den ersten Wagen herbeigewinkt hatten, den sie zu Gesicht bekamen. Aber Evelin hatte noch nicht nach Hause gewollt. Sie hatte es nicht gesagt, aber er hatte gespürt, daß sie nicht allein sein wollte, und sie hatte auch keine Einwände erhoben, als er dem Fahrer die Adresse eines kleinen Lokals in der Stadtmitte genannt hatte, statt die des Krankenhauses, auf dessen Parkplatz sein Wagen stand. Sie hatten den Rest des Nachmittags zusammen verbracht und schließlich irgendwo gegessen, und obwohl sie die ganze Zeit über sehr wenig geredet hatten, war es doch gut und irgendwie *wichtig* gewesen. Etwas seltsam Vertrautes war zwischen ihnen entstanden, etwas, das Yaegher das Gefühl gab, sie seit Jahren zu kennen, obwohl er von ihr noch immer wenig mehr als den Namen wußte. Und ein paarmal an diesem Abend hatte sie ihn auf eine Art angesehen, die ihn hoffen ließ, daß es ihr ebenso erging.

Seine Gefühle waren zwiespältig. Auf der einen Seite hatte es wenig Sinn, zu leugnen – und warum zum Teufel auch nicht? –, daß er sich zu ihr hingezogen fühlte. Sie war ihm mehr als nur *sympathisch*. Er gab sich jetzt selbst keine Mühe mehr, sich in diesem Punkt etwas vorzumachen. Und er war auch sicher, daß sie es gespürt hatte. Auf der anderen Seite kam ihm das, was er gerade tat, ein wenig wie Leichenfledderei vor. Zumindest war er sehr sicher, daß Borghorst es so nennen würde, wenn er davon erfuhr;

und er *würde* davon erfahren, oder er war nicht mehr der Borghorst, den Yaegher kannte. Außerdem war es nicht sehr fair, Evelin gegenüber. Sie war nicht in der Verfassung, sich zu wehren. Und so ganz nebenher war sie eine wichtige Zeugin in einem Fall. Borghorsts Kommentar *dazu* konnte er sich lebhaft vorstellen.

Der Fahrer fragte nach der Hausnummer. Evelin nannte sie ihm und klappte gleichzeitig ihre Handtasche auf und nahm die Geldbörse heraus, um das Taxi zu bezahlen.

Yaegher schluckte die Bemerkung, mit der er sie daran hindern wollte, im letzten Moment hinunter. Sie hatte sich zu dem Kaffee im Krankenhaus und später zum Abendessen einladen lassen; alles andere, was sie im Laufe dieses Tages verzehrt hatte, hatte sie selbst bezahlt. Sie freizuhalten wie ein Primaner, der seine erste Liebe zu einem Eis einlädt, wäre Yaegher albern vorgekommen. Außerdem war sie, ganz nebenbei bemerkt, wahrscheinlich sehr viel besser bei Kasse als er.

»Sie haben mir immer noch nicht verraten, wozu die Pistole gut war«, sagte er.

Der Taxifahrer warf ihnen über den Rückspiegel stirnrunzelnd einen Blick zu, und auch Evelin wirkte im ersten Moment nur verwirrt. Sie hatten sechs oder sieben Stunden miteinander verbracht, und wie nach einer unausgesprochenen Vereinbarung hatte keiner von ihnen auch nur ein Wort über Fred und alles, was mit ihm zu tun hatte, verloren. Aber nun näherten sie sich nicht nur dem Ende der Fahrt und des Tages, sondern auch dem der Abkehr von der Wirklichkeit, die Yaegher sich und ihr gestattet hatte. Und er hatte irgendwie das Gefühl, daß diese Wirklichkeit für sie beide noch viel schlimmer werden würde, als es jetzt schon aussah.

»Fred hat sie mir gegeben«, sagte sie, aber Yaegher unterbrach sie mit einem Kopfschütteln. »Das weiß ich. Aber eines haben Sie mir noch nicht gesagt. Wozu?«

Sie schwieg. Ein Ausdruck von Betroffenheit machte sich auf ihrem Gesicht breit, und er versuchte, seine Worte ein wenig abzuschwächen, indem er hinzufügte: »Borghorst wird Ihnen die Frage auch stellen. Es wäre besser, wenn Sie eine Antwort darauf hätten.«

Etwas von der Vertrautheit, die er in den letzten Stunden in ihrem Blick zu entdecken geglaubt hatte, erlosch, und Yaegher gestand sich ein, daß es nicht besonders geschickt gewesen war, ausgerechnet jetzt wieder davon anzufangen. Auf der anderen Seite *würde* Borghorst diese Frage stellen, und das nicht einmal zu Unrecht. *Niemand* verschenkte scharfe Schußwaffen wie andere Leute Konfektschachteln oder Parfüm. Schon gar nicht, wenn er seit zwölf Jahren Polizist war und wußte, was diese *Geschenke* anrichten konnten.

»Ich weiß es nicht«, sagte Evelin. »Um ehrlich zu sein: Ich habe auch nie darüber nachgedacht. Ich habe mich ein bißchen gewundert, als er sie mir gab, aber er hat darauf bestanden, daß ich sie nehme und stets bei mir trage.« Sie deutete ein Achselzucken an. »Ich weiß wirklich nicht, warum.«

»Vielleicht hatte er einen Grund«, sagte Yaegher. »Vielleicht glaubte er, Sie wären in Gefahr. Ist Ihnen der Gedanke nie gekommen?«

Evelin schüttelte den Kopf. Das Erschrecken in ihrem Blick war echt. »Nein. Halten Sie mich jetzt für naiv?«

Yaegher lächelte. »Ein wenig schon. Aber das ist nicht strafbar.«

»Im Gegensatz zum Besitz einer Pistole, für die man keinen Waffenschein hat.«

Mit einer Überzeugung, die ganz und gar nicht echt war, winkte er ab. »Machen Sie sich keine Sorgen. Ich biege das schon irgendwie hin.«

Sie waren da. Der Wagen hielt an, und Yaegher stieg aus und ging um das Heck des Mercedes herum, während Evelin den Fahrer bezahlte. Als er ihr die Tür öffnete, gab er dem Mann einen Wink, auf ihn zu warten. Der Fahrer stellte das Taxameter zurück und lehnte sich zurück. Den Motor ließ er laufen. Das metallische Tuckern des Diesels kam Yaegher in der mitternächtlichen Stunde unnatürlich laut vor. Ihm fiel erst jetzt auf, wie ruhig es hier war, und mit diesem Gedanken kam ihm ein anderer, der ihm so naheliegend vorkam, daß er sich verblüfft fragte, wieso nicht längst irgend jemand begriffen hatte, daß mit ihrem Kollegen Issler irgend etwas nicht ganz koscher war. Die Straße gehörte vielleicht nicht zu den allerteuersten der Stadt, aber sie lag doch in einem Wohnviertel, das für einen Kriminalhauptkommissar mit einem schäbigen Beamtengehalt entschieden zu teuer war. Selbst für einen, der eine Erbschaft gemacht hatte.

Evelin zog die Haustürschlüssel aus der Tasche und trat auf den Bürgersteig hinauf. »Vielen Dank«, sagte sie.

»Wofür?«

»Für den Abend«, antwortete Evelin. »Ich hätte es nicht ertragen, allein zu sein.«

»Möchten Sie, daß ich Sie noch bis zu Ihrer Wohnung begleite?«

Er hatte es erwartet, aber er war trotzdem ein wenig enttäuscht, als sie ablehnte. »Das ist nicht nötig. Ich...« Sie brach ab und suchte eine Sekunde lang verwirrt nach Worten. Yaegher glaubte sogar zu wissen, nach welchen. Aber sie sprach sie nicht aus, sondern schüttelte nur noch einmal den Kopf und wandte sich um. »Ich rufe Sie an. Vielleicht morgen.«

Er sagte nichts dazu, und erst, als sie schon ein halbes Dutzend Schritte entfernt und fast außer Hörweite war, wenn er nicht gerade hinter ihr herbrüllen wollte, fiel ihm auf, daß er sich nicht einmal von ihr verabschiedet hatte. Wahrscheinlich, dachte er, würde es eher so sein, daß *er* sie anrief, und wahrscheinlich nicht unbedingt aus einem Grund, den er mochte.

Er blieb stehen und sah ihr nach, bis sie ihm Haus verschwunden war und das Licht hinter ihr anging. Beiläufig registrierte er, daß die Haustür wieder repariert worden war. Hinter dem gewellten Glas war ihre Silhouette noch eine Sekunde lang zu erkennen, dann löste sie sich auf wie der Umriß eines Körpers, der langsam im Wasser versinkt.

Yaegher ging zum Taxi zurück, nahm diesmal neben dem Fahrer Platz und nannte ihm die Adresse der Klinik. Eigentlich war er müde. Jetzt noch zum Krankenhaus zu fahren und den Wagen zu holen, war so ungefähr das letzte, was er wollte. Ein Umweg von gut einer halben Stunde, zu dem er ganz und gar keine Lust hatte. Aber morgen früh eine halbe Stunde eher aufzustehen und den Wagen zu holen, erschien ihm noch mühseliger.

Der Wagen wendete, wobei er mit zwei Rädern über den Bürgersteig auf der gegenüberliegenden Straßenseite holperte, und Yaegher sah noch einmal zum Haus zurück.

»Halten Sie an!« sagte er plötzlich scharf.

Der Fahrer trat so hart auf die Bremse, daß Yaegher, der sich nicht angeschnallt hatte, um ein Haar gegen das Armaturenbrett gestürzt wäre. Er fluchte, riß die Tür auf und war schon halb aus dem Wagen, ehe der ganz zum Stehen kam. »Warten Sie hier. Wenn Ihnen irgend etwas komisch vorkommt, rufen Sie die Polizei!«

Er lief über die Straße, so schnell er gerade noch konnte, ohne wirklich zu rennen. Automatisch griff er unter die Jacke, aber alles, was seine tastenden Finger fanden, war der Flanellstoff seines Hemdes. Seine Dienstwaffe lag säuberlich in den Schulterhalfter eingerollt in der rechten oberen Schublade seines Schreibtisches, wo er sie vor sechs Monaten verstaut hatte, um sie nur noch zu dem vierzehntägigen Übungsschießen hervorzuholen.

Zumindest in einer Hinsicht hatte er Glück: Die Haustür war hinter Evelin zugefallen, aber nicht eingerastet, so daß er ins Haus kam, ohne klingeln zu müssen. Rasch, aber sehr leise durchquerte er den Flur, stürmte die Treppe hinauf und blieb vor der Wohnungstür stehen, um eine Sekunde zu lauschen. Sie war nicht abgeschlossen, aber das konnte sie auch nicht sein, denn sie hatte kein Schloß mehr. Jemand hatte es mit einer Brechstange oder einem anderen groben Werkzeug herausgebrochen.

Yaegher lauschte. Aus der Wohnung fiel ein schmaler, gelber Streifen desselben Lichtes auf den Flur hinaus, das er von unten bemerkt hatte, aber er hörte keinen Laut. Behutsam legte er die gespreizten Finger der linken Hand gegen die Tür und drückte sie nach innen.

Das Licht im Flur ging aus, und die plötzliche Dunkelheit ließ ihn die Stille noch intensiver erleben. Er fuhr sich nervös mit der Zungenspitze über die Lippen, verfluchte noch einmal den Umstand, daß er unbewaffnet war, und schob die Tür mit einer entschlossenen Bewegung ganz auf.

Evelin stand mit dem Rücken zu ihm in der Wohnzimmertür. Sie rührte sich nicht, aber er sah, wie verkrampft sie dastand. So leise er konnte, betrat er die Wohnung, schob die Tür wieder hinter sich zu und schlich sich auf Zehenspitzen neben sie. Sie mußte seine Nähe gespürt haben, denn sie wandte mit einer plötzlichen, erschrockenen Bewegung den Kopf um und fuhr zusammen.

Yaegher legte sich rasch den Zeigefinger auf die Lippen und signalisierte ihr, sie sollte still sein. Gleichzeitig wies er sie mit Blicken an, zur Seite zu treten.

Das Wohnzimmer war leer, aber es sah aus, als hätte es jemand als Übungsgelände für taktische Mittelstreckenwaffen benutzt. Wenn jemand ein klassisches Beispiel von einem Zimmer suchte, in dem Einbrecher gehaust hatten, so entsprach es dem, was er nun vor sich sah. Sämtliche Schranktüren standen offen, sämtliche Schubladen waren herausgezogen, und ihr Inhalt war überall auf dem Fußboden verstreut worden. Die Polster der Sitzmöbel waren aufgeschnitten, ihre Füllung herausgerissen, die Bilder von den Wänden und den Rahmen gezerrt, und die Einbrecher hatten sich sogar die Mühe gemacht, die Holzvertäfelung unter dem Fenster loszureißen, um dahinter zu sehen.

»Mein Gott!« flüsterte Evelin. »Wer –«

Yaegher gab ihr erschrocken ein Zeichen, sie sollte still sein. Er glaubte zwar nicht, daß die, die für dieses Chaos verantwortlich waren, noch da waren. Trotzdem durchsuchte er die drei übrigen Räume flüchtig, ehe er ins Wohnzimmer zurückkehrte und Evelin signalisierte, daß alles in Ordnung war.

»Sie sind weg«, sagte er. »Gott sei Dank.«

Sie warf ihm einen verwunderten Blick zu, aber der Anblick des verwüsteten Zimmers erschütterte sie viel zu sehr, als daß sie länger als eine Sekunde über seine Bemerkung nachdachte.

»Was um alles in der Welt ist hier passiert?« flüsterte sie.

»Ich würde sagen, entweder hat Ihre Putzfrau gekündigt, oder es waren Einbrecher da.« Dieser mißglückte Scherz klang selbst in seinen eigenen Ohren so lahm, daß er sich am liebsten dafür geohrfeigt hätte, aber Evelin nahm ihn gar nicht zur Kenntnis.

»Aber wieso...«, murmelte sie. Sie sah mit einem Ruck auf. »Woher wußten Sie das? Wieso sind Sie mir nachgekommen?«

»Ich habe das Licht gesehen.« Er deutete auf die eingeschaltete Deckenleuchte und das halbe Dutzend Punktstrahler. Die Einbrecher hatten sich weder Mühe gegeben, vorsichtig zu sein, noch waren sie darauf bedacht gewesen, keine Spuren zu hinterlassen. »Als wir weggegangen sind, war es nicht an.«

»Ich... ich muß die Polizei rufen«, sagte Evelin, machte einen Schritt auf das Telefon zu und blieb wieder stehen, als sie sah, daß das Kabel aus der Wand gerissen war. »Oder auch nicht. Sie ist ja eigentlich schon da.«

Ja, und deren Vertreter stellt sich heute ganz besonders geschickt an, dachte Yaegher mißmutig. Zugleich überkam ihn ein heftiges Gefühl von Erleichterung, daß Evelin nicht hiergewesen war, als ihre unangemeldeten Besucher gekommen waren. »Gibt es einen zweiten Apparat?« fragte er.

»Ja. Im Schlafzimmer.«

Den konnten sie abhaken. Als Yaegher das Schlafzimmer durchsuchte, hatte er gesehen, daß der ebenfalls zertrümmert war. »Auch gut«, sagte er. »Das Taxi wartet noch unten. Bitten Sie den Fahrer, über Funk die Polizei zu rufen. Er soll Kommissar Nördlinger verlangen. Ich sehe mich in der Zwischenzeit noch ein wenig hier um.«

»Aber bringen Sie nichts durcheinander«, sagte Evelin. Sie lächelte. Es wirkte nicht einmal gezwungen, sondern nur ein bißchen nervös.

Während sie zum Taxi hinunterging, um Yaeghers Kollegen vom Einbruchsdezernat zu benachrichtigen, durchsuchte er die Wohnung. Natürlich fand er nichts; was allerdings hauptsächlich daran lag, daß er nicht einmal genau wußte, wonach er überhaupt suchen sollte. Was immer es gewesen war, es war wahrscheinlich ohnehin nicht mehr hier. Die Einbrecher waren sehr gründlich gewesen. Vielleicht ein bißchen unordentlich, aber gründlich. Was auf den ersten Blick den Eindruck völlig sinnloser Zerstörungswut machte, das sah für Yaegher jetzt anders aus, nämlich nach der Handschrift von Männern, die genau wußten, was sie taten. Es gab in dieser Wohnung kein irgendwie vorstellbares Versteck, in das sie nicht hineingesehen hätten. Was um alles in der Welt hatten sie gesucht?

Er kehrte ins Wohnzimmer zurück, blieb in der Mitte des Raumes stehen und drehte sich ganz langsam einmal im Kreis. Auf den zweiten Blick wirkte das Tohuwabohu, das die Einbrecher hinterlassen hatten, noch schlimmer als auf den ersten. Auf dem Boden lag ein unbeschreibliches Durcheinander aus Papieren, Zeitschriften, Büchern, Kleidern, Schallplatten, Videokassetten, Tonbändern und den Fetzen der herausgerissenen Polster. Hier noch irgend etwas finden zu wollen, war vollkommen sinnlos. Und trotzdem. Wie schon einmal am frühen Nachmittag, als er zusammen mit Borghorst hiergewesen war, hatte er plötzlich das Gefühl, daß er irgend etwas übersehen hatte. Eine Information, die wichtiger war, als sie aussah. Aber jedesmal, wenn er nach dem Gedanken greifen wollte, huschte er davon wie eine Fliege, die immer ein ganz kleines bißchen schneller war als die Hand, die nach ihr schlug.

Evelin kam zurück. Yaegher ersparte sich die Frage, ob sie getan hatte, worum er sie gebeten hatte, sondern fragte übergangslos mit einer umfassenden Geste auf das Chaos auf dem Fußboden: »Haben Sie eine Ahnung, wonach sie gesucht haben könnten?«

Evelin versuchte einen Moment lang vergeblich, hinter sich die aufgebrochene Wohnungstür in ein nicht mehr vorhandenes Schloß zu drücken, dann gab sie es auf, kam ganz ins Wohnzimmer hinein und sah sich erschüttert um. »Nein«, sagte sie. »Es gibt hier nichts, was sich zu stehlen lohnt. Ich meine . . . nicht *so*. Fred hatte nie viel Geld im Haus.« Sie fuhr ganz leicht zusammen, als wäre ihr plötzlich ein Gedanke gekommen, der sie erschreckte, dann drehte sie sich auf dem Absatz um und blickte die Stereoanlage an. Auch sie bot einen Anblick völliger Verwüstung. Sämtliche Videokassetten und CDs waren von den Regalen gerissen und zu Boden geschleudert worden, einige sogar aus ihren Hüllen genommen. Aber die teuren Geräte waren noch da. Und sie waren offensichtlich unangetastet. Einer der Videorecorder war sogar noch eingeschaltet, aber das CLD-Display verriet, daß sich keine Kassette darin befand.

»Sie haben sie nicht einmal angerührt«, sagte Evelin. Sie klang beinahe überrascht.

»Wer immer die Kerle waren, sie haben nicht *danach* gesucht«, sagte Yaegher.

»Aber wonach denn dann?«

Darauf wußte er im Moment auch keine Antwort.

10

WENN ES so etwas wie die Mächte des Schicksals gab, dachte Yaegher, dann hatten sie sich offenbar im Moment gegen ihn verschworen; und zwar alle gemeinsam und mit besonderem Vergnügen an der Sache. Es dauerte zwar nur eine knappe Viertelstunde, bis die ersten beiden Streifenwagen mit ausgeschalteten Sirenen, aber emsig rotierendem Blaulicht auf der Straße vor dem Appartementhaus anhielten, und die Beamten hatten noch nicht einmal die Wohnungstür erreicht, als auch schon Nördlingers altersschwacher BMW auftauchte, aber Yaeghers Zufriedenheit über die prompte Reaktion seiner Kollegen hielt nur gerade so lange an, wie es dauerte, bis nach der Fahrertür auch die des Beifahrers aufging. Denn dann machte sie einem Gefühl Platz, das verdächtig nahe an schieres Entsetzen grenzte.

Der Mann, der da aus dem Wagen ausstieg, war nicht Nördlingers Assistent, sondern Borghorst.

»Woher zum Teufel –«, entfuhr es Yaegher. Er stand am Fenster und blickte hinaus, und er hörte, wie Evelin, die zur Tür gehen wollte, um den Beamten aufzumachen, plötzlich herumschwenkte und wieder neben ihn trat.

»Was hast du?« fragte sie. Ihre Stimme klang alarmiert; der Schrecken darin war so tief, daß Yaegher sie verwundert ansah und den Wechsel zum vertrauten »Du« im allerersten Moment nicht einmal wahrnahm.

»Nichts«, sagte er rasch. »Ich habe nur jemanden gesehen, den ich nicht erwartet habe, das ist alles.«

Sie trat noch dichter neben ihn, um selbst aus dem Fenster zu sehen, und für einen Moment berührten sie sich fast; auf jeden Fall waren sie sich so nahe wie nie zuvor. Das Gefühl elektrisierte ihn regelrecht. Zugleich stürzte es ihn in tiefe Verwirrung, in die sich auch eine Spur von Schrecken mischte. Was um alles in der Welt war mit ihm los?

»Oh!« sagte Evelin, die sich vorgebeugt hatte, und gerade noch sah, wie Borghorst im toten Winkel unter dem Fenster verschwand. »Das sieht nach Ärger aus.«

»Kaum.« Yaegher lächelte flüchtig und wenig überzeugend. Zugleich trat er einen Schritt zurück, so daß er ihre Nähe nicht mehr ganz so deutlich spürte. Was immer mit ihm geschah, es passierte nun einmal, und er mußte sich damit abfinden. Irgendwo in der Hormonküche in seinem Gehirn lief einer der Köche Amok, aber er würde sich später mit diesem Burschen beschäftigen. Im Augenblick brauchte er seine Konzentration, um mit völlig *anderen* Problemen fertig zu werden.

»Nach allem, was du mir über ihn erzählt hast, wird er nicht besonders begeistert sein, dich hier zu treffen«, sagte Evelin.

Genaugenommen, dachte Yaegher, hatte er so gut wie nichts über Borghorst erzählt. Aber das wenige, was er gesagt hatte, schien wohl deutlich genug gewesen zu sein. Außerdem war sie Freds Verlobte, und der kannte ihn. »Wahrscheinlich nicht«, gestand er. »Aber das macht nichts. Das beste wird sein, du sagst gar nichts und überläßt mir das Reden.«

Evelin blinzelte, und ehe Yaegher weitersprechen konnte und noch mehr Unsinn reden konnte, klopfte es an der Tür, und zwei uniformierte Polizisten betraten die Wohnung, ohne auf eine Antwort zu warten. Augenblicke später erschienen Nördlinger, Borghorst und ein halbes Dutzend weiterer Beamter.

Der Wutausbruch, auf den sich Yaegher innerlich eingestellt hatte, kam nicht. Borghorst kam einfach nur herein, sah sich rasch und mit eher mäßigem Interesse in der Wohnung um und legte dann anerkennend die Stirn in Falten. »Saubere Arbeit«, sagte er. »Das waren entweder die größten Stümper, die mir je untergekommen sind, oder echte Profis.« Sein Blick glitt weiter und streifte Yaeghers Gesicht, aber auch jetzt war darin weder echte Überraschung noch Zorn. Die Art, auf die er Yaegher ansah, war die, wie man etwas betrachtete, das man *erwartet* hat. Wenn er wütend über Yaeghers Hiersein war, so verbarg er das meisterhaft. Aber genau das war es, was Yaegher immer mehr beunruhigte.

»Fehlt etwas?« fragte er ruhig.

»Das kann ich noch nicht sagen«, antwortete Evelin. »Aber ich glaube nicht.«

»Und Sie haben selbstverständlich auch keine Ahnung, wonach die Einbrecher gesucht haben könnten.« Der Spott in Borghorsts Worten war in etwa so dezent wie das Geräusch eines Preßlufthammers während einer Abendmahlsfeier, und Yaegher sah, daß selbst Nördlinger leicht zusammenfuhr und Borghorst mit einer Mischung aus Ärger und Überraschung ansah. Der arme Kerl war bisher nicht einmal dazu gekommen, sich vorzustellen. Yaegher fragte sich, womit Borghorst ihn wohl gezwungen hatte, daß er ihn mitnahm. Die beiden mochten sich ungefähr so sehr wie George Bush und Ghaddafi.

»Nein«, antwortete Evelin beinahe liebenswürdig. »Ich dachte,

Sie könnten mir diese Frage vielleicht beantworten. Oder waren das nicht Ihre Leute?«

Eine Sekunde lang herrschte Totenstille. Nördlinger riß die Augen auf und starrte Evelin an, und Borghorsts Gesicht verlor deutlich jede Farbe. Aber die Explosion, die Yaegher erwartete, kam noch immer nicht. Borghorst beherrschte sich meisterhaft, und das ließ Yaeghers Besorgnis nur noch weiter wachsen.

Statt in die Luft zu gehen, seufzte Borghorst nur einmal und schüttelte auf jene ganz bestimmte Art den Kopf, wie es Eltern oder Lehrer tun, die von einem Kind eine patzige Antwort erhalten haben und nach einer Sekunde des Nachdenkens zu dem Schluß gekommen sind, daß es sich nicht lohnt, sich provozieren zu lassen. Dann sagte er einfach: »Nein.« Er wies mit einer Kopfbewegung auf Nördlinger. »Ich überlasse Sie jetzt für einen Moment meinem Kollegen vom Einbruchsdezernat. Er hat ein paar Fragen an Sie, aber das kennen Sie ja sicher aus dem Fernsehen, denke ich. Wir können uns hinterher unterhalten.«

»Und wir –«, begann Yaegher und verstummte sofort wieder, als ihn ein bohrender Blick von Borghorst traf.

»*Wir*«, sagte Borghorst betont und mit einer entsprechenden Geste, »sollten uns *jetzt* unterhalten. Aber nicht hier.«

Yaegher folgte ihm ins Schlafzimmer. Das Chaos hier war genauso groß wie in der übrigen Wohnung, unterschied sich aber in seiner Zusammensetzung: Der Inhalt des Kleiderschrankes, der Frisierkommode und der beiden kleinen, ins Bett integrierten Nachttische war auf dem Fußboden verteilt und zum Teil zerrissen; die Einbrecher hatten sogar das Bett abgezogen und die Matratzen aufgeschlitzt. Die Füllung, die aus kleinen, verschiedenfarbigen Schaumgummiwürfeln bestand, war im ganzen Zimmer verteilt, als hätte es bunten Würfelzucker geregnet.

»Ganze Arbeit«, sagte Borghorst noch einmal. Seine Stimme klang auf eine fast widerwärtige Art anerkennend, fand Yaegher. »Das waren keine Gelegenheitseinbrecher. Haben *Sie* eine Ahnung, was die gesucht haben?«

»Nein.« Yaegher zögerte einen Augenblick, bis ihm Borghorsts penetrant fragender Blick klar machte, daß dem dieses eine Wort als Antwort nicht genügte, dann fügte er hinzu: »Ich weiß ja nicht einmal, wer sie waren oder *wann* sie hiergewesen sind.«

»Eine von diesen beiden Fragen kann ich Ihnen beantworten«, sagte Borghorst. Er beobachtete eine kurze Weile voll von unverhohlenem Wohlbefinden die Verblüffung auf Yaeghers Gesicht. Dann deutete er auf das zertrümmerte Telefon auf dem Nachttisch. Yaegher hatte es vorhin festgestellt, daß es zerstört war; jetzt gestand er sich ein, daß dieses Wort im Grunde nicht ausreichte. Jemand hatte das Telefon regelrecht *hingerichtet*. Das Kabel war aus der Wand gerissen worden, aber das hatte den Einbrechern offensichtlich nicht genügt. Sie hatten auch den Hörer abgerissen und in zwei Teile gebrochen, und das Telefon selbst schien kurze, aber äußerst heftige Bekanntschaft mit einem Stiefelabsatz gemacht zu haben. Das Plastikgehäuse war zersplittert, bunte Drähte und die Trümmer einer gedruckten Schaltung waren hervorgequollen. Im allerersten Moment kam Yaegher diese absolute Zerstörung vollkommen sinnlos vor, aber dann begriff er, daß sie es nicht war. Wie alles in dieser Wohnung gehörte auch das Telefon zum Besten, was teures High-Tech zu bieten hatte. Ein Knopfdruck hätte gereicht, um die zuletzt angewählte Nummer festzustellen, vielleicht sogar mehrere. »Sie meinen, sie haben von hier aus telefoniert?«

»Höchstwahrscheinlich mit dem, der sie geschickt hat«, sagte Borghorst und nickte. Er nahm einen kleinen Zettel aus der Tasche und sah darauf; etwas, was für ihn eigentlich eher ungewöhnlich war. »Die Leitung wurde genau um 23.16 Uhr unterbrochen. Ich nehme an, direkt nach dem Telefonat.«

»So etwas kann man feststellen?« fragte Yaegher überrascht.

»Mendel hat bei der Post angerufen, während ich auf dem Weg hierher war«, sagte Borghorst und nickte. »Ein Hoch auf die moderne Technik.«

Yaegher war im ersten Moment verblüfft, doch dann hatte er eine Idee. »Kann man nicht auch die letzte Nummer –«

»Datenschutz«, unterbrach ihn Borghorst. Er zog eine Grimasse. »Keine Chance, selbst wenn unsere Freunde von der Post uns helfen wollten. Die angerufenen Nummern dürfen nicht mehr gespeichert werden. Auf jeden Fall waren die Burschen gegen halb zwölf hier. Wann sind *Sie* zurückgekommen, Yaegher?«

»Viertel vor zwölf«, sagte Yaegher. »So ungefähr. Das heißt –«

»Sie hätten die Putzkolonne um ein Haar getroffen«, führte

Borghorst den Satz zu Ende. »Richtig? Und wenn ich mich hier so umsehe, glaube ich, daß Sie verdammtes Glück gehabt haben.«

Was das anging, stimmte ihm Yaegher vorbehaltlos zu. Er war kein Schwächling, einssechsundachtzig groß, einhundertsiebzig Pfund schwer und so gut in Form, wie es ein Mittdreißiger eben war, der sich halbwegs vernünftig ernährte und regelmäßig Sport trieb. Aber er war kein Kämpfer. Gewalt stieß ihn ab, und schon der Gedanke an eine körperliche Auseinandersetzung bereitete ihm Unbehagen, ohne daß es mit Angst zu tun hatte. Ein Teil seiner Schwierigkeiten mit Borghorst war auf genau diesen Unterschied zurückzuführen. Er hatte mehr als eine Verhaftung versiebt, indem er im entscheidenden Moment nicht entschlossen genug zugepackt hatte.

Aber da war noch etwas anderes, was ihm im Moment noch mehr Unbehagen bereitete: Borghorsts Ruhe. Unabhängig davon, was er Evelin gegenüber behauptet hatte, war er sicher gewesen, daß Borghorst die Gelegenheit beim Schopf ergreifen und ihm die Zigarre seines Lebens verpassen würde. Er war zwar nicht sicher, ob man das, was er getan hatte, schon als *Dienstvergehen* bezeichnen konnte, aber er war sicher gewesen, daß Borghorst so etwas *versuchen* würde; spätestens in dem Moment, in dem er ihn aufforderte, mit ihm hier herauszukommen. Statt dessen schien er immer ruhiger zu werden.

»Und was haben Sie erfahren?« fragte Borghorst plötzlich.

»Erfahren?«

»Bei Ihrer Unterhaltung mit der Freytag«, sagte Borghorst. »Ich nehme doch an, daß Sie den Abend aus diesem Grund mit ihr verbracht haben – um an ein paar Informationen zu kommen.«

Yaegher war nun völlig verwirrt. War das ein Versuch, ihm zu helfen, oder war es eine Falle? »Irgendwie schon«, sagte er ausweichend. »Aber sie hat nichts erzählt. Ich glaube nicht, daß sie viel weiß, was uns weiterhilft. Wir werden warten müssen, bis Issler vernehmungsfähig ist.«

»Issler ist tot«, sagte Borghorst ruhig.

Yaegher starrte ihn an. »Wie bitte?«

»Er ist heute nachmittag gestorben«, bestätigte Borghorst. Seine Stimme und sein Gesicht waren ganz ruhig, aber plötzlich wurde Yaegher klar, daß es die gleiche, fast unnatürliche Art von Ruhe war, die er während ihrer ganzen Unterhaltung gezeigt hatte. Borghorst mußte all seine Kraft aufbieten, um sich zu beherrschen.

»Eine halbe Stunde, nachdem Sie ihn besucht haben«, fügte Borghorst hinzu. Yaegher suchte vergeblich nach irgendeiner Spur von Vorwurf in diesen Worten; oder wenigstens nach einer Frage. Also beschloß er, auf die einzige Weise auf seine Worte zu reagieren, die ihm im Moment sinnvoll erschien: gar nicht.

»Das ... tut mir leid«, sagte er, und das war in diesem Moment ehrlich gemeint. »Der Arzt meinte doch, er hätte eine gute Chance, durchzukommen.«

»Er ist nicht an seinen Verletzungen gestorben«, sagte Borghorst. »Er hat sich umgebracht.«

»Wie?!«

Borghorst nickte, als bedürfe es einer Bekräftigung, um seinen Worten mehr Glaubwürdigkeit zu verleihen. »Er ist aufgewacht, kurz nachdem die Freytag und Sie dort waren. Vielleicht haben Sie ihn sogar geweckt, ohne es zu merken. Wer weiß. Die Schwester war noch bei ihm, und dieser junge Arzt. Kurze Zeit später gab es dann Alarm. Sie sind hin, aber er lag nicht mehr in seinem Bett. Er muß sich die Nadeln und Elektroden weggerissen haben, kaum daß sie aus dem Zimmer waren. Und danach ist er aus dem Fenster gesprungen. Aus dem fünften Stock und durch die geschlossene Scheibe.«

»Hat er ... noch etwas gesagt?« fragte Yaegher stockend.

»Aber sicher«, antwortete Borghorst böse. »Der Sturz aus dem fünften Stock war nicht so schlimm, wissen Sie? Aber er war so leichtsinnig, seine Schlafanzugjacke nicht zu schließen, und da hat er sich auf dem Weg nach unten eine Erkältung geholt, an der er auf der Stelle gestorben ist.«

»Das habe ich nicht gemeint«, sagte Yaegher beinahe sanft. Er verstand den Grund für Borghorsts plötzliches aggressives Verhalten und nahm es ihm nicht übel. Im Gegenteil. »Vorher, als der Arzt und die Schwester bei ihm waren.«

Borghorst funkelte ihn an. Yaegher hatte ihm einen Fehler nachgewiesen. Aber er reagierte gar nicht darauf, sondern schüttelte nur knapp und abgehackt den Kopf. »Nein. Ein paar sinnlose Worte. Dasselbe krause Zeug, das er nach seiner Einlieferung gestammelt hat. Nichts, was uns weiterhelfen könnte. Wollen Sie es ihr sagen, oder soll ich?«

Es dauerte eine geschlagene Sekunde, bis Yaegher diesem plötzlichen Gedankensprung folgen konnte und begriff, daß Borghorst von Evelin sprach. »Sie.«

»Sicher.« Borghorst zog eine Grimasse. »Jemand wie ich ist besser dazu geeignet, schlechte Nachrichten zu überbringen, wie?«

Er ersparte sich auch darauf eine Antwort. Isslers Tod mußte Borghorst nähergegangen sein, als er bisher geahnt hatte. »Woher wußten Sie, daß wir da waren?« fragte er.

»Sie haben Mendel nach der Adresse des Krankenhauses gefragt, oder? Außerdem ist es Ihnen ja vielleicht aufgefallen, daß vor der Tür ein Mann in einer grünen Uniform saß. Erinnern Sie sich? Ein kleiner Tip fürs nächste Mal: Die Jungs gehören zu uns.«

Yaegher ersparte es Borghorst und sich selbst, darauf zu antworten. Es war eine dumme Frage gewesen, und dumme Fragen verlangten nun einmal nach dummen Antworten. »War das alles?«

»Im Moment ja«, sagte Borghorst, nun wieder vollkommen beherrscht. »Außer daß ich einen Haftbefehl für Strauss beantragt habe.«

»Finden Sie das nicht ein bißchen früh?«

»Wie lange soll ich denn Ihrer Meinung nach damit warten? Bis er noch ein paar Polizeibeamte erledigen läßt?«

»Wir haben keinen Beweis, daß er dahintersteckt«, gab Yaegher zu bedenken.

»Nein, jetzt ganz bestimmt nicht mehr.« Borghorst zog eine Grimasse. »Selbst, wenn es jemals welche gegeben hätte. Aber ich brauche keine Beweise. Lassen Sie mich zwei Stunden mit dem Kerl allein, und er verrät mir die intimsten Schlafzimmergeheimnisse seiner Mutter, das schwöre ich Ihnen.«

Yaegher bezweifelte das keine Sekunde. Strauss würde solcherlei Dinge auch freiwillig erzählen, und noch dazu mit großem Vergnügen. Aber erstens verwirrte ihn Borghorsts völlig ungewöhnliche Reaktion mit jedem Augenblick mehr, und zweitens war er nicht so sicher wie Borghorst, daß sie es wirklich mit Strauss und seiner Bande zu tun hatten. Strauss war gefährlich, kein Zweifel, und so skrupellos, wie man eben sein mußte, um seinen

Lebensunterhalt in der Rauschgiftbranche zu verdienen. Aber er war trotzdem letztendlich nicht mehr als ein kleiner Ganove. Mord an einem Polizeibeamten war einfach eine Nummer zu groß für eine Hinterhofratte wie Strauss. Wäre Borghorst im Moment nicht vor lauter Zorn und Frustration halb von Sinnen gewesen, dann hätte er das auch selbst sehen müssen.

Er sprach seine Befürchtung laut aus, formulierte sie aber wohlweislich so vorsichtig, wie er nur konnte. Borghorst machte nur eine wegwerfende Handbewegung.

»Auch eine Ratte fängt an, um sich zu beißen, wenn sie in die Ecke getrieben wird«, sagte er. »Was ist los mit Ihnen? Haben Sie Angst, ich könnte Strauss einen nicht wiedergutzumachenden seelischen Schaden zufügen, wenn ich ihn verhöre?« Er lachte. »Keine Angst. Der Kerl hat keine Seele.«

»Nein«, antwortete Yaegher so ruhig er konnte. »Aber vielleicht entkommen uns die *wirklichen* Täter, während wir hinter dem falschen her sind.« Daß es sinnlos war, spürte er schon, während er die Worte aussprach. Borghorst war nicht in dem Zustand, daß er Vernunftargumenten gegenüber offen gewesen wäre. Isslers Tod ging ihm nahe, aber das war es nicht allein. Er fühlte sich durch das, was hier geschehen war, persönlich angegriffen. Es war einer *seiner* Männer gewesen, den Strauss gekauft hatte, und das ertrug er nicht.

»Möglich«, antwortete Borghorst. »Aber irgendwo müssen wir anfangen, oder? Und ich schwöre Ihnen, daß ich die Kerle kriege, die für diese Schweinerei hier verantwortlich sind.«

Im Grunde fehlte jetzt nur noch, daß er sagte: Und wenn es das letzte ist, was ich tue, dachte Yaegher. Borghorst sagte das natürlich nicht, aber die Worte standen mehr als deutlich in seinem Gesicht geschrieben. Vielleicht zum allerersten Mal, seit sie sich kannten, begann sich Yaegher um Borghorst Sorgen zu machen.

Allerdings nur genau so lange, bis Borghorst sagte: »Ich werde jetzt hinausgehen und Ihrer kleinen Freundin sagen, was passiert ist. Sie können sie ja danach gebührend trösten. Vielleicht erfahren Sie dabei ja noch das eine oder andere.«

Die Worte waren nicht einmal zynisch gemeint, das spürte Yaegher. Wahrscheinlich *dachte* sich Borghorst nicht einmal etwas dabei. Aber genau das war es, was es ihm plötzlich sehr schwer machte, *nicht* nach den Resten des zertrümmerten Telefons zu greifen und sie auf Borghorsts Schädel zu zerschlagen.

Mit einem Ruck fuhr er herum und stürmte aus dem Zimmer, ehe Borghorst auch nur Gelegenheit hatte, sich über den betroffenen Ausdruck auf seinem Gesicht zu wundern.

Evelin stand am Fenster, rauchte eine Zigarette und starrte ins Leere, als er ins Wohnzimmer zurückkam. Er mußte sich ihr im Slalom nähern, denn Nördlinger und seine Kollegen waren emsig damit beschäftigt, Spuren zu sichern und das Chaos nach besten Kräften zu vergrößern. Da es draußen dunkel war und hier drinnen sämtliche Lampen brannten, hatte sich die Fensterscheibe in einen schwarzen Spiegel verwandelt, in dem sich ihre Blicke trafen, noch ehe er sie erreicht hatte und in seinem Gesicht mußte wohl etwas davon zu sehen sein, was er eben erfahren hatte. Evelin fuhr zusammen, erstarrte für eine halbe Sekunde und drehte sich dann so heftig herum, daß Nördlinger und ein paar seiner Leute überrascht aufsahen. Verdammt, dachte Yaegher. Er hatte gewußt, daß er ein schlechter Lügner war, aber er hatte bisher nicht gewußt, daß man ihn *so* leicht durchschauen konnte.

»Fred?« fragte sie.

Es hatte jetzt keinen Sinn mehr, es ihr schonend beibringen zu wollen, deshalb nickte er nur stumm und sehr ernst und wappnete sich unmerklich für jede nur denkbare Reaktion. Aber sie sah ihn einfach nur an; eine Sekunde, fünf, zehn, schließlich eine ganze Minute, in der sich in ihrem Gesicht kein Muskel rührte, und er suchte auch in ihren Augen vergeblich nach irgendeiner Spur von Trauer oder Schmerz. Schließlich hob sie ganz langsam ihre Zigarette an die Lippen, nahm einen tiefen Zug und drehte sich wortlos wieder zum Fenster um. In der Widerspiegelung im dunklen Fenster wirkte sie bleicher und verwundbarer als in Wirklichkeit. Sie hatte sich perfekt in der Gewalt, aber ihr Spiegelbild verriet den Schmerz unter dieser Maske.

Borghorst betrat das Zimmer, und Yaegher sah eine Weile ohne echtes Interesse zu, wie er im Flüsterton mit Nördlinger sprach. Er konnte nichts verstehen, aber die beiden bemühten sich ein bißchen *zu* intensiv, nicht in seine oder Evelins Richtung zu blicken.

»Ich denke, ich ... werde jetzt gehen«, sagte er, zögernd und in einem Ton, der auf Widerspruch wartete. Nördlinger reagierte gar nicht, und Borghorst sah ihn nur eine Sekunde lang abschätzend an und sagte dann: »Ich erwarte Sie um neun in meinem Büro.«

Als er sich zu Evelin umdrehen wollte, drang von der Wand neben der Tür her ein leises, scharfes Klicken zu ihnen herüber, und eine halbe Sekunde später schaltete sich der Fernseher ein. Gleichzeitig begann das Zählwerk des Videorecorders zu laufen. Yaegher sah ganz automatisch auf die Uhr. Es war genau zwanzig vor zwei. Offensichtlich hatte Issler die beiden Geräte so programmiert, daß sie sich gleichzeitig einschalteten.

Für einen Moment richtete sich die Aufmerksamkeit von allen auf den Fernseher. Aber was darauf zu sehen war, war eher enttäuschend. Issler war mit seiner Programmierung sehr schlampig gewesen, oder es hatte eine Programmänderung gegeben: statt eines Nachtfilms oder eines Musikvideos flimmerte das Testbild der ARD über den Monitor, untermalt von einem leisen, monotonen Pfeifen.

»Ich möchte gehen«, sagte Evelin plötzlich.

Yaegher riß seinen Blick mühsam von dem Bild auf der Mattscheibe los und sah sie an. »Wie?«

»Ich kann nicht hierbleiben«, sagte sie. »Nicht heute nacht. Kannst du mich ... in irgendein Hotel bringen?«

»Sicher.« Er antwortete erst nach einer Sekunde. Es fiel ihm auf einmal sonderbar schwer, ihren Worten zu folgen. Plötzlich war er sehr müde und sehr unkonzentriert. Der Tag war lang gewesen; und offensichtlich anstrengender, als er bisher geahnt hatte. Er sah flüchtig zu Nördlinger und Borghorst zurück und bemerkte, daß sie noch immer den Fernseher anstarrten, ehe er sich wieder zu Evelin umwandte und nickte. »Kein Problem. Ich kenne eine kleine Pension ganz in der Nähe, in der wir manchmal jemanden einquartieren. Nichts Besonderes, aber sauber und ruhig, und niemand stellt Fragen.«

»Das ist genau das, was ich jetzt brauche«, sagte Evelin. »Laß uns gehen. Jetzt gleich.«

Aus irgendeinem Grund war sie plötzlich nervös, fand Yaegher. Aber es gelang ihm nicht, den Gedanken weiter zu verfolgen. Die Müdigkeit hatte nun einmal bei ihm angeklopft und weigerte sich einfach, wieder zu gehen. Er mußte plötzlich all seine Konzentration aufbieten, um auch nur eine so einfache Tätigkeit zu bewältigen wie die, Evelins Tasche und Mantel von der Garderobe zu holen und ihr beides zu reichen.

Er nahm sich nicht einmal die Zeit, sich zu verabschieden. Wahrscheinlich hätte Borghorst es ohnehin nicht zur Kenntnis genommen. Er und Nördlinger standen noch immer da und starrten konzentriert auf den Fernseher, als er mit Evelin die Wohnung verließ. Yaegher fragte sich einen Moment lang, worauf sie warteten, aber er war so müde, daß ihm auch dieser Gedanke entglitt, ehe er ihn ganz zu Ende denken konnte.

Es wurde erst besser, als sie aus dem Haus heraus und ein paar Minuten an der frischen Luft waren. Er hatte über Funk ein Taxi rufen wollen, aber Evelin hatte nur abgewunken und kommentarlos einen Schlüsselbund aus der Handtasche gezogen, an dem ein vergoldeter Alfa-Romeo-Anhänger baumelte. Der dazu passende Wagen stand in einer Garage fünfzig Meter entfernt und auf der anderen Straßenseite; ein flaches, zweisitziges Cabrio, das nicht nur teuer aussah, sondern sogar so roch: nach Holz und Leder und Luxus.

Yaegher betrachtete den Wagen eine Weile finster, doch dann sagte Evelin: »Er gehört mir.«

»Ein Geschenk von Fred?« fragte Yaegher. Die Worte taten ihm sofort wieder leid, vor allem, als er sah, daß Evelin zusammenfuhr. Er entschuldigte sich mit einem stummen Blick, und Evelin akzeptierte seine Entschuldigung auf die gleiche wortlose Art. Erst dann beantwortete sie seine Frage.

»Nein. Ich habe ihn schon gehabt, als wir uns kennenlernten. Fred hat ihn immer bewundert, aber er hat sich nie getraut, ihn zu fahren. Er war ein Autonarr, weißt du, aber ein miserabler Fahrer.« Sie lachte auf eine sehr seltsame, fast angstmachende Art. »Ich glaube, eigentlich hatte es ihm damals mein Auto angetan, nicht ich.«

»Bist du sicher, daß ich...«, begann Yaegher und hielt fragend die Wagenschlüssel hoch.

»Völlig. Ich kann jetzt nicht fahren. Außerdem ist er vollkaskoversichert.« Sie öffnete die Tür, nahm halb auf dem Beifahrersitz Platz und wartete, einen Fuß noch auf dem Beton des Hallenbodens, bis er sich hinter das Steuer des kleinen Sportflitzers gequetscht hatte, ehe sie die Tür schloß. Der Motor erwachte mit einem dumpfen, satten Grollen, und Yaeghers Hände strichen einen Moment lang beinahe liebkosend über das Teakholz des Sportlenkers, ehe er den Rückwärtsgang einlegte und den Alfa behutsam aus der Garage rangierte. Er wollte aussteigen, um das Tor zu schließen, aber Evelin winkte nur ab und drückte einen Knopf auf dem Armaturenbrett. Das Garagentor senkte sich automatisch hinter ihnen. Yaegher ersparte sich jeden Kommentar. Was hatte er eigentlich erwartet?

Das Licht der Halogenscheinwerfer streifte das halbe Dutzend Polizeiwagen, das vor Isslers Haus abgestellt war. Einer der Beamten hatte vergessen, das Blaulicht auszuschalten. Der zuckende kalte blaue Schein huschte wie ein sonderbar regelmäßiges Wetterleuchten über die Häuser und Fahrzeuge. Hier und da stand ein Polizeibeamter; ein paar Nachbarn waren aus den Häusern gekommen und bildeten kleine, heftig diskutierende Grüppchen, und hinter den meisten Fenstern brannte Licht.

»Ein ganz schöner Aufwand für einen normalen Wohnungseinbruch«, sagte Evelin. »Dein Kollege scheint die Sache persönlich zu nehmen.«

»Borghorst ist nicht mein Kollege«, antwortete Yaegher automatisch. »Aber er nimmt die Sache persönlich, das stimmt. Immerhin war Fred einer seiner Männer.«

»Und wer sich mit einem Polizisten anlegt, der legt sich mit allen an, wie?«

Irrte er sich, oder hörte er einen deutlichen Unterton von Spott in ihrer Stimme? Er schaltete wieder in den Leerlauf, hielt den Alfa mitten auf der Straße an und sah sie an. »Genau«, sagte er sehr ernst. »Und das ist auch gut so. Polizeibeamte sind tabu, und das gilt vom einfachen Schutzpolizisten bis hinauf zum Polizeipräsidenten.«

»Fred hat etwas anderes erzählt«, sagte Evelin. »Ich weiß schon von zwei eurer Kollegen, die erschossen worden sind, und das nur in der Zeit, wo wir zusammen waren.«

»Das stimmt«, gestand Yaegher. »Niemand hat je behauptet, daß unser Job ungefährlich ist. Manchmal geht eine Verhaftung schief, und es kommt zu einem Feuergefecht. Ich habe selbst auch zwei Schießereien miterlebt.«

Evelin sah ihn aus großen Augen an, aber Yaegher ging nicht

weiter darauf ein. Er hatte die Wahrheit gesagt. Es hatte diese beiden Schießereien gegeben, aber er war nicht direkt daran beteiligt gewesen. Eine hatte er aus sicherer Entfernung aus einem Streifenwagen heraus verfolgt, bei der anderen hatte er flach auf dem Boden gelegen und mit angehaltenem Atem darauf gewartet, daß die Kugeln aufhörten, über ihn hinwegzupfeifen.

Trotzdem glaubte er, daß Evelin verstand, was er meinte. Polizisten *wurden* getötet; nicht annähernd so oft, wie einem das Kino und Fernsehen glauben machen wollten, aber es *kam* vor. Wenn ein Verdächtiger Widerstand leistete oder einfach ausflippte und plötzlich eine Pistole zog oder wenn es während einer Verfolgungsjagd zu einem Unfall kam. Aber das war gerade der springende Punkt: Das alles waren im Grunde *Unfälle*. Niemand *ermordete* einen Polizisten. Bullen waren unantastbar, und jeder respektierte dieses ungeschriebene Gesetz, weil sich selbst der dämlichste Dealer an den Fingern einer Hand abzählen konnte, was geschah, wenn er es doch tat. Er kannte Strauss und seine Bande, seit er bei der Polizei war. Mord war nicht dessen Stil, und Mord an einem *Polizisten* schon gar nicht. Das war nicht nur ein paar Nummern zu groß für ihn, dazu war er einfach zu schlau.

»Weißt du, woran ich die ganze Zeit denken muß?« fragte Evelin plötzlich. Er sah sie fragend an, und Evelin machte eine Kopfbewegung auf das Polizeiaufgebot vor dem Appartementhaus und fuhr fort: »Was ist, wenn wir uns alle getäuscht haben und es schlicht und einfach nur ein Unfall war?«

Yaegher sah sie verblüfft an. »Seltsam«, sagte er. »Genau das wollte ich gerade auch sagen.«

Und was noch seltsamer war – aber darüber wunderte er sich nur einen winzigen Moment, ehe er den Gedanken als unwichtig beiseite schob –, er hatte es ganz genau mit diesen Worten sagen wollen.

11

Er erschien am nächsten Morgen mehr als eine Stunde zu früh im Polizeipräsidium. Aber das lag nicht etwa daran, daß er gut geschlafen hatte und vor Energie aus den Nähten platzte. Ganz im Gegenteil: Es war drei Uhr geworden, bis er Evelin abgesetzt und mit einem Taxi zum Krankenhausparkplatz gefahren war, und halb vier, ehe er endlich im Bett gelegen hatte. Kurz vor fünf war er wieder aufgewacht, in kalten Schweiß gebadet und mit einem schlechten Geschmack im Mund. Er hatte am ganzen Leib gezittert, denn er hatte einen Alptraum gehabt, einen völlig absurden, sinn- und handlungslosen Traum, an den er sich kaum erinnerte, der ihm aber eine solche Angst eingejagt hatte, daß er für den Rest der Nacht keinen Schlaf mehr fand. Gegen halb sieben hatte er kapituliert, eine Tasse Kaffee heruntergeschüttet und einen kalten Reibekuchen heruntergeschlungen und war zur Arbeit gefahren.

Nicht, daß es sich nicht lohnte. Auf seinem Schreibtisch stapelte sich die Arbeit so hoch, daß der Moment abzusehen war, an dem er nicht mehr darüber hinwegsehen konnte. Und der halbe Tag, den er sich selbst freigegeben hatte, hatte den Aktenberg auch nicht kleiner werden lassen. Im Gegenteil: Es war eine Anzahl Aktennotizen und Briefe dazugekommen, die er sich jetzt lustlos, aber trotzdem sehr sorgfältig ansah. Das meiste landete schon nach dem ersten flüchtigen Blick in dem Körbchen für Lapalien: Beschwerden über Polizeibeamte, die unhöflich gewesen waren oder ihre Kompetenzen überschritten hatten, die gelogen oder Hilfe verweigert hatten; alles *angeblich.* Yaegher würde sie mit einem vorgedruckten Schreiben beantworten und dann vergessen, nachdem er sich den Namen des entsprechenden Beamten in einem kleinen Heft notiert hatte, das er stets bei sich trug und das es eigentlich gar nicht geben durfte und offiziell auch nicht gab. Die Arbeit in der Dienstaufsichtsabteilung bestand zum größten Teil darin, aufgebrachte Bürger zu beruhigen, die sich in heiligem Zorn darüber ereiferten, daß sie eine rote Ampel überfahren hatten und von einem Beamten angehalten worden waren, der selbstverständlich im Unrecht und ebenso selbstverständlich unhöflich gewesen war, denn schließlich fuhren sie seit vierzig Jahren Auto und hatten in dieser Zeit *überhaupt noch nie* eine Verkehrsregel gebrochen, geschweige denn ein Protokoll bekommen. Yaegher hatte weder Zeit noch Lust, all diesen Vorwürfen im Detail nachzugehen. Bei den meisten merkte man schon an der Art der Beschwerde, mit wem man es zu tun hatte. Und so ganz nebenbei: Auch Polizisten waren menschliche Wesen mit einem Recht auf Gefühle, und ebenso mit dem Recht, Fehler zu machen.

Trotzdem notierte er sich jeden Namen, und er blätterte sein Büchlein in regelmäßigen Abständen durch. Wenn ein Name öfter als normal darin auftauchte, war es vielleicht an der Zeit, sich den Burschen etwas genauer anzusehen.

An diesem Morgen jedoch landeten alle Beschwerden bis auf eine in seinem Abwimmel-Körbchen, und er mußte nur neue Namen in sein Buch eintragen, keine Kreuze hinter schon vorhandene machen. Den einzigen Brief, der anders war, las er mehrmals, faltete ihn schließlich sorgsam zusammen und steckte ihn in seine rechte Jackentasche.

Als er das tat, berührten seine Finger einen anderen Zettel, den er noch bei sich hatte. Er hatte ihn am vergangenen Nachmittag eingesteckt und dann vergessen, aber er wußte, was darauf stand, noch ehe er ihn hervorzog und auseinanderfaltete. Es war die Telefonnummer, die Evelin angerufen und ihm anschließend gegeben hatte. Er wählte sie, bekam dreimal das Freizeichen und dann den nicht sehr originellen Text eines Anrufbeantworters zu hören. Aber er erfuhr, was er wissen wollte: den Namen des Anwaltsbüros, mit dem Evelin telefoniert hatte.

Es war noch zu früh, um hinzufahren, daher versuchte er, Rugners Privatnummer herauszubekommen. Es war zwar so schwierig, wie er erwartet hatte, aber es gab Momente, in denen es sich doch auszahlte, bei der Polizei zu sein. Es kostete ihn einige Mühe, aber nach einer Viertelstunde stand nicht nur Dr. Rugners private Telefonnummer, sondern sogar seine Adresse auf dem Block vor ihm. Er wählte die Nummer bis zur vorletzten Ziffer, hielt dann jedoch inne, sah auf die Uhr und ließ den Hörer wieder auf die Gabel sinken. Es war noch nicht einmal acht. Rugner würde beim Frühstück sitzen und sicher nicht gerade begeistert über die Störung sein. Und er würde *ganz bestimmt nicht* auf irgendwelche Fragen antworten, ganz gleich, ob sich der unerwünschte Anrufer als Polizeibeamter oder persönlicher Beauftragter des Erzbischofs von Köln ausgab.

Dazu kam noch etwas: Es war gut möglich, daß sich Rugners Informationen als sehr aufschlußreich erwiesen. Yaegher hatte aber keine besondere Lust, es diesem Armleuchter Mendel zu überlassen, den Fall möglicherweise aufzuklären.

Borghorst hatte ihn für neun in sein Büro bestellt. Wenn er mit dem Verkehr Glück hatte, konnte er in einer halben Stunde hin und wieder zurück sein; wenn Rugner ihn abblitzen ließ, reichte die verbleibende Zeit allemal, trotzdem pünktlich zu sein. Wenn nicht, dann hatte er einen Grund, zu spät zu kommen.

Was den Verkehr anging, hatte er Glück. Die morgendliche Rush-hour war fast vorüber, und da er stadtauswärts fuhr, kam ihm der Strom der Neunuhrpendler entgegen. Er fuhr wesentlich schneller, als es seine Kollegen von der Verkehrspolizei erlaubten und stieg nach nicht einmal zehn Minuten vor Rugners Villa aus dem Wagen. Sowohl die Gegend als auch das Haus selbst überraschte ihn ein wenig, denn beides war vornehm und teuer, aber nicht *so* vornehm und teuer, wie er erwartet hatte. Rugner gehörte zu den bekanntesten Anwälten der Stadt. Yaegher hatte ihn nie persönlich kennengelernt, aber ganz automatisch angenommen, ihn in einem von den Stadtvierteln anzutreffen, in dem schon die Briefkästen fünfstellige Beträge gekostet haben. Rugners Haus war groß, und alles andere war schlicht, aber nicht protzig. Der Anwalt schien zu den Menschen zu gehören, die trotz ihres Erfolges auf dem Teppich geblieben sind. Aber auf der Zufahrt standen gleich vier schwarze 190er, und das offenstehende Garagentor gewährte einen Blick auf zwei weitere Mercedes-Limousinen.

Er mußte dreimal klingeln, ehe die Tür geöffnet wurde. Eine dunkelhaarige Frau undefinierbaren Alters in einem einfachen grauen Kleid sah ihn aus müden Augen an. Ihr Gesicht hatte die ungesunde Blässe eines Menschen, der lange nicht geschlafen hat. »Bitte?«

»Guten Morgen«, sagte Yaegher. »Mein Name ist Yaegher. Ich hätte gerne Herrn Rugner gesprochen.«

»Herr Dr. Rugner ist...« Sie verstummte, und Yaegher hatte

den Ausdruck auf ihrem Gesicht schon zu oft gesehen, um nicht zu ahnen, was sie sagen würde, als sie weitersprach. »Dr. Rugner ist ... tot. Er ist gestern abend gestorben.«

Schritte näherten sich der Tür, und dann erschien eine grauhaarige Frau hinter der Haushälterin. Yaegher wußte instinktiv, daß er Rugners Witwe gegenüberstand. Er stellte sich vor, diesmal jedoch nicht nur mit seinem Namen, sondern auch als das, *was* er war. »Ich ... wußte nicht, daß ...«

»... mein Mann gestorben ist«, sagte Ellen Rugner. »Sprechen Sie es ruhig aus. Es tut nicht weniger weh, wenn man das Wort nicht benutzt, wissen Sie?« Sie trat einen Schritt in die Wohnung zurück und machte eine einladende Geste. »Aber bitte treten Sie doch ein, Herr Yaegher. Vielleicht kann ich Ihnen ja weiterhelfen.«

Yaegher trat unbehaglich von einem Fuß auf den anderen. Er zögerte ein paar Sekunden, der Einladung zu folgen. Schließlich tat er es doch, und wenn es nur aus Höflichkeit war.

Während Ellen Rugner die Tür hinter ihm schloß und die Haushälterin mit einem Blick davonschickte, sah sich Yaegher unauffällig um. Zur Linken gab es einen offenen Durchgang zum Wohnzimmer, das allein ein ganzes Stück größer als seine ganze Wohnung war und voller Menschen. Yaegher zählte mehr als ein Dutzend Männer und Frauen, dazu einen vielleicht achtjährigen Jungen, der ihn aus übernächtigten Augen anblickte. Offensichtlich die Familie, die zusammengekommen war. Wie es aussah, hatten sie die ganze Nacht hier gesessen.

»Also, was kann ich für Sie tun, Herr Yaegher?«

Bevor Yaegher auf die Frage antworten konnte, ging eine Tür auf der anderen Seite des Korridors auf, und ein Mann in einem dunklen Anzug trat heraus. Er sah nicht übernächtigt aus, aber irgendwie zornig, und er gab sich auch keine besondere Mühe, höflich zu sein, als er sich an Yaegher wandte und ihn fragte, wer er sei. Yaegher stellte sich zum dritten Mal in kaum fünf Minuten vor, aber er kam gar nicht ganz dazu, sein Sprüchlein zu Ende aufzusagen, ehe er unterbrochen wurde.

»Polizei? Was zum Teufel wollen Sie schon wieder hier? Frau Rugner hat Ihren Kollegen gestern abend schon alles gesagt, was sie weiß. Sie sehen doch, in welchem Zustand sie ist. Haben Sie neue Erkenntnisse? Wenn nicht, dann gehen Sie bitte.«

»Ich fürchte, hier liegt ein Mißverständnis vor«, sagte Yaegher. Die unverblümte Aggressivität seines Gegenübers verwirrte ihn, aber gleichzeitig war er auch beinahe erleichtert, denn *damit* kam er besser zurecht als mit Trauer und Schmerz, denen er in den letzten Tagen ein wenig zu oft begegnet war. »Ich weiß nichts von den Kollegen, die gestern hier waren. Ich bin gekommen, weil ich eine Auskunft von Dr. Rugner brauchte.«

»Dann sollten Sie ...«

»Bitte, Klaus.« Ellen Rugner hob besänftigend die Hand und wandte sich dann wieder an Yaegher. »Dr. Berthold ist der Kompagnon meines Mannes. Sein Tod hat ihn sehr getroffen. Bitte sehen Sie ihm sein Benehmen nach.«

»Es war nicht sein Tod, sondern das Benehmen dieses unverschämten Polizisten, und er hat mich nicht betroffen, sondern wütend gemacht«, sagte Berthold, »und ich bin es immer noch, wenn Sie es genau wissen wollen.«

Yaegher verstand immer weniger, aber Ellen Rugner kam ihm auch diesmal zu Hilfe. »Bitte, Klaus«, sagte sie noch einmal, diesmal allerdings in sehr viel energischerem Ton. »Inspektor Yaegher kann nichts dafür. Du hast doch gehört, daß er aus einem anderen Grund hier ist.«

Berthold funkelte Yaegher noch einen Herzschlag lang an, sagte aber nichts mehr, sondern drehte sich plötzlich auf dem Absatz um und stürmte ins Wohnzimmer.

»Entschuldigen Sie«, sagte Ellen Rugner. »Er ist normalerweise nicht so.«

»Schon gut«, sagte Yaegher. »Ich bin es, der sich entschuldigen muß. Ich wußte nicht, was geschehen ist.« Er machte Anstalten, sich herumzudrehen und zur Tür zu gehen, blieb dann aber doch noch einmal stehen und fragte: »Darf ich fragen, auf welche Weise Ihr Mann ... ums Leben gekommen ist?«

Ellens Gesicht verdüsterte sich. »Herzinfarkt«, sagte sie. »Jedenfalls hat der Arzt das gesagt.«

Yaegher wurde hellhörig. Er kannte diesen ganz bestimmten Blick und den Ton, in dem sie sprach. »Aber Sie glauben nicht daran.«

»Nein. Vielleicht doch. Ich ... weiß es nicht. Er war vollkommen gesund. Erst vor sechs Wochen hat er sich gründlich untersuchen lassen, und der Arzt hat gesagt, er hätte ein Herz wie ein junger Hengst. Außerdem hat er... geschrien und getobt. Mein Vater ist an einem Herzinfarkt gestorben, wissen Sie. Ich war dabei. Er hat sich einfach an die Brust gegriffen und ist dann zusammengebrochen.«

»Aber bei Ihrem Mann war es anders?«

»Ja. Ich war draußen im Garten und hörte den Lärm. Zuerst wußte ich nicht, was es war, deshalb habe ich mich nicht einmal sonderlich beeilt. Er war oben in seinem Arbeitszimmer. Jedenfalls dachte ich das. Ich bin halb die Treppe hinauf und habe seinen Namen gerufen, bis ich merkte, daß der Lärm aus dem Keller kam.«

»Aus dem Keller?«

Sie nickte. Ihr Blick ging geradewegs durch ihn hindurch. »Er hat geschrien. Immer lauter geschrien, wissen Sie? Und ich hörte so furchtbaren Lärm. Wie von einem Kampf. Ich hatte Angst, ich... ich dachte, er hätte vielleicht einen Einbrecher dort unten überrascht. Deswegen bin ich nicht... ich habe gezögert, verstehen Sie?«

»Natürlich«, antwortete Yaegher. »Das war ja auch richtig von Ihnen.«

»Das war es nicht«, widersprach sie mit unerwarteter Heftigkeit. »Nach einer Weile wurde es still, und ich bin doch hinuntergegangen.«

»Allein?«

»Nein. Margarete war bei mir, unsere Haushälterin. Sie haben sie kennengelernt. Sie... sie hatte sich mit einer Bratpfanne bewaffnet und ich mich mit dem größten Messer, das ich in der Küche finden konnte.« Sie lachte bitter. »Wir müssen einen göttlichen Anblick geboten haben. Wahrscheinlich hätte sich jeder Einbrecher halb totgelacht, der uns gesehen hätte.«

»Warum haben Sie nicht auf die Polizei gewartet?« fragte Yaegher.

»Ich habe sie nicht einmal angerufen«, gestand sie. »Ich weiß, daß das dumm war. Als Frau eines Rechtsanwalts sollte man anders reagieren, aber ich war einfach in Panik. Ich konnte nicht mehr klar denken. Aber es war gar kein Einbrecher da. Nur mein Mann. Er war schon tot, als ich ihn fand.«

Ihre Augen füllten sich mit Tränen, und er spürte, daß die Erinnerungen sie zu überwältigen drohten. »Und die Schreie und der Lärm?«

»Er hat alles dort unten zerschlagen, was er erreichen konnte. Ich weiß nicht, warum. Niemand weiß es. Der Arzt sagt, daß ein Herzinfarkt manchmal sehr schmerzhaft sein kann, aber das... das waren keine Schmerzensschreie. Er hatte Angst. Todesangst. Und dann der Ausdruck auf seinem Gesicht. Ich habe niemals zuvor einen solchen Ausdruck auf dem Gesicht eines Menschen gesehen. Es ist mir gleich, was der Arzt sagt, oder Ihre Kollegen, die gestern hier waren. Mein Mann ist vor Angst gestorben. Irgend etwas hat ihn zu Tode erschreckt.«

»Könnte ich den Keller sehen?« fragte Yaegher.

»Sicher. Aber Sie werden nichts Interessantes finden.« Trotzdem führte sie ihn zur Kellertreppe, begleitete ihn jedoch nicht hinunter, sondern blieb oben stehen und wartete.

Der Keller war groß und so unordentlich, wie das Haus oben aufgeräumt war. Das Chaos ähnelte dem in Freds Wohnung, nur daß es irgendwie gewalttätiger aussah; während dort Männer am Werk gewesen waren, die vollkommen rücksichtslos nach etwas *gesucht* hatten, war das hier das Ergebnis bloßer *Zerstörung*, gründlicher Zerstörung. Es war schwer vorstellbar, daß ein einzelner Mann diese Verwüstung angerichtet haben sollte, die eher das Werk eines Wirbelsturms zu sein schien und doch nur wenige Minuten gedauert hatte.

»Haben Sie irgend etwas gefunden?« fragte Ellen Rugner, als er nach wenigen Minuten zurückkehrte.

»Nein«, sagte er. Und dann, obwohl er wußte, daß es nicht sehr klug war, fügte er hinzu: »Aber nach einem Herzinfarkt sieht das nicht aus. Sie sagten, er war in seinem Arbeitszimmer, als Sie ihn das letzte Mal gesehen haben?«

»Das war hier unten«, korrigierte sie ihn. »Aber er wollte hinaufgehen. Möchten Sie es sehen?«

»Gern.«

Sie gingen die zwei Treppen zum Arbeitszimmer hinauf, das sich in dem ausgebauten Dachgeschoß befand. Auf den ersten Blick machte es allerdings eher den Eindruck eines *Spielzimmers:* Ein Großteil des vorhandenen Raumes wurde von einer gewaltigen Spielzeugeisenbahn eingenommen, und die Hälfte der Regale standen voll von Lokomotiven, Waggons und Kisten voller Zubehör und Werkzeug, statt von Büchern.

Rugner mußte auch hier getobt haben, wenn auch nicht so schlimm wie im Keller. Bücher waren aus den Regalen gerissen und der Inhalt einiger Schubladen auf dem Fußboden verteilt.

Und auf dem Teppich vor dem Regal lag ein zertrümmerter Videorecorder.

Irgend etwas hinter Yaeghers Stirn machte deutlich hörbar *klick*. Eine Sekunde lang starrte er den Recorder beinahe fassungslos an, ehe er sich langsam vor dem Gerät in die Hocke sinken ließ. Er streckte die Hand aus, berührte es aber noch nicht. Der Apparat war nicht einfach nur vom Regal gefallen und zerbrochen. Er war völlig zertrümmert. Rugner hatte den Stecker so heftig herausgezerrt, daß die Steckdose halb aus der Wand gerissen war.

Vorsichtig, fast als hätte er Angst, er könnte plötzlich wieder zum Leben erwachen und nach ihm schnappen wie ein bizarres kubisches Raubtier aus schwarzem Kunststoff, das sich nur tot gestellt hatte, berührte Yaegher den Recorder, zögerte noch einmal einen Moment und schob dann die Klappe vor dem Kassettenfach hoch. Die Kassette, die sich in dem Gerät befunden hatte, bevor Rugner es zerstörte, war noch da.

»War der Fernseher eingeschaltet?« fragte er.

Ellen war in der Tür stehengeblieben. Auf dem Weg hier herauf hatte sie ihm erzählt, daß sie dieses Zimmer niemals betrat, und sie tat es auch jetzt nicht. »Nein. Jedenfalls nicht mehr, als ich heraufkam.«

Yaegher versuchte, die Kassette aus dem Gerät zu ziehen, hatte aber keinen Erfolg damit, außer dem vielleicht, daß er sich einen Fingernagel abbrach. Er stand auf, trat an das Regal mit Rugners Bastelutensilien und fand einen kräftigen Schraubenzieher, mit dem er es noch einmal versuchte. Diesmal splitterte ein Stück der Kunststoffklappe ab, und irgend etwas im Inneren des Gerätes knirschte hörbar. Die Kassette rührte sich nicht.

Irgendwo im Erdgeschoß rief jemand Ellens Namen, und sie entschuldigte sich mit einem Blick bei ihm und ging hinunter. Am Ende schien das Schicksal wohl doch noch ein Einsehen mit ihm gehabt zu haben.

Yaegher wartete gerade so lange, bis er ihre Schritte auf der Treppe hörte, dann eilte er wieder zum Regal, suchte einen etwas kleineren Schraubenzieher und machte sich an die Arbeit. Die Zeit war knapp, aber da er jetzt keine Rücksicht mehr zu nehmen brauchte, schaffte er es so gerade. Er löste mit fliegenden Fingern sechs der acht Schrauben, die das Gehäuse hielten, den Rest brach er einfach heraus und schob den Kunststoffdeckel dann zur Seite. Die Kassette lag jetzt offen vor ihm. Mit Hilfe des großen Schraubenziehers war es jetzt kein Problem mehr, sie herauszubekommen, auch wenn er dem Laufwerk damit vermutlich den Rest gab, was allerdings nun wirklich keine Rolle mehr spielte.

Neugierig drehte er die Kassette in den Händen. Es war eine ganz normale, schwarze Videokassette E 120 mit herausgebrochener Sicherheitslasche und ohne Beschriftung. Der Film war ungefähr zu einem Drittel abgelaufen, ehe das Gerät zerstört worden war. Er steckte die Kassette ein, nahm ein x-beliebiges anderes Band vom Regal und legte es ins Gerät, dann befestigte er das Gehäuse wieder, provisorisch und nur mit zwei Schrauben, aber das würde bei dem bemitleidenswerten Zustand des Recorderwracks kaum auffallen.

Er war kaum fertig damit, als er Schritte hörte, die die Treppe heraufkamen. Rasch stand er auf und tat das erstbeste, was ihm einfiel: Er trat zum Regal und betrachtete die Aufkleber der Videosammlung. Sie war nicht sehr groß: ein paar Opernverfilmungen, ein Dutzend Klassiker der Filmgeschichte, angefangen von Moby Dick über Vom Winde verweht bis hin zum Dritten Mann, und fünf oder sechs Kassetten mit Filmen, die sich mit Rugners Modelleisenbahn-Hobby beschäftigten.

Die Tür hinter seinem Rücken wurde aufgestoßen, und eine scharfe Stimme sagte: »Yaegher!«

Dr. Berthold sah aus, als begänne er vor Wut gleich zu schäumen, als sich Yaegher zu ihm herumdrehte. Seine Augen schossen kleine, glühende Pfeile in Yaeghers Richtung. »Ich habe gerade mit ein paar Leuten telefoniert«, polterte er. »Sie sind nicht bei der Kriminalpolizei! Sie gehören zur Disziplinarabteilung und haben mit dieser Sache hier nicht das geringste zu tun!«

»Ich habe nie etwas anderes behauptet«, antwortete Yaegher ruhig.

Sein gelassener Ton schien Bertholds Zorn nur noch mehr zu schüren. »Aber Sie haben uns ganz bewußt in unserem Irrtum belassen!« schnauzte er. »Das ist genausogut wie eine Lüge.« Kein Zweifel, der Kerl *war* Rechtsanwalt. Und offensichtlich einer von der ganz unangenehmen Sorte. »Ich hoffe, Sie haben eine verdammt gute Erklärung für Ihr Verhalten. Wenn nicht, haben Sie nämlich morgen eine Dienstaufsichtsbeschwerde auf dem Tisch, auf der Ihr eigener Name steht! Was zum Teufel haben Sie hier oben zu suchen?«

»Frau Rugner hat mich gebeten –«

»Papperlapapp!« unterbrach ihn Berthold. »Frau Rugner ist im Moment kaum in der Lage, Entscheidungen zu treffen. Sie würde Ihnen wahrscheinlich auch ihr gesamtes Vermögen überschreiben, wenn Sie sie darum *bitten* würden. Also machen Sie, daß Sie hier herauskommen, und zwar schnell!«

Yaegher fragte sich, warum ihm Berthold eigentlich eine Frage stellte, wenn er die Antwort nicht hören wollte. Aber er sprach die Frage nicht laut aus, sondern verließ das Arbeitszimmer und kaum eine Minute später das Haus.

Als er am Wohnzimmer vorbeiging, fing er einen letzten Blick von Ellen Rugner auf. Sie saß in einem der wuchtigen Ledersessel und sah sehr klein und verloren aus. Drei oder vier Leute redeten gleichzeitig auf sie ein. Für einen Moment tat sie Yaegher aufrichtig leid; nicht einmal so sehr wegen dem Tod ihres Mannes, sondern wegen dem, was jetzt auf sie zukommen mochte. Gegen diese Bande dort drinnen hatte sie keine Chance, wie so viele Hinterbliebene, auf die sich das Heer der Erbschleicher stürzt, noch ehe der Leichnam des Verstorbenen ganz erkaltet war.

»Es ist möglich, daß ich Sie später noch einmal in der Kanzlei aufsuche«, sagte er im Hinausgehen.

»Tun Sie das«, antwortete Berthold grimmig. »Aber bringen Sie einen Anwalt mit. Einen guten.«

12

Natürlich kam er zu spät zu Borghorst. Der Berufsverkehr machte wieder wett, was er ihm am Morgen geschenkt hatte, und er saß eine gute Dreiviertelstunde in der Blechlawine fest, die sich im Slalom zwischen einem Dutzend Baustellen stadteinwärts quälte. Am liebsten wäre er sofort ins Labor gegangen, um sich die Kassette anzusehen, die er bei Rugner mitgenommen hatte (strenggenommen hatte er sie *gestohlen*, und er war ziemlich sicher, daß Berthold es ganz genau so bezeichnet hätte, hätte er es gesehen), aber er war ohnehin schon fast eine Stunde zu spät. Und die Kassette lief ihm nicht davon.

In Borghorsts Büro angekommen, erlebte er die nächste Überraschung. Strauss saß auf dem unbequemen Stuhl vor Borghorsts Schreibtisch, ganz wie er das erwartet hätte, und er sah so aus, wie die meisten Männer aussahen, die eine Stunde lang von Borghorst verhört worden waren.

Was ganz und gar nicht seinen Erwartungen entsprach, das war der Ausdruck auf Borghorsts Gesicht. Er wirkte zufrieden, beinahe triumphierend. Um nicht zu sagen: Er strahlte wie ein Honigkuchenpferd. Die Stegmüller saß an ihrer altersschwachen Schreibmaschine, die seit fünf Jahren ebenso beharrlich dem Vormarsch elektronischer Textsysteme in diesem Teil des Präsidiums getrotzt hatte wie Borghorst der Einführung allen möglichen neumodischen Unsinns, wie zum Beispiel geregelter Arbeitszeit und Respekt vor den Menschenrechten seiner Mitarbeiter, und tippte mit zwei Fingern, trotzdem aber atemberaubender Schnelligkeit.

»Yaegher!« Borghorst hob jovial die Hand und zeigte damit wedelnd auf einen freien Stuhl. »Wie schön, daß Sie auch schon kommen. Leider haben Sie das Beste verpaßt, aber ich glaube, ich habe ein paar ziemlich gute Neuigkeiten für Sie. Setzen Sie sich, setzen Sie sich!«

Yaegher war so überrascht, daß er ganz automatisch gehorchte. Borghorsts Worte waren ehrlich gemeint, ungeachtet seines ersten Satzes; der Kerl konnte eben einfach nicht anders, als zynisch zu sein, selbst wenn er wirklich freundlich sein *wollte*.

»Unseren Freund Strauss kennen Sie ja«, fuhr Borghorst aufgeräumt fort. »Ich lasse ihn nur noch eben das Protokoll gegenlesen und unterschreiben, dann gehört er ganz Ihnen. Ich denke, er hat Ihnen eine Menge interessanter Dinge zu erzählen.«

Yaegher versuchte, die mimische Entsprechung eines Fragezeichens in seinen Blick zu legen, und es schien ihm zu gelingen, denn Borghorst grinste plötzlich ganz unverblümt und sagte: »Er hat ein volles Geständnis abgelegt.«

»Wie bitte?!« entfuhr es Yaegher. Strauss und ein Geständnis?

»Herr Strauss gibt zu, Fred Issler in den vergangenen drei Jahren regelmäßig bestochen zu haben«, bestätigte Borghorst. »Die Details können Sie später mit ihm klären, aber so über den Daumen gepeilt dürfte Issler eine gute Dreiviertelmillion eingesackt haben.«

»Er hat *gestanden*?« fragte Yaegher noch einmal und mit wachsender Fassungslosigkeit. »Wie haben Sie das denn geschafft? Ihm angespitzte Streichhölzer unter die Fingernägel gesteckt? Der Kerl würde Ihnen freiwillig nicht einmal die richtige Uhrzeit sagen!«

Borghorst lächelte mit unübersehbarem Stolz. »Man hat eben so seine Methoden«, sagte er gut gelaunt. »Ich habe ihm klargemacht, daß ein Verfahren wegen Beamtenbestechung und Einbruch nichts ist gegen eines, das wegen Polizistenmordes gegen ihn eingeleitet wird. Und das hat sogar *er* eingesehen.«

»Einbruch?«

»Isslers Wohnung«, erklärte Borghorst, während die Stegmüller endlich mit ihrer nervigen Tipperei aufhörte und das Blatt mit einem scharfen *Ratsch* aus der Maschine zog. Stirnrunzelnd betrachtete sie die rechte untere Ecke des Kohlepapiers, von dem gute fünf Zentimeter in der Schreibmaschine zurückgeblieben waren. »Er hat zugegeben, den Einbruch veranlaßt zu haben.«

»Wieso?«

»Aus dem gleichen Grund, aus dem *wir* die Bude auf den Kopf gestellt haben«, sagte Mendel. Yaegher wandte überrascht den Kopf. Mendel stand mit verschränkten Armen an der Wand neben der Tür. Bis jetzt hatte er ihn nicht einmal zur Kenntnis genommen. »Um eventuelle Beweise für seine ›Geschäfte‹ mit Kollege Issler zu finden und beiseite zu schaffen.«

»Und dann legt er einfach so ein Geständnis ab?« Yaegher wandte sich zweifelnd an Strauss. »Stimmt das?«

»Ich will die Wahrheit sagen«, sagte Strauss. Er war nervös und fahrig. Seine Stimme war so leise, daß Yaegher ihn kaum verstand. »Es hat keinen Zweck, zu leugnen. Borghorst bekommt es ja doch heraus.«

Das war doch nicht Strauss, den er da hörte! Yaegher blickte den Drogenhändler immer fassungsloser an. Strauss war einer der hartgesottensten Burschen, die er kannte. Sie hatten ihn einmal mit einem Messer in der Hand erwischt, an dem noch das Blut eines Mannes klebte, der tot neben seinem Schreibtisch lag, und doch hatte er keine vier Stunden später in Begleitung eines schlitzohrigen Rechtsverdrehers das Präsidium wieder verlassen können.

»Ich will endlich die Wahrheit sagen«, sagte Strauss noch einmal. Verrückt.

Borghorst reichte ihm das Protokoll, das die Stegmüller getippt hatte, und einen billigen Einwegkugelschreiber. »Lesen Sie das durch und unterschreiben Sie, wenn Sie einverstanden sind.«

Strauss kritzelte seine Unterschrift auf das letzte Blatt, ohne auch nur einen Blick auf den Text zu werfen. Yaegher traute seinen Augen nicht.

Borghorst nahm das unterschriebene Geständnis, las es mit sichtbarem Vergnügen durch und legte es dann in eine Akte, die er mit einem Knall schloß. »Erledigt«, sagte er. »Die beiden Herren, die gestern abend Isslers Wohnung renoviert haben, haben wir auch schon. Sobald wir ihre Geständnisse haben, ist der Fall endgültig abgeschlossen. Nach...« Er sah auf die Armbanduhr. »... knapp dreißig Stunden. Gar nicht schlecht.«

Yaegher gab Mendel einen Wink, Strauss hinauszubringen und draußen auf ihn zu warten, und beherrschte sich auch weiter. Erst, als sich die Tür hinter den beiden geschlossen hatte, machte er seiner Verwunderung Luft.

»*Abgeschlossen?*« fragte er, mehr als nur eine Spur lauter, als angemessen schien, und vor allem schärfer. »Was soll das heißen: *abgeschlossen*?« Er deutete auf die Mappe, in der Strauss' Geständnis lag. In Borghorsts dicker, bauchiger Handschrift stand Isslers Name darauf.

»Für Sie wohl noch nicht«, schränkte Borghorst ein. »Aber was uns angeht.«

»Issler ist *tot*«, erinnerte ihn Yaegher.

»Es war Selbstmord«, antwortete Borghorst. »Ich habe den Arzt noch einmal befragt und ebenso die Stationsschwester und den Beamten, der vor seinem Zimmer postiert war. Zu dem Zeitpunkt, an dem er sich aus dem Fenster gestürzt hat, war nachweislich niemand bei ihm im Zimmer. Es war eindeutig und zweifellos Selbstmord.«

»Ach ja«, sagte Yaegher spöttisch. »Und sein kleiner Zusammenstoß mit dem Lkw war demnach ein ganz normaler Unfall, wie?«

»Ganz genau«, antwortete Borghorst. Seine Stimme klang schon ein wenig kühler als bisher. »Wissen Sie, Yaegher, im Grunde ist mir die ganze Zeit schon die Frage durch den Kopf gegangen, ob es nicht vielleicht doch nur ein simpler Unfall war und wir uns alle geirrt haben.«

Yaegher riß die Augen auf und blickte ihn an.

»Glotzen Sie nicht so«, sagte Borghorst unfreundlich. »Ich habe mich geirrt. Wir alle haben uns geirrt, ja. Es gehört zu unserer Arbeit, alle denkbaren Möglichkeiten durchzugehen und die falschen zu eliminieren. Was übrig bleibt, ist die Wahrheit.« Er beugte sich leicht vor, und seine Stimme klang jetzt eindeutig ungeduldig: »Ich will Ihnen sagen, wie ich die Sache sehe. Issler war am Ende. Er hat gewußt, daß wir ihm auf der Spur waren. Und dazu kam dann der Streit mit der Freytag. Er hatte eine Menge Alkohol im Blut, als er in die Klinik eingeliefert wurde. Wenn Sie mich fragen, dann hatten die beiden Streit. Einen gewaltigen Streit, der damit endete, daß die Kleine ihre Koffer gepackt hat und gegangen ist. Issler hat sich vollaufen lassen, und als er genug intus hatte, ist er losgerannt, um sie zu suchen.«

Aber Borghorst mußte doch selbst hören, wie unwahrscheinlich das klang! »Und aus demselben Grund hat er dann Selbstmord begangen?«

Borghorst nickte. Er war offensichtlich so sehr von seiner eigenen Theorie überzeugt, daß er sogar den hämischen Ton ignorierte, in dem Yaegher seine Frage gestellt hatte. »Ich habe auch noch einmal mit dem Lkw-Fahrer gesprochen«, sagte er, »und den anderen Zeugen. Es *war* ein Unfall. Wir haben uns alle geirrt. Er ist einfach losgestürmt und unter den Wagen geraten. Und was den Selbstmord angeht: Versuchen Sie sich einmal in seine Lage zu versetzen. Er wacht im Krankenhaus auf. Er weiß, daß alles vorbei ist. Fünf bis zehn Jahre sind ihm sicher, und Sie wissen, was es für einen Bullen bedeutet, im Knast zu sitzen. Seine Freundin ist weg, und wenn er überhaupt jemals wieder aus dem Gefängnis kommt, dann kann er froh sein, wenn er irgendwo einen Job als Hilfsarbeiter findet. Was zum Teufel hätten *Sie* an seiner Stelle getan?«

»Mich jedenfalls nicht aus dem Fenster gestürzt«, antwortete Yaegher automatisch.

»Er hat es«, sagte Borghorst. Hämisch fügte er hinzu: »Ich weiß, daß Sie gerne James Bond gespielt und eine gewaltige Verschwörung aufgedeckt hätten. Aber daraus wird nichts. Der Fall ist abgeschlossen. Es war ein ganz normaler Unfall.«

Yaegher widersprach ihm nicht mehr. Irgend etwas stimmte hier nicht, das wußte er plötzlich mit hundertprozentiger Sicherheit. Aber ebenso sicher wußte er auch, daß es sinnlos war, weiter mit Borghorst zu reden.

Er stand auf, verabschiedete sich mit einem angedeuteten Kopfnicken von der Stegmüller und verließ das Büro ohne ein weiteres Wort. Mendel und Strauss – Mendel noch immer mit dem gleichen, idiotischen Grinsen auf dem Gesicht wie vorhin und Strauss niedergeschlagen und mit einem Paar gewaltiger Handschellen, die ihm erstaunlich gut zu Gesicht standen – saßen auf einer Bank auf der anderen Seite des Flures. Yaegher wollte hingehen, aber dann entdeckte er Nördlinger, der in diesem Moment aus dem Paternoster gestiegen kam und die Hand hob, damit er stehenblieb.

»Gut, daß ich Sie treffe«, begann Nördlinger. »Sie wissen doch, wo Isslers Freundin im Moment zu finden ist. Sehen Sie sie heute?«

»Wahrscheinlich.«

»Das erspart uns einen Weg.« Nördlingers Hand tauchte in die Jackentasche und kam mit einem winzigen Schlüssel wieder heraus. »Wir haben ein provisorisches Schloß an der Tür angebracht, als wir gestern nacht fertig waren. Bitte geben Sie ihr den Schlüssel. O ja«, fügte er hinzu, als Yaegher den Schlüssel nahm und einsteckte, »und ich hätte das Schloß gerne zurück, sobald die Tür vernünftig repariert ist. Sie wissen, wie das ist. Das Ding kostet keine dreißig Mark, aber ich muß ungefähr zweihundertfünfzig Formulare ausfüllen, wenn ich es nicht zurückgebe.«

Er grinste und wartete offensichtlich darauf, daß Yaegher dieses

Lächeln erwiderte. Als das nicht geschah, wurde auch er wieder ernst und sagte leise: »Das mit Fred tut mir aufrichtig leid. Aber so etwas kann passieren, so schlimm es ist.«

»*Was* kann passieren?« fragte Yaegher betont.

»Der Unfall«, antwortete Nördlinger. »Wissen Sie, ich habe darüber nachgedacht. Wahrscheinlich haben wir uns alle geirrt, und es war schlicht und einfach ein Unfall.«

Das war fast wörtlich dasselbe, was Borghorst gerade gesagt hatte. Es war fast wörtlich dasselbe, was *Evelin* am vergangenen Abend gesagt und er in der gleichen Sekunde gedacht hatte, und er mußte plötzlich und zugleich auf zwei Ebenen seines Bewußtseins gleichzeitig an zwei Dinge denken: an die Videokassette in seiner rechten Manteltasche und daran, wie seltsam erstarrt und beinahe gebannt Borghorst und Nördlinger gestern abend dagestanden und den Fernseher in Isslers Appartement angestarrt hatten.

13

Er verschob Strauss' Verhör auf später. Statt dessen ging er hinunter ins Labor, lieh sich einen Videorecorder und einen kleinen, tragbaren Fernseher und trug beides hinauf in sein Büro unter dem Dach. Auf seinem Schreibtisch lag schon wieder ein Stoß neuer Akten, den der Bote in seiner Abwesenheit gebracht hatte, und ein mit roter Tinte geschriebener Zettel, der besagte, daß er sich *unverzüglich* bei Kriminalrat Berger melden solle.

Yaegher ignorierte beides, lud den Fernseher auf einem halbwegs freien Platz auf der Schreibtischplatte ab und stellte den Recorder oben auf ihm ab. Die Konstruktion sah ein wenig abenteuerlich aus; wie ein gestrandetes doppelstöckiges Schiff, das sich noch nicht entschieden hatte, ob es auseinanderbrechen oder in einem Stück in der Aktenflut versinken sollte, die den Schreibtisch überschwemmte. Mit fliegenden Fingern schloß er die entsprechenden Kabel an, schaltete beide Geräte ein und legte die Kassette ein. Seine Hände zitterten. Der Verdacht, der ihm gekommen war, während er mit Borghorst und später mit Nördlinger gesprochen hatte, war so phantastisch (und ganz nebenbei: *so absurd!*), daß er es bisher nicht einmal fertiggebracht hatte, ihn in Gedanken zu fassen. Trotzdem. Er mußte sich Gewißheit verschaffen, und sei es nur, um hinterher um so lauter über seine eigene, verrückte Idee lachen zu können. Er drückte auf die »PLAY«-Taste. Aus dem Inneren des Gerätes drang ein schnaubendes Rasseln und Klicken, und auf dem Monitor erschien ein fast surrealistisches Muster aus Farben und Streifen, in dem in regelmäßigen Zeitabständen weiße Störimpulse aufblitzten. Wenn man genau hinsah, konnte man erkennen, daß die Farben nicht willkürlich verteilt waren. Vielmehr gehörten sie zu einem bis zur Unkenntlichkeit verzerrten Fernsehbild.

Yaegher fluchte. Die beiden Geräte waren auch unten im Labor zusammengeschaltet gewesen und hatten perfekt funktioniert; er selbst hatte mehr als einmal seine Witze darüber gemacht, daß die Jungs vom Labor wohl nur deshalb so langsam waren, weil sie sich während der Nachtschicht Pornovideos auf dem Apparat ansahen (was übrigens stimmte, nur wußte er das nicht). Er mußte auf dem Weg hier herauf irgend etwas verstellt oder beschädigt haben. Eine Zeitlang fummelte er nervös an allen Knöpfen und Schaltern herum, die er finden konnte. Der Ton wurde klar: Er hörte hastige, schnelle Schritte mit einem sonderbaren Klang, wie in einer Höhle oder einem sehr großen Raum, und schnelle Atemzüge. Auch die Bildqualität verbesserte sich ein wenig, aber wirklich nur um eine Winzigkeit. Das Bild war nach rechts gekippt, und die Farben waren grell und liefen ineinander; im oberen Drittel des Monitors so schlimm, daß man einfach nur ein buntes Gewusel erkennen konnte, weiter unten konnte man zumindest *ahnen*, was eigentlich zu sehen sein sollte.

Yaegher fluchte noch lauter, riß eine Schublade an seinem Schreibtisch auf und kramte hektisch darin herum, bis er einen winzigen Schraubenzieher gefunden hatte. Vorsichtig hob er den Recorder hoch, drehte ihn um hundertachtzig Grad und stellte ihn so auf den Fernseher, daß er den Monitor und die Rückseite des Recorders zugleich im Auge behalten konnte. Es dauerte eine Weile, bis er die winzige Schraube der Feinabstimmung überhaupt fand. Der Apparat war alt und daher sehr kompliziert, und Yaegher verstand nicht viel davon. Ein falscher Handgriff, eine halbe Drehung an einer falschen Schraube, und er konnte die Sache vergessen und den Technikern unten im Labor eine Flasche Remy Martin spendieren, damit sie den Schaden, den er angerichtet hatte, wieder in Ordnung brachten.

Unendlich behutsam drehte er an der Schraube. Für einen winzigen Moment wurde das Bild deutlicher und verschwand im nächsten dann völlig. Yaegher fluchte erneut, drehte die Schraube mit spitzen Fingern wieder zurück und erzielte dasselbe Ergebnis, nur in umgekehrter Reihenfolge.

Aber er gab nicht auf. Verbissen kämpfte er weiter mit der Schraube, obwohl sie so alt und ausgeleiert war, daß manchmal schon die reine Berührung mit der Spitze des Schraubenziehers ausreichte, um das gerade mühsam erzielte Ergebnis wieder zunichte zu machen. Immerhin erreichte er nach zehn nervenaufreibenden Minuten ein Bild, auf dem er wenigstens erkennen konnte, worum es in dem Streifen ging. Wenn auch nicht besonders gut.

Er sah einen Mann, der durch einen düsteren Korridor eilte, dessen Abmessungen und Farben irgendwie falsch waren. Er war sehr groß. Sein Gesicht war schmal und bleich und hatte etwas Zombiehaftes, das schwer in Worte zu fassen war. Die Augen waren so weit in die Höhlen gesunken, daß man an ihrer Stelle nur noch Schatten sah. Wie schwarze Löcher, die jemand in seinen Schädel gestanzt hatte. Und alle Konturen und Linien in seinem Gesicht waren um eine Winzigkeit übersteigert; gerade so weit, daß sie falsch und furchteinflößend wirkten, ohne daß man wirklich sagen konnte, warum das so war. Er trug einen einfachen braunen Sommeranzug, der um zwei Nummern zu klein war.

Yaegher griff um den Recorder herum, drückte die PAUSE-Taste und besah sich länger als eine Minute das Standbild. Die Qualität war noch schlechter als die des laufenden Bildes, und er entdeckte nichts, was er nicht schon gesehen hatte. Es war etwas ungemein Beunruhigendes an diesem Bild, etwas, das nicht in diesem unheimlichen Gesicht, den falschen Farben oder der bizarren Kulisse zu finden war.

Dann wußte er es.

Es machte ihm angst. Einfach so. Völlig grundlos, nicht wegen dem, was es zeigte, sondern einfach durch die Tatsache, daß es da war. Die Bilder schienen etwas in seinem Inneren zu berühren, das sich seinem bewußten Zugriff entzog. Und obwohl er jetzt wußte, daß es da war, schien es einen immer stärker werdenden Einfluß auszuüben. Ganz instinktiv spürte er, daß er etwas berührt hatte, das er besser nicht kennenlernen sollte, einen Teil seines Geistes, der möglicherweise zu seinem eigenen und schlimmsten Feind werden konnte.

Trotzdem ließ er den Film nach einiger Zeit weiterlaufen. Der Mann mit dem unheimlichen Gesicht bewegte sich schnell, ohne jedoch zu rennen, den Korridor hinab. Er verfolgte eine junge Frau mit dunkelrotem Haar, die völlig in Panik zu sein schien, und hätte Yaegher nicht längst gewußt, daß er einem Horrorfilm zusah, dann wäre es ihm spätestens in dem Moment klargeworden, in dem die Frau in einen Kellerraum trat, in dem ein unglaublich fetter Mann an einem riesigen Tisch saß und Abfälle in sich hineinstopfte.

Der Anblick verursachte ihm im gleichen Maße Übelkeit, wie ihm der Film selbst angst machte. Und trotzdem faszinierte ihn beides gleichzeitig so sehr, daß es ihm fast unmöglich war, sich aus dem Bann zu lösen. Seine Hand zitterte vor Anstrengung, als er den Film anhielt und zurücklaufen ließ. Selbst diese winzige Bewegung kostete ihn große Kraft.

Irgendwie hatte er erwartet, daß es aufhören würde, sobald das Videoband aufhörte, sich abzuspulen, aber das geschah nicht. Oder jedenfalls nicht gleich. Die völlig grundlose Angst blieb, und sie wurde für einen Moment sogar noch schlimmer, nachdem das Bild abgeschaltet war. Plötzlich war ihm, als wären die Ecken seines Zimmers voller Schatten, die vorher nicht dagewesen waren. In dem hellen Sonnenlicht, das durch das Dachfenster hereinfiel, schien plötzlich noch etwas anderes zu sein, etwas wie eine unsichtbare Düsternis, die ihm das Atmen schwer machte und sich wie erstickender feiner Staub auf seine Gedanken legte.

Mühsam vertrieb er das Gefühl. Er versuchte es wenigstens, schloß die Augen und zählte bis fünfzig, wobei er versuchte, sich die Zahlen als große, verschiedenfarbige Neonziffern vorzustellen, bis in seinen Gedanken für nichts anderes mehr Platz war als für dieses Bild. Es war ein simpler Trick, der meistens funktionierte, wenn er sich mit seinen Gedanken irgendwo festgefahren hatte.

Er wirkte auch diesmal. Als er die Lider wieder hob, war die

Düsternis verschwunden, und das Licht war nichts anderes als eben Licht. Er atmete ein paarmal gezwungen tief ein und aus und betrachtete mit einer Mischung aus Furcht, die nur ganz allmählich abklang, und in gleichem Maße ansteigender Verwirrung den Bildschirm, über den jetzt nur noch elektronisches Schneegestöber flimmerte.

Und dann tat er etwas, was ihm selbst sehr dumm vorkam, trotzdem aber notwendig schien.

Der Film war mittlerweile zurückgelaufen. Er stand auf, trat einen Schritt vom Schreibtisch zurück und griff wieder um den Recorder herum. Er stand in einer so unbequemen Haltung da, daß er sich mit der linken Hand an der Schreibtischkante festhalten mußte, um nicht die Balance zu verlieren, und mit den Fingerspitzen der anderen gerade noch das Tastenfeld des Recorders erreichte. Er drückte die »PLAY«-Taste, hörte, wie das Band zu laufen begann und drückte sie sofort noch einmal, hielt den Finger aber darauf, als er spürte, wie der Schalter ausrastete.

Der Monitor färbte sich schwarz. Die Musik setzte ein, und einen Augenblick später erschien der Titel des Filmes auf der Mattscheibe: DREAM DEMON. Ein Horrorfilm, wie er schon vermutet hatte.

Mehr hatte er nicht wissen wollen. Er hielt den Film an, ehe er gefährlich werden konnte und ihn wieder in seinen Bann schlug. Genauer gesagt: Er *wollte* es tun.

Es ging nicht. Sein Finger hing wie festgeschweißt auf dem Schalter und drückte ihn herunter, und der Film lief weiter. Nachdem der Vorspann vorbei war, wurde das Bild einer Kapelle eingeblendet, in der gerade eine Hochzeit im Gange war. Eigentlich eine ganz normale Hochzeit, sah man von einem unangenehmen Zwischenfall am Schluß ab, als die Braut die Faust ballte und ihrem Bräutigam den Kopf herunterschlug. Das Blut spritzte durch die ganze Kapelle, gegen die Kamera und selbst aus dem Bildschirm heraus gegen Yaeghers Brust und Gesicht.

Yaegher stöhnte vor Entsetzen auf, aber er war noch immer nicht in der Lage, den Blick von dem entsetzlichen Geschehen auf dem Bildschirm zu lösen. Er stand in einer fast absurden, weit vorgebeugten Haltung da, jeder einzelne Muskel in seinem Körper war verspannt und begann vor Schmerz zu pochen, aber er konnte sich nicht rühren,und er konnte auch den Schalter nicht loslassen. Und er war fast verrückt vor Angst.

Selbst der Film gab jetzt zu, daß die Bluthochzeit nur ein Alptraum gewesen war, aus dem die Hauptdarstellerin gerade mit einem Schrei erwachte, aber für Yaegher war es kein Traum, das Blut auf seinem Hemd und seinem Gesicht war echt, er konnte die Nässe fühlen, den schweren, warmen Geruch, die klebrige Feuchtigkeit, die langsam an seinem Gesicht und Hals herunter und in seinen Kragen lief. Er spürte, wie sich etwas in seinem Inneren zusammenzuziehen begann, wie eine Stahlfeder, die mehr und mehr belastet wurde, bis sie zerbrechen mußte.

Eine Sekunde, bevor sie es tat, tat Yaeghers improvisierte Totmannschaltung ihren Dienst. Seine überlasteten Muskeln gaben einfach auf. Er kippte nach vorne und gegen die Schreibtischkante, suchte mit rudernden Armen nach Halt und prellte sich schmerzhaft die Hüfte, als er stürzte. Der Schreibtisch zitterte. Der Videorecorder begann auf seinem unsicheren Hochsitz oben auf dem Fernseher zu schwanken, neigte sich nach links und rechts und kippte schließlich doch nach links herunter. Das Band hatte angehalten, als Yaeghers Finger endlich den Knopf losließ, aber jetzt schien etwas in dem Gerät selbst kaputtzugehen. Denn selbst das elektronische Schneegestöber verschwand vom Bildschirm; der Monitor wurde schwarz.

Was nicht verschwand, war das Blut auf Yaeghers Hemd.

Er war auf den Rücken gestürzt und starrte ungläubig auf seine Brust hinab. Sein Hemd war rot und schwer und klebte in dunklen, warmen Flecken auf seiner Haut, und der Blutgeruch war so intensiv geworden, daß ihm fast übel wurde.

Dann hörte er die Geräusche. Ein hohles Brausen und Wimmern; Wind, der sich in endlosen Gängen brach und an den Stützpfeilern einer riesigen Halle, die einer falschen Geometrie gehorchte. Schritte und den Schrei einer Frau, weit, unendlich weit entfernt und voll von unsagbarer Angst.

Das ist nicht wahr, dachte er hysterisch. *Ich erlebe das nicht wirklich.*

Für einen Moment half das tatsächlich. Vielleicht sah er es nur, weil er es mit aller Macht sehen wollte, aber für einen winzigen Augenblick schien der Blutfleck auf seiner Brust zu verblassen wie rote Zaubertinte, die vor den Augen der verblüfften Zuschauer verschwand, und auch die Schritte wurden leiser, der angstgequälte Schrei verstummte ganz. Aber nur für einen Moment. Dann war das Blut wieder da, naß und schwer wie zuvor, und die Schritte wurden wieder lauter. Während er so auf dem Rücken lag und unter dem Schreibtisch hindurchblickte, konnte er sehen, wie die Tür geöffnet wurde.

Der Korridor dahinter war nicht mehr der Korridor. Nicht mehr *nur.* Er war es noch, aber zugleich schien er auch etwas Fremdes, Falsches zu sein, ein düsterer Keller voller Spinnweben und falscher Geometrie, als hätte ein Maler auf einer einzigen Leinwand zwei Bilder mit Farben gemalt, die nicht ganz deckten, so daß das eine durch das andere hindurchschimmerte.

Eine Gestalt betrat das Zimmer. Yaegher konnte nur ihre Beine erkennen. Mühsam stemmte er sich auf die Knie hoch, sah über den Rand des Schreibtisches und stöhnte vor Entsetzen auf.

Es war nicht der Mann mit dem Totengesicht. Damit hatte er fast gerechnet, und er hatte sogar versucht, sich auf den Anblick vorzubereiten. Sein Besucher war der Bräutigam aus der ersten Filmszene. Mit den staksigen, langsamen und doch so schrecklich zielsicheren Schritten eines Toten kam er näher. Er mußte tot sein, denn er hatte keinen Kopf mehr.

Das kann nicht sein! dachte Yaegher. *Das ist völlig unmöglich. Es ist ein Film! Illusion! Nichts als Illusion!* Aber das war nur die Stimme seines Verstandes, und obwohl er sehr genau wußte, daß sie recht hatte, nutzte dieses Wissen ihm jetzt nichts. Zugleich sah und hörte und roch und fühlte er, und diese Sinneseindrücke waren im Moment einfach stärker als sein logisches Denken. Er schrie auf, warf sich herum und zu Boden und riß schützend die Arme vor das Gesicht. Der kopflose Mann machte einen Schritt um den Schreibtisch herum und beugte sich über ihn. Und Mendel fragte:

»Was zum Teufel tun Sie da eigentlich?«

Yaegher nahm vorsichtig die Arme herunter und starrte Mendel an. Es war Mendel, kein Zweifel. Statt des blutgetränkten grauen Hochzeitsanzuges trug er wieder den grauen Rollkragenpulli, von dem er offenbar mindestens fünfzig Stück besaß, denn Yaegher hatte ihn all die Zeit, die er ihn jetzt kannte, niemals irgend etwas anderes tragen sehen, und das Gesicht darüber war keine blutige, zermanschte Masse mehr, sondern Mendels Gesicht. Es war vorbei.

Vielleicht. Vielleicht aber auch noch nicht ganz, denn ein rascher Blick an Mendel vorüber zeigte Yaegher, daß sich der Wahnsinn zwar auf den Flur zurückgezogen hatte, aber noch nicht ganz erloschen war. Der Korridor dort draußen war *fast* der normale Korridor, aber hier und da schimmerte die Alptraumarchitektur des Filmes noch durch: ein Winkel, der nicht stimmte, eine Tür, die plötzlich aus rostigen Gußeisenplatten bestand, ein Durchgang, den es gar nicht geben durfte. Aber nach einer weiteren Sekunde verblaßte schließlich auch der letzte Rest des Alptraumes.

»Ich hatte gefragt, was Sie dort tun«, wiederholte Mendel ungeduldig.

Yaegher rappelte sich hastig hoch, richtete den Stuhl auf, den er bei seinem Sturz umgerissen hatte und knurrte: »Ich habe etwas gesucht.«

»So?« Mendel grinste hämisch und sah demonstrativ auf den Boden hinter Yaeghers Schreibtisch, auf dem es absolut *nichts* zu finden gab. »Was?«

»Nichts, was Sie etwas anginge, Mendel«, antwortete Yaegher unfreundlich. »Erklären Sie mir lieber, was *Sie* hier suchen.«

»Sie suche ich«, sagte Mendel, nachdem er ihn eine Sekunde lang abschätzend gemustert hatte. »Nehmen Sie das Telefon nicht mehr ab? Ich habe geschlagene zehn Minuten versucht, Sie zu erreichen.«

Yaegher blickte überrascht zum Telefon. Er hatte nicht einmal gemerkt, daß es geklingelt hatte.

»Kriminalrat Berger schickt mich«, fuhr Mendel fort, als ihm klar wurde, daß Yaegher nicht antworten würde. »Haben Sie seine Nachricht nicht bekommen?«

»Doch«, antwortete Yaegher. »Aber das hier war wichtiger.« Er deutete auf den Tisch und hätte sich im gleichen Moment dafür selbst ohrfeigen mögen.

»Aha«, sagte Mendel. Sein Blick folgte Yaeghers Geste und verharrte für einen Moment auf dem Fernseher und dem schräg dagegengekippten Videorecorder. »Was ist es denn?«

»Nichts«, antwortete Yaegher rasch. Er versuchte, versöhnlich zu klingen, hörte aber selbst, daß ihm das nicht gelang. »Es hat mit einem anderen Fall zu tun. Berger schickt Sie? Warum?«

»Keine Ahnung. Aber er war ziemlich aufgebracht. Was haben Sie getan? Den Oberbürgermeister wegen Bildung einer kriminellen Vereinigung angezeigt?« Er grinste. Das schadenfrohe Glitzern in seinen Augen war nicht zu übersehen, aber zumindest fragte er nicht mehr nach dem Recorder.

Yaegher lächelte humorlos zurück und sagte gar nichts, sondern folgte ihm. Allerdings erst, nachdem er die Kassette aus dem Videorecorder genommen und in einer Schublade seines Schreibtisches eingeschlossen hatte.

14

Ungewöhnlich genug, standen sowohl die Tür zu Bergers Vorzimmer als auch die gepolsterten Doppeltüren zu seinem Allerheiligsten sperrangelweit offen, als Yaegher eintrat. Der Schreibtisch der Sekretärin war verwaist, aber er hörte ihre Stimme aus Bergers Büro; dazu die von Berger selbst und eine weitere, unbekannte Stimme. Eine Sekunde später trat ein junger Mann in Jeans und einer schwarzen Lederjacke ins Vorzimmer. Unter dem rechten Arm trug er eine voluminöse Videokamera, unter dem anderen einen weißen Kunststoffordner, auf dem in schreiendem Rot die Buchstaben TNT aufgedruckt waren.

Hätte das noch nicht ausgereicht, Yaegher zu verraten, mit wem er es zu tun hatte, so hätte es zweifellos die Art getan, wie Kriminalrat Berger neben dem Fremden herwieselte: schnell, mit kleinen, hektischen Bewegungen und Händen, die nicht wußten, wohin. Wenn er nicht aufpaßte, dachte Yaegher spöttisch, wird er noch über seine eigenen Füße stolpern. Sosehr er Berger schätzte und auch respektierte, sosehr amüsierte er sich insgeheim (wie übrigens alle anderen hier auch) über die Art, in die er alles in seiner Macht Stehende tat, um sich bei den Leuten vom Fernsehsender einzuschmeicheln.

Sein Lächeln erlosch, als er Bergers Blick begegnete. Der verhieß nichts Gutes. Eine Sekunde lang hörte er auf, um den Journalisten herumzuwuseln, und er musterte Yaegher einfach nur durchdringend. Dann machte er eine abgehackte Handbewegung, Yaegher solle schon einmal eintreten, und fuhr fort, sich nach Kräften lächerlich zu machen, während er seinen Besucher zur Tür begleitete. Yaegher betrat das Büro, blieb einen Schritt hinter der Tür stehen und wartete reglos, bis Berger zurückgekommen war und wieder hinter dem gewaltigen Schreibtisch Platz genommen hatte.

»Setzen Sie sich, Yaegher«, sagte Kriminalrat Berger. Er machte eine entsprechende Handbewegung und wartete, bis Yaegher gehorcht hatte. Von dem Ärger, von dem Mendel erzählt hatte, war nichts zu entdecken, aber auf seinem Gesicht lag eine Kälte, die Yaegher erneut und noch stärker Ungutes ahnen ließ.

Bergers nächste Worte machten diese Ahnung fast zur Gewißheit, denn er wandte sich nicht an Yaegher, sondern an seine Sekretärin und sagte: »Bitte, lassen Sie uns einen Moment allein, Erika. Und keine Anrufe.«

Yaegher sah der jungen Frau nach, bis sie gegangen war und die gepolsterte Doppeltür hinter sich zugezogen hatte, dann drehte er sich voller Unbehagen wieder zu Berger um.

Berger sah ihn eine Sekunde lang ernst an. »Woran arbeiten Sie zur Zeit, Yaegher?« fragte er schließlich.

Yaegher wußte ziemlich genau, welche Antwort von ihm erwartet wurde. Trotzdem sagte er: »Der übliche Kleinkram. Eine Frau behauptet, sie sei während einer Hausdurchsuchung von den Beamten bestohlen worden, und ein High-Society-Arzt versucht eine Dienstaufsichtsbeschwerde gegen einen Beamten anzustrengen, der ihn mit Tempo neunzig in der Stadt angehalten hat. Das Übliche eben.«

Berger lächelte flüchtig und weit mehr pflichtschuldig als amüsiert. »Sonst nichts?«

»Die Geschichte mit Issler«, sagte Yaegher.

»Strauss hat gestanden, nicht wahr?«

»Ja. Ich habe noch nicht selbst mit ihm geredet, aber er hat ein Geständnis unterschrieben.«

»Dann ist der Fall also abgeschlossen?«

Yaegher zögerte, sofort zu antworten. Er kannte Berger als einen fairen, aber harten Mann. Und als sehr intelligenten Mann.

Es war in diesem Haus ebenso Sitte, auf die Männer in der Chefetage zu schimpfen, wie in jedem anderen Büro, aber Tatsache war, daß Idioten selten Karriere machen; zumindest nicht bis hinauf zum Polizeipräsidenten. Berger wollte offenbar auf etwas Bestimmtes hinaus. Er mußte daher aufpassen, was er sagte.

»Es sieht so aus«, sagte er vorsichtig.

»Es sieht so aus?«

»Wie gesagt: Ich habe Strauss noch nicht persönlich verhört. Ein paar Dinge sind mir noch nicht ganz klar.« Er schwieg einen Moment, ehe er all seinen Mut zusammenkratzte und geradeheraus fragte: »Warum haben Sie mich rufen lassen? Doch nicht, um mit mir über Strauss zu reden?«

»Nein«, antwortete Berger. »Um mit Ihnen über Sie zu reden. Ich mache mir Sorgen um Sie, Yaegher.«

»So?«

Berger zündete sich eine Zigarette an und hielt ihm die Schachtel hin. Yaegher lehnte mit einer Kopfbewegung ab.

»Schauen Sie, Yaegher, ich beobachte Sie jetzt schon eine ganze Weile«, begann Berger umständlich. Er nahm einen Zug aus seiner Zigarette und blies den Qualm in die Luft, ohne zu inhalieren. »Ich beobachte natürlich alle meine Leute, aber manche ganz besonders, und Sie gehören dazu. Oh, keine Sorge, nicht etwa, weil ich an Ihren Fähigkeiten zweifle, ganz im Gegenteil. Ich halte Sie für einen fähigen Polizisten. Sie haben Ihre Fehler, aber die haben wir alle in der einen oder anderen Form. Sie könnten schon viel weiter sein, wenn Sie sich nicht ständig selbst im Wege stünden.«

»Ich bin kein Karrieretyp«, antwortete Yaegher.

»Ich weiß. Das gehört zu den Dingen, die ich meine, wenn ich sage, daß Sie sich selbst im Wege stehen, Yaegher. Aber das ist es nicht allein. Ich habe mir Ihren persönlichen Kleinkrieg mit Borghorst jahrelang angesehen, aber ich dachte, die Sache hätte nach Ihrer Versetzung ein Ende. Immerhin haben Sie jetzt eine eigene Abteilung.«

O ja, und was für eine, dachte Yaegher spöttisch. *Siebzehn Quadratmeter in einer Dachkammer, die selbst den Ratten zu stickig ist, und die Verachtung des ganzen Polizeipräsidiums als Gratiszugabe.* Er sagte nichts.

Aber Berger schien sein Schweigen richtig zu interpretieren, denn er sah ihn einige Sekunden lang fast betroffen, auf jeden Fall aber sehr nachdenklich an, ehe er fortfuhr: »Diese Versetzung war niemals als Strafe gedacht, Yaegher. Ich hatte bisher geglaubt, das wüßten Sie.«

»Ich weiß es«, versicherte Yaegher hastig.

»Die Arbeit in der Disziplinarabteilung verlangt einen guten Mann«, sagte Berger. »Einen *besonderen* Mann, Yaegher. Ich dachte bisher, Sie wären der Richtige dafür.«

»Und jetzt nicht mehr?« fragte Yaegher offen.

Berger seufzte. Er wich seinem Blick aus. »Ich bin nicht mehr sicher«, sagte er. »Ich gebe zu, ich habe Sie auf diesen Posten auch deshalb gesetzt, um Sie von Borghorst zu trennen. Aber zumindest in diesem Punkt scheine ich keinen Erfolg gehabt zu haben. Die sechs Monate haben nichts geändert.«

»Sie haben mit Borghorst geredet«, sagte Yaegher überflüssigerweise.

»Er hat mir erzählt, daß Sie sich in den letzten Tagen ...« Berger legte eine Kunstpause ein und sah Yaegher durchdringend an, »... seltsam benommen haben.«

»Das ist seine Version«, sagte Yaegher.

Zu seiner Enttäuschung ließ sich Berger nicht provozieren, die Frage zu stellen, die er mit dieser Antwort hatte herausfordern wollen. Er sah Yaegher nur weiter auf diese abschätzend-herablassende Art an, die trotzdem nicht unfreundlich wirkte, seufzte schließlich tief und schüttelte den Kopf. Offenbar hatte er sich selbst in Gedanken eine Frage gestellt und sie gleich wieder verworfen. »Ich will ganz offen zu Ihnen sein«, sagte er. »Borghorst hat sich über Sie beschwert. Sie behindern ihn bei seiner Arbeit.«

»Sagt er das?«

»Das sage *ich*«, antwortete Berger. »Ich habe Sie für vernünftiger gehalten, Yaegher. Nach unserem Gespräch gestern dachte ich, die Sache wäre erledigt. Statt dessen treffen Sie sich hinter Borghorsts Rücken mit dieser ...« Er beugte sich vor, warf einen Blick auf den Notizblock, der das einzige war, was die makellos polierte Schreibtischplatte vor ihm verunzierte, und nahm einen weiteren Zug aus seiner Zigarette. »... Freytag. Evelin Freytag, nicht wahr?«

»Sie ist auch *meine* Zeugin«, erklärte Yaegher entschieden, aber

Berger ignorierte den Einwurf. Die Freundlichkeit war aus seiner Stimme verschwunden, als er weitersprach.

»Sie haben sie ins Krankenhaus gebracht. Ich will jetzt gar nicht darüber spekulieren, inwieweit Ihr und vor allem der Besuch von der Freytag im Krankenhaus mit dem zusammenhängt, was danach geschehen ist. Aber Sie haben noch weiter gemacht. Sie sind den ganzen Tag mit ihr zusammen durch die Kneipen gezogen, und...«

»Also so würde ich das nicht nennen«, protestierte Yaegher, aber Berger ging darüber hinweg und sprach weiter.

»... Sie wissen ziemlich genau, was in den Dienstvorschriften über das Verhalten einem Verdächtigen gegenüber steht. Vom Leiter der Dienstaufsichtsabteilung in diesem Haus kann ich das verlangen.«

»Sie ist keine Verdächtige!«

»Jetzt nicht mehr. Gestern um diese Zeit war sie es aber. Und als Sie gestern abend mit ihr essen gegangen sind und anschließend in irgendein Lokal, da war sie es auch noch.«

Yaegher sagte nichts mehr dazu, aber er schaufelte in Gedanken das Grab, das er für Borghorst ausgehoben hatte, noch einen guten Meter tiefer. Hatte er sich wirklich eingebildet, Borghorst würde das Rasiermesser nicht benutzen, das er ihm freundlicherweise selbst in die Hand gedrückt hatte?

»Lieben Sie das Mädchen?« fragte Berger.

Die Frage verblüffte Yaegher so sehr, daß er im ersten Moment gar nicht antworten konnte, sondern Berger nur verdutzt anstarrte. »Wie... so?« stammelte er schließlich.

»Weil Sie sich im Moment so verdammt dämlich benehmen, wie es normalerweise nur komplette Idioten oder frisch Verliebte tun. Ich halte Sie aber nicht für einen Idioten.«

»Danke«, murmelte Yaegher verstört. »Evelin, ich meine, Fräulein Freytag, sie ist... ich weiß nicht.«

»Ich verstehe«, sagte Berger. Er wirkte irgendwie betrübt. »Seien Sie vorsichtig, Yaegher. Sie ist immer noch eine wichtige Zeugin in einem verdammt kitzeligen Fall. Und Borghorst beobachtet Sie sehr aufmerksam.«

Vielleicht sollte ich meine Auffassung Borghorst gegenüber ändern, überlegte Yaegher. Bis jetzt war er immer davon ausgegangen, daß *er* es war, der Borghorst abgrundtief haßte, und daß Borghorst ihn schlichtweg verachtete; so wie übrigens auch den Rest der gesamten Menschheit. Möglicherweise stimmte das gar nicht, und Borghorst hatte in den letzten Jahren ebenso geduldig darauf gewartet, etwas zu finden, was er *ihm* anhängen konnte. Im Grunde war es ziemlich naiv gewesen, diese Möglichkeit *nicht* in Betracht zu ziehen. Nein, nicht naiv. Saublöd.

»Ist das alles?« fragte er spröde.

»Nein«, antwortete Berger. »Vor einer Stunde rief mich ein gewisser Dr. Berthold an. Wissen Sie, wer das ist?«

Yaegher antwortete nicht, aber er war wohl ein bißchen bleich geworden, denn Berger fuhr nahezu ohne Pause fort: »Falls nicht, dann nehmen Sie bitte zur Kenntnis, daß Dr. Berthold und sein verstorbener Seniorpartner Dr. Rugner zu den angesehensten Anwälten der Stadt gehören.«

»Berthold? Der ist doch keinen Tag älter als ich!«

»Er ist sogar anderthalb Jahre jünger«, sagte Berger. »Manche machen eben früh Karriere, manche nie.«

»Danke«, sagte Yaegher. »Die Spitze habe ich verstanden.«

»Es war keine Spitze«, sagte Berger. »Es war eine Warnung, Yaegher. Berthold behauptet, Sie hätten sich wie ein Wilder aufgeführt und die Witwe des Verstorbenen vollkommen eingeschüchtert.«

»Das ist völliger Blödsinn!« protestierte Yaegher.

»Das kann sein. Oder auch nicht«, sagte Berger gelassen. »Aber das ist nicht der Punkt. Der Punkt ist, daß Berthold Sie fertigmachen kann, wenn er will. Was zum Teufel hatten Sie überhaupt dort zu suchen, ausgerechnet heute morgen, nicht einmal zwölf Stunden, nachdem Rugner gestorben ist.«

»Davon wußte ich nichts«, antwortete Yaegher. »Ich hatte ... eine Frage an Dr. Rugner. In einem anderen Fall. Hätte ich gewußt, daß Dr. Rugner am Abend zuvor gestorben ist, wäre ich selbstverständlich nicht dorthin gegangen.«

»Das glaube ich Ihnen sogar, Yaegher«, sagte Berger. »Ich glaube Ihnen, und deshalb habe ich versucht, Berthold zu beruhigen. Ich denke, es ist mir auch gelungen. Es war nicht leicht, aber Berthold verlangt jetzt wenigstens nicht mehr Ihren Kopf, sondern gibt sich mit meinem Versprechen zufrieden, Ihnen gründlich den Kopf zu waschen. Also betrachten Sie sich als zusammengeschissen, Yaegher. Und danken Sie Gott, daß Sie hier die Dienstaufsicht leiten und es mir einfach zu dumm ist, eine Beschwerde mit Ihrem eigenen Namen auf Ihren Schreibtisch zu legen. Wie schätzen Sie den Fall Issler denn ein?«

Diese abrupten Themenwechsel gehörten so sehr zu Bergers Charakter wie seine unverschämte Eigenart, so wenig in das Klischee des ekeligen Vorgesetzten zu passen (was ihn nicht daran hinderte, es manchmal eben doch zu sein), und normalerweise kam Yaegher damit gut zurecht. Jetzt brauchte er allerdings einige Sekunden, um dem plötzlichen Gedankensprung zu folgen.

»Ich habe Strauss noch nicht verhört«, sagte er. »Wenn er sein Geständnis nicht widerruft, geht es wahrscheinlich schnell.«

»Hoffen wir es«, sagte Berger. »Sehen Sie zu, daß die Sache schnell über die Bühne geht, Yaegher. Und möglichst unauffällig. Ich habe keine Lust, ellenlange Artikel über bestechliche Polizisten in den Zeitungen zu lesen. Issler ist tot. Niemandem ist damit gedient, unnötigen Staub aufzuwirbeln.«

»Ich werde es versuchen«, sagte Yaegher ohne rechte Überzeugung. Er stand auf und drehte sich um, doch als er zur Tür gehen wollte, rief Berger ihn noch einmal zurück.

»Noch eine Kleinigkeit, Yaegher.« Er erhob sich ebenfalls. »Ich habe mir Ihre Personalakte angesehen.«

Hinter Yaeghers Stirn begann eine ganze Batterie von Alarmsirenen zu schrillen. »Ja?«

»Sie haben seit drei Jahren keinen Urlaub mehr genommen«, sagte Berger. »Wie wäre es, wenn Sie sich einfach zwei oder drei Wochen frei nehmen, sobald Sie mit Strauss fertig sind? Sagen wir, ab kommenden Montag?«

Das bedeutet, daß er mir ganz genau drei Tage Zeit läßt, den Fall endgültig abzuschließen, dachte Yaegher. Oder um die Sache beim Namen zu nennen: unter den Teppich zu kehren.

Er sprach diesen Gedanken jedoch nicht aus, obwohl er einen Moment lang allen Ernstes glaubte, daran ersticken zu müssen. Statt dessen nickte er einfach nur, drehte sich auf dem Absatz um und stürmte aus dem Büro. Was ihn in diesem Moment am meisten ärgerte, war die Tatsache, daß die Tür einfach zu schwer war, als daß er sie hinter sich zuwerfen konnte.

15

Er hatte damit gerechnet, den Rest des Tages und möglicherweise auch noch einen Teil der Nacht damit zubringen zu müssen, Strauss zu verhören, falls sein windiger Rechtsverdreher nicht sogar noch vorher auftauchte und ihn unter irgendeinem Vorwand, im Zweifelsfalle auch *ohne* jedweden Vorwand, herausholte. Das war das Problem mit Strauss: Auf seine Art gehörte er zum gleichen erlauchten Kreis von Personen wie Dr. Berthold, dem er heute morgen unabsichtlich auf die Zehen getreten war: zu dem Kreis *sehr* einflußreicher Leute. Die meisten Einwohner dieser Stadt wären ziemlich erstaunt gewesen, wenn sie erfahren hätten, wie viele hochangesehene Bürger und Geschäftsleute auf die eine oder andere Weise Geschäfte mit dem ehrenwerten Herrn Strauss machten. Strauss handelte nicht nur mit Drogen. Angefangen vom Taschenradio Made in Taiwan für zwölf Mark bis hin zu einer amerikanischen Luxuslimousine konnte man bei Strauss so ziemlich alles bekommen; und das meiste davon ganz legal. Schließlich mußte das ganze illegal verdiente Geld irgendwie gewaschen und sauber (und selbstverständlich ordnungsgemäß versteuert) in Umlauf gebracht werden. Was natürlich jedermann wußte, aber niemand zugab. Nicht zugab jedenfalls, solange man selbst zur Genüge von dieser Unwissenheit profitierte. Das Häufchen Elend, das in Handschellen und von einem selbstzufriedenen Mendel bewacht auf dem Stuhl vor Yaeghers Schreibtisch saß, war in Wirklichkeit eine Zeitbombe, die ihnen jederzeit um die Ohren fliegen konnte.

Um es kurz zu machen: Sie explodierte nicht. Aber das hieß auf der anderen Seite ganz und gar nicht, daß sie ein Blindgänger gewesen wäre. Ganz im Gegenteil.

Yaeghers Befürchtungen erfüllten sich nur zu einem winzigen Teil, nämlich insofern, daß tatsächlich ein Rechtsanwalt in seinem Büro erschien, kurz nachdem er begonnen hatte, mit Strauss zu reden.

Strauss schickte ihn jedoch weg.

Yaegher hörte mit fassungslos aufgerissenem Mund und Augen zu (genau wie der Anwalt übrigens, der ihn bei seinem Eintreten auf eine Art gemustert hatte, wie sie vor zweihundert Jahren ein

Leichenbestatter gehabt haben mochte, der zu schätzen versuchte, wie groß der Sarg für den Kunden zu sein hatte), wie Strauss seinem Rechtsanwalt mit ruhigen, trotzdem aber sehr entschiedenen Worten erklärte, daß er aus freien Stücken hier sei und aus ebenso freien Stücken aussage; aussagen wolle.

Genau das tat er dann auch in den nächsten beiden Stunden bereitwillig. Er sagte sogar mehr, als sich Yaegher noch zu Beginn des Verhörs hätte träumen lassen. Er gestand alles, was mit Issler und seiner jahrelangen Bestechlichkeit zu tun hatte, und er beantwortete nicht nur alle Fragen, die Yaegher ihm stellte, sondern redete darüber hinaus von selbst, als wäre es ihm ein unwiderstehliches inneres Bedürfnis, sein Gewissen zu erleichtern. Dabei hatte er doch keines. Im übrigen war er ganz der alte Strauss, wie ihn Yaegher und seine Kollegen seit Jahren kannten, sobald Yaegher eine Frage stellte, die *nicht* unmittelbar mit Issler zu tun hatte: stumm wie ein Fisch auf dem Trockenen, dem man sicherheitshalber noch das Maul mit Teppichband verklebt hat.

Es dauerte gute drei Stunden, bis Yaegher erschöpft aufgab. Strauss hatte ein lückenloses Geständnis abgelegt. Er hatte zugegeben, Issler im Laufe der letzten Jahre regelmäßig bezahlt und im Gegenzug von ihm Informationen erhalten zu haben, nämlich dann und wann einen Tip oder auch eine Warnung. Aber...

»... es hat sich nicht gelohnt«, schloß Strauss sein Geständnis, das Yaegher und Mendel abwechselnd mitstenografierten und das zusätzlich von einem Tonbandgerät aufgenommen wurde. »Der Kerl hat mich im Endeffekt mehr Geld gekostet, als er mir eingebracht hat. Ich habe schon nach einem Jahr gemerkt, daß das Ganze eine Fehlinvestition war, aber da konnte ich nicht mehr zurück.«

Yaegher sah von seinem Block auf. »Wollen Sie damit sagen, daß er sie erpreßt hat?«

»Irgendwie schon. Aber eigentlich habe ich mich selbst erpreßt.« Strauss lächelte schief. Er sah sehr müde aus. Die Erschöpfung der letzten Stunden war ihm deutlich ins Gesicht geschrieben. »Ich weiß, es klingt komisch, aber es war nun einmal so. Nachdem ich ihn einmal am Hals hatte, konnte ich schlecht aufhören, ihn zu bezahlen. Er hätte mich in der Hand gehabt. Was sollte ich da tun?«

»Ihn umbringen, zum Beispiel«, sagte Yaegher in beiläufigem Ton. Mendel sah stirnrunzelnd hoch, und auch Strauss fuhr sichtbar zusammen.

»Ich bin doch nicht verrückt«, sagte er. »Einen Bullen umbringen? Sie beleidigen mich, Yaegher. Aber die Bestechung gebe ich zu. Ich bin froh, daß es vorbei ist. Ich will endlich alles sagen.«

Yaegher blickte ihn nachdenklich an. Das beunruhigende, beinahe unheimliche Gefühl wuchs. Strauss hatte diese Formulierung im Verlauf des Verhörs mindestens zwei Dutzend Mal gebracht, und zwar fast immer mit denselben Worten. Seltsam. Nein, nicht seltsam. Es machte ihm angst. Er wußte sogar, warum. Nicht direkt. Das Wissen war nicht so präsent, daß er es hätte in Worte kleiden und aussprechen können, aber tief in seinem Innern wußte er es. Er war nur noch nicht soweit, es sich auch einzugestehen.

»Und Sie sind bereit, das alles«, er legte die gespreizten Finger der rechten Hand auf den vollgeschriebenen Notizblock vor sich, »zu unterschreiben und sich vor Gericht dafür zu verantworten?« fragte er. Mendel starrte ihn an, als zweifele er daran, daß er noch alle Tassen im Schrank hatte, und wahrscheinlich waren das in diesem Moment auch wirklich seine Gedanken, aber Yaegher fuhr unbeeindruckt fort: »Ihnen ist doch klar, daß Sie mit einer Anzeige wegen Beamtenbestechung rechnen müssen. Ein bis zwei Jahre sind da gut drin.«

Für einen Moment blitzte der alte Strauss wieder in den Augen seines Gegenübers auf. »Ich habe einen guten Anwalt«, sagte er kalt. »Ich bezahle dem Burschen im Monat mehr, als ihr beide zusammen in einem Jahr verdient, aber er ist jeden Pfennig wert.«

Yaegher war beinahe erleichtert. Das war endlich wieder der Strauss, den er kannte. »Wenn das so ist, warum legen Sie denn dann ein Geständnis ab?« fragte er.

Mendels Augen wurden so groß, daß sich Yaegher nicht gewundert hätte, wären sie einfach aus den Höhlen gequollen und vor ihm auf die Tischplatte gefallen, aber Strauss antwortete unbeirrt mit genau den Worten, die Yaegher erwartete: »Ich will endlich alles sagen. Ich bin einfach froh, daß es vorbei ist.«

Yaegher resignierte. Ebensogut konnte er sich mit der Wand unterhalten. Oder mit der Türklinke. Die nickte wenigstens ab und zu einmal. »Es ist gut, Strauss«, sagte er. »Ich lasse das Protokoll tippen. Sie können es später unterschreiben.«

Er gab Mendel einen Wink. Borghorsts Assistent stand auf, bedeutete Strauss ungeduldig, er solle ihm folgen, und bugsierte ihn auf den Flur hinaus, wo er von zwei Polizeibeamten in Empfang genommen und in seine Zelle gebracht wurde. Mendel blieb noch ein paar Sekunden in der Tür stehen, ehe er sie schloß und zu Yaegher zurückkam.

»Sie sollten sich mit dem Protokoll beeilen. Dieser Rechtsverdreher ist die ganze Zeit draußen auf und ab gelaufen wie ein Tiger in einem Käfig voll von stechwütigen Hummeln. In spätestens einer Stunde hat er ihn so bequatscht, daß er alles widerruft, und fünf Minuten danach marschiert er als freier Mann hier heraus.«

Yaegher sah ihn kalt an, nahm die Kassette aus dem Gerät, legte sie auf seinen Notizblock und schob Mendel beides über den Tisch hinweg zu.

»Was soll ich damit?« fragte Mendel verwundert.

»Sie sollen das Frau Stegmüller bringen und sie bitten, es abzuschreiben«, antwortete Yaegher. »Ich könnte es selbst tun, aber bis ich damit fertig wäre, ist er wahrscheinlich schon an Altersschwäche gestorben.«

»Ich bin nicht Ihr Laufbursche«, maulte Mendel, griff aber trotzdem nach dem Block. Yaegher verbiß sich im letzten Moment die Frage, was um alles in der Welt er denn *dann* war. Er kannte die Antwort: der Aufpasser, den Berger ihm auf Borghorsts Drängen hin verpaßt hatte.

»Was sollte eigentlich der Scheiß gerade?« fragte Mendel feindselig, als Yaegher nicht auf seine Bemerkung einging. »Es klang ja fast, als wollten Sie ihn überreden, sich die Sache noch einmal zu überlegen und das Geständnis zu widerrufen.«

»Vielleicht wollte ich ihn überreden, die Wahrheit zu sagen«, antwortete Yaegher. »Aber ich bin inzwischen nicht mehr sicher, ob er sie überhaupt selbst kennt.«

»Was?« machte Mendel.

Yaegher schüttelte den Kopf und stand auf. »Vergessen Sie's. Bringen Sie die Sachen zur Stegmüller. Und bitten Sie sie, sich zu beeilen. Vermutlich haben Sie recht, was diesen Anwalt angeht.«

»Warum tun Sie es nicht selbst?« fragte Mendel patzig.

»Ich habe noch etwas anderes zu tun«, erwiderte Yaegher. »Ich gehe ab Montag in Urlaub, wissen Sie, und ich hasse es, unerledigte Arbeit zurückzulassen.«

16

ZU DEN Dienstvergehen, die Berger ihm vorgehalten hatte, ohne das Wort auch nur einmal direkt auszusprechen, gesellte sich ein weiteres. Allerdings nur ein ganz kleines, bei dem Borghorst und Berger schon einen neuen Rekord in der Disziplin Haarspalterei hätten aufstellen müssen, um es gegen ihn zu verwenden. Trotzdem: strenggenommen durfte er es nicht. *Ganz* strenggenommen war es wahrscheinlich sogar so etwas wie Diebstahl. Allerdings dachte er kaum länger als eine Sekunde *daran*, als er eine halbe Stunde später den Schlüssel aus der Manteltasche zog, den Nördlinger ihm gegeben hatte, das Vorhängeschloß an der Tür zu Freds Appartement öffnete und zielsicher zum Fernseher ging. Im hellen Tageslicht bot das Zimmer einen noch bemitleidenswerteren Anblick als gestern abend. Das Chaos war nicht größer geworden, das war sicher auch unmöglich, obwohl sich die Jungs von der Spurensicherung alle nur erdenkliche Mühe gegeben hatten, das Ganze noch zu verschlimmern. Das einzige, was sie erreicht hatten, war, es umzuschichten. Aber der Anblick hatte die morbide Faszination verloren, die er in der Nacht gehabt hatte, und wirkte jetzt einfach nur noch schäbig. Yaegher streifte das Durcheinander nur mit einem flüchtigen Blick, dann wandte er seine Aufmerksamkeit wieder dem Fernseher zu; genauer gesagt: dem Videogerät, das daneben stand.

Er schaltete es ein, ließ die Kassette herausschnappen und drehte sie einen Moment lang unschlüssig in den Händen. Sie war zur Hälfte abgelaufen, hatte keinerlei Beschriftung und ähnelte der, die er in Rugners Recorder gefunden hatte, aber das bedeutete nichts, denn letztendlich ähnelten sich *alle* Videokassetten wie ein Ei dem anderen.

Für einen ganz kurzen Moment meldete sich das, was er vor achtunddreißig Stunden noch für seinen gesunden Menschenverstand gehalten hatte, noch einmal zu Wort. Er war wohl völlig übergeschnappt, daß er diesem Verdacht wirklich nachging, einem Verdacht noch dazu, der so absurd war, daß er sich selbst jetzt noch weigerte, seine Idee in Worte zu fassen.

Trotzdem steckte er die Kassette nach einigen Sekunden in die Tasche, schaltete den Recorder wieder aus und machte sich daran, die Wohnung noch einmal zu durchsuchen.

Er war gerade fertig damit, als er Schritte hörte und Evelin eintrat.

»Oh!« sagte sie überrascht, nein, im ersten Moment eindeutig *erschrocken*, als sie ihn sah. »Was tun Sie denn hier?«

»Gestern abend waren wir schon beim Du«, sagte Yaegher.

»Also gut.« Sie lächelte, überwand ihren Schrecken endgültig und fragte noch einmal: »Was tust *du* denn hier?«

»Ich arbeite«, antwortete Yaegher. »Und du?«

»Ich wollte nur ein paar Sachen holen, die ich vergessen habe, und ...« Sie brach ab und sah plötzlich ein bißchen verlegen aus. »Das darf ich doch, oder? Ich meine, ich nehme wirklich nur mein persönliches Eigentum mit. Nichts, was Fred gehört hat.«

Yaegher machte eine wegwerfende Handbewegung. »Genaugenommen nicht«, sagte er. »Aber ich erlaube es dir, wenn du mir versprichst, keine Unordnung zu machen.«

Evelin blinzelte, sah ihn eine Sekunde lang verdutzt an und begann dann zu lachen. Aber es hörte sich eher pflichtschuldig an als wirklich amüsiert. Seine Anwesenheit schien sie zu verunsichern.

»Habt ihr irgendwo eine Fernsehzeitung?« fragte er, als sie sich umdrehte und ins Schlafzimmer gehen wollte. Sie blieb abrupt stehen und sah ihn voller Verblüffung an.

»Eine *was*?«

»Eine Rundfunk- und Fernsehillustrierte«, erklärte Yaegher geduldig. »Von dieser Woche.«

»Sicher«, antwortete Evelin verwirrt. »Sie ... sie muß irgendwo in dem Durcheinander vor dem Regal liegen. Aber wozu, um alles in der Welt, brauchst du die?«

»Das erkläre ich dir, wenn ich sie gefunden habe«, antwortete Yaegher. »Geh und hol deine Sachen. Ich lade dich hinterher zu einem Kaffee ein.«

Evelin maß ihn noch einen Moment mit verblüfften Blicken, ehe sie im Schlafzimmer verschwand. Yaegher ließ sich auf die Knie nieder und begann in dem Tohuwabohu auf dem Fußboden herumzusuchen, bis er die zerfledderten Reste einer HÖR ZU in Händen hielt. Er schlug die Seite vom Abend zuvor auf, betrachtete sie eine Sekunde lang ohne die mindeste Spur von Überraschung, aber mit einem eisigen Prickeln auf der Kopfhaut, und trennte sie dann vorsichtig aus der Zeitung heraus. Pedantisch faltete er sie in der Mitte zusammen, schob sie neben die Videokassette in seine Manteltasche und stand auf.

Evelin hatte eine Reisetasche aus zerschlissenem Segeltuch gepackt und zog gerade den Reißverschluß zu, als er das Schlafzimmer betrat. »Hast du die Zeitung gefunden?« fragte sie.

Er antwortete mit einem knappen »Ja«, und Evelin wartete sichtlich darauf, daß er irgendeine Erklärung hinzufügte. Er tat es aber nicht. Statt dessen wies er mit einer Kopfbewegung auf ihre Tasche und fragte seinerseits: »Ist alles noch da?«

»Ja. Sie scheinen überhaupt nichts gestohlen zu haben.« Sie schüttelte irritiert den Kopf. »Eigentlich seltsam. Ich habe ein paar ziemlich wertvolle Schmuckstücke hiergelassen. Nicht gerade die Kronjuwelen, aber ein paar Tausender hätten sie bestimmt gebracht. Sie haben sie nicht einmal angerührt.«

»Sie waren nicht hinter so was her«, antwortete Yaegher. »Ich weiß jetzt, was sie gesucht haben.«

»Was?!« Die Frage kam eine Spur zu schnell und zu erschrokken, als daß er es hätte überhören können.

»Das kann ich dir jetzt noch nicht sagen«, antwortete er. »Aber du bist die erste, die es erfährt, sobald ich weitere Einzelheiten kenne, das verspreche ich dir. Aber etwas anderes: Der Bursche, der gestern hier war, um den Videofilm abzuholen, erinnerst du dich an den?«

Sie nickte. »Warum?«

»Weißt du zufällig, von welcher Videothek Fred seine Filme bekommen hat? Ich habe die ganze Bude auf den Kopf gestellt, aber nichts gefunden. Keine Quittungen, keinen Clubausweis, nichts.«

»Nein«, antwortete Evelin. »Es tut mir leid. Darum habe ich mich nie gekümmert. Warum?«

»Nichts«, sagte Yaegher. »Es war ... nur so eine Idee. Vergiß es. Wie ist es jetzt mit dem versprochenen Kaffee?«

17

BERTHOLD, Dr. jur. Klaus Berthold, um genau zu sein. Oder, um *noch* genauer zu sein: Dr. jur. Klaus Berthold, ehemaliger Kompagnon und jetziger Alleininhaber einer der renommiertesten Anwaltskanzleien der Stadt, dachte er mit einer tiefen, inneren Befriedigung, von der sich allerdings nicht die mindeste Spur auf seinem gramgetrübten Gesicht zeigte. Mit fast andächtigen Bewegungen schraubte er die Kappe auf den vergoldeten Füllfederhalter und legte ihn mit einer nicht mehr nur angedeuteten, sondern *eindeutig* zeremoniellen Bewegung auf den Schreibtisch. Beides gehörte ihm: der Kugelschreiber seit dem Tag vor zwölf Jahren, an dem er promoviert hatte – er war ein Geschenk seines Vaters gewesen (übrigens das einzige, was ihm der alte Geizknochen jemals im Leben geschenkt hatte) –, und der Schreibtisch seit gestern abend.

Er war sehr zufrieden. Er hatte auch allen Grund, zufrieden zu sein; immerhin hatte er mit einem Schlag mindestens zehn, vielleicht sogar fünfzehn oder noch mehr Jahre gewonnen. Rugner hatte zwar in letzter Zeit immer öfter davon gesprochen, daß er sich frühzeitig zur Ruhe setzen wollte, und Berthold hatte auch zu spüren geglaubt, daß er jetzt manchmal mit einer gewissen Lustlosigkeit an seine Arbeit heranging. Aber das hatte nicht unbedingt etwas zu bedeuten gehabt. Es hätte auch eine Phase sein können, die vorüberging, und Berthold hatte sich innerlich schon darauf eingerichtet, noch lange, *sehr* lange, im Schatten seines berühmten Kollegen zu stehen; wenn nicht sogar für immer. Rugner war älter gewesen als er, aber nicht *so viel* älter. Und er wäre nicht der erste Staranwalt gewesen, der seinen knochigen Hintern noch mit achtzig auf einen Stuhl drückte, der von Rechts wegen einem Jüngeren (und mit Verlaub gesagt: Besseren) zustand. Sein Gefasel vom Schlußmachen und einem langen, behaglichen Lebensabend war vielleicht nur Symptom seiner Midlife-crisis gewesen.

Nun, dachte Berthold, das hatte sich erledigt. Rugners Midlife-crisis hatte gestern abend ein ebenso drastisches Ende gefunden wie seine eigenen Befürchtungen, diesen Schreibtisch niemals in Besitz nehmen zu können; samt der restlichen Kanzlei, versteht sich. Es gab noch ein paar kleinere Schwierigkeiten zu überwinden, aber die würden ihn nicht hindern. Wozu war er schließlich Rechtsanwalt?

Die Sprechanlage auf seinem Schreibtisch summte. Berthold betrachtete das Gerät in elegantem Anthrazit beinahe feindselig. Er fand sein Summen äußerst störend, fast schon blasphemisch. Dies war ein kostbarer Moment, ein einmaliger Augenblick, der niemals wiederkommen würde. Nichts und niemand durfte ihn stören.

Aber der blöde Kasten summte respektlos weiter, und natürlich war es in dem ungleichen Duell Mensch gegen Maschine Berthold, der am Ende aufgab. Der Zauber des Augenblicks war sowieso dahin, in Grund und Boden gesummt von diesem dämlichen Kasten, und schließlich: *The show must go on.* Er hatte nur nicht geglaubt, daß das so schnell gehen würde. Beinahe zornig drückte er einen der zahllosen Knöpfe auf dem Apparat. »Ja?«

»Hier ist ein Herr, der Sie sprechen möchte, Herr Dr. Berthold.« Die Stimme seiner Sekretärin (die bis gestern noch ihre *gemeinsame* Sekretärin gewesen war und nach Ablauf einer gewissen Schamfrist *niemandes* Sekretärin mehr sein würde; Berthold freute sich seit zehn Jahren darauf, die alte Kuh endlich herausschmeißen und durch ein Stück jüngeres Fleisch ersetzen zu können) schwankte so sehr, daß er ihr verheultes Gesicht direkt vor sich zu sehen glaubte. »Ich habe ihm gesagt, daß es heute nicht geht, aber er läßt sich nicht abweisen. Er sagt, daß es sehr wichtig sei.«

Berthold runzelte ärgerlich die Stirn. Er war heute nicht hergekommen, um zu arbeiten, sondern um den Tag auf seine ganz persönliche Weise zu feiern: indem er einfach hier saß und es *genoß*, an diesem Tisch zu sitzen. Und trotzdem sagte er: »Wenn es wirklich so wichtig ist, dann schicken Sie ihn herein. Und dann schalten Sie den Anrufbeantworter ein und gehen nach Hause. Sie haben den Rest des Tages frei.« *Zum Üben*, fügte er in Gedanken hinzu. *Du wirst bald sehr lange frei haben, dumme Kuh.* Er ließ den Knopf der Sprechanlage los, ehe sie antworten konnte, und blickte ein letztes Mal prüfend über seinen – neuen – Schreibtisch. Alles war an Ort und Stelle, alles pedantisch ausgerichtet. Perfekt.

Die Tür ging auf, und ein untersetzter Mann Mitte Fünfzig, schütter, grauhaarig, in einen erdbraunen Anzug gekleidet, betrat das Büro. Er trug eine schmale Aktenmappe unter dem linken Arm. Sein Gesicht kam Berthold vage bekannt vor, aber er wußte im Moment nicht, wo er es einordnen sollte. Zwei blaßrote Druckstellen beiderseits der Nasenwurzel verrieten, daß er normalerweise eine Brille trug.

»Dr. Berthold, nehme ich an?« fragte der Besucher.

»Ganz recht«, antwortete Berthold. In Gedanken fügte er hinzu: *Wen hast du denn sonst hier erwartet, Blödmann? Ronald Reagan?* Laut sagte er das natürlich nicht, sondern lächelte nur, streckte im Aufstehen seinem Besucher die Hand entgegen und fragte: »Und mit wem habe ich die Ehre?«

Statt die dargebotene Hand zu ergreifen, drückte ihm der andere eine Visitenkarte in die Finger. »Wir haben vorhin miteinander telefoniert, erinnern Sie sich?« Er wartete weder eine Antwort noch eine entsprechende Aufforderung ab, sondern nahm auf dem gepolsterten Stuhl vor Bertholds Schreibtisch Platz. Berthold blickte verstört auf die Visitenkarte zwischen Zeige- und Mittelfinger, aber seine Überraschung begann bereits einer langsam aufkeimenden Verärgerung Platz zu machen.

»Ich ... erinnere mich«, sagte er stockend und nahm ebenfalls wieder Platz. »Aber es wäre nicht nötig gewesen, daß Sie sich selbst herbemühen. Ich bin im Moment ...« Er suchte verwirrt nach Worten. »Der Augenblick ist ein wenig ungünstig, falls Sie das verstehen. Dr. Rugners Tod hat uns alle sehr getroffen. Mich ganz besonders. Er ... war mehr als nur ein Geschäftspartner, er war mein Freund.« Die Lüge kam ihm so glatt über die Lippen, daß es ihn selbst erstaunte, aber im Blick seines Gegenübers blitzte dennoch für einen Moment etwas auf, das Berthold mit dem unbehaglichen Gefühl erfüllte, daß der andere ganz genau wußte, was er wirklich empfand.

»Mein aufrichtiges Beileid«, sagte sein Besucher. »Ich weiß, was der Verlust Dr. Rugners für Sie bedeutet, und glauben Sie mir, ich hätte Sie nicht an solch einem Tag gestört, wenn es sich nicht um eine Angelegenheit von äußerster Wichtigkeit gehandelt hätte.« Er nahm seine Aktentasche auf die Knie und klappte sie auf, hielt sie aber so, daß Berthold nur den Deckel sehen konnte. Berthold widerstand nur mit Mühe der Versuchung, sich den Hals zu verdrehen, um einen Blick ins Innere des Koffers werfen zu können.

»Ich möchte Ihnen etwas zeigen, Dr. Berthold«, fuhr sein Besucher fort. Er befriedigte Bertholds Neugier und ersetzte sie durch Verwirrung, als er in den Koffer griff und etwas hervorholte, was Berthold im ersten Augenblick für einen tragbaren Kassettenrecorder hielt. Erst, als der andere den Apparat einschaltete und ein winziger Bildschirm in seinem oberen Drittel aufleuchtete, erkannte er, daß es das nicht war. Es war ein winziger Video-Walkman mit einem LCD-Bildschirm von der Größe einer halben Postkarte.

»Erstaunlich«, sagte Berthold. Seine Anerkennung war ehrlich gemeint. »Ich wußte gar nicht, daß es so etwas gibt.«

»Das Neueste aus Japan«, antwortete sein Gegenüber mit einem flüchtigen Lächeln. »Offensichtlich haben sie wieder einmal irgendein Patent geklaut und das Gerät auf den Markt gebracht, ehe der eigentliche Erfinder das konnte. Aber ich wollte Ihnen nicht das Gerät zeigen, sondern das, was auf dieser Kassette ist.« Seine Hand tauchte zum zweiten Mal in den Koffer und kam mit einer Video-8-Kassette wieder in die Höhe. Als er den Deckel aufklappte, erhaschte Berthold einen flüchtigen Blick in das Innere des Koffers und sah, daß der jetzt leer war.

Der Mann legte die Kassette ein, drückte die »PLAY«-Taste und drehte das ganze Gerät so auf dem Tisch herum, daß Berthold den Bildschirm sehen konnte. Einen Moment lang flimmerten Streifen darüber, dann erschien ein wohlbekanntes Emblem auf dem Monitor, und aus den winzigen Lautsprechern drang die Titelmusik der Tagesthemen.

»Eine Nachrichtensendung?« sagte Berthold verblüfft.

Sein Gegenüber nickte. »Die vom 23. Juni«, sagte er. Er sah Berthold an, nicht den Monitor, und plötzlich schien er ein ganz klein bißchen nervös zu sein. Nein, nicht nervös: angespannt. »Bitte sehen Sie aufmerksam hin, Dr. Berthold. Es dauert wirklich nicht lange.«

Berthold gehorchte. Das Titellogo hatte mittlerweile dem alterslosen Gesicht von Hans-Joachim Friedrichs Platz gemacht, der tatsächlich die Schlagzeilen vom 23. Juni zu verlesen begann. Berthold überlegte einen Moment krampfhaft, was es an diesem Tag Besonderes gegeben hatte, aber er kam nicht darauf.

Als Rechtsanwalt war er sonderbare Typen gewöhnt und noch sonderbarere Dinge, deshalb faßte er sich in Geduld und folgte dem Geschehen auf dem Augenkiller von Monitor gute fünf Minuten lang. Den Schlagzeilen folgte ein Bericht über ein weiteres Glied in der endlosen Kette von Umweltskandalen, die unentwegt in den sogenannten neuen Bundesländern aufgedeckt wurden, und anschließend die Reportage von einem Treffen der EG-Außenminister, das am Tag zuvor stattgefunden hatte. Die Kamera schwenkte über eine gewaltige Menge von EG-Prominenz, blieb einen Moment auf Genschers Dackelgesicht hängen und glitt weiter. Einen Moment später bewegte sie sich wieder zu ihm zurück; ein Reporter zückte sein Mikrofon und begann Genscher mit Fragen zu löchern, von denen Berthold keine einzige verstand.

Verblüfft starrte er auf das Gesicht des Mannes neben dem deutschen Außenminister.

Es war Rugner.

Rugner und Genscher zusammen im Fernsehen, auf einem EG-Politikertreffen? Das war unmöglich! Nicht nur, daß er davon *ganz bestimmt* erzählt hätte (selbst für einen Staranwalt vom Kaliber eines Dr. Rugner gehörte es nicht zum Alltäglichen, sich auf einem Treffen der EG-Großkopferten filmen zu lassen), Berthold erinnerte sich plötzlich, daß es an diesem Datum doch etwas gab, was ihm hätte auffallen müssen: am 23. Juni war Rugner ganz bestimmt nicht in Brüssel gewesen. Er hatte den ganzen Monat in den Vereinigten Staaten zugebracht, in dem ersten Urlaub, den er und Ellen sich nach drei Jahren wieder einmal gegönnt hatten.

»Was ...?« begann Berthold verstört und brach sofort wieder ab, denn im selben Moment hatte der Reporter sein Interview mit Genscher beendet und verabschiedete sich. Aber nicht, um zu gehen. Zu Bertholds maßloser Verblüffung wandte er sich an niemand anderen als Rugner und bat ihn um einen Kommentar.

»Meine Meinung?« Rugner zuckte mit den Schultern. »Keine. Der ganze Zirkus interessiert mich nicht.« Er grinste in die Kamera. »Aber wenn ich schon einmal im Fernsehen bin, dann könnte ich die Gelegenheit eigentlich nutzen, um etwas anderes loszuwerden. Sie haben doch noch einen Moment Zeit, oder?«

»So lange Sie wollen«, antwortete der Reporter.

Berthold starrte den Monitor ungläubig an. Was war das? Ein geschmackloser Scherz, den sich Rugner noch vor seinem Tod ausgedacht hatte und den dieser Trottel auf der anderen Seite des Schreibtisches jetzt gnadenlos durchzog? Nein. Irgend etwas sagte ihm, daß das kein Witz war. O nein, ganz und gar nicht.

»Ich bin tot, wissen Sie«, erklärte Rugner und grinste noch breiter in die Kamera. »Noch nicht besonders lange. Genaugenommen erst seit gestern abend.«

Berthold ächzte. Eine eisige Hand berührte ihn im Nacken und bewegte sich langsam nach unten.

»Das ist sicher eine interessante Erfahrung«, sagte der Reporter. »Wollen Sie unseren Zuschauern davon berichten?«

»Wozu?« antwortete Rugner. »Ich denke, früher oder später finden Sie es sowieso alle von selbst heraus, oder?« Er lachte und angelte sich ein Glas Champagner vom Tablett eines Kellners, der gerade vorüberging. Der Kellner war übrigens auch tot. Sein Gesicht war bleich und eingefallen, die Augen so weit in die Höhlen zurückgesunken, daß sie wie schwarze Löcher aussahen, und in den Gläsern, die er vor sich her balancierte, schwammen Maden. Rugner schluckte sie mit herunter, als er sein Glas leerte. Nein, er schluckte sie nicht einfach, er *zerkaute* sie genüßlich.

Das ist kein Witz mehr, dachte Berthold hysterisch. Das ist... widerwärtig. Ekelhaft. Er wollte auffahren und sein Gegenüber zur Rede stellen, aber er konnte es nicht. Voller Entsetzen stellte er fest, daß es ihm unmöglich war, seinen Blick von dem Monitor abzuwenden. »Wahrscheinlich werde ich so bald keine Gelegenheit mehr haben, mit dem kleinen Teil der Menschheit zu sprechen, der noch am Leben ist«, fuhr Rugner fort, »deshalb wende ich mich jetzt direkt an einen meiner ganz speziellen Freunde.« Er grinste. »Ja, ja, ich meine dich, Klaus. Meinen guten alten Freund und Kompagnon Klaus Berthold.«

Berthold sog vor Unglauben die Luft ein. Mit einem Ruck hob er den Kopf und starrte sein Gegenüber an. Es ging, aber es war schwer; an seinen Augäpfeln schienen kleine Gummibänder befestigt zu sein, die seinen Blick immer wieder auf den Monitor herabzuziehen versuchten. »Was ... was soll das?« krächzte er. »Wenn das ein Scherz ist, dann ...«

»Scherz? O nein, mein Lieber, das ist kein Scherz!«

Die eisige Hand, die ihn im Nacken berührt hatte, verwandelte sich in eine Pranke, die nach seinem Herzen griff und unbarmherzig zudrückte. Es war nicht der Mann auf dem Stuhl vor dem Schreibtisch gewesen, der auf seine Frage geantwortet hatte. Die Stimme war *aus dem Lautsprecher des Video-Walkmans gekommen!* Es war Rugners Stimme gewesen!

Berthold starrte den Monitor mit angehaltenem Atem an. Rugners Gesicht blickte ihm in Briefmarkengröße vom Bildschirm entgegen. Ein böses, gehässiges Glitzern lag in seinen Augenwinkeln. »Glaubst du, ich mache mir all die Mühe, nur um einen Scherz zu machen?« fragte er. »Der Weg zurück ist verdammt weit, mein Lieber. Ein bißchen *zu weit* nur wegen eines Scherzes.«

»Das ist ein Trick!« keuchte Berthold. »Das ... das ist –« Er stockte eine Sekunde, und dann wußte er es. »Das ist ein Empfangsgerät, nicht wahr. Ich meine, der Kerl ist ein Schauspieler, der Rugner ähnlich sieht, und ihr steht irgendwo mit einer Videokamera und einem Sender und ...«

Er sprach nicht weiter, denn er hörte selbst, wie wenig überzeugend seine Worte klangen. Das Gesicht auf dem Bildschirm war das von Rugner, daran gab es gar keinen Zweifel. Es war seine Stimme. Sein Blick. Seine Art zu reden.

»Ich sehe, du beginnst zu begreifen, mein Freund«, sagte Rugner. »Warum erschrickst du denn so? Es gibt wirklich keinen Grund, Angst zu haben; jedenfalls noch nicht.«

»Was willst du?« stammelte Berthold. Seine Gedanken schlugen hinter seiner Stirn Purzelbäume, und plötzlich hatte er das Gefühl, sich mit aller Macht an der Tischkante festklammern zu müssen, um nicht seinen letzten Halt in der Realität zu verlieren. Was er erlebte, war der reine Wahnsinn. Aber Wahnsinn oder nicht, es passierte wirklich. Hier und jetzt und vor seinen Augen!

»Ich bin gekommen, weil ich noch etwas zu erledigen habe«, sagte Rugner. »Etwas sehr Wichtiges. O ja, und natürlich, um mich von dir zu verabschieden, du verdammter Erbschleicher.«

»Aber du ... ich meine, es ... es kann doch ...« Berthold begann zu stammeln, und nicht nur mit Worten. Seine Gedanken verwirrten sich auch. Er war völlig unfähig, irgendein klares Gefühl zu empfinden, geschweige denn, einen klaren Gedanken zu fassen. *Verrückt*, dachte er. *Ich werde verrückt. Ich bin dabei, überzuschnappen. Total.*

»Nein, das bist du nicht«, sagte Rugner, und erst in diesem Moment begriff Berthold, daß er den letzten Gedanken laut ausgesprochen hatte. »Hast du wirklich gedacht, ich wüßte nichts?« Rugner lachte. Er beugte sich vor, bis sein Gesicht die Innenseite des Bildschirms berührte, wie ein Fisch, der gegen die unsichtbare Barriere anrennt, die sein Universum abschließt. Für eine Sekunde mußte Berthold gegen die absurde Vorstellung ankämpfen, Rugner könnte das Glas sprengen und aus dem Gerät herauskommen, ein Zwerg von der Größe seiner Hand, der auf seinem Schreibtisch im Kreis herumrennen und mit schriller Zwergenstimme Verwünschungen ausstoßen würde. Die Vorstellung war absolut nicht komisch. Sie erfüllte Berthold mit schierem Grauen.

»Hör mir zu, Klaus«, sagte Rugner. Sein Gesicht war noch immer gegen das Glas gepreßt, und Berthold glaubte tatsächlich zu sehen, daß sich die Oberfläche des kleinen Flüssigkristall-Bildschirmes nach außen wölbte, und die Konturen eines menschlichen Gesichtes nachzuahmen versuchte. »Vielleicht hast du dir ja eingebildet, ich wüßte nicht, was du wirklich bist. Aber glaub mir, ich wußte es. Ich wußte es die ganze Zeit. Vom ersten Tag an. Ich habe schon gewußt, daß du eine miese kleine Ratte bist, bevor ich dich überhaupt eingestellt habe. Bist du darüber etwa erstaunt?«

Erstaunt war gar kein Ausdruck. Berthold kam es vor, als würde sein Gehirn ganz langsam in Streifen geschnitten. Er war noch immer fest davon überzeugt, daß er den Verstand verloren hatte und halluzinierte. Nur nutzte es nichts. Wie die meisten Menschen, die es nicht besser wußten, war er bis zu diesem Moment der Meinung gewesen, daß verrückt zu sein für den Betroffenen selbst gar nicht schlimm wäre. Aber das stimmte nicht. Es *war* schlimm.

»Ich habe vom ersten Tag an gewußt, was du für eine Ratte bist«, sagte Rugner noch einmal. »Aber weißt du: Das war ja der Grund, weswegen ich dich unter all den Bewerbern ausgesucht habe. Es waren ein paar dabei, die besser waren als du, wußtest du das?

Gestandene Juristen, die mich angebettelt haben, ihnen den Job zu geben. Aber ich habe dich ausgesucht. Willst du wissen, warum?«

»Nein«, stammelte Berthold. Und plötzlich schrie er, so laut und so schrill er nur konnte: *»Nein! Geh! Laß mich in Ruhe! Du bist tot! Tot!«* Er ballte die Hand zur Faust und ließ sie mit aller Gewalt auf den Videorecorder herunterkrachen.

Es war ein Schlag, der den ganzen Schreibtisch erschütterte. Der Video-Walkman explodierte regelrecht. Plastiksplitter und elektronische Bauteile flogen durch das ganze Zimmer. Ein scharfkantiges Trümmerstück zerschnitt Bertholds Hand, aber er spürte nicht einmal Schmerz. »Du bist tot!« wimmerte er immer wieder. »Tot! Tot! Tot!«

»Du wiederholst dich«, sagte Rugner. »Außerdem habe ich nie behauptet, daß ich das nicht bin, oder?«

Berthold starrte den zertrümmerten Videorecorder an, der in einer allmählich größer werdenden Pfütze seines eigenen Blutes lag, und hob mit einem Ruck den Kopf.

Rugner stand hinter dem Stuhl mit seinem Besucher, sah ihn kopfschüttelnd an und pflückte sich mit der linken Hand hellgraue Plastiksplitter aus dem Haar. »Du beginnst die Beherrschung zu verlieren«, sagte er. »Aber trotzdem: vielen Dank. Es war ziemlich unbequem in dem kleinen Ding. Wo waren wir stehengeblieben? Ah ja: warum ich dich ausgesucht habe.«

»Hör auf!« wimmerte Berthold. »Du ... du bist nicht echt. Du bist gar nicht da!«

»Ich will es dir sagen«, fuhr Rugner fort, ohne sich beirren zu lassen. »Weil ich einen Typen wie dich gesucht habe. Eine miese kleine Ratte, die vom ersten Tag an nur auf ihren Vorteil bedacht ist. Hast du etwa gedacht, ich wüßte das nicht? Mein Junge, ich habe Typen wie dich schon zum Frühstück gefressen, als du noch gar nicht auf der Welt warst.« Er zog die Lippen zurück und zeigte seine Zähne, die tatsächlich plötzlich spitz und gebogen waren und so lang wie die Fänge eines Wolfes. »Kriechen«, fuhr Rugner fort, »Kriechen und Schleimen und Intrigen spinnen, das könnt ihr. Aber weißt du, genau so jemanden habe ich gesucht. Ihr seid nützlich. Ihr wartet auf eure Stunde, aber bis es soweit ist, seid ihr sehr vorsichtig. Kein Widerspruch, kein Streit, nichts, was euch gefährlich werden könnte. So war es doch, oder?«

Berthold schwieg. Beinahe flehend starrte er seinen Besucher an. Der Mann saß noch immer in der gleichen Haltung da, in der er sich zurückgelehnt hatte, als wäre überhaupt keine Zeit vergangen. Sein Blick war kalt. Aber nicht teilnahmslos.

»Helfen Sie mir!« wimmerte Berthold. »Bitte ... helfen Sie mir. Sie ... Sie müssen ihn wegnehmen!«

»Wenn *Sie* mir helfen«, antwortete der andere. »Ich habe ein kleines Problem, wissen Sie?«

»Du solltest zustimmen, Klaus«, sagte Rugner. »Er meint es gut mit dir, weißt du?« Er lachte, aber das war vielleicht ein Fehler. Sein Gesicht war nicht mehr besonders belastbar, schließlich war er schon gut sechzehn Stunden tot. Seine Mundwinkel rissen ein; der rechte nur ein Stück, der linke fast bis hinauf zum Ohr. Die Wunde blutete nicht, aber das rote Fleisch unter der Haut gab ihm das Aussehen eines grinsenden Clowns nach einem Schlaganfall.

»Ich habe ein kleines Problem, verstehen Sie?« fuhr sein Besucher fort. »Sie haben in Ihrem Safe etwas, das ich dringend brauche.«

»Das hast du wirklich«, fügte Rugner hinzu. »Gib es ihm.«

»Hör auf«, stöhnte Berthold. »Bitte, bitte hör auf!«

»Ich könnte die besagten Unterlagen ganz offiziell von Ihnen anfordern, und ich würde sie vermutlich sogar bekommen. Aber mir ist aus gewissen Gründen daran gelegen, diese leidige Geschichte möglichst schnell vom Tisch zu haben. Und möglichst diskret, wenn Sie verstehen.« Er lächelte (irgendwie brachte er es fertig, zu lächeln, ohne wirklich zu lächeln, dachte Berthold), zog eine Packung Zigaretten aus der Jackentasche und nahm einen Zug, ohne den Rauch zu inhalieren. »Es geht um etwas, was einer Ihrer Klienten bei Ihnen hinterlegt hat«, fuhr er fort.

»Genaugenommen einer *meiner* Klienten«, fügte Rugner hinzu. »Aber das bleibt sich ja inzwischen gleich, nicht wahr?«

»Der Name dieses Klienten war Issler. Fred Issler. Ich nehme an, daß es sich um einen Brief handelt; vielleicht auch ein kleines Päckchen. Bitte händigen Sie es mir aus.«

»Das darf ich nicht«, antwortete Berthold ganz automatisch. Aber er sagte es beinahe, ohne es selbst zu merken. Sein Blick hing wie gebannt an Rugners Gesicht, das sich immer schlimmer zu verändern begann.

»Immer korrekt, wie?« kicherte Rugner. Sein linkes Auge begann in sich zusammenzufallen wie ein Luftballon, aus dem ganz allmählich die Luft entweicht. Nur, daß es keine Luft war, sondern eine schmierige, wasserklare Flüssigkeit, die eine glitzernde Spur auf seinen Wangen hinterließ. »Aber in diesem Fall kannst du wirklich eine Ausnahme machen. Ich erlaube es dir.«

»In diesem Fall, fürchte ich, werde ich wohl gehen müssen«, sagte sein Besucher. »Allein.«

Er machte Anstalten, seinen Koffer zu ergreifen und aufzustehen, und Rugner runzelte mißbilligend die Stirn. Seine Haut riß auf, so daß die Falten mit dünnen roten Linien auf seiner Stirn zurückblieben, auch als das Stirnrunzeln nachließ.

»Warten Sie«, sagte Berthold hastig. Der Besucher ließ sich wieder zurücksinken und sah ihn erwartungsvoll an.

»Wie... wie war der Name?« fragte Berthold stockend. Seine Lippen waren plötzlich so trocken, daß sie an mehreren Stellen einrissen. Er wollte sich mit der Zunge darüberfahren, um sie zu befeuchten, aber die Muskeln in seinem Mund versagten ihm den Dienst. »Issler«, antwortete der andere. »Fred Issler.«

Berthold stand auf. Mit hölzernen Bewegungen trat er zurück, zog eine Schublade auf und nahm die Safeschlüssel heraus.

»Vergiß nicht, die Alarmanlage abzuschalten«, sagte Rugner belustigt. »Wir wollen doch nicht, daß jemand kommt und uns überrascht, nicht wahr?« Er lachte; und das klang so gräßlich, daß Berthold vor Entsetzen aufstöhnte. Vielleicht lag es daran, daß sich Rugners Stimmbänder bereits in einem fortgeschrittenerem Stadium der Auflösung befanden als sein Gesicht.

Berthold tat, was von ihm verlangt wurde, und öffnete den Safe, der sich an keinem originelleren Platz als hinter einem Ölgemälde über dem Kamin befand. Während er dessen Inhalt mit zitternden Händen zu sichten begann, plapperte Rugner fröhlich weiter. »Wo waren wir stehengeblieben? Ach ja, bei dem Grund, weshalb ich dich ausgesucht habe. Wieviel hast du herunterschlucken müssen, Klaus? Wie oft hast du die Faust in der Tasche geballt und Demütigungen hinuntergeschluckt, für die mir jeder andere die Zähne eingeschlagen hätte, immer mit dem Gedanken an das, was du eines Tages vielleicht dafür bekommen würdest? Aber weißt du, diese Rechnung geht nicht auf. Sie geht nie auf.«

Berthold hatte den Umschlag gefunden: eine braune Jiffy-Tüte, die mit Rugners Siegel verschlossen war. Er gab sie seinem Besucher, der sie achtlos in den Aktenkoffer warf.

»Und jetzt händigen Sie mir bitte alle Unterlagen aus, auf denen der Name Issler steht. Und vergessen Sie nicht, auch alle diesbezüglichen Einträge in Ihrem Computer zu löschen. O ja, und natürlich das Band des Anrufbeantworters. Das von gestern.«

»Das... das kann ich nicht«, stammelte Berthold. »Damit kenne ich mich nicht aus. So etwas erledigt alles meine Sekretärin, die Ablage und... und den Computer und all das. Aber sie ist nicht mehr da.«

»Wie bedauerlich«, sagte sein Besucher. »Nun gut, dann erledigen wir das morgen. Aber jetzt habe ich noch ein paar Fragen an Sie...«

18

»Eigentlich sollte ich das Ding nehmen und auf deinem Schädel in Stücke hauen«, sagte Martin. Er gab sich alle Mühe, so grimmig wie möglich auszusehen, und wäre das amüsierte Glitzern in seinen Augen nicht gewesen, dann hätte man ihm die Worte wirklich abkaufen können, denn er wirkte sehr überzeugend. Nicht nur, daß er Yaegher um einen guten Kopf überragte, sondern darüber hinaus hatte er auch sehr viel breitere Schultern. Seine linke Hand war zur Faust geballt, die andere deutete anklagend auf den Videorecorder, der wieder dort stand, wo er hingehörte. »Was hast du damit gemacht? Ihn als Bleistiftspitzer benutzt?«

»Ich habe es versucht«, antwortete Yaegher. »Aber es hat nicht geklappt. Früher waren die Dinger einfacher. Man steckte einen Stift rein und drehte an einer kleinen Kurbel, und schon war alles klar.«

Martin lachte nicht, wofür ihm Yaegher allerdings beinahe dankbar war. Martin Clemm lachen zu sehen war ein höchst zweifelhaftes Vergnügen. Der junge Elektronikingenieur hatte nicht nur eine Statur wie der berühmte Kleiderschrank, sondern auch ein Gesicht, das besser zu einem Rausschmeißer aus einem Krimi der dreißiger Jahre gepaßt hätte. Seine Hände waren kräftig und breit, mit kurzen, plumpen Wurstfingern und sahen aus, als hätten sie alle Mühe, eine Türklinke herunterzudrücken. Er besuchte dreimal in der Woche ein Fitneßstudio und verbrachte die vier anderen Abende damit, zu joggen, zu schwimmen, radzufahren oder sich auf andere Art und Weise einem vorzeitigen Herzinfarkt entgegenzutrainieren.

»Du schuldest mir zwei Flaschen Remy.«

»Wieso zwei. Eine, allerhöchstens.«

»Zwei«, betonte Martin und unterstrich seine Forderung mit einem energischen Kopfschütteln. »Du hast den Apparat regelrecht massakriert. Ich habe fast eine Stunde gebraucht, um alles wieder zu justieren. Womit bist du bloß auf die Feinabstimmung losgegangen? Mit einer Brechstange?«

»Ich war ein bißchen ungeschickt«, gestand Yaegher. »Ich verstehe nichts davon.«

»Stell dir vor, *das* habe ich gemerkt«, sagte Martin. »Es ist ein Wunder, daß du mit dem Ding überhaupt noch etwas sehen konntest. Außerdem mußte ich ihn mir selbst wieder herunterholen, zusammen mit dem Fernseher übrigens. Zwei Flaschen sind das Minimum. Von Rechts wegen müßte ich drei verlangen.«

Yaegher gab sich geschlagen. »Zwei, okay«, sagte er zerknirscht. »Aber dafür schuldest du mir noch einen kleinen Gefallen.«

»Welchen?« erkundigte sich Martin mißtrauisch.

»Es ist wirklich nur eine Kleinigkeit«, sagte Yaegher hastig. »Keine zehn Minuten Arbeit für jemanden wie dich.«

»Wenn du denkst, daß es billiger wird, wenn du mir schmeichelst, denkst du falsch«, knurrte Martin. »Also – was willst du?«

Yaegher gab sich Mühe, nicht *zu* zufrieden auszusehen. Er hatte gewonnen. Martin schlug ihm selten eine Bitte ab, auch wenn er es nicht umsonst tat und in letzter Zeit vielleicht ein bißchen zu gierig geworden war. Wenn er sich jeden Gefallen, den er einem seiner Kollegen erwies, so gut bezahlen ließ, dann konnte er in spätestens zwei Jahren einen Getränkegroßhandel aufmachen, ohne auch nur einen Pfennig Startkapital zu benötigen.

Yaegher zog die Kassette aus der Tasche, die er aus Isslers Recorder genommen hatte und reichte sie Martin.

»Schon wieder eine Videokassette? Was ist los mit dir? Bist du einem Ring von Raubkopierern auf der Spur?«

»Kinderpornos«, erklärte Yaegher ernsthaft. »Und ich glaube, die Tochter vom Alten spielt die Hauptrolle.« Er war nicht ganz sicher, ob Martin das als Scherz verstanden hatte. Deshalb machte er eine rasche Handbewegung und fuhr fort: »Im Ernst: Könntest du das Ding untersuchen? Ich meine, es geht nicht um das, was drauf ist. Oder doch, aber nicht um die Bilder, sondern...«

»Sondern?« fragte Martin. Er sah irgendwie... lauernd aus.

»Ich weiß es nicht«, gestand Yaegher. In Martins Augen schimmerten plötzlich kleine Eissplitter, daher versuchte er, sich zu einem Lächeln zu zwingen, war aber nicht sicher, daß es ihm gelang. »Was mich interessiert, ist, ob mit diesem Band alles in Ordnung ist. Ich meine, ob irgend etwas fehlt oder anders ist oder ob sich vielleicht etwas auf dem Band befindet, das nicht darauf sein sollte. Du weißt schon. Du brauchst dir den Film nicht anzusehen. Er ist ziemlich langweilig.«

Martin seufzte. »Es ist doch immer dasselbe«, sagte er kopfschüttelnd. »Ihr kommt hierher, drückt uns irgendeinen Müll in die Hand und erwartet ein Wunder! Wofür hältst du mich? Für einen Voodoo-Zauberer?«

»Wozu hast du denn all die teuren Computer und Apparate?« erkundigte sich Yaegher. »Die Kleinigkeit dürfte doch kein Problem für dich sein.«

»Natürlich nicht«, antwortete Martin spöttisch. »Du kommst hierher, gibst mir dieses Ding und willst alles darüber wissen, aber du weißt selbst nicht einmal genau, wonach du suchst. Am besten, ich hüpfe auf einem Bein darum herum und rupfe dabei ein lebendes Huhn. Dann noch ein, zwei Zaubersprüche, und schon ist alles klar.«

»Ich kann es auch selbst tun«, sagte Yaegher. »Die Apparate sind alle hier. *So* schwer kann es doch eigentlich nicht sein.«

Martin wurde ein bißchen blaß um die Nase. »Schon gut«, sagte er hastig. »Ich tue, was ich kann. Komm morgen abend wieder.«

»Morgen abend?! Ich hatte eigentlich vor, darauf zu warten.«

»Wenn du ein gutes Buch dabei hast«, grinste Martin. »Oder besser gleich zwei...«

Yaegher lächelte pflichtschuldig zurück, wurde aber sofort wieder ernst. »Es ist wirklich eilig«, sagte er. »Wie schnell kannst du es machen?«

»Wie schnell kann ich *was* machen?« fragte Martin. Aber er wartete Yaeghers Antwort gar nicht erst ab, sondern schlurfte bereits – die Videokassette unter den linken Arm geklemmt, was weder praktisch noch in irgendeiner Weise bequem sein konnte, dachte Yaegher verwirrt – zu einem Regal an der Schmalseite des Raumes. Sowohl das Regal als auch der Tisch, der davor stand, quollen über von elektronischen Apparaturen, Werkzeugen, Einzelteilen und Büchern. Es hatte eine gewisse Ähnlichkeit mit dem Regal in Rugners Arbeitszimmer, sah aber professioneller aus und war es auch.

»Also? Wie lange?« fragte Yaegher.

Als Antwort deutete Martin auf die Fotokopie eines Cartoons, der mit Tesafilm an die Tür geklebt war. Er zeigte eine Hexe auf einem Besen. Darunter stand in fetten Druckbuchstaben: UNMÖGLICHES WIRD SOFORT ERLEDIGT. WUNDER DAUERN ETWAS LÄNGER. Yaegher hatte diesen Spruch noch nie für besonders gut gehalten. Im Moment allerdings fand er ihn einfach nur noch dämlich. Aber er schluckte seinen Ärger hinunter. Martin war im Grunde ein netter Kerl. Ein Preistreiber und Schlitzohr, aber eben ein nettes. Außerdem eines, das ihm schon so manchen Gefallen erwiesen hatte und das in Zukunft sicher auch weiter tun würde.

»Ich habe eine Kleinigkeit im Büro zu erledigen«, sagte er. »Ich bin gleich zurück.«

»Laß dir Zeit«, sagte Martin, während er hinausging. Yaegher knurrte eine Antwort, die Martin nicht einmal dann verstanden hätte, wenn er sich die Mühe gemacht hätte, hinzuhören (was er nicht tat), zog die Tür hinter sich halb zu und trat dann doch noch einmal ein. »Noch eine Kleinigkeit«, sagte er.

Martin sah widerwillig zu ihm auf und schob mit der linken Hand die Kassette in einen Recorder. »Ja?«

»Ich brauche etwas, um Etiketten abzulösen.«

»Etiketten?«

»Etiketten«, bestätigte Yaegher. »Diese kleinen Klebedinger, die überall dranpappen. Vorzugsweise da, wo man sie nicht haben will.«

»Ich bin Ingenieur, kein Chemiker«, sagte Martin. Gleichzeitig zog er eine Schublade an seinem Tisch auf und nahm eine kleine Flasche ohne Etikett heraus. »Versuch das hier. Wenn's nicht klappt, nimm eine Rasierklinge.«

Yaegher nahm die Flasche und steckte sie ein. »Was ist das?«

»Isopropanol«, antwortete Martin. »Paß auf damit. Es ist brennbar.«

Yaegher fuhr mit dem Paternoster nach oben, betrat sein Büro und schloß die Schublade auf, in der er die Videokassette verwahrt hatte, die aus Rugners Recorder stammte. Sie lag noch genauso da, wie er sie hineingelegt hatte, was ihn im allerersten Moment mit einem fast absurden Gefühl der Erleichterung erfüllte. Dann fand er es nur noch absurd, überhaupt nicht mehr erleichternd. Was hatte er eigentlich erwartet? Daß das Band zum Leben erwachen und auf kleinen Plastikbeinchen aus der Schublade wandern würde? Oder daß ihm Zähne wuchsen, mit dem es ihm die Finger abbiß, sobald er den Schreibtisch aufmachte? Lächerlich.

Trotzdem zitterten seine Hände ganz leicht, als er die Kassette aus der Schublade nahm und auf den Tisch legte. Irgend etwas daran machte ihm angst. Es war vollkommen absurd. Es war eine vollkommen normale Videokassette, schwarz und rechteckig, mit zwei kleinen Fenstern aus durchsichtigem Plastik, ohne die winzigste Besonderheit. Trotzdem erfüllte ihn schon ihr bloßer Anblick mit Unbehagen.

Er nahm die Flasche mit Isopropanol, die Martin ihm gegeben hatte, schraubte den Plastikverschluß ab und kramte eine angebrochene Packung Tempo-Taschentücher aus der Schublade. Nachdem er alles beinahe pedantisch neben der Videokassette auf dem Tisch aufgebaut hatte, zog er eine zweite Videokassette aus der Manteltasche. Sie sah anders aus als die, die vor ihm lag. Ebenfalls schwarz, aber auf der Schmalseite und zwischen den beiden Plastikfenstern klebten auffällige Etiketten, die dem Betrachter in aufdringlichen Farben den Filmtitel entgegenschrien: DREAM DEMON. Yaegher hatte insgesamt ein halbes Dutzend Videotheken abgeklappert, nachdem er Evelin in ihre Pension zurückgebracht hatte, ehe es ihm endlich gelungen war, eine Kopie dieses Films aufzutreiben.

Und als beinahe noch schwieriger hatte es sich erwiesen, den

Film zu *bekommen*, ohne gleich Mitglied in irgendeinem Videoclub zu werden. Schließlich hatte er eine Kaution hinterlegt, die den Wert des Films um mindestens das Doppelte überstieg. Eine *verlorene* Kaution, wohlgemerkt, denn Yaegher hatte keinesfalls vor, den Film zurückzubringen. *Das* hatte er dem Mann in der Videothek allerdings nicht gesagt.

Er verscheuchte den Gedanken und machte sich an die Arbeit. Durchdringender Chemikaliengeruch begann sich in dem kleinen Büro auszubreiten, als er eines der Papiertaschentücher mit Isopropanol tränkte und damit über die Kassette fuhr. Es ging, aber es ging sehr viel schlechter, als er gehofft hatte. Das Etikett löste sich in kleinen Fetzchen ab, aber auf der Kassette blieb ein milchiger Fleck zurück, der klebrige Fäden zog, als er ihn mit den Fingern berührte.

Yaegher arbeitete verbissen weiter. Es dauerte fast eine halbe Stunde, und am Schluß stank sein Büro wie ein ganzes Chemielabor, aber schließlich hielt er eine Videokassette in Händen, die so jungfräulich aussah, als käme sie geradewegs aus der Fabrik. Er begutachtete sein Werk ein letztes Mal, dann legte er das Band in die Schublade, schloß sie ab und verstaute Rugners Kassette in seiner rechten Manteltasche, wo er bisher die Leihkassette gehabt hatte. Er spürte bei dem Gefühl, etwas Unerlaubtes zu tun, ein sonderbares Kribbeln, fast so etwas wie eine verbotene Freude. Es war ein sehr angenehmes Gefühl, vor dem er zugleich aber auch zurückschrak. Egal wie winzig er war, für einen winzigen Moment *hatte* er einen Schritt über die Grenze gemacht und war ins andere Lager übergewechselt, in das, das er bisher sein Leben lang bekämpft hatte.

Er verscheuchte auch diesen Gedanken, sah sich noch einmal prüfend um, ob er auch ja keine Spuren hinterlassen und nichts vergessen hatte, und schloß die Kassette, die er mitgebracht hatte, in der Schublade ein. Dann verließ er sein Büro und trat in den Aufzug, um wieder zu Martin hinunterzufahren. Wahrscheinlich kam er zu früh und würde sich nur einen Anranzer einhandeln, aber aus irgendeinem Grund war es ihm plötzlich unangenehm, allein zu sein. Das Gefühl war nicht sehr intensiv; er war sich seines Vorhandenseins nicht einmal bewußt, und wäre er es gewesen, so hätte er darüber höchstens den Kopf geschüttelt. Sicher hätte er es lächerlich gefunden, er war schließlich ein erwachsener Mann, der sich nicht vor der Dunkelheit oder leerstehenden Gebäuden fürchtete. Aber es war da, und es war intensiv genug, sein Tun zu beeinflussen. Immer noch besser die Gesellschaft von Martin, selbst wenn er schlecht gelaunt war, als *niemandes* Gesellschaft.

Der Paternoster glitt langsam in die Tiefe. Die Etagen und der schmuddelige graue Beton der Zwischenböden glitten vorbei, ein Wechsel von schmalen düsteren und noch schmaleren dunklen Rechtecken, der etwas Hypnotisches zu haben schien, drei, vier, fünf... acht...

Acht?

Yaegher sah mit einem Ruck hoch. So viele Etagen *hatte* das Gebäude gar nicht! Verwirrt beobachtete er das Vorübergleiten der neunten (gar nicht vorhandenen) Zwischendecke und fragte sich, ob er sich einfach verzählt hatte oder für einen Moment eingeschlafen war; beides schien ihm gleich unwahrscheinlich, aber trotzdem möglich. Aber dieser Etage folgte noch eine, und noch eine und noch eine, und das konnte nun beim besten Willen nicht sein! Aus seinem Unwohlsein wurde Furcht, die er sich zuvor nicht hatte eingestehen wollen, die aber seine Hände zittern ließ. Er wartete, bis die nächste Zwischendecke vorübergeglitten war, zog den Kopf ein und sprang fast einen Meter tief aus der Kabine des Paternosters auf den Gang hinab. Auf dem glatten Linoleum wäre er um ein Haar ausgeglitten. Er fand im letzten Moment Halt an der Wand, ärgerte sich über seine Ungeschicklichkeit und sah sich um.

Er befand sich im Keller des Präsidiums. Zur Rechten erstreckte sich der nur notdürftig erhellte Gang, der zum Archiv und zu der Registratur führte. Nur jede zweite oder dritte Lampe brannte, und auf dem Boden lag Staub. Die Luft war trocken und verbraucht, und es war sehr still.

Zu still. Der Staub war *zu* dick, und der Modergeruch ein wenig *zu* intensiv. Er kam selten hierher. Seit die Computer Einzug in die Verwaltung gehalten hatten, kam überhaupt selten jemand hierher; manchmal vergingen ein oder zwei Tage, in denen niemand das Archiv betrat. Aber der Gang vor ihm sah aus, als wäre seit Jahren niemand mehr hiergewesen. Was zum Teufel...?

Dann fiel ihm die Stille auf.

Es war nicht etwa so, als wäre es einfach nur ruhig.

Es war ... irgendwie anders. Ein Schweigen, das irgendwie ... Substanz zu haben schien, eine böse, dräuende Substanz, ein Gefühl, als bewege er sich durch einen unsichtbaren Nebel, der alle Geräusche dämpfte, bis sie schließlich gar nicht mehr da waren, trotzdem aber keine Stille zurückließ, sondern ... eben etwas anderes.

Yaegher drehte sich einmal im Kreis, wobei er sich sehr aufmerksam umsah. Der Keller schien wie immer, aber er *schien* eben nur so. Etwas war anders. Anders als sonst. Er konnte nicht sagen, was es war, denn es war keine Veränderung im Detail, nichts, was eine andere Form oder Farbe angenommen hätte, nichts, was fehlte oder nicht hätte da sein sollen, sondern etwas wie ... eine Veränderung der Dinge im ganzen, als wäre die Wirklichkeit ein winziges bißchen mehr in die Richtung gerückt, in der die Alpträume und der Wahnsinn wohnen. Aber es war kein Alptraum, und er war auch nicht verrückt.

Vielleicht war das von allem das Unheimlichste. So irreal ihm seine Situation auch vorkam, so erlebte er sie doch vollkommen klar. Es war nicht so wie am Vormittag, als er oben in seinem Büro den Film eingelegt und für ein paar Augenblicke jeden Bezug zur Realität verloren hatte, nachdem er sich in der Alptraumwelt des Horrorfilms wiederfand. Yaegher hatte zweimal in seinem bisherigen Leben Halluzinationen gehabt: das eine Mal vor drei Jahren, als er nach einem schweren Verkehrsunfall zwei Tage im Koma gelegen und erst hinterher erfahren hatte, daß es den größten Teil dieser achtundvierzig Stunden gar nicht gut um ihn gestanden hatte. Genaugenommen hatte ihn die Hälfte der Ärzte bereits aufgegeben, und die, die weiter um sein Leben kämpften, hatten diesen Kampf eher als wissenschaftliche Herausforderung betrachtet und nicht als etwas, das sie für ihn taten.

Er hatte es überlebt, aber die beiden Tage, die er bewußtlos und an einen ganzen Maschinenpark angeschlossen im Krankenhausbett verbracht hatte, waren nicht *leer* gewesen; ganz und gar nicht. Er hatte Visionen gehabt, Halluzinationen von solch schrecklicher Art, daß er sich hinterher kaum mehr daran erinnerte, weil er das nicht *wollte* und weil etwas in ihm spürte, daß er den Verstand verlieren oder vielleicht sogar sterben würde, wenn er es trotzdem tat. Die Blockade war so total, daß er sich später nicht einmal mehr in seinen Alpträumen an diese entsetzlichen achtundvierzig Stunden erinnerte.

An das zweite Mal, das eigentlich das erste Mal gewesen war, erinnerte er sich sehr wohl. Er war noch zur Schule gegangen damals und gerade zwölf Jahre alt, und es war das erste und einzige Mal in seinem Leben gewesen, daß er Drogen genommen hatte. An einen Joint zu kommen war damals ungefähr so schwer wie es heute für einen Zwölfjährigen kompliziert war, eine Pakkung Zigaretten zu ziehen. Das Problem in Yaeghers Schule war eher gewesen, *nicht* zu kiffen. Das Zeug wurde den Schülern auf dem Klo angeboten, in den Pausen und manchmal sogar während der Unterrichtsstunden. Er hatte sich lange geweigert, Hasch zu probieren, aber eines Tages hatte er es dann eben doch getan.

Oder auch nicht. Was immer es war, was er da für den (für ihn damals stolzen) Betrag von fünf Mark von einem Schüler aus der Parallelklasse erworben hatte, *Marihuana* war es jedenfalls nicht gewesen. Er hatte das Zeug auf dem Heimweg probiert (natürlich hatte er nicht den Mut gehabt, seiner Mutter mit einer *Haschischzigarette* unter die Augen zu kommen) und sich nach zwei oder drei Zügen in einer Realität wiedergefunden, die er vorher nicht gekannt hatte und die näher kennenzulernen er auch um nichts in der Welt beabsichtigte. Alle Farben waren anders gewesen, alle Geräusche furchteinflößend, und die Umrisse der Dinge hatten begonnen, sich zu verzerren; es war furchtbar gewesen, ohne daß er es in Worte fassen konnte. In den Gesichtern der Menschen, die ihm begegneten, hatte ein unsagbarer Schrecken gelegen, Horror vom Feinsten, für den George Romero oder Stephen Spielberg eine glatte Million hingeblättert hätten, hätten sie ihn auch nur eine Sekunde auf Zelluloid bannen können. Er hatte sich nach zwei Stunden wimmernd und völlig desorientiert in einer Straße wiedergefunden, in der er nie zuvor gewesen war, und ohne sich erinnern zu können, wie er dorthin gekommen war oder warum.

Inzwischen wußte er natürlich, was geschehen war. Was man ihm verkauft hatte, war vermutlich Heroin oder Opium gewesen, und natürlich hatte es in seinem Nervensystem, da er zuvor noch nicht mal Nikotin oder Alkohol oder irgendeine andere Droge genommen hatte, wie eine taktische Atomwaffe gewirkt. So etwas war damals durchaus üblich gewesen, und so absurd es klang, Yaegher war jenem unbekannten Dealer, der seinem Mitschüler damals den verschnittenen Joint untergeschoben hatte, zutiefst dankbar, denn er hatte seither niemals wieder auch nur mit dem Gedanken gespielt, einen Joint anzurühren.

Aber was er jetzt erlebte, das hatte nichts mit diesen beiden Erfahrungen – drei, wenn er die von heute morgen mitzählte – zu tun. Es war ein vollkommen absurdes Gefühl. Er spürte, nein, er *wußte*, daß das, was er sah, nicht die Realität sein konnte. Nichts von alledem, was er erlebte, geschah wirklich. Er war weder mit dem Aufzug fünf oder auch mehr Etagen tief in einen Keller hinuntergefahren, der gar nicht existierte, noch hatte sich der Gang zur Registratur auf so unheimliche Weise verändert. Es war eine Halluzination, mehr nicht.

Das Verrückte war nur, daß ihm dieses Wissen nicht half.

Yaegher hatte genug einschlägige Romane gelesen, um zu wissen, daß es schon reichte, sich dessen bewußt zu werden, daß man nur träumte, um aus diesem Traum aufzuwachen. Das Dumme war nur, daß die Autoren dieser Bücher anscheinend niemals einen Traum wie *diesen* gehabt hatten. Er wachte nicht auf, und weder das unheimliche Schweigen noch das nicht in Worte zu fassende Fremde, das den Gang erfüllte, wichen zurück.

Nun, wenn es ihm nicht gelang, aus diesem verrückten Alptraum zu erwachen, dann konnte er ebensogut versuchen, ihn zu erforschen. Ihm war zwar nicht sehr wohl bei dem Gedanken, aber die Vorstellung, einfach stehenzubleiben und darauf zu warten, daß etwas geschah, war ihm noch unangenehmer.

Zögernd löste er sich von seinem Platz vor dem Aufzug und ging auf die Tür zur Registratur zu. Ein intensiver Geruch nach trockenem Staub und altem Papier schlug ihm entgegen, als er sie öffnete. Der Raum dahinter war dunkel; natürlich, er war fensterlos. Yaegher griff automatisch nach links, tastete nach dem altmodischen Drehschalter –

– und zog die Hand so hastig wieder zurück, als hätte er eine rotglühende Herdplatte berührt. Doch nichts dergleichen. Er hatte Plastik berührt, wie er es erwartet hatte, und der Schalter war so altmodisch, wie er sein sollte, aber es war ein Kippschalter. Keiner dieser uralten, wuchtigen Knöpfe, die man mit so großem Kraftaufwand drehen mußte, daß sie meistens um eine Stellung zu weit sprangen und das Licht genauso rasch wieder erlischt, wie es angegangen ist.

Nicht nur der Schalter hatte sich verändert. Es war zwar völlig dunkel hier drinnen, aber die offenstehende Tür hinter ihm spendete genug Licht, daß er die nächsten zwei oder drei Schritte zumindest erahnen konnte. Wo der rissige Betonfußboden des Archivs sein sollte, entdeckte Yaegher jetzt die ersten Stufen einer steil nach unten führenden Treppe. Ausgetretener Beton, dessen Konturen in der Dunkelheit darunter zu verschwimmen begannen, wie eine Treppe, die in einen bodenlosen, finsteren See hinabführte. Einen See, in dem irgend etwas lauerte.

Unsinn! dachte er verwirrt und erschrocken und ärgerlich auf sich selbst. Es gab ja keine Treppe. Es gab (*das geschah nicht wirklich. Es war –*) keinen Raum mehr unter der Registratur, so wenig, wie es neben der Tür einen Kippschalter gab. Es war (*Teil des Films!*) nicht die Registratur.

Völlig verstört und von einem Gefühl erfüllt, das er, da ihm keine passendere Bezeichnung einfiel, als Angst einstufte (*es war keine. Es war etwas Schlimmeres!*), drehte er den Kopf, warf einen Blick über die Schulter zurück und stellte ohne echte Überraschung fest, daß er ganz genau das sah, was er erwartet hatte: den Gang, der zur Registratur führte. An seinem Ende bewegte sich der Paternoster, und er konnte seine eigenen Fußspuren im Staub auf dem Boden erkennen. Die unheimliche Veränderung, die die Wirklichkeit erlebt hatte, beschränkte sich auf den Bereich hinter der Tür, die jetzt nicht mehr im übertragenen, sondern im wortwörtlichen Sinne in eine andere Welt führte –

– nicht mehr in die der Akten und Zahlen und papiergewordenen Schicksale, sondern die des *(Videofilms)* Wahnsinns.

Er streckte die Hand zum zweiten Mal nach dem Lichtschalter aus, und diesmal betätigte er ihn. Ein leises Klicken erscholl, aber erst nach einer Verzögerung von einer Sekunde glomm unter der Decke, die im übrigen viel zu niedrig über seinem Kopf hing, eine von Fliegendreck übersähte Glühbirne an einem nackten Draht auf. Nach der fast völligen Dunkelheit zuvor kam ihm das Licht im ersten Moment sehr grell vor, aber in Wirklichkeit reichte es kaum aus, auch nur genau zu erkennen, wohin diese Treppe führte.

Nicht, daß das nötig gewesen wäre.

Er wußte es. Er hatte es schon gewußt, bevor er das Licht eingeschaltet hatte.

Die Treppe, die viel zu lang für eine normale Treppe war, dafür aber auch zu schmal und zu steil, führte in einen winzigen Kellerraum, von dem zwei weitere Türen abgingen. Rechter Hand stand eine hölzerne Kiste. Yaegher wußte nicht, was sie enthielt, aber er wußte, was auf ihr saß: eine Puppe mit strohblondem Haar und einem geborstenen, bleichen Porzellangesicht. *Ich erlebe das nicht wirklich*, dachte er, *das ist nicht wahr. Ich –*

Ein unsichtbarer Sturmwind fuhr durch sein Bewußtsein und wirbelte den Gedanken davon. Für einen Moment schwindelte ihm. Er tastete haltsuchend mit der Hand neben sich und fühlte glattes, kaltes Metall, das Metall eines Aktenregals, wo seine Augen die abblätternde Farbe des Treppenhauses sahen. *Etwas* geschah. Für einen zeitlosen Moment schien sich die Welt vor seinen Augen zu verbiegen, als betrachte er sie durch einen Zerrspiegel, und für einen noch kürzeren Moment sah er *zwei* Wirklichkeiten, die gleichzeitig irgendwie über- und ineinandergeschoben waren, ohne daß die eine der anderen schadete oder ihr ihren Platz streitig machte. Vor ihm lag der Betonfußboden des Aktenkellers, zugleich war da aber auch die Treppe, und als er beinahe gegen seinen Willen, zumindest aber ohne sein direktes Zutun, einen Schritt machte, spürte er den unüberwindbaren Widerstand des Betons; aber zugleich *sah* er auch, wie sein Fuß sich auf die nächste Treppenstufe hinabsenkte, und er *spürte* es.

Etwas in seinem Gehirn rebellierte, schlug für einen Moment die wildesten Kapriolen und schaltete dann einfach ab. Sein Bewußtsein war nicht dafür geschaffen, zwei Wirklichkeiten gleichzeitig wahrzunehmen und zu verarbeiten, und es sortierte einfach eine davon aus. Die Registratur verschwand endgültig, und er fand sich auf der Kellertreppe wieder. Wie in Trance stolperte er die ausgetretenen Stufen hinab, blieb an ihrem Ende stehen und sah sich unschlüssig um. Etwas fehlte.

Als er begriff, was es war, fuhr er sich verwirrt mit der Hand über das Gesicht, eine Bewegung, die er nicht einmal wahrnahm, die aber wohl nötig war in diesem Moment, denn wenn schon nichts anderes mehr, so hatte doch zumindest sein eigener Körper noch Substanz und war so etwas wie Wirklichkeit. Was jetzt auf einmal fehlte, war nichts von *hier*. Es war etwas *in* ihm. Etwas sehr Sonderbares war geschehen: Im gleichen Moment, in dem sich sein Bewußtsein entschieden hatte, nur noch die Wirklichkeit wahrzunehmen, die die *falsche* Wirklichkeit war, hatte er trotzdem mit großer Klarheit begriffen, daß er nichts von alledem hier wirklich erlebte. Es war eine Illusion; Teil einer auf Zelluloid und anschließend auf Magnetband gebannten Realität, die den Weg zurückgegangen und wieder zu dem geworden war, woraus sie geboren war: zu einem Alptraum. Er kannte sogar seinen Namen.

Mit dieser Erkenntnis war auch seine Angst verschwunden; vielleicht, weil es gar nicht die Furcht vor dem gewesen war, was er sah und erlebte, sondern die viel tiefer sitzende Angst davor, den Verstand zu verlieren. Er wußte jetzt, daß er eine Halluzination hatte, und es spielte im Grunde gar keine Rolle mehr, warum er sie hatte; und sei es auch nur, weil er diese Frage im Moment ohnehin nicht beantworten konnte. Statt dessen verspürte Yaegher plötzlich eine fast wissenschaftliche Neugier.

Langsam – aber jetzt nicht mehr aus Unsicherheit, sondern aus purer Vorsicht – streckte er die Hand nach der Tür auf der rechten Seite aus und öffnete sie.

Dahinter lag ein kurzer, von unheimlichem, merkwürdig krank aussehendem Licht erfüllter Gang, der zu einer zweiten viel steileren Treppe führte. Yaegher näherte sich ihr, vorsichtig und mit einem Teil seines Bewußtseins mit der Frage beschäftigt, welche Verrücktheiten ihm seine amoklaufende Phantasie wohl als nächstes präsentieren würde, beugte er sich behutsam vor und blickte in eine Tiefe, die niemals einen Grund besessen hatte. Die Treppe führte in einer endlosen Hintereinanderreihung ungleicher Stufen in die Unendlichkeit. Vielleicht hörte sie auch irgendwo auf oder führte irgendwohin, aber wenn, dann geschah das in einer Entfernung, die nicht mehr wahrzunehmen war. Da ihm bisher nichts zugestoßen war, begann er mutiger zu werden. Entschlossen legte er die Hand auf das eiserne Treppengeländer und setzte den Fuß auf die erste Stufe, und im Bruchteil eines Augenblicks war die Treppe verschwunden, und Yaegher fand sich in einem ungeheuerlichen Dom aus erstarrter Schwärze wieder. Die saugende Leere, die gerade noch unter ihm gewesen war, bildete ein schwarzes Firmament über ihm.

Trotzdem war es nicht völlig dunkel. Ein blasser, rötlicher Lichtschein kam von irgendwoher und trieb in Schwaden wie leuchtende Schlieren in Wasser durch die Schwärze, und da war ein Luftzug, der unregelmäßig seine Wange streichelte, er war sehr unangenehm. Ganz langsam drehte er sich einmal um seine Achse (jedenfalls wollte er das, aber es gab nichts, woran sein Blick Halt gefunden hätte, und irgend etwas sagte ihm, daß er seinen normalen Sinnen in dieser irrealen Welt besser nicht mehr so vorbehaltlos trauen sollte wie bisher), entdeckte nichts und drehte sich noch einmal herum, und als er auch die zweite Drehung fast vollendet hatte, sah er schließlich die Tür.

Sie war wieder da: ein rechteckiges, rotes Loch in der Schwärze irgendwo über ihm und so weit entfernt, daß sie nicht größer zu sein schien als eine Briefmarke. Etwas bewegte sich darin, ohne daß er genau sagen konnte, was es war oder ob es überhaupt da war. Vielleicht eine Gestalt, aber wenn, dann war es eine, die so falsch war wie alles hier. Ihre Konturen stimmten nicht. Sie bewegten sich, ohne daß sich die Gestalt selbst bewegt hätte. Nein, das stimmte nicht. Sie *bewegten* sich nicht, sie *waberten*. Es war, als betrachte er die Umrisse eines Menschen durch einen Schleier aus unruhigem Wasser.

Plötzlich glaubte er eine Stimme zu hören. Wie die Gestalt dort oben in der Tür (der sie wahrscheinlich gehörte), war sie so weit entfernt, daß er sie viel mehr erahnte, als wirklich hörte, geschweige denn verstand. Er lauschte, spürte das Geräusch zum zweiten Mal und spürte auch etwas Vertrautes darin. Allmählich begann diese verrückte Vision interessant zu werden.

Yaegher machte einen Schritt auf die Tür zu, und im gleichen Moment bewegte auch die sich und rollte eine Leporello-Zunge aus geometrischem Licht und Schattenbereichen aus, wie ein steinerner Gekko, der nach einer Fliege schnappte. Yaegher blieb unwillkürlich wieder stehen, und vielleicht war das auch gut so, denn die Treppe erreichte den Boden genau dort, wo er gestanden hätte, wäre er weitergegangen. Sie berührte ihn nicht lautlos, sondern mit einem lang nachhallenden, heiseren Dröhnen und

Knirschen, das ihn schaudernd ein größeres Stück zurückweichen ließ, als er gerade gegangen war. Er hatte noch immer keine Angst, denn er wußte noch immer mit unerschütterlicher Sicherheit, daß er nichts von dem hier erlebte, daß nichts von dem hier wirklich *war*, und was nicht existierte, das konnte ihm auch nicht schaden.

Jedenfalls glaubte er das noch. Genauer gesagt: Er *befahl* sich, das zu glauben.

Wieder drang der Klang der Stimme in die eiserne Stille, und diesmal war sie näher und laut genug, daß er sie verstehen konnte. Sie rief ein einzelnes Wort.

Sie rief seinen Namen.

Yaegher schauderte. Plötzlich war ihm kalt, und zum ersten Mal, seit er begriffen hatte, daß es nur eine Halluzination war, begann er wieder Beunruhigung zu fühlen; noch keine wirkliche Angst, aber die Vorstufe davon. Was sagte ihm eigentlich, daß er *nicht* in Gefahr war?

Sein Blick hüpfte mit kleinen eckigen Sprüngen die Treppe hinauf, suchte die Tür und blieb auf halber Strecke an der Gestalt hängen, die daraus hervorgetreten war und sich ihm näherte; zum ersten Mal hatte er etwas, was als Vergleichsmaßstab herhalten konnte: ihre Fußspuren. Abdrücke aus Feuer, die die Stufen herabführten und von denen manchmal eine übersprang. Daß die Gestalt eine brennende Spur hinter sich herzog, war logisch, denn auch sie stand in Flammen. Was er für das Wabern von Wasser gehalten hatte, war hitzekochende Luft, die den Mann umgab, während er eine Schleppe aus Feuer hinter sich herzog.

»Yaegher...«

Diesmal verstand er seinen Namen ganz deutlich, und diesmal war die Angst real, die er dabei empfand. Er stolperte rücklings davon, ohne den brennenden Mann auch nur eine Sekunde dabei aus den Augen zu lassen, aber der kam trotzdem näher, denn obwohl er nicht rannte, bewegte er sich doch sehr schnell. Und auf eine völlig irrwitzige Art: Manchmal übersprang er ein paar Stufen, fünf oder sechs, verschwand dann wieder und tauchte noch in derselben Sekunde ein gutes Stück näher wieder auf, ein lodernder Schemen, der da war, noch bevor das grünumrandete Nachbild auf Yaeghers Netzhäuten, dort, wo es gerade noch gestanden hatte, Zeit fand, völlig zu verblassen.

Aus Yaeghers Angst wurde Panik. Er schrie auf, fuhr herum und rannte los, so schnell er konnte – und versuchte mit aller Macht, mitten in der Bewegung anzuhalten und sich nach hinten zu werfen.

Vor ihm war kein fester Boden mehr. So plötzlich wie die Tür und die Treppe hatte sich ein gewaltiger kreisrunder Schacht vor ihm aufgetan, ein gewaltiger Abgrund, von rot-orangefarbenem, flammendem Licht und kaltem Feuer erfüllt, das wie mit hunderttausend winzigen, gierigen Händen nach ihm griff. Seine Ränder waren wulstig und aufgeworfen, eine glitzernde, zuckende Masse, einer gewaltigen Wunde gleich, die Feuer blutete, als befände er sich nicht mehr in den Tiefen der Erde, sondern im Inneren eines ungeheuerlichen Lebewesens. Irgend etwas war dort unten. Etwas, das er nicht sehen oder hören, nicht berühren oder riechen konnte, dafür aber um so deutlicher *fühlen*. Etwas Gewaltiges. Etwas unsagbar Altes und Böses.

Und es kam herauf.

Von nackter Panik erfüllt fuhr Yaegher herum und starrte dem brennenden Mann entgegen, der mittlerweile den Fuß der Treppe erreicht hatte. Er ging nicht mehr langsam, sondern rannte, so daß die Flammen hinter ihm her wehten wie ein orangefarbener Mantel, von dem sich immer wieder große Fetzen lösten, um in der Schwärze zu verglühen. Die unheimliche Erscheinung jedoch, die ihre Fortbewegung auf der Treppe gehabt hatte, schien sich nun ins Gegenteil zu verkehren: obwohl sie mit vorgestreckten Schultern und heftig arbeitenden Armen auf ihn zustürmte, schien sie kaum von der Stelle zu kommen.

Trotzdem konnte es nur noch Augenblicke dauern, bis sie ihn erreichte.

Yaeghers Gedanken arbeiteten in Panik, trotzdem aber auf Hochtouren. Er hatte die Wahl, dem brennenden Mann zu begegnen oder in diesen entsetzlichen Abgrund hinabzustürzen. Sonst blieb ihm nichts. Es gab keine Flucht. Es war sinnlos, wegzulaufen, weil es nichts gab, wohin er hätte laufen können.

Ein greller Schmerz schoß durch sein rechtes Bein und wie eine glühende Speerspitze bis in das Knie. Yaegher schrie auf, sah an sich hinab und erkannte voller Entsetzen, daß die Flammen weiter aus dem Schacht herausgekrochen waren und ihn erreicht hatten.

Das Feuer strahlte keine Hitze aus, aber es *war* heiß. Heiß wie die Hölle. Er torkelte einen Schritt zur Seite, fiel auf ein Knie, als er das verletzte Bein belastete und dieses unter seinem Körpergewicht einfach nachgab, und kroch auf Händen und Knien hastig weiter, bis er eine sichere Entfernung zwischen sich und das Feuer gebracht hatte. Stöhnend betastete er sein Bein. Die Hose war versengt und zerfiel unter seinen Fingern zu grauem Staub, das Fleisch darunter war rot und angeschwollen, und der Schmerz wurde mit jeder Sekunde schlimmer und unerträglicher und arbeitete sich pochend bis in den Oberschenkel und bis in die Hüfte hinauf, und er machte auch dort noch nicht halt.

(Nicht wahr! Das war alles nicht wahr! Es war –) Der brennende Mann kam näher. Aus Augen, in die der Schmerz Tränen getrieben hatte, sah Yaegher ihn auf sich zustürmen, und (*nur eine Illusion*) er konnte jetzt erkennen, daß nicht nur seine Kleider und sein Haar in Brand standen, sondern (*Er mußte aufwachen! Das geschah nicht wirklich! Aber er –*) auch das Fleisch seines Gesichtes und der Hände. Er war jetzt nahe, schrecklich nahe. Seine Hände waren vorgestreckt (*– er würde trotzdem sterben, wenn –*) um nach ihm zu greifen, und Yaegher wußte, daß seine Berührung Schmerz und Tod brachte. Er versuchte aufzustehen. Sein Bein durchschossen Schmerzen, und es rächte sich mit einer weißglühenden Speerspitze, die bis in seinen Nacken hinauf stach, aber irgendwie ging es. Humpelnd und wimmernd vor Schmerz wankte er davon, aber der brennende Mann war schneller, bewegte sich in seiner absurd zeitlupenhaften Art weiter auf ihn zu und hob die Hände höher, (*– er in dieser Illusion starb, denn sie war zu perfekt, der Tod, den sie brachte –*) und sein verbrannter Mund, nichts als ein Loch in der schwarzen, brodelnden Masse seines Gesichtes, schrie immer wieder seinen Namen (*– war endgültig*).

Yaegher taumelte weiter, prallte gegen ein Hindernis, das er nicht sehen konnte und das auch nicht da war, stürzte, und irgend etwas fiel schwer und staubig und mit einem trockenen Rascheln auf ihn (*Aufwachen! Er mußte aufwachen!*).

»Yaegher!« Der brennende Mann hatte ihn erreicht. Wie ein Dämon in einem Gewand aus Flammen stand er über ihm, sein Gesicht kochte, eine blasenwerfende zähe schwarze Masse, aus der geronnene Augen mitleidlos auf ihn herabsahen. Yaegher kreischte vor Angst und Entsetzen auf, riß die Hände schützend vor das Gesicht und versuchte, rückwärts davonzukriechen, aber er kam nicht von der Stelle. Der brennende Mann beugte sich vor, und seine Hände, die einen qualvollen Tod versprachen, griffen nach Yaeghers Gesicht, Yaegher schrie und warf sich herum und zurück, die lodernden Hände des Dämons umfaßten seine Unterarme und bogen sie ohne sichtliche Mühe zur Seite, und auf die gleiche mühelose Weise riß Martin ihn auf die Füße und schüttelte ihn drei- oder viermal hintereinander und so heftig, daß Yaeghers Zähne klappernd aufeinanderschlugen.

»Was zum Teufel ist mit dir los?« fragte er. Zornig, aber auch hörbar besorgt, erschrocken.

Yaegher starrte ihn an. Es war ein plötzliches Erwachen gewesen, kein Hinübergleiten aus einer Wirklichkeit in die andere, da war nicht das Gefühl, eine Illusion oder einen Traum erlebt zu haben. Der schwarze Dom, die Treppe und der Höllenschacht waren ebenso verschwunden wie die brennende Gestalt, und vor ihm stand Martin, dessen Gesicht aufgehört hatte zu brennen und dessen Stimme ihm jetzt wieder vertraut war.

»Was hast du?« fragte er noch einmal.

Yaegher versuchte instinktiv, seine Arme aus Martins Griff zu lösen, aber der hünenhafte Ingenieur ließ das erst zu, nachdem er sich mit einem sehr langen, sehr mißtrauischen Blick in Yaeghers Augen davon überzeugt hatte, daß der zumindest halbwegs wieder bei Sinnen war.

Yaegher taumelte zurück, prallte gegen einen gleichzeitig harten wie nachgiebigen Widerstand und registrierte mit einer Mischung aus Verblüffung und Entsetzen, daß er sich tatsächlich in der Registratur befand. Kaltes Neonlicht erfüllte den großen Raum, und der Weg, den er bis hierher genommen hatte, ein irres, willkürliches Zickzack hin und her, war deutlich zu erkennen: Überall waren Akten und Ordner und Mappen aus den Regalen gerissen und zu Boden geschleudert worden, einige waren aufgeplatzt, so daß sich ihr Inhalt in weitem Umkreis verteilt hatte, eines der schweren, eisernen Aktenregale war zur Seite und gegen ein anderes gekippt; ein reines Wunder, daß nicht auch dies und danach alle anderen in der Reihe wie große Dominosteine umgestürzt waren.

»Was ist los mit dir?« fragte Martin zum dritten Mal. Er war jetzt kaum mehr besorgt, sondern nur noch verwirrt und hörbar zornig.

»Ich wollte, ich wüßte es«, flüsterte Yaegher.

»Wie?«

»Nichts«, sagte Yaegher hastig. Er hob die Hände, betrachtete eine Sekunde lang seine Finger, als müsse er sich davon überzeugen, daß sie noch vollständig und wirklich da waren, schüttelte den Kopf und sagte noch einmal und sehr leise: »Nichts. Ich ... muß irgendwie die Orientierung verloren haben.«

»Die Orientierung verloren?!« Martin riß verblüfft die Augen auf. »Was um alles in der Welt soll das heißen?« Er machte eine weitausholende Geste. »Was hattest du vor? Hier unten einen Krieg anzufangen?«

»Ich ... ich weiß es nicht«, gestand Yaegher. Er sprach ganz leise, und er hörte selbst, wie hilflos er klang.

Martin hörte es auch, denn der Zorn und die Verwirrung in seinem Gesicht erloschen von einer Sekunde auf die andere und machten einem Ausdruck tiefer Sorge Platz.

»Was ist passiert?« flüsterte Yaegher. »Ich ... weiß nicht einmal, wie ich hierhergekommen bin.«

»Ich habe dich schreien hören«, sagte Martin. Wieder deutete er auf das Chaos, das Yaegher angerichtet hatte. »Was ist los mit dir? Hast du irgendein schlechtes Zeug genommen? Du hattest verdammtes Glück, daß ich dich überhaupt gefunden habe.«

»Gefunden?« wiederholte Yaegher hilflos.

Martin nickte sehr heftig. »Ich war oben in deinem Büro, um nach dir zu suchen. Um ein Haar wäre ich nach Hause gefahren. Aber dann habe ich etwas gehört und bin doch noch einmal heruntergekommen.« Er schüttelte den Kopf. »Wenn das ein Scherz sein sollte, dann hast du deinen Spaß hoffentlich gehabt. Und jetzt sag mir die Wahrheit: Was war los?«

»Ich weiß es nicht«, sagte Yaegher. »Ich ... ich muß ...« Er hob die Hand an den Kopf und versuchte zu lächeln. »Ich muß für ein paar Minuten irgendwie weggetreten sein.«

»Weggetreten würde ich das nicht unbedingt nennen«, antwortete Martin. Er lächelte jetzt ebenfalls, aber es wirkte ebensowenig überzeugend wie das Lächeln von Yaegher. »Du hast getobt wie ein Wahnsinniger, als ich hereinkam. Ich hatte meine liebe Mühe, dich zu beruhigen.«

Und das wollte etwas heißen, denn Martin Clemm war der mit Abstand stärkste Mensch, den Yaegher kannte. Er hatte einmal, ein einziges Mal nur, den Fehler begangen, sich in der Turnhalle auf eine freundschaftliche Balgerei mit ihm einzulassen. Es hatte gute vier Wochen gedauert, bis die letzten blauen Flecken verschwunden waren.

»Ich weiß nicht, wie ich hierherkomme. Ich weiß nicht, was los war. Ich ... Oh, verdammt –«

Martin nickte. »Das kann man laut sagen«, sagte er. Plötzlich grinste er. »Schade, daß ich nicht dabeisein kann, wenn du versuchst, *das hier* zu erklären. Sie werden vier Wochen brauchen, um das Durcheinander wieder zu beseitigen.«

Es gab nicht viel, was Yaegher darauf hätte sagen können. Sein Blick glitt langsam durch den Raum, und er sah immer deutlicher die Spuren der Verwüstung, die er angerichtet hatte.

»Bist du wieder okay?« erkundigte sich Martin. »Ich kann dich nach Hause fahren, wenn du das möchtest. Oder zu einem Arzt.«

Yaeghers Kopfschütteln war ein bißchen zu heftig. Das merkte selbst er. Er zwang sich zu einem Lächeln und sagte: »Das ist nicht nötig. Ich bin wieder ganz da. Aber vielleicht hast du recht, und ich sollte wirklich ...«

»... aufhören zu kiffen?« fragte Martin mit einem Grinsen.

»... morgen früh zum Arzt gehen«, fuhr Yaegher unbeirrt fort.

»Hattest du so etwas schon öfter?« fragte Martin.

»Nein«, antwortete Yaegher. »Jedenfalls erinnere ich mich nicht.«

Eine halbe Sekunde lang war Martin sichtlich verwirrt, dann lachte er, und nach einer weiteren Sekunde stimmte auch Yaegher in dieses Lachen ein, und irgendwie löste es die Spannung, obwohl es nicht echt war.

Sie verließen die Registratur. Yaegher löschte entschlossen das Licht, so daß sich ein Schleier aus barmherziger Dunkelheit über die Verheerung ausbreitete, die er hinterlassen hatte, schloß sorgsam die Tür und wandte sich mit einem fragenden Blick an Martin. »Hast du dir die Kassette angesehen?«

Martin fuhr ganz leicht zusammen. Die Bewegung, mit der er in die Manteltasche griff und die Videokassette hervorzog, verriet Yaegher, daß er den eigentlichen Grund seines Hierseins vergessen gehabt hatte. »Ja«, antwortete er. »Du hast recht.«

Yaegher griff automatisch nach der Kassette. »Recht?«

»Es ist irgend etwas drauf. Ich meine, da ist mehr als das Testbild der ARD.«

»Du hast sie dir also doch angesehen.«

»Natürlich. Aber nicht sehr lange. Das Programm war nicht besonders interessant.« Martin grinste und wurde sofort wieder ernst. »Aber jetzt mal ernsthaft, was interessiert dich so sehr daran?«

»Wenn ich das wüßte, hätte ich dich nicht um Hilfe gebeten«, antwortete Yaegher ausweichend. »Wie hast du das gemeint: Es ist etwas darauf?«

Martin zuckte mit den Achseln, wandte sich um und ging in Richtung Aufzug davon. »Irgendein Signal. Vielleicht ist es auch nur ein Störimpuls, ich weiß es nicht.« Er zuckte mit den Schultern. »Ich habe nicht die richtigen Geräte hier, um es genau untersuchen zu können. Wenn es wichtig ist, kann ich meinen alten Professor an der Uni um Hilfe bitten. Die haben bessere Apparate als wir. Ist es wichtig?«

Die Frage kam so schnell und in so beiläufigem Ton, daß Yaegher um ein Haar geantwortet hätte. Aber eben nur um ein Haar, denn im allerletzten Moment hielt er sich zurück, zwang sich zu einem unentschlossenen Gesichtsausdruck und schüttelte schließlich den Kopf. »Ich glaube nicht«, sagte er.

Martin sah ihn schräg von der Seite und von oben herab an. »Und für ein *›Ich glaube nicht‹* läßt du mich die halbe Nacht arbeiten?«

Yaegher zuckte erneut die Achseln. »Es hat etwas mit Issler zu tun«, antwortete er. »Du weißt doch, wie das ist, wenn einem Kollegen etwas zustößt. Da muß alles fünf- und sechsfach abgesichert sein.«

»Isslers Tod?« Martins Augen wurden schmal. »Aber das war doch ein Unfall, oder nicht?«

»Genau das frage ich mich eben«, gestand Yaegher.

Martin seufzte. »Es *war* ein Unfall«, sagte er überzeugt. »Ich glaube, daß ...«

»... wir uns alle getäuscht haben und es schlicht und einfach ein Unfall war, nicht wahr?« sagte Yaegher.

»Genau!« antwortete Martin im Tonfall gelinder Verblüffung. »Woher weißt du das?«

Weil das alle glauben, dachte Yaegher. *Jedenfalls alle, die diese Kassette gesehen haben.* Laut sagte er: »Wahrscheinlich hast du recht. Manchmal muß man eben zugeben, daß man sich geirrt hat. Ich war einfach nur neugierig und ein bißchen verwirrt, daß jemand anderthalb Stunden Testbild aufnimmt. Dieses Signal, das du entdeckt hast...«

»Wahrscheinlich ist es einfach nur eine Störung«, sagte Martin. »Videobänder sind auch nicht mehr das, was sie einmal waren. Billige Massenproduktion, in die Bildstörungen schon ab Werk eingebaut sind.«

Sie hatten den Aufzug erreicht und traten nebeneinander in die Kabine, die nach oben fuhr. Als Yaegher hinter Martin hineinsprang, schoß ein scharfer Schmerz durch sein rechtes Bein. Er biß die Zähne zusammen und fühlte, daß sich seine Augen mit Tränen füllten, gab sich aber alle Mühe, sich nichts anmerken zu lassen. Ganz schien ihm das nicht zu gelingen, denn Martin sah ihn mit neuem Schrecken und sehr aufmerksam an, aber er sagte nichts, und als sie eine Etage höher aus dem Paternoster stiegen, hatte sich Yaegher wieder so gut in der Gewalt, daß er mit einer ganz normalen Bewegung aussteigen konnte.

Sie durchquerten die Halle, trugen sich beim Pförtner aus dem Nachtbuch aus und verließen das Gebäude. Yaegher fiel auf, wie wenige Wagen nur noch auf dem Parkplatz standen. Erst dann kam er auf die Idee, auf die Uhr zu sehen.

Diesmal hatte er sich nicht gut genug in der Gewalt, um sein Erschrecken vor Martin zu verbergen. Zu seiner Erleichterung deutete der es jedoch falsch.

»Du hast allen Grund für ein schlechtes Gewissen«, sagte er.

Hätte er nicht im Moment andere Sorgen gehabt, dann hätte Yaegher ihm sogar beigepflichtet. Es war fast zwei Uhr. Und das bedeutete nichts anderes, als daß ihm die Kleinigkeit von gut drei Stunden abhanden gekommen war.

»Ich mache es wieder gut«, murmelte er. »Es... tut mir leid. Ich wußte nicht, daß... daß es schon so spät ist.«

Martin sah ihn besorgt an. »Bist du wirklich in Ordnung?« vergewisserte er sich.

»Wirklich«, sagte Yaegher. »Ich... kümmere mich darum, das verspreche ich. Um alles.«

Martins Mißtrauen war nicht besänftigt, das verriet sein Gesichtsausdruck deutlich. Aber zu Yaeghers Erleichterung sagte er nichts mehr. Er ließ ihn allerdings auch nicht allein, sondern begleitete ihn zu seinem Wagen und sah mit einem Ausdruck unverhohlenen Mißfallens zu, wie Yaegher einstieg und den Zündschlüssel ins Schloß schob.

»Bist du sicher, daß du fahren kannst?«

»Hundertprozentig«, antwortete Yaegher. Er zwang sich zu einem Grinsen. »Du weißt doch: Ab fünf Promille aufwärts fahre ich wie ein junger Gott.«

»Dann paß nur auf, daß du dem nicht gleich gegenüberstehst«, antwortete Martin sehr ernst.

Yaegher startete den Motor, schaltete das Licht ein und fuhr los. Er sah im Rückspiegel, daß Martin stehengeblieben war und ihm nachblickte, und so lenkte er den Wagen vom Parkplatz und fuhr ohne anzuhalten bis zur nächsten Kreuzung, wo er abbog und sofort wieder in die nächste Seitenstraße bog. Erst dann lenkte er den Wagen an den rechten Straßenrand, schaltete den Motor aus und die Innenbeleuchtung ein und griff mit spitzen Fingern an sein rechtes Bein. Der Schmerz war nicht erloschen, sondern pochte noch immer quälend in seinem Unterschenkel, und er explodierte regelrecht, als Yaegher versuchte, das Hosenbein hochzuschieben.

Und eine Sekunde später war er ganz unwichtig. Er war noch immer da, und er war sogar schlimmer geworden, aber Yaegher registrierte ihn kaum noch. Fassungslos und mit einem Gefühl unbeschreibbaren Entsetzens betrachtete er seine rechte Wade.

Eine Illusion?

Vielleicht. Aber wenn es wirklich nur eine Halluzination gewesen war, die er erlebt hatte, dann war sie die realistischste, von der er jemals gehört hatte.

Der Stoff seiner Hose, der im Traum unter seinen Fingern zu Staub zerfallen war, war völlig unversehrt. Aber die Haut darunter, vom Knie abwärts bis zum Rand seiner weißen Tennissocke, war eine einzige nässende Brandwunde.

19

»Das ist die verrückteste Geschichte, die ich je gehört habe«, sagte Evelin. Sie ließ ihr Feuerzeug aufschnappen, setzte aber die Zigarette, die auf dem Rand des billigen Glasaschenbechers lag, nicht in Brand, sondern spielte einige Augenblicke mit der Flamme: sie ließ sie größer und kleiner und wieder größer und wieder kleiner werden, bis das Feuerzeug selbst so heiß wurde, daß sie leicht die Lippen verzog und es auf den Tisch fallen ließ; eine Sekunde, ehe das beständige Klicken Yaegher so sehr auf die Nerven gegangen wäre, daß er eine entsprechende Bemerkung gemacht hätte.

So sagte er nichts, weder auf ihre Bemerkung noch zu dem Feuerzeug, sondern lehnte sich in dem schäbigen Sechzigerjahre-Sessel zurück, bis das Holzgestell unter dem zerschlissenen Bezug hörbar zu ächzen begann, und ließ seinen Blick durch das Zimmer schweifen. So schäbig der Sessel war, paßte er sich der übrigen Einrichtung doch hervorragend an, denn sie war ebenso schäbig wie er; der Rest des Zimmers übrigens auch. Das Schild HOTEL unten vor dem Eingang war eine glatte Lüge. Dieses Etablissement war bestenfalls eine drittklassige Pension. Aber das Personal war verschwiegen und vertrauenswürdig, und – was selten genug vorkam – es hatte nichts dagegen, mit den Behörden zusammenzuarbeiten, statt diese nach Kräften zu behindern. Aber es war ihm noch nie so armselig und schäbig vorgekommen wie jetzt. Vielleicht, weil er hier bisher meistens Leute untergebracht hatte, die auf ihre Weise ebenso schäbig waren wie die Möblierung.

Er bewegte das Bein, verzog die Lippen, als ein kurzer, aber heftiger Schmerz in seinem Schienbein pulsierte, und zwang sich zu einem Lächeln, als er Evelins Blick spürte. Vorsichtig beugte er sich vor und begann sein Hosenbein hochzukrempeln. Es fühlte sich an, als schiebe er grobkörniges Schleifpapier über die gerötete Haut.

Sein Bein war nicht wirklich verbrannt. Im schlechten Licht im Wagen, in seiner Aufregung und in seiner außer Kontrolle geratenen Phantasie war es ihm im ersten Augenblick schlimmer vorgekommen, als es in Wirklichkeit war. Aber die Haut war gerötet wie von einem heftigen Sonnenbrand, und zumindest der Schmerz war schlimm genug, um für eine Verbrennung zweiten, wenn nicht dritten Grades herhalten zu können.

»Das sieht nicht gut aus«, sagte Evelin. Sie beugte sich vor, betrachtete sein Bein stirnrunzelnd und machte eine halbe Bewegung, aufzustehen. »Wie ist es passiert?« Sie ließ sich wieder zurücksinken. Vielleicht hatte sie vorgehabt, Verbandszeug zu holen, sich aber dann im letzten Moment anders entschieden.

»Der Schacht«, erklärte Yaegher. »Die Flammen haben mein Bein berührt.«

»Die Grube aus deinem ... Traum?« Evelin erwog den Gedanken offenbar und verwarf ihn nach einer Sekunde wieder. »Das klingt ein bißchen wild, findest du nicht?«

»Es fühlt sich vor allem wild an«, knurrte Yaegher. Mit einer zornigen Bewegung, die er sofort wieder bereute, denn sie wurde von einem rasenden Schmerz beantwortet, der durch sein Bein tobte und ihm fast die Tränen in die Augen trieb, rollte er das Hosenbein wieder hinunter. »Ich weiß, wie es sich anhört, aber ich weiß auch, was ich erlebt habe.«

Die Schärfe in seiner Stimme erschreckte ihn selbst, aber Evelin schien sie nicht zur Kenntnis zu nehmen. Vielleicht war sie sie gewohnt. Fred war kein sehr geduldiger Mensch gewesen. Sehr ruhig und in einem Ton, der den Worten alles Verletzende nahm, sagte sie: »Nein, das weißt du nicht. Du hast selbst gesagt, daß du dich nicht erinnern kannst, wie du ins Archiv gekommen bist. Geschweige denn, daß du es verwüstet hast.« Sie deutete auf sein Bein, ohne seinen Blick loszulassen. »Du kannst dir diese Verletzung überall zugezogen haben, während du ...«

»... phantasiert hast?« Er versuchte bitter zu klingen, aber es hörte sich einfach nur trotzig an. Evelin zog es vor, diesmal nicht darauf zu reagieren. Sie hätte auch nichts sagen können, was ihn nicht weiter in Rage gebracht hätte, zumindest nichts, was in irgendeiner Weise *konstruktiv* war, geschweige denn, was sie weiterbrachte.

Yaegher wußte ja selbst, wie phantastisch sich seine Geschichte anhörte, und das war noch diplomatisch ausgedrückt. Vermutlich hatte sie ihm nur aus reiner Höflichkeit überhaupt zugehört oder aus Neugier, wie weit der Unsinn wohl noch gehen mochte, den er ihr auftischte. Yaegher hatte ja Schwierigkeiten, es selbst zu glauben.

»Ich weiß ja auch, wie verrückt sich das alles anhört«, begann er nach einer Weile von neuem. »Aber ich weiß, was ich gesehen habe.« Er hob rasch und mit einer besänftigenden Handbewegung den Arm, obwohl Evelin gar keinen Versuch gemacht hatte, ihn erneut zu unterbrechen. »Es ist das einzige, was Sinn macht.«

»Was? Es soll Videobänder geben, die Leute umbringen?«

»Ich habe nicht gesagt, daß sie Leute *umbringen*«, sagte Yaegher betont. »Aber irgend etwas stimmt nicht mit ihnen. Ich weiß noch nicht genau, was es ist, aber irgend etwas...« er suchte krampfhaft nach den passenden Worten, aber er fand sie nicht, »...stimmt nicht damit«, sagte er schließlich noch einmal. Es hörte sich so hilflos an, wie er sich fühlte.

Evelin blickte ihn fragend an. Sie schwieg, aber es war ein sehr beredtes Schweigen. »Ich weiß, daß es verrückt klingt«, sagte Yaegher. »Aber es paßt alles zusammen.«

»Deswegen muß es nicht wahr sein«, sagte Evelin beinahe sanft. Ihre Ruhe brachte ihn noch mehr in Rage.

»Danke, das weiß ich auch«, sagte er.

»Nur wegen ein paar Videos, die...«

»Es sind nicht nur *ein paar Videos*«, unterbrach er sie. Sein scharfer Ton tat ihm sofort wieder leid, denn er galt nicht wirklich ihr. Er war im Begriff, den gleichen Fehler zu begehen, den er bei Leuten wie Borghorst und Berger immer so verabscheut hatte – seinen Frust auf dem erstbesten Opfer abzuladen, das er fand.

»Irgend etwas hat mich an dieser Kassette von Anfang an gestört«, sagte er. »An der, die an jenem Abend in eurem Recorder war – du erinnerst dich?«

»Dieser Spinnenfilm?«

»Mörderspinnen, richtig«, bestätigte Yaegher. »Weißt du, er... er paßt einfach nicht.« Er machte zur Erklärung eine Handbewegung. »Ich habe mir Freds Sammlung angesehen. Da gab es sonst nichts in dieser Art. Ein paar Krimis, ein, zwei erotische Filme, einige Dramen... das Übliche eben. Kein einziger Horrorfilm.«

»Und?« fragte Evelin.

»Und bei Rugner war es dasselbe«, fuhr Yaegher fort. »Verstehst du denn nicht, was das bedeutet?«

»Nein«, sagte Evelin.

»Aber es ist doch so offensichtlich!« sagte Yaegher beinahe verzweifelt. »Diese beiden Filme paßten einfach nicht in die Landschaft. Dieser Spinnenschinken war bestimmt nichts, was sich Fred einfach so ansehen wollte, um sich die Zeit zu vertreiben. Und bei diesem Anwalt war es dasselbe!«

»Das klingt nicht sehr überzeugend«, antwortete Evelin. Yaegher war ihr sehr dankbar, daß sie keine spöttische Bemerkung gemacht hatte, obwohl er ihr weiß Gott genügend Stichworte gegeben hatte. Nicht sehr viele hätten an ihrer Stelle der Verlokkung widerstanden. »Auf der anderen Seite...«

»Auf der anderen Seite *was*?« fragte Yaegher, als sie nicht weitersprach.

»Nichts.« Evelin schüttelte den Kopf und zündete sich nun endlich doch ihre Zigarette an. »Es war nur so eine Idee. Aber sie ist völlig verrückt.«

»Erzähl sie mir trotzdem«, verlangte Yaegher. »Auch wenn es dir unwichtig vorkommt oder völlig abwegig...«

»... oder selbstverständlich«, führte Evelin den Satz zu Ende. Sie lächelte flüchtig und verbarg sich dann hinter einer graubraunen Rauchwolke. »Danke, ich habe genug Kriminalfilme gesehen, um den Satz zu kennen. Ich mußte nur daran denken, daß Fred in letzter Zeit ein paarmal von Videokassetten gesprochen hat.«

»In welchem Zusammenhang?« fragte Yaegher.

»Keine Ahnung. Ich sagte doch, es ist wahrscheinlich Unsinn. Er war Videofan. Du hast ja seine Anlage gesehen. Er hat ziemlich viel Zeit damit zugebracht, alle möglichen Filme zu sortieren, zu archivieren, um- und zusammenzukopieren...« Sie zuckte mit den Schultern und machte eine vage Handbewegung. »Ich habe mich nie sonderlich dafür interessiert.«

»Und er hat nie versucht, dich für sein Hobby zu begeistern?«

»Anfangs ja. Aber er hat es irgendwann einmal aufgegeben. Ich bin einfach keine Filmliebhaberin. Ich sehe ungefähr einmal pro Woche fern. Die Nachrichten, um auf dem laufenden zu bleiben.«

Automatisch suchte sein Blick den Schwarzweißfernseher in der altmodischen Nußbaumtruhe. Die Mattscheibe war verkratzt und schien ihn anzustarren wie ein rechteckiges Zyklopenauge, das schon vor einem Jahrhundert erblindet, aber noch immer voller stummer Wut auf die ganze Welt war. Er sah sehr schnell wieder weg. Der bloße Anblick eines Fernsehgerätes genügte im Moment, um ihn nervös zu machen.

»Findest du es dann nicht seltsam, daß er ausgerechnet in den letzten Tagen wieder davon angefangen hat?« fuhr er fort. »Ich meine, nachdem euer Verhältnis...«

»... zu Ende war. Sprich es ruhig aus.« Sie lächelte bitter und schüttelte den Kopf. »Nein, keineswegs. Wir haben nur noch über solche Dinge geredet, weißt du? Filme, Musik, Autos... Allgemeines eben.«

Er spürte die Trauer aus ihren Worten und fühlte sich ein wenig schuldbewußt. Fred war erst seit ein paar Stunden tot, und ob sie sich nun am Schluß noch gut verstanden hatten oder nicht, er hatte kein Recht, Salz in ihre Wunden zu streuen.

Sie stand auf, ging zum Fenster und blickte einige Sekunden lang in die Nacht hinaus, und er fragte sich, warum er nicht einfach aufstand und neben sie trat. Weil es zu früh war? Vielleicht. Aber eigentlich gab es das nicht bei einem Menschen, der Hilfe brauchte. Und sie hatte Hilfe so bitter nötig wie nichts anderes.

»VIDEO-INN«, sagte sie plötzlich.

»Wie?«

Evelin drehte sich von der Scheibe weg und sah ihn an. »VIDEO-INN«, wiederholte sie. »Du hast mich heute nachmittag gefragt, wie der Laden hieß, von dem er seine Filme bezog. Es ist mir wieder eingefallen. Ich weiß sogar, wo es ist. Ich bin einmal mit ihm hingefahren, um eine Kassette zurückzubringen, die überfällig war.« Sie sog an ihrer Zigarette, kniff die Augen zu, als der Rauch sie störte, und fuhr hustend und kopfschüttelnd fort: »Er sollte zwölf Mark Strafgebühr bezahlen. Du hättest miterleben sollen, was er für ein Theater gemacht hat!« Sie lachte. »Er hatte Geld wie Heu, weißt du, aber in mancher Hinsicht war er geiziger als Dagobert Duck.«

»Er hat eine Kassette zurückgebracht? Ich dachte, sie hätten einen Boten.«

»Keine Ahnung. Wie gesagt, ich habe mich nie dafür interessiert.« Sie kam zurück. Einen Moment lang glaubte er, daß sie sich neben ihn auf die Couch setzen wollte, aber dann schwenkte sie im letzten Augenblick zur Seite und nahm wieder auf dem Sessel auf der anderen Seite des Tisches Platz. Er war ein bißchen enttäuscht, aber dann erschrak er beinahe vor diesem Gefühl, und er vertrieb es wieder. Was zum Teufel hatte er eigentlich erwartet? Fred war noch nicht einmal unter der Erde! In seiner Brust kämpfte sein Gefühl für Realität mit etwas anderem, das er noch nicht genau definieren konnte, das aber immer stärker wurde.

»Wenn du willst, fahre ich morgen mit dir hin und zeige dir den Laden.«

Yaegher winkte ab. »Ich kenne ihn. Ein ziemlich großes Geschäft in der Innenstadt.«

»Das bestimmt keine Killervideos verleiht«, sagte Evelin. »Du verrennst dich da in etwas, ist dir das klar?«

»Vielleicht. Aber vielleicht auch nicht.« Er seufzte übertrieben tief und bedachte sie mit einem *Laß-es-mich-dir-noch-einmal-in-Ruhe-erklären*-Blick. »Es sind nicht nur die beiden Videos aus eurer und aus Rugners Wohnung, Evelin. Dieses Band gestern abend, das in eurem Recorder lag, erinnerst du dich daran?«

»Nein«, sagte Evelin. »Aber sprich weiter.«

»Jeder, der es sich angesehen hat, ist plötzlich felsenfest davon überzeugt, daß Freds Tod nur ein Unfall war.«

»Vielleicht haben sie recht.«

»Aber sie sind alle auf die gleiche Weise überzeugt, verstehst du? Ich habe mit Borghorst geredet, mit Nördlinger und selbst mit Martin. Findest du es normal, daß sie alle ganz genau die gleichen Worte benutzen? Ich meine, *wortwörtlich* dieselben: *Vielleicht haben wir uns alle geirrt, und Freds Tod war schlicht und einfach ein Unfall.*«

»Dasselbe habe ich auch gesagt, gestern abend im Wagen.«

»Und ich habe es gedacht«, fügte Yaegher in einem Ton triumphierender Zufriedenheit hinzu. »Verstehst du denn nicht?«

»Nein«, antwortete Evelin. Sie hob die Hand. »Das heißt, sicher verstehe ich, worauf du hinaus willst. Du meinst, auf diesem Band wäre irgend etwas drauf, was Menschen ... beeinflußt. So eine Art Hypnose über den Fernseher.«

»Ich weiß, wie sich das anhört«, sagte Yaegher düster. »Soweit waren wir schon einmal.«

»Das meine ich nicht«, sagte Evelin ernst. »Gehen wir einfach einmal davon aus, daß du recht hast. Wieso bin *ich* dann heute nicht mehr davon überzeugt, daß Fred nur einen Unfall hatte, und du auch nicht?«

»Was weiß ich?« antwortete Yaegher. »Vielleicht haben wir nicht lange genug hingesehen? Ich habe nur einen flüchtigen Blick auf den Bildschirm geworfen. Borghorst und Nördlinger haben länger hingesehen, und Martin wahrscheinlich auch.«

»Und die Kassette, die Fred...« Sie stockte. Ein Schatten huschte über ihr Gesicht und verschwand wieder. »Ich meine du... glaubst also, daß es diese Kassette war, die Fred in den Wahnsinn getrieben hat. Wieso aber habe ich dann nichts gemerkt? Ich habe den Film doch auch gesehen.«

Yaegher sah sie überrascht an.

»Wir haben zusammen ferngesehen«, bestätigte Evelin. »Eine gute halbe Stunde, vielleicht sogar länger. Ich meine, wenn diese Videos Fred umgebracht haben und auch diesen Rechtsanwalt, wieso haben sie mir dann nicht geschadet? Ich hatte nicht einmal einen Alptraum, geschweige denn eine Halluzination.«

»Das weiß ich nicht«, sagte Yaegher. »Ebensowenig wie ich weiß, wieso ich mich vorhin zum zweiten Mal in diesem Horrorfilm wiedergefunden habe. Wenn ich das wüßte, hätte ich den Fall längst gelöst.«

»Soweit es einer ist.«

Allmählich begann er sich ernsthaft über ihre Beharrlichkeit zu ärgern. Er sah auf die Uhr.

»Mußt du gehen?« fragte sie. »Es ist spät.«

»Ich gewöhne mir gerade das Schlafen ab«, antwortete Yaegher bissig. »Nein, ich habe überlegt, ob ich noch bei Martin anrufen kann.«

»Wozu?«

»Um die Adresse seines Bekannten zu erfahren. Von dem Universitätsprofessor, von dem er gesprochen hat.« Er schlug mit der flachen Hand auf die Manteltasche, in der er die Kassette trug, die Martin ihm zurückgegeben hatte. »Ich will dieses Ding untersuchen lassen. Sicher ist sicher.« Er stand sehr vorsichtig auf, um das verletzte Bein nicht noch mehr zu belasten, und ging zur Tür. Auf halbem Wege blieb er stehen und sah zu Evelin zurück.

»Brauchst du noch irgend etwas?«

Im ersten Moment war Evelin einfach nur irritiert, und er

begriff auch sofort, warum. Die Frage war so närrisch, daß er sie auch gleich hätte bitten können, ihn zum Hierbleiben aufzufordern. Dann schüttelte sie den Kopf und stampfte ihre Zigarette in den Aschenbecher.

»Danke. Ich werde jetzt schlafen und...« Sie seufzte. »Und mich morgen nach einer neuen Wohnung umsehen. Ich bin im Moment obdachlos, weißt du?«

»Ich kann dir dabei helfen«, schlug Yaegher vor. »Ich kenne eine Menge Leute, und ab Montag habe ich jede Menge Zeit.«

»Warum nicht.« Sie stand auf. »Ich kann wirklich jede Hilfe gebrauchen. Vor allem, weil ich eine *billige* Wohnung suche. Ich bin nämlich nicht nur obdach-, sondern auch arbeitslos.«

Yaegher war überrascht. Sie hatten über vieles geredet, aber nicht *darüber*. Er hatte ganz selbstverständlich angenommen, daß sie irgendeinen Job hatte. Der Gedanke, daß sie nichts anderes getan hatte, als bei Issler zu leben (sprich es ruhig aus: *seine Mätresse zu sein*), versetzte ihm einen scharfen Stich.

Seine Gefühle hatten sich wohl ziemlich deutlich auf seinem Gesicht widergespiegelt, denn irgend etwas in Evelins Blick erlosch. »Ich habe als Verkäuferin gearbeitet«, sagte sie. »Bis vor drei Monaten. Der Laden ging pleite, und seither suche ich eine neue Stelle. Zufrieden?«

»Wieso? Ich...«

Sie unterbrach ihn mit einer Geste. »Schon gut. Ich... entschuldige. Ich glaube, ich bin im Moment kein sehr guter Gesprächspartner. Gehen wir morgen zusammen essen?«

Der plötzliche Themenwechsel verwirrte ihn. *Evelin* verwirrte ihn. »Sicher«, sagte er. »Ich rufe dich an, sobald ich Feierabend habe.« Was möglicherweise schon ganz kurze Zeit nach seinem Dienstantritt sein konnte. Er wagte gar nicht, sich vorzustellen, was Berger zu dem verwüsteten Archiv sagen würde. Aber das gehörte nicht hierher.

»Jetzt wäre es Zeit für einen Abschiedskuß, nicht wahr?« fragte Evelin lächelnd.

»Möchtest du das denn?«

Ein langes Zögern, dann: »Ich weiß es nicht. Ich glaube, es ist besser, wenn du jetzt gehst. Laß mir ein wenig Zeit, okay?«

Er verließ das Zimmer und schlich auf Zehenspitzen die Treppe hinunter. Die Wände in dieser Pension waren so dünn wie Pappe (und einige von ihnen bestanden genaugenommen auch daraus), und er wollte niemanden aufwecken; es war fast vier. Eine mörderische Zeit, um nach Hause und ins Bett zu gehen.

20

Der Nachtportier schien schon vor einigen Stunden zu der gleichen Erkenntnis gekommen zu sein, denn er schnarchte, halb über seiner Theke und einer aufgeschlagenen Sportillustrierten zusammengesunken, noch ebenso fest und friedlich vor sich hin wie vorhin, als Yaegher gekommen war. Neben seinem halb offenstehenden Mund, aus dem der Speichel auf die bunten Hochglanzbilder von Surfern und azurblauer See rann, stand ein halbvoller Becher mit kaltem Milchkaffee. Eine einzige Bewegung im Schlaf, dachte Yaegher, und es wird ein ziemlich abruptes und nasses Erwachen geben.

So leise er konnte, schlich er um die Theke herum, stellte den Kaffeebecher einen halben Meter zur Seite und wollte sich schon wieder abwenden, als auf dem Pult neben dem schlafenden Nachtportiergesicht ein winziges gelbes Licht aufglomm. Jemand telefonierte. Offensichtlich war er nicht der einzige in diesem Haus, der trotz der vorgerückten Stunde noch nicht schlief.

Was allerdings ein schwacher Trost war, dachte Yaegher. Auf dem Nachttisch neben seinem Bett wartete ein Wecker darauf, in weniger als drei Stunden loszuplärren. Es wurde verdammt noch mal Zeit, daß er nach Hause kam.

Er verließ die Pension und ging zu seinem Wagen, den er auf der gegenüberliegenden Straßenseite (direkt unter einem Halteverbotsschild) abgestellt hatte. Ganz plötzlich überfiel ihn heftige Müdigkeit. Die frische Luft und die Bewegung hätten ihm guttun sollen, aber das Gegenteil war der Fall. Von einer Sekunde auf die andere fühlten sich seine Glieder bleischwer an, und seine Augenlider drohten auf der Stelle zuzufallen. Die wenigen Schritte bis zu seinem Wagen kosteten ihn alle Kraft, die er aufbringen konnte, und er benötigte drei Versuche, bis er die Hand an der Videokassette in seiner Manteltasche vorbeigeschoben und die Wagenschlüssel herausgeklaubt hatte. Was war nur mit ihm los? Der Tag war anstrengend gewesen und verdammt lang, aber er fühlte sich plötzlich, als hätte er eine Woche nicht geschlafen. Oder zwei.

Unsicher und mit übertrieben präzisen, langsamen Bewegungen wie ein Betrunkener, der seine ganze Konzentration auf diese eine simple Tätigkeit aufwendet, schob er den Schlüssel ins Schlüsselloch und öffnete die Wagentür. Ein Schwall feuchter, nach Moder und Fäulnis riechender Luft schlug ihm entgegen, und aus irgendeinem Grund war es im Inneren des Wagens viel dunkler als draußen auf der Straße. Aber er war einfach zu müde, um mehr als flüchtige Verwirrung zu spüren. Mit einem erschöpften Seufzen ließ er sich auf den Fahrersitz sinken und legte die Hände aufs Lenkrad.

Und wachte schlagartig und zu hundert Prozent auf.

Der Wagen war nicht mehr sein Wagen.

Da war überhaupt kein Wagen mehr.

Yaegher stand am Rand eines gewaltigen, bodenlosen Abgrundes, aus dessen Tiefe ein kochendheißer Sturmwind zu ihm heraufheulte. Das gegenüberliegende Ende der Schlucht war nur zu erahnen; vielleicht war es nicht einmal wirklich da, sondern nur ein Produkt seines Geistes, der den Anblick absoluter Leere nicht ertrug. Auch der Himmel über ihm, falls es ihn denn gab, war unsichtbar: eine gewaltige Kuppel aus erdrückender Leere, die nur darauf wartete, auf ihn herabzustürzen und ihn zu zermalmen. Seine Hände lagen nicht mehr auf dem Lenkrad, sondern umklammerten ein schmales, rostzerfressenes Eisengeländer, von dem die Farbe in großen, häßlichen Flecken abblätterte. Das Geländer bewegte sich. Es zitterte nicht oder bog sich durch oder neigte sich unter seinem Gewicht dem Abgrund entgegen; es war *in sich* beweglich wie etwas Lebendes.

Yaegher versuchte es loszulassen, aber das ging nicht. Seine Hände klebten wie festgeschweißt an dem Metall.

Das geschieht nicht wirklich! dachte er. *Es ist eine Vision.* Der Gedanke half ihm, die Angst niederzukämpfen, die wie eine schlammige braune Flutwelle über sein Bewußtsein hereinbrechen wollte. Es war nicht wirklich. Er war sich der Gefahr bewußt, in der er schwebte. Sein verbranntes Bein bewies, daß die Gefahren dieser Traumwelt *real* waren. Aber er wußte auch, daß er ihnen entgehen konnte, wenn es ihm gelang, wieder aufzuwachen.

Er versuchte es. Mit aller Macht beschwor er das Bild des Wagens herauf, den Anblick, den er seit fünf Jahren jeden Tag mindestens zweimal für eine halbe Stunde vor Augen hatte: das Lenkrad mit seinem abgegriffenen Lederbezug, das staubige Armaturenbrett, den Drehzahlmesser, dessen Glas in der unteren rechten Ecke gesprungen war...

Für einen Moment sah er *zwei* Bilder; zwei übereinandergeschobene Wirklichkeiten, die sich auf schwer beschreibbar unangenehme Weise durchdrangen. Seine Hände hielten noch immer das Steuerrad umklammert, zugleich aber auch das rostige Metallgeländer, und er fühlte gleichzeitig die winzigen scharfen Kanten von Rost und gesprungenem Lack wie auch das genoppte Rindsleder des Lenkradbezuges. Dann versagte seine Konzentration. Er befand sich mit einem Ruck wieder vollständig in der Halluzination, die gar keine Halluzination war, sondern etwas ungleich Schlimmeres.

Gut. Wenn es ihm nicht gelang, dem Wahnsinn zu entfliehen, dann mußte er versuchen, irgendwie damit fertig zu werden. Er versuchte erneut, die Hände vom Geländer zu lösen. Es gelang ihm ebensowenig wie das erste Mal.

Yaegher beugte sich vor, betrachtete seine Hände und wünschte sich in derselben Sekunde, es nicht getan zu haben.

Seine Hände hielten nicht einfach das Geländer umklammert. Sie waren irgendwie... damit verbunden, zu einem Teil des Metalls geworden, als hätten sich die Atome seines Körpers und die des Geländers für einen Moment durchdrungen, ohne sich wieder ganz voneinander zu lösen. Ein Teil seiner Haut bestand aus Metall, rostig und von haarfein gesprungener Farbe bedeckt, die hier und da abblätterte. Rötlichbrauner Roststaub rieselte über sein Handgelenk, und dort, wo er das Geländer berührte, verwandelte es sich in Fleisch und zerrissene, blutige Haut.

Nein! dachte Yaegher fast hysterisch. *Das! Ist! Nicht! Wahr!*

Das Geländer verblaßte. Er sah wieder das Lenkrad. Seine Hände hatten sich so fest in den Lederbezug gekrallt, daß zwei Fingernägel abgebrochen waren und bluteten. Er versuchte den Griff zu lösen, aber seine Muskeln waren verkrampft und verweigerten ihm den Dienst. Er warf sich mit aller Gewalt zurück und fiel auf ein Knie (natürlich das verletzte, dem ehernen Gesetz gehorchend, daß man sich *immer* an eine verletzte Stelle stieß, wenn man eine frische Wunde hatte und irgendwo anrempelte), weil seine Hände noch immer unlösbar am Geländer hafteten.

Er hörte ein düsteres, an- und abschwellendes Heulen, das immer lauter wurde. Zugleich nahm die Hitze weiter zu, die aus dem Abgrund heraufstieg. Yaegher schrie vor Schmerz. Seine Kleider begannen zu schwelen, und der Lack auf dem Geländer warf Blasen. Der auf seinen Händen auch.

Die Farbe wurde braun und dann schwarz und fiel in winzigen eingerollten Fetzchen wie verkohlte Haut zu Boden. Darunter kam glühendes Eisen zum Vorschein, Muskeln und schließlich Knochen aus Metall, die immer heller und heller glühten. Er spürte nicht den geringsten Schmerz.

Aber er wußte, daß er sterben würde, wenn er nicht von diesem Geländer loskam. Seine Hände lösten sich auf. Der staubfeine Rest, in den sich ihr Fleisch verwandelt hatte, rieselte in verwehenden Fahnen zu Boden, und die Skelettfinger darunter glühten bereits weiß und begannen zu zerlaufen.

Dann erreichte die Hitze jenen Teil des Geländers, der sich in Fleisch verwandelt hatte, und plötzlich spürte er doch Schmerz, so grausam und heiß, daß er gellend aufschrie und sich zurückwarf –

– und hart mit dem Hinterkopf gegen den Türholm prallte.

Es war vorbei. Er saß wieder in seinem Wagen. Seine Hände waren wieder seine Hände und bestanden aus Fleisch und Blut, *sehr viel* Blut sogar, und auch der Schmerz war nicht ganz auf der anderen Seite der Realität zurückgeblieben: Er hatte sich drei Fingernägel abgebrochen, und das tat höllisch weh.

Ein heftiges Klopfen drang an sein Ohr. Yaegher drehte mit einem Ruck den Kopf herum und kniff erschrocken die Augen zusammen, denn er sah genau in eine Taschenlampe, die durch das Seitenfenster hindurch auf sein Gesicht gerichtet war.

Das Klopfen wiederholte sich. Yaegher kurbelte mit der blutigen Hand die Seitenscheibe herunter und hob die andere schützend vor das Gesicht, und die Taschenlampe senkte sich um eine Winzigkeit und leuchtete das Wageninnere aus. Der wandernde

Lichtkreis blieb einige Sekunden auf dem Lederbezug des Lenkrades hängen. Er war voller Blut.

»Alles in Ordnung?« fragte eine Stimme.

Yaegher blinzelte zu dem Schatten hinter der Lampe empor. Das Licht hatte wie mit Nadeln in seine Augen gestochen, so daß er im ersten Moment Mühe hatte, überhaupt etwas zu erkennen. Nach ein paar Sekunden identifizierte er eine Gestalt, und nach einigen weiteren Sekunden begriff er, daß sie Uniform und Mütze trug und nicht allein war. Auf der anderen Seite des Halteverbotsschildes, unter dem er geparkt hatte, stand ein grün-weiß lackierter VW Passat mit einem Blaulicht auf dem Dach.

»Es ist alles okay«, sagte er, mit einiger Verspätung und sehr hastig. »Vielen Dank.«

Der Streifenpolizist antwortete nicht sofort, aber er tat Yaegher auch nicht den Gefallen, zu gehen oder auch nur seine Taschenlampe auszuschalten. Ganz im Gegenteil: Er ließ den Lichtstrahl noch einmal und sehr viel aufmerksamer durch das Wageninnere schweifen. Diesmal blieb er auf Yaeghers blutiger Hand hängen.

»Es ist wirklich alles in Ordnung«, sagte Yaegher. »Vielen Dank für Ihre Aufmerksamkeit, aber mir fehlt nichts.«

»Sie haben geschrien«, sagte der Polizist. »Ziemlich laut sogar.«

Yaegher hob eine blutige Hand vor das Gesicht, so daß der andere die abgesplitterten Fingernägel sehen konnte. »Das tut auch ziemlich weh«, sagte er. »Aber ich komme allein zurecht.«

»Was ist passiert?«

»Ich war ungeschickt«, sagte Yaegher. Er grinste. »Sie wissen doch, dummes Fleisch muß weg.«

Der Polizist lächelte nicht. »Bitte steigen Sie aus«, sagte er ruhig, aber mit genau jenem Maß an höflichem Nachdruck, dem die allermeisten Menschen ganz instinktiv gehorchen, weil er noch nicht die Schwelle erreicht, ihren Trotz zu wecken. Yaegher hörte ein Geräusch auf der anderen Seite des Wagens. Ohne sich umdrehen zu müssen, wußte er, daß der zweite Streifenpolizist auf der anderen Seite des Wagens stand und jede seiner Bewegungen sehr aufmerksam verfolgte.

Er öffnete die Tür sehr vorsichtig und mit zusammengebissenen Zähnen, denn seine Fingernägel waren zwar nicht mehr da, aber sie *taten*, als wären sie es, und sie tanzten Lambada auf den

Nervenenden in seinen Fingerspitzen. Dann stieg er aus. »Mir fehlt wirklich nichts«, sagte er. »Das ist ein Kratzer. Sieht schlimmer aus, als es ist.«

»Dürfte ich bitte Ihren Führerschein sehen?« verlangte der Polizist ungerührt. »Und die Wagenpapiere.«

Yaegher seufzte innerlich. Natürlich taten die Beamten nur ihre Pflicht, aber so ungefähr das letzte, was er im Moment brauchen konnte, war ein Streifenpolizist, der seine *Pflicht tat* und zu viele neugierige Fragen stellte. Trotzdem griff er gehorsam in die Tasche und zog seinen Dienstausweis hervor. »Reicht das auch?« fragte er.

Der Beamte musterte den Ausweis sehr lange und sehr aufmerksam. Auf seinem Gesicht war nicht die kleinste Regung zu erkennen, als er ihn Yaegher zurückgab.

»Sind Sie dienstlich hier oder privat?«

»Dienstlich«, antwortete Yaegher eingedenk des Halteverbotsschildes, unter dem er geparkt hatte; und einiger anderer Umstände.

»Brauchen Sie Hilfe?« Die Stimme des Polizisten klang keine Spur freundlicher als bisher. »Ihre Hand sieht nicht gut aus.«

»Ich weiß. Ich sagte ja, ich war ein bißchen ungeschickt.«

Der zweite Streifenpolizist kam um den Wagen herum und sah seinen Kollegen fragend an. »Alles in Ordnung«, sagte dieser. Er deutete auf Yaegher. »Von der Dienstaufsicht«, fügte er hinzu.

Vielleicht war es doch nicht so klug gewesen, den Dienstausweis zu zeigen, dachte Yaegher. Nicht alle Polizeibeamten hießen Borghorst.

Er griff mit der unverletzten Hand in den Mantel, zog sein Taschentuch heraus und wickelte es um die verletzten Finger. Das Ergebnis sah so aus, wie es sich anfühlte: abscheulich.

»Sie sollten das wirklich behandeln lassen«, sagte der Polizist. »Wir können Sie ins Krankenhaus fahren.« In seiner Stimme war keine Spur von Mitgefühl, nicht einmal von geheucheltem.

»Das ist wirklich nicht nötig«, antwortete Yaegher. »Wenn Sie mir einen Gefallen tun wollen, dann fahren Sie weiter. Wir fallen auf.«

Der andere zögerte. Er zweifelte Yaeghers Dienstausweis nicht an; vielleicht hatte er ihn sogar im nachhinein erkannt oder sich wenigstens an seinen Namen erinnert. Aber er spürte instinktiv, daß irgend etwas nicht stimmte. Wenn er wirklich seine *Pflicht* tat, dachte Yaegher beunruhigt, dann würde er jetzt weiterbohren.

Doch er tat es nicht. Zur Dienstaufsicht zu gehören, das trug einem eben nicht nur die geheime Verachtung der anderen Polizeibeamten ein, sondern glücklicherweise auch ein bißchen mehr Spielraum. Niemand trat nach einem Hund, der jederzeit zurückbeißen konnte und vielleicht nachtragend war. Er nickte nur.

»Können Sie mit der Hand fahren?«

»Es wird schon gehen«, antwortete Yaegher. Er hob die taschentuchumwickelte Hand und wedelte damit, um seine Behauptung unter Beweis zu stellen. Seine Finger antworteten mit einem wütenden Pochen auf die Bewegung. »Kein Problem. Ich...«

Er konnte spüren, wie ihm das Blut aus dem Gesicht wich.

Seine Hand begann zu glühen. Das Taschentuch zerfiel zu Asche, ehe es auch nur Zeit fand, in Flammen aufzugehen. Das Fleisch begann zu kochen, Blasen zu werfen und wie flüssiges, fleischfarbenes Wachs zu Boden zu tropfen, wobei es dünne, klebrige Fäden zog. Die Knochen darunter leuchteten in kalter Weißglut und so grell, daß das Licht durch das Fleisch drang.

»Stimmt etwas nicht?« Diesmal klang die Stimme des Polizisten *eindeutig* erschrocken. Sein Gesicht wurde von der Glut, die Yaeghers Hand ausstrahlte, in ein unheimliches Gebirge aus schwarzen Schluchten und totenweißen Gletschern verwandelt, aber er sah Yaeghers Gesicht an; nicht seine Hand. *Er sieht es nicht*, dachte Yaegher. *Er sieht es nicht, weil es nicht wirklich passiert!*

Diesmal half es. Das Licht erlosch, und als Yaegher wieder auf seine Hand hinabsah, bestand sie wieder aus Fleisch und einem halb durchgebluteten Taschentuch.

»Schon gut«, sagte er hastig. »Es... tut ziemlich weh. Aber ich kann fahren, keine Angst. Ich werde vorsichtig sein. Vielen Dank.«

Er stieg in den Wagen und zog die Tür hinter sich zu, ehe einer der beiden Gelegenheit fand, noch etwas zu sagen oder vielleicht noch etwas nachdrücklicher darauf zu bestehen, seine Pflicht als

Freund und Helfer auszuüben. Als er den Zündschlüssel mit der verletzten Hand ins Schloß schob und herumdrehte, schossen ihm die Tränen in die Augen, aber er schaffte es, den Wagen zu starten und loszufahren.

Er beobachtete die beiden Streifenpolizisten im Rückspiegel, während er die Straße hinunterfuhr. Sie stiegen nicht wieder in ihren Wagen, sondern standen da und beobachteten ihn.

Yaegher lenkte den Wagen an der nächsten Kreuzung nach rechts, fuhr an den Straßenrand und wartete fast fünf Minuten. Der Streifenwagen folgte ihm nicht.

Das ist verrückt! dachte er. *Ich bin ein Bulle! Wieso habe ich plötzlich Angst vor der Polizei!?* Aber er hatte sie.

Und mehr noch: Zum ersten Mal im Leben fragte er sich ganz ernsthaft, ob er *wirklich* auf der richtigen Seite stand.

21

Er brauchte länger, um nach Hause zu kommen, als er geglaubt hatte. Der »Zwischenfall« im Wagen hatte ihn zwanzig Minuten gekostet, und der morgendliche Pendlerverkehr setzte bereits ein, als er sich durch die Stadtmitte quälte, so daß er sich wohl oder übel an die Geschwindigkeitsbegrenzung halten mußte. Außerdem machte ihm seine Hand Schwierigkeiten.

Es waren nicht die Schmerzen. Das Pochen in seinen Fingerspitzen wurde zwar immer schlimmer, aber das Automatikgetriebe ersparte ihm die Qual des Schaltens.

Seine Hand *flackerte*.

Er fand kein anderes Wort dafür. Die meiste Zeit über war es eine ganz normale, wenn auch ziemlich übel zugerichtete Hand, aber ein paarmal glaubte er auch, ein kaltes, weißes Licht zu sehen, das sein Fleisch durchdrang, und einmal verwandelte sie sich in eine Röntgenaufnahme mit umgekehrten Farben, so daß er für einige schreckliche Sekunden eine weißglühende Skeletthand in dunklem Fleisch in seinem Schoß liegen sah. Es gelang ihm jedes Mal, die Vision zurückzudrängen, aber er war am Ende seiner psychischen und physischen Kräfte, als er endlich zu Hause ankam. Daß er unterwegs keinen Unfall verursacht hatte und auch nicht gegen einen Laternenpfahl oder eine Ampel gefahren war, war pures Glück.

Yaegher sank erschöpft über dem Lenkrad zusammen. Aus Angst, wieder in den Abgrund auf der anderen Seite der Wirklichkeit zu stürzen, wagte er nicht, die Augen zu schließen, aber er blieb mehr als fünf Minuten reglos und mit hämmerndem Puls so hocken, ehe er die Kraft fand, die Tür zu öffnen und auszusteigen.

Es begann zu dämmern. Ein eisiger Wind wirbelte Staub und altes Papier über den Parkplatz, und die Schatten lieferten sich lautlose Rückzugsgefechte mit dem hereinbrechenden Tag. Eine unwirkliche Stille lag über der Stadt.

Nein, dachte Yaegher schaudernd. Nicht über der Stadt. Über der Welt. Und über der Realität oder dem, was er bisher dafür gehalten hatte. Vielleicht war seine Theorie falsch, und die tödlichen Videos entführten ihre Betrachter gar nicht in eine Halluzination, sondern tatsächlich in eine andere Wirklichkeit, die anders, bizarr, erschreckend und vielleicht lebensbedrohlich war, aber auf ihre Weise ebenso real wie die Realität, in der er aufgewachsen war. Wenn das Universum tatsächlich unendlich war, wie manche behaupteten, mußte es dann nicht logischerweise *alles* Denkbare geben und darüber hinaus irgendwo auch noch eine ganze Menge mehr?

In dieser Überlegung war jedoch irgendwo ein fundamentaler Fehler. Er hatte ihn noch nicht erkannt, aber er spürte, daß er da war. Trotzdem versuchte er nicht, sich selbst in irgendeiner Weise zu disziplinieren. Es war normalerweise überhaupt nicht seine Art, sich in philosophischen Betrachtungen über das Wie und Warum des Universums zu ergehen; daß er es jetzt tat, mußte wohl an seinem momentanen Zustand liegen. Aber gerade deshalb überließ er seine Gedanken weiter jenen neuen, aufregenden Pfaden. Er versuchte nicht, sie zu beeinflussen, sondern warf nur dann und wann einen Blick in die unbekannten Gefilde rechts und links des Weges.

Er hatte den Parkplatz überquert und gelangte jetzt auf den Bürgersteig, und seine linke Hand machte sich selbständig und sank in die Manteltasche, um nach dem Haustürschlüssel zu graben, eine Bewegung, die ihm so in Fleisch und Blut übergegangen war, daß er sie schon gar nicht mehr registrierte; und sie war so gut koordiniert, daß er den passenden Schlüssel auf die halbe Sekunde genau richtig in der Hand halten würde, um ihn ins Schloß zu schieben und zu öffnen, ohne daß er wirklich im Schritt innehalten mußte. Er fühlte sich elend und völlig übermüdet. Vielleicht sollte er anrufen und sich für den heutigen Tag krank melden. Berger würde ihm das ganz bestimmt nicht übelnehmen, sondern ihm wahrscheinlich im stillen dankbar dafür sein.

Als er die Tür fast erreicht hatte, löste sich eine Gestalt aus dem Schatten des Hauseingangs und vertrat ihm den Weg. Yaegher machte instinktiv eine Bewegung zur Seite, um dem anderen auszuweichen, und erst, als der andere diese Bewegung nachvollzog und plötzlich wieder genau vor ihm stand, begriff er, daß das kein Hausbewohner war, der ihm auf dem allmorgendlichen Weg zur Arbeit entgegenkam. Aber da war es schon zu spät.

Yaegher hatte den flüchtigen Eindruck von dunklem Haar und nietenbesetztem Leder, und praktisch im selben Augenblick krachte eine Faust gegen sein Kinn.

Yaegher taumelte zurück, kämpfte mit wild rudernden Armen um sein Gleichgewicht und wäre gestürzt, hätte der Angreifer nicht im selben Moment nachgesetzt und ihm einen Hieb in den Solarplexus verpaßt, so daß er sich keuchend und vergeblich um Atem ringend nach vorne krümmen mußte. Er fiel auf die Knie, sah eine schattenhafte, sehr schnelle Bewegung über sich und hob instinktiv die Hände vor das Gesicht. Er bildete sich nicht ein, den Schlag abblocken zu können. Dazu reichte seine Kraft nicht mehr aus.

Er konnte es auch nicht. Der Schlag schleuderte ihn rücklings zu Boden, aber zu seiner Überraschung nutzte der andere die Gelegenheit nicht aus, um nachzusetzen und dem Kampf mit einem Tritt gegen sein Gesicht oder seinen Hals ein Ende zu bereiten. Ganz im Gegenteil: Der Angreifer schrie auf, und Yaegher hörte ein Geräusch, als stürze ein schwerer Körper zu Boden.

Stöhnend wälzte er sich herum, stemmte sich auf beide Knie und eine Hand hoch und wandte den Kopf um. Der Angreifer, ein junger Kerl mit ungepflegtem, schulterlangem Haar, einer nietenbeschlagenen Motorradjacke und einem Gesicht, das Yaegher nicht völlig unbekannt war, obwohl er nicht wußte, woher er es kannte, war auf die Knie gefallen. Sein Gesicht war schmerzverzerrt. Er preßte den rechten Arm gegen den Leib. Zwischen den Fingern seiner geschlossenen Faust sickerte ein breiter Strom hellroten, heftig pulsierenden Blutes hervor. Blut von derselben hellen Farbe war auch auf dem Schlüssel, den Yaegher immer noch in der linken Hand hielt. Offensichtlich hatte der andere mit voller Kraft daraufgeschlagen und sich ziemlich übel verletzt.

Ebenso offensichtlich hatte ihm das aber nicht gereicht. Sein Kopf flog mit einem Ruck in die Höhe, in den Schmerz in seinen Augen mischte sich eine geradezu mörderische Wut, als er Yaegher anstarrte.

Sie kamen beide fast gleichzeitig auf die Füße, und Yaegher schoß der absurde Gedanke durch den Kopf, daß der Kampf jetzt beinahe fair war, denn sie konnten nun beide ihre rechte Hand nicht mehr einsetzen. Aber der andere schien nicht viel von Fairneß zu halten. Er attackierte Yaegher nicht sofort, sondern sprang einen Schritt zurück und zog zwei schwarzlackierte, mit einer kurzen Kette verbundene Stöcke unter der Jacke hervor. Ein böses Grinsen, wie er es wahrscheinlich in irgendeinem drittklassigen Kung-Fu-Film gesehen hatte, machte sich auf seinem Gesicht breit, während er die *Nunchaku* hoch über dem Kopf schwang, so daß sich die Kette mit einem der beiden Hartholzstäbe in einen Kreis aus Schatten und blitzendem Licht verwandelte.

Yaegher zögerte instinktiv. In den Händen eines Mannes, der damit umgehen konnte, waren die *Nunchaku* eine tödliche Waffe, wenn er es jedoch *nicht* konnte, konnten sie für ihn ebenso gefährlich werden wie für seinen Gegner.

Aber der Langhaarige tat ihm nicht den Gefallen, sich selbst k.o. zu schlagen. Plötzlich sprang er vor, schlug nach ihm und trat gleichzeitig gegen sein Knie, als Yaegher auszuweichen versuchte. Das Hartholz verfehlte zwar seinen Kopf, aber der Tritt traf. Yaegher schrie vor Schmerzen auf und geriet ins Stolpern, prallte gegen die Wand und boxte dem anderen mit der unverletzten Hand in den Leib. Der Hieb zeigte keinerlei Wirkung.

Dafür kassierte er in der nächsten Sekunde einen Schlag der *Nunchaku*, der zwar aus allernächster Nähe kam, so daß die besondere Hebelwirkung der Kette ausblieb, ihm aber trotzdem das Gefühl gab, seine Schulter wäre gebrochen. Er keuchte vor

Schmerz, krümmte sich und schlug instinktiv zurück; aber instinktiv tat er das mit seiner verletzten rechten Hand.

Der Schmerz war unbeschreiblich. Yaegher hatte das Gefühl, auf eine Wand aus rotglühenden Nägeln geschlagen zu haben, die sich bis zu seinem Handgelenk hinauf in sein Fleisch bohrten. Ihm wurde übel. Seine Knie gaben unter dem Gewicht seines Körpers nach. Ganz langsam sackte er an der Wand entlang zu Boden, zog den Kopf zwischen die Schultern und hielt die unverletzte Linke über das Gesicht, um sich wenigstens vor den schlimmsten Hieben zu schützen. Natürlich gelang ihm das nicht.

Ein Fußtritt schleuderte ihn auf den Rücken. Er schmeckte Blut. Rote und graue Schleier begannen einen wirbelnden Tanz vor seinen Augen, und seine Sinne schwanden. Alles wurde unwirklich und leicht. Er sah die Gestalt des Angreifers wie einen verschwommenen Schatten über sich auftauchen, und dann verlor er endgültig das Bewußtsein.

Allerdings konnte seine Bewußtlosigkeit nur ein paar Sekunden gedauert haben, denn das nächste, was er spürte, war, daß jemand seine Taschen durchwühlte. *Ein Raubüberfall!* dachte er hysterisch. *Der Kerl ist wahrscheinlich nichts als ein verdammter Fixer, der Geld für einen Schuß braucht! Das hättest du einfacher haben können, Jungchen.*

Er versuchte, sich zu bewegen und bekam einen weiteren, allerdings nicht sehr harten Schlag ins Gesicht. Daraufhin blieb er ruhig liegen und ließ alles über sich ergehen. Er war nicht in der Verfassung, sich zu wehren. Schon gar nicht gegen einen Jungen, der vermutlich auf Entzug und halb verrückt war und ihn, ohne mit der Wimper zu zucken, umbringen würde, um an Geld für seinen nächsten Schuß zu kommen. Seine Taschen wurden durchwühlt und der Inhalt herausgerissen. Etwas fiel klimpernd zu Boden, und wieder schwanden ihm für Augenblicke die Sinne.

Der pochende Schmerz in seiner rechten Hand weckte ihn. Er war allein. Ein paar Münzen fielen klimpernd auf das Pflaster, als er sich umdrehte, und die Bewegung steigerte das flaue Gefühl in seinem Magen zu einer schweren Übelkeit; für einige Sekunden mußte er all seine Kraft und Selbstbeherrschung aufwenden, um sich nicht zu übergeben. Als es vorbei war und der Brechreiz allmählich nachließ, klärte sich auch der Nebel in seinem Kopf.

Was er empfand, war sonderbar. Er hatte oft darüber nachgedacht und mit zahllosen Leuten gesprochen, die überfallen worden waren, aber es war ganz anders. Er spürte überhaupt keinen Schrekken oder Angst, sondern nur eine absurde Erleichterung, daß es vorbei und er noch am Leben war; und wie es schien, sogar einigermaßen unverletzt.

Mühsam stemmte er sich auf die Knie hoch und begann seine Habseligkeiten einzusammeln. Seine Brieftasche lag aufgeschlagen auf dem Boden. Seine Papiere und zu seiner Überraschung sogar die Schecks und die Kreditkarte waren noch da, aber natürlich fehlte alles Bargeld. Seine Uhr und der Siegelring, den er von seinem Großvater geerbt hatte, waren ebenfalls verschwunden.

Und seine Manteltaschen waren leer. Der Dieb war ziemlich wählerisch gewesen und hatte nur Bargeld genommen; beziehungsweise Dinge, die sich problemlos zu Bargeld verwandeln ließen. Und dazu gehörten natürlich auch die beiden Videokassetten, die Yaegher bei sich gehabt hatte. Sie waren fort.

22

DAS SCHRILLEN des Telefons riß ihn aus dem Schlaf, in den er zu seiner eigenen Überraschung gefallen war, kaum daß er sich in seine Wohnung geschleppt hatte, und der – obschon von Alpträumen und furchtbaren Visionen geplagt – erstaunlich erfrischend und wohltuend gewesen war. Er hatte keine Schwierigkeiten, wach zu werden. Er fühlte sich weder benommen noch desorientiert, wie oft in den allerersten Augenblicken des Aufwachens, und er wußte auch sofort, daß das Klingeln, das in seine Träume drang, von dem Telefon auf dem Nachtschränkchen neben seinem Bett kam.

Er versuchte nach dem Hörer zu greifen, aber sosehr er auch geistig erfrischt sein mochte, sosehr war er mit seinen körperlichen Kräften am Ende. Der Schlaf schien seine Energie nicht erneuert, sondern nur irgendwie verlagert zu haben. Er riß den Hörer vom Apparat, tastete unbeholfen danach und kam dabei wohl irgendwie an die Gabel, denn alles, was er vernahm, als er ihn endlich ans Ohr bekam, war das gleichmäßige Tuten der Amtsleitung.

Yaegher seufzte, legte auf und stemmte sich ungeschickt und schwankend in die Höhe. Erst dann öffnete er die Augen. Der Radiowecker neben seinem Bett behauptete, daß es nach elf war. Ein dumpfer Verdacht, um wen es sich bei dem Anrufer gehandelt haben mochte, stieg in ihm auf.

Er setzte sich weiter auf und wäre um ein Haar vornüber aus dem Bett gefallen, denn daß er sich *geistig* erfrischt vorkam, bedeutete ganz und gar nicht, daß er sich in irgendeiner Form *wohl* fühlte. Im Gegenteil: seine rechte Hand pochte unerträglich. Er hatte rasende Kopfschmerzen, und in seinem Mund war der ekelerregende Geschmack von Erbrochenem und Blut. Als er sich weiter bewegen wollte, schoß ein rasender Schmerz durch seine Schulter. Es war eben doch nicht so problemlos, zusammengeschlagen zu werden, dachte er sarkastisch. Das böse Erwachen kam später – und das im wahrsten Sinne des Wortes.

Yaegher blieb eine Minute lang mit geschlossenen Augen auf der Bettkante sitzen, um Kraft für den Weg ins Bad zu sammeln, und gerade als er aufstehen wollte, klingelte das Telefon wieder. Diesmal griff er ganz vorsichtig mit der linken Hand zu. Vielleicht würde Berger ja *einmal* darüber hinwegsehen, daß er vermeintlich einfach eingehängt hatte, aber bestimmt kein zweites Mal. Er hob den Hörer und nuschelte ein »Hmnja?« hinein.

Es war nicht Berger. Es war Evelin.

»Geht es dir gut?« fragte sie, heftig, erschrocken und ohne sich auch nur mit einer Begrüßung aufzuhalten.

»Warumsolltesmirnichgutgehn?« nuschelte Yaegher.

»Wie?«

»Ich sagte...« Er atmete hörbar ein, befeuchtete die Lippen mit der Zungenspitze und zwang sich, langsamer und überdeutlich artikuliert weiterzusprechen. »Warum sollte es mir nicht gutgehen?«

»Ich habe im Präsidium angerufen«, antwortete Evelin. Es klang ein wenig ruhiger, aber noch immer alles andere als *beruhigt.* »Man sagte mir dort, daß du nicht zum Dienst erschienen bist. Ohne dich krank zu melden.«

»Ich habe verschlafen«, sagte Yaegher. »Mein Wecker scheint nicht geklingelt zu haben. Vielleicht habe ich ihn auch überhört – es war verdammt spät gestern abend.«

»Sonst ist wirklich alles in Ordnung?«

Ihr hartnäckiges Mißtrauen weckte *seines.* »Was um alles in der Welt sollte nicht in Ordnung sein?« fragte er scharf. Eine dünne, böse Stimme in seinen Gedanken begann ihm alle möglichen Dinge aufzuzählen, die nicht in Ordnung waren (und von denen einige auch mit *ihr* zusammenhingen), und er verscheuchte sie, so gut er konnte. »Ich habe verpennt. Nachdem ich in den letzten drei Nächten zusammengenommen vielleicht fünf Stunden Schlaf bekommen habe, ist das wirklich kein großes Wunder.« Er spürte, wie sie vor seinem gereizten Ton zurückschrak, zwang sich zur Ruhe und fügte leiser hinzu: »Entschuldige.«

»Schon gut. Du hast ja recht. Es geht mich nichts an.«

Für einige Augenblicke begann sich ein unbehagliches Schweigen zwischen ihnen breitzumachen, dann fragte er: »Warum hast du angerufen?«

»Mir ist noch etwas eingefallen«, antwortete Evelin. »Wegen gestern abend – unser Gespräch über die Videos, erinnerst du dich?«

Was für eine Frage. »Sicher.«

»Fred hat einmal etwas erzählt... vor drei oder vier Wochen. Ich erinnere mich nicht genau, aber es hatte mit Videos zu tun. Und mit Strauss.«

»Strauss?« Yaegher wurde hellhörig. »Bist du sicher?«

»Nein«, gestand Evelin. »Nicht völlig. Wie gesagt – ich interessiere mich nicht für so etwas. Ich habe kaum zugehört. Ich weiß nicht einmal, ob es etwas mit... deiner Idee zu tun hat.«

Das unmerkliche Zögern in ihren Worten entging ihm keineswegs, aber er tat so, als hätte er nicht begriffen, was es bedeutete. »Versuch dich zu erinnern«, sagte er. »Weißt du noch, in welchem Zusammenhang er über die Sache geredet hat?« Strauss und die Killervideos? Alles in ihm sträubte sich dagegen, diese Möglichkeit auch nur in *Betracht* zu ziehen. Nicht, weil er es nicht wollte. Nicht, weil er es Strauss nicht zutraute. Weil die Vorstellung, etwas wie diese Bänder in den Händen von Strauss zu wissen, einfach zu schrecklich war.

»Ich sagte doch – ich erinnere mich kaum. Aber ich werde darüber nachdenken, das verspreche ich. Sehen wir uns zum Essen?«

»Sicher. Ich rufe dich an, sobald ich Zeit habe – okay?« *Was vielleicht schon eher der Fall war, als sie jetzt glaubte*, dachte Yaegher. Wenn *Evelin* im Präsidium angerufen hatte, ohne daß man von dort aus sofort bei *ihm* angerufen hatte, dann bedeutete das vielleicht... Nein, der Gedanke war entschieden zu kompliziert für seine momentane Verfassung.

Er verabschiedete sich, hängte den Hörer wieder ein und stand dann sehr vorsichtig auf. Im ersten Augenblick begann sich das Zimmer heftig um ihn zu drehen. Er setzte sich wieder, ließ sich zurücksinken und richtete sich ebenso rasch wieder auf, als er spürte, welche Verlockung von dem weichen Kissen in seinem Nacken ausging. Zehn Sekunden, und er würde wieder einschlafen und vermutlich nicht vor dem nächsten Morgen wieder wach werden.

Einige Augenblicke lang musterte er das Telefon und fragte sich, ob es vielleicht nicht wirklich das Klügste wäre, anzurufen und sich für den Rest des Tages krank zu melden. Morgen nachmittag begann sowieso offiziell sein Urlaub, so daß er nicht einmal zum Arzt gehen mußte, um sich einen gelben Urlaubsschein zu holen. Aber dann entschied er sich dagegen, stand ein zweites Mal und diesmal viel vorsichtiger auf und schlurfte ins Bad. Mit tauben Fingern tastete er nach dem Lichtschalter, betätigte ihn und schlurfte zum Waschbecken, wobei er ganz bewußt den Blick in den Spiegel vermied. Was er dort sehen mußte, würde ihm an diesem Morgen wahrscheinlich noch weniger gefallen als sonst.

Minutenlang tat er nichts anderes, als sich eiskaltes Wasser abwechselnd über die Handgelenke und den Nacken laufen zu lassen, dann stützte er sich schwer auf den Rand des Beckens, nahm all seinen Mut zusammen und sah doch in den Spiegel.

Es war schlimm, aber nicht so schlimm, wie er erwartet hatte. Er war blaß und sah eindeutig *krank* aus, und wenn man ganz genau hinsah, dann entdeckte man eine leichte Schwellung unter seinem linken Auge. Sein Mundwinkel war aufgeplatzt, aber nachdem er das geronnene Blut vorsichtig abgewaschen hatte, war kaum noch etwas zu sehen. Niemand würde auf den Gedanken kommen, daß er *zusammengeschlagen* worden war. Gut. Zu allem Überfluß auch noch zum Gespött des halben Präsidiums zu werden, war im Moment so ungefähr das letzte, was er gebrauchen konnte.

Vorsichtig schälte er sich aus dem Hemd, bewegte die Schulter und biß die Zähne zusammen. Es tat weh, und anders als in seinem Gesicht hatte der Schlag hier Spuren hinterlassen – den gewaltigsten blauen Fleck, den er jemals gesehen hatte. Aber zumindest schien nichts gebrochen zu sein.

Seine Hand stellte ein größeres Problem dar. Das Taschentuch, das er sich um die Finger gewickelt hatte, war im Laufe der Nacht angetrocknet – und obwohl er die Hand gute zehn Minuten lang unter fließendes warmes Wasser hielt, um das geronnene Blut aufzuweichen, trieb ihm der Schmerz die Tränen in die Augen, und der Anblick war durchaus dazu angetan, ihm den Magen herumzudrehen. Drei seiner Fingernägel waren nicht nur abgebrochen, sondern gesplittert, und mindestens ein Splitter war in das empfindliche Fleisch des Nagelbetts gedrungen. Yaegher stöhnte vor Schmerz auf, als er versuchte, ihn mit einer Pinzette herauszuziehen, und der Finger begann sofort wieder zu bluten.

Er versorgte die Wunden, so gut es ging, und dachte voller Grausen daran, daß er wohl oder übel mit dieser Hand zum Arzt gehen mußte. Das bedeutete, daß ihm der richtige Spaß erst noch bevorstand. Er verzog das Gesicht, streckte seinem Spiegelbild die Zunge heraus und ging ins Wohnzimmer zurück. Sein Mantel lag unordentlich zusammengeknüllt auf dem Boden. Er erinnerte sich nicht einmal daran, daß er ihn ausgezogen hatte, aber der Anblick erinnerte ihn nämlich an etwas anderes – daß er nun nicht mehr den mindesten Beweis für seine Theorie hatte, die selbst *mit* einem Beweis schon haarsträubend genug gewesen war. Und alles wegen eines verrückten Fixers, der – *kein verrückter Fixer gewesen war.*

Das hieß – in diesem Punkt war Yaegher natürlich nicht sicher. Vielleicht *war* der Typ tatsächlich drogensüchtig und vielleicht sogar verrückt – aber das spielte keine Rolle. Nicht die mindeste. Er hatte ihn nämlich nicht überfallen, weil er Geld für Drogen brauchte.

Yaegher starrte den Mantel an, und auf seinem Gesicht begann sich eine Mischung aus Verblüffung und Zorn breitzumachen, während die kurze Szene vom Morgen noch einmal vor seinen Augen abrollte.

Er kannte den Kerl.

Er hatte ihn vor zwei Tagen vor der Tür von Isslers Appartement gesehen. Damals hatte er einen Sturzhelm unter dem Arm und ein Klemmbrett mit einem Filzschreiber in der anderen Hand gehalten, und er war aus dem gleichen Grund gekommen, aus dem er ihm heute morgen unten vor dem Haus aufgelauert hatte – um eine Videokassette abzuholen.

23

Er fuhr ins Präsidium, aber nicht sofort und auch nicht auf dem direkten Weg. Aus dem Telefonbuch hatte er sich die Adresse des VIDEO-INN herausgesucht, und der Werbetext darunter war zuvorkommend genug, ihn darüber zu informieren, daß das Geschäft sogar sonntags von 10 bis 24 Uhr geöffnet hatte. Er fuhr hin und betrat den Laden, wandte sich aber noch nicht direkt an die Verkäuferin – ein dunkelhaariges, in Jeans und einen um mindestens drei Nummern zu groß geratenen Pullover gekleidetes Mädchen von allerhöchstens achtzehn Jahren –, sondern spielte den neugierigen Kunden und sah sich erst einmal in aller Ruhe um.

Das Geschäft war wirklich groß – kein kleiner, schmuddeliger Laden wie der, in dem er gestern abend gewesen war, um den DREAM DEMON auszuleihen, sondern ein großzügig angelegter, heller Raum von mindestens hundertfünfzig Quadratmetern, in dem es in verchromten Regalen neben Tausenden von Videokassetten auch CDs, Computerspiele und Audiokassetten zum Verleih oder Verkauf gab. An die hunderttausend Stunden Zeitvertreib, schätzte Yaegher, wenn man alles zusammenrechnete. Und darunter vielleicht ein paar, die tödlich waren.

Er wartete ab, bis der einzige Kunde, der mit im Laden gewesen war, das Geschäft verlassen hatte, dann schlenderte er zur Kasse hinüber. Ab und zu blieb er stehen, nahm eine Kassette zur Hand und tat so, als lese er den Text auf der Rückseite, während er in Wahrheit versuchte, einen Blick in den Bereich hinter der Theke zu erhaschen. Es gab zwei Türen, von denen eine offenstand und einen Blick in einen kurzen Korridor freigab, von dem zwei weitere Türen abgingen. Er glaubte von irgendwo dahinter eine Stimme zu hören, war aber nicht sicher.

»Diese Kassette können Sie nicht haben.«

Yaegher fuhr ein wenig schuldbewußt zusammen. Mit einer Geste, die ihm selbst irgendwie *ertappt* vorkam, stellte er die Kassette, die er gerade in der Hand hielt, auf das Regal zurück und drehte sich zur Kasse um. »Wie?«

Das Mädchen hatte sich eine Zigarette angezündet und lächelte ihm durch Schwaden von dichtem, blaugrauem Rauch zu. »Ich sagte: Die können Sie nicht haben. Heute nicht. Es ist Sonntag.«

»Und?« Yaegher musterte das Regal, von dem er das Band genommen hatte, einige Sekunden lang neugierig, ohne irgend etwas Außergewöhnliches daran zu entdecken. »Sind das nur Donnerstagsfilme?«

Die Verkäuferin lachte, zog wieder an ihrer Zigarette und verwandelte die grauen Schwaden vor ihrem Gesicht in einen dichten Vorhang, den sie mit der freien Hand auseinanderwedelte, ehe sie antwortete: »Nein. Aber das sind die Kaufkassetten. Außerhalb der normalen Öffnungszeiten dürfen wir nur verleihen.« Sie zuckte bedauernd mit den Schultern und trat durch den Nebel aus Zigarettenrauch auf ihn zu. »Vorschriften.«

»Da kann man nichts machen«, sagte Yaegher. »Aber ich bin auch nicht hier, um einen Film auszuleihen. Ich habe nur ein paar Fragen.«

Er zog seinen Dienstausweis hervor. Das Lächeln auf dem Gesicht des Mädchens erlosch wie abgeschnitten und machte jenem Ausdruck schuldbewußter Nervosität Platz, die die meisten beim Anblick eines solchen Ausweises empfinden; ob sie Grund dazu haben oder nicht.

»Oh«, sagte sie.

»Keine Sorge«, sagte Yaegher rasch. »Ich brauche nur ein paar Auskünfte über einen Ihrer Kunden, das ist alles.« Er lächelte. »Daß Sie es mit den Vorschriften genau nehmen, haben Sie mir ja gerade schon bewiesen.«

»Sicher«, sagte sie nervös. »Die nicht jugendfreien Filme sind alle im Nebenraum, und den Schlüssel habe ich.« Sie wies mit einer Kopfbewegung auf die zweite, geschlossene Tür hinter der Theke. »Ich lasse mir von jedem den Ausweis zeigen, den ich nicht persönlich kenne, und –«

»Darum geht es nicht«, sagte Yaegher noch einmal. »Wirklich.

Ich brauche nur ein paar Informationen über einen Ihrer Stammkunden.« Er deutete auf den ausgeschalteten PC hinter der Theke. »Sie haben alle Daten gespeichert, nehme ich an?«

Die Überfalltaktik funktionierte auch diesmal, wie fast immer. Das Mädchen kam erst gar nicht auf die Idee, irgendwelche Fragen zu stellen, sondern ging wortlos und sehr rasch um die Theke herum und schaltete den Computer ein.

»Wie ist der Name?« fragte sie, während sie darauf wartete, daß sich das Startmenü aufbaute.

»Issler«, antwortete Yaegher. »Fred Issler. Ich interessiere mich für den letzten Film, den er ausgeliehen hat. Mörderspinnen.«

Sie hörte mitten im Wort auf zu tippen. »Mörderspinnen? Sind Sie sicher? *Kingdom of the Spiders*, mit William Shatner?«

»Ja.«

»Da brauche ich gar nicht nachzusehen«, antwortete sie. »Der ist nicht von uns.«

Yaegher ließ seinen Blick zweifelnd und sehr demonstrativ über die vollgestopften Regale schweifen. »Wieso sind Sie so sicher? Sie haben hier doch Tausende von Filmen.«

»Nicht ganz viertausend«, bestätigte sie. »Aber ich bin trotzdem sicher. Der Film ist verbrannt.« Sie lächelte, als sie seine Verwirrung bemerkte, und fuhr mit einer erklärenden Geste fort: »So nennen wir einen Film, der schon einmal im Fernsehen gelaufen ist. Kein Mensch leiht ihn dann noch aus. Wir nehmen ihn aus dem Programm und verkaufen ihn für ein paar Mark. Sie hatten einen davon gerade in der Hand.«

»Und die Mörderspinnen sind –«

»– schon ein paarmal gelaufen. Mittlerweile sind sie schon bei den dritten Programmen angelangt. Sehen Sie nicht fern?«

»Selten«, gestand Yaegher. Er versuchte, sich seine Enttäuschung nicht zu sehr anmerken zu lassen. »Das ist seltsam. Ich war sicher, daß Ihr Bote die Kassette auf seiner Liste hatte.«

»Herr Brenner?«

»Wenn er so heißt.« Yaegher deutete auf den Computer. »Vielleicht sehen Sie doch einmal nach. Oder seien Sie doch so freundlich und drucken mir eine Liste mit den Filmen aus, die Issler in den letzten sechs Monaten entliehen hat.«

»Sicher.« Sie streckte die Hand aus, aber eine Stimme hinter ihr sagte:

»Ganz sicher nicht.«

Die Tür, die bis dahin geschlossen gewesen war, hatte sich geöffnet, und ein vielleicht vierzigjähriger Mann mit Übergewicht und vorzeitig ergrauten Schläfen war einen halben Schritt in den Verkaufsraum hinausgetreten und dann mitten in der Bewegung stehengeblieben. Seine erstarrte Haltung signalisierte Überraschung. Sein Gesicht nicht. Der Ausdruck darauf schwankte zwischen Mißtrauen und mühsam zurückgehaltenem Zorn. Yaegher sah aus den Augenwinkeln, daß das Mädchen hinter dem Computer einige Nuancen blasser wurde, und begriff, daß zumindest der Zorn ihr galt. Und schon die nächsten Worte des Mannes bestätigten seine Vermutung. Sie kamen scharf und gerade noch einen halben Ton vor wirklichem Schreien und waren an das Mädchen gerichtet.

»Schalten Sie auf der Stelle das Gerät aus, Bettina. Was fällt Ihnen ein, Informationen über unsere Kunden preiszugeben?«

»Es war nicht ihre Schuld«, sagte Yaegher hastig. »Ich hatte sie darum gebeten.« Er zog seinen Ausweis hervor und reichte ihn dem Mann, der ihn entgegennahm und sehr sorgfältig prüfte. Er wirkte allerdings kein bißchen weniger mißtrauisch, als er damit fertig war und ihn Yaegher zurückgab.

»Sind Sie dienstlich hier?« fragte er.

»Ja«, antwortete Yaegher. Wie die Dinge lagen, war das zwar eine glatte Lüge, aber der andere hatte im Moment kaum die Möglichkeit, das festzustellen. Außerdem kam es darauf auch schon nicht mehr an.

»Mein Name ist Petersen«, sagte der Grauhaarige. »Ich bin der Geschäftsführer hier. Wenn Sie irgendwelche Fragen haben, stellen Sie sie bitte mir.«

»Mein Fehler«, sagte Yaegher. »Bitte entschuldigen Sie. Ich interessiere mich für –«

»Nicht hier«, unterbrach ihn Petersen. »Wir können in meinem Büro reden. Es ist nicht gut fürs Geschäft, wenn die Polizei da ist.« Er deutete auf die zweite Tür hinter der Kasse und forderte Yaegher mit einer fast befehlenden Geste auf, ihm zu folgen. Yaegher gehorchte; allerdings erst, nachdem er dem Mädchen einen entschuldigenden Blick zugeworfen hatte. Sie verdrehte die Augen, wandte sich ab und war mit einem Mal furchtbar beschäftigt.

Petersen öffnete die Tür am Ende des kurzen Ganges, den Yaegher von draußen gesehen hatte, und führte ihn in ein kleines, unordentliches Büro, dessen Wände mit Filmplakaten, Postkarten und einer Unzahl kleiner, engbekritzelter Zettel bepflastert waren. In einer Ecke stapelten sich Kartons mit Videokassetten, und der Schreibtisch quoll über von Papier und Zeitschriften.

»Sie möchten etwas über einen unserer Kunden wissen?« begann Petersen, nachdem Yaegher auf dem einzigen freien Stuhl vor dem Schreibtisch Platz genommen hatte. »Darf ich fragen, über wen?«

»Issler«, antwortete Yaegher. »Fred Issler.«

»Issler?« Petersen runzelte eine Sekunde lang die Stirn, und Yaegher glaubte regelrecht zu sehen, wie sich dahinter eine komplizierte Maschinerie aus Hebeln und winzigen Zahnrädern in Bewegung setzte. »Er ist ein ... Kollege von Ihnen, nicht wahr?«

»Richtig«, antwortete Yaegher. »Sie kennen ihn?«

»Nicht sehr gut«, antwortete Petersen. »Ich habe ein- oder zweimal mit ihm gesprochen, das ist alles.«

»Und trotzdem wußten Sie sofort, wen ich meine?«

»Er hat einen ungewöhnlichen Beruf«, antwortete Petersen ungerührt. »Wir haben zwar sehr viele Kunden, aber es sind doch ziemlich wenige Kriminalbeamte dabei. Daher fallen sie auf. Was wollen Sie wissen?«

»Im Grunde nichts Konkretes«, sagte Yaegher ausweichend. »Ihre Verkäuferin hat meine Frage eigentlich schon beantwortet. Aber jetzt machen Sie ihr bitte keinen Ärger deswegen. Es war meine Schuld. Ich habe sie einfach überrumpelt.«

Im Gesicht des anderen rührte sich kein Muskel, aber sein Blick machte Yaegher klar, daß es ihn seiner Meinung nach einen feuchten Schmutz anging, wie Herr Petersen mit seinen Angestellten umsprang. Und daß er es mit jedem Wort, das er für das Mädchen einzulegen versuchte, wahrscheinlich nur noch schlimmer machte.

»Was hat er getan?« fragte Petersen.

»Issler? Nichts. Wie kommen Sie auf die Idee, daß er irgend etwas *getan* hat?«

»Gerade sagten Sie, Sie wären dienstlich hier, und ich –«

»Er ist verunglückt«, unterbrach ihn Yaegher, ganz bewußt im Ton allmählich aufkeimender Ungeduld. »Vielleicht habe ich mich gerade ein wenig mißverständlich ausgedrückt. Wir *ermitteln* nicht gegen Issler. Es gab einen Unfall. Einen tödlichen Unfall, leider. In einem solchen Fall sehen wir automatisch ein wenig genauer hin.«

»Vor allem, wenn es sich um einen Kollegen handelt, nicht?«

»Vor allem dann«, sagte Yaegher ungerührt.

Petersen blickte ihn feindselig an, aber Yaegher glaubte an ihm auch eine ganz leise Spur von Nervosität feststellen zu können. »Und wie kann ich Ihnen dabei helfen?«

»Vermutlich gar nicht«, sagte Yaegher. »Es geht um eine Videokassette, deren Herkunft uns nicht ganz klar ist. Wir dachten, er hätte sie hier ausgeliehen, aber das scheint nicht der Fall zu sein.«

»Mörderspinnen«, sagte Petersen, »ich weiß. Ich habe einen Teil Ihres Gespräches mit Bettina mitgehört. Was sie sagte, stimmt. Wenn ich mich recht erinnere, haben wir ihn vor etwa anderthalb Jahren aus dem Programm genommen.«

»Kann er ihn hier gekauft haben?«

»Möglich«, antwortete Petersen. »Aber das kann ich nicht feststellen. Wir führen nicht Buch, wer welche Kassette kauft.«

Yaegher zögerte eine Sekunde. »Wir würden eine Menge Zeit sparen, wenn Sie mir einfach eine Kopie von Isslers Kundenkarte ausdrucken würden«, sagte er.

»Ich bin nicht sicher, ob ich das überhaupt darf«, antwortete Petersen. »Es sei denn, Sie hätten einen Durchsuchungsbefehl – oder etwas Ähnliches.«

»Ich könnte ihn besorgen«, sagte Yaegher. »Aber das möchte ich eigentlich vermeiden. Sie haben ja keine Vorstellung, was das für einen Aufwand bedeutet. Und das alles wegen einer Kleinigkeit. Außerdem weiß man nie, wohin so etwas führt.«

Petersens Augen wurden schmal. »Wollen Sie mir drohen?«

»Habe ich denn etwas, womit ich drohen kann?«

Es war nichts weiter als ein Bluff, aber er ging auf. Petersen sah für zwei oder drei Sekunden so aus, als wolle er explodieren, dann riß er sich jedoch zusammen und zwang sich sogar zu etwas, das einem Lächeln ähnelte. »Natürlich nicht«, sagte er. »Entschuldigen Sie. Manchmal ist man vielleicht etwas *zu* mißtrauisch, wissen

Sie. Ich werde Bettina Bescheid sagen, daß Sie Ihnen die Listen ausdruckt.«

Er wollte aufstehen, aber Yaegher winkte ab. »Noch etwas.«

»Ja?« Petersens Lächeln entgleiste für eine Sekunde.

»Ihr Bote. Er heißt Brenner, glaube ich.«

»Stimmt. Aber er ist nicht da. Er hilft nur dann und wann für ein paar Stunden aus. Ich kann Ihnen seine Adresse geben, wenn Sie möchten.«

»Das wäre nett.« Yaegher zückte sein Notizbuch.

»Schillerstraße 19«, sagte Petersen nach einem Blick in eine Akte aus dem Chaos auf seinem Schreibtisch. »An der Klingel steht allerdings ein anderer Name... Schäfer, glaube ich. Er lebt bei seiner Tochter und deren Mann.«

Yaegher hörte mitten im Wort auf zu schreiben. »Bei seiner *Tochter*? Sind Sie sicher?«

»Hundertprozentig«, antwortete Petersen. »Sie hat früher hier im Laden ausgeholfen. Bevor sie geheiratet hat. So habe ich ihren Vater überhaupt erst kennengelernt.«

»Wie alt ist er denn?«

Petersen zuckte mit den Schultern. »Keine Ahnung. So an die siebzig, schätze ich. Im Grunde schon viel zu alt, um zu arbeiten. Eigentlich beschäftige ich ihn nur noch aus Mitleid. Man hat gewisse soziale Verpflichtungen, wenn man ein Geschäft führt.«

Er sieht auch ganz so aus, als wird er vor lauter Mitleid gleich in Tränen ausbrechen, dachte Yaegher sarkastisch. Aber er sparte sich die Mühe, das auszusprechen.

»Ich fürchte, das war schon wieder ein Mißverständnis«, sagte er. »Ich meine Ihren anderen Boten. Den jüngeren.«

»Welchen anderen Boten?« Petersen runzelte übertrieben die Stirn. »Wir haben keinen anderen. Nur Brenner.«

»Sind Sie sicher? Haben Sie nicht jemanden, der manchmal für ein paar Stunden aushilft? Ich spreche von einem jungen Mann. Langes Haar, ein bißchen ungepflegt vielleicht. Er fährt ein Motorrad, glaube ich.«

»Es gibt hier nur mich, Brenner und Bettina und ihre beiden Kolleginnen«, sagte Petersen. »Jemanden, auf den die Beschreibung zutrifft, die Sie mir da gerade geliefert haben, hätte ich bestimmt nicht eingestellt.«

»Ich verstehe«, seufzte Yaegher. »Das wäre schlecht fürs Geschäft.«

»Ganz genau.« Petersen stand auf. »Haben Sie sonst noch Fragen? Wenn nicht – ich habe leider sehr wenig Zeit.«

Das Mädchen stand an einem Regal und sortierte Kassetten um, als sie in den Laden zurückkamen. Petersen sagte kein Wort, sondern deutete nur mit einer knappen, befehlenden Geste auf den Computer, und Bettina beeilte sich, um die Theke herumzukommen und das Gerät einzuschalten, um die verlangte Liste auszudrucken.

Während sie darauf warteten, daß der Nadeldrucker aufhörte, summend Papier auszuspucken, warf sie Yaegher einen raschen Blick zu und sagte dann laut und betont zu Petersen: »Angelika ist noch nicht gekommen.«

Petersen sah auf die Armbanduhr. »Schon zehn Minuten überfällig«, knurrte er. »Es ist immer dasselbe! Können Sie länger bleiben?«

»Eigentlich nicht«, antwortete Bettina. Der Drucker hatte endlich aufgehört, Papier auszuspucken. Sie beugte sich vor, riß die Blätter ab, faltete sie zusammen und reichte sie an Yaegher weiter. »Mein Freund holt mich ab. Wahrscheinlich steht er schon draußen auf dem Parkplatz und wartet auf mich.«

»Meinetwegen«, maulte Petersen. »Gehen Sie. Ich bleibe solange im Laden. Heute ist sowieso nichts los.«

Yaegher warf einen flüchtigen Blick auf die Liste – sie war sehr lang, Fred war entweder wirklich ein *sehr guter* Kunde gewesen, oder das Mädchen hatte ihm die Kartei der letzten drei Jahre ausgedruckt –, steckte sie ein und verabschiedete sich mit einem Kopfnicken. Ohne ein weiteres Wort verließ er das Geschäft. Er ging zu seinem Wagen und fuhr los. Allerdings nur bis zur nächsten Ecke, dann hielt er wieder an, stieg aus und ging zu Fuß zu dem großen Parkplatz gegenüber der Videothek zurück, wo er sich einen Platz suchte, an dem er nicht zu sehen war, falls Petersen zufällig einen Blick aus dem Fenster warf.

Er mußte nicht lange warten. Nach kaum zwei Minuten ging die Tür auf, und das Mädchen trat auf die Straße hinaus und steuerte zielstrebig auf den Parkplatz zu. Von irgendeinem Freund, der sie abholen wollte, war keine Spur zu entdecken. Wahrscheinlich gab es ihn auch gar nicht, denn sie sah sich nur einmal kurz um, entdeckte ihn in seinem »Versteck« zwischen zwei geparkten Wagen am Rande des Parkplatzes und eilte dann auf ihn zu.

»Gut, daß Sie auf mich gewartet haben«, sagte sie.

»Sie waren deutlich genug«, antwortete Yaegher. »Ich hoffe, er hat nichts gemerkt.«

»Petersen?« Bettina verzog das Gesicht. »Das ist mir egal. Der Kerl ist ein fürchterliches Ekel. Ein Widerling, wie er im Buche steht. Ich suche schon seit Monaten einen anderen Job. Meinetwegen soll er mich rauswerfen.« Sie ließ ihre Umhängetasche von der Schulter gleiten und klappte sie in der gleichen Bewegung auf. »Hier – das wird Sie wahrscheinlich interessieren.« Yaegher griff ganz automatisch nach dem Umschlag, den sie ihm reichte, und sah hinein. Er enthielt ein halbes Dutzend zusammengefalteter Fotokopien.

»Was ist das?«

»Beweise für seine schmutzigen Geschäfte«, antwortete Bettina. »Vergleichen Sie diese Zahlen einmal mit seiner offiziellen Bilanz. Vielleicht fällt Ihnen dabei das eine oder andere auf.«

»Sie sind ziemlich sauer auf Ihren Chef, wie?« fragte Yaegher. Er steckte den Umschlag ein, ohne seinen Inhalt genauer inspiziert zu haben. »Ich habe auch ziemlich viel Grund dazu«, antwortete Bettina. »Und jetzt muß ich gehen. Wenn Sie noch mehr davon brauchen – meine Telefonnummer steht auf der letzten Seite.«

Sie wollte gehen, aber im selben Moment drang das Geräusch eines näher kommenden Motorrades durch die Ruhe des Sonntagnachmittags, und sie fuhr erschrocken zusammen und wich noch ein Stück weiter zwischen die geparkten Wagen zurück. Das Grollen der Maschine wurde lauter, und einen Augenblick später bog eine betagte Harley-Davidson mit zwei Personen um die Ecke und kam mit pfeifenden Hinterreifen vor dem VIDEO-INN zum Stehen.

»Ich denke, Sie haben keinen jüngeren Boten«, sagte Yaegher verblüfft.

»Das ist Angelika«, antwortete Bettina, »meine Ablösung. Zusammen mit ihrem Freund. Ich möchte nicht, daß sie mich sehen.«

Das wollte Yaegher auch nicht; wenn auch aus völlig anderen Gründen als sie. Unauffällig trat er ein kleines Stück aus seiner

Deckung hervor und sah zu dem Motorrad hinüber. Er konnte das Gesicht des Fahrers nicht erkennen, denn der trug einen Integralhelm mit getöntem Visier, aber die Statur stimmte, soweit er das beurteilen konnte, breitbeinig, wie er auf der Maschine hockte.

»Kennen Sie seinen Namen?« fragte er.

»Max«, antwortete Bettina. »Max Irgendwas.« Sie zuckte mit den Schultern und zog eine Schnute. »Keine Ahnung. Warum notieren Sie sich nicht einfach das Nummernschild?«

»Eins zu null für Sie«, antwortete Yaegher. Er merkte sich die Nummer der Harley und trat rasch zwei Schritte weiter zurück, als die Maschine mit aufbrüllendem Motor anfuhr, kaum daß die Gestalt vom Soziussitz geklettert war und mit beiden Füßen den Boden berührt hatte.

Bettina wagte sich erst wieder aus dem Schatten der beiden Wagen hervor, als die Straße wieder leer war. »Kann ich jetzt gehen?« fragte sie. Sie wirkte nervös. Und Yaegher sah ihr deutlich an, daß sie bereits zu bedauern begann, was sie getan hatte.

»Natürlich«, sagte er. »Und vielen Dank. Sie haben mir wirklich sehr geholfen.« Vielleicht sogar mehr, fügte er in Gedanken hinzu, als sogar *er* im Moment schon ahnte.

24

Als er den Wagen auf den Parkplatz des Präsidiums lenkte, kam ihm Strauss in Begleitung zweier Männer entgegen. Den Drogendealer auf freiem Fuß zu sehen, überraschte Yaegher nicht einmal besonders. Er hatte nicht damit gerechnet, ihn länger als einige Stunden oder bestenfalls einen Tag festhalten zu können. Beamtenbestechung war zwar nicht unbedingt das Kavaliersdelikt, für das es im allgemeinen nur zu oft gehalten wurde, aber auf der anderen Seite war es auch kein Kapitalverbrechen, das wochenlange Untersuchungshaft rechtfertigte; zumal Strauss ein Geständnis in vollem Umfang abgelegt hatte und keine Fluchtgefahr bestand.

Daß er und sein Anwalt das Präsidium in Begleitung von Kriminalrat *Dr. Berger* verließen, überraschte ihn schon eher. Und was ihn am meisten überraschte (und die Alarmsirenen in seinem Kopf noch einmal um eine Tonlage schriller heulen ließ), war das durch und durch freundliche Lächeln auf Bergers Gesicht, als er Strauss zum Abschied die Hand reichte. Das erlosch allerdings auf der Stelle, als er aufsah und Yaegher erkannte.

Yaegher lenkte den Wagen in eine Parkbucht am anderen Ende des Platzes, obwohl gleich neben Strauss' Angeber-Mercedes ein freier Platz gewesen wäre, aber natürlich nutzte ihm das nichts. Berger ging nicht so weit, quer über den Parkplatz zu schreien, aber er gab Yaegher einen befehlenden Wink, auf ihn zu warten, und Yaegher seinerseits beging den Fehler, sich auf einen Blickkontakt mit ihm einzulassen, so daß er nicht einmal behaupten konnte, er hätte es nicht gesehen.

So wartete er, bis Berger Strauss wort- und gestenreich verabschiedet hatte und auf ihn zukam. Bergers Gesichtsausdruck verhieß nichts Gutes.

Aber diesmal kam ihm der Zufall zu Hilfe. Er trat in Gestalt eines dunkelhaarigen jungen Mannes mit Lederjacke, Videokamera und einem Plastikordner mit dem feuerroten Aufdruck TNT-NETWORK aus der Tür und zog Bergers Aufmerksamkeit mit einem Winken auf sich. Berger änderte seine Richtung und seinen Gesichtsausdruck, schwenkte dann aber doch noch einmal zurück und ging in einem komplizierten Schlenkerkurs nahe genug an Yaegher vorbei, um ihm zurufen zu können: »In zehn Minuten in meinem Büro, Yaegher!«

Yaegher nickte – vorsichtshalber, ohne irgend etwas zu erwidern –, drehte sich noch einmal zu seinem Wagen um und gewann ein paar Sekunden damit, die Tür auf- und wieder zuzuschließen. Als er sich wieder umwandte, hatte Berger seinen Besucher erreicht und war bereits wieder emsig damit beschäftigt, seine Profilneurose zu pflegen. Ausnahmsweise empfand Yaegher bei diesem Anblick nicht nur Belustigung, sondern war ehrlich erleichtert. Im Moment begrüßte er alles, was ihm noch ein paar zusätzliche Minuten verschaffte.

Er fuhr nicht in sein Büro hinauf, sondern in die entgegengesetzte Richtung in den Keller hinunter. Als er aus dem Paternoster stieg, fiel sein Blick beinahe ohne sein Zutun auf die Tür zur Registratur. Sie stand offen, und dahinter war eine ganze Armee von Sekretärinnen und uniformierten Beamten damit beschäftigt,

Papiere zu sortieren. Yaegher ging unwillkürlich schneller und senkte den Blick.

Martin war nicht da, aber sein Assistent – obwohl er schon seit gut anderthalb Jahren hier beschäftigt war, hatte es Yaegher bisher nicht geschafft, sich seinen Namen zu merken – sah von seinem Mikroskop auf, als Yaegher eintrat. In der allerersten Sekunde wirkte er einfach nur verärgert über die Störung. Dann erkannte er Yaegher, und etwas Neues schlich sich in seinen Blick. Was hatte er auch erwartet? Was gestern nacht in der Registratur geschehen war, mußte Tagesgespräch sein.

»Ist er nicht da?« fragte er übergangslos.

Der andere deutete schweigend mit einer Kopfbewegung auf eine Tür auf der anderen Seite des Labors, und Yaegher durchquerte den Raum mit schnellen Schritten, ehe einer von ihnen etwas sagen konnte, was ihm oder dem anderen später leid tun mochte. Er öffnete die Tür und fand sich in einer winzigen Kammer wieder, die noch unordentlicher war als das Labor. Martin hockte an einem Computerterminal und sah nur flüchtig auf, ehe er sich wieder auf die grüne Leuchtschrift auf dem Monitor konzentrierte. Das Licht spiegelte sich in den staubigen Gläsern seiner Brille, und für einen Moment war Yaegher fast sicher, daß es gar nicht auf dem Monitor, sondern irgendwo *in* seinem Schädel glühte. Der Anblick war so unheimlich, daß Yaegher mitten in der Bewegung innehielt und Martin anstarrte.

»Mach die Tür zu«, sagte Martin, ohne den Blick vom Monitor zu nehmen. »Und setz dich. Ich bin in dreißig Sekunden fertig.«

Der Klang seiner Stimme brach den Bann. Yaegher zog die Tür hinter sich ins Schloß, setzte sich aber nicht – aus dem einfachen Grund, weil es gar keinen Platz gab, wo er sich hätte setzen können. Sämtliche Stühle waren hoch mit Papieren, Büchern, Computerausdrucken und Disketten beladen. Es dauerte auch länger als dreißig Sekunden, aber Yaegher faßte sich in Geduld.

Schließlich lehnte sich Martin in seinem Stuhl zurück, reckte sich, daß seine Gelenke hörbar knackten, und nahm seine Brille ab; soviel Yaegher wußte, trug er sie sowieso nur, wenn er am Computer arbeitete. »Du lebst ja noch«, sagte er in einem so überraschten Ton, als gewahre er Yaegher jetzt tatsächlich zum ersten Mal.

»Sollte ich nicht?«

Martin zuckte die Achseln. »Unser aller Herr und Meister war vor zwei Stunden hier und hat sich nach dir erkundigt«, sagte er. »Er hatte so ein sonderbares Funkeln in den Augen, weißt du? Und draußen vor der Tür warteten zwei Typen mit schwarzen Kapuzen und großen zweischneidigen Beilen.«

Yaegher blieb vollkommen ernst. »Was hat er gewollt?«

»Dreimal darfst du raten«, sagte Martin. »Er wollte wissen, was hier gestern abend los war.«

»Hast du es ihm erzählt?«

»Selbstverständlich«, sagte Martin plötzlich sehr ernst. »Immerhin ist er mein Vorgesetzter. Und du hast nichts davon erwähnt, daß du in geheimer Mission arbeitest.«

Yaegher ignorierte den Spott. »Er weiß etwas von der Kassette?«

»Ja«, sagte Martin. Er runzelte die Stirn, als wäre ihm plötzlich etwas eingefallen, und zog einen zusammengefalteten Zettel aus der Tasche seines Laborkittels.

»Was ist das?«

»Die Adresse von Professor Leismann«, antwortete Martin. »Mein alter Prof von der Uni. Du wolltest ihm doch die Kassette zeigen. Schon vergessen?«

»Nein.« Yaegher seufzte tief. »Aber ich fürchte, die Sache hat sich erledigt.«

»Hast du die große Verschwörung gegen den Weltfrieden schon aufgeklärt?« fragte Martin grinsend.

»Ich habe das Ding nicht mehr«, antwortete Yaegher. Trotzdem steckte er den Zettel ein und winkte ab, als Martin den Computer ausschalten und sich erheben wollte. »Warte einen Moment. Ich brauche dich ganz genau da, wo du jetzt bist. Kannst du dieses Kennzeichen für mich überprüfen?«

Er gab Martin den Zettel, auf dem er sich die Nummer der Harley notiert hatte. Martins Gesicht hatte mittlerweile einen eindeutig mißtrauischen Ausdruck angenommen. Außerdem sah man ihm deutlich an, daß er sich in seiner Haut nicht mehr besonders wohl fühlte.

»Das hier ist das Labor, Yaegher«, sagte er zögernd. »Nicht der Zentralrechner.«

»Nun hör schon auf.« Yaegher lachte ganz leise. »Jeder hier

weiß doch, daß du der größte Hacker unter der Sonne bist. Der Computer, der vor dir sicher wäre, muß erst noch gebaut werden.«

»Ich weiß aber nicht, ob ich das wirklich tun soll«, antwortete Martin.

»Ich verlange nicht, daß du mir Einblick in die geheimen Verteidigungspläne der NATO gewährst«, maulte Yaegher. »Ich bitte dich, ein Kennzeichen zu überprüfen, das ist alles.«

»Warum gehst du dann nicht den offiziellen Weg?«

»Weil es hier schneller geht.«

»Und niemand dumme Fragen stellt.«

»Und niemand dumme Fragen stellt«, bestätigte Yaegher.

Martin seufzte und verdrehte übertrieben die Augen, aber schließlich griff er doch nach seiner Brille, setzte sie auf und rutschte umständlich vor dem Computer in Positur. Seine Finger begannen wie kleine, emsige Tierchen über die Tasten zu huschen.

Yaegher trat unauffällig hinter ihn. Es war ihm noch immer unangenehm, einen Monitor auch nur anzusehen, aber er zwang sich, genau hinzusehen, was Martin tat. Er selbst verstand wenig bis gar nichts von Computern; so viel oder wenig man eben davon verstehen mußte, wenn man dann und wann gezwungen war, mit den Dingern zu arbeiten. Trotzdem war er verblüfft, als er sah, mit was für einem simplen Trick Martin die vermeintlich ausgeklügelten elektronischen Sperren übertölpelte, die eigentlich dafür sorgen sollten, daß nur derjenige an die Daten herankam, den sie auch angingen.

Martin grinste. »Gewußt wie. Hier hast du deinen Freund. Max Steiger. Eigentlich Maximilian Steiger, aber das ›ilian‹ hat er so hartnäckig verschwiegen, daß es nicht einmal mehr in seinem Führerschein steht. Soll ich dir einen Ausdruck machen?«

Yaegher nickte. »Kannst du mal nachsehen, ob er zu unseren Kunden gehört?«

Martin konnte es. Während der Drucker noch damit beschäftigt war, Steigers Kfz-Daten auszuspucken, erschien auf dem Bildschirm bereits Steigers Vorstrafenliste – beziehungsweise soviel davon, wie auf den Monitor paßte. »Oh, là, là!« sagte Martin. »Das ist ja ein ganz böser Bube. Keine schlechte Karriere für jemanden, der seinen fünfundzwanzigsten Geburtstag noch vor sich hat.«

Yaegher mußte ihm recht geben. Vom Diebstahl über Nötigung, Raub, Erpressung, unerlaubten Waffen- und Drogenbesitz bis hin zu schwerer Körperverletzung hatte Steiger in den letzten zwölf Jahren (beziehungsweise den kurzen Perioden, die er in Freiheit verbracht hatte) schon alles ausprobiert, was schnelles Geld versprach und keine Arbeit machte.

»Kannst du mir das auch ausdrucken?« bat Yaegher. Martin sah ihn schräg von unten her an, tat es aber schließlich doch, und Yaegher versuchte die Gunst der Stunde zu nutzen und fügte hinzu: »Und dann noch –«

»Und dann nichts mehr!« unterbrach ihn Martin. »Das war schon mehr, als wir abgemacht haben.«

»Noch einen Gefallen!« quengelte Yaegher, aber Martin blieb stur.

»Nein. Einer war ausgemacht, und ich habe dir schon zwei getan. Ich habe keine Lust, demnächst zusammen mit dir beim Arbeitsamt anzustehen. Abgehalfterte Bullen können ja wenigstens noch als Nachtwächter arbeiten, aber wer nimmt schon einen Ingenieur, der aus dem öffentlichen Dienst rausgeschmissen worden ist?« Er riß das Blatt Papier aus dem Drucker. »Hier. Und jetzt troll dich, ehe mir wieder einfällt, daß ich eigentlich gar nicht mit dir reden dürfte.«

25

Berger telefonierte, als Yaegher zehn Minuten später das Büro betrat. Er wedelte ihm mit seiner linken Hand zu, schon einmal Platz zu nehmen, und deutete mit einem Blick auf die Cognacflasche, die auf einem billigen Plastiktablett auf seinem Schreibtisch stand. Yaegher lehnte auf die gleiche Weise ab, erntete ein Achselzucken und setzte sich umständlich.

»Aber natürlich«, sagte Berger laut in jovialem Tonfall zu seinem unbekannten Gesprächspartner am anderen Ende der Telefonleitung. »Selbstverständlich werde ich kommen. Ich habe gerade schon mit Ihrem Kollegen ... ja, genau dem ... doch, sicher, ich halte ihn auch für einen fähigen jungen Mann. Vielleicht ein bißchen zu ehrgeizig, aber das ist wohl das Vorrecht der Jugend, nicht wahr? ... gut, dann bis morgen abend. Pünktlich um neunzehn Uhr.«

Er hängte ein, verdrehte die Augen und blies die Backen auf, um danach die Luft mit einem hörbaren Zischen wieder entweichen zu lassen. »Journalisten«, sagte er. »Sie sind eine Plage, aber leider sehr wichtig. Wo um alles in der Welt kriege ich jetzt einen Smoking her? Meinen habe ich das letzte Mal zur Hochzeit meines Sohnes angehabt, und seither« – er schlug sich mit der flachen Hand auf sein Jackett, wo es sich über einem ansehnlichen Bauch wölbte – »habe ich das eine oder andere Pfund zugelegt, fürchte ich. Wenn es nach mir ginge, würde ich gar nicht hingehen. Aber was tut man nicht alles, um das Image unserer Behörde ein wenig aufzupolieren.«

Yaegher begann sich unruhig auf seinem Platz zu bewegen. Was sollte das? Es gab eine Menge, was man Berger nachsagen konnte, aber nicht, daß er Zeit mit Small talk verschwendete.

»Oh, ich vergaß«, fuhr Berger fort. »Sie wissen ja gar nicht, worum es geht – oder?«

»Nicht genau«, gestand Yaegher.

»TNT«, antwortete Berger. »Sie wissen, dieser Fernsehsender. Sie gehen am Montagabend Punkt einundzwanzig Uhr das erste Mal landesweit auf Sendung. Nennt man das so?« Er beantwortete seine eigene Frage mit einem Achselzucken und fuhr praktisch im gleichen Atemzug fort: »Im Grunde verabscheue ich diese Smoking- und Abendkleidempfänge, aber Sie wissen ja, wie das ist. Es sind alle möglichen Großkopferten da, und ...« Er legte den Kopf schräg und sah Yaegher eine Sekunde lang abschätzend an. Abschätzend und nicht besonders freundlich.

»Ich merke schon, Sie interessieren sich nicht sehr fürs Fernsehen.«

»Nicht sehr«, gestand Yaegher. »Ich habe wenig Zeit dafür.«

»Das alte Problem«, pflichtete ihm Berger bei. »Aber für solche Fälle bietet die moderne Technik ja genügend Alternativen. Video zum Beispiel. Was halten Sie von Video, Yaegher?«

»Auch nicht sehr viel mehr«, gestand Yaegher. »Aber ich –«

»Dann frage ich mich, warum Sie Kassetten stehlen«, unterbrach ihn Berger.

Yaegher fühlte sich beinahe erleichtert. Er hatte nicht gewußt, aus welcher Richtung der Angriff kommen würde. »Ich verstehe nicht ganz ...« sagte er vorsichtig.

»Also, dann muß ich wohl etwas deutlicher werden.« Berger schüttelte den Kopf und sah ihn eine Sekunde lang nachdenklich an. Nicht einmal vorwurfsvoll, wie Yaegher verwirrt feststellte, oder mißtrauisch, sondern einfach nur nachdenklich.

Berger atmete hörbar ein und faltete die Hände auf der Tischplatte, ehe er fortfuhr: »Es fällt mir ein wenig schwer, Yaegher. Ich weiß nicht so recht, wo ich anfangen soll. Aber vielleicht ist es ja mit einer einzigen Frage getan: Was zum Teufel ist mit Ihnen los, Yaegher?«

»Ich fürchte, ich... verstehe immer noch nicht ganz, Herr Kriminalrat«, sagte Yaegher. Seine Gedanken rasten.

»Es ist noch nicht sehr lange her, da haben wir ein ganz ähnliches Gespräch geführt«, sagte Berger. »Danach war ich eigentlich davon überzeugt, daß Sie mich verstanden hätten. Habe ich mich geirrt?«

Yaegher antwortete nicht. Das Verrückte daran war, dachte er, daß er selbst nicht so genau wußte, warum er einfach dasaß und schwieg wie ein verstockter Internatszögling, der dabei ertappt worden war, daß er obszöne Bilder an die Wand der Lehrertoilette malte, und sich nun vor dem Direktor verantworten mußte. Verdammt, er war Polizeibeamter! Er wußte, wie man Fragen beantwortete, ohne im Grunde etwas zu sagen. Er wußte sogar, wie man Fragen beantwortete und dabei gleichzeitig *selbst* Fragen stellte, ohne daß der andere es auch nur merkte. Aber sein Kopf war wie leergefegt. Er saß einfach nur da und... fühlte sich hilflos.

»Habe ich mich geirrt?« fragte Berger noch einmal. Diesmal jedoch wartete er eine Antwort, die er sowieso nicht bekommen würde, erst gar nicht ab, sondern fuhr mit einer eindeutig zornigen Geste auf das Telefon fort: »Ich hatte heute vormittag ein Gespräch mit Dr. Berthold. Sie erinnern sich doch noch an ihn? Das Gespräch war nicht besonders angenehm, Yaegher. Dafür aber um so länger; eine gute Stunde. So lange habe ich nämlich dazu gebraucht, um ihn dazu zu überreden, Sie *nicht* anzuzeigen oder andere Schritte gegen Sie zu unternehmen. Wissen Sie, wie mir das am Ende gelungen ist? Ich habe ihn belogen. Ich habe ihm versprochen, Sie auf der Stelle vom Dienst zu suspendieren und ein Disziplinarverfahren gegen Sie einzuleiten.«

Yaeghers rechte Hand zuckte. Das heißt – er *konnte fühlen*, wie sie zuckte und pochte; so heftig, daß sie eigentlich wie ein Flummi-Ball in seinem Schoß hätte auf und ab hüpfen müssen. Sie tat es natürlich nicht, aber dafür geschah etwas viel Schlimmeres. Durch den provisorischen Verband, den er am Morgen selbst angelegt hatte, begann ein kaltes, intensives weißes Licht hervorzusickern. Der Glanz war so grell, daß er ihm die Tränen in die Augen trieb, aber das Licht selbst war vollkommen kalt. Entsetzt starrte er seine Hand an. Der Verband war längst durchsichtig geworden, und im Inneren des pulsierenden Fleischklumpens darunter konnte er das Knochengerüst seiner Hand erkennen. Er fühlte, wie sein Fleisch weich wurde und den inneren Halt zu verlieren begann. Noch ein paar Augenblicke, und es würde wie weiches Wachs von den Knochen herunterzutropfen beginnen, und –

»Hören Sie mir überhaupt zu, Yaegher?« Bergers Stimme – und mehr noch das plötzliche nachträgliche Begreifen, daß der die Frage mindestens zum zweiten Mal hintereinander stellte – riß Yaegher in die Wirklichkeit zurück. Großer Gott, was geschah mit ihm? Er zwang sich, aufzusehen und Berger ins Gesicht zu schauen.

»Entschuldigung«, sagte er. Selbst das Sprechen bereitete ihm im ersten Augenblick Mühe. Auf seiner Stirn war plötzlich kalter, klebriger Schweiß.

»Stimmt mit Ihnen etwas nicht?« fragte Berger.

»Meine Hand«, antwortete Yaegher. Er hob die verbundene Rechte, die jetzt wieder nichts als eine ganz normale Hand war – allerdings eine, die verteufelt weh tat. »Sie schmerzt. Ich war einen Moment lang ... abgelenkt.«

»Was ist passiert?« fragte Berger.

»Ein Unfall. Keine große Sache, aber es tut doch ziemlich weh.«

»Das wäre der nächste Punkt auf meiner Liste gewesen«, seufzte Berger. »Ich habe da einen Bericht von zwei Streifenbeamten vorliegen, die ...« Er brach erneut mitten im Satz ab, sah Yaegher ein paar Sekunden lang verwirrt an und begann dann neu und in völlig verändertem Ton. »Ach, zum Teufel! Ich glaube, ich kann es mir wirklich sparen, alles noch einmal aufzuzählen, was Sie sich in den letzten Tagen geleistet haben, denn das wissen Sie besser als ich!« Trotzdem tat er es, indem er bei jedem einzelnen Punkt einen Finger hob. »Zuerst legen Sie sich völlig grundlos mit Borghorst an. Dann fangen Sie etwas mit einer Zeugin an, von der Sie nicht einmal genau wußten, ob sie nicht vielleicht sogar eine *Verdächtige* war. Sie dringen unter einem fadenscheinigen Vorwand in Rugners Haus ein und stehlen dort eine Videokassette, und eine zweite lassen Sie aus Isslers versiegelter Wohnung mitgehen. Schließlich verwüsten Sie grundlos die halbe Registratur, und weil das alles anscheinend noch immer nicht reicht, finden zwei Streifenbeamte Sie morgens um vier in Ihrem Wagen, entweder betrunken oder übel zusammengeschlagen.«

»Ich habe nicht getrunken!« verteidigte sich Yaegher.

»Das glaube ich Ihnen sogar«, sagte Berger. »Jemand hat Sie zusammengeschlagen.«

»Nein. Ich –«

»Lügen Sie mich nicht an!« schnitt ihm Berger das Wort ab. »Ich weiß, daß man seine Witze über mich macht, und das ist mir egal. Aber ich bin nicht blöd, Yaegher, und ich bin auch nicht blind! Ich erkenne ein Gesicht, in dem ein Stiefel gestanden hat, und Ihres sieht nach mindestens *zwei* Stiefeln aus! Wer hat Sie zusammengeschlagen, und warum?«

»Niemand«, behauptete Yaegher stur. »Es war ein Unfall.«

»Warum sind Sie dann nicht beim Arzt gewesen?«

»Ich hatte noch keine Zeit, und –«

»Ab sofort haben Sie sie«, sagte Berger. »Sie sind krank, das sieht sogar ein Kind. Ich gebe Ihnen hiermit den Befehl, zum Arzt zu gehen und sich für mindestens zwei Wochen krank schreiben zu lassen.«

»Aber so schlimm ist es nicht!«

»Wäre Ihnen eine Suspendierung und ein anschließendes Disziplinarverfahren lieber?« fragte Berger. »Anscheinend legen Sie es ja mit aller Gewalt darauf an. Was zum Teufel haben Sie sich eigentlich dabei gedacht, dieses Videoband zu stehlen?«

»Ich habe es nicht gestohlen, sondern –«

»Beschlagnahmt, ich weiß. Sie haben nur vergessen, die notwendigen Formalitäten zu beachten, wie?« Bergers Stimme triefte vor Hohn. »Ist Ihnen eigentlich klar, daß Berthold dafür sorgen könnte, daß Sie Ihren Job verlieren? Wo ist die Kassette?«

»Oben in meinem Büro«, antwortete Yaegher.

»Sie werden sie mir aushändigen, bevor Sie gehen«, sagte Berger, »und ich werde sie Dr. Berthold morgen abend zurückgeben und versuchen, ihn irgendwie zu beruhigen. Und Sie möchte ich hier für mindestens zwei Wochen nicht mehr sehen, ist das klar? Lassen Sie sich krank schreiben. Ruhen Sie sich gründlich aus, und danach kommen Sie wieder, und wir reden über Ihre Zukunft.«

Yaegher wartete darauf, daß er noch mehr sagte. Als er begriff, daß dies nicht geschehen würde, stand er auf und ging, aber auf halbem Wege zur Tür rief ihn Berger noch einmal zurück.

»Noch etwas, Yaegher.«

Yaegher sah ihn fragend an, und Berger fuhr mit leiser, sehr ernster Stimme fort: »Das ist das letzte Mal, daß ich Sie decke. Ihr Kredit ist aufgebraucht. Noch eine einzige Dienstverfehlung, und ich werfe Sie höchstpersönlich den Wölfen zum Fraß vor. Ist das klar?«

»Ja«, antwortete Yaegher. »Ganz klar.«

»Gut. Dann gehen Sie.« Berger wedelte ungeduldig mit der Hand. »Und vergessen Sie nicht, mir diese Kassette zu bringen, ehe Sie das Haus verlassen.«

Yaegher ging. Als er das Vorzimmer durchquerte, rief Berger durch die offenstehende Tür seiner Sekretärin zu, ihm die Nummer eines Smokingverleihs aus dem Telefonbuch herauszusuchen.

Aber erst, als er bereits wieder im Aufzug und auf dem Weg nach oben war, fiel ihm auf, daß Berger nicht einmal gefragt hatte, *warum* er die beiden Videokassetten mitgenommen hatte.

Geschweige denn, was auf ihnen zu sehen war.

26

»Wieso habt ihr Strauss laufenlassen?« Evelin drückte ihre Zigarette in den Aschenbecher und wollte sich sofort eine neue anzünden, aber dann registrierte sie Yaeghers mißbilligendes Stirnrunzeln und ließ es bleiben. Statt dessen trank sie einen Schluck Wein. »Ich meine – wenn ihr doch endlich etwas gegen ihn in der Hand hattet? Er hat doch sogar gestanden.«

»Beamtenbestechung.« Yaegher zuckte die Schultern und griff nach seinem Glas. Aber er nippte nur daran. Das Essen, zu dem er Evelin eingeladen hatte, war köstlich gewesen, und er wollte den Geschmack noch für eine Weile auf der Zunge behalten. Außerdem begann er die Strapazen der vergangenen Tage immer heftiger zu spüren. Er hatte ein Glas des schweren, süßen Weines zum Essen getrunken, und in seinem momentanen Zustand war das eigentlich schon zuviel. Ein zweites würde wahrscheinlich ausreichen, ihn unter den Tisch fallen zu lassen.

»Und?« fragte Evelin.

»Für jemanden wie Strauss ist das eine Lapalie«, sagte Yaegher niedergeschlagen. »Wahrscheinlich kommt er mit einer Geldstrafe davon. Oder bestenfalls mit ein paar Monaten – auf Bewährung.«

»Bei Al Capone hat angeblich schon eine kleine Steuerhinterziehung gereicht, um ihn für zehn Jahre hinter Gitter zu bringen.«

»Zwölf«, verbesserte sie Yaegher automatisch. »Aber Strauss ist kein Al Capone, auch wenn er sich das vielleicht einbildet. Außerdem sind wir hier nicht in den USA. So einfach ist das hier leider nicht. Oder Gott sei Dank.«

Evelin legte den Kopf schräg und sah ihn an, aber Yaegher ignorierte die Frage, die in ihrem Blick lag. Ihre Hand spielte nervös mit der Zigarettenschachtel. Sie war während des Essens überhaupt die ganze Zeit sehr nervös gewesen. Aber vielleicht bildete er sich das auch nur ein.

»Was mir Sorgen macht, ist nicht die Tatsache, *daß* sie ihn freigelassen haben«, sagte er. »Aber die Art und Weise, *wie* es passiert ist. Berger ist fast über seine eigenen Füße gestolpert, so eilig hatte er es, ihn hinauszubegleiten. Ich hätte mich nicht einmal mehr gewundert, wenn er ihm auch noch die Füße geküßt hätte.«

»Jetzt übertreibst du.« Sie hatte ihr Glas geleert und winkte dem Ober, ein neues zu bringen, was Yaegher mit einem abermaligen Stirnrunzeln kommentierte.

»Ein wenig«, gestand er. »Aber nicht sehr.«

Evelin sah ihn ernst an. »Weißt du eigentlich, was du da sagst?« fragte sie leise. »Du behauptest also im Ernst, daß der Chef der Polizei mit einem Drogendealer gemeinsame Sache macht?«

»Erstens ist Berger nicht der Chef der Polizei«, verbesserte sie Yaegher, »und zweitens behaupte ich das nicht. Vielleicht ...« Er zögerte, den Gedanken laut auszusprechen, obwohl er im Grunde auch nicht ungeheuerlicher war als der, daß Berger *bewußt* auf die andere Seite übergewechselt war. »Vielleicht weiß er es nicht einmal.«

»Wie?«

Er konnte nicht sofort antworten, denn der Kellner kam und brachte den Wein. Als sie wieder allein waren, sagte er: »Erinnere dich, was mit Borghorst und Nördlinger geschehen ist. Und mit Martin.«

»Du meinst, was du *glaubst*, das mit ihnen geschehen ist.«

Plötzlich wurde er zornig. »Verdammt, was soll das? Wenn du hinter jedes Wort, das ich rede, ein Fragezeichen setzt, können wir auch aufhören, miteinander zu reden!«

Er hatte so laut gesprochen, daß sich einige der anderen Gäste neugierig umwandten und ihn ansahen und Evelin sichtbar zusammenfuhr. Yaegher warf ihr einen Blick mit der Bitte um Entschuldigung zu, zählte in Gedanken bis zehn und fuhr dann leiser, aber in immer noch deutlich verärgertem Tonfall fort: »Im Ernst – es ist ziemlich sinnlos, immer dieselben Fragen zu stellen. Entweder gehen wir von der Annahme aus, daß mein Verdacht berechtigt ist, und reden darüber, oder wir unterstellen, daß ich einfach spinne, und sparen uns den Rest.«

»Also gut«, sagte Evelin. »Du glaubst also, daß diese Videos irgendwie ... in der Lage sind, Menschen zu beeinflussen. Ist denn so etwas überhaupt möglich?«

»Keine Ahnung«, gestand Yaegher. »Aber warum nicht? Heute sind eine Menge Dinge selbstverständlich, die unseren Großeltern noch wie waschechte Wunder vorgekommen sind. Außerdem habe ich am eigenen Leibe gespürt, daß es funktioniert. Ich weiß nicht, *wie*, aber *daß*.«

Evelin blickte eine Sekunde lang auf seine bandagierte Hand hinab. Er hatte sie frisch verbunden, so daß er wenigstens nicht mehr aussah, als käme er gerade aus dem Schlachthaus, aber der Schmerz war kein bißchen weniger schlimm.

»Aber welchen Sinn sollte so etwas haben?« fragte sie. »Ich meine: Videos, die Menschen umbringen... Das klingt ja ganz interessant, aber ich kann mir vorstellen, daß es bessere Methoden gibt, einen Mord zu begehen. Und vor allem einfachere.«

»Aber keine, die weniger Spuren hinterlassen«, sagte Yaegher. »Außerdem glaube ich nicht, daß das ihre eigentliche Aufgabe ist.« Er lächelte bitter. »Wahrscheinlich ist es nur ein Zusatzeffekt. Nein – die Dinger sind nicht dazu da, Menschen zu töten. Sie sind dazu da, sie zu *beeinflussen*.«

»Du meinst –« Evelin riß erschrocken die Augen auf und verstummte mitten im Satz, als ihr die ganze Tragweite dessen zu Bewußtsein kam, was er gerade gesagt hatte.

»Ja, genau das meine ich«, sagte Yaegher. »Und vielleicht verstehst du jetzt, warum ich so nervös bin. In den Händen der falschen Leute wäre das gefährlicher als eine Atombombe.«

»Und in den richtigen?«

»Die gibt es nicht«, antwortete Yaegher voller Überzeugung.

Evelin sah ihn erschrocken an und leerte dann ihr Weinglas in einem Zug. Ihre Hände zitterten leicht. »Eine entsetzliche Vorstellung«, sagte sie.

»Ich fürchte, es ist mehr als nur das«, murmelte Yaegher. Er zog die Brauen zusammen und starrte auf ihr Glas. »Du solltest nicht so viel trinken.«

»Keine Panik – ich vertrage eine ganze Menge.«

»Dein Führerschein auch?«

Sie seufzte. »Ich beginne mich zu fragen, ob ich noch ganz normal bin. Da bin ich einen Bullen mit seiner ewigen Nörgelei gerade losgeworden, und was tue ich? Ich hänge mich an einen neuen. Seid ihr eigentlich alle gleich? Könnt ihr niemals auch nur für fünf Minuten vergessen, daß ihr *Polizisten* seid?«

»Fred hat es einmal zuviel vergessen.«

Er sah die Reaktion auf ihrem Gesicht und hätte sich für seine eigenen Worte ohrfeigen können. Ihre Worte hatten scherzhaft klingen sollen. Sie waren es zwar nicht gewesen, aber es war die Absicht, die zählte.

»Vielleicht bin ich ja schon gar keiner mehr«, sagte er. Es klang noch unbeholfener als ihre Worte, aber sie verstand besser als er zuvor, wie sie gemeint waren.

»Kein Polizist mehr?« Er nickte, und Evelin zündete sich eine neue Zigarette an und fuhr fort: »Du siehst das zu schwarz. Nach allem, was du mir erzählt hast, hält Berger doch seine Hände über dich. Ich meine – wenn er dich feuern wollte, hätte er es längst tun können, oder?«

»Anlaß genug habe ich ihm gegeben.« Er nickte, sah sich nach dem Ober um und machte mit beiden Händen eine Geste, als kritzele er mit einem unsichtbaren Stift etwas auf einen unsichtbaren Block. Der Mann verstand und verschwand hinter der Theke, um die Rechnung fertigzumachen.

»Und wenn du ... aufgibst?« Die winzige Pause in ihren Worten machten ihm klar, wie schwer sie ihr gefallen waren, und ganz plötzlich begriff er, daß sie nicht spontan gekommen waren. Wahrscheinlich hatte sie während des gesamten Essens auf eine Gelegenheit gewartet, sie auszusprechen, aber entweder keine gefunden oder nicht den Mut aufgebracht.

Nur um Zeit zu gewinnen, tat er so, als hätte er nicht verstanden, was sie meinte. »Wie?«

»Du hast selbst gesagt, wie phantastisch deine Geschichte klingt.« Sie sprach viel leiser als bisher, dabei aber schnell und konzentriert und mit einer Betonung, als lese sie einen vorgedruckten Text ab. »Dein einziger Beweis ist weg, und dein Hauptverdächtiger arbeitet offenbar mit deinem höchsten Vorgesetzten zusammen. Oder hat ihn sogar in der Hand, was noch schlimmer ist. Ich meine: Selbst wenn du recht hast ... welche Chance hättest du?«

»Willst du mir etwa klarmachen, daß sowieso alles sinnlos ist, was ich tue?«

Die Worte hätten sie verletzen können, aber sie taten es nicht. »Ich will dir nur klarmachen, daß ich so zu denken beginne, wie du es gerade selbst von mir verlangt hast. Ich versuche, deine Geschichte ernst zu nehmen. Was kannst du denn überhaupt erreichen? Ich meine, wenn ... wenn du recht hast, dann ist das eine ganz große Sache, hinter der ganz bestimmt nicht nur ein paar kleine Drogendealer stecken. Sie werden dich einfach zermalmen, Yaegher. Du hättest keine Chance. David gegen Goliath funktioniert vielleicht in der Bibel oder im Kino, aber nicht in Wirklichkeit.«

»Vielleicht fühle ich mich wohl in der Rolle des David.«

»Nein«, sagte sie. »Das tust du nicht. Weil du nämlich weißt, daß es so nicht funktioniert. Dein Goliath ist kein Riese, dem du einen Stein zwischen die Augen werfen kannst. Er wird dich zertreten, ehe du deinen Stein auch nur aufgehoben hast.«

»Vielleicht kann ich ihm dabei wenigstens noch in die Zehen beißen«, sagte Yaegher. Er machte eine Bewegung, als sie antworten wollte. »Ich weiß, was du sagen willst, aber mir gehen allmählich die theatralischen Antworten aus. Verdammt noch mal, was willst du eigentlich? Daß ich aufgebe? Daß ich einfach so tue, als wäre überhaupt nichts passiert?«

»Ich will dich nicht auch noch verlieren«, antwortete Evelin leise.

Diesmal war er wirklich überrascht.

»Ich meine es ernst«, fuhr sie fort. »Ich habe Angst. Ich will dich nicht auch noch verlieren. Ich ... ich habe Fred geliebt. Am Schluß vielleicht nicht mehr, aber ich habe ihn einmal geliebt. Ich dachte, daß ... daß sein Tod mir nichts ausmachen würde, aber das stimmt nicht. Ich bin irgendwie damit fertig geworden, oder ... oder ich versuche es wenigstens, aber wenn dir jetzt auch noch etwas zustößt ... Ich weiß nicht, ob ich das ertragen könnte.«

Die Offenheit ihrer Worte überraschte ihn. Sie hatte – zwar ohne es wirklich zu *sagen*, aber doch sehr deutlich – nichts anderes ausgesprochen, als daß sie seine Gefühle zumindest zum Teil erwiderte, und sie hatte genau das ausgesprochen, was er hören wollte. Aber dieses Wollen war nicht mehr als ein abstrakter Wunsch gewesen, etwas, von dem er irgendwie immer gewußt hatte, daß es ja doch nicht passieren würde. Als es plötzlich doch geschah, fühlte er sich einfach nur hilflos. Und dazu kam noch etwas anderes.

Auch er hatte schon daran gedacht, einfach aufzugeben. Realistisch betrachtet, hatte sie recht: Es war nicht nur ein Kampf David gegen Goliath. Er war eine Ameise, die gegen einen Tornado kämpfte. Selbst wenn er einen Stein passender Größe und die Kraft gehabt hätte, ihn zu schleudern – wohin wollte er ihn werfen?

Sie streckte die Hand aus und berührte seine Finger, und diese

Berührung verstärkte das Gefühl der Hilflosigkeit nur noch, das sich in ihm breitgemacht hatte. Es war nicht das erste Mal, daß sie sich berührten; aber das erste Mal, daß es *so* geschah, kein zufälliges oder zweckgerichtetes Aneinanderstoßen zweier Körper, sondern eine Geste, die vielmehr klar machte, als Worte es in diesem Augenblick gekonnt hätten. Ihre Blicke begegneten sich, und ganz plötzlich wußte er, daß ein Wort genügte, ein einziger Blick, und sie würden aufstehen und in seine Wohnung oder vielleicht auch in ihre Pension fahren und miteinander schlafen. Er wollte es, viel mehr als alles andere. Und trotzdem zog er seine Hand plötzlich zurück und fragte:

»Wen hast du heute morgen angerufen?«

»Angerufen?« Sie blinzelte. Ihre Verwirrung war echt. »Wovon sprichst du?«

»Heute morgen. Du hast telefoniert, nachdem ich gegangen bin.«

»Das ... das habe ich nicht!« widersprach Evelin.

»Du hast. Ich weiß es genau.«

»Ich verstehe.« Sie zog ihre Hand zurück. Ihre Stimme wurde plötzlich spröde, aber der Ausdruck in ihrem Blick zeugte von tiefer Betroffenheit. Wenn sie log, dann log sie perfekt. »Ich habe telefoniert, und eine Stunde danach hat man dich ausgeraubt – das meinst du doch, oder?« Sie hob ihr Glas und stellte es mit einem harten Ruck auf den Tisch zurück, als sie sah, daß es leer war. »Du vertraust mir nicht.«

»Doch«, antwortete er; entschieden zu schnell, um wirklich überzeugend zu wirken. »Es ist nicht, daß ich ...« Er suchte vergeblich einige Augenblicke nach Worten und fand sie nicht. »Ach verdammt, ich weiß einfach nicht, was ich noch glauben soll. Wem ich noch trauen kann. Vielleicht nicht einmal mehr mir selbst.«

Etwas in ihrem Blick erlosch. Aber der Wutausbruch, auf den er wartete, kam nicht. Statt dessen breitete sich eine Mischung aus Bitterkeit und Enttäuschung auf ihrem Gesicht aus, die ihm viel mehr weh tat als alle Vorwürfe, auf die er gefaßt gewesen war. »Du tust mir leid, Yaegher«, sagte sie. »Ich sollte wütend sein. Ich versuche sogar, wütend auf dich zu sein, aber es gelingt mir nicht.«

Sie stand auf, stopfte Zigaretten und Feuerzeug in ihre Handtasche und sagte noch einmal und beinahe traurig: »Du tust mir wirklich leid.« Und dann ging sie.

Yaegher sah ihr nach, bis sie das Restaurant verlassen hatte und in den Alfa gestiegen war, den sie davor geparkt hatte. Sein eigener Wagen stand auf der gegenüberliegenden Straßenseite. Sie hatten sich hier im Lokal getroffen, nachdem er sie aus dem Präsidium angerufen hatte, und er hatte gehofft, daß ihn dieses Essen ein wenig aufmuntern würde; oder wenigstens auf andere Gedanken bringen würde. Das genaue Gegenteil war geschehen. Er hatte es wieder einmal gründlich verbockt. Vielleicht hatte sie recht damit, daß er ihr leid tat. Vielleicht sollte er sich allmählich selbst leid tun. Falls irgendwann einmal ein Wettbewerb ausgeschrieben werden würde, wie man in der kürzesten Zeit die meisten Fehler beging, hatte er gute Chancen auf den ersten Preis.

Jemand trat an seinen Tisch, und Yaegher sah in Erwartung des Kellners, der mit der Rechnung kommen wollte, hastig auf.

Es war nicht der Kellner.

»Borghorst?!« Überrascht machte er eine Bewegung, um aufzustehen, aber Borghorst hielt ihn mit einem Kopfschütteln zurück. »Bleiben Sie sitzen. Wir müssen miteinander reden.«

Während Yaegher auf seinen Stuhl zurücksank, winkte Borghorst dem Kellner und hob Zeige- und Mittelfinger, eine Geste, die offensichtlich überall verstanden wurde, denn es verging kaum eine Minute, bis der Mann mit einem Tablett mit zwei Gläsern Bier zurückkam. Borghorst schwieg die ganze Zeit über. Als sie wieder allein waren, hob er sein Glas, prostete Yaegher zu und nahm einen gewaltigen Schluck. Yaegher selbst nippte nur an dem Schaum.

»Was wollen Sie, Borghorst?« fragte er. Er gab sich keine besondere Mühe, den feindseligen Klang in seiner Stimme zu unterdrükken. »Wissen Sie noch nicht, was alles passiert ist?«

»Doch«, antwortete Borghorst und lächelte.

»Warum sind Sie dann hier? Wollen Sie meine Kapitulation schriftlich?«

»Ich muß mit Ihnen reden, Yaegher«, antwortete Borghorst. »Und falls Sie vielleicht für eine Minute damit aufhören würden, sich selbst leid zu tun und für die gleiche Zeit Ihr Gehirn wieder einschalten, dann kommen Sie vielleicht sogar von selbst darauf, worüber.«

Yaegher war zutiefst verwirrt. Borghorsts Worte troffen nur so von Sarkasmus, und sein Blick war so kalt wie das Licht im Inneren eines Tiefkühlschrankes. Aber das bedeutete nichts. Nicht bei ihm.

»In einem hatte die Kleine recht«, fuhr Borghorst fort, als Yaegher nicht antwortete. »Sie können es nicht allein schaffen.«

»Sie haben uns belauscht?«

Borghorst lächelte. »Selbstverständlich. Ich habe dort drüben gesessen, die ganze Zeit über. Haben Sie das denn nicht bemerkt?«

Yaeghers Blick folgte der Richtung, in die seine ausgestreckte Hand wies, zum Nachbartisch. Er schüttelte den Kopf. »Nein. Ich werde wohl nie ein guter Bulle.«

»Stimmt«, antwortete Borghorst ungerührt. »Jedenfalls nicht, falls Sie weiter versuchen, James Bond zu spielen.« Er trank den Rest von seinem Bier und bestellte mit einer beiläufigen Geste ein zweites. »Wir müssen miteinander reden, Yaegher.«

»Worüber?« fragte Yaegher mißtrauisch.

Borghorst sah ihn durchdringend an. Seine Finger begannen mit der Serviette zu spielen, die Evelin unbenutzt liegengelassen hatte. »Über dies und das«, sagte er. »Über Ihre neue Freundin. Über Berger. Oder über gewisse Videobänder.«

»Sie wissen –?«

Borghorst unterbrach ihn mit einer unwilligen Geste. »Bitte, Yaegher! Ich weiß, daß Sie mich für ein Ekel halten. Vielleicht haben Sie sogar recht damit. Aber ich habe nie gedacht, daß Sie mich für blöd halten. Ich bin es nicht. Auch ich kann zwei und zwei zusammenzählen.«

Yaegher schwieg. Er starrte Borghorst an. Seine Gedanken überschlugen sich fast. Aber sie kamen zu keinem vernünftigen Ergebnis. »Sie... Sie wissen, was es mit diesen Videos auf sich hat?« fragte er.

»Nein«, antwortete Borghorst. »Aber ich weiß, daß irgend etwas damit nicht koscher ist. Was wissen *Sie* darüber?«

»Nicht viel«, sagte Yaegher ausweichend. »Im Grunde nur, daß –«

Wieder unterbrach ihn Borghorst. »Sie trauen mir nicht.«

»Ich traue niemandem mehr«, sagte Yaegher nach kurzem Zögern. »Nicht einmal mehr mir selbst. Ich weiß, wie verrückt das klingt, aber –«

»Das tut es nicht«, fiel ihm Borghorst ins Wort. Er sah die Verblüffung, die sich auf Yaeghers Gesicht ausbreitete, und lächelte wieder. »Fragen Sie mich nach Isslers Tod.«

»Wie bitte?«

»Fragen Sie mich, was ich von Isslers Tod halte«, wiederholte Borghorst.

Yaegher tat es, und Borghorst antwortete, wie aus der Pistole geschossen: »Ich glaube, daß wir uns alle getäuscht haben und daß es schlicht und einfach ein Unfall war.« Er nahm das frische Bier, das der Kellner brachte, trank die Hälfte davon in einem Zug und weidete sich sichtlich an dem Ausdruck immer größer werdender Hilflosigkeit, der sich auf Yaeghers Zügen ausbreitete.

»Ich fürchte, ich verstehe nicht ganz ...« sagte Yaegher schließlich.

»Ich auch nicht«, sagte Borghorst. »Und gerade das macht mir Kopfschmerzen, Yaegher. Sehen Sie, in den letzten Tagen ist eine Menge geschehen, das ich nicht verstehe. Ich mag das nicht. Es macht mich nervös, wenn rings um mich herum Dinge vorgehen, die ich nicht begreife, und es macht mich richtiggehend wütend, wenn mit *mir* Sachen passieren, die ich nicht verstehe. Die Sache mit Isslers Unfall zum Beispiel, das ist so etwas.«

»Sie glauben nicht mehr, daß es ein Unfall war?« fragte Yaegher.

»Doch«, antwortete Borghorst. Er begann die Serviette mit der linken Hand zu zerknüllen, ohne es überhaupt zu merken. »Ich bin sogar davon überzeugt, daß es ein Unfall war. So überzeugt, wie ich noch nie im Leben von irgend etwas gewesen bin. Und gerade das gefällt mir nicht.« Er starrte einen Moment auf die Tischplatte zwischen sich und Yaegher und fuhr dann mit leiserer Stimme fort, ohne den Blick zu heben.

»Sehen Sie, Yaegher, ich bin ziemlich erfolgreich in meinem Job. Wissen Sie, warum? Nicht weil ich klüger bin als die anderen oder über einen sechsten Sinn verfüge. Im Gegenteil. Ich bin ziemlich dumm. Es dauert lange, bis ich etwas *wirklich* begreife, und deshalb habe ich mir schon früh angewöhnt, prinzipiell nichts zu glauben und jeden Gedanken mindestens zweimal zu denken; besser dreimal. Ich gehe den Dingen immer auf den Grund, auch wenn sie auf den ersten Blick sonnenklar erscheinen mögen. Deshalb finde ich Sachen heraus, die andere übersehen hätten. Und plötzlich bin ich felsenfest von etwas überzeugt, was ich am Tag zuvor nicht einmal geglaubt hätte, wenn ich dabeigewesen wäre. Seltsam, nicht? Und wissen Sie, was noch seltsamer ist? Allen anderen geht es genauso. Sie sagen mir alle dasselbe. Und sie sagen es sogar mit denselben Worten.« Er lachte. Es klang sehr unsicher. »Das ist schon verrückt. Ich sitze hier und rede über etwas, von dem ich ganz genau weiß, daß es nicht so ist. Ich meine ... alles an diesem angeblichen Unfall stinkt zum Himmel, und ich weiß es, und trotzdem bin ich felsenfest davon überzeugt, daß wir uns alle getäuscht haben und daß es schlicht und einfach ein Unfall war.«

»Es ist dieses Band«, sagte Yaegher.

Borghorst sah nun doch auf. »Das, mit dem Sie zu Clemm gegangen sind?«

»Sie wissen davon?«

»Ich weiß noch eine ganze Menge mehr«, antwortete Borghorst. »Aber zuerst Sie.«

»Da ist nicht mehr viel«, gestand Yaegher. »Ich habe ein paar Vermutungen, mehr nicht. Und Martins Behauptung, daß auf der Kassette etwas drauf ist, was nicht dorthin gehört.«

»Was?«

»Das wußte er auch nicht«, antwortete Yaegher. »Irgendein Signal, das er nicht genau einordnen konnte. Möglicherweise nur eine Störung.«

»Möglicherweise aber auch etwas, das Leute umbringt«, fügte Borghorst hinzu.

Yaegher starrte ihn aus großen Augen an. »Sie wissen –«

»Ich sagte doch, daß ich eine Menge mehr weiß, als Sie glauben, Yaegher. Ich habe Sie in den letzten Tagen genau im Auge behalten, auch wenn Sie es vielleicht nicht gemerkt haben. Sie waren gar nicht schlecht. Sie haben sich ziemlich ungeschickt benommen, aber Sie waren trotzdem gar nicht schlecht. Aber ich habe meine Hausaufgaben auch gemacht.«

Umständlich öffnete er seinen Mantel und zog etwas heraus, das Yaegher als zusammengefalteten Computerausdruck identifizierte, als er ihn auf den Tisch legte und mit dem Handrücken glattstrich.

»Was ist das?«

»Die Kundenliste des VIDEO-INN«, antwortete Borghorst. »Sie sind nicht der einzige, für den unser Freund aus dem Labor manchmal seine Fähigkeiten als Hacker einsetzt.«

Er schob die Liste über den Tisch, und Yaegher blätterte sie durch. Keiner der Namen – außer dem von Issler – sagte ihm etwas, aber ihm fiel auf, daß drei oder vier davon mit rotem Leuchtstift und ein knappes halbes Dutzend mit kleinen Kreuzchen markiert waren. Fragend sah er Borghorst an.

»Die Angekreuzten sind tot«, sagte Borghorst. »Sieben von knapp viertausend, und das in sechs Monaten. Noch nicht auffällig, nicht wahr?«

»Keine Ahnung«, gestand Yaegher.

»Aber ich«, sagte Borghorst. »Statistisch ist das okay. Aber die, die ich rot markiert habe, sind nicht mehr okay. Ich habe die Namen durch *unseren* Computer laufen lassen, und er hat geflakkert wie ein Weihnachtsbaum mit einem Wackelkontakt.«

»Unfälle?« fragte Yaegher.

Borghorst verneinte. »Sie sind einfach gestorben. So wie dieser Rugner. Zuerst waren sie noch kerngesund, und plötzlich fielen sie tot um. Ich habe mir die Akten angesehen, und wissen Sie was? Zwei von ihnen wurden von ihren Ehefrauen am Morgen tot vor dem Fernseher aufgefunden.«

»Und ich nehme an, der Videorecorder lief noch«, fügte Yaegher hinzu.

»Richtig. Und jedesmal tauchte Ihr Freund Steiger am nächsten Tag auf, um die Kassette zurückzuholen. Übrigens – wieso haben Sie nach ihm gefragt?«

»Weil er die Bänder hat«, sagte Yaegher düster. »Sowohl das aus Rugners Recorder als auch das andere.«

»Wie bitte?« Borghorst zog überrascht die Brauen zusammen. »Wollen Sie sagen, daß Sie sie ihm gegeben haben?!«

Yaegher hob seine verbundene Hand. »Nicht ganz freiwillig«, sagte er. »Aber ich fürchte, er hat sie.«

»Das heißt, daß wir den einzigen Beweis, den wir haben, nicht mehr haben«, sagte Borghorst zornig. »Saubere Arbeit, Yaegher. Mein Kompliment.«

»Wir?« wiederholte Yaegher betont.

»Wir«, bestätigte Borghorst. »Falls es Ihnen nichts ausmacht, ausgerechnet mit mir zusammenzuarbeiten, heißt das.«

Yaegher zog es vor, nicht darauf zu antworten. Er war noch immer verunsichert; jetzt vielleicht sogar noch mehr als zuvor. Borghorst hatte ihn regelrecht überfahren. Er brauchte Zeit, um über alles nachzudenken.

»Ich hatte gehofft, Sie hätten die Kassette noch«, seufzte Borghorst. »Wir hätten sie zu Clemms Professor an der Universität bringen können.«

»Wozu?« fragte Yaegher. »Um ihn umzubringen?«

»Jetzt übertreiben Sie nicht«, sagte Borghorst. »Bisher –«

»Ich übertreibe nicht«, sagte Yaegher. »Ich habe einen Teil dieses Films gesehen. Daß ich noch lebe, ist reiner Zufall. Und ich bin nicht einmal sicher, daß das noch lange so bleibt.« Er nippte an seinem allmählich schal werdenden Bier, sah Borghorst durchdringend an und gab sich dann einen Ruck. Er mußte irgend jemandem vertrauen, und wenn Borghorst der falsche Mann dafür war, dann war es ohnehin zu spät. Daher erzählte er Borghorst von seinem Erlebnis am vergangenen Morgen, und auch von dem, was ihm Stunden später im Keller des Polizeipräsidiums zugestoßen war.

»Deshalb also haben Sie die halbe Registratur auseinandergenommen«, sagte Borghorst. »Das war das einzige, worauf ich mir noch keinen Reim machen konnte.« Plötzlich runzelte er die Stirn. »Aber das war doch Stunden, nachdem Sie das Band angesehen hatten!«

»Und ohne daß ich auch nur in der Nähe eines Fernsehers war«, führte Yaegher den Satz zu Ende. »Und es ist noch einmal passiert, ein paar Stunden später, nur nicht mehr ganz so schlimm. Ich nehme an, die Wirkung dieses ... Hypnosesignals hält eine ganze Weile an und läßt nur ganz langsam nach. Wenn überhaupt.«

»Dann ist es um so wichtiger, daß wir der Sache auf den Grund gehen«, sagte Borghorst. Er klang sehr entschlossen.

»Und wie? Wir haben keinen einzigen Beweis. Außer« – Yaegher lächelte säuerlich auf seine verbundene Hand herab – »ein paar abgebrochenen Fingernägeln. Sehr weit werden wir damit nicht kommen, fürchte ich.«

Borghorst deutete auf den Computerausdruck. »Sie haben sich das Ding noch nicht richtig angesehen, oder?«

»Wieso?«

»Weil Ihnen wahrscheinlich ein paar Namen aufgefallen wären, wenn Sie es getan hätten«, antwortete Borghorst unfreundlich. »Aber ich nehme Ihnen die Mühe gerne ab. Wenn man den Laden sieht, glaubt man es kaum – aber zu den Kunden dieses Videoclubs gehört praktisch alles, was in dieser Stadt Rang und Namen hat. Mit anderen Worten: Wenn Sie recht haben und diese Videobänder tatsächlich in der Lage sind, Menschen zu manipulieren –«

»– dann gehört die Stadt praktisch dem VIDEO-INN«, führte Yaegher den Satz zu Ende.

Borghorst nickte abgehackt. »So ungefähr. Können Sie noch eine schlechte Nachricht vertragen?«

Yaegher sah auf.

»Das VIDEO-INN«, sagte Borghorst langsam und übermäßig betont, »gehört auf dem Papier diesem Idioten Petersen. Aber der ist nur ein Strohmann.«

»Und wem gehört Petersen?« fragte Yaegher.

»Strauss«, antwortete Borghorst.

27

Sie waren übereingekommen, sich am Abend in Yaeghers Wohnung zu treffen, um ihr weiteres Vorgehen zu besprechen – nachdem Yaegher beim Arzt gewesen war und ein paar Stunden geschlafen hatte. Der Gedanke, daß er und Borghorst – ausgerechnet Borghorst! – plötzlich zusammenarbeiten sollten – und noch dazu auf eine Art und Weise, deren bloße Erwähnung Borghorst vor einer Woche noch mit Freuden zum Anlaß genommen hätte, Yaegher auf der Stelle hinauswerfen zu lassen, kam ihm noch immer absurd vor. Aber es war so. Sie hatten noch eine ganze Weile miteinander geredet, und Yaegher hatte erst während dieses Gespräches und auch da nur allmählich begriffen, wie monströs diese Geschichte war, in die sie beide fast ohne ihr Zutun hineingestolpert waren. Es ging hier um weit mehr als einen kleinen Drogenhändler, der auf eine Methode gestoßen war, unliebsame Mitwisser oder Konkurrenten leicht und ohne irgendwelche Spuren aus dem Weg zu räumen. Wenn nicht Strauss, dann würde irgend jemand anderes sehr bald begreifen, welch unvorstellbare Macht diese Videobänder darstellten. Die Stadt in den Händen eines Mannes wie Strauss zu sehen, das war eine geradezu paradiesische Vorstellung gegen das, was diese Kassetten wirklich anzurichten vermochten.

Borghorst hatte das Lokal als erster verlassen und ihm eingeschärft, eine Viertelstunde zu warten, ehe er ihm folgte. Sie konnten niemandem mehr trauen. Es war gut möglich, daß Borghorst nicht der einzige war, der ein Auge auf Yaegher geworfen hatte.

Er sah den Sinn dieser Vorsichtsmaßnahme ein, aber er hatte alle Mühe, nicht am Tisch einzuschlafen, während er darauf wartete, daß die Zeit ablief, die er Borghorst als Vorsprung versprochen hatte. Seine Hand hatte wieder stärker zu schmerzen begonnen. Vorsichtig legte er sie vor sich auf den Tisch. Seine Fingerspitzen klopften, als hätte er sie in weißglühendes Eisen getaucht, und der frische Verband, den er erst vor ein paar Stunden angelegt hatte, war bereits wieder dunkel von Blut und vollkommen verdreckt. Aber damit paßte er sich im Grunde nur der Tischdecke an. Seltsam – ihm war bisher gar nicht aufgefallen, wie schmutzig die war. Und außerdem so zerschlissen, daß an zahllosen Stellen das Holz der Tischplatte durch den Stoff schimmerte. Ebensowenig, wie ihm aufgefallen war, daß der Kellner das Essen auf uraltem Geschirr serviert hatte, von dem vieles Sprünge hatte. Die Essensreste darauf waren verfault und verströmten einen widerwärtigen, süßlichen Geruch. Eine grünliche Flüssigkeit hatte sich auf den Tellern gesammelt, in der Maden und andere haarige Insekten schwammen, und...

Yaegher stand mit einem Ruck auf.

Er war nicht mehr in dem Restaurant, in dem er mit Evelin gegessen hatte. Oder vielleicht doch, aber es hatte sich auf grauenerregende Weise verwandelt. Alles war uralt und verfallen. Auf dem Boden lag eine zentimeterdicke Staubschicht, und von der Decke hingen Spinnweben, die von Staub grau und so schwer wie Vorhänge geworden waren. An den Tischen saßen Tote in den unterschiedlichsten Stadien der Verwesung – von zombieähnlichen Gestalten mit bläulichen Gesichtern und schwarz unterlaufenen Augen bis hin zu Skeletten, die mit rostigen Gabeln verfaulendes Essen in sich hineinstopften, das durch ihre leeren Körper stürzte und auf die Stühle und den Boden fiel.

Nein! dachte Yaegher. Er schloß die Augen und dachte, jedes Wort bewußt und übermäßig betont artikulierend: *Das! Ist! Nicht! Wirklich!*

Es nutzte nichts. Als er die Augen wieder öffnete, war es noch schlimmer geworden. Die Toten hatten miteinander zu reden begonnen. Gelächter und das Geräusch von Glas und Besteck drang an sein Ohr. Eine tote Frau an einem der Nebentische, die ein mumifiziertes, aber trotzdem fröhlich vor sich hin brabbelndes Baby in einem Kinderwagen neben sich schaukelte, bemerkte seinen Blick und lächelte ihm zu. Die Bewegung war zu viel für ihre ausgetrocknete Leichenhaut. Ihre Mundwinkel rissen auf; aus ihrem Lächeln wurde ein diabolisches Reptiliengrinsen.

»Nein«, stöhnte Yaegher. »Ich muß aufwachen!«

Der Ober trat an seinen Tisch, um ihm die Rechnung zu bringen, die auf einem verrosteten Silbertablett voll von braunen Würmern lag, die sich ekelhaft wanden. Die Würmer krochen aus dem Ärmel seines zerschlissenen Fracks, und andere Würmer wimmelten in seinem Gesicht und seinen leeren Augenhöhlen herum. Die rechte Hälfte seines Schädels war von grauem, strohtrockenem Haar bedeckt, in dem sich Spinnen tummelten, die Haut auf der anderen Seite war verschwunden, so daß man den blanken Knochen sehen konnte.

»Die Rechnung, mein Herr«, sagte er. Vielleicht hätte er das besser nicht getan, denn sein Gesicht war nicht mehr in der Verfassung, diese Belastung auszuhalten. Seine rechte Wange riß auf und rollte sich ein wie ein Stück trockener Tapete, und sein Unterkiefer fiel herunter und zerbrach neben Yaeghers Hand auf dem Tisch. Knochensplitter und Zähne verteilten sich auf der zerschlissenen Decke.

Der Anblick war zuviel. Yaegher schrie gellend auf und sprang so heftig in die Höhe, daß sein Stuhl umkippte und zerbrach. Die toten Gäste ringsum hörten auf, sich zu unterhalten und zu essen, und starrten ihn an, und der Kellner wich mit einem Ausdruck erschrockener Verblüffung im Gesicht einen Schritt zurück. Yaegher schrie noch einmal auf, gellender als zuvor, taumelte rückwärts gegen einen Tisch und riß dabei das Skelett, das daran saß und Bier aus einem Glas mit zersplittertem Rand trank, von seinem Stuhl. Es stürzte zu Boden. Sein Unterkiefer und ein Teil des rechten Armes zersplitterten und blieben liegen, während sich der Rest lauthals fluchend wieder in die Höhe kämpfte.

»He!« rief der Kellner. Da er keinen Unterkiefer mehr hatte, klang seine Stimme verzerrt und schrill. Yaegher konnte sehen, wie sich die Stimmbänder hinter der schlaff herunterhängenden Zunge wie rote, glitzernde Würmer bewegten. »Was soll denn das? Sind Sie verrückt geworden?!«

Yaegher fuhr herum und hetzte auf die Tür zu. Der Kellner begann irgend etwas von »Zechprellerei« zu brüllen und setzte zur Verfolgung an, aber Yaegher raste mit Riesensprüngen durch das Lokal, so daß niemand ihn aufhalten konnte. »Aufhalten!« schrie er. »Halten Sie den Mann fest!«

Eine Leiche, die direkt neben der Tür saß, versuchte es, aber Yaegher stieß sie zu Boden und stürmte einfach weiter und auf die Straße hinaus. Blindlings raste er über den Bürgersteig und auf die Fahrbahn und bemerkte erst dann, daß sich nicht nur das Restaurant auf so furchtbare Weise verändert hatte. Auch auf den Bürgersteigen flanierten Tote. Die Häuser waren uralt und verfallen, Ruinen mit leeren Fenstern und eingesunkenen Dachstühlen, und überall lagen Schmutz und Unrat und jahrzehntealter Staub. Ein völlig verrosteter Wagen rumpelte auf blanken Felgen auf ihn zu. Hinter der Windschutzscheibe, die blind und dreckverkrustet und an einer Ecke geborsten war, saß ein Skelett mit Hut und rauchte eine Zigarre. Yaegher sprang im letzten Moment zurück, und der Wagen wich auf funkensprühenden Felgen aus und rammte ein anderes Fahrzeug, das ihm entgegenkam. Der Zusammenstoß war nicht sehr hart, aber da die beiden Wagen praktisch nur noch aus Rost und Farbe bestanden, zerfielen sie vor Yaeghers Augen in ihre Bestandteile. Bremsen quietschten. Ein zweiter Wagen verfehlte Yaegher nur um Haaresbreite und prallte gegen die Bordsteinkante. Der Fahrer, ein Skelett, das kaum so groß war wie das eines Kindes, wurde gegen die Lenksäule geschleudert und löste sich in einem Wirbel weißer Knochen auf.

»Halt, Freundchen!« Eine Hand packte Yaegher an der Schulter und riß ihn herum. Es war der Kellner aus dem Restaurant. Seine andere Hand wedelte mit der Rechnung, und was von seinem

Gesicht noch übrig war, war vor Zorn zu einer Grimasse verzerrt. »Du bleibst schön hier!« kreischte er. »Mit Typen wie dir –«

Yaegher schlug seine Hand beiseite, versetzte ihm einen Stoß, der ihn rücklings zu Boden stürzen ließ, und rannte auf seinen Wagen zu. Der war ebenso verfallen und alt wie alles andere, aber als er sich hinter das Steuer geworfen und mit zitternden Händen den Schlüssel ins Schloß gesteckt hatte, sprang der Motor wie durch ein Wunder sofort an.

Etwas krachte gegen die Tür. Der Kellner war ihm gefolgt, hatte aber sein Tempo falsch berechnet und war in vollem Lauf gegen den Wagen geprallt, so daß er jetzt mit wild rudernden Armen abermals um sein Gleichgewicht rang.

Er verlor den Kampf auch dieses Mal. Hilflos rutschte er an der Tür entlang zu Boden. Seine gespreizten Hände glitten über die Scheibe und hinterließen glitzernde Spuren aus gelber Fäulnis auf dem Glas.

Yaegher hämmerte den Gang hinein und trat das Gaspedal bis zum Anschlag durch. Der Wagen raste mit durchdrehenden Reifen los, und wieder hörte er ein zorniges Hupen, das Kreischen von Bremsen und das dumpfe Geräusch von aufeinanderprallendem Metall.

Er verschwendete keine Zeit mit einem Blick in den Rückspiegel, sondern jagte den Wagen rücksichtslos die Straße hinab, schlitterte um die nächste Biegung und gab weiter Gas. Ein Skelett auf einem verrosteten Motorrad wich ihm verzweifelt aus und stürzte, sich überschlagend und dabei in Stücke zerbrechend, auf den Gehsteig und dann konnte er selbst erst im allerletzten Moment einem Lastwagen ausweichen, auf dessen Ladefläche blutige Schweinehälften auf und ab liefen.

Das geschieht nicht wirklich! kreischten seine Gedanken. *Wach auf! WachaufwachaufwachaufWACHAUF!* Er mußte etwas tun. Sich kneifen, um wach zu werden, sich –

Er löste die rechte Hand vom Steuer und stieß die ausgestreckten Finger mit aller Gewalt gegen das Wagendach.

Der Schmerz war unbeschreiblich. Yaegher brüllte auf vor Qual, warf sich zurück und verriß das Lenkrad. Der Wagen geriet ins Schleudern und drehte sich einmal um sich selbst. Yaegher wurde übel.

Aber es half. Die Welt, die draußen vor der Windschutzscheibe einen irrsinnigen Tanz aufführte und dann schaukelnd zur Ruhe kam, war wieder die Wirklichkeit, die er kannte, eine Welt mit lebenden Menschen, intakten Häusern und Autos, die auf Rädern aus Gummi fuhren und nicht auf nackten Felgen.

Yaegher sank wimmernd über dem Steuer zusammen. Er kämpfte mit aller Macht darum, sich nicht zu übergeben. Seine Hand schmerzte unerträglich, und obwohl er die Augen geschlossen hatte, spürte er, wie sich die Welt schneller und schneller um ihn zu drehen begann. Er hatte Angst, die Augen zu öffnen.

Aber der Alptraum war nicht zurückgekommen, als er es schließlich tat. Wozu auch? Die Wirklichkeit war schlimm genug.

Sein Wagen stand quer zur Fahrtrichtung mitten auf der Straße. Dreißig oder vierzig Meter entfernt stand ein Viehtransporter, dessen Hänger umgekippt war. Mindestens zwei Dutzend quiekender Schweine liefen kopflos auf der Straße umher, und ein gutes Stück hinter diesem Chaos bemühten sich einige Passanten um einen Motorradfahrer, der neben seiner zertrümmerten Maschine lag und sich unsicher aufzurichten versuchte. Aus allen Richtungen rannten Menschen auf ihn zu.

Yaegher stemmte sich zitternd hinter dem Lenkrad in die Höhe. Er versuchte den Gang einzulegen, aber seine Hand verweigerte ihm den Dienst. Er spürte, daß warmes Blut durch den Verband drang und in seinen Schoß tropfte. Mit zusammengebissenen Zähnen und stöhnend vor Schmerzen legte er den Gang mit der linken Hand ein, trat die Kupplung und startete den Motor. Eine halbe Sekunde, ehe der erste der aufgebrachten Passanten den Wagen erreichte und die Tür aufreißen konnte, fuhr er los.

28

Es dauerte fast eine Stunde, bis er sich wieder so weit erholt und in der Gewalt hatte, um über sein weiteres Vorgehen nachdenken zu können. Irgendwie hatte er es geschafft, den Wagen in einem Industriegebiet in der Nähe in eine Seitenstraße zu lenken, aber dann hatten seine Kräfte endgültig versagt. Er war nicht ohnmächtig geworden, aber in einen Zustand gefallen, der einer Bewußtlosigkeit so nahe kam, wie es nur ging. Daß er das Bewußtsein nicht wirklich verloren hatte, lag vermutlich nur an der Tatsache, daß etwas in ihm wußte, daß er nicht noch einmal aufwachen würde, wenn das geschah, und daß er sich mit verzweifelter Macht dagegen wehrte.

Trotzdem erinnerte er sich nicht, wieviel Zeit vergangen war, als sich seine Sinne allmählich klärten. Die Uhr am Armaturenbrett des Wagens behauptete, daß es eine Stunde gewesen war, aber ebensogut konnten es auch zehn sein oder hundert oder nur wenige Minuten. Er fühlte sich ausgelaugt. Der Schmerz in seiner Hand ließ noch immer nicht nach, und er hatte Angst wie nie zuvor im Leben. Was hatte er zu Borghorst gesagt? »... ich nehme an, daß die Wirkung nur allmählich nachläßt ...«? Lächerlich. Das genaue Gegenteil war der Fall. Es wurde *schlimmer.* Und es war längst nicht mehr der auf Magnetband gebannte Horror des Films, den er erlebte. Etwas in seinem Inneren war in Bewegung geraten und produzierte eigene Bilder, die ungleich entsetzlicher waren.

Mühsam beugte er sich vor und schaltete den Polizeifunk ein. Er mußte nur ein paar Augenblicke hinhören, um zu erfahren, was er wissen wollte: So ungefähr jeder Polizeibeamte in der Stadt suchte nach ihm. Die Zeugen seiner Amokfahrt hatten sich – wie üblich – widersprochen, was die Farbe und das Fabrikat seines Wagens und sogar das Nummernschild anging, so daß seine Kollegen offensichtlich noch nicht genau wußten, nach wem sie da suchten, aber Yaegher war klar, daß es nur eine Frage der Zeit war, bis sie es herausbekamen. Er hatte im besten Fall ein paar Stunden. Und nicht einmal darauf konnte er sich mit hundertprozentiger Sicherheit verlassen, denn wenn sie wußten, wer wirklich für die Amokfahrt durch die Stadt verantwortlich war, dann wußten sie auch, daß er in einem Polizeiwagen mit einem Funkgerät saß. So oder so – er mußte diesen Wagen loswerden. Und sich irgendwie mit Borghorst in Verbindung setzen, um einen neuen Treffpunkt auszumachen. Seine Wohnung war nicht mehr sicher.

Als er an diesem Punkt seiner Überlegungen angekommen war, huschte ein schmerzhaftes Lächeln über seine Züge. Er begann bereits wie ein Verbrecher zu denken. So also war das. Borghorst hatte sich geirrt, als er seine philosophischen Betrachtungen über

Männer wie Issler angestellt hatte. Es war nicht immer ein langer, von Zweifeln und ruhigem Kalkül bestimmter Prozeß. Manchmal reichte es, einen Schritt zu tun und sich auf der anderen Straßenseite zu finden, ohne daß man es eigentlich selbst gewollt hatte. Und manchmal wurde man auch auf die andere Seite *gestoßen.* Er konnte sich jetzt nicht einfach stellen. Niemand würde ihm diese Geschichte glauben. Wenn er zur Polizei ging und erzählte, was passiert war, würde er sich fünf Minuten später in einer Gefängniszelle wiederfinden; oder in der geschlossenen Abteilung der städtischen Klapsmühle. Er brauchte *Beweise.* Und an die kam er nur heran, wenn er auf freiem Fuß war. Womit sich der Kreis in seinen Gedanken schloß: Er mußte diesen Wagen loswerden und mit Borghorst einen anderen Treffpunkt ausmachen. Und er mußte irgendwie dafür sorgen, daß er nicht wieder einschlief. Für eine Weile war das sicher das am einfachsten zu lösende Problem, aber zugleich verkürzte es die Frist, die ihm insgesamt noch blieb, drastisch. Er hatte jetzt seit achtundvierzig Stunden so gut wie keinen Schlaf bekommen. Wie lange konnte ein Mensch ohne Schlaf durchhalten? Zweiundsiebzig Stunden? Vielleicht ein paar mehr oder weniger, wenn er sich entsprechende Tabletten besorgte, aber auf keinen Fall *viel* mehr. Phantastische Aussichten.

Er startete den Wagen und fuhr los. Irgend etwas an der Hinterachse begann zu klappern, als er aus der Seitenstraße herausrollte und Gas gab, und das Lenkrad zuckte und ruckelte unter seiner Hand. Offensichtlich hatte auch sein Wagen etwas abbekommen – eigentlich kein Wunder bei dem, was passiert war. Yaegher betete lautlos, daß er niemanden schwer verletzt oder gar getötet hatte.

Er fuhr zurück in die Innenstadt und hielt vor der ersten Apotheke, die er sah. Sie war geschlossen, aber das kleine Leuchtschild im Fenster informierte ihn darüber, welche Apotheke Sonntagsdienst hatte, und er hatte Glück: Er befand sich nur wenige Blocks davon entfernt. Zehn Minuten später hielt er vor dem entsprechenden Gebäude, stieg aus und drückte auf den Klingelknopf.

Es dauerte eine ganze Weile, bis ein Schatten hinter der Milchglasscheibe auftauchte und die kleine, metallgefaßte Klappe darin geöffnet wurde. Ein blasses Männergesicht mit wirrem Haar blickte ihn aus Augen an, die noch trüb von dem gerade unterbrochenen Schläfchen waren. »Ja?«

»Ich brauche ein Schmerzmittel«, sagte Yaegher. »Das stärkste, das Sie mir ohne Rezept geben können.«

Aus der Müdigkeit in den Augen des Apothekers wurden Neugier, dann Mißtrauen. »Was ist passiert?« fragte er.

Yaegher unterdrückte seinen Ärger und hob mit einem schiefen Lächeln die verbundene Hand. »Eigene Dummheit«, erklärte er. »Bin mit einem Bastelmesser abgerutscht.«

»Dann sollten Sie lieber zu einem Arzt gehen. Oder besser gleich ins Krankenhaus fahren«, riet ihm der Apotheker. »Mit Schnittwunden ist nicht zu spaßen.«

»Es ist nicht schlimm«, antwortete Yaegher. »Tut eben nur weh. *Sehr* weh.«

»Schmerz ist meistens ein Zeichen dafür, daß es doch schlimm ist«, sagte der andere. »Tun Sie sich lieber selbst den Gefallen, und gehen Sie zum Arzt. Es sei denn, Sie sind scharf auf eine Blutvergiftung oder ein paar steife Finger für den Rest Ihres Lebens.« Trotz dieser Worte drehte er sich um und schlurfte davon, um das gewünschte Medikament zu holen.

Yaegher sah ihm mit einer Mischung aus Ärger und Ungeduld hinterher. Das hatte ihm im Augenblick gerade noch gefehlt: ein Samariter, der seinen Job ernst nahm und womöglich gleich einen Krankenwagen rief, um den leichtsinnigen Trottel vor seiner Tür zu seinem Glück zu zwingen.

Der Apotheker kam zurück und hatte ein rot-weißes, flaches Päckchen in der Hand. »Das macht dreiundzwanzig fünfzig«, sagte er. »Aber erwarten Sie keine Wunder. Ohne Rezept kann ich Ihnen nichts wirklich Starkes geben.« Er maß Yaegher mit einem sehr ernsten Blick. »Sie sehen nicht gut aus, wenn Sie mir die Bemerkung erlauben. Sie gehören ins Bett oder wenigstens nach Hause. Aber nicht« – er wies mit einer Kopfbewegung auf Yaeghers Wagen – »hinter das Steuer eines Autos.«

»Ich weiß«, antwortete Yaegher. Er hatte Mühe, so zu tun, als fasse er die Freundlichkeit des Mannes als das auf, was sie war. »Ich werde zum Arzt gehen, sobald ich kann. Aber im Moment geht es einfach nicht.« Ganz bewußt legte er eine Pause ein und tat dann so, als wäre ihm nachträglich noch etwas eingefallen. »Noch etwas. Ich brauche irgendeinen Wachmacher. Koffeintabletten vielleicht.«

»Schmerzmittel und Wachmacher?« Der Apotheker riß verblüfft die Augen auf. »Das schließt sich praktisch gegenseitig aus. Also wirklich... Ich meine, es geht mich nichts an, aber –«

»Stimmt«, unterbrach ihn Yaegher kalt. »Es geht Sie nichts an.«

Das Mitgefühl in den Augen seines Gegenübers erlosch schlagartig. »Sehr wohl«, sagte er eisig. »Einen Moment bitte.«

Diesmal dauerte es länger, bis er zurückkam und Yaegher eine weitere Schachtel durch die Klappe reichte. »Zwei Stück halten Sie für sechs bis acht Stunden wach«, sagte er teilnahmslos. »Danach klappen Sie zusammen wie ein Taschenmesser. Ich habe Sie gewarnt. Das macht dann noch einmal achtzehn dreißig.«

Yaegher reichte ihm einen Fünfzigmarkschein und ging zum Wagen zurück, ohne auf das Wechselgeld zu warten. Zitternd vor Aufregung und Schwäche fuhr er los, hielt aber schon hinter der nächsten Kurve wieder an und zog die beiden Medikamentenschachteln aus der Tasche. Den Wachmacher ließ er unangetastet. Er war müde und brauchte ihn so dringend wie ein Verdurstender einen Schluck Wasser, aber er nahm die Warnung des Apothekers ernst. Sechs bis acht Stunden. Vielleicht würde er diese letzte Frist noch dringend nötig haben. Er steckte das Päckchen wieder ein und versuchte ungeschickt, die Packung mit dem Schmerzmittel mit nur einer Hand zu öffnen. Es gelang ihm, aber als er die Tabletten aus ihrer Blisterverpackung herausdrückte, entglitten sie seinen Fingern und fielen zu Boden. Yaegher fluchte, beugte sich vor und tastete blind unter dem Fahrersitz herum. Seine Finger berührten die Tablette und – kaltes, kantiges Plastik. Verblüfft griff er zu und zog eine schwarze Videokassette unter dem Sitz hervor.

Es dauerte geschlagene zehn Sekunden, bis er überhaupt begriff, was er da hatte. Es war die Kassette aus Rugners Recorder. Das Band, das er in seinem Büro ausgetauscht und in die Manteltasche gesteckt hatte. Es mußte herausgefallen und unter den Sitz gerutscht sein; wahrscheinlich in der Nacht, in der er vor Evelins Hotelzimmer im Wagen gesessen und mit seiner eigenen außer Kontrolle geratenen Phantasie gekämpft hatte.

Und das bedeutete, daß Steiger nur *eine* der beiden Videokassetten erbeutet hatte. Die unwichtigere von beiden.

Er hatte seinen Beweis.

29

Die Tabletten, die ihm der Apotheker gegeben hatte, schienen überhaupt nicht zu wirken, aber Yaegher tröstete sich mit dem Gedanken, daß die Schmerzen ohne sie wohl noch schlimmer geworden wären. Auch so hielt er es kaum aus. Die Schmerzen waren nicht mehr normal. Abgebrochene Fingernägel taten weh, aber nicht *so*. In seinem Körper ging noch mehr vor. Seine Hand pochte und war unter dem Verband dick und unförmig angeschwollen; außerdem glühte sie so sehr, daß er die Hitze durch den Stoff des Verbandes, den Mantel und die Hose hindurch spüren konnte, als er sie in den Schoß legte. Zum ersten Mal begann sich Yaegher ernsthaft mit dem Gedanken zu beschäftigen, daß er *sterben* könnte; nicht an den tödlichen Visionen, sondern an etwas so Lächerlichem wie drei abgebrochenen Fingernägeln. Er sollte den Rat des Apothekers beherzigen und ins Krankenhaus fahren, um sich behandeln zu lassen.

Statt dessen nahm er zwei weitere Tabletten und fuhr zur Universität. Professor Leismann war natürlich nicht da – es war Sonntag und außerdem schon nach sieben –, aber sein Dienstausweis erwies sich auch jetzt wieder als Sesam-öffne-dich. Ein einziger Blick darauf reichte aus, sämtliche Bedenken des Pförtners auszuräumen, worauf er Yaegher einen Zettel mit Leismanns Privatadresse aushändigte. Eine halbe Stunde später stieg er vor einer protzigen Jugendstilvilla am Stadtrand aus dem Wagen und drückte mit einer Hand, die sich anfühlte wie ein Luftballon voller glühender Lava, auf den Klingelknopf am Gartentor.

Der Lautsprecher neben der Klingel blieb stumm, aber nach ein paar Augenblicken erscholl ein feines Summen, und das geschmiedete Gartentor sprang wie von Geisterhand aus dem Schloß. Yaegher schob es auf und ging auf das Haus zu.

Die Tür ging auf, als er noch zwei Schritte entfernt war, und Leismann trat heraus. Zumindest vermutete Yaegher, daß es Professor Leismann war. Er sah nicht aus wie ein Universitätsprofessor. An die zwei Meter groß und mit Schultern wie ein Preisboxer ragte sein Umriß gegen das Licht im Hausflur wie ein Filmdouble von Arnold Schwarzenegger über Yaegher empor. Kein Wunder, dachte er, daß er sich nicht einmal die Mühe gemacht hatte, nachzufragen, wer da draußen am Tor stand.

»Professor Leismann?« fragte er. Er erschrak, als er seine eigene Stimme hörte. Sie schwankte und klang krächzend und dünn wie die eines uralten Mannes.

Der Schatten trat aus der Tür und wurde zu einem Mann, als er ins schwindende Tageslicht geriet. Leismanns Aussehen paßte zu seinem Umriß: Wären die Krähenfüße um seine Augen und das erste Grau in seinem Haar nicht gewesen, so hätte man ihn für keinen Tag älter als vierzig halten können. Er hatte jenes breite, nicht sonderlich intelligent aussehende Gesicht der meisten *wirklich* großen Männer, dazu aber wache, sehr aufmerksame Augen, denen nicht die geringste Kleinigkeit entging. »Das kommt ganz darauf an, wer fragt«, sagte er scherzhaft. Eine Sekunde später erlosch das Lächeln in seinen Augen und machte Schrecken und jäher Sorge Platz. »Großer Gott, was ist denn mit Ihnen los?«

Er trat Yaegher entgegen, streckte die Hände aus und verhielt mitten in der Bewegung, als Yaegher automatisch zurückwich.

»Nichts«, sagte er. »Ich hatte einen kleinen Unfall. Sieht schlimmer aus, als es ist. Deswegen bin ich nicht hier. Ich... muß mit Ihnen reden. Es ist wichtig.«

»Das glaube ich Ihnen gerne«, antwortete Leismann. »Jemand in Ihrem Zustand würde kaum herkommen, wenn es nicht wichtig wäre. Kennen wir uns?«

»Nein«, sagte Yaegher. »Martin... Herr Clemm hat mir Ihre Adresse gegeben, und –«

»Ich erinnere mich an ihn«, sagte Leismann. »Er war ein guter Student. Erstaunlich, daß er sich nach all den Jahren noch an mich erinnert.« Er wedelte mit der Hand. »Kommen Sie rein. Sie sehen aus, als könnten Sie einen Cognac vertragen.«

»Kein Alkohol«, sagte Yaegher erschrocken. »Aber ein starker Kaffee wäre nicht schlecht.« Er betrat das Haus und wartete, bis Leismann die Haustür ins Schloß gedrückt hatte und vorging. Das Innere des Hauses entsprach dem Äußeren: gepflegter Jugendstil, zum größten Teil echt, zu einem kleineren nachgemacht, aber in Kopien, die wahrscheinlich teurer gewesen waren als Originale. Das Wohnzimmer protzte mit einem gewaltigen Marmorkamin, vor dem eine verspielte Sitzgruppe stand; ansonsten war der hundert Quadratmeter große Raum fast leer.

»Setzen Sie sich«, sagte Leismann mit einer entsprechenden Geste. »Ich hole nur rasch meine Frau.«

»Es ist nicht nötig, daß –«

»Wollen Sie einen Kaffee oder nicht?« unterbrach ihn Leismann. »Außerdem brauchen Sie sie. Sie ist Ärztin.«

»Ich –«

»Ruhe!« kommandierte Leismann. »Hinsetzen!«

Yaegher gehorchte ganz automatisch. Die Stühle waren so unbequem, wie sie aussahen, aber dafür war er im Moment beinahe dankbar. Ein bequemer Sitzplatz, dazu die wohltuende Wärme des knisternden Feuers im Kamin und ein paar Augenblicke Ruhe, und er wäre wahrscheinlich auf der Stelle eingeschlafen.

Kurz bevor ihm die Augen tatsächlich zufallen konnten, kam Leismann in Begleitung seiner Frau zurück. Ihr Anblick überraschte Yaegher im ersten Moment, denn sie schien mindestens fünfzehn Jahre älter zu sein als ihr Mann. Erst dann erkannte er den Fehler in dieser Überlegung: Frau Leismann sah einfach so alt aus, wie sie war, Anfang Fünfzig und sehr gepflegt, während ihr Mann es irgendwie fertiggebracht hatte, der Zeit ein Schnippchen zu schlagen. Sie sah ihn einen Moment lang wortlos und besorgt an, dann ließ sie sich ebenso schweigend neben seinem Stuhl in die Hocke sinken und griff nach seiner Hand. Yaegher sog hörbar die Luft ein, als sie sie berührte.

»Wer hat den Verband gemacht?« fragte sie.

»Ich selbst«, antwortete Yaegher. »Warum?«

»Das sieht man.« Sie schüttelte ärgerlich den Kopf und stand auf. »Ich hole meine Tasche. Freuen Sie sich schon einmal – es wird weh tun.«

Sie ging aus dem Zimmer, und Leismann wartete, bis sich Yaeghers Konzentration wieder ihm zuwandte. »Also, was kann ich für Sie tun, Herr –?«

»Yaegher.«

»– Herr Yaegher? Sie sagten, daß Martin Clemm Sie schickt?«

»Nicht direkt«, antwortete Yaegher vorsichtig. »Wir sprachen über ein... technisches Problem, mit dem er nicht fertig wurde, und da fiel Ihr Name.«

»Ein technisches Problem, mit dem er nicht zurechtkommt?« Leismann runzelte die Stirn und lehnte sich lässig gegen den Kaminsims. Seine gewaltigen Muskeln schienen das dünne Sporthemd über dem Bizeps sprengen zu wollen, als er die Arme vor der Brust verschränkte. Bei jedem anderen hätte die Pose aufgesetzt und angeberisch gewirkt, aber bei ihm sah sie einfach nur beeindruckend aus. Es fiel Yaegher immer schwerer, zu glauben, daß er tatsächlich einem Physikprofessor gegenüberstand. »Dann muß es sich um ein schwerwiegendes Problem handeln. Martin war einer meiner talentiertesten Studenten.«

»Es geht wohl eher darum, daß wir in unserem Labor nicht die richtigen Geräte haben«, sagte Yaegher.

»Um was zu tun?«

Anstelle einer direkten Antwort zog Yaegher die Videokassette aus der Tasche und legte sie auf den Tisch. Leismann löste sich von seinem Platz am Kamin und streckte die Hand aus, aber Yaegher schüttelte rasch den Kopf.

»Noch nicht«, sagte er. »Ich muß Ihnen erst noch ein paar Dinge erklären.«

»Das scheint mir auch so«, sagte Leismann. Er setzte sich. »Also – ich höre zu.«

Das war vielleicht schon mehr, als er realistisch hatte erwarten können, dachte Yaegher. Um so wichtiger war es jetzt, nicht alles durch ein paar unbedachte Worte zu zerstören. Er konnte sich gut vorstellen, welchen Eindruck er auf Leismann und seine Frau machte, verdreckt, mit einer schlecht verbundenen Verletzung und zum Umfallen müde, ein Fremder, der unangemeldet an ihrer Tür klingelte und mit einer völlig verrückten Geschichte aufwartete. Neun von zehn anderen hätten ihn jetzt bereits wieder hinausgeworfen.

»Die Geschichte ist ein bißchen kompliziert«, begann er. »Ich will ganz ehrlich sein: Ich bin nicht... nicht offiziell hier. Ich meine, es ist nicht so, daß ich Sie offiziell im Namen der Polizei um Ihre Hilfe bitten kann.«

»Das dachte ich mir«, sagte Leismann ungerührt. »Offizielle Ansuchen um Hilfe werden selten sonntags abends von halbtoten Polizeibeamten gestellt, die vor meiner Tür zusammenbrechen.«

Yaegher lächelte matt. Die Tür ging auf, und Leismanns Frau kam zurück. Sie hatte sich eine schwarze Arzttasche unter den Arm geklemmt und trug eine Schüssel mit dampfend heißem Wasser in beiden Händen. Der Anblick erfüllte Yaegher mit einer unguten Vorahnung. Er sah bewußt weg und deutete auf die Kassette.

»Ich werde Ihnen etwas erzählen«, sagte er. »Um es gleich zu sagen: Es klingt ziemlich verrückt. Wahrscheinlich werden Sie mir nicht glauben. Deshalb bitte ich Sie, mir einfach zuzuhören, so unglaublich es Ihnen auch vorkommen mag. Meinetwegen rufen Sie hinterher einen Irrenarzt oder werfen Sie mich raus, aber lassen Sie mich zu Ende erzählen. Versprochen?«

»Versprochen«, sagte Leismann. Yaegher hatte nicht wirklich damit gerechnet, aber Leismann nahm seine Worte sehr ernst. Möglicherweise würde sich das ändern, sobald er damit begonnen hatte, seine Geschichte zu erzählen.

Bevor er damit jedoch beginnen konnte, klappte Leismanns Frau ihre Tasche auf und förderte ein Etui mit einer silberfarbenen Spritze zutage.

»Was haben Sie damit vor?« fragte er mißtrauisch.

»Ihnen etwas zu geben«, antwortete sie. »Wenn die Wunde unter diesem Verband so aussieht, wie ich vermute, werden Sie es sonst kaum aushalten. Machen Sie den Arm frei.«

Yaegher rührte sich nicht. »Ich fürchte, das werde ich müssen«, sagte er ernst. »Keine Medikamente. Ich kann es mir nicht leisten, einzuschlafen oder auch nur müde zu werden.«

»Ich glaube, Sie sind schon müde genug«, antwortete sie verärgert. »Anscheinend phantasieren Sie schon, junger Mann. Wofür halten Sie sich? Für Clark Kent junior?«

»Wenn Sie mir zehn Minuten zuhören, werden Sie mich verstehen«, sagte Yaegher, und er sagte es mit einem solchen Ernst, daß der Ärger in den Augen der Ärztin erlosch und einer Mischung aus Verwirrung und Neugier Platz machte.

»Also gut«, sagte sie. »Fangen Sie an.«

Yaegher begann zu reden.

Natürlich dauerte es länger als zehn Minuten. Yaegher redete eine gute halbe Stunde, nur wenige Male von Leismann unterbrochen, der knappe, präzise Fragen stellte, in denen Yaegher nicht die mindeste Spur von Spott oder Ironie entdecken konnte. Und auch, als er fertig war, lachte Leismann nicht. Er blieb sehr ernst und sah sogar ein bißchen erschrocken aus, fand Yaegher.

»Nun?« fragte er, als Leismann auch nach einer geschlagenen Minute keine Anstalten machte, irgend etwas zu sagen.

»Sie haben recht«, sagte Leismann. Er sah nicht ihn, sondern die Videokassette auf dem Tisch an. »Das ist die haarsträubendste Räuberpistole, die man mir je erzählt hat.«

»Sie glauben mir nicht«, seufzte Yaegher. Plötzlich kam er sich vor wie ein Luftballon, aus dem immer schneller die Luft entweicht. Er glaubte regelrecht zu spüren, wie er auf dem bequemen Jugendstilstuhl zusammensackte.

»Das habe ich nicht gesagt«, sagte Leismann.

Yaegher sah mit einem Ruck auf. »Sie ... Sie glauben mir?«

»Das habe ich auch nicht gesagt«, antwortete Leismann. »Ich habe gesagt, daß es eine unglaubliche Geschichte ist. Aber nicht alles, was unwahrscheinlich klingt, muß deswegen auch automatisch unwahr sein. Ebensowenig wie alles, was glaubhaft klingt, automatisch wahr ist.«

»Aber ist denn so etwas überhaupt möglich?« fragte seine Frau. Sie deutete auf die Videokassette.

»Theoretisch ist beinahe alles möglich«, antwortete ihr Mann. Er wandte sich jetzt wieder direkt an Yaegher. »Haben Sie schon einmal den Begriff *virtuelle Wirklichkeit* gehört?«

»Nein«, gestand Yaegher. »Was ist das?«

»Von der Wortkonstruktion her ein Widerspruch in sich«, antwortete Leismann. »Darüber hinaus aber etwas möglicherweise vollkommen Revolutionierendes, das natürlich wieder einmal aus Amerika zu uns kommt.« Er schien Yaeghers Gesicht anzusehen, daß er nichts verstand, und versuchte es noch einmal und auf andere Weise.

»Okay – Sie wissen, was ein Computerspiel ist. Meistens sind es kleine trickfilmähnliche Sequenzen mit mehr oder weniger guten Grafiken, und Sie schicken Ihre Spielfiguren mit einem Joystick oder einem anderen Steuergerät über den Bildschirm. Haben Sie so etwas schon einmal gespielt?«

»Ein paarmal«, sagte Yaegher. »Aber ich bin nicht besonders gut darin.«

»Jedenfalls wissen Sie, wovon ich rede. Und jetzt stellen Sie sich vor, Sie gehen einen Schritt weiter: Sie setzen sich nicht vor einen Bildschirm, sondern setzen einen Helm auf, in den zwei winzige Farbbildschirme eingebaut sind, so daß Sie das Bild dreidimensional sehen, und zwar *nur* dieses Bild und sonst nichts. Ein Lautsprecher übermittelt Ihnen die passenden Geräusche und schottet alles andere ab. Ihre Hände stecken in Handschuhen, die direkt mit dem Computer verbunden sind. Sie brauchen keinen Joystick mehr, sondern können tatsächlich mit Ihren eigenen Händen in das Spiel eingreifen. Sie können Dinge tatsächlich berühren, verstehen Sie?«

Yaegher war zwar nicht sicher, ob er das wirklich verstand, aber nach einer Weile nickte er.

»Gut«, fuhr Leismann fort. »Der nächste Schritt ist der, daß Sie einen kompletten Anzug überziehen. Dieser Anzug überträgt jede Ihrer Bewegungen direkt auf den Computer, und der wiederum integriert sie in das Spiel. Sie sehen keine Szene mehr vor sich, Sie *erleben* sie. Und wenn die Grafiken dieses Spieles gut genug sind, dann werden Sie keinen Unterschied zwischen der Wirklichkeit und diesem Spiel mehr feststellen können. Der Anzug wird Hitze und Kälte simulieren. Wenn Sie stürzen, wird er Ihre Schmerznerven in Händen und Knien stimulieren. Wenn Sie etwas berühren, werden Sensoren in den Handschunen die Oberflächenstruktur dieses Gegenstandes nachahmen.«

»Sie meinen, wenn ... wenn ich in dieser Simulation glühendes Eisen anfassen würde –«

»Würden Sie Hitze spüren«, sagte Leismann. »Vielleicht sogar Schmerz. Sie hätten hinterher Brandblasen an den Fingern, obgleich es dieses Stück glühendes Eisen gar nicht gibt.«

»Und so etwas gibt es wirklich?« fragte Leismanns Frau.

Leismann machte eine Bewegung, die eine perfekte Mischung aus Nicken, Kopfschütteln und Achselzucken war. »Cyberspace«, sagte er. »Helm und Handschuhe gibt es bereits, und soweit ich weiß, auch schon die ersten Prototypen dieses Anzuges. Natürlich sind die Computerprogramme noch Lichtjahre davon entfernt, realistisch zu sein. Sie sind sogar ziemlich primitiv, soviel ich weiß. Aber im Prinzip funktioniert es bereits, das ist richtig. Der Rest ist im Grunde nur noch eine Frage der Zeit. Man braucht

Computer, die es heute noch nicht gibt. Unvorstellbare Rechenkapazitäten, wenn Sie verstehen.«

»Ich denke schon«, sagte Yaegher. »Aber was hat das mit den Videos zu tun?«

»Vielleicht nichts«, sagte Leismann nachdenklich. »Aber denken Sie den Gedanken einfach einmal weiter. Stellen Sie sich vor, Cyberspace würde tatsächlich so funktionieren, wie es sich seine Erfinder erträumen. Und jetzt stellen Sie sich vor, sie finden eine Möglichkeit, die Bilder direkt in Ihr Gehirn zu projizieren. Eine Art ... Impuls, der Ihre normalen Sinne umgeht und direkt die entsprechenden Zentren im Gehirn reizt. Sie hätten die totale Illusion. Eine Illusion, die so perfekt wäre, daß Sie sie –«

»– nicht mehr von der Wirklichkeit unterscheiden können«, murmelte Yaegher.

Leismann nickte. »Für Sie *wäre* es die Wirklichkeit.«

»Aber es war so ... so echt«, murmelte Yaegher. »Ich habe all diese Dinge gehört und gesehen und gerochen. Ich habe sie *angefaßt*. Sie haben mich *verletzt*.«

»Haben Sie schon einmal einen Fakir getroffen?« fragte Leismanns Frau. »Ich meine keinen von diesen Scharlatanen, die im Fernsehen oder auf Jahrmärkten auftreten, sondern einen *echten* Fakir.«

»Nein«, antwortete Yaegher.

»Sie wären erstaunt, wozu manche von ihnen in der Lage sind. Nicht viele, aber einige. Ein paar beherrschen ihren Körper perfekt. Sie stechen sich Nadeln ins Fleisch, ohne daß es blutet – und ohne daß es auch nur die winzigste Narbe gibt; nicht einmal eine sichtbare Verletzung. Und es funktioniert auch umgekehrt. Sie können Wunden *entstehen* lassen, ohne einen Finger zu rühren.«

»Und was soll das beweisen?« fragte Yaegher.

»Daß Sie kein Messer brauchen, um Fleisch zu schneiden«, antwortete sie. Sie hob die Hand und tippte sich mit dem Zeigefinger gegen die Stirn. »Das wahre Geheimnis sitzt hier, Yaegher. Wir wissen noch sehr wenig über das menschliche Gehirn, aber wir wissen, daß es über Kapazitäten verfügt, die wir wahrscheinlich nicht einmal erahnen. Wenn es Ihnen gelingt, diese Kräfte anzuzapfen, dann ist buchstäblich *alles* möglich.«

»Aber wieso passierte es immer wieder? Es ist mehr als vierundzwanzig Stunden her, seit ich den Film gesehen habe. Aber es passiert immer noch. Es wird sogar schlimmer.«

Leismann zuckte mit den Schultern. »Wie meine Frau schon sagte: Niemand weiß im Grunde so genau, wie das menschliche Gehirn funktioniert. Eigentlich nicht einmal, warum es überhaupt funktioniert. Vielleicht... ist es wie bei einer elektrischen Wicklung – es fängt die Impulse auf und verstärkt sie. Oder es antwortet seinerseits mit Halluzinationen. Möglicherweise haben diese Impulse in Ihrem Gehirn etwas ins Rollen gebracht, das jetzt von sich aus immer schneller und schneller läuft. Sie sagen, daß diese Visionen sich jedesmal mehr vom ersten Mal unterscheiden?«

Yaegher nickte. »Dann habe ich keine Chance mehr?«

Leismann antwortete nicht unmittelbar, sondern beugte sich vor, nahm die Videokassette vom Tisch und drehte sie einige Augenblicke lang in den Händen, wobei er sie so aufmerksam musterte, als erwarte er, die Antworten auf all seine Fragen wie in unsichtbarer Tinte geschrieben auf dem schwarzen Plastik zu entdecken, wenn er nur lange genug hinsah. »Sie haben mich mißverstanden, fürchte ich«, sagte er leise, ohne Yaegher anzusehen. »Ich habe nicht gesagt, daß tatsächlich alles so *ist*. Wir haben von theoretischen Möglichkeiten gesprochen, von etwas, das sein *könnte*. Denkbar ist eine Menge von dem, was Sie mir gerade erzählt haben. Aber ehrlich gesagt, nicht sehr wahrscheinlich.«

Die Enttäuschung, die Yaegher verspürte, war um so tiefer, weil er für einige wenige Minuten wirklich zu hoffen begonnen hatte, daß Leismann ihm glaubte. »Im Klartext, Sie halten mich für übergeschnappt«, sagte er leise.

Leismann überging die Frage. »Wissen Sie, was es bedeuten würde, wenn irgend jemand auf der Welt eine Technik wie die entwickelt hätte, von der Sie gerade berichtet haben?« Er wedelte mit dem Video neben seinem Gesicht in der Luft herum. »So etwas kann niemand in einer Hobbywerkstatt im Keller zusammenbasteln. Ich weiß nicht einmal, ob es wirklich möglich ist, aber wenn überhaupt, dann waren Hunderte von Technikern, Ärzten und Wissenschaftlern, die zehn leistungsfähigsten Labors der Welt und mindestens zehn Jahre dazu nötig.«

»Oder ein glücklicher Zufall«, sagte Yaegher.

Leismanns Antwort kam wie aus der Pistole geschossen. »Nein. Das funktioniert in der Wirklichkeit nie so. Niemand entdeckt das Geheimnis des ewigen Lebens, weil er zufällig Salz mit brasilianischem Erdbeerjoghurt mischt. Es *gibt* Zufälle, und manchmal kommt man tatsächlich einen gewaltigen Schritt weiter. Aber selbst dann ist das höchstens der erste Stein, der eine ganze Lawine nach sich zieht. Wissenschaft besteht aus Arbeit und Geduld und noch mehr Arbeit und noch mehr Geduld.«

»Sie glauben mir nicht«, sagte Yaegher. Er war jetzt nicht einmal mehr wirklich enttäuscht.

»Ich weiß nicht, was ich glauben soll«, antwortete Leismann. »Seien Sie mal ehrlich – was würden *Sie* tun, wenn jemand am Sonntagabend an Ihrer Tür klingeln und Ihnen mit einer solchen Geschichte aufwarten würde?«

Yaegher überlegte einen Moment. »Ihn hinauswerfen«, sagte er dann. »Und dann würde ich die Geschichte aufschreiben und an ein Science-fiction-Magazin verkaufen.«

Leismann lachte, aber nur für eine Sekunde. Dann legte er die Kassette auf den Tisch zurück und sah Yaegher wieder mit jenem sonderbaren Ernst an. »So verrückt Ihre Geschichte klingt«, fuhr er fort, »so interessant klingt sie auch. Und Sie machen irgendwie nicht den Eindruck eines Verrückten auf mich.« Er überlegte einen Moment. »Hätten Sie etwas dagegen, wenn ich kurz einmal telefoniere?«

»Mit wem?« fragte Yaegher automatisch, ehe ihm einfiel, daß ihn das nun *wirklich* nichts anging.

Leismann antwortete trotzdem: »Mit Ihrem Freund Martin. Haben Sie seine Privatnummer?«

Yaegher griff umständlich in die Innentasche seines Jacketts, um sein Notizbuch hervorzuziehen. Dabei fiel ihm die Packung mit den Koffeintabletten zu Boden. Er wollte sich danach bücken, aber Leismanns Frau war schneller. Sie hob das Päckchen auf, musterte es kritisch und maß Yaegher dann mit einem Blick, unter dem er sich fast wie ein Zehnjähriger fühlte, dessen Mutter eine Packung Präservative in seiner Tasche gefunden hat. Er hielt ihm nur eine Sekunde lang stand.

Während Leismann das Zimmer verließ, um zu telefonieren, machte seine Frau ihre Drohung endlich wahr und begann sich mit

Yaeghers Hand zu beschäftigen. Sie hatte nicht zuviel versprochen: es *tat* weh; so sehr, daß Yaegher ein paarmal nur noch mit Mühe einen Schrei unterdrücken konnte, bis sie auch nur den Verband entfernt hatte. Ein übler Geruch drang unter den von Blut und Eiter durchdrungenen Bandagen hervor, als sie sie entfernte. Yaegher sah nicht hin.

»Ich nehme alles zurück«, sagte sie trocken. »Sie sind eine Art Supermann. Ein normaler Mensch wäre schon längst vor Schmerzen wahnsinnig geworden.« Sie schüttelte den Kopf, maß ihn mit einem zornigen Blick und klappte ihre Tasche auf, um abermals das Spritzenetui hervorzuholen.

»Ich habe Ihnen doch gesagt, daß –«

»Sie halten das nicht aus«, sagte sie in einem Ton, der jeden Widerspruch im Keim erstickte. »Niemand hält das aus, junger Mann. Ich werde Ihnen eine örtliche Betäubung geben. Sie haben die Wahl, sich jetzt von mir eine Spritze verabreichen zu lassen oder in Ohnmacht zu fallen, wenn ich zu schneiden beginne.«

»Schneiden?!«

»Schneiden«, bestätigte sie ungerührt. »Sie wollen doch am Leben bleiben, oder?«

»Jetzt übertreiben Sie. Ich habe mir ein paar Fingernägel abgebrochen, und –«

»Ja, damit scheint es angefangen zu haben«, unterbrach sie ihn ruhig. »Aber was ist danach passiert?« Sie sah ihn fragend an. »Haben Sie schon einmal das Wort *Wundbrand* gehört? Nein? Riechen Sie doch einmal.«

Yaegher preßte die Lippen aufeinander. »Tun Sie, was Sie tun müssen«, sagte er. »Aber ich darf nicht einschlafen.«

»Wie Sie wollen. Stehen Sie auf Schmerzen? Wenn ja, dann werden Sie jetzt großen Spaß haben.« Und damit stieß sie ihm die Injektionsnadel tief und ohne Vorwarnung in den Handrücken. Yaegher stöhnte. Was immer sie ihm da auch injizierte, es brannte wie Säure in seiner Hand, und es betäubte den Schmerz nicht, sondern ließ ihn zu ungeahnten Höhen auflodern. Ihm wurde übel. Er schwankte und wäre vom Stuhl gefallen, hätte sie ihn nicht im letzten Moment festgehalten.

»Es wird gleich besser«, sagte sie. »Das Mittel wirkt sehr schnell. Und es ist sehr stark. Hier – trinken Sie.« Etwas wurde gegen seine Lippen gepreßt. Er schluckte automatisch und registrierte dann, daß es heißer, starker Kaffee war, wie Leismann ihn ihm vor einer halben Stunde versprochen, bisher aber nicht gebracht hatte. Mühsam öffnete er die Augen und registrierte erst jetzt, daß Leismann zurückgekommen war. Auf dem Tisch stand eine gläserne Kanne mit dampfendem Kaffee. Leismann blickte auf seine Hand hinunter und war ein bißchen blaß geworden.

»Was zum Teufel haben Sie getan?« krächzte er.

»Irgendwie mußte ich wach werden«, antwortete Yaegher. »Zwicken hat nichts genutzt, also mußte ich grob werden. Was hat Martin gesagt?«

»Wir haben uns für das kommende Wochenende zum Tennis verabredet«, antwortete Leismann. »Und außerdem meinte er, daß Sie total verrückt wären. Wissen Sie eigentlich, daß die halbe Stadt hinter Ihnen her ist?«

»So etwas habe ich befürchtet«, sagte Yaegher. »Und außerdem –«

»– hat er von einer Videokassette erzählt, die er für Sie untersucht hat«, unterbrach ihn Leismann. »Er klang ziemlich irritiert. Aber was er erzählt hat, klang sehr interessant.« Er setzte sich, griff wieder nach der Kassette und drehte sie sekundenlang in den Händen, ehe er sie auf den Tisch zurückwarf. Yaegher spürte, wie das Betäubungsmittel zu wirken begann. Seine Hand wurde taub. Die tobenden Schmerzen sanken zu einem Kribbeln herab und erloschen dann ganz.

»Es kommt selten vor«, fuhr Leismann fort, »aber ich weiß einfach nicht, was ich tun soll. Wahrscheinlich mache ich mich schon strafbar, wenn ich Sie einfach hier sitzen lasse und mit Ihnen rede, statt Ihre Kollegen zu benachrichtigen. Und *ganz bestimmt* mache ich mich strafbar, wenn ich tue, um was Sie mich gebeten haben, und morgen früh dieses Band mit ins Labor nehme, um es zu untersuchen. Geben Sie mir einen guten Rat. Was soll ich jetzt tun?«

Leismanns Frau griff nach seiner Hand und fing an, sich daran zu schaffen zu machen. Yaegher wußte nicht, was sie tat, aber er erinnerte sich genau an ihre Worte, und er hörte das Klirren von Metall. Er hütete sich, überhaupt hinzusehen.

»Wie wäre es mit einem Kompromiß?« schlug er vor. »Sie

untersuchen dieses Band, und wenn Sie danach immer noch der Meinung sind, daß ich spinne, liefern Sie es einfach bei Kriminalrat Berger ab und behaupten, ich hätte Ihnen irgendeine Lügengeschichte aufgetischt. Ich werde Sie nicht verraten.«

Leismann lächelte. »Das klingt wie ein schlechter Kriminalfilm, finden Sie nicht?«

»Die ganze Geschichte klingt wie ein schlechter Krimi«, sagte Yaegher düster. »Ich wollte, es wäre einer.«

»Oh, mein Gott!« sagte Leismanns Frau plötzlich. Leismann beugte sich vor, und seine Augen wurden groß vor Schrecken, und endlich senkte auch Yaegher seinen Blick und sah auf seine Hand hinab.

Das Betäubungsmittel wirkte wirklich hervorragend. Leismanns Frau hatte die Wunde gereinigt und damit begonnen, das zum Teil schon in Fäulnis übergegangene Fleisch von seinen Fingerkuppen herunterzuschneiden, ohne daß er es auch nur gemerkt hätte. Zeige-, Ring- und Mittelfinger boten einen fürchterlichen Anblick. Sie waren auf fast das Doppelte ihres normalen Umfanges angeschwollen und bis zu den mittleren Gelenken hinauf dunkelrot verfärbt. An den Fingerspitzen war das Fleisch schwarz geworden. Die zersplitterten Überreste der Nägel begannen sich vom Nagelbett zu lösen. Aber so schrecklich dieser Anblick auch war, er war nicht der Grund für ihren Aufschrei gewesen.

Sie hatte zu schneiden begonnen, um das kranke Fleisch von seinen Fingerkuppen zu entfernen, und sie hatte tief schneiden müssen, tief genug, um auf den Knochen zu kommen und ihn an einer Stelle freizulegen.

Nur, daß es keinen Knochen gab.

Die Form stimmte, die Größe stimmte, aber die Farbe und vor allem das Material stimmten nicht. Was sie im Inneren seiner Hand sahen, war kein Knochen, sondern uraltes, rostiges Eisen.

»Aber das ist doch ... unmöglich!« krächzte Frau Leismann.

Yaegher starrte seine Finger an. Er war nicht einmal erschrokken. Eigentlich empfand er gar nichts. Oder doch, aber wenn es Entsetzen war, dann eines von einer vollkommen neuen, unbekannten Qualität, für das er einfach keine Worte fand.

»Machen Sie weiter«, flüsterte er. Er deutete mit den Augen auf das Skalpell in ihrer Hand. »Schneiden Sie.«

Sie sah ihn zweifelnd an. »Sind Sie sicher?«

»Machen Sie schon!« sagte Yaegher. Seine Stimme zitterte. Plötzlich hatte er doch Angst. Unvorstellbare Angst davor, was er sehen würde, wenn sie seinen Finger weiter aufschnitt. Aber noch viel größere Angst hatte er davor, es *nicht* zu sehen.

Sie packte seine Hand fester, drehte sie ein wenig und hob das Skalpell. Unendlich behutsam berührte der rasiermesserscharfe Stahl sein Fleisch und teilte es. Er spürte nicht den geringsten Schmerz, und es floß auch nur sehr wenig Blut. Das Fleisch an der Unterseite seines Zeigefingers teilte sich einfach, als befände sich dort ein zahnloser Reißverschluß.

Darunter erschien rotes, rostzerfressenes Eisen.

Frau Leismann schnitt seinen Finger bis ungefähr einen Zentimeter über dem ersten Gelenk auf, dann legte sie das Skalpell aus der Hand, nahm einen Wattebausch, um das wenige Blut abzutupfen, und beugte sich dann wieder über seine Hand. Behutsam ergriff sie seinen Finger und zog die Wundränder ein wenig weiter auseinander.

»Unvorstellbar!« murmelte sie. »Das... das ist einfach nicht möglich.« Ihre Stimme war zu einem ungläubigen Flüstern geworden. »So etwas *kann* nicht existieren! Vollkommen ausgeschlossen!«

»Vielleicht... eine Art Prothese!« Leismann wandte sich mit einem fragenden Blick an Yaegher, aber es war seine Frau, die antwortete.

»Ausgeschlossen! Sieh dir dieses Gelenk an! Es... es ist in jedem Detail perfekt nachgebildet! Hier! Siehst du den winzigen Riß? Sogar die innere Struktur des Knochens stimmt! Niemand auf diesem Planeten kann so etwas bauen!«

»Und wenn, dann würde er wahrscheinlich kein rostiges Eisen dazu verwenden«, fügte Yaegher hinzu. »Sie haben mich ertappt. Ich gestehe, daß ich in Wirklichkeit ein Spion vom Mars bin.«

Leismann starrte ihn aus großen Augen an. »Mein Gott, Yaegher, was... was *ist* das?«

»Das wüßte ich genauso gerne wie Sie«, sagte Yaegher. »Aber vielleicht glauben Sie mir ja jetzt.«

Er war nicht sicher, ob Leismann seine Worte überhaupt hörte. Der Wissenschaftler wirkte erschüttert; so fassungslos und tief erschüttert, wie Yaegher noch niemals zuvor einen Menschen gesehen hatte. »Glauben?« murmelte er. »Glauben? Ich ... ich sehe es, aber ich glaube es nicht. Das ... das ist ... das ist mehr, als ... als Sie erzählt haben.«

»Ja«, flüsterte Yaegher. »Das ist es.« Er spürte noch immer keinen wirklichen Schrecken. Und er verstand auch nicht wirklich, was da in ihm vorging. Er *wollte* es nicht verstehen. Er hörte seine eigenen Worte, als kämen sie aus dem Mund eines Fremden, und er hörte sie mit der gleichen Überraschung, als wäre es ein anderer, der sie aussprach, ohne daß er sie zuvor in Gedanken artikuliert hätte.

»Vielleicht kann das kleine Maschinchen da oben in meinem Kopf ja sogar noch mehr, als Sie bisher geglaubt haben«, flüsterte er.

Leismanns Gesicht wurde noch bleicher, als es ohnehin schon war.

»Ich ... muß das wieder zumachen«, sagte seine Frau stockend. »Aber ich ... ich kann nicht. Ich meine, ich weiß nicht, wie ich –«

»Nehmen Sie einen Nagel«, witzelte Yaegher. »Oder vielleicht besser einen Schweißapparat. Aber vergessen Sie nicht, vorher ein bißchen Rostschutzfarbe hineinzukippen.«

Niemand lachte.

30

Er kam nicht dazu, seine Verabredung mit Borghorst einzuhalten, und das hatte gleich mehrere Gründe. Das Mißtrauen der Leismanns war wie weggeblasen gewesen, nachdem sie ihren Schock nach und nach überwunden hatten, aber es hatte etwas anderem Platz gemacht, von dem Yaegher noch nicht sicher war, ob es sich wirklich als besser erweisen würde: einer Art von wissenschaftlichem Eiferertum, das fast an Besessenheit grenzte und sie ganz offensichtlich blind für die *Gefahren* machte, die in den Videos steckten. Ganz plötzlich war es Yaegher gewesen, der die beiden fast mit Gewalt daran hindern mußte, etwas Übereiltes zu tun. Es war beinahe Mitternacht, als er das Haus der Leismanns wieder verließ und sich auf den Weg zu seiner Wohnung machte.

Zum ersten Mal seit Tagen schöpfte er wieder so etwas wie

Hoffnung. Nicht für sich. Im gleichen Moment, in dem er gesehen hatte, was sich im Inneren seiner Hand verbarg, hatte etwas in ihm ganz ruhig begriffen, daß er verloren war. Es war aus, und alles, was ihm noch blieb, war eine Frist, die vielleicht in Tagen, vielleicht aber auch nur noch in Stunden gemessen werden konnte; wahrscheinlich in genau der Anzahl von Stunden, die er noch durchhielt, ohne einzuschlafen. Seltsamerweise erschreckte ihn dieser Gedanke überhaupt nicht, sondern schien im Gegenteil – so absurd das klang – sogar etwas Beruhigendes zu haben. Plötzlich war alles viel klarer. Die Entscheidung war gefallen, der Countdown lief, und es war noch eine Menge zu tun, bis er bei Null angekommen sein würde. Er war sich darüber im klaren, daß er es wahrscheinlich nicht schaffen würde, aber er konnte es versuchen, und er hatte versprochen, ein paar Leute anzurufen, die auch vor einem Strauss oder Berger wenig Respekt hatten.

Außerdem hatte er zum ersten Mal seit der vergangenen Nacht keine Schmerzen. Leismanns Frau hatte ihm eine zweite Injektion gegeben, die seine Hand in einen gefühllosen Eisklumpen verwandelte, nutzlos, aber wenigstens nicht mehr störend. Natürlich war er sich selbst darüber im klaren, daß ein guter Teil des Hochgefühls, das er im Moment verspürte, purer Selbstbetrug war – beziehungsweise Ergebnis der Droge, die in seinen Adern zirkulierte. Wenn die Wirkung nachließ, würden nicht nur die Schmerzen zurückkommen, sondern auch ein etwas anderer Blickwinkel, aus dem er die Dinge betrachtete. Also galt es, die Zeit zu nutzen, die ihm blieb.

Leismann hatte ihm seinen Wagen gegeben und den Ford mit der eingebeulten Fahrertür und einem Nummernschild, nach dem vermutlich jeder Streifenpolizist der Stadt Ausschau hielt, in seiner Garage verschwinden lassen, so daß er sich zumindest ungefährdet auf den Straßen bewegen konnte. Niemand würde in einem Mercedes 350 SEL nach einem übergeschnappten Polizeibeamten suchen, der eine Amokfahrt durch die Stadt gestartet hatte, um eine Hundertmarkzeche zu prellen.

Trotzdem fuhr er zweimal in sicherer Entfernung an seinem Haus vorbei, ehe er den Mercedes auf den Parkplatz lenkte und ausstieg. Schließlich war es für sie wesentlich einfacher, daß sie vor seiner Wohnung auf ihn warteten, als eine Armee von Beamten ausschwärmen zu lassen, die die halbe Stadt nach ihm absuchten. Er ging nicht direkt zum Haus, sondern suchte aufmerksam den Parkplatz und die nähere Umgebung nach einem Wagen ab, der ihm vielleicht bekannt vorkam.

Er entdeckte keinen seiner Kollegen, aber er fand etwas anderes. In einer Gasse zwischen seinem und dem Nachbarhaus fand er eine chromblitzende Harley-Davidson abgestellt.

Natürlich *konnte* es Zufall sein. Aber Yaegher hatte schon vor langer Zeit aufgehört, an Zufall zu glauben. Und es war auch keiner. Er umkreiste die Maschine einmal und mußte nicht einmal sein Notizbuch zu Hilfe nehmen, um das Nummernschild wiederzuerkennen. Es war Steigers Maschine, ein Koloß von einem Motorrad, das wie ein gestrandetes Schiff schräg auf dem verchromten Seitenständer stand.

Er umkreiste die Maschine ein zweites Mal, streckte die Hand aus und berührte den Motor. Er war kalt. Das Motorrad stand vermutlich schon eine ganze Weile hier, eine Stunde oder zwei, vielleicht auch mehr. Und es war nicht besonders schwer zu erraten, *warum* Steiger gekommen war. Er wollte die zweite Kassette holen.

Yaegher überlegte, wo *er* sich an Steigers Stelle verstecken würde. Das Praktischste wäre natürlich, ihm oben in seiner Wohnung aufzulauern, allerdings auch das Gefährlichste; letztendlich konnte er nicht wissen, ob es wirklich Yaegher war, wenn die Tür aufging. Im Schatten der Haustür, in dem er ihn schon einmal überrumpelt hatte? Kaum. Nicht einmal Steiger konnte so blöd sein, Yaegher innerhalb von zwölf Stunden zweimal auf die gleiche Weise überrumpeln zu wollen. Außerdem mußte er jetzt anders als am frühen Morgen damit rechnen, daß er auffiel, wenn er sich stundenlang in einem Hauseingang herumdrückte. Er brauchte ein Versteck, in dem er es lange und vor allem einigermaßen *bequem* aushalten konnte. Damit reduzierte sich die Auswahl seiner möglichen Aufenthaltsorte schon ganz gewaltig.

Yaegher ging zum Ende der Gasse zurück und spähte auf die Straße hinaus, wobei er sorgsam darauf achtete, im Schatten zu bleiben. Es gab tatsächlich nur sehr wenige mögliche Verstecke für einen Mann, der darauf gefaßt sein mußte, möglicherweise die ganze Nacht auf der Lauer zu liegen, und der dabei nicht gesehen werden wollte. Natürlich konnte er in einem der geparkten Wagen sitzen, aber daran glaubte Yaegher nicht. Warum sollte er mit dem Motorrad hierherkommen und dann in einen Wagen umsteigen?

Der Bahndamm auf der anderen Straßenseite. Das Gebüsch war dicht genug, ein Dutzend Männer zu verbergen.

Allerdings nicht, wenn sie so blöd waren, im Gestrüpp zu hocken und zu rauchen.

Im ersten Moment glaubte es Yaegher einfach nicht. So ungefähr das erste, was er auf der Polizeischule gelernt hatte, war, daß man tunlichst nicht rauchen sollte, wenn man irgendwo im Schutze der Dunkelheit auf der Lauer lag; ebensowenig, wie man mit Bällen jonglierte oder einen Ghettoblaster auf voller Lautstärke brüllen ließ. Steiger hatte entweder nie eine Polizeischule besucht, oder er war noch blöder, als er aussah. Nachdem sich Yaeghers Augen auf die veränderten Lichtverhältnisse auf der Straße eingestellt hatten, erkannte er nicht nur das regelmäßige Blitzen der roten Zigarettenglut, sondern auch den Umriß der Gestalt zwischen den Büschen, die sie rauchte. Steiger hatte sich nicht einmal die Mühe gemacht, sich sein Versteck von außen anzusehen, um sich davon zu überzeugen, daß man ihn darin auch tatsächlich nicht sehen konnte. Vielleicht war er der Meinung, daß es vollkommen ausreichte, den Intelligenzquotienten eines Champignons zu haben, um auch wie ein solcher auszusehen und nicht entdeckt zu werden.

Oder er *wollte*, daß er gesehen wurde.

Yaegher erwog diesen Gedanken einige Sekunden lang ernsthaft und schob ihn dann mit einem Achselzucken beiseite. Es konnte eine Falle sein, aber dieses Risiko mußte er eingehen.

Er trat einen Schritt weiter auf die Straße hinaus, so daß seine linke Schulter ins Licht der Laterne geriet. Eine Sekunde lang sah er sich mit bewußt übertriebener Pantomimik um, dann wich er hastig wieder in den Schatten zurück, wobei er das Flackern von Steigers Zigarette aufmerksam im Auge behielt. Der erste Teil seiner Rechnung ging auf: Das regelmäßige Blinzeln des roten Glutpunktes hörte auf, und eine Sekunde später kam Bewegung in den Schatten dahinter. Yaegher wich weiter in die Gasse zurück und trat neben die Harley. Er schätzte, daß er gut zehn Sekunden Zeit hatte, selbst wenn Steiger alle Vorsicht aufgab und zu laufen begann.

Es dauerte weit länger als zehn Sekunden, und doch hätte die Zeit um ein Haar nicht gereicht. Die Harley war schwerer, als er geglaubt hatte; sehr viel schwerer. Es kostete ihn all seine Kraft, die Maschine mit nur einer Hand in die Waagerechte zu stemmen, und um ein Haar wäre sie ihm schon umgefallen, als er, auf einem Fuß balancierend, den Seitenständer hochkippte. Er fragte sich, wie ein so schmächtiger Kerl wie Steiger mit einem solchen Monstrum von Motorrad fertig wurde.

Hinter ihm erklangen hastige Schritte, die plötzlich abbrachen. Er drehte den Kopf und erblickte Steiger, der die Gasse erreicht hatte und mitten in der Bewegung verblüfft stehengeblieben war, als er sah, was Yaegher tat. Seine rechte Hand war verbunden.

»He!« krächzte er. »Was... was tust du da?«

»Ich warte auf dich«, antwortete Yaegher freundlich. »Wir wurden heute morgen unterbrochen, erinnerst du dich? Ich glaube, wir haben noch ein paar Dinge zu besprechen.«

Steigers Augen wurden schmal. Er mochte blöd sein, aber war nicht so dämlich, nicht zu merken, daß hier irgend etwas nicht stimmte. »Du mußt völlig übergeschnappt sein«, sagte er. Plötzlich huschte ein häßliches Grinsen über sein Gesicht. Langsam griff er mit der bandagierten Hand in die Jacke und zog die *Nunchaku* hervor, mit denen Yaegher schon am frühen Morgen Bekanntschaft gemacht hatte. »Aber wie du willst. Das macht die Sache sogar noch einfacher für mich.« Er begann die Hartholzstäbe an ihrer Kette wirbeln zu lassen und kam mit wiegenden Schritten näher.

»Du solltest dich ein bißchen beeilen«, sagte Yaegher. »Ich kann das Ding nämlich nicht mehr lange halten.«

Steigers Augen weiteten sich verblüfft. Jetzt erst sah er, was Yaegher tat. »He!« kreischte er. »Laß deine Finger von meiner Maschine!«

»Gern«, sagte Yaegher und ließ das Motorrad los. Steiger schnappte nach Luft wie ein Fisch auf dem Trockenen und reagierte genau so, wie Yaegher es gehofft hatte – er ließ seine Waffe fallen und sprang mit einem Satz zu seinem Motorrad, um es aufzufangen, und Yaegher machte beinahe gemächlich einen Schritt zur Seite und nach hinten und trat ihm mit voller Wucht in die Kniekehlen. Steiger brach mit einem Aufschrei zusammen, und die Harley kippte scheppernd um und begrub seine Beine unter sich. Das Geräusch von irgend etwas, das splitternd zerbrach, aber nicht aus Metall bestand, erklang, und Steigers Schrei wurde zu einem schrillen Kreischen, das nach einer Sekunde überkippte und dann abbrach.

»Siehst du«, sagte Yaegher fröhlich, »jetzt können wir uns unterhalten.«

»Mein Bein!« kreischte Steiger. »Um Gottes willen, mein Bein! Heb sie hoch! Heb sie doch hoch!«

Yaegher schlenderte gemächlich um die Maschine herum, griff mit der linken Hand nach dem Lenker und zog eine Sekunde lang daran. Dann schüttelte er bedauernd den Kopf. »Ich fürchte, das schaffe ich nicht«, sagte er. »Das Ding ist einfach zu schwer.«

»Mein Bein!« wimmerte Steiger. »Bitte...«

Yaegher umkreiste die Maschine ein zweites Mal, ließ sich neben Steiger auf Hände und Knie sinken und spähte unter das Motorrad. Steigers Bein war in einem Winkel abgeknickt, der irgendwie nicht sein konnte, es sei denn, er hätte ein zusätzliches Gelenk im Knie. Blut lief aus seinen zerrissenen Jeans und vermischte sich mit dem Benzin, das aus dem umgestürzten Motorrad lief.

»Das sieht wirklich nicht gut aus«, sagte er in besorgtem Ton. »Aber ich kann dich beruhigen – deine Maschine hat nichts abbekommen. Nicht einen Kratzer, wie es aussieht.«

»Bitte!« wimmerte Steiger. Sein Gesicht war schweißbedeckt. »Hilf mir. Mein Bein...«

»Eine schlimme Sache«, sagte Yaegher. »Ja, ja. Aber du hast ja noch Glück. Stell dir vor, es sähe so aus wie meine Hand. Ich muß aufpassen, daß sie nicht rostet, weißt du?« Er schüttelte den Kopf und sah kalt auf Steiger hinab. »Du bist aber auch ein sehr leichtsinniger Junge, ein so schweres Motorrad zu fahren. Wieviel wiegt das Ding? Dreihundert Kilo? Oder noch mehr?«

Steiger starrte ihn aus blutunterlaufenen Augen an, und Yaegher drückte kurz, aber sehr heftig auf den Tank der Harley. Steiger stieß keuchend einen Schrei aus.

»Ich habe dich was gefragt!«

»Zweihundertachtzig!« keuchte Steiger. »Was soll das? Bist du verrückt geworden?«

»Das ist leichter, als ich dachte«, sagte Yaegher. »Dann fallen achtzig Kilo mehr ja wohl gar nicht mehr auf.« Er stand und hob den Fuß, wie um auf das umgestürzte Motorrad zu steigen.

»Nein!« kreischte Steiger. »Bitte nicht! Ich... was willst du wissen? Ich tue alles, was du willst.«

»Das klingt doch schon vernünftiger«, sagte Yaegher lächelnd. »Ich hätte tatsächlich ein paar Fragen an dich. Wer hat dich geschickt?«

»Der Boß«, antwortete Steiger.

Yaegher trat vor das Motorrad, und nachdem Steiger zu schreien aufgehört hatte, beeilte er sich, hervorzustoßen: »Ich weiß nicht, wer er ist, wirklich. Ich habe ihn nie gesehen! Er... er ruft immer nur an, und mein Geld kriege ich mit der Post. Wirklich, das ist die Wahrheit!«

»Du arbeitest für Strauss!« behauptete Yaegher. Er hob drohend den Fuß. »Die Videothek gehört ihm, das weiß ich.«

»Nein!« wimmerte Steiger. »Er... er hat keine Ahnung. Ich hab' mich an die Kleine rangemacht, um an die Kundenkartei zu kommen, und... manchmal hab' ich die Kassetten ausgetauscht, ohne daß sie es gemerkt hat. Das ist die Wahrheit, ich schwöre es!«

»Hast du das bei Issler auch getan?«

Steiger antwortete nicht sofort, aber ein Tritt vor das Hinterrad der Harley ließ seine Worte dafür um so schneller hervorsprudeln. »Ja. Ich... ich hab' ihm die Kassette gebracht und wollte sie später wieder abholen, aber da... da warst du ja schon da. Gestern hab' ich nur versucht, sie zurückzuholen, das ist alles!«

»Gestern? Aber ich habe die Kassette nicht.« Yaegher war ehrlich überrascht. Wenn Steiger nicht log – und er war eindeutig nicht in der Lage eines Mannes, der lügen würde –, dann schien er keine Ahnung zu haben, daß jemand Freds Wohnung auf den Kopf gestellt und die Videokassette mitgenommen hatte.

»Ich weiß«, stöhnte Steiger. »Ich hab' gedacht, ich hätte sie, aber das Band in deiner Tasche war Scheiße. Du hast mich ausgetrickst.«

»Ja«, sagte Yaegher. »Das nächste Mal solltest du dir die Bänder vielleicht *ansehen*, bevor du sie ablieferst. Und warum bist du jetzt hier?«

»Ich sag doch: um das Band zu holen! Der Boß ist sauer, weil –«

Yaegher setzte sich auf das Motorrad.

Nachdem Steiger das Bewußtsein wiedererlangt hatte, stöhnte er: »Okay. Ich... ich sage die Wahrheit. Ich sollte dich umlegen. Du bist zu gefährlich geworden. Ein Typ wie du, der Amok läuft, richtet Schaden an. Du mußt weg.«

»Ich schätze, die Mühe kannst du dir sparen«, murmelte Yaegher. Er blickte eine Sekunde lang auf seine Hand hinab, und ein Gefühl großer Traurigkeit breitete sich plötzlich in ihm aus. Er fragte sich, warum er das alles tat. Es gab nichts mehr, was er noch erreichen konnte. Nicht für sich selber. Aber für andere.

»Was ist mit Evelin?« fragte er.

»Die Kleine?« Steiger sog tief und qualvoll die Luft ein. Ein rasselndes Geräusch begleitete seine Atemzüge. »Ich weiß nicht. Der Boß meinte, daß er sich selbst um sie kümmern würde, morgen, wenn –« Er sprach nicht weiter.

»Morgen, wenn –?« wiederholte Yaegher.

Steiger starrte ihn trotzig an. »Ich weiß es nicht. Er sagt mir nur, was ich unbedingt wissen muß.«

Yaegher seufzte. Langsam beugte er sich vor, durchsuchte Steigers Taschen und förderte eine zerknautschte Packung Camel und ein Einwegfeuerzeug zutage. »Schlimm«, sagte er, während er eine Zigarette herausnahm und sie sich in den Mundwinkel klemmte. »Diese Raucherei, meine ich. Ist verdammt ungesund. Aber manche Laster wird man eben nie los.« Er hielt Steiger die Packung hin. »Auch eine? Sie gehören schließlich dir.«

Steigers Augen quollen vor Entsetzen fast aus den Höhlen. »Bist du verrückt? Da läuft doch Sprit aus! Willst du uns in die Luft jagen?«

Yaegher schnüffelte hörbar. Der Benzingeruch war so durchdringend, daß er kaum noch Luft bekam. Trotzdem tat er so, als sähe er sich zweifelnd um und blickte dann geschlagene dreißig Sekunden auf die größer werdende Lache aus hellrosa gefärbtem Benzin, die unter dem Motorrad hervorkam.

»Was ist morgen?« fragte er ruhig und hob das Feuerzeug.

Steiger quietschte vor Angst. »Ich weiß es nicht!« beteuerte er. »Wirklich! Ich... ich hab' nur gehört, daß eine große Sache steigen soll, mehr nicht. Sie wollen sie schnappen und irgendwas mit ihr tun, morgen, aber ich weiß nicht, was! Das ist die Wahrheit! *Ich schwöre es!*«

Er begann zu weinen und warf den Kopf hin und her. Yaegher starrte sekundenlang verächtlich auf ihn hinab, dann beugte er sich vor, hielt sein Gesicht fest und steckte ihm die Zigarette zwischen die Lippen. Das Feuerzeug legte er neben ihn auf den Boden.

»Hier«, sagte er. »Ich bin ja kein Unmensch. Vielleicht kommt ja jemand vorbei, der dir Feuer gibt.«

»Hilf mir doch!« kreischte Steiger hinter ihm her, als er aufstand und auf das Ende der Gasse zuzugehen begann. »Hilfe! Du kannst mich doch hier nicht einfach so liegenlassen, du Dreckschwein!«

»Und ob ich das kann«, murmelte Yaegher.

31

SCHON ALS er über den Parkplatz ging und in Leismanns Mercedes stieg, wurde ihm klar, daß es ein Fehler gewesen war, Steiger einfach liegenzulassen. Früher oder später – und bei seinem Gekreische war es im Grunde schon ein Wunder, daß nicht längst jemand aufmerksam geworden war –, würde man ihn finden, und wenn er nicht das Bewußtsein verlor, dann würde er seinen Boß benachrichtigen. Der Gedanke erschreckte ihn selbst, aber es war wirklich ein Fehler gewesen, ihn am Leben zu lassen. Steiger war nicht mehr als eine miese kleine Ratte, die Issler und wahrscheinlich auch die drei anderen auf dem Gewissen hatte. Es wäre nicht schlimm um ihn gewesen.

Als er an diesem Punkt seiner Überlegungen angekommen war, hielt er mitten in der Bewegung inne. *Großer Gott, was geschah mit ihm?* Steiger *war* eine miserable kleine Ratte, aber er war ein Mensch, und niemand – *niemand!* – hatte das Recht, über sein Leben zu entscheiden. Ebensowenig, fügte er in Gedanken und fast mit einem Gefühl des Abscheus vor sich selbst hinzu, wie er das Recht gehabt hatte, ihn zu foltern, um Informationen aus ihm herauszubekommen.

Und was das Allerschlimmste war: Es hatte ihm nichts ausgemacht. Etwas in ihm hatte es *genossen.*

Er begann sich zu verändern, nicht nur körperlich. Etwas wuchs in ihm heran, so lautlos und unerbittlich wie das Eisen in seiner

Hand und ebenso hart. Vielleicht *wuchs* es auch nicht, sondern *erwachte*, denn es war etwas Uraltes, ein Teil seiner Seele, der noch aus der Zeit stammte, in der der Mensch vielleicht nicht mehr ganz Tier, aber auch noch nicht wirklich Mensch gewesen war, etwas Wildes, Böses, Reißendes, das von Blut lebte und nach Blut schrie. Und diesem ersten, schreckerfüllten Begreifen folgte ein zweites, noch schlimmeres, als er sich nämlich zum ersten Mal mit dem Gedanken konfrontiert sah, daß er vielleicht doch nicht sterben würde. Vielleicht war es gar nicht der Tod, der am Ende der Lawine auf ihn wartete, sondern etwas ungleich Schlimmeres. In einer blitzartigen, aber sehr intensiven Vision sah er sich selbst wie eine eiserne Ausgabe eines Mr. Hyde, ein Monstrum aus rostigem Rot, unter dessen zerbröckelnder Haut sich eine haarige Bestie verbarg, reißend und in irrsinnigem Blutdurst den Mond anheulend, mit der Intelligenz eines Menschen ausgestattet, aber gnadenlos und kalt wie eine Maschine.

Die Vision verging so rasch, wie sie gekommen war, und Yaegher fand sich am ganzen Leib zitternd und mit pochendem Herzen auf dem Parkplatz wieder. Einen Moment lang sah er in die Richtung zurück, aus der er gekommen war, und für einen noch kürzeren Moment überlegte er, zurückzugehen und Steiger aus seiner entsetzlichen Lage zu befreien; nicht einmal aus Mitleid, sondern einfach nur, weil er es sich selbst schuldig zu sein glaubte. Auch mit einer eisernen Hand war er noch immer ein Mensch, und Menschen taten solche Dinge nicht, wie er sie Steiger angetan hatte.

Er hatte die Tür des Mercedes bereits halb geöffnet, doch dann drückte er sie wieder ins Schloß, wandte sich um und in derselben Sekunde explodierte das Motorrad. Irgend jemand hatte Steiger wohl doch Feuer gegeben.

Der Blitz war so grell, daß Yaegher im allerersten Moment glaubte, er wäre blind geworden. Die Welt wurde zu einer grellen Schwarzweißkopie mit harten Linien und Konturen, die aus schwarzem Stahl geschnitten waren, und das Bild blieb auch noch auf seinen Netzhäuten, als er die Hände vor die Augen schlug und mit einem Schrei die Lider zusammenpreßte. Wie durch einen bösen Zauber konnte er trotzdem sehen: Ein Feuerball, im ersten Sekundenbruchteil weiß wie das Innere einer Sonne, dann orangerot und gelb und mit lodernden Rändern, drang hinter dem Haus hervor, und ein ungeheures Grollen und Dröhnen ließ den Boden unter Yaeghers Füßen erzittern.

Die Explosion hörte nicht auf. Der Feuerball wurde größer und greller, bis er das fünfstöckige Haus überstrahlte und es zu einem schwarzen, tiefenlosen Schatten machte, dessen Ränder in der höllischen Glut zu zerfasern begannen. In der Gasse war offenbar viel mehr explodiert als ein Motorrad. Turmhohe Feuerblitze stachen wie Laserstrahlen in den Himmel, schwärzten die Gebäudefronten und griffen gleich gierigen, weißglühenden Händen auf die Straße hinaus. Fensterscheiben explodierten unter der Hitze, und in den dunklen Höhlen dahinter glomm plötzlich ebenfalls ein böses, orangerotes Feuer auf.

Der Brand breitete sich mit rasender Geschwindigkeit aus. Die beiden Häuser rechts und links der Gasse, in der er Steiger zurückgelassen hatte, brannten bereits wie riesige steinerne Scheiterhaufen, und die Flammen griffen auf den Parkplatz über. Plötzlich begannen die Scheiben der abgestellten Wagen zu bersten; ein Geräusch wie eine näherkommende Maschinengewehrsalve. Glitzernder Glasstaub und Millionen kleiner würfelförmiger Scherben erfüllten die Luft. Hier und da flammte ein Reifen auf, Tankdeckel flogen wie Meteore davon, gefolgt von Eruptionen brennenden Benzins, das wiederum andere Wagen in Brand setzte. Zwischen den Wagen begann der Asphalt Blasen zu werfen, und nur wenige Meter neben Yaegher explodierte ein Kombiwagen und begann lichterloh und weiß zu brennen. Eine Hitzewelle streifte Yaeghers Gesicht und nahm ihm den Atem. Ein Glassplitter streifte seine Wange und hinterließ einen blutigen Kratzer in seiner Haut.

Aber der Schmerz riß ihn auch aus seiner Erstarrung. Mit einem Schrei riß er die Tür auf, warf sich hinter das Steuer des Mercedes und versuchte, den Zündschlüssel ins Schloß zu bekommen. Er entglitt seinen Fingern und fiel zu Boden. Yaegher bückte sich hastig danach, tastete blind über den Teppichbelag zwischen seinen Füßen und brauchte endlose Sekunden, bis er ihn wiederfand.

Als er sich wieder aufrichtete, war er von Feuer eingeschlossen. Der Mercedes schien der einzige Wagen auf dem Parkplatz zu sein, der noch nicht brannte. Wo die Häuser am Rande des Parkplatzes gewesen waren, erhob sich eine brüllende Flammenwand, die sogar den Himmel in Brand gesetzt zu haben schien.

Yaegher drehte den Zündschlüssel. Der Motor drehte durch, sprang aber nicht an. Dafür begann auf dem Armaturenbrett eine rote Kontrolleuchte zu flackern, und eine leicht verzerrte elektronische Stimme sagte: »Bitte, schnallen Sie sich an.«

Yaegher fluchte, ließ den Zündschlüssel los und griff mit zitternden Händen nach dem Sicherheitsgurt. In seiner Eile bekam er ihn nicht sofort herein und verlor weitere, wertvolle Sekunden, in denen sich das Feuer unbarmherzig weiter auf den Mercedes zufraß. Die Luft war stickig und heiß und voller Rauch. Yaegher hustete ununterbrochen.

Endlich sprang der Motor an. Die Flammen leckten bereits am Heck des Wagens. Die hintere Scheibe wurde braun, dann schwarz und überzog sich knisternd mit einem Muster aus milchigen Rissen und Sprüngen. Die dünnen Drähte der Heckscheibenheizung lösten sich mit einem unheimlichen Rasseln und Knistern aus dem Glas und rollten sich unter der Hitze zusammen wie sterbende Schlangen.

Yaegher fuhr los. Im ersten Moment drehten die Reifen auf dem aufgeweichten Asphalt einfach durch. Er nahm Gas weg, und der Wagen setzte sich langsam in Bewegung, aber er konnte fühlen, wie die Räder Gräben in den weichen Asphalt wühlten und dünne, klebrige Fäden hinter sich herzogen, die den Wagen festzuhalten versuchten wie ein schwarzes, vielarmiges Seeungeheuer ein Schiff, dem es aufgelauert hatte und das ihm im letzten Augenblick noch zu entkommen drohte.

Er fuhr beinahe blind. Die Welt um ihn hatte Feuer gefangen. Wohin er auch sah, erblickte er nur Flammen und Glut und lodernde Autowracks, so daß er den Wagen nach seiner Erinnerung im Slalom zwischen den brennenden Autos hindurchlenken mußte. Ewigkeiten schienen zu vergehen, bis er schließlich die Ausfahrt erreichte und auf die Straße hinausrollte.

Auch die Häuser hier und der Bahndamm standen in Flammen, aber Yaegher trat trotzdem auf die Bremse, um einen Blick zum Parkplatz zurückzuwerfen.

Es war ein unheimliches, fast surrealistisches Bild, selbst für einen Alptraum zu schlimm. Der ganze Asphalt war geschmolzen, und die brennenden Wagen begannen langsam in der schwarzen Masse zu versinken, wie bizarre Urzeittiere, die in einem Teersee ertranken. Vielleicht würde in Zehntausenden von Jahren tatsächlich ein Archäologe kommen und sie ausgraben, und Menschen würden die liebevoll restaurierten Wracks in einem Museum bewundern können, so wie sie heute die Dinosaurierskelette betrachteten, die aus anderen, älteren Teerlöchern stammten.

Das Feuer breitete sich weiter aus. Ein brennender Ast fiel nur wenige Meter neben dem Mercedes auf die Straße, und Yaegher begriff, daß er noch lange nicht in Sicherheit war. Mit einer hastigen Bewegung legte er den Gang ein und fuhr los.

Er entkam dem Feuer nicht. Die Flammen folgten ihm nicht, sie waren schon da, ganz egal, wohin er auch fuhr. Der Himmel über der Stadt glühte in einem düsteren, drohenden Rot, und die Straßen waren von brennenden Autos und Häusern mit geschwärzten, leeren Fensterhöhlen gesäumt. Geschmolzener Kunststoff lief in brennenden Bächen über die Straßen, Laternen und Ampeln waren wie Wachsteile in sich zusammengesunken und zu irrsinnigen Weltuntergangsskulpturen geworden. Vielleicht war es passiert, dachte Yaegher. Vielleicht war es am Ende doch passiert – jemand hatte durchgedreht, irgendein Silikonchip hatte im falschesten aller nur denkbaren Augenblicke versagt, oder es war einfach geschehen, weil es irgendwo im Universum ein Gesetz gab, wonach alles, was geschehen konnte, auch geschah – sie hatten die Bombe endlich geworfen, und so wie hier ging in diesem Moment die ganze Welt in Flammen auf, um in Staub und Asche zu versinken.

Dann sah er, daß es nicht so war.

Ein anderer Wagen kam ihm entgegen. Er brannte. Die Reifen hatten sich in chinesische Feuerräder verwandelt, die zwei parallele, brennende Spuren auf dem Asphalt hinter dem Wagen hinterließen, und an seinem Steuer saß eine schwarz verkohlte Gestalt, deren Hände mit dem geschmolzenen Kunststoff des Lenkrades verschweißt waren. Kleine Brocken dunkler Schlacke lösten sich aus ihren Fingern und ihrem Gesicht, als sie im Vorüberfahren den Kopf drehte, um Yaegher anzusehen. Es war keine Bombe gewesen. Es hatte wieder begonnen. Und diesmal wußte er nicht einmal, wann.

Es hätte ihm auch nichts genutzt. Die Gefahr war so real, als wäre sie echt. Er hatte nicht vergessen, was Leismann ihm erzählt hatte. Wenn er sich in diesem Alptraum einbildete zu sterben, dann *war* er tot. Oder Schlimmeres.

Die Zahl der brennenden Fahrzeuge, die ihm entgegenkamen oder ihn überholten, nahm allmählich zu. Er kam an einem Biergarten vorbei, der sich in einen Hochofen verwandelt hatte. Tische und Stühle und die bunten Sonnenschirme standen in Flammen, und inmitten dieser Hölle saßen verkohlte Gestalten, die kochendes Bier aus geborstenen Gläsern tranken. Es hörte nicht auf. Er wußte jetzt, daß es auch diesmal nichts anderes war als eine höllische Vision, aber das änderte nichts; er hatte keine Möglichkeit, sie zu beenden. Er mußte einfach abwarten, bis das außer Kontrolle geratene Etwas in seinem Gehirn sich ausgetobt hatte und es von selbst aufhörte, und er mußte versuchen, so lange am Leben zu bleiben.

Und er mußte Evelin warnen.

Selbst unter normalen Umständen hätte er eine halbe Stunde gebraucht, um die Pension zu erreichen. Leismanns Wagen hatte ein Autotelefon, aber er wußte nicht, wie man damit umging; als er wahllos auf die Knöpfe zu drücken begann, erscholl ein schrilles Pfeifen, und ein halbes Dutzend winziger Lämpchen begann auf dem Gerät zu flackern, aber das war auch alles.

Gottlob befand er sich in einem Teil der Stadt, in dem es fast an jeder Straßenkreuzung eine Telefonzelle gab. Er fuhr an zweien vorüber, denn eine stand lichterloh in Flammen und die andere war zu einem brüchigen Metallskelett zerglüht, und steuerte die dritte an. Auch sie brannte, aber das Feuer hatte nur einen Teil der Rückwand ergriffen. Das Glas in der Tür fiel scheppernd in sich zusammen, als Yaegher sie aufriß, und ein Schwall glühender Luft schlug ihm entgegen. Die Seiten des Telefonbuches hatten sich in der Hitze zusammengerollt und waren braun geworden.

Yaegher griff nach dem Hörer und schrie auf vor Schmerzen. Das Plastik war glühend heiß. Er versuchte es noch einmal, schrie ein zweites Mal auf und griff schließlich mit der rechten, bandagierten Hand zu. Er spürte nichts, denn das Mittel, das Leismanns Frau ihm gespritzt hatte, wirkte noch immer, aber er hatte seine Hand nicht richtig unter Kontrolle. Er griff viel zu fest zu, und das in der Hitze weich gewordene Plastik des Hörers begann sich unter seinem Griff zu verformen. Trotzdem hörte er deutlich das Tuten des Freizeichens. Der Apparat funktionierte noch.

Yaegher kramte mit zitternden Fingern eine Handvoll Münzen aus der Tasche. Die meisten rutschten zwischen seinen Fingern hindurch und klirrten zu Boden, aber er behielt genug übrig. Sein Blick hing wie gebannt an den züngelnden Flammen, die sich allmählich über die Außenseite der Telefonzelle auszubreiten begannen, während er Evelins Nummer eintippte. Er mußte aufpassen, daß er nicht vom Feuer eingeschlossen wurde.

Das Telefon klingelte. Einmal. Zweimal. Dreimal. Was, wenn er zu spät dran war? Wenn sie sie schon geschnappt hatten, wie Steiger es gesagt hatte, und sie –

»Freytag«, drang Evelins Stimme aus dem Telefon.

»Evelin, Gott sei Dank!« keuchte Yaegher. »Wie geht es dir? Alles in Ordnung?«

»Yaegher?« Evelins Stimme klang überrascht, dann erschrocken und schließlich beinahe entsetzt, aber er achtete nicht darauf.

»Hör mir gut zu!« stieß er gehetzt hervor. »Sag jetzt nichts, hör mir einfach nur zu. Du bist in Gefahr! Verschwinde aus der Pension, sofort. Nimm nichts mit, sondern hau einfach ab. Wir treffen uns in einer halben Stunde am Osteingang des Bahnhofs, hast du verstanden?«

»Ja«, antwortete Evelin verwirrt. »Aber wieso? Was ist denn los? Borghorst hat vor einer Stunde angerufen und –«

»Bitte, frag jetzt nicht!« unterbrach sie Yaegher beinahe verzweifelt. Der Telefonhörer begann in seiner Hand zu schmelzen. Er hatte wahrscheinlich nur noch Sekunden, bis die Verbindung unterbrochen wurde. »Lauf weg! Um Gottes willen, lauf –«

Aus dem Telefonhörer drang ein dumpfes Knacken an sein Ohr. Er hörte, wie Evelin überrascht die Luft einsog, dann ein zweites, noch lauteres Krachen, und plötzlich hörte er Evelin spitz und laut aufschreien.

»Evelin!« schrie er.

Wieder ein Poltern. Ein weiterer Schrei, das Geräusch eines Schlages und dann das eines schweren Körpers, der zu Boden fiel. Und dann wurde die Verbindung unterbrochen. »Evelin!« stöhnte Yaegher auf. »Antworte doch!«

Wahrscheinlich hätte sie es nicht einmal gekonnt, wäre die

Leitung *nicht* unterbrochen worden. Der Hörer hatte sich in einen formlosen grauen Klumpen verwandelt, von dem geschmolzenes Plastik in zähen Fäden zu Boden tropfte. Der ehemals weiße Verband um seine Rechte hatte sich braun und schwarz verfärbt und schwelte.

Yaegher riß die Hand mit einem Schrei zurück. Das geschmolzene Plastik hatte sich mit den Mullbinden verbunden, so daß der Großteil des Verbandes daran hängen blieb, als er zurückprallte. Die Hand, die darunter zum Vorschein kam, bestand nicht mehr aus Fleisch.

Sie war zu Eisen geworden.

Yaegher starrte fassungslos auf seine Finger hinab. Seine Hand hatte sich in rotes, rostiges Eisen verwandelt, das hier und da mit einer dünnen Schicht aus geschmolzenem Kunststoff überzogen war. Jedes noch so winzige Detail war naturgetreu nachgebildet, aber sie bestand aus *Eisen* und war starr und schwer und kalt. Die Wunde, die Leismanns Frau in seine Finger geschnitten hatte, war zu einer Schweißnaht geworden, und der dünne schwarze Faden, mit dem sie sie genäht hatte, zu schimmerndem Kupferdraht.

Die Reste des Telefonhörers tropften zischend zu Boden und fingen dabei Feuer. Das Geräusch hörte sich fast an wie der Schrei, den er als letztes von Evelin gehört hatte. Und was sein klarer Verstand und alle seine Willenskraft nicht fertiggebracht hatte, das gelang der Angst, die er plötzlich um Evelin empfand. Die Vision erlosch. Von einem Sekundenbruchteil auf den anderen fand sich Yaegher in der Wirklichkeit wieder.

Allerdings war es eine Wirklichkeit, die selbst schon wieder etwas Alptraumhaftes hatte. Der Mercedes stand mit beiden Vorderrädern und laufendem Motor schräg auf dem Bürgersteig, und Yaegher fand sich in einer Telefonzelle mit eingeschlagener Tür wieder; wahrscheinlich hatte er das Glas selbst zerbrochen, als er sie aufgerissen hatte. Einige Passanten waren stehengeblieben und blickten neugierig oder auch erschrocken in seine Richtung, und ein junger Mann machte gerade ein paar Schritte auf ihn zu, blieb dann aber abrupt stehen, als er den Ausdruck auf Yaeghers Gesicht gewahrte.

Yaegher stürzte aus der Telefonzelle, sprang in den Wagen und raste los.

Er nahm keine Rücksicht mehr auf Verkehrsregeln oder darauf, möglichst unauffällig zu bleiben, sondern prügelte den schweren Mercedes mit weit über hundert Stundenkilometern durch die Stadtmitte, über rote Ampeln und Stopschilder und ein- oder zweimal sogar ein Stück über den Gehweg, um schneller vorwärts zu kommen. Statt der halben Stunde, die er normalerweise gebraucht hätte, um die Pension zu erreichen, bewältigte er die Strecke in gut zehn Minuten. Daß er unterwegs nicht ein Dutzend schwerer Unfälle gebaut hatte, war ein reines Wunder. Aber die Regeln von Logik und Wahrscheinlichkeit schienen in seiner unmittelbaren Nähe ohnehin außer Kraft gesetzt zu sein.

Er wußte natürlich, daß er zu spät kam. Steigers Kumpane würden kaum in Evelins Zimmer sitzen bleiben und warten, daß der rettende Engel in letzter Sekunde (nein – um genau zu sein: ungefähr sechshundert Sekunden zu spät) durch die Tür hereingestürmt kam. Trotzdem brachte er den Wagen mit kreischenden Reifen vor der Pension zum Stehen, sprang hinaus und hetzte mit gewaltigen Sätzen los. Der Portier hinter seiner Theke fand nicht einmal wirklich Zeit, zu erschrecken, so schnell jagte er an ihm vorbei und – immer zwei, manchmal sogar drei Stufen auf einmal nehmend – die Treppe hinauf.

Er *kam* zu spät. Die Tür zu Evelins Zimmer war nur angelehnt, und er sah schon von weitem, daß das Schloß mit brutaler Gewalt aus dem Rahmen gesprengt worden war. Yaegher beschleunigte seine Schritte noch mehr, sprengte die Tür in vollem Lauf mit der Schulter und taumelte in das dahinterliegende Zimmer.

Den eingeschalteten Fernseher, der mitten im Raum auf einem Hocker stand und genau auf die Tür gerichtet war, bemerkte er zu spät.

32

VIELLEICHT ZUM ersten Mal, seit die Stimmen der Handwerker und das Lärmen ihrer Werkzeuge verklungen waren, hatte sich in dem gewaltigen Raum Ruhe ausgebreitet, und ein von Schattenskulpturen durchwobenes Halbdunkel, das Bewegung und Leben vorgaukelte, wo keines war. Die meisten Lampen waren ausgeschaltet, so daß die genaue Größe des Raumes nicht zu erkennen war, sondern seine Decke und zwei der vier Wände sich in die Unendlichkeit zurückgezogen hatten. Der Geruch frischer Farbe lag in der Luft.

»Irgendwie wirkt es hier fast unheimlich«, sagte einer der beiden Männer, die sich in dem Raum aufhielten. Er rauchte. Manchmal tauchte die grell auflodernde Glut der Zigarette sein Gesicht in ein unheimliches Rot, aber die meiste Zeit über hielt er sie einfach nur in der Hand.

»Was?« fragte der andere.

»Die Stille. Ich versuche mir vorzustellen, wie es hier morgen sein wird, wenn all die Techniker und Helfer da sind und diese ganzen Apparate laufen.«

»Genießen Sie es.« Der Mann ohne Zigarette lachte ganz leise. »Wahrscheinlich wird es hier nie wieder so ruhig sein wie jetzt.« Er sah auf die Armbanduhr. »Noch... einundzwanzig Stunden. Aber die ersten Techniker kommen schon am Morgen. In fünf oder sechs Stunden ist es vorbei mit der Ruhe.« Die Zigarette glühte wieder auf und verwandelte das Gesicht des kleineren Mannes für eine Sekunde in eine rote Dämonenfratze, von unten beleuchtet und mit Augen wie schwarze, grundlose Löcher.

»Hoffentlich«, sagte er. »Die Sache mit Yaegher gefällt mir nicht.«

Der große Mann sah ihn an, aber in der Dunkelheit war der Ausdruck auf seinem Gesicht nicht zu erkennen. »Sie glauben, er macht uns Schwierigkeiten?«

»Ich mache mir keine Sorgen über das, was er tut«, antwortete der andere. »Ich mache mir Sorgen über das, was mit ihm *geschieht*.«

Der Mann ohne Zigarette schwieg einige Sekunden. »Das kriegen wir schon hin«, sagte er dann. »Keine Angst. Überlassen Sie ihn einfach Ihrem Kollegen.« Er lächelte. Hätte der Mann mit der Zigarette in diesem Moment sein Gesicht erkennen können, dann wäre er vermutlich noch mehr erschrocken, denn dies Lächeln war ebenso dunkel wie die Schwärze am anderen Ende des Raumes.

33

GANZ ANDERS als die anderen Male war er sich diesmal des Umstandes, wieder in die bizarre Welt der Halluzination abgestürzt zu sein, vom ersten Sekundenbruchteil an bewußt. Es half nichts. Es machte es nicht einmal leichter.

Das billige Hotelzimmer war verschwunden. An seiner Stelle erstreckte sich vor ihm eine unendliche Ebene aus schwarzem Morast, die irgendwo zehntausend Jahre entfernt mit einem Himmel von der gleichen, lichtschluckenden Farbe verschmolz. Körperlose rauchige Gebilde, die den zahlreichen Armen einer ungeheuerlichen großen Krake glichen, spannten sich zwischen diesen beiden Hälften einer unmöglichen Wirklichkeit, und von irgendwoher kam ein trockener, böiger Wind, der jedes bißchen Flüssigkeit aus seinem Körper heraussaugte und wie Sandpapier über sein Gesicht fuhr. Es gab keine sichtbare Lichtquelle; keine Sonne, keinen Mond, keine Sterne, aber es gab trotzdem Licht – oder etwas *wie* Licht, eine kranke, diffuse Helligkeit, die irgendwie klebrig aussah und einen unangenehmen Geruch verströmte, obwohl das eigentlich unmöglich war.

Die Ebene war nicht leer. Hier und da – ihre Entfernung war ebensowenig zu bestimmen wie ihre Größe – erhoben sich schwarze, bizarre Dinge aus dem Morast, Dinge, die so unangenehm anzuschauen waren, daß es ihm unmöglich war, sie lange genug anzublicken, um ihre genauen Formen zu bestimmen. Er erkannte nur ihre Farbe, und vielleicht selbst die nur, weil es in dieser bizarren Welt nur schwarz und grau und alle nur denkbaren Schattierungen dazwischen gab. Als er an sich herabsah, stellte er fest, daß auch sein Körper alle Farbe verloren hatte. Es war eine Schwarzweißwelt. Und sie war flach, wie das Bild auf einem uralten Schwarzweißfernseher. Wenn er lange genug in eine Richtung sah, glaubte er sogar ein leichtes Flimmern, wie Schnee auf einem unsauber eingestellten Fernsehbild wahrzunehmen.

Yaegher warf einen Blick über die Schulter zurück – die Tür, durch die er vor Sekunden erst gestürmt war, war verschwunden und hatte der gleichen, endlosen Schlammebene Platz gemacht, die sich überall erstreckte – machte einen Schritt und blieb wieder stehen. Dies hier war nicht die Wirklichkeit, aber die *Bewegungen*, die er machte, führte er sehr wohl *wirklich* aus. Er mußte aufpassen, was er tat, wollte er sich nicht unversehens ein paar Stockwerke tiefer und mit gebrochenen Knochen auf dem Bürgersteig wiederfinden.

Vielleicht zum ersten Mal, seit er begonnen hatte, die unheimliche Welt des Irrealen zu entdecken, war seine Neugier größer als seine Angst. Er machte einen weiteren Schritt und blieb wieder stehen. Er wußte nicht mehr genau, wie groß das Zimmer gewesen war, aber es war auf keinen Fall *sehr* groß, vielleicht drei, vier Schritte in jeder Richtung. Er hatte nicht besonders viel Spielraum.

Im Moment brauchte er ihn auch nicht. So bizarr diese schwarze Öde auch war, war sie doch zugleich auch langweilig. Nichts geschah, sah er davon ab, daß von Zeit zu Zeit eine Woge träger Bewegung über den schwarzen Morast lief. Reichte es vielleicht schon, sich des Umstandes bewußt zu sein, daß er eine Halluzination erlebte, um die Gefahr zu bannen, die ihr innewohnte?

Eine geraume Zeit verging, und Yaegher begann, sich zum zweiten Mal und intensiver mit dieser Frage zu beschäftigen (vorhin, als er durch die brennende Stadt gefahren war, hatte er auch gewußt, daß er träumte, und es *war* gefährlich gewesen, aber es mochte sein, daß die Welt des Unmöglichen Gesetzmäßigkeiten gehorchte, die zu durchschauen er nicht in der Lage war), als er eine heftige Bewegung neben sich bemerkte. Immer wieder huschten Wellen über den schwarzen Morast, aber sie verliefen genauso schnell wieder, wie sie entstanden. Bis auf diese eine. Sie blieb, und sie nahm sogar – wenn auch nur sehr langsam – an Intensität zu. Es ist ja gar keine richtige Welle, dachte Yaegher beunruhigt, sondern ein Anblick, als ... als schwämme etwas unter der Oberfläche des schwarzen Sumpfes, etwas Großes, das immer ganz kurz vor dem Auftauchen steht. Aber nichts dergleichen geschah.

Die Welle kam näher, bog dann zur Seite ab und begann, ihn in zehn, vielleicht zwölf Metern Abstand zu umkreisen. Yaegher beobachtete sie aufmerksam. Er kam sich vor wie ein Schiffbrüchiger, der auf einem Stück Treibholz von einem Hai umkreist wird. Nur daß das, was sich da unter dem Morast auf ihn zubewegte, wahrscheinlich ungleich schlimmer war als alle Haie der Weltmeere zusammengenommen.

Die Kreise wurden kleiner und zugleich schneller, und einmal glaubte Yaegher sogar einen schlanken, glitzernden Körper zu erkennen, der für eine Sekunde durch die Oberfläche des Sumpfes brach und dann wieder verschwand. Yaegher spannte sich – nicht nur körperlich. Seine Gedanken rasten. Selbst diese Welt *gehorchte* irgendwelchen Gesetzen. Falls er sie begriff, falls es ihm irgendwie gelang, die vollkommen aberwitzige Logik dieser Videowelt zu durchschauen, dann hatte er vielleicht eine Chance, und –

Einen halben Meter neben ihm schoß eine Säule aus schwarzem Morast in die Höhe, als wäre eine Granate unter der Oberfläche des Sumpfes explodiert. Yaegher taumelte zur Seite, riß die Hände vor das Gesicht und prallte gegen ein Hindernis, das gar nicht da war. Schwarzer, übelriechender Schlamm regnete auf ihn herab, und inmitten des brüllenden Geysirs aus brodelnder Finsternis wuchs etwas Riesiges, Zuckendes in die Höhe, ein glitzerndes pulsierendes Ding, das sich ununterbrochen in seiner Form und Größe verwandelte, das manchmal fast formlos wie eine gewaltige Amöbe war, manchmal fast wie ein menschlicher Körper aussah und dann wieder wie ein bizarres, unmögliches *Ding* mit zu vielen und falschen Gliedmaßen, zu vielen und falschen Köpfen, Gesichtern und Mündern und blind starrenden Augen. Auf einer tieferen Ebene seines Bewußtseins begriff Yaegher, was er da sah: Das war kein Wesen, kein *Etwas*, das vor ihm heranwuchs, sondern die schwarze Ebene selbst, die Substanz dieses Universums des Grauens, die einen Leib zu bilden versuchte. Aber zum allergrößten Teil empfand er nur Ekel und Entsetzen und Panik, während er das entsetzliche *Ding* anstarrte, das immer schneller und schneller seine Form änderte –

– und dann ganz plötzlich zu einem Menschen wurde.

Zumindest zu etwas, das einem Menschen ähnelte ...

Die Gestalt war kleiner als Yaegher, ein wenig schlanker und vollkommen schwarz. Sie war nicht richtig strukturiert: Kleidung, Gesicht und Haar waren bis ins winzigste Detail vorhanden, bestanden jedoch alle aus dem gleichen Material. Sie waren eine einzige, fein modellierte Masse, die nur vorgab, ein Mensch zu sein.

Übrigens nicht *irgendein* Mensch, sondern einer, der jetzt eigentlich zu Asche verbrannt – oder zumindest mit einem zerschmetterten Bein – eine halbe Stadt entfernt in einer kleinen Seitenstraße liegen sollte. Steiger. Komplett bis hin zu dem Verband um die rechte Hand und die *Nunchaku*, die er mit der anderen schwang. Er stand bis an die Knie in der schwarzen Masse, aber sein Körper ging darunter nicht weiter, sondern wuchs direkt aus dem brodelnden Morast hervor, ein einziger Teil eines einzigen, ungeheuerlichen Dings, das nur zu dem Zweck existierte, dem Wahnsinn einen Körper zu verleihen.

Die *Nunchaku* in Steigers Hand begannen zu wirbeln, und seine schwarzen, blicklosen Augen füllten sich mit etwas, das kein Leben war, sondern nur Haß. Yaegher wich dem Hieb der wirbelnden Hartholzstäbe aus und trat einen Schritt zurück. Steiger folgte ihm. Allerdings machte er keine Schritte, sondern schien irgendwie hinter ihm *herzufließen*. Yaegher entging zwar einem zweiten Schlag, dem dritten jedoch nicht mehr. Der Stock prallte gegen seine hochgerissene Hand und zerstob zu einem Sprühregen feiner schwarzer Tröpfchen, wuchs aber binnen Sekunden wieder nach. Als er das nächste Mal gegen Yaeghers Schulter prallte, bestand er nicht mehr aus schwarzem Morast, der durch einen finsteren Zauber irgendwie Halt gefunden hatte, sondern aus etwas, das hart und schwer war wie Gußeisen und ihn zu Boden schleuderte.

Yaegher fiel, sank tief in die morastige Masse ein und fand schließlich irgendwo Halt; genug, um nicht weiter zu versinken, aber nicht genug, um sich wieder in die Höhe zu stemmen. Steiger floß näher, ragte breitbeinig über ihn empor und ließ seine *Nunchaku* kreisen.

Aber er schlug nicht zu. »Die Kassette!« krächzte er. »Wo ist sie?«

»Welche Kassette?« antwortete Yaegher. Er versuchte, sich zu bewegen, aber es ging nicht. Er war nicht nur weit in der schlammigen Masse eingesunken; sie hielt ihn dort auch fest.

Steigers Knüppel sauste auf seine Schulter herab, daß er glaubte, sie würde brechen.

»Sag mir, wo sie ist, oder ich schlage dir den Schädel ein!« sagte Steiger drohend. »Das Band aus Rugners Recorder! Ich will das echte Band! Wo ist es?«

Yaegher steckte zwei weitere, grauenhafte Schläge ein, ehe er überhaupt begriff, daß Steiger offenbar wirklich keine Ahnung von diesem Gespräch hatte, das sie vor nicht einmal einer Stunde über das gleiche Thema geführt hatten – *dieser* Steiger. Er war nicht echt. Er war ebenso ein Produkt seiner Phantasie wie diese ganze Welt hier. Aber wenn es so war, wenn dies alles hier wirklich nur in seiner Einbildung existierte, dann konnte er es vielleicht ... beeinflussen.

Steiger ließ seinen Knüppel zum vierten Mal auf seine Schulterblätter herabsausen und schrie ihn an, er solle die Kassette herausgeben, aber Yaegher ignorierte den Schmerz und konzentrierte sich mit aller Macht auf einen einzigen Gedanken. Er wollte, daß der Sumpf ihn losließ. Er *befahl* dem Morast, ihn loszulassen.

Irgend etwas unter seinen Händen bewegte sich. Im allerersten Moment wurde der Sog sogar stärker, statt schwächer, aber dann war es, als glitte er aus stählernen Handschuhen heraus; er richtete sich mit einem Ruck auf, wurde vom Schwung seiner eigenen Bewegung beinahe wieder nach hinten gerissen und hob den Arm, als Steiger abermals nach ihm schlug. Die *Nunchaku* prallten gegen seine rechte, eiserne Hand und zersplitterten.

Steiger taumelte mit einem ungläubigen Schrei zurück und blickte seine zerbrochene Waffe an. Sein Gesicht zuckte, als litte er Schmerzen, und vielleicht war es auch so, denn die *Nunchaku* waren keine wirkliche Waffe, sondern Teil seines Körpers, aus dem sie irgendwie herausgewachsen waren.

Yaegher starrte ebenso ungläubig *seine* Hand an. Nicht nur die Finger hatten sich in rostfarbenes Eisen verwandelt, sondern der Unterarm bis fast hinauf zum Ellbogen.

»Sag mir, wo sie ist!« keuchte Steiger. Er *hatte* Schmerzen. Der zersplitterte Schaft des Nunchakoholzes wuchs nach, aber er blutete heftig, und Steigers Blick flackerte. Trotzdem fuhr er fort: »Das war ganz schön clever von dir, die Bänder auszutauschen, Bulle, ganz schön clever. Aber nicht clever genug. Wo ist das echte Band?«

Der unheimliche Heilungsprozeß war abgeschlossen. Steiger machte einen Satz in seine Richtung und schlug nach ihm, aber diesmal war Yaegher vorbereitet – er duckte sich unter dem Hieb weg, schlug nach Steigers Hand und traf sie dicht über dem Gelenk. Was wie weicher Morast aussah, war hart wie Eisen, aber nicht hart genug: Steigers Unterarm zersplitterte wie Glas und flog in Stücken davon. Steiger kreischte, fiel rücklings in den Schlamm und versank.

Aber nicht lange genug, um Yaegher wirklich Hoffnung schöpfen zu lassen, daß es vorbei sein könnte. Nach kaum einer Sekunde war er wieder auf den Beinen. Und er hatte sich verändert: Seine Arme waren zu langen, pendelnden Schläuchen geworden, an deren Enden keine Hände saßen, sondern faustgroße Büschel aus schwarzen Dornen mit spitzen Widerhaken.

»Du bist gut!« sagte er. »Du bist wirklich gut, Bulle. Aber nicht gut genug!«

Yaegher war auf einen Angriff vorbereitet, und daher gelang es ihm, den ersten Hieb abzublocken. Aber beinahe gleichzeitig zuckte Steigers anderer Arm hoch, dehnte sich, wuchs wie eine schwarze, glitzernde Schlange auf das Drei-, Vier-, Fünffache seiner Länge und traf Yaegher in den Rücken. Er spürte, wie die nadelspitzen Dornen durch seine Kleider und die Haut drangen und sich tief in das Fleisch zwischen seinen Schulterblättern bohrten. Keuchend fiel er auf die Knie, schwankte einen Moment und stemmte sich dann mühsam wieder hoch.

»Nein«, murmelte er. »Das... kannst du nicht.«

»*Was* kann ich nicht?« Steiger kniff die Augen zusammen. Seine Arme schnellten zurück wie Gummibänder und sahen für einen Moment fast wieder normal aus. Aber nur fast. Statt der stacheligen Büschel saßen nun eiserne Fäuste an seinen Armen. Sie zitterten heftig, was daran lag, daß sie wie Springteufel auf kurzen schimmernden Spiralfedern befestigt waren.

»Nein«, sagte Yaegher noch einmal; sehr leise, aber auch sehr entschlossen. »Das ist *mein* Traum! Du kannst das nicht!«

Steiger grinste, blickte auf seine Hände hinab und legte plötzlich die Stirn in Falten. »Ups!« sagte er. Die stählernen Springteufel waren verschwunden. Seine Hände waren jetzt ganz normale Hände. Für eine Sekunde. Dann wurden sie zu großen, klappernden Scheren mit rasiermesserscharfen Klingen.

»Nein!« sagte Yaegher. »Das lasse ich nicht zu!«

Die Scheren machten Händen und einer Sekunde später schnappenden Mäulern mit Hunderten von nadelspitzen Zähnen und dann wieder Händen Platz.

»Du bist wirklich nicht schlecht«, sagte Steiger. In seiner Stimme klang widerwillige, aber ehrliche Anerkennung mit. »Du kapierst schnell, Bulle? Aber nicht schnell genug. Du mußt noch viel lernen.«

»Und du«, sagte Yaegher ruhig, »bist tot.«

»Wie?« fragte Steiner irritiert.

»Du bist tot«, wiederholte Yaegher. »Glaub mir. Ich habe dich umgebracht. Vor ungefähr einer Stunde, weißt du? Kein hübscher Anblick. Ich meine ... ich wollte es nicht, aber es ist nun einmal passiert. Es gibt dich gar nicht mehr.«

Steiger blinzelte. Er blickte seine Hände an, dann Yaegher, dann wieder seine Hände und schließlich wieder Yaegher. Er versuchte zu lachen, aber es gelang ihm nicht. »Das ... das kannst du nicht machen«, sagte er.

»Und ob ich das kann«, antwortete Yaegher gelassen. »Du bist tot. Also benimm dich gefälligst auch wie ein Toter, und verschwinde aus meinem Traum!«

Steigers Gesicht begann zu zerfließen. Es ging ganz schnell und beinah enttäuschend undramatisch. Das Gesicht zerschmolz, dann sanken Kopf und Schultern in sich zusammen, und schließlich war da nicht mehr als ein formloser, zuckender Klumpen, der nach einigen Sekunden vollkommen von dem schwarzen Morast verschluckt wurde. Yaegher war allein.

Er taumelte vor Schwäche und Erleichterung. Alles drehte sich um ihn, und für eine einzelne, schreckerfüllte Sekunde spürte er, daß er tiefer in den Morast einzusinken begann. Erschrocken wandte er einen Teil seiner Aufmerksamkeit wieder der Wirklichkeit – oder was immer ihren Platz eingenommen hatte – zu und hörte auf, tiefer zu sinken.

Aber wie lange?

Er versuchte erst gar nicht, begreifen zu wollen, was wirklich geschehen war, aber er spürte immerhin, daß er irgend etwas verändert hatte. Plötzlich geschah es nicht mehr *mit*, sondern *durch* ihn, und auch wenn ihm dieser Umstand vielleicht gerade das Leben gerettet hatte, barg er Gefahren, die möglicherweise genauso groß, wenn nicht größer waren als die, mit denen er bisher zu tun gehabt hatte. Wie zum Beispiel damit: daß er nie wieder hier herauskam, weil er selbst mitgeholfen hatte, dieser Alptraumwelt ein bißchen *zuviel* Realität zu verleihen?

Schaudernd drehte er sich einmal um seine Achse und sah sich um. Der Anblick war überall gleich; er war nicht einmal sicher, ob er wirklich eine, eine halbe oder vielleicht auch anderthalb Drehungen gemacht hatte. Gleichzeitig wurde ihm voller Schrecken klar, daß er die Orientierung verloren hatte. Er hatte sich während des Kampfes mit Steiger zwar nicht sehr weit bewegt, aber doch heftig genug, um nicht mehr zu wissen, wo vorne und hinten, rechts und links war. Er war gefangen, eingesperrt in einen Kerker, dessen Mauern die Unendlichkeit waren. Er wußte, daß er eine Million Jahre laufen konnte, ohne irgendwo anzukommen, weil es hier kein Irgendwo gab, weil überall ein irgendwo war. Er...

Etwas geschah. Die Luft schien zu flimmern, gleichzeitig hörte der weiße Wind auf und machte eisiger Nässe Platz. Das Schwarz flackerte, wurde zu Weiß und dann wieder zu Schwarz, und plötzlich konnte Yaegher nicht mehr atmen. Er versuchte es, aber statt Luft war plötzlich eisiges Wasser in seinen Lungen. Er begann verzweifelt um sich zu schlagen, planschte mit Armen und Beinen –

– und brach prustend und qualvoll um Atem ringend durch die Wasseroberfläche. Das schwarze Universum war verschwunden. Yaegher saß aufrecht und komplett angezogen in einer Badewanne voll mit eiskaltem Wasser, und Borghorst kniete neben ihm und sah ihn beinahe schuldbewußt an. »Tut mir leid«, sagte er, während Yaegher noch immer versuchte, unter qualvollem Husten und Spucken wieder zu Atem zu kommen, »aber das war die einzige Möglichkeit, Sie irgendwie wach zu bekommen.«

34

»Warum haben Sie nicht gleich ein Bügeleisen genommen und mir den Schädel eingeschlagen?« fragte Yaegher, während er sich mit einer Hand die Haare trockenrubbelte und mit der anderen in Evelins Koffer herumwühlte, um trockene Sachen zu finden. Es war gut zehn Minuten später. Er troff noch immer vor Nässe. Wo er stand und wo er gegangen war, hatte er dunkle Flecken auf dem billigen Teppichboden hinterlassen. Seine Lungen schmerzten immer noch, und er konnte sich nur mit äußerster Vorsicht bewegen, damit ihm nicht sofort wieder übel wurde. Ertrinken, soviel hatte er jedenfalls herausgefunden, war eine äußerst unangenehme Art zu sterben.

»Ich glaube nicht, daß das nötig gewesen wäre«, antwortete Borghorst. Er kroch irgendwo hinter dem Fernseher auf dem Fußboden herum und suchte nach etwas. Wonach, wußte Yaegher nicht. Er wollte es im Moment auch gar nicht wissen. »Ich schätze, wenn ich Sie nicht ins Wasser geworfen hätte, wären Sie sowieso über den Jordan gegangen.« Eine winzige Pause, dann wurde Borghorsts Stimme noch undeutlicher und leiser und bekam zugleich einen fast entschuldigenden Ton. »Bedanken Sie sich bei Ihrer Freundin, daß Sie vergessen hat, das Badewasser herauszulassen. Ich hätte sonst wirklich nicht gewußt, was ich tun soll. Mann, das war vielleicht ein Anblick!«

Yaegher hörte für eine Sekunde auf, sich die Haare zu frottieren, und sah zu Borghorst hinab. Der Kriminalbeamte lag auf Knien und Ellbogen auf dem Boden und war halb unter den Fernseher gekrochen. Nur sein dickes Hinterteil ragte noch hinter dem Gerät in die Höhe. Noch ein weißer Bürzel, dachte Yaegher, und er sah aus wie Donald Duck, die immer mißgelaunte Walt-Disney-Ente. Eine Sekunde später vertrieb er die Vorstellung erschrocken. Er mußte vorsichtig sein mit solchen Gedanken. Wie die Dinge lagen, war es gut möglich, daß er sich plötzlich wirklich einem Borghorst mit Entenschnabel und Matrosenanzug gegenübersah.

Er hatte eine Hose gefunden, die möglicherweise passen konnte. Evelin war ein Stück kleiner als er, aber er brauchte *trockene* Kleider, keine, mit denen er auf Modenschauen Staat machen konnte. Er nahm die Hose heraus, wählte dazu einen einfachen, schwarzen Rollkragenpullover und ging mit beidem ins Bad, um sich umzuziehen. Das Ergebnis sah einigermaßen komisch aus, und er fühlte sich auch alles andere als wohl in seiner Haut, zumal er auch die völlig durchnäßte Unterwäsche und die Socken ausgezogen hatte, aber er war zumindest trocken. Obwohl – realistisch betrachtet – kaum die Gefahr bestand, daß er an einer *Lungenentzündung* starb. Bevor er das Bad verließ, nahm er ein trockenes Handtuch und wickelte es um seine rechte Hand.

Borghorst saß auf der Couch und grinste wie ein Honigkuchenpferd, als Yaegher wieder ins Zimmer kam. »Chic«, sagte er. »Armani oder Boss?«

»Ein falsches Wort, und ich erwürge Sie«, sagte Yaegher drohend.

Borghorst grinste noch breiter, sagte aber nichts mehr dazu, sondern wartete stumm, bis Yaegher einen der umgeworfenen Sessel aufgerichtet und sich darauf niedergelassen hatte. Dann wurde er übergangslos ernst. »Was war los?«

Yaegher blickte eine Sekunde lang den Fernseher an. Jemand hatte ihn abgeschaltet, und zwar auf eine ziemlich dramatische Art – mit einem Fußtritt nämlich oder mit einem so heftigen Schlag, daß ein Teil des Kunststoffchassis geborsten war. Ein ganz schwacher Geruch nach geschmolzenem Plastik lag in der Luft. »Ich glaube nicht, daß ich das erzählen sollte«, sagte er. »Auf jeden Fall würden Sie mir nicht glauben.«

»Vielleicht doch«, sagte Borghorst. Er zog ein zigarrenkistengroßes, schwarzes Kästchen in die Höhe, das bisher neben ihm auf der Couch gelegen hatte, ohne daß es Yaegher aufgefallen wäre. Es handelte sich um einen winzigen, tragbaren Videorecorder. »Sieht aus wie ein schöner Gruß von Ihren Freunden. Schade, daß der Fernseher nicht mehr funktioniert, sonst könnten wir uns gemeinsam ansehen, was drauf ist.«

»Danke«, maulte Yaegher. »Ich hatte eine Privatvorstellung. Mir reicht's für heute.«

»Muß schlimm gewesen sein«, sagte Borghorst. Er legte den Recorder wieder aus der Hand und sah Yaegher ernst an. »Als ich hereinkam, standen Sie neben dem Fernseher und versuchten, durch die Wand zu rennen. Ich habe versucht, Sie aufzuwecken, aber das ging nicht. Tut mir leid, aber ich wußte keinen anderen Weg mehr als eine kalte Dusche.«

»Es hat funktioniert«, sagte Yaegher mit einer wegwerfenden Handbewegung. »Wie sind Sie überhaupt so schnell hergekommen?«

»Ich habe vor Ihrer Wohnung gewartet«, sagte Borghorst, »wie wir es verabredet hatten. Als Sie nicht gekommen sind, bin ich hierhergefahren und habe die Pension beschattet.«

»Gute Arbeit«, sagte Yaegher.

»Routinearbeit«, verbesserte ihn Borghorst. »So viele Orte gibt es ja nicht mehr, wo Sie sich verkriechen könnten. Ist Ihnen eigentlich klar, daß Sie im Moment die unbestrittene Nummer eins auf unserer Fahndungsliste sind?«

Yaegher seufzte. »Ist... viel passiert?« fragte er stockend. »Heute mittag, meine ich?«

»Zwei Autos und ein Motorrad Totalschaden, ein halbes Dutzend weiterer Fahrzeuge beschädigt, zwei Schwer- und vier Leichtverletzte«, zählte Borghorst auf. »Von dem Gast, den Sie im Restaurant niedergeschlagen haben, ganz zu schweigen. O ja«, er lachte flüchtig, »und eine Anzeige wegen Zechprellerei. Warum haben Sie nicht gesagt, daß Sie knapp bei Kasse sind? Ich hätte mein Bier selbst bezahlt.«

»Ha, ha, ha«, murmelte Yaegher. »Wirklich komisch.«

Borghorst wurde so übergangslos wieder ernst, als hätte jemand irgendwo in seinem Gehirn Schalter umgelegt. »Was war los?« fragte er und deutete auf den Fernseher. »Dasselbe?«

Yaegher nickte, schüttelte gleich darauf den Kopf und zuckte die Achseln. »Ja... oder nein. Etwas Ähnliches.«

»Aha«, sagte Borghorst.

»Ich weiß es nicht«, gestand Yaegher. »Wirklich. Irgend etwas geht in mir vor, aber ich weiß noch nicht genau, was es ist.« Plötzlich fiel ihm etwas ein. »Sie haben die Pension beobachtet, sagen Sie? Dann hätten Sie die Typen eigentlich sehen müssen, die Evelin entführt haben.«

Borghorst ignorierte die Frage. »Wieso sind Sie nicht zu unserer Verabredung gekommen?« fragte er. »Ich habe fast zwei Stunden auf Sie gewartet. Trauen Sie mir nicht?«

»Ich... hatte eine Verabredung mit jemand anderem«, sagte Yaegher ausweichend. Borghorst sah ihn fragend an, und Yaegher fügte noch leiser hinzu: »Steiger.«

»Steiger?« Borghorsts Stirnrunzeln wurde so tief, daß er plötzlich wie ein dreißig Jahre alter Dackel aussah. »Sind Sie sicher?«

»Wie sicher kann man sein, wenn man jemanden umgebracht hat?« fragte Yaegher leise.

»Umgebracht? Steiger?!«

»Oder jedenfalls fast«, bestätigte Yaegher. »Wenn er es überlebt, dann wird er wahrscheinlich nie wieder laufen können.«

»Moment mal«, sagte Borghorst. »Wir reden von demselben Burschen, ja? Von diesem Kerl, dessen Adresse Sie aus dem Computer haben? Von diesem Motorrad-Freak?«

»Es sei denn, er hat einen Zwillingsbruder«, sagte Yaegher. »Warum?«

Borghorst winkte ab. »Erzählen Sie. Was war los?«

Yaegher schwieg noch einen Moment. Borghorsts Fragen irritierten ihn, denn er verstand nicht, worauf er hinauswollte. Aber schließlich begann er zu erzählen. Er ließ nichts weg, beschönigte nichts, sondern bemühte sich um einen sachlichen, kühlen Ton, auch wenn ihm das nicht ganz gelang. Borghorst hörte schweigend zu, aber mit sichtbar wachsender Verwirrung.

»Das war alles«, schloß Yaegher. »Ich habe ihn in dieser Gasse zurückgelassen. Ich weiß, daß ich das nicht hätte tun dürfen. Er war schwer verletzt. Vielleicht ist er verblutet, aber –«

»Das ist er nicht«, unterbrach ihn Borghorst.

»Wieso?«

»Wann soll das Ganze gewesen sein?« fragte Borghorst. »Heute abend?«

»So gegen sieben, vielleicht acht«, bestätigte Yaegher. »Aber wieso?«

»Dann kann ich Sie beruhigen«, sagte Borghorst. Offensichtlich machte es ihm Spaß, Yaegher noch eine Weile zappeln zu lassen. »Sie können Steiger nicht um sieben oder acht in dieser Gasse zusammengeschlagen und liegengelassen haben. Auch nicht um sechs oder fünf. Da saß er nämlich längst in einem gemütlichen Einzelzimmer im Hotel zur Schwedischen Gardine und brüllte nach seinem Anwalt.«

»Er wurde verhaftet?« fragte Yaegher ungläubig.

»Ich *selbst* habe ihn verhaftet«, bestätigte Borghorst. »Eine halbe Stunde, nachdem wir im Restaurant miteinander gesprochen haben.«

»Aber warum?«

Borghorst machte eine vage Geste. »Ich hatte es nicht einmal vor. Ich bin einfach nur an seiner Wohnung vorbeigefahren, um mir den Burschen einmal selbst anzusehen. Aber kaum hatte er mich gesehen, da sprang er auf seine Maschine und raste los, als wäre der Teufel hinter ihm her. Was sollte ich tun? Abwarten, bis er jemanden über den Haufen gefahren hat? Ein Amokfahrer am Tage reicht.«

»Danke«, sagte Yaegher leise.

»Sie können völlig beruhigt sein«, fuhr Borghorst fort. »Sie haben ihn nicht umgebracht. Sie haben ihm nicht einmal ein Haar gekrümmt.«

Yaegher starrte ihn an. Borghorst sagte die Wahrheit – warum sollte er lügen? Aber es war so realistisch gewesen, so unvorstellbar *echt*. Wenn auch das nur ein Traum gewesen war, wenn die Vision schon viel früher begonnen hatte, nicht erst mit dem Feuer, sondern schon mit seinem Zusammentreffen mit Steiger oder vielleicht sogar noch eher – wo hörte dann die Wirklichkeit auf und wo begann die Illusion. Was war überhaupt noch echt? Vielleicht war nicht einmal *das hier* real. Vielleicht saß er gar nicht hier und redete mit Borghorst, sondern war...

Ja, wo überhaupt?

»Was ist los?« fragte Borghorst. »Sie sehen aus, als hätten Sie eine Spinne gegessen. Tut es Ihnen so leid, dieser Ratte nicht den Schädel eingeschlagen zu haben?«

»Ich frage mich, was überhaupt noch wirklich ist und was nicht«, flüsterte Yaegher. »Vielleicht verliere ich allmählich den Verstand.«

Borghorst tat ihm nicht den Gefallen, ihm zu widersprechen. Statt dessen sagte er: »Können Sie noch eine schlechte Nachricht vertragen?«

»Nur zu«, sagte Yaegher bitter. »Ich wüßte nicht, was mich noch erschüttern kann.«

Das war schon wieder ein Irrtum. Borghorst sagte: »Ich habe vorhin nicht geantwortet, als Sie nach Evelin Freytag gefragt haben. Mit Absicht. Ich *habe* sie beobachtet. Sie ist *nicht* entführt worden.«

»Aber ich habe doch genau gehört, wie –«

»Sie ist ganz ruhig in ihren Wagen gestiegen und weggefahren«, fuhr Borghorst mit leicht erhobener Stimme fort. »Das war ungefähr zehn Minuten, bevor *Sie* hier aufgetaucht sind, Yaegher.« Er deutete auf den Fernseher. »Und jetzt überlegen Sie mal, *wer* diese kleine Überraschung für Sie zurückgelassen haben könnte.«

»Blödsinn!« widersprach Yaegher. Aber es kam zu schnell und zu laut, um wirklich überzeugend zu klingen. Und etwas in ihm wußte, daß Borghorst recht hatte. Da war zu viel, was nicht stimmte, zu viel, was keinen Sinn ergab – oder vielleicht doch Sinn ergeben hätte, hätte sich Yaegher nicht beharrlich geweigert, ihn zu erkennen.

»Es ist kein Blödsinn«, sagte Borghorst ruhig. »Und das wüßten Sie selbst, wenn Sie die Augen aufmachen würden, Junge. Die Kleine hat Sie von Anfang an verarscht. Zuerst habe ich gedacht, daß sie mit Issler gemeinsame Sache gemacht hat, aber mittlerweile glaube ich das nicht mehr. Ich denke, daß sie viel tiefer in der Geschichte drinsteckt, als Issler es jemals getan hat. Und Sie wären auch schon längst von selbst darauf gekommen, wenn Sie mit Ihrem Gehirn gedacht hätten, statt mit dem Schwanz.«

Yaegher spürte, wie ihm die Zornesröte ins Gesicht schoß. »Ich habe sie bisher nicht einmal angerührt!« sagte er heftig.

»Dann sind Sie nicht nur naiv, sondern obendrein auch noch dämlich«, sagte Borghorst. Erregt beugte er sich vor. »Mach die Augen auf, Junge! Hast du alles vergessen, was ich dir beigebracht habe? Wenn man alle Verdächtigen unter die Lupe nimmt und einer nach dem anderen wegfällt, wie nennt man dann den, der am Schluß übrig bleibt?«

»Aber das kann doch nicht sein!« widersprach Yaegher. Er tat es gegen besseres Wissen, und er spürte selbst, wie dumm seine Worte klangen. Trotzdem fuhr er fort: »Ich ... ich meine ... sie selbst hat mir ein paar wertvolle Tips gegeben. Ohne sie wäre ich nie auf das VIDEO-INN gekommen, und ohne sie –«

»– hätten sie Rugner nicht erwischt«, sagte Borghorst gelassen.

Yaegher verstummte abrupt.

»Gehen Sie mal davon aus, daß Ihre ganze verrückte Geschichte stimmt«, fuhr Borghorst fort. »Dann erklären Sie mir bitte auch, woher Rugner die Kassette mit dem Killer-Video hatte.«

»Jemand hat es ihm geschickt.«

»Und woher hatte er seinen Namen?« hakte Borghorst nach. »Niemand kannte ihn. Selbst die Freytag hatte nur eine Telefonnummer, und Issler wird wohl kaum durch die Gegend gelaufen sein und jedem erzählt haben, daß er für den Fall seines unnatürlichen Todes bei einem Rechtsanwalt gewisse Informationen hinterlegt hat. Und trotzdem hat er dieses Video am gleichen Tag bekommen, an dem Issler starb. Nur ein paar Stunden, nachdem das Mädchen mit ihm telefoniert hat. Zufall, wie?«

Er hatte recht. Yaegher starrte ihn an und spürte, wie er vor Unglauben und Zorn und Hilflosigkeit am ganzen Leib zu zittern begann, aber er hatte recht. Seine Worte waren von zwingender Logik. Und da war noch etwas, was er gar nicht wissen konnte, woran sich Yaegher aber plötzlich wieder erinnerte. Damals hatte er ihm keine Bedeutung zugemessen, aber plötzlich ergab es einen Sinn: Er erinnerte sich wieder daran, wie Evelin das Telefongespräch im Krankenhaus bezahlt hatte. Es waren *zwei* Einheiten gewesen. Evelin hatte nicht nur Rugner angerufen.

»Was für Informationen waren das?«

Borghorst schüttelte den Kopf. »Keine. Ich war da und habe mit Rugners Partner geredet, diesem Dr. Berthold. Entweder, Issler ist nicht mehr dazu gekommen, Rugner irgend etwas zu übergeben, oder jemand war schneller als wir. Vermutlich das zweite.«

»Sie glauben, die haben etwas aus Rugners Safe herausgeholt, ohne daß er es gemerkt hätte?« fragte Yaegher zweifelnd.

»Wahrscheinlich hat er es ihnen sogar selbst gegeben, ohne es merken zu *wollen*«, sagte Borghorst. »Für jemanden, der Menschen manipulieren kann, dürfte das wohl das kleinste Problem sein. He – wer muß hier eigentlich wen überzeugen?«

Yaegher hörte kaum zu. Seine Gedanken kreisten um Evelin. Er weigerte sich zwar noch immer, Borghorsts Worten zu glauben, aber tief in sich wußte er, daß es genau so gewesen war. Er hatte die ganze Zeit über gewußt, daß es so war, tief in sich drinnen, nur hatte er bisher standhaft die Augen vor der Wahrheit verschlossen. Da war noch mehr: Dinge, die er registriert, aber nicht *gesehen* hatte. Der Abend, an dem Borghorst zusammen mit Nördlinger und den anderen in Isslers Wohnung gewesen war: Er hatte ganz deutlich gesehen, daß der Videorecorder *leer* gewesen war. Wer hatte ihn eingeschaltet? Und vor allem: *Wer hatte die Kassette eingelegt?* Und war Evelin am nächsten Tag tatsächlich zurückgekommen, um *noch ein paar Kleinigkeiten* zu holen – oder vielleicht ein gewisses Videoband? Und –

Er erlaubte sich nicht, den Gedanken weiter zu verfolgen. Sie hatte ihn belogen, gut. Sie hatte ihn *benutzt*, okay, aber er wollte das nicht wissen. Nicht jetzt. Noch nicht.

»Das tut weh«, sagte Borghorst plötzlich. Das Mitgefühl in seiner Stimme klang echt. »Ich weiß. Mir ist das auch schon passiert.« Er bemerkte Yaeghers Überraschung und nickte ein paarmal, um seiner Behauptung mehr Gewicht zu verleihen. »Schauen Sie mich nicht so ungläubig an. Ich bin auch ein Mensch mit Gefühlen, selbst wenn Sie das vielleicht nicht wahrhaben wollen. Ich habe mich nur ein bißchen mehr in der Gewalt als die meisten anderen. Aber ich weiß, wie Sie sich jetzt fühlen. Das tut weh. Es tut sogar ekelhaft weh. Aber es vergeht, glauben Sie mir. Ein paar Tage, schlimmstenfalls ein paar Wochen, und Sie sind darüber weg.«

»Ich habe nicht einmal ein paar Tage mehr«, sagte Yaegher düster.

Borghorst machte eine wegwerfende Handbewegung. »Humbug. Wir kriegen die Burschen, Yaegher. Und wenn wir die erst einmal haben und wissen, wie dieser Trick funktioniert, finden wir auch eine Möglichkeit, Ihnen zu helfen.«

»So lange halte ich nicht mehr durch«, sagte Yaegher. »Wenn ich einschlafe, ist es vorbei. Es wird nicht jedesmal jemand dasein, der mir sofort eine kalte Dusche verpaßt, um mich aufzuwecken.«

»So schlimm wird es schon nicht werden«, sagte Borghorst. »Jetzt, wo Sie wissen, daß es nur Visionen sind, können Sie sich dagegen wehren. Das haben Sie selbst gesagt.«

»Aber darum geht es nicht«, flüsterte Yaegher. »Sie verstehen nicht, was wirklich geschieht. Ich verstehe es ja selbst nicht. Aber es ... es sind nicht nur Illusionen. Und es passiert nicht nur, wenn ich träume.«

»Wie meinen Sie das?« fragte Borghorst alarmiert.

Statt darauf zu antworten, hob Yaegher den rechten Arm und begann das Handtuch abzuwickeln. Borghorst sah ihm stirnrunzelnd dabei zu. Sein Lächeln entgleiste, als er sah, was darunter zum Vorschein kam.

»*So* meine ich das«, sagte Yaegher betont.

Borghorst schluckte. Sein Blick hatte sich an Yaeghers eiserner Hand festgesaugt. Seine Lippen zitterten. Yaegher hatte selten einen Ausdruck von solchem Entsetzen in den Augen eines Menschen gesehen. Als er schließlich sprach, war seine Stimme ein fassungsloses Krächzen, das kaum zu verstehen war. »Willkommen in der *Twilight-Zone*«, sagte er.

35

DER NEUE Tag war schon mehr als zwei Stunden alt, als sie an Leismanns Gartentor klingelten, aber hinter den Fenstern der Jugendstilvilla brannte noch Licht, und der Türöffner summte praktisch im gleichen Sekundenbruchteil, in dem Yaegher den Finger vom Klingelknopf nahm. Wahrscheinlich hatte Leismann den Wagen gehört und war zur Tür gegangen, noch ehe sie ausstiegen. Wie am Abend zuvor trat er einen Schritt aus dem Haus heraus, blieb wieder stehen und legte den Kopf auf die Seite, als er sah, daß sich *zwei* Schatten dem Haus näherten. »Yaegher?« fragte er, in einem Ton, der zwischen Überraschung und leiser Mißbilligung angesiedelt war.

»Es tut mir leid, wenn ich Sie mitten in der Nacht stören muß«, sagte Yaegher. »Aber ich brauche noch einmal Ihre Hilfe.«

»Sie stören nicht«, antwortete Leismann. »Wir waren noch nicht im Bett.« Fragend sah er Borghorst an.

»Das ist Oberinspektor Borghorst«, sagte Yaegher. »Ein Kollege von mir. Keine Sorge. Er weiß Bescheid.«

»Ja«, fügte Borghorst hinzu. »Aber ich glaube es nicht.« Es waren die ersten Worte, die er seit gut zehn Minuten gesprochen hatte. Seit er Yaeghers Hand gesehen hatte, war er sehr schweigsam geworden.

Leismann wedelte mit der linken Hand. »Kommen Sie rein. Vielleicht ist es ganz gut, daß Sie wieder hier sind. Ich habe ein paar Dinge herausgefunden, die Sie interessieren werden.«

»Sie haben sich das Band angesehen?« fragte Yaegher erschrokken.

Leismann lächelte. »Ja. Aber nicht so, wie Sie vielleicht glauben. Ich bin weder blöd noch lebensmüde. Gehen Sie durch – Sie kennen den Weg ja.« Er schloß die Haustür und entfernte sich in der entgegengesetzten Richtung, während Yaegher Borghorst ins Wohnzimmer vorausging.

Der Raum hatte sich verändert, seit er das letzte Mal hiergewesen war. Von der fast schon klinischen Ordnung, die bei seinem ersten Besuch geherrscht hatte, war nichts mehr übrig. Der kleine Tisch quoll über vor Büchern, aufgeschlagenen Zeitschriften, Fotokopien und Notizzetteln. Neben dem Kamin stand ein zerbrechlich aussehender Teewagen aus Messing und Glas, auf dem ein transportabler Dreißig-Zentimeter-Fernseher thronte.

Ein schwarzes Spiralkabel ringelte sich von der Rückseite des Gerätes zu Boden und verschwand hinter einer angelehnten Tür, die in einen unbeleuchteten Nebenraum führte. Neben dem Fernseher stand ein zerschrammtes Gerät mit einer Skala und einem halben Dutzend kleiner Lämpchen und Knöpfe, dessen Sinn Yaegher nicht einmal zu erraten vermochte. Er wollte es auch nicht. Allein der Gedanke, daß Leismann mit dem Video herumexperimentiert hatte, bereitete ihm fühlbares Unbehagen.

Borghorst sah sich auf eine Weise um, die ebenfalls nicht besonders begeistert wirkte. »Freunde von Ihnen?« fragte er schließlich.

Yaegher machte eine Bewegung, deren Bedeutung ihm nicht einmal selbst ganz klar war. »Ich glaube wohl«, sagte er dann. »Jedenfalls sind es keine Feinde. Man wird bescheiden, wissen Sie?«

Leismanns Rückkehr hinderte Borghorst daran, etwas zu sagen. Der Professor erschien in Begleitung seiner Frau, die einen Morgenrock trug und deren Haar aufgelöst war. Ihr Gesicht war blaß und ein wenig verquollen.

»Tut mir leid«, begrüßte Yaegher sie. »Ich wollte Sie nicht stören.«

»Sie stören nicht«, antwortete Leismanns Frau. Offensichtlich hatte sie schon geschlafen. »Im Gegenteil. Ich bin froh, daß Sie zurückgekommen sind. Ehrlich gesagt, hatte ich nicht damit gerechnet, überhaupt einschlafen zu können.« Sie griff nach Yaeghers Hand, streifte den Ärmel des Rollkragenpullovers hoch und runzelte die Stirn, als sie sah, wie weit die Verwandlung bereits fortgeschritten war. »Oh«, sagte sie.

»Seltsam.« Yaegher versuchte zu lächeln, aber er merkte selbst, daß es bei einem kläglichen Versuch blieb. »Dasselbe wollte ich auch gerade sagen.«

»Fühlen Sie irgend etwas?« fragte Frau Leismann. »Schmerzen? Wärme? Kälte?«

Yaegher schüttelte auf jede Frage den Kopf. »Nichts«, sagte er. »Der Arm ist taub wie ein Stück Eisen.«

Diesmal huschte ein flüchtiges Lächeln über ihre Züge. Aber nur für eine Sekunde. Dann wurde ihr Ausdruck um so ernster. Sie schob ihn mit sanfter Gewalt auf einen Stuhl, rollte seinen Ärmel noch weiter hoch und untersuchte seinen Arm noch einmal und sehr genau. Ganz besonders schien sie sich für die Stelle zu interessieren, an der sich Eisen in Fleisch – oder Fleisch in Eisen – verwandelte.

»Unglaublich!« murmelte sie. »Es... es geht weiter. Und es geht schneller, als ich dachte.«

»Wieviel Zeit habe ich noch?« fragte Yaegher leise.

»Das weiß ich nicht«, antwortete sie.

Yaegher seufzte. »Bitte. Ich weiß, daß Ärzte normalerweise auf solche Fragen nicht antworten. Aber die Situation ist nicht normal. Wieviel Zeit habe ich noch?«

»Ich weiß es nicht«, antwortete Leismann stur. »Ich kann ein paar wilde Vermutungen anstellen, wenn Sie das möchten. Was wollen Sie hören? Eine Woche? Ein Jahr? Ein paar Stunden? Suchen Sie sich aus, was Ihnen am besten gefällt. Ich habe keinerlei Erfahrung mit so etwas. Niemand hat das. Es kann schnell gehen oder sehr langsam oder auch plötzlich aufhören. Die letzten belegten Fälle sind ziemlich lange her. Die wissenschaftlichen Aufzeichnungen waren damals noch nicht sehr präzise.«

»Wollen Sie damit sagen, daß es so etwas schon einmal gegeben hat?« mischte sich Borghorst ein.

»Vielleicht«, antwortete Frau Leismann. »Lots Weib.«

»Lots – was?« wiederholte Borghorst verwirrt.

»Sie sind nicht sehr bibelfest, wie?« fragte die Ärztin. In ihrer Stimme war ein leiser Unterton von Spott. »Sodom und Gomorrha, Herr Inspektor. Als die Stadt unterging, konnte Lots Weib der Versuchung nicht widerstehen, drehte sich um und –«

»– erstarrte zur Salzsäule, ich weiß«, unterbrach sie Borghorst gereizt.

»Oder zu Eisen«, sagte Frau Leismann achselzuckend. »Wer will das heute noch so genau sagen?«

»Aber das ist doch Unsinn!« protestierte Borghorst. »Ich meine, das... das ist eine uralte Legende!«

»Beinahe alles, was in der Bibel steht, ist irgendwie wahr«, sagte sie. »Übrigens gibt es auch in anderen Kulturkreisen ganz ähnliche Geschichten. Nur sind die nicht so bekannt.« Sie deutete auf die Bücher und Zeitschriften, die in unordentlichen Stapeln den Tisch und sogar den Fußboden bedeckten. »Ich habe mich ein bißchen kundig gemacht, seit Herr Yaegher das letzte Mal hier war. Es *gibt* Hinweise darauf, daß so etwas schon einmal passiert ist. Denken Sie nur an die Gorgonen aus der griechischen Mythologie.«

Borghorst lachte, aber es klang schrill und unsicher und im Grunde mehr nach einem nur noch mit Mühe unterdrückten Aufschrei. »Gleich werden Sie mir erzählen, daß diese Videobänder direkt aus der Hölle kommen.«

»Das bestimmt nicht«, sagte Leismann anstelle seiner Frau. »Es sind ganz normale BASF-Bänder, nicht einmal von besonderer Qualität. Aber das, was darauf ist, das könnte sehr wohl aus der Hölle stammen.«

Borghorst starrte ihn an, und Leismann spürte wohl, daß er die Worte nicht so verstand, wie sie gemeint waren, denn er setzte mit einer Geste auf seine Frau und Yaegher neu an.

»Sehen Sie, was meine Frau meint, ist, daß die Kräfte, die diese... Veränderung bewirken, dieselben sind wie damals. Es ist schon einmal passiert, mindestens. Vermutlich sogar mehr als einmal. Vermutlich müssen ganz bestimmte äußere Umstände zusammenkommen, damit es von selbst geschieht, aber es *kann* geschehen. Und wenn es durch Zufall oder das Zusammenwirken uns noch unverständlicher Naturkräfte geschehen kann, dann kann man es sicher auch mit technischen Mitteln erreichen.«

»Und ich dachte, Sie wären Wissenschaftler«, murmelte Borghorst.

»Das bin ich«, bestätigte Leismann ungerührt. »Und gerade deshalb weiß ich, daß es Dinge gibt, die wir nicht erklären können. Ich könnte Ihnen Geschichten erzählen, die Sie mir einfach nicht glauben würden, aber ich fürchte, dazu haben wir im Moment kaum Zeit.«

Yaegher und Borghorst sahen ihn gleichermaßen beunruhigt an, aber Leismann machte eine besänftigende Geste. »Nein, nein, im Moment besteht keine akute Gefahr. Ohne meiner Frau vorgreifen zu wollen, läßt sich sicher sagen, daß Sie wohl kaum in den nächsten zehn Minuten zur Salzsäule erstarren und umfallen werden. Es ist das Videoband, das mich so beunruhigt. Ich habe hier nicht die notwendigen Apparaturen, um es wirklich gründlich zu untersuchen, aber das wenige, was ich trotzdem herausgefunden habe, reicht schon aus, um mir schlaflose Nächte zu bereiten.«

»Sie können von Glück sagen, daß Sie noch leben«, sagte Yaegher düster. Er deutete auf den kleinen Fernseher neben dem Kamin. »Ich hatte Sie gewarnt, es sich anzusehen.«

»Das war nicht so gefährlich, wie Sie glauben«, antwortete Leismann. »Meine Frau war die ganze Zeit dabei und hatte die Hand am Kabel, um den Stecker herauszuziehen, sollte irgend etwas Gefährliches oder Ungewöhnliches geschehen. Außerdem habe ich mir nicht das Original angesehen.« Er deutete auf die Tür, hinter der das Kabel verschwand. »Auf die Idee hat meine Frau mich mit ihrer Geschichte von den Gorgonen gebracht. Perseus erschlug die Medusa, weil er ihr nicht ins Gesicht sah, sondern ihr Spiegelbild in seinem Schild betrachtete. Das hier« – er wies auf den Fernseher – »ist sozusagen mein Perseusschild.«

»Wie?« fragte Borghorst verwirrt.

Leismann lächelte noch breiter und auch ein bißchen stolz. »Nebenan steht ein anderer Fernseher, und der Videorecorder. Und eine Videokamera, die auf den Bildschirm gerichtet ist. Verstehen Sie?«

»Ja«, sagte Yaegher, aber Borghorst sagte gleichzeitig: »Nein.«

»Ich habe mir nicht den Film selbst angesehen«, erklärte Leismann geduldig, »sondern nur die Bilder, die meine Kamera aufgefangen und auf diesen Monitor hier projiziert hat.«

»Und was ist passiert?« fragte Yaegher.

»Nichts«, antwortete Leismann. »Außer daß ich neunzig Minuten damit verschwendet habe, mir einen äußerst dummen Film anzusehen.«

»Sie meinen, es sind nicht die Bilder, die die Visionen verursachen«, sagte Borghorst.

»Nein. Es ist etwas auf den Bändern. Mein Kollege Clemm hat

so etwas ja auch bereits festgestellt. Es wirkt über den Fernseher, aber der Impuls muß offensichtlich direkt eingegeben werden, nicht über den Umweg über eine Kamera. Fragen Sie mich nicht, wie es funktioniert. Die Technologie, die dahintersteckt, wage ich mir nicht einmal vorzustellen. Aber es funktioniert – wie das Schicksal Ihres bedauernswerten Kollegen beweist.«

»Sie meinen, es sind die gleichen Kräfte, die damals ... Sodom und Gomorrha vernichtet haben?«

»Es hat die gleiche Wirkung«, verbesserte ihn Leismann. »Übrigens glaube ich nicht einmal, daß sie beabsichtigt ist. Vermutlich ist es ein Nebeneffekt, der nicht einmal beabsichtigt war. Das ist es auch nicht, was mich so erschreckt hat.« Der Blick, mit dem er Yaegher maß, wurde für einen Moment fast verlegen. »Bitte verstehen Sie mich nicht falsch. Ich kann mir vorstellen, was es für Sie bedeutet, aber ...«

»Ich verstehe Sie«, sagte Yaegher ernst. »Reden Sie weiter.«

»Es ist die Existenz dieser Bänder, die mich so erschreckt«, fuhr Leismann fort. »Wie gesagt – ich habe hier nicht die Mittel, sie wirklich zu untersuchen, aber diese Kassette ist ...« Er suchte nach Worten. »Monströs.«

»Weil sie Menschen tötet?« fragte Borghorst. »Das tut ein Küchenmesser auch.«

»Sie haben nichts verstanden«, seufzte Leismann. »Wer immer diese Kassetten besitzt, verfügt damit über buchstäblich unbegrenzte Macht. Wenn das, was Ihr Kollege Yaegher erzählt hat, der Wahrheit entspricht, können Sie jedem Menschen, der sich ein solches Video ansieht, Ihren Willen aufzwingen. Damit wir uns richtig verstehen – es muß kein Horror-Video sein. Sie können dieses Signal auf *jede* Videokassette aufbringen.«

Borghorst schauderte. »Das bedeutet –«

»– daß Sie mit dieser Technologie im wahrsten Sinne des Wortes die Welt beherrschen könnten«, sagte Leismann.

»Moment!« Borghorst versuchte zu lachen. »Haben Sie es nicht eine Nummer kleiner?«

»Nein«, sagte Leismann ernst. »Ich meine es so, wie ich es sage. Vielleicht glauben Sie ja noch immer, daß Sie es hier mit einem kleinen Ganoven zu tun haben, der eine Methode entdeckt hat, schnell an Geld zu kommen. Aber das ist es nicht. Diese Videos sind gefährlicher, als es die Erfindung der Wasserstoffbombe war. Sie können ganze Völker damit beherrschen, und die werden es nicht einmal merken. Im Gegenteil – sie wären glücklich, von Ihnen beherrscht zu werden.«

Borghorst erbleichte. Dann sagte er: »Vorausgesetzt, jeder Mensch besitzt einen Videorecorder – und leiht seine Bänder in der gleichen Videothek aus.«

»Keineswegs«, sagte Leismann. »Sie brauchen keinen Recorder. Sie brauchen nur einen Fernseher. Und ein Studio, in dem ein Recorder steht.«

Yaegher fuhr so heftig zusammen, daß seine eiserne Hand zuckte und ein Stück aus der Sessellehne herausschlug. Leismann, seine Frau und Borghorst blickten gleichzeitig erschrocken auf ihn herab. »Was haben Sie?« fragte Leismann alarmiert.

»Was haben Sie gesagt?« fragte Yaegher. »Sie meinen... man könnte dieses... dieses Signal über das Fernsehen ausstrahlen? Über einen ganz normalen Fernseher?« Die letzten Worte schrie er beinahe.

»Selbstverständlich«, sagte Leismann. »Einem Fernseher ist es gleich, ob er seine Signale über die Antenne, das Kabel oder von einem angeschlossenen Videorecorder bekommt. Warum fragen Sie?«

Yaegher antwortete nicht. Statt dessen fuhr er mit einem Ruck herum und starrte Borghorst an, und plötzlich verlor Borghorsts Gesicht auch noch das letzte bißchen Farbe. »Großer Gott!« flüsterte er.

»Was haben Sie?« fragte Leismann alarmiert.

»Das Fernsehen«, flüsterte Borghorst. »Mein Gott, Professor, es... es gibt da etwas, was Sie nicht wissen können. Und Sie auch nicht, Yaegher.«

»Was?!« fragte Yaegher.

»Ich habe es Ihnen bisher nicht erzählt, weil... weil ich es nicht für wichtig hielt«, sagte Borghorst stockend. »Jedenfalls noch nicht. Erinnern Sie sich an die Witze, die wir alle über Berger und sein Engagement für TNT-Network gemacht haben?«

»Sicher«, antwortete Yaegher. Ein ungeheuerlicher Verdacht begann in ihm heraufzudämmern. »Und –«

»Ich habe ein bißchen herumgestöbert, nachdem Sie mir von

Strauss und diesem Videoverleih erzählt haben. Strauss besitzt nicht nur das VIDEO-INN. Er ist einer der drei Hauptaktionäre von TNT.«

Yaegher starrte ihn an, und plötzlich hatte er das Gefühl, nicht nur zum Teil, sondern im Bruchteil einer Sekunde ganz und gar zu Eisen zu erstarren. Ein siedender Schrecken durchfuhr ihn.

»TNT?« fragte Leismann. »Was ist das? Ein Sprengstoff?«

»Etwas Schlimmeres«, antwortete Borghorst. »TNT-Network ist ein privater Fernsehsender. Bisher strahlt er nur wenige Stunden Programm aus, und auch nur in beschränktem Umfang. Zwanzig Kilometer, höchstens.«

»Bisher?« In Leismanns Stimme klang der gleiche, ungläubige Schrecken mit, den auch Yaegher verspürte.

»Bisher«, bestätigte Borghorst düster. »Morgen abend um neunzehn Uhr ist die offizielle Eröffnungsfeier.«

»Und eine Stunde später gehen sie landesweit auf Sendung«, fügte Yaegher hinzu. »Mit vierundzwanzig Stunden Programm am Tag.«

36

Borghorst kam am nächsten Morgen zurück, irgendwann zwischen zehn und elf, nachdem es Leismann endlich gelungen war, Yaegher wach zu bekommen. Eigentlich hatte er nicht einschlafen wollen; er hatte sich mit aller Kraft dagegen gewehrt, aber nach annähernd zweiundsiebzig Stunden ohne Schlaf war er einfach am Ende. Schließlich hatte er Leismanns Frau gebeten, ihm etwas zu geben, um wach zu bleiben. Zu seiner Überraschung hatte sie nicht einmal protestiert, sondern schweigend eine Spritze aus ihrer Arzttasche genommen und ihm eine Injektion verabreicht, und er war eingeschlafen, noch ehe sie die Nadel wieder aus seinem Arm herausgezogen hatte.

»Ist Ihnen eigentlich klar, daß Sie mich hätten umbringen können?« fragte er, als sie am Frühstückstisch zusammensaßen. Er versuchte, jeglichen Vorwurf aus seiner Stimme zu verbannen. Es gelang ihm nicht ganz, aber was davon blieb, das ignorierte sie.

»Kaum«, antwortete sie gelassen. »Schließlich war es das, was man ein kalkuliertes Risiko nennt.« Sie lächelte, nippte an ihrem Kaffee und starrte eine Sekunde lang Yaeghers Hand an, die neben seiner Tasse auf dem Tisch lag. Yaegher zog die Hand zurück, und sie sah wieder auf. »Wenn ich Ihnen die Spritze gegeben hätte, um die Sie mich gebeten haben, wären Sie wahrscheinlich daran gestorben. Sie waren völlig am Ende. Außerdem haben mein Mann und ich abwechselnd auf Sie aufgepaßt.«

Yaegher blickte fragend.

»Wir haben an Ihrem Bett gesessen«, erklärte sie. Sie stand halb auf und schenkte ihm Kaffee nach. Es war die vierte Tasse, die er trank, und der Kaffee war sehr stark. Trotzdem hatte er Mühe, die Augen offenzuhalten. »Beim geringsten Anzeichen dafür, daß Sie anfangen zu träumen, hätten wir Sie geweckt.«

Er erinnerte sich nicht, geträumt zu haben. Vielleicht hatte ihm der Umstand, daß er so vollkommen erschöpft war, das Leben gerettet. Sein Unterbewußtsein hatte nicht einmal mehr die Energie gehabt, eine neue, tödliche Vision auf ihn loszulassen. »Dann müssen Sie todmüde sein«, sagte er.

Sie winkte ab. »Ich bin das gewohnt. Ich bin Ärztin. Außerdem haben wir uns abgewechselt, mein Mann und ich, wie gesagt.«

»Wo ist er überhaupt?«

»Mein Mann? An der Uni, wo sonst? Es ist Montag. Aber er wird bald kommen. Ich habe vorhin mit ihm telefoniert.« Wie auf ein Stichwort klingelte es an der Tür. »Vielleicht ist er das schon«, sagte sie und stand auf. »Er vergißt dauernd seinen Schlüssel. Was das angeht, ist er wirklich der typische vergeßliche Professor.«

Sie wandte sich zur Tür um, machte einen Schritt und blieb wieder stehen. »Übrigens: Sprechen Sie ihn nicht auf den Wagen an. Er war nicht besonders erbaut darüber.«

»Wieso?«

»Sie haben eine Beule hineingefahren. Der rechte vordere Kotflügel. Nur ein Kratzer, aber er ist etwas eigen, was seinen Mercedes angeht.«

Sie ging, und Yaegher blieb kopfschüttelnd zurück. Er erinnerte sich nicht einmal, den Wagen beschädigt zu haben – was nicht bedeutete, daß er es nicht getan hatte. Aber vor genau acht Stunden hatten sie hier zusammengesessen und über etwas gesprochen, das vielleicht den Untergang der Welt, wie sie sie alle kannten, bedeuten konnte, und Leismann machte sich Gedanken wegen eines *zerbeulten Kotflügels!*

Es war nicht Professor Leismann, der zurückkam. Yaegher erkannte die beiden Stimmen, eine Sekunde, bevor Dr. Leismann und Borghorst die Küche betraten. Borghorst sah müde aus wie Frau Leismann, und außerdem schien er in seinen Kleidern geschlafen zu haben, so zerknautscht waren sie. Als er den Kaffee auf dem gedeckten Frühstückstisch sah, leuchteten seine Augen auf. Er setzte sich, nahm sich eine saubere Tasse und leerte sie fast in einem Zug. Dr. Leismann schenkte nach, und Borghorst leerte auch die zweite Portion zur Hälfte, ehe er sich auch nur die Zeit für ein dankbares Nicken nahm.

»Das hatte ich jetzt nötig«, sagte er. »Bitter nötig! Ich habe kein Auge zugetan, vergangene Nacht. Der Kaffee war ausgezeichnet.« Er trank auch noch den Rest, der sich in seiner Tasse befand und schüttelte den Kopf, als sie noch einmal nachschenken wollte. »Danke, das wird zuviel. Ich habe literweise Kaffee getrunken diese Nacht. Wir haben eine Menge zu besprechen. Ist Ihr Mann schon zurück?«

Frau Leismann verneinte. »Er muß bald kommen. Ich habe vorhin mit ihm telefoniert. Er klang ziemlich aufgeregt.« Sie sah Yaegher an, und ihr Blick wurde wieder ernst. »Er scheint irgend etwas herausgefunden zu haben, aber er konnte mir am Telefon nicht sagen, was es ist.«

»Gut, daß er überhaupt noch etwas sagen konnte«, murmelte Yaegher. »Diese Bänder machen mir angst. Niemand sollte damit herumspielen.«

»Er ist vorsichtig«, sagte die Ärztin. »Außerdem – wenn niemand damit *herumspielt*, dann kann Ihnen auch niemand helfen.«

»Können Sie das denn überhaupt?« fragte Borghorst mit einer Geste auf Yaeghers Hand. »Ihm helfen?«

Dr. Leismann zögerte.

»Seien Sie ganz offen«, sagte Yaegher. »Ich kann die Wahrheit vertragen.«

»Und ich würde sie Ihnen sagen, wenn ich sie wüßte«, sagte Dr. Leismann. »Es ist so, wie ich gestern abend schon sagte: Ich weiß überhaupt nichts. Ich habe gestern abend eine Probe aus Ihrer

Hand genommen und sie mir unter dem Mikroskop angesehen ...«

Yaegher blickte automatisch auf seine Hand hinab und suchte nach einer Wunde, aber er fand keine. Erst nach einigen Sekunden entdeckte er einen winzigen Kratzer auf dem Handrücken.

»Und?« fragte Borghorst.

»Nichts ›und‹«, antwortete Dr. Leismann. Sie klang ein wenig unglücklich. »Ich kann nicht sagen, was es ist. Ich habe hier nicht die nötigen Mittel, um eine richtige Untersuchung durchzuführen. Ich müßte ihn mit in die Klinik nehmen, dort haben wir alle notwendigen Apparaturen und Geräte. Und ein paar Spezialisten. Ich verstehe nicht genug davon.«

»Wovon?« fragte Yaegher. »Von eisernen Menschen?«

»Es ist kein Eisen«, sagte Dr. Leismann. »Soviel habe ich zumindest herausbekommen.«

»Was ist es dann?«

»Keine Ahnung«, gestand sie mit einer hilflosen Geste. »Es sieht aus wie Eisen, und es fühlt sich auch so an, aber es ist keines.« Sie zuckte mit den Schultern. »Es ist irgendeine organische Substanz, das kann ich sagen. Aber ich weiß nicht, was für eine. Wir werden eine ganze Reihe von Untersuchungen anstellen müssen.«

»Später«, sagte Yaegher. Dr. Leismann sah ihn mit schräggestelltem Kopf an. »Vielleicht morgen«, fügte er hinzu. »Wenn alles vorbei ist.«

»Wie kommen Sie darauf, daß morgen *alles vorbei* sein könnte?« fragte Borghorst.

»Die Eröffnung des Fernsehsenders ist heute abend, oder? Wenn es uns nicht gelingt, sie aufzuhalten, dann ist sowieso alles egal.«

Dr. Leismann wirkte bestürzt, aber Borghorst dachte nur ein paar Augenblicke über seine Worte nach und schüttelte dann den Kopf. Die Bewegung wirkte ärgerlich, fast wütend. »Wer sagt das?«

»Wenn sie mit diesen Videos auf Sendung gehen –«

»Wer sagt, daß sie das tun?« unterbrach ihn Borghorst, noch immer im gleichen, fast wütenden Ton, den Yaegher sich im ersten Augenblick nicht erklären konnte. Dann wurde ihm klar, daß es nichts anderes war als *Angst*. »Sie nehmen heute abend den Sendebetrieb auf. Das bedeutet sicher nicht, daß sie das Programm mit einem Killer-Video beginnen werden, das alle Rentner über siebzig umbringt. Wenn überhaupt, dann werden sie in den nächsten Wochen und Monaten ganz vorsichtig damit anfangen, die eine oder andere Probesendung auszustrahlen.«

»Wenn ich sie wäre«, sagte Dr. Leismann ruhig, »wer immer *sie* sind – also: wenn ich sie wäre, dann würde ich dafür sorgen, daß mir niemand in die Quere kommt, *bevor* ich den Sendebetrieb aufnehme.«

Borghorst schwieg. Es war ein betroffenes Schweigen, und zumindest Yaegher kannte auch den Grund. Er hatte die Kundenliste des VIDEO-INN gesehen, auf der praktisch jeder stand, der in dieser Stadt über irgendwelchen Einfluß verfügte. Und trotzdem widersprach er nach einer Weile erneut: »Sie sehen zu schwarz. Letztendlich ist Strauss nur ein kleiner Ganove. Und wenn er nicht selber der Drahtzieher ist, dann zeigt der Umstand, daß die ihn ausgewählt haben, doch deutlich, daß auch die Leute, die hinter ihm stehen, nicht unbedingt die Hellsten sind.«

»Können Sie das noch mal sagen?« fragte Dr. Leismann.

»Wie?«

»Ich fürchte, ich habe Sie nicht verstanden«, sagte sie. »Oder Sie sind dümmer, als ich dachte.«

Borghorsts Augen wurden schmal, und Yaegher unterdrückte ein Grinsen.

»Lassen Sie uns die Sache einmal durchspielen«, fuhr Dr. Leismann fort. »Wenn ich an ihrer Stelle wäre, dann wäre nach einigen ausgewählten Persönlichkeiten in einflußreicher Stellung die Unterwelt das nächste, was ich unter meinen Einfluß brächte.«

»Wieso?«

»Weil sie ein unberechenbarer Faktor ist«, antwortete Dr. Leismann. »Und außerdem eine sehr nützliche Privatarmee. Sie können Dinge tun, die normale Bürger kaum tun könnten, ohne unnötiges Aufsehen zu erregen. Wenn sich ein paar einschlägig bekannte Ganoven gegenseitig umbringen, dann sorgt das für nicht halb soviel Wirbel, wie wenn es unbescholtene Bürger tun.«

»Ach?« sagte Borghorst spitz. »Wenn *ich* so etwas könnte, dann würde ich dafür sorgen, daß es bald keine Unterwelt mehr gibt.«

»Das wäre der zweite Schritt«, bestätigte Dr. Leismann mit

einem sonderbar kalten, fast hämischen Lächeln. »Nachdem ich den Rest der Stadt unter Kontrolle gebracht habe.«

In Borghorsts Gesicht arbeitete es. »Sagen Sie, Frau Doktor«, sagte er gepreßt, »wären Sie sehr begeistert davon, wenn ich plötzlich bei Ihnen im OP auftauchen würde, um an Ihren Patienten herumzuschneiden?«

»Kaum.«

»Sehen Sie!« sagte Borghorst. »Also versuchen Sie bitte auch nicht, mir zu erzählen, wie ich meine Arbeit zu tun habe, Sie dämliche Kuh.« Er griff unter seinen Mantel, zog eine Waffe und richtete sie auf Dr. Leismann. »Ansonsten müßte ich etwas dagegen unternehmen.«

Yaegher starrte ihn fassungslos an. Was um alles in der Welt – ?

Dann begriff er. Es war auch nicht schwer zu verstehen, denn Dr. Leismann zeigte nicht den mindesten Schrecken; dafür verwandelten sich die Finger ihrer linken Hand plötzlich in schmale, gefährlich blitzende Skalpelle, und die der rechten in gläserne Injektionsspritzen mit langen, dünnen Nadeln.

»Interessant«, sagte sie. »Wissenschaft kontra brutale Gewalt. Ich bin gespannt, wer der Sieger sein wird.«

»Ich«, sagte Borghorst und drückte ab. Die Kugel schlug genau zwischen Dr. Leismanns Augen ein, trat aus ihrem Hinterkopf wieder aus, wobei sie einen Teil der Schädeldecke, ein Büschel Haare und ungefähr zwei Liter Blut und breiige Gehirnmasse herausfetzte, und schlug mit einem hörbaren Klatschen an die Wand.

»He!« sagte Dr. Leismann empört. »Sie haben mich umgebracht!«

Borghorst grinste. »Ich weiß.«

»Aufhören!« stöhnte Yaegher. Er versuchte, sich zu bewegen, aber es ging nicht. An seiner Schläfe begann eine Ader zu pochen. »Ich will, daß ... es ... aufhört!«

Borghorst und Dr. Leismann sahen ihn eine Sekunde lang irritiert an, dann beugte sich die Frau plötzlich vor und zog die vier Skalpellfinger ihrer linken Hand blitzartig durch Borghorsts Gesicht. Es klappte regelrecht auseinander. Blut schoß in einem roten, pulsierenden Schwall hervor und ergoß sich über den Tisch, gefolgt von einem schmalen Streifen hellroten Fleisches, der eigentlich zwischen seinem Auge und der Kinnspitze sein sollte. Er fiel auf den Tisch und hüpfte ein paar Sekunden wie ein sterbender Wurm in der hellroten Blutlache, ehe er still lag.

»Aufhören!« sagte Yaegher.

Wieder sahen die beiden ihn an. Dr. Leismanns Gesicht sah fast unversehrt aus, nur aus Nase und Augenwinkeln lief ein wenig Blut, aber Borghorst bot einen Anblick, als wäre er unter einen elektrischen Rasenmäher geraten. Seine Wange hing in Fetzen herab wie eine zerrissene Kunststoffjalousie, Yaegher konnte die Muskelstränge und Sehnen erkennen, die sich dahinter bewegten.

»Halten Sie sich raus!« sagte Borghorst. »Das geht Sie nichts an.«

»Genau!« stimmte ihm Dr. Leismann zu, hob ihre rechte Spritzenhand und stieß ihm eine der Nadeln tief ins Auge. Borghorst schnaubte, schlug ihren Arm beiseite und schoß ihr unter dem Tisch in den Bauch.

»Aufhören!« sagte Yaegher noch einmal. Seine Stimme schwankte, und trotzdem lag alle Entschlossenheit darin, die er aufbringen konnte. Wieder unterbrachen Dr. Leismann und Borghorst ihren Streit und starrten ihn an.

»Nein«, sagte Yaegher. »Das ist nicht wirklich. Ich will, daß es aufhört. *Sofort!*«

Borghorsts Gesicht zuckte. Die Wunde hörte auf zu bluten, und seine Haut begann sich zu bewegen, als wäre sie nichts Zusammenhängendes, sondern bestünde aus Millionen und Abermillionen winziger fleischfarbener Tiere, die plötzlich aufeinander zukrochen. Es war ein schrecklicher Anblick, aber als es vorbei war, war sein Gesicht wieder unversehrt. Das Blut und der Fleischfetzen aus seiner Wange, die den Tisch besudelt hatten, waren aber noch da. »He!« protestierte Borghorst. »Was fällt Ihnen ein!« Er hob seine Pistole und zielte auf Yaeghers Gesicht, und Yaegher dachte an das erstbeste, was ihm einfiel, als er abdrückte. Borghorsts Pistole machte »Plopp«, und ein kleiner Teleskopstab schnellte aus ihrer Mündung, an dessen Ende sich ein Fähnchen mit einem knallrot aufgedruckten BANG!! entrollte.

Yaegher fuhr mit einem Ruck auf seinem Stuhl herum und wandte sich an Dr. Leismann. »Jetzt Sie!«

Dr. Leismanns Skalpellfinger verschwanden und machten ihrer normalen Hand Platz.

»Die andere!« befahl Yaegher.

Vier der fünf glitzernden Glaskolben verschwanden, aber der Mittelfinger blieb, was er war: eine lange, tückisch schimmernde Nadel. Plötzlich stürzte sie vor, und zugleich warf sich auch Borghorst auf ihn und versuchte, seinen Arm festzuhalten.

Der Angriff überraschte Yaegher so sehr, daß er eine Sekunde zu spät auf die Idee kam, sich zu wehren. Borghorst blockierte seinen Arm, und die Ärztin stieß die Nadel mit aller Wucht durch seinen Pullover hindurch.

Sie brach ab.

Einen Herzschlag lang starrten Borghorst und Dr. Leismann ungläubig auf die abgebrochene Nadel, und Yaegher nutzte ihre Verblüffung. Mit einer zornigen Bewegung stieß er die Ärztin von sich, fuhr herum und versetzte Borghorst einen Hieb zwischen Schulter und Hals, der ihn stöhnend zusammenbrechen ließ.

Aber Dr. Leismann war schon wieder auf den Beinen. Die Spritze in ihrer Hand war nachgewachsen, und diesmal war Yaegher nicht schnell genug. Die Nadel drang tief in seinen Bizeps, und ein heißes Brennen breitete sich in seinem Arm aus, raste bis in seine Schulter hinauf und lähmte sie. Er stieß Dr. Leismann mit der anderen Hand von sich, aber das war auch alles, was er noch tun konnte. Die Droge breitete sich mit der Geschwindigkeit eines Steppenbrandes in seinem Körper aus und lähmte ihn. Aus den Augenwinkeln sah er, daß sich Borghorst wieder in die Höhe stemmte und auf ihn zukam, aber es gab nichts, was er dagegen tun konnte. Hilflos kippte er zur Seite und wäre vom Stuhl gefallen, hätte Borghorst ihn nicht im letzten Moment aufgefangen.

»Nein.« stöhnte er. »Nicht. Rühren Sie mich... nicht an.«

»Alles in Ordnung, Junge«, sagte Borghorst. »Keine Panik. Sie sind wieder da.«

Er versuchte Yaegher auf seinen Platz zurückzuhieven, aber er schaffte es erst, als Dr. Leismann ihm dabei half. Yaegher mußte seine ganze Kraft aufwenden, um auch nur den Kopf zu drehen und ihre Hände anzublicken. Sie waren wieder normal, beide.

»Alles okay?« fragte sie. Ihr Blick war sehr besorgt, und ihr Atem ging schnell. Ihre Hände zitterten.

»Ich... glaube«, murmelte Yaegher. Alles drehte sich um ihn. Er hatte einen gräßlichen Geschmack im Mund, und in seinem Hinterkopf saß ein hämmernder Schmerz, der allmählich stärker wurde. »Was ist passiert? Bin ich... wieder weggetreten?«

»Um ein Haar hätten Sie *mich* weggetreten«, sagte Borghorst düster. Er massierte mit einer Grimasse seinen Hals. »Sie haben einen Schlag am Leib, auf den Sylvester Stallone neidisch wäre.«

»Es tut mir leid«, murmelte Yaegher. »Ich wollte Sie nicht wirklich verletzen. Verdammt, dieses Mal habe ich nicht einmal gemerkt, daß ich weggetreten bin.« Er hätte noch mehr sagen können. Tatsache war, daß er nicht einmal sicher war, ob er *jetzt* wach war oder vielleicht immer noch träumte. Schaudernd sah er sich in der Küche um – oder dem, was davon übrig war.

Der Stuhl, auf dem Borghorst gesessen hatte, war umgestürzt und zerbrochen Der Tisch war vollkommen verwüstet, das Geschirr zerschlagen und zum Teil zu Boden gestürzt. Kaffee war in einer großen, braunen Lache verschüttet und tropfte über die Tischkante. Inmitten des Chaos lag eine silberfarbene Injektionsspritze mit verbogener Nadel.

Dr. Leismann folgte seinem Blick. »Das war der erste Versuch«, sagte sie. »Deshalb hat es auch so lange gedauert. Ich mußte erst nach oben laufen und eine neue Spritze holen.«

»Lange?« Aber es waren doch nur Sekunden gewesen. »Ich hatte das Gefühl, daß es nur... nur ein paar Augenblicke waren.«

»Zehn Minuten sicher«, sagte Borghorst. Er tauschte einen raschen Blick mit der Ärztin. »Sie haben ganz schön randaliert. Ich war eine Weile nicht sicher, ob ich Sie halten kann. War es schlimm?«

»Ja«, antwortete Yaegher verwirrt. »Nein. Es war eher... absurd.« Er sah nachdenklich von einem zum anderen. »Verstehen Sie – es war nicht wie die letzten Male. Es war entsetzlich und sehr realistisch, aber zugleich auch fast komisch. Ich... ich weiß nicht, wie ich es ausdrücken soll.« Er brach hilflos ab. Es *hatte* einen Unterschied gegeben, aber er wußte einfach nicht, wie er ihn in Worte kleiden sollte. Der Traum war so echt und realistisch gewesen wie seine Vorgänger, aber er hatte... ein anderes Niveau gehabt. Irgendwie war er... »... primitiver«, sagte er laut.

»Wie?«

»Etwas fehlte«, erklärte Yaegher. Er sprach sehr langsam weiter, mit langen Pausen zwischen den einzelnen Worten, in denen man spürte, wie schwer es ihm fiel, sich auszudrücken. »Verstehen Sie, es war ... anders. Als ... als sehe man einen anderen Film ... einen viel billiger gemachten ... technisch genauso perfekt, aber ... niveauloser.«

Dr. Leismann und Borghorsts Gesichter machten deutlich, daß sie kein Wort verstanden – und wie auch? Er konnte schwerlich etwas erklären, das er selbst nicht begriff.

»Das gefällt mir nicht«, sagte Borghorst.

Yaegher lachte hart. »Denken Sie, mir gefällt das?«

»Sie verlieren die Kontrolle, Yaegher«, fuhr Borghorst fort. »Ich fürchte, Sie können nicht mitkommen.«

»Zu der Eröffnungsfeier heute abend?« fragte Yaegher. »Und ob ich das kann!«

»Ich verstehe Sie ja«, sagte Borghorst in besänftigendem Tonfall. »Aber versuchen Sie bitte, vernünftig zu sein. Auf dieser Feier heute abend sind mehr als tausend Leute. Was glauben Sie, was passiert, wenn Sie ausgerechnet dort die Kontrolle verlieren und ausflippen?«

»Das werde ich nicht!« behauptete Yaegher. »Ich war unaufmerksam. Ich habe nicht aufgepaßt, aber das wird nicht noch einmal passieren!«

»Sie wissen selbst, wie lächerlich das klingt, nicht wahr?«

Yaegher wandte sich hilfesuchend an Dr. Leismann. »Dann müssen Sie mir eben noch eine von diesen Spritzen geben. Sie hat mich zurückgeholt. Wenn Sie sie mir verabreichen, unmittelbar bevor wir aus dem Wagen steigen –«

»Unmöglich«, sagte die Ärztin. »Diese Injektion war schon mehr, als ich verantworten kann. Wollen Sie, daß ich Sie umbringe?«

»Das Risiko nehme ich in Kauf«, antwortete Yaegher. »Verdammt, welche andere Möglichkeit haben wir denn? Sie brauchen mich!«

»Wozu?«

»Vielleicht, um Ihnen allen das Leben zu retten«, antwortete Yaegher. »Ich kann damit umgehen. Sie nicht.«

Dr. Leismann ließ ihren Blick vielsagend durch die verwüstete

Küche wandern und schwieg, während Borghorst nur die Stirn runzelte.

»Ich weiß, wie sich das anhört«, sagte Yaegher, »aber es stimmt. Ich... ich kann es beeinflussen, glauben Sie mir. Ich habe es gestern getan und gerade eben wieder. Ich... ich wußte es nur nicht. Verstehen Sie, ich... ich war einfach zu durcheinander. Aber ich kann es beeinflussen. Ich kann es *lenken*. Ich bin sicher, daß ich es kann, wenn ich mich nur richtig konzentriere.«

»Vorausgesetzt, Sie wissen überhaupt, daß das, was Sie erleben, nicht die Wirklichkeit ist«, sagte Borghorst ruhig.

Yaegher war der Verzweiflung nahe. Er wußte natürlich, daß Borghorst recht hatte. Aber er konnte doch nicht einfach in dieser Lücke sitzen bleiben und tatenlos abwarten, daß irgend etwas geschah, während Borghorst und Dr. Leismann versuchten, etwas aufzudecken, mit dem sie wahrscheinlich nicht fertig wurden. Und außerdem war da noch Evelin.

»Vielleicht ist ja alles ganz harmlos«, sagte Borghorst. »Bisher ist es lediglich eine Theorie. Wir haben keinen einzigen Beweis, daß diese Fernsehleute etwas mit den Videos zu tun haben.«

»Und wenn doch?« fragte Yaegher. »Können Sie denn was tun, wenn es doch so ist und Sie sich plötzlich mit diesen Videos konfrontiert sehen?«

»Sie etwa?«

»Warum nicht?« gab Yaegher trotzig zurück.

»Aber wie denn?« fragte Borghorst spöttisch.

»Ich...« Yaegher brach ab, biß sich auf die Unterlippe und suchte verzweifelt nach irgend etwas Sinnvollem, was er sagen konnte. Gleichzeitig wußte er, daß er es sich eigentlich sparen konnte – ganz egal, was er sagen würde, Borghorst würde es ignorieren. Das Schlimmste war vielleicht, daß Yaegher im Grunde sogar seiner Meinung war. Möglicherweise – *wahrscheinlich* – gab es nichts, was er tun konnte. Aber er konnte auch nicht hierbleiben.

Das Geräusch der Haustür, die ins Schloß fiel, verhinderte, daß der Streit eskalierte, aber Yaegher wußte, daß es nur eine Atempause war. Borghorst blickte ihn noch eine Sekunde herausfordernd an, dann fuhr er auf dem Absatz herum und stürmte aus dem Zimmer, um Professor Leismann entgegenzugehen. Wenn man bedachte, daß er die Leismanns vor zwölf Stunden nicht einmal gekannt hatte, dachte Yaegher, dann hatte er sich erstaunlich rasch hier eingewöhnt.

»Ist Ihr Freund immer so unwirsch?« fragte Frau Leismann, als Borghorst gegangen war.

»Erstens ist er nicht mein Freund«, sagte Yaegher betont, »und zweitens hat er wahrscheinlich recht. Es wäre ziemlich riskant von mir, mich dort blicken zu lassen. Ich werde von der Polizei gesucht.«

»Ein Polizist, der von der Polizei gesucht wird.« Sie schüttelte den Kopf. »Ich weiß nicht einmal, ob ich das komisch finden soll.«

»Ich finde es *nicht* lustig«, sagte Yaegher. »Nicht im geringsten.«

»Es ist wegen des Mädchens, nicht?« fragte sie plötzlich.

»Woher wissen Sie –?«

Dr. Leismann machte eine Kopfbewegung zur Tür, durch die Borghorst verschwunden war.

»Oh«, sagte Yaegher nur.

»Dieses ›Oh‹ klingt nicht sehr gut«, sagte die Frau. »Sie irren sich, wenn Sie glauben, er hätte sich in irgendeiner Form negativ über die junge Frau geäußert. Oder über Sie. Aber wenn ich es mir richtig überlege, auch nicht sehr positiv. Ich glaube, Sie haben recht – er ist nicht Ihr Freund.«

»Borghorst ist niemandes Freund«, sagte Yaegher. Irgendwie kam er sich bei diesen Worten wie ein Verräter vor. Vielleicht war er in dieser Stadt ja der einzige Mensch, dem er überhaupt noch vertrauen konnte. Aber das bedeutete nicht automatisch, daß er ihm sympathisch sein mußte, oder?

»Solche Menschen gibt es«, bestätigte Dr. Leismann. »Aber man sollte nicht den Fehler begehen, sie deswegen automatisch als jedermanns *Feind* anzusehen. Ich glaube, er ist in Ordnung. Zumindest scheint er ein sehr tüchtiger Kriminalbeamter zu sein. Lieben Sie diese Evelin?«

Die Frage kam so beiläufig und in völlig unverändertem Ton, daß sie schon von der Satzmelodie her so sehr Teil ihrer vorhergehenden Worte war. Daher realisierte er sie erst richtig, als er bereits mit »ja« geantwortet hatte.

Dr. Leismann lächelte. »Ein Grund mehr, daß Sie hierbleiben. Verliebte junge Männer sind zu allen Dummheiten fähig. Verliebte alte Männer übrigens auch.«

Das Thema begann ihm auf peinliche Art unangenehm zu werden, weil es ihn persönlich berührte, aber er wollte Dr. Leismann nicht vor den Kopf stoßen, indem er ihr sagte, daß sie seine Gefühle Evelin gegenüber nun wirklich nichts angingen, und so wechselte er statt dessen das Thema.

»Ob Ihr Mann vielleicht ein paar Kleider für mich hat?« fragte er. Er trug noch immer den Pullover und die Hose, die er aus Evelins Koffer genommen hatte. Ganz abgesehen davon, daß er darin geschlafen hatte, sah man ihnen bei Tageslicht sehr deutlich an, daß es *Frauenkleider* waren. »So kann ich schlecht aus dem Haus gehen.«

Dr. Leismann lächelte. »Tut mir leid. Sie haben meinen Mann gesehen. Ich fürchte, aus den Sachen, die *Ihnen* passen würden, ist er schon im Alter von vierzehn Jahren herausgewachsen. Aber Inspektor Borghorst hat Ihre Kleider mitgebracht. Sie müßten eigentlich schon wieder trocken sein. Kann ich Sie einen Moment allein lassen?«

Ohne eine Antwort abzuwarten, stand sie auf und verließ den Raum mit schnellen Schritten. Yaegher wartete nur einige Sekunden, ehe er ebenfalls aufstand und ihr folgte. Er hatte beinahe Angst davor, Borghorst wieder zu begegnen, aber noch mehr Angst hatte er davor, allein zu sein. So ging er – beinahe gegen seinen Willen – langsam weiter in die Richtung, aus der er Borghorsts und Leismanns Stimmen hörte und trat schließlich zu ihnen ins Wohnzimmer.

Borghorst und der Professor unterbrachen ihr Gespräch abrupt, als sie ihn bemerkten. Leismann hatte sich auf erstaunliche Weise verändert: Er trug jetzt einen dunkelblauen, dreiteiligen Anzug und streng zurückgekämmtes Haar über einer wuchtigen Hornbrille, und er sah überhaupt nicht mehr aus wie ein Bodybuilder, sondern wirkte tatsächlich wie ein Gelehrter. Er sah nicht einmal besonders groß aus, obwohl er Borghorst um mehr als einen Kopf überragte. Vielmehr – so absurd Yaegher der Gedanke auch vorkam – schien Borghorst *kleiner* geworden zu sein.

»Oh, hallo, Yaegher!« begrüßte er ihn. »Wie ich sehe, sind Sie ja schon wieder wach. Sie sehen wirklich ein bißchen erholt aus. Der Schlaf hat Ihnen gutgetan, nehme ich an.«

Yaegher tauschte einen raschen Blick mit Borghorst, der Professor Leismann natürlich nicht verborgen blieb. Seine linke Augenbraue rutschte ein Stück nach oben. »Habe ich irgend etwas Wichtiges verpaßt?«

»Nein«, sagte Yaegher rasch. »Es war nichts. Was ist mit Ihnen? Haben Sie etwas herausgefunden? Über das Band, meine ich.«

Leismann verneinte, aber sein Kopfschütteln wirkte irgendwie... besorgt, fand Yaegher. »Nein. Ich wollte es gerade schon Herrn Borghorst erklären, aber vielleicht ist es ganz gut, daß Sie dabei sind. So muß ich es nicht zweimal erzählen. Ich bin nicht dazu gekommen, das Band zu untersuchen.«

»Wieso nicht? Sie sagten, Sie hätten alle nötigen Geräte und –«

»Ich habe vor allem jede Menge neugieriger Kollegen, die dumme Fragen stellen, wenn ich plötzlich beginne, an etwas zu arbeiten, von dem sie nichts wissen«, unterbrach ihn Leismann in leicht genervtem Tonfall. »Was erwarten Sie? Daß ich sie in Lebensgefahr bringe? Sie wissen, wie gefährlich dieses Band ist – Sie wissen das besser als ich. Ich werde es untersuchen, keine Sorge. Wenn ich allein bin und niemanden in Gefahr bringe. Aber ich habe etwas anderes getan.« Sein Gesicht wurde noch besorgter. Sein Blick begann zwischen Borghorst und Yaegher hin und her zu wandern, so daß nicht mehr zu sagen war, zu wem von beiden er sprach. »Ich habe versucht, mich ein bißchen umzuhören.«

»Aber natürlich weiß niemand etwas über die Videos«, vermutete Yaegher.

»Im Gegenteil«, antwortete Leismann ernst.

»Wie?« fragte Yaegher erschrocken.

»Es gab sogar mehrere ernsthafte Projekte, die sich mit der Aufgabe beschäftigten. Informationen direkt über...« Er unterbrach sich für eine Sekunde und setzte dann neu an: »Ich will Sie nicht mit Fachchinesisch langweilen, das nicht einmal *ich* richtig verstehe. Aber es *gab* Projekte, die in diese Richtung gingen. Mindestens zwei in Amerika, eines hier bei uns in Deutschland, und ein weiteres, möglicherweise auch mehrere, im Ostblock, ehe dort alles zusammengebrochen ist.«

»Gab?« hakte Borghorst nach.

Leismann zuckte mit den Schultern. »Eine der beiden Firmen, die in den Staaten mit dem Projekt beschäftigt waren, ist daran pleite gegangen«, sagte er. »Von der anderen habe ich Ihnen gestern abend erzählt – diese Cyberspace-Geschichte. Die Russen brauchen ihr Geld im Moment für dringendere Sachen. Wenn sie so etwas wie diese Videos hätten, müßten sie nicht jeden Morgen schweißgebadet aufwachen, weil sie Alpträume vom Aufstand der hungernden Massen haben.«

»Und das deutsche Projekt?« fragte Yaegher.

Leismann machte ein unglückliches Gesicht. »Das ist es, was mir nicht gefällt. Niemand weiß etwas darüber. Sie haben es vor ungefähr zehn Jahren als große Sache angekündigt, und ganz plötzlich ... Funkstille. Angeblich wurde es fallengelassen, weil es undurchführbar ist. Aber das glaube ich nicht.«

»Wieso?« wollte Borghorst wissen.

»Wissenschaftliche Forschungen«, erklärte Leismann lächelnd, »sind wie Verbrechen, Herr Inspektor. Sie hinterlassen Spuren, auch wenn sie fehlschlagen. Jede Menge Spuren. Bis auf dieses Projekt. Niemand weiß mehr etwas darüber. Ich habe mit mindestens einem Dutzend Leuten telefoniert, die eigentlich Bescheid wissen müßten. Sie erinnerten sich nicht einmal mehr daran. Alles, was ich zu hören bekam, war, daß es eine Schnapsidee war, die mit einer finanziellen Katastrophe endete.«

»Das klingt überzeugend«, sagte Borghorst.

»Sagen wir – es *würde* überzeugend klingen«, verbesserte ihn Leismann, »wenn ich diese Antwort nicht von zehn Leuten völlig unabhängig voneinander bekommen hätte. Und wissen Sie, was das Unheimliche daran ist?«

»Lassen Sie mich raten«, sagte Yaegher. »Sie haben es alle mit ganz genau denselben Worten gesagt.«

»Ja«, bestätigte Leismann.

Borghorst atmete hörbar ein. »Allmählich wird mir die Geschichte unheimlich«, sagte er. »Ich ... habe so etwas noch nie gesagt, aber ich habe das Gefühl, daß sie uns allmählich über den Kopf zu wachsen beginnt.«

»Wir brauchen Hilfe«, bestätigte Leismann.

Borghorst schnaubte. »Von wem denn? Nennen Sie mir jemanden in dieser Stadt, dem wir wirklich vertrauen können.«

»Ihre Kollegen –«

»– lachen mich aus, wenn ich ihnen mit dieser Geschichte komme«, unterbrach ihn Borghorst. »Und ehe Sie es sagen: Dasselbe gilt erst recht für jede andere offizielle Stelle, an die ich mich wenden könnte, angefangen vom BKA bis hin zum MAD. Falls sie nicht selbst in dieser Geschichte drinstecken, werden sie mich einfach für verrückt erklären. Nein.« Er schüttelte mit einer Entschiedenheit den Kopf, die jeden denkbaren Widerspruch im Keim erstickte. »Wir brauchen *Beweise*. Und um die zu finden, müßten wir erst einmal an die wirklichen Hintermänner herankommen.«

»Wahrscheinlich werden sie alle heute abend bei der Eröffnungsfeier sein«, sagte Yaegher.

»Ja«, fügte Borghorst hinzu. »Und sicher sind sie so nett und tragen kleine Plastikschildchen mit dem Aufdruck ›VIDEOKILLER GmbH‹, nicht wahr?« Er schüttelte abermals den Kopf, es war die Geste eines Mannes, der die Ausweglosigkeit seiner Situation einsieht, aber nicht verzweifelt, sondern resigniert. Dann wandte er sich mit einem plötzlichen, nachdenklichen Stirnrunzeln an Leismann. »Würden Sie die speziellen Geräte, die die brauchen, erkennen, wenn Sie sie sehen?«

»Was?« fragte Leismann. »Einen Videorecorder?« Er winkte ab, als Borghorst auffahren wollte. »Ich bin Physiker, kein Fernsehtechniker.«

»Wir brauchen einen Beweis, Professor«, sagte Borghorst eindringlich. »Nicht nur einen Verdacht. Ich *kenne* Leute, die uns vielleicht helfen würden, aber denen kann ich nicht mit einer haarigen Science-fiction-Geschichte kommen. Die verlangen handfeste *Beweise*.«

Leismann seufzte. »Ja, vielleicht«, sagte er schließlich. »Wenn ich in das Studio hineinkäme.«

»Ich könnte eine Einladung für Ihre Frau und Sie besorgen«, sagte Borghorst. »Den Rest sehen wir dann. Aber es könnte gefährlich werden.«

»Hierzubleiben nicht?« fragte Leismann spöttisch. »Wenn wir dort nichts finden, besteht auch keine Gefahr. Und wenn doch – nun, dann gibt es wahrscheinlich nirgendwo in dieser Stadt einen Ort, an dem wir sicher sind. Ich sagte doch: Ich habe ziemlich viele

Fragen gestellt. Irgend jemand wird bestimmt auf mich aufmerksam werden.« Er lächelte dünn. »Ob es Ihnen paßt oder nicht, meine Herren – Sie haben einen neuen Verbündeten.«

37

Der Tag schleppte sich dahin. Yaegher erinnerte sich hinterher kaum mehr daran, was in den Stunden geschah, die sie auf Borghorsts Rückkehr warteten – obwohl sie mit solch einer hektischen Aktivität angefüllt waren, wie sie dieses Haus vielleicht seit Jahren nicht mehr erlebt hatte. Der Professor verbrachte fast den ganzen Tag am Telefon, und obwohl er sich alle Mühe gab, in Yaeghers Gegenwart möglichst unbefangen zu erscheinen, merkte der schließlich doch, daß Leismann immer nervöser wurde, je mehr er telefonierte.

Seine Frau war den Tag abwechselnd über das Mikroskop gebeugt und in ihre Bücher und Zeitschriften vergraben, und in der Zwischenzeit kümmerte sie sich geradezu rührend um Yaegher – sie kochte literweise Kaffee, verwickelte ihn in Gespräche und tat alles menschenmögliche, um ihn wach zu halten. Mit Erfolg – Yaegher hatte zwar das Gefühl, den Tag in einer Art schwebender Halbtrance zu verbringen, aber er schlief nicht ein. Dafür machte er eine fundamentale Erfahrung, die ihm zwar nicht neu war, die er aber noch nie so deutlich begriffen hatte wie jetzt: daß nämlich *Zeit* etwas äußerst Relatives war. Der Tag nahm kein Ende. Jede Stunde, die verging, war zehnmal so lange wie die vorherige.

Endlich hörten sie das Geräusch eines Wagens, und Leismann ging zur Tür und drückte den Öffner, ehe der Besucher draußen am Tor auch nur Gelegenheit fand, auf den Klingelknopf zu drükken. Erst dann warf er einen Blick durch das bunte Bleiglasfenster im oberen Drittel der Tür.

»Inspektor Borghorst«, sagte er; auf eine Art, als hätte er jemand anderes erwartet und wäre sehr froh, sich geirrt zu haben. Mit einer übertrieben schnellen Bewegung öffnete er die Tür und trat einen Schritt beiseite, um Borghorst einzulassen.

Borghorst bot einen einigermaßen komischen Anblick. Er trug

seinen alten Trenchcoat, darunter jedoch einen Smoking samt Rüschenhemd und roter Samtfliege. Er maß Yaegher mit einem raschen Blick, der sich schwer einordnen ließ, dann zog er zwei gelbe Zettel aus der Manteltasche, die er Leismann reichte. »Ihre Einladungen.«

Leismann nahm sie entgegen und sah Borghorst fragend an. Borghorst grinste. »Perfekt, nicht wahr? Sie sehen fast echter aus als die echten.«

»Soll das heißen, sie sind falsch?« Der Professor wirkte ehrlich schockiert.

»Worauf Sie sich verlassen können«, bestätigte Borghorst fröhlich. »Wozu zum Teufel kenne ich jeden Fälscher in dieser Stadt. Eine Menge von ihnen sind mir noch einen Gefallen schuldig. Es wurde Zeit, daß einer von diesen krummen Hunden auch einmal etwas für mich tut.«

»Das gefällt mir gar nicht«, murmelte Leismann.

»Mir auch nicht. Aber es gab keinen anderen Weg.« Borghorst zog eine Grimasse. »Unmöglich, an eine echte Einladung heranzukommen. Sie haben zwar an die tausend Gäste geladen, aber es handelt sich trotzdem um eine handverlesene Liste. Ein wirklich illustrer Kreis – aber das werden Sie ja nachher selbst sehen. Auf jeden Fall gab es keinen Weg für einen kleinen Polizeibeamten wie mich, an eine Einladung zu kommen. Meine ist auch gefälscht.«

»Meine auch?« fragte Yaegher.

Borghorst verdrehte die Augen, aber die zornige Antwort, die Yaegher erwartete, blieb aus. »Für Sie habe ich keine, Sie –«

»Ich habe Ihnen doch gesagt, daß ich mitkomme«, unterbrach ihn Yaegher.

»Das weiß ich – und ich sage ja auch gar nicht, daß Sie es *nicht* sollen. Aber nicht mit einer offiziellen Einladung, egal ob sie nun echt oder gefälscht ist. Haben Sie heute schon einmal in den Spiegel gesehen?«

»Dazu habe ich nicht den Mut«, gestand Yaegher.

»Wenn Sie es getan hätten, wüßten Sie, warum wir uns etwas einfallen lassen müssen«, sagte Borghorst. »Wenn ich Sie *so* mit hereinnehme, dann können wir ebensogut auch gleich mit Blaulicht und Sirene vorfahren. Und selbst, wenn es nicht so wäre –

die Gefahr, daß jemand sie erkennt, ist viel zu groß. Ich werde Sie irgendwie mit hineinschmuggeln.«

»Kein Trick?« fragte Yaegher mißtrauisch. »Sie versuchen doch nicht etwa, mich aufs Kreuz zu legen?«

»Nein.« Borghorsts Antwort klang ehrlich. »Ich glaube, Sie haben recht – es könnte sein, daß wir Sie brauchen. Außerdem haben Sie es verdient.«

Yaeghers Erstaunen wurde immer größer. Das war kaum noch der Borghorst, den er kannte. Aber wenn er es recht bedachte, dann war eigentlich niemand mehr so, wie er ihn gekannt hatte. Er selbst am allerwenigsten.

Und dann tat Borghorst etwas, was Yaegher vollends überraschte: Er griff in die Manteltasche, zog eine verchromte Pistole heraus und reichte sie ihm. »Hier. Es könnte sein, daß Sie das Ding brauchen. Ich weiß, was Sie von Schußwaffen halten«, fügte er ungeduldig hinzu, als Yaegher zögerte. »Aber in diesem Fall ist es wirklich besser, wenn Sie sie nehmen. Und sei es nur, um auf einen Fernseher zu schießen.«

Zögernd nahm Yaegher die Waffe entgegen. Er erkannte sie jetzt: Es war die kleine 22er, die Borghorst Evelin abgenommen hatte. Er steckte sie ein und registrierte aus den Augenwinkeln, daß Leismann seiner Bewegung mit fast angewiderten Blicken folgte. Er kannte die Antwort des Professors im voraus, als Borghorst sich an ihn wandte und sagte: »Falls Sie eine Waffe besitzen, dann sollten Sie sie ebenfalls mitnehmen, Professor.«

»Eine Waffe?!« Leismanns Stimme klang beinahe entsetzt. »Der Tag, an dem ich eine *Waffe* in die Hand nehme, ist noch nicht angebrochen, Herr Borghorst.«

»Er könnte schneller dasein, als Sie glauben«, antwortete Borghorst ernst.

Für eine Sekunde oder weniger blitzte in Leismanns Augen Zorn auf. Aber er ging nicht weiter auf Borghorsts Worte ein, sondern zwang sich fast gewaltsam zu einem Lächeln und wechselte das Thema. »Wir haben noch etwas Zeit. Möchten Sie einen Kaffee trinken? Oder etwas Stärkeres?«

»Etwas Stärkeres wäre zwar gut«, sagte Borghorst, »aber ich ziehe es vor, einen klaren Kopf zu behalten. Kaffee ist in Ordnung. Obwohl wir eigentlich nicht mehr viel Zeit haben.«

»Meine Frau ist noch nicht soweit«, sagte Leismann. »Keine Sorge – es dauert allerhöchstens zehn Minuten. Aber die müssen wir wohl nicht hier im Flur herumstehen, oder?«

Sie gingen ins Wohnzimmer und setzten sich. Professor Leismann und seine Frau hatten den ehemals fast antiseptisch reinen Raum im Laufe des Tages immer mehr in ein wahres Schlachtfeld verwandelt. Yaegher mußte erst einen Stapel Bücher und Zeitschriften von einem Sessel räumen, um Platz nehmen zu können. Borghorst tat es ihm gleich, während Leismann – durch die herrschende Unordnung auf dem Boden zu einem wahren Slalom gezwungen war – zum Fernseher ging und ihn einschaltete.

»He!« protestierte Borghorst. »Halten Sie das wirklich für eine gute Idee?«

Yaegher sagte nichts, aber er stimmte Borghorst im stillen zu; vor allem, als das Bild auf dem Monitor erschien und er das flammendrote Emblem des TNT-Network erkannte.

»Keine Sorge«, sagte Leismann, ohne sich zu ihnen umzudrehen. »Sie strahlen im Moment nur ein Testsignal aus. Aber das allein ist schon interessant genug.« Er ließ sich vor dem Gerät in die Hocke sinken, fummelte einige Augenblicke lang an der Feineinstellung herum und verdrehte sich dann fast den Hals, um Yaegher anzusehen. »Spüren Sie irgend etwas?«

Yaegher schüttelte nervös den Kopf. Er spürte zwar schon eine kribbelnde Unruhe, aber das hatte Leismann wohl nicht gemeint. Wahrscheinlich würde er in seinem ganzen Leben nie wieder einen Bildschirm ansehen können, ohne sich unbehaglich zu fühlen.

»Sollte ich denn?«

»Nein«, antwortete Leismann. »Wie gesagt – es ist nur ein Testsignal.« Er schwieg einen Atemzug lang, ehe er mit einem schiefen Lächeln hinzufügte: »Aber es hätte ja immerhin sein können. Ich nehme an, daß Sie mittlerweile sehr viel sensibler auf diese Impulse reagieren als irgendein anderer Mensch.«

»Da haben Sie sicher recht«, sagte Yaegher säuerlich. »Ich reagiere sogar schon darauf, wenn gar nichts da ist. Wie ein menschliches Testgerät. Das haben Sie doch gemeint, oder?«

»Man muß sich zu helfen wissen«, grinste Leismann.

»Das ist jedenfalls nichts als ein ganz normales Testbild.«

»Aber es ist schon erstaunlich genug.« Leismann stemmte sich ächzend aus der Hocke, trat einen Schritt zurück und betrachtete das Testbild mit leuchtenden Augen, als wäre es nicht ein langweiliges Firmenemblem, sondern eine verschlüsselte Nachricht, die alle Geheimnisse des Universums enthielt. Für den Wissenschaftler in ihm war es wohl auch etwas in dieser Größenordnung.

»Das ist sensationell«, fuhr er nach einer Weile fort. »Ich habe ein paar Informationen über diesen neuen Sender gesammelt – soweit das in ein paar Stunden möglich war, heißt das. Wissen Sie, daß sie *ausschließlich* DAT-Recorder und digitale Bildspeicher benutzen?«

»Nein«, antwortete Borghorst. »Das ist wirklich sensationell. Und was ist das?«

Der Professor sah ihn eine Sekunde lang irritiert an, dann lachte er. »CD-Bildplatten. Keine Videos, keine normalen Filme, keine herkömmlichen Tonbänder oder Kassetten. Nur das Beste vom Besten.«

»Ich verstehe«, sagte Borghorst düster. »Sie wollen ja schließlich keine Störungen riskieren, oder?«

»Und sie senden vierundzwanzig Stunden am Tag in HDTV-Qualität«, fügte Leismann hinzu. »Besser *geht* es gar nicht. Der Schönheitsfehler ist nur, daß es in dieser ganzen Stadt allerhöchstens ein Dutzend Empfänger gibt, die solche Sendequalität auch verarbeiten können.« Er machte eine Kopfbewegung zu dem Monitor. »Das ist ein Hundert-Hertz-Bild. Aber es gibt bisher kaum Geräte, die mit mehr als fünfzig Hertz arbeiten. Verstehen Sie?«

»Nein«, sagte Borghorst offen.

»Die ganze Anlage ist auf Zuwachs gebaut. Das ist kein Abschreibungsobjekt, wie manch einer von diesen privaten Sendern, und auch kein Risikounternehmen, das vielleicht nach fünf Jahren wieder eingestellt wird.«

»Sie meinen, es steckt *Geld* dahinter?« fragte Borghorst.

»Unvorstellbar viel Geld«, bestätigte Leismann. »Oder jemand, der nicht darauf angewiesen ist, *Geld* zu haben, um seine Ziele zu erreichen.«

Borghorst antwortete irgend etwas, aber es fiel Yaegher immer schwerer, der Unterhaltung zu folgen. Er hätte sich nicht setzen sollen. Die Müdigkeit senkte sich wie eine Zentnerlast auf ihn herab, unsichtbar und lautlos, aber sehr schnell, und selbst seine Augenlider schienen mit einem Mal ein Kilo zu wiegen. Es kostete ihn seine ganze Kraft, sie offenzuhalten.

Aus brennenden Augen sah er sich um. Von dem Kaffee, den Leismann versprochen hatte, war nichts zu sehen. Inmitten des Chaos auf dem Tisch stand eine Kanne, mit einem Rest, der inzwischen kalt geworden war. Bei den Unmengen, die er im Laufe des Tages in sich hineingeschüttet hatte, hatte das Koffein vermutlich schon längst keine Wirkung mehr auf ihn. Trotzdem stand er auf.

Leismann sah ihn fragend an. Ein bißchen beunruhigt.

»Ich gehe nachsehen, ob ich in der Küche noch einen Schluck Kaffee finde«, sagte er.

»Wenn Sie einen zweiten finden, bringen Sie ihn mit«, rief ihm Borghorst nach. »Sonst könnte es nämlich sein, daß wir beide gleich um die Wette schnarchen.«

Yaegher fühlte sich viel zu matt, um mit mehr als der Andeutung eines flüchtigen Lächelns darauf zu reagieren. Während sich Borghorst wieder zu Leismann umwandte, schlurfte er mit hängenden Schultern weiter. Als er die Küchentür erreichte, erschien Leismanns Frau am anderen Ende des Korridors. Sie trug ein schwarzes Abendkleid und eine Frisur, zu der jede andere Frau Stunden gebraucht hätte, um sie auch nur annähernd hinzubekommen; dabei war sie kaum zwanzig Minuten verschwunden gewesen. Außerdem sah sie um Jahre jünger aus. Yaegher blieb stehen und sah sie mit unverhohlener Bewunderung an.

Sein Blick entging ihr nicht. Sie lächelte, und Yaegher glaubte sogar zu sehen, daß sie unter dem Rouge auf ihren Wangen leicht errötete. »Sagen Sie jetzt bloß nichts, worüber Sie später lachen würden, wenn Sie ein bißchen ausgeruhter sind und klarer denken können«, sagte sie rasch. »Das sind nur die Wunder moderner Kosmetika. Hoch lebe die Chemie!«

»Ich sage nichts«, sagte Yaegher. »Ich stehe nur da und staune.«

Diesmal war er sicher, daß sie errötete. Sie wollte antworten, aber im selben Moment klingelte es, und Frau Leismann machte kehrt und ging auf die Tür zu. »Das wird Mia sein«, sagte sie. »Eine Freundin. Ich hatte sie gebeten, mir ihr Nerzcape zu leihen.«

Es war nicht Mia. Irgendwie spürte Yaegher das, eine halbe

Sekunde bevor die Frau die Tür öffnete, und einen Sekundenbruchteil, ehe er das flackernde, blaue Licht sah, das durch die Scheibe hereinfiel. Er wollte reagieren, aber er konnte es nicht. Es war nicht einmal so, daß er vor Schrecken gelähmt gewesen wäre – vielmehr schien die Zeit in seiner unmittelbaren Umgebung plötzlich zu einer Art klebriger Masse zu gerinnen, in der sich alles – bis auf seine Gedanken – plötzlich um das Zehnfache verlangsamt abspielte. Wie in einer bizarren Zeitlupenaufnahme sah er, wie ihre Hand die Klinke herunterdrückte und die Tür aufschwang, ganz, ganz langsam nur, so daß selbst der breiter werdende Lichtstreifen, der langsam hereindrang, so träge wie leuchtende Flüssigkeit in den Flur sickerte.

»Nein!« schrie er. *»Nicht aufmachen! Um Gottes willen, sehen Sie nicht hin! SEHEN SIE NICHT HIN!«*

Seine Stimme drang als hohles, verzerrtes Heulen aus seinem Mund, tief und langgezogen und kaum verständlich; die Worte brauchten Sekunden, um sie zu erreichen, und dann war es zu spät. Yaegher sah, wie das Lächeln in ihren Augen zuerst von dem blauen Flackern ausgelöscht und dann durch Entsetzen ersetzt wurde. Ihr Mund, der zu einer Begrüßung geöffnet war, entließ einen Schrei. Er konnte *sehen*, wie die Muskeln in ihrem Gesicht arbeiteten und wie es zu einer Maske des Entsetzens wurde. Ihre Hand ließ den Türgriff los, und der schnappte nach oben; langsam und ruckelnd wie in einer schlecht gemachten Stop-Motion-Aufnahme. Die Tür flog auf, traf die Frau in Zeitlupe vor Brust und Gesicht und schleuderte sie gegen die Wand. Ebenfalls in Zeitlupe. Flackerndes blaues Fernsehlicht ergoß sich wie eine Flutwelle in den Korridor. Der stroboskopische Effekt machte ihren Sturz zu den Bewegungen einer Marionette, deren Fäden zerschnitten sind.

Yaegher stürmte los, aber auch seine Bewegungen waren mindestens um das Zehnfache verlangsamt. Seine Füße lösten sich vom Boden, doch sie taten es so träge, als wäre er in Sekundenkleber getreten. Er konnte jeden einzelnen Atemzug spüren, wie er wie eine breiige warme Masse seine Kehle hinunterrann und sich in seinen Lungen verteilte. Hinter ihm polterte etwas. Borghorst schrie seinen Namen, und dann hörte er Schritte trappeln. *Diese* Geräusche waren normal.

Das blaue Licht – das tatsächlich nichts anderes war als der

Schein eines winzigen tragbaren Schwarzweißmonitors – füllte mittlerweile den gesamten Flur. Er wanderte weiter, als der Mann, der den Fernseher in den Händen hielt, vollends durch die Tür trat und das Gerät dabei herumschwenkte wie einen Scheinwerfer; ein Strahlengewehr aus einem Science-fiction-Film, der Wahrheit geworden war.

»Yaegher!« brüllte Borghorst hinter ihm. »Was ist looooooo...« Aus seinen rasenden Schritten wurden weiche, lang nachhallende Zeitlupengeräusche, und eine Sekunde später geschah dasselbe mit denen von Leismann, als auch der in das blaue Licht hineinlief. Der Monitor zeigte kein Bild, sondern nur statisches blauweißes Schneegestöber.

Yaegher hatte die Tür fast erreicht. Aber er kam trotzdem zu spät, denn die hochgewachsene Gestalt, die hinter dem Fernseher nur als Schatten zu erkennen war, bewegte sich normal – und das hieß für Yaegher nichts anderes, als daß sie sich mindestens zehn- oder zwanzigmal so schnell wie er bewegte.

Yaegher versuchte sich auf den Fremden zu stürzen. Mit einer fast gemächlichen Bewegung schwenkte der zuerst den Fernseher zur Seite, damit er ihm nicht aus der Hand gerissen wurde, trat ein Stück zurück, stellte Yaegher ein Bein und blieb lange genug stehen, damit der darüber stolpern und einen Salto beginnen konnte, zu dessen Vollendung er gute dreißig Sekunden brauchte.

Der Aufprall war allerdings um keinen Deut weniger hart, als wäre es ein Sturz mit normaler Geschwindigkeit gewesen. Yaegher schlitterte hilflos über den Boden, glitt absurd langsam auf die Wand zu und prallte so heftig dagegen, daß er beinahe das Bewußtsein verloren hätte.

Als er sich wieder so unter Kontrolle hatte, daß er sich auf den Rücken wälzen konnte, bot sich ihm ein Anblick, der grotesk gewesen wäre, hätte er ihm nicht gleichzeitig vor Entsetzen fast den Verstand geraubt.

Borghorst und Leismann hatten den Fremden fast erreicht, aber ihre Bewegungen waren so langsam wie die von Schwimmern, die hundert Meter unter Wasser versuchen, von einer Klippe zu springen. Während der Fremde den kleinen Fernseher weiter wie eine Waffe auf sie gerichtet hielt, trat er gemächlich zur Seite, ließ Borghorst ebenso wie Yaegher zuvor über seinen vorgestreckten

Fuß stolpern und ging dann auf Leismann zu. Der Physiker konnte kaum mehr als einen verschwommenen Schatten vor sich sehen, aber er riß trotzdem die Arme hoch; den linken, um sein Gesicht zu schützen, den anderen zu einem Schlag, in dem die ganze Kraft seines seit vierzig Jahren trainierten Körpers lag. Der Angreifer war zynisch genug, reglos zu warten, bis Leismanns Faust nur noch Zentimeter von seinem Gesicht entfernt war, dann bewegte er den Kopf zur Seite und rammte Leismann mit furchtbarer Kraft das Knie zwischen die Beine. Der Professor krümmte sich und begann in Zeitlupe zusammenzubrechen, und der andere trat hinter ihn und schlug ihm den Ellbogen gegen die Schläfe.

Und in diesem Moment erkannte Yaegher ihn.

Das obere Drittel seines Gesichtes war hinter einer übergroßen, kupferfarben verspiegelten Brille verborgen, die Stirn, Augen und Nase fast zur Gänze bedeckt, aber was darunter lag, das erkannte Yaegher ohne den geringsten Zweifel. Man vergaß kein Gesicht, mit dem man acht Jahre lang beinahe tagtäglich konfrontiert worden war.

Es war Mendel.

Er blieb stehen und sah grinsend und in aller Ruhe zu, wie Leismann gegen die Wand prallte und langsam daran zu Boden glitt, aber er schien Yaeghers Gesicht zu spüren, denn plötzlich hob er mit einem Ruck den Kopf, was sein Gesicht zu einem Zerrbild aus kupferroten Blitzen und verwischten Farben machte. »Ütch?« sagte er. Eigentlich war es kein Wort, sondern ein schriller Pfiff, der in den Ohren schmerzte.

Yaegher starrte ihn aus aufgerissenen Augen an. Mendel wartete eine Sekunde vergeblich auf eine Antwort, doch dann begriff er wohl, daß Yaegher das, was er gesagt hatte, nicht verstehen konnte, denn er sagte es noch einmal, und vermutlich so langsam und übertrieben artikuliert, wie er nur konnte. Das Ergebnis war eine schrill quietschende Mickymausstimme, die Yaegher mehr erriet als verstand. »Ich fragte: Überrascht, Arschloch?« Er lachte – und das war wie ein millisekundenlanger, schriller Pfiff –, griff in die Jackentasche und zog eine Pistole. Und in allem war er bewußt langsam, damit Yaegher die Bewegung auch sah.

Yaeghers Gedanken überschlugen sich. Er versuchte erst gar nicht zu verstehen, was da geschah. Es war wieder anders als zuvor. Es... war keine Illusion. Es war unmöglich und sprach allen Naturgesetzen und jeder Logik Hohn, aber es *geschah wirklich*! Und er konnte nichts daran ändern. Er versuchte es. Er befahl Mendel in Gedanken, zu Staub zu zerfallen, und konzentrierte sich mit aller Energie auf diese eine Vorstellung.

Es funktionierte nicht. Seine Fähigkeit, die Geschehnisse zu beeinflussen, hatte er offenbar verloren. Panik stieg in ihm hoch, während sich Mendel langsam auf ihn zu bewegte, mit kleinen, harten Rucken. Es war, als betrachte er einen unsauber geschnittenen Film. Was war los? Warum konnte er plötzlich nicht mehr? Er hatte es zweimal getan, und es hatte funktioniert, weil –

»Schade, daß ich dir nicht alles erklären kann, Idiot«, sagte Mendel. »Aber es ist mir einfach zu mühsam, mich mit dir zu unterhalten.«

– er sich an die Regeln gehalten hatte, jener verdrehten Antilogik, die selbst jenen Welten des Irrsinns inngewohnt hatte!

Mendel hob die Pistole und drückte ab. Yaegher sah die flakkernde Mündungsflamme, ein langsames orangerotes Licht, aus dem ein schwarzer Meteor hervorbrach. Er konnte die Kugel *sehen*, die auf ihn zujagte. Sie war noch immer sehr schnell, aber sie brauchte eine Sekunde, um die Strecke zwischen der Waffe und seinem Gesicht zu überwinden.

Yaeghers verzweifelt suchender Blick fand die kleinen Schalter auf der Oberseite des Fernsehers schneller.

Ein scharfes »Klick« erscholl. Mendels Grinsen erstarrte, und die Kugel blieb mitten in der Luft schweben, zwei, vielleicht drei Zentimeter von Yaeghers Stirn entfernt.

Er fixierte die Knöpfe auf dem Fernseher noch einmal aufmerksamer. Ein zweiter Schalter bewegte sich. Die Kugel glitt auf demselben Weg zurück und wurde von orangeroten Flammen verschlungen, die aus dem Nichts erschienen und in die Pistolenmündung zurückkrochen.

»Netlahretnu uz rid tim hcim, mashüm uz hcafnie rim tsi se reba. Toidi, nnak nerälkre sella thcin rid hci ßad, edahcs«, sagte Mendel.

Wieder bewegte sich einer der Schalter. Mendel erstarrte zur Statue, und Yaegher versuchte, sich zu bewegen. Es ging nicht. Das Bild hatte angehalten, als er die PAUSE-Taste des Recorders betätigt hatte, und er war ein Teil des Films. So sehr erstarrt wie alles andere. Es sah so aus, als säße er in der Falle. Dazu kam etwas anderes. Er kämpfte diesmal nicht gegen sich selbst, sondern gegen die Maschine in Mendels Hand – und er spürte, daß er diesen Kampf nicht beliebig lange durchhalten würde. Vielleicht nicht einmal *sehr* lange. Seine Kraft ließ bereits nach, und er glaubte ein ganz leichtes Zittern in dem dreidimensionalen Videostandbild zu sehen, in das sich der Hausflur verwandelt hatte.

Er mußte es riskieren, so oder so.

Yaegher fixierte ein letztes Mal die Fernseh-Video-Kombination, die Mendel in der Armbeuge hielt, raffte all seinen Mut zusammen, und einer der Schalter bewegte sich.

Die Zeit lief wieder weiter. Aber nicht mehr zehnfach verlangsamt, sondern mit *zehnfacher Schnelligkeit.* Mendel gab einen abgehackten keuchenden Pfiff von sich und drückte ab, aber die Kugel raste nicht mit guten neunhundert Stundenkilometern durch den Lauf seiner Waffe, sondern mit annähernd *neuntausend.*

Das Ergebnis war katastrophal, sowohl für die Waffe als auch Mendels rechten Arm.

Das Stahlmantelgeschoß war wohl noch innerhalb des Pistolenlaufs verdampft, denn die Waffe explodierte in Mendels Hand und riß ihm den halben Unterarm weg. Dabei wurde er gegen die Wand geschleudert und brach ohne den geringsten Laut zusammen. Der Fernseher stürzte zu Boden und detonierte mit einem zweiten, sonderbar weichen Knall. Glühende Metallsplitter bohrten sich rings um Yaegher in den Boden und die Wand, aber er blieb wie durch ein Wunder unverletzt.

Es war vorbei. Er spürte es so deutlich, wie er gefühlt hatte, daß es begann, ohne daß er dieses Gefühl in Worte fassen oder auch nur sagen konnte, was *es* war. Stöhnend ließ er sich zurücksinken, schloß die Augen und wartete darauf, daß die Dunkelheit hinter seinen geschlossenen Lidern aufhörte, sich in rasenden Wirbeln zu drehen.

Auf der anderen Seite des Flures begann sich Borghorst mit unsicheren Bewegungen in die Höhe zu stemmen. Er war ziemlich unglücklich gestürzt, seine Unterlippe war aufgeplatzt, und auch aus seiner Nase lief Blut. Auf seinem Gesicht lag ein Ausdruck, der zwischen Benommenheit und Wut schwankte, wobei die Wut allerdings schließlich überwog. Aber sie machte blankem Entsetzen Platz, als er sich umsah und Mendel erkannte.

Sie kamen beide fast gleichzeitig auf die Füße. Borghorst warf Yaegher einen fragenden Blick zu, den dieser mit einem raschen Kopfschütteln beantwortete, dann ging er zu Mendel hinüber, während Yaegher sich um Leismann bemühte. Der Professor war bei Bewußtsein, aber er lag verkrümmt und stöhnend auf dem Boden, und Yaeghers Kraft reichte nicht, ihn mit nur einer intakten Hand auf den Rücken zu drehen.

»Professor!« sagte er. »Was ist mit Ihnen? Sind Sie verletzt?«

Leismann öffnete mühsam die Augen. Sein Blick war verschleiert, doch dann erkannte er Yaegher wieder.

»Alles in Ordnung?« fragte Yaegher.

Leismann atmete ein paarmal tief ein und aus. Mendel hatte hart zugeschlagen, aber Leismann war kein Schwächling. Er erholte sich rasch. Nach ein paar Sekunden stemmte er sich an der Wand in eine halbwegs sitzende Position in die Höhe. »Es ... geht«, sagte er. »Danke.«

Yaegher sah ihn zweifelnd an. Er glaubte zwar nicht, daß Leismann schwer verletzt war, aber er hatte den Ausdruck auf seinen Zügen schon zu oft gesehen, um nicht besorgt zu sein. Leismann stand unter Schock, und es waren nicht die Schläge gewesen, die ihn in diesen Zustand versetzt hatten. Es war die bloße Tatsache, daß ihm Gewalt angetan worden war; und die Erkenntnis, wie *leicht* das gewesen war. Es würde lange dauern, bis er darüber hinweg war. Manchen gelang das nie.

Er wartete noch einige Augenblicke, dann erhob er sich und ging zu Borghorst und Mendel hinüber. Borghorst saß neben seinem Assistenten und blickte reglos auf dessen Gesicht hinunter. Die sonderbare Brille war verrutscht und gab den Blick auf ein Gesicht mit dem Ausdruck fassungsloser Verblüffung frei.

»Ist er tot?« fragte Yaegher.

Borghorst nickte, ohne den Blick von Mendels Gesicht zu wenden oder sich überhaupt sonst irgendwie zu rühren. »Ja. Er muß auf der Stelle tot gewesen sein. Wäre es nicht so, dann hätte ich ihn umgebracht.« Er ballte die Hände so heftig zu Fäusten, daß seine Gelenke knackten. »Der zweite.«

»Wie?«

»Erst Issler, und jetzt Mendel.« Borghorsts Gesicht verdüsterte sich. »Ich frage mich, ob Sie und ich die einzigen sind, die sie übersehen haben.«

Übersehen? dachte Yaegher. O nein, die hatten sie nicht übersehen. Sie hatten ihn vielleicht für einen Moment aus den Augen verloren, aber das war auch schon alles. Mendel war wahrhaftig nicht gekommen, um Borghorst etwas anzutun oder etwa den Leismanns.

»Das galt mir«, sagte er leise. »Sie wissen, daß ich hier bin.«

»Und daß Sie ihnen verdammt gefährlich werden können«, fügte Borghorst hinzu.

»Bis jetzt sind es eigentlich eher die anderen, die mir gefährlich geworden sind«, sagte Yaegher, aber Borghorst fegte seinen Widerspruch mit einer energischen Kopfbewegung beiseite.

»Ich weiß, wie solche Leute denken«, sagte er. »Und Sie sollten es eigentlich auch wissen. Bis jetzt ist jede Runde klar an Sie gegangen, Yaegher. Das da« – Borghorst deutete auf Mendels Leiche – »war eine Verzweiflungstat. Sie müssen einer Panik nahe sein, wenn sie solches Risiko eingehen.«

Es war wieder der Polizist, der sprach, nicht mehr jener andere Borghorst, den Yaegher in den letzten beiden Tagen kennengelernt hatte. Selbst seine Stimme hatte sich verändert. Sie war kälter und wieder von jenem unterschwelligen Zynismus durchdrungen, den jeder an Borghorst so fürchtete. Allerdings hatte er auch recht. Sie *mußten* verzweifelt sein, wenn sie ein solches Risiko eingingen. Yaegher verstand nur nicht, warum. Was um alles in der Welt vermochte er zu tun, das sie derart in Panik versetzte?

»Wie haben Sie es gemacht?« fragte Borghorst. Yaegher verstand nicht gleich, was er überhaupt meinte, und Borghorst deutete mit einer heftigen Handbewegung auf Mendels zerfetzten Arm hinab und fragte noch einmal: »Wie haben Sie ihn erledigt?«

»Sie haben es nicht gesehen?«

»Ich habe überhaupt nichts gesehen«, antwortete Borghorst. »Nur ein flackerndes Licht und einen Schatten. Ich hörte Sie schreien und sah Sie hinfallen, und als ich herkam, erhielt ich einen Schlag und ging zu Boden.«

Das war also tatsächlich ein Unterschied, dachte Yaegher. Nicht nur, daß er einen Weg gefunden hatte, sich aus eigener Kraft aus der entsetzlichen Halluzination (die ja eigentlich gar keine gewesen war) zu befreien, sie hatte offenbar von Anfang an nicht annähernd so stark auf ihn gewirkt wie auf Borghorst und vermutlich auch auf die Leismanns.

»Ich habe Ihnen doch gesagt, daß ich es beeinflussen kann.« Er hätte es Borghorst erklären können, aber er wollte es nicht, und Borghorst gab sich auch mit diesen Worten zufrieden. Wahrscheinlich wollte er die Erklärung in Wahrheit gar nicht hören.

»Mendel«, sagte er noch einmal. »Allmählich wird mir klar, wieso ich mit meinen Ermittlungen nicht von der Stelle komme. Der Mistkerl hat über jeden meiner Schritte Bescheid gewußt.«

»Sie haben ihm von der Geschichte *erzählt*?« fragte Yaegher ungläubig.

»Nein. Aber er hat Augen und Ohren, nicht wahr?« Er beugte sich vor, nahm mit spitzen Fingern die Brille von Mendels Gesicht und sah hindurch, ohne sie allerdings aufzusetzen. »Was ist das?« fragte er. »Glas ist es nicht. Dazu ist es zu schwer. Fühlen Sie nur.«

Als Yaegher die Brille entgegennahm, war auch er über das Gewicht erstaunt. Sie wog mindestens anderthalb Pfund, wenn nicht zwei. Sie länger als zwei Minuten zu tragen, mußte eine Qual gewesen sein. Die Bügel waren sehr breit und auf seltsame Art gebogen; eine Konstruktion, die wohl dazu diente, das enorme Gewicht besser auf dem Kopf des Trägers zu verteilen. Das Bild, das er sah, als er hindurchblickte, war nicht wie erwartet kupferfarben, sondern grau. Außerdem waren es *zwei* Bilder, die unmittelbar nebeneinanderlagen und fast – aber nicht völlig – identisch waren.

Er sah genauer hin, entdeckte einen winzigen Knopf an der Außenseite des rechten Bügels und drückte ihn. Die Brille wurde undurchsichtig. Yaegher drückte den Knopf ein zweites Mal, und die Flüssigkeitskristalle im Inneren der beiden hauchdünnen LCD-Bildschirme leuchteten wieder auf.

»He!« sagte Borghorst überrascht. »Was ist denn das? So eine Brille habe ich ja noch nie gesehen.«

»Das ist überhaupt keine Brille«, sagte Yaegher. »Das ist Leismanns Perseusschild. Professor, ich glaube, ich habe hier etwas, das Sie in –«

Er brach mitten im Wort ab, als er sich herumdrehte und zu Leismann hinübersah. Der hatte sich neben seiner Frau auf die Knie fallen lassen und sie in die Arme genommen. Er saß in einer sonderbar erstarrten Haltung da, und sein Gesicht und seine Augen waren vollkommen leer.

»Professor?« fragte Yaegher alarmiert. »Professor Leismann! Was ist mit Ihnen?«

Leismann reagierte nicht. Yaegher machte einen weiteren Schritt auf ihn zu und blieb abermals stehen. Plötzlich fiel ihm auf, wie sonderbar schlaff und reglos Leismanns Frau in dessen Armen lag. Ein siedender Schrecken durchfuhr ihn.

»Sie ist tot«, sagte Leismann.

38

ZWANZIG MINUTEN später, als Leismann und Borghorst schon zum Wagen gingen, eilte Yaegher noch einmal zurück, um seinen Mantel zu holen, den Frau Leismann getrocknet und über einen Stuhl in der Küche gehängt hatte. Er fand ihn, aber es gelang ihm nicht, ihn anzuziehen. Er konnte den rechten Arm nicht mehr bewegen. Und als er ins Bad ging und mit der anderen Hand den Pullover so weit zurückzog, wie er konnte, wußte er auch, warum das so war. Es war weitergegangen. Nicht nur die Hand, der ganze Arm bis hinauf zur Schulter war zu Eisen geworden.

39

»SIE HATTE ein schwaches Herz«, sagte Leismann. »Wir wußten seit Jahren, daß die kleinste Aufregung für sie gefährlich werden konnte. Irgendwann einmal mußte es passieren. Ich ... ich wußte, daß es eines Tages geschehen würde, wissen Sie? Ich dachte, daß es leichter wäre ... leichter zu ertragen, wenn ... wenn es nicht so überraschend kommt. Aber das ist es nicht.«

Yaegher drehte sich umständlich auf dem Beifahrersitz um und sah Leismann, der im Fond Platz genommen hatte, voll von ehrlich empfundenem Mitgefühl an. Sie saßen im Mercedes und trieben mit dem abendlichen Nachfeierabendverkehr langsam in Richtung Stadtmitte. Borghorst fuhr. Leismann war nicht in der Verfassung, es zu tun, und Yaegher konnte es mit nur einer Hand auch nicht.

»Es ... es ist kein bißchen leichter. Es ist wie ein ... Blitz aus heiterem Himmel. Er schlägt ein, ob man ihn kommen sieht oder nicht. Verstehen Sie, was ich meine?«

Vielleicht ist es besser so, als er ahnt, dachte Yaegher. Er selbst rechnete nicht damit, den nächsten Tag zu überleben; jedenfalls nicht mit einem Körper aus *Fleisch*. Er würde einschlafen und nicht wieder erwachen, oder er würde in noch eine dieser höllischen Visionen geraten und sich ganz instinktiv zur Wehr setzen. Er konnte das. Aber der Preis dafür war hoch.

Borghorst drückte auf die Hupe und trat gleichzeitig so hart auf die Bremse, daß Yaegher auf dem Sitz nach vorn rutschte, bis der Automatikgurt ihn auffing.

»Idiot!« brüllte Borghorst. »Kauf dir einen Tretroller, und fahr auf dem Kinderspielplatz, wenn du mit einem Auto nicht umgehen kannst!« Er war so nervös wie sie alle, und er hatte mindestens ebensoviel Angst wie Yaegher. Wahrscheinlich mehr, denn er wußte weit weniger, worauf sie sich da überhaupt eingelassen hatten.

»Wie lange brauchen wir noch?« fragte Leismann.

Borghorst sah zuerst auf die Uhr im Armaturenbrett und sah dann Leismann durch den Spiegel an. »Zehn Minuten«, sagte er. »Wenn dieser Scheißverkehr nicht ganz zusammenbricht, heißt das. Wie fühlen Sie sich?«

»Ich bin okay«, antwortete Leismann. »Ich werde nicht zusammenbrechen oder durchdrehen und irgendeine Dummheit machen, wenn es das ist, wovor Sie Angst haben. Keine Sorge.«

»Ich wollte nicht –«

»Das ist der Schock«, fuhr Leismann fort. »Das ist ganz normal. Es tut weh, aber das wirkliche Begreifen kommt erst später. Ich weiß nicht, wie lange er anhält – einen Tag oder vielleicht auch nur ein paar Stunden. Aber wir haben noch Zeit, und wir müssen sie nutzen. Vielleicht reicht sie.«

»Rache macht Ihre Frau auch nicht wieder lebendig, Professor«, sagte Yaegher sanft.

»Rache ist dumm«, antwortete Leismann. »Ich will keine Rache. Oder dachten Sie das von mir? Sie täuschen sich, wenn Sie annehmen, daß ich mitgekommen bin, um mich für den Tod meiner Frau zu rächen.« Er schüttelte heftig den Kopf. »Ich begleite Sie, weil irgend jemand sie aufhalten muß. Aber ich habe kein Bedürfnis nach Vergeltung.«

»Wahrscheinlich ist es ein schwacher Trost – aber der Kerl, der Ihre Frau auf dem Gewissen hat, ist tot«, knurrte Borghorst. »Yaegher hat ihn erledigt. Ich weiß nicht, ob Sie das überhaupt bemerkt haben.«

»Er hat sie nicht ermordet«, antwortete Leismann. »Es war ein Unfall. Sie hätte auch bei einem anderen Anlaß tot zusammenbrechen können. Sogar ohne jeden Anlaß. Ich glaube nicht, daß er Agnes töten wollte.«

»Aber er *hat* es getan«, widersprach Borghorst mit Nachdruck. »In diesem Punkt gehen unsere Auffassungen vielleicht ein wenig auseinander, fürchte ich. Mord ist Mord.«

»Er war ein Kollege von Ihnen, nicht wahr?«

»Mein *Assistent*!« Borghorst schlug mit der geballten Faust auf das Lenkrad. »Dieser verdammte Mistkerl! Es tut mir fast leid, daß Yaegher ihn erledigt hat. Ich hätte ihm liebend gerne selbst den Hals herumgedreht!«

Leismann sah ihn traurig an, aber er zog es vor, nicht darauf zu antworten, sondern wandte sich nach kurzem Zögern an Yaegher. »Haben Sie diese Brille eingesteckt?«

Yaegher gab sie ihm, und Leismann untersuchte sie im schwachen Licht des Wageninneren, so gut er konnte. »Faszinierend«, sagte er. »Das ist das phantastischste Stück Technik, das ich je in den Händen gehalten habe. Ich wußte nicht einmal, daß es so etwas gibt.«

»Vielleicht gibt es das auf dieser Welt auch gar nicht«, murmelte Yaegher.

Leismann sah auf. »Sie meinen, es stammt von einem anderen Planeten? Ist das nicht ein bißchen phantastisch?«

»Auch nicht phantastischer als das, was ich in den letzten Tagen erlebt habe«, antwortete Yaegher.

Leismann beugte sich ein zweites Mal über die Brille und untersuchte sie gründlich. Dann schüttelte er den Kopf. »Nein. Dieses Ding ist eindeutig auf der Erde gefertigt worden. In Japan, den USA oder meinetwegen in Radevormwald. Aber nicht auf dem Mars.«

»Mir kommt es vor wie Zauberei«, sagte Borghorst.

»Vielleicht ist es das auch«, antwortete Leismann ernst. »Ich habe darüber nachgedacht, wissen Sie? Vielleicht ist es das wirklich.«

»Soll das heißen, Sie glauben an Zauberei und Schwarze Magie?« krächzte Borghorst.

»Ich glaube an die Logik«, antwortete Leismann ruhig. »Und die sagt mir auch, daß es mehr zwischen Himmel und Erde gibt, als wir bisher verstehen oder auch nur wissen. Schamanen und Zauberer haben der menschlichen Gesellschaft etliche tausend Jahre länger gedient als wir Wissenschaftler. Glauben Sie, sie hätten das wirklich gekonnt, wenn ihre Magie nichts als Betrug und Humbug gewesen wäre?«

»Sie meinen, die Magie wäre der Vorläufer der Wissenschaft gewesen.«

»Nicht ihr Vorläufer. Sie *war* die Wissenschaft. Die Schamanen waren die Wissenschaftler von gestern.« Er lachte. »Man könnte auch sagen, daß wir die Schamanen von heute sind.«

»Na prima«, maulte Borghorst. »Dann brauchen wir uns ja nur noch einen Knochen durch die Nase zu schieben und uns die Gesichter schwarz anmalen, und schon ist alles erledigt.«

»Ich verstehe Ihren Spott, aber er ist unberechtigt!« Leismann blieb vollkommen ernst. »Glauben Sie denn wirklich, der Unterschied wäre so groß? Wissenschaft und Magie sind nichts anderes als die Anwendung von Kräften, die uns als Menschen normalerweise nicht zur Verfügung stehen; nur eben auf unterschiedliche Arten.«

»Die meisten Zauberer, die ich kenne, sind Scharlatane«, sagte Borghorst.

»Sie würden sich wundern, wenn Sie wüßten, auf wie viele Wissenschaftler das auch zutrifft«, antwortete Leismann. »Wir tun im Prinzip nichts anderes als ein Stammeszauberer in der Steinzeit, der seine Knochensplitter wirft und die Zukunft daraus liest. Nur daß unsere Knochen aus Silikon und Metall bestehen und etliche Millionen kosten.« Er deutete auf Yaegher. »Es gibt zu viele Geschichten und Legenden, als daß sie alle nur bloße Märchen sein können. Sehen Sie sich an, was ihm passiert. Nennen Sie es Zauberei, wenn Sie wollen, oder Technik. Das sind nur Worte, die nichts an dem ändern, was *geschieht*.«

Er klappte die Brille zusammen und wollte sie Yaegher reichen, aber der lehnte ab. »Behalten Sie sie. Ich nehme an, daß sie der einzige Schutz ist, den es vor diesen Videos gibt. Möglicherweise werden Sie ihn dringend brauchen.«

»Und Sie?«

Yaegher grinste voller Überzeugung. »Ich kann mich ganz gut wehren.« Insgeheim gestand er sich dabei ein, daß er das nicht im geringsten empfand.

Leismann sah Borghorst an, aber auch der hob abwehrend die Hand.

»Lassen Sie mich bloß mit diesem technischen Firlefanz in Ruhe«, gestand er. »Davon verstehe ich sowieso nichts.«

Leismann steckte die Brille ein, und sie fuhren die nächsten Minuten in unbehaglichem Schweigen weiter. Dann fragte Borghorst: »Was tun wir, wenn das alles wahr ist?«

»Wie meinen Sie das?« fragte Yaegher.

Borghorst lachte und sah ihn für eine Sekunde von der Seite an, ehe er sich wieder auf den Verkehr konzentrierte. »Wenn unser Verdacht stimmt und sie wirklich vorhaben, mit diesen Videos auf Sendung zu gehen? Was tun wir dann?«

»Sie irgendwie aufhalten«, sagte Leismann.

»Prima Idee«, sagte Borghorst. »Und wie?«

»Nun, ich –« Leismann suchte eine Sekunde lang nach Worten. »Wir müssen etwas tun. Irgend jemanden anrufen. Vielleicht.«

»Ah ja. Und wen?«

Leismann sah nun eindeutig hilflos aus. Er wollte etwas sagen, aber Borghorst hob wieder die Hand und hielt ihn davon ab. »Das ist es eben, was mir Sorgen macht, verstehen Sie? Wir können nicht einfach dort hineinspazieren und *irgend etwas* tun, was uns gerade einfällt, oder auch nicht. Wir brauchen einen Plan.«

»Haben Sie denn einen?« fragte Yaegher.

»Nein«, gab Borghorst freimütig zu. »Aber ich möchte nicht,

daß einer von euch beiden irgendeinen Unsinn macht – und das gilt vor allem für Sie, Yaegher. Wir gehen hin und sehen uns um, und wenn es irgendwelche Beweise gibt, versuchen wir sie sicherzustellen und nach Möglichkeiten mit dem Leben davonzukommen, ist das klar?«

»Sie wollen einfach zusehen, wie –«

»Wie was?« unterbrach ihn Borghorst. »Sie werden sicher nicht gleich am ersten Abend das ganze Land dazu zwingen, auf Händen und Knien herumzukriechen und zu bellen. Wenn wir diese Verbrecher aufhalten wollen, dann brauchen wir Verbündete. Wir drei allein haben da gar keine Chance. Sie sind nicht Rambo und Conan, und ich gebe als Terminator auch keine so gute Figur ab.«

»Uns wird schon etwas einfallen«, sagte Yaegher.

»Ja, und hoffentlich schnell.« Borghorst deutete nach vorne. »Wir sind nämlich da.«

Sie hatten das Sendegebäude erreicht; so weit sie dem mit dem Wagen nahe kommen konnten, hieß das. Die rechte Fahrspur war abgesperrt. Männer in dunkelblauen Phantasieuniformen, die ein wenig an die amerikanischer Cops erinnerte, regelten den Verkehr und winkten die Wagen einzeln zum Eingang. Dort wartete eine Schar von Dienstpersonal darauf, die Türen aufzureißen, den Fahrgästen beim Aussteigen behilflich zu sein – und die Wagen zu übernehmen, um sie zu einem entfernten Parkplatz zu bringen.

»Verdammt!« fluchte Borghorst. »Ich hatte damit gerechnet, Sie irgendwie mit reinschmuggeln zu können. Ich hatte ja keine Ahnung, daß sie es in so großem Stil aufziehen!«

»Und wenn Sie behaupten, offiziell hier zu sein?« fragte Leismann. »Als Polizeibeamte, um für die Sicherheit des Festes zu sorgen.«

»Sinnlos«, antwortete Borghorst kopfschüttelnd. Er deutete auf die Männer in den dunklen Uniformen. »Sehen Sie die Typen da? Die haben hier einen eigenen Sicherheitsdienst.«

»Dann muß ich eben ganz offiziell mit rein«, sagte Yaegher.

»Unmöglich, Sie –«

»Wir haben keine andere Wahl«, unterbrach ihn Yaegher. »Keine Angst – ich verschwinde irgendwohin, wo mich niemand sieht, sobald ich drinnen bin. Nun los. Fahren Sie.«

Er sah Borghorst an, daß ihm die Idee nicht gefiel; jetzt noch weniger als am Morgen, als sie das erste Mal darüber gestritten hatten. Aber ihnen blieb gar keine Zeit, nach einer anderen Möglichkeit zu suchen. Sie waren an der Reihe. Einer der Wachmänner winkte sie durch, und Borghorst lenkte den Wagen vor den hell erleuchteten Haupteingang. Die Türen wurden aufgerissen, ehe er Gelegenheit fand, den Motor abzustellen.

Borghorst hatte mit seiner Bemerkung nicht übertrieben. Das achtstöckige Gebäude, obwohl von einfacher, fast schlichter Architektur und Ausführung, bot im Augenblick ein wirklich prachtvolles Bild – das Yaegher auf den zweiten Blick um so mehr beeindruckte, als er sah, daß dieser Effekt fast ausschließlich durch geschickte Beleuchtung erzielt worden war. Aber eben nur fast. Ein breiter, burgunderroter Teppich war auf der Treppe ausgerollt worden, und am Anfang stand, neben einer ganzen Armee von Dienstboten, die eifrig darum bemüht waren, den Gästen jeden Wunsch von den Augen abzulesen, eine Gruppe wichtig aussehender Herren, die zu Yaeghers Schrecken jeden Gast persönlich begrüßten und mit dem einen oder anderen ein paar Worte wechselten. Plötzlich war er nicht mehr so sicher, daß es wirklich eine gute Idee gewesen war, hierher mitzukommen. Unter diesen in Fräcke, Smokings und Abendkleider gehüllten Gestalten fiel er ungefähr so wenig auf wie ein Papageienvogel in einer Pinguinhorde. Er trug wieder seine eigenen Kleider: Jeans, Turnschuhe und ein T-Shirt, das vor drei oder vier Wochen sogar einmal sauber gewesen war, darüber seinen zerknautschten Trenchcoat, und das nicht einmal richtig, denn er hatte den rechten Arm selbst mit Borghorsts Hilfe nicht in den Ärmel bekommen. Andere Besucher starrten ihn bereits an. Aber es war zu spät, um umzukehren. Hätte er es versucht, hätte er noch mehr Aufsehen erregt und womöglich Borghorst und Leismann in Gefahr gebracht. Tapfer folgte er den beiden und schickte ein Stoßgebet zum Himmel, daß die Männer, die die Karten kontrollierten, ihre Aufgabe nicht allzu ernst nahmen.

Es wurde nicht erhört. Borghorst kam glatt durch – die Fälschungen schienen tatsächlich so gut zu sein, wie er behauptet hatte –, aber als Leismann dem dunkelhaarigen Burschen, der die Eintrittskarten kontrollierte, die beiden gelben Zettel in die Hand drückte und forschen Schrittes an ihm vorübermarschieren wollte, hob dieser den Arm und hielt ihn zurück. Yaegher sah aus den Augenwinkeln, wie sich zwei weitere Gestalten diskret näherten. Beide sahen nicht unbedingt wie Schwächlinge aus.

»Verzeihen Sie. Sie sind Professor Leismann?«

»Wenn es auf der Karte steht, werde ich es wohl sein«, antwortete Leismann. »Warum?«

»Nun, da scheint es... eine kleine Schwierigkeit zu geben«, sagte der Dunkelhaarige. Er lächelte noch immer, und sein Ton ließ an Höflichkeit nichts fehlen. Aber auch nicht an Nachdruck. »Diese Einladungen sind auf Professor Stephan Leismann und Doktor Agnes Leismann ausgestellt. Ihr Begleiter sieht nicht so aus, als würde er Agnes heißen.«

»Die Einladung war für meine Frau bestimmt«, antwortete Leismann. »Sie kann leider nicht mitkommen, also habe ich meinen Schwiegersohn gebeten, mich zu begleiten. Wo liegt das Problem? Ich habe zwei Einladungen, und wir sind zwei Personen.«

»Ich fürchte, so einfach ist das nicht«, sagte der andere. Die beiden Gorillas waren unauffällig näher gekommen und standen jetzt direkt hinter ihm. »Ich habe meine Vorschriften, verstehen Sie, und ich –«

»Nein, das verstehe ich nicht«, sagte Leismann scharf. »Ich wurde eingeladen, und man fragte mich, ob ich jemand zur Begleitung mitbringen möchte. Natürlich habe ich meine Frau vorgeschlagen. Hätte ich gewußt, daß sie nicht mitkommen kann, hätte ich gleich den Namen meines Schwiegersohnes einsetzen lassen. Ist das so schwer zu verstehen? Oder gefällt Ihnen nur nicht, daß er Turnschuhe und Jeans trägt?«

Der ertappte Gesichtsausdruck seines Gegenübers machte Yaegher klar, daß Leismann mit dieser Vermutung der Wahrheit ziemlich nahe gekommen war. »Natürlich nicht«, sagte er rasch. »Nur –«

Leismann schnitt ihm das Wort ab. »Dann lassen Sie uns durch, oder sagen Sie uns, daß wir gehen sollen, und wir gehen. Ich habe Wichtigeres zu tun, als meine Zeit mit solchem Unsinn zu verschwenden.«

Vielleicht waren es nicht einmal seine Worte, sondern der scharfe, durch und durch autoritäre Ton, in dem er sprach, der schließlich die Entscheidung brachte. Der andere rang noch eine

Sekunde mit sich selbst, dann gab er Leismann die beiden Karten mit einem gezwungenen Lächeln zurück und sagte: »Bitte, verzeihen Sie. Aber wir müssen gewisse Vorsichtsmaßnahmen einhalten. Bisher hat schon ein halbes Dutzend Unbefugter versucht, sich ohne Einladung einzuschleichen.«

Leismann riß ihm die Karten aus der Hand. »So? Das wundert mich aber.«

Sie gingen weiter. Als sie ein paar Schritte von der Tür entfernt waren, atmete Borghorst hörbar erleichtert auf. »Pah«, sagte er. »Das wäre geschafft.«

»Da wäre ich nicht so sicher«, gab Leismann leise zurück.

Yaegher warf einen unauffälligen Blick zur Tür und sah, daß der Mann, mit dem Leismann sich gestritten hatte, leise mit einem der Gorillas sprach. Der andere hatte sich ein Stück weit zurückgezogen, stand halb in der Wandnische und hatte ein kleines Funkgerät an die Lippen gehoben.

Sie gingen schneller; allerdings nicht sehr schnell, damit sie nicht noch mehr Aufsehen erregten. Die Party war schon in vollem Gange. Die große Eingangshalle wimmelte von Menschen, die einzeln oder in kleinen Gruppen herumstanden, lachten, tranken, schwatzten oder einfach dafür sorgten, daß sie gesehen wurden. Ein gutes Dutzend Kellner war ununterbrochen damit beschäftigt, Tabletts voller Gläser hin und her zu schleppen, und durch eine riesige, offene Tür am gegenüberliegenden Ende der Halle drangen Musikfetzen. Yaegher sah eine Menge Gesichter, die ihm mehr oder weniger bekannt vorkamen. Borghorst hatte nicht übertrieben – in diesem Gebäude hatte sich wirklich alles versammelt, was in der Stadt Rang und Namen hatte.

Sie schlenderten zur Garderobe, und Borghorst und Leismann gaben ihre Mäntel ab. Die Garderobiere sah auch Yaegher erwartungsvoll an, aber der schüttelte den Kopf. In Jeans und Mantel sah er schon auffällig genug aus. Mit einem Arm, der so steif und schwer an ihm herabhing, als wär er aus Eisen (was er ja auch war), hätte er noch mehr Aufsehen erregt.

»Sie hätten sich am besten noch einen Filzhut besorgt«, witzelte Borghorst, als sie weitergingen. »Vielleicht hätte man Sie dann für einen exzentrischen Künstler gehalten.«

Der Menschenstrom bewegte sich langsam auf die große Tür auf der gegenüberliegenden Seite des Saales zu, und sie ließen sich mittreiben. Yaegher sah sich mehrmals unauffällig nach den Typen vom Eingang um, konnte sie aber nirgends entdecken. Trotzdem blieb er auf der Hut. Daß er niemanden sah, bedeutete nicht automatisch, daß auch er nicht gesehen wurde. Aber die große Menge von Menschen hier drinnen gab ihnen einigermaßen Deckung, und er war tatsächlich nicht der einzige, der durch unkonventionelle Kleidung auffiel. Das war keine gewöhnliche Party, sondern die Eröffnungsveranstaltung eines Fernsehsenders, und natürlich befanden sich unter den geladenen Gästen auch viele Künstler, Exzentriker oder auch einfach nur Spinner.

Und mindestens *ein* Krimineller.

Yaegher hätte sich um ein Haar verraten, so überrascht war er, als er Strauss inmitten der Gäste entdeckte. Dabei hätte er gar nicht überrascht sein *dürfen* – schließlich hatte Borghorst ihm ja erzählt, daß der Drogenhändler Teilhaber des Senders war; zwar nur zu einem kleinen Teil, aber immerhin – ein Stück dieses Ladens gehörte ihm.

Er machte Borghorst mit einem Blick auf Strauss aufmerksam, und Borghorst nickte. »Ich habe ihn gesehen«, sagte er, sehr leise und fast ohne die Lippen zu bewegen. »Drehen Sie sich rum, verdammt noch mal. Da hinten kommt Berger.«

Yaegher widerstand im letzten Moment dem Impuls, erschrokken in die gleiche Richtung zu blicken wie Borghorst, und drehte sich rasch weg. Er tat so, als betrachte er intensiv eines der bunten Filmplakate, die überall an den Wänden hingen, schließlich berührte Borghorst ihn an der Schulter und gab ihm mit einem Blick zu verstehen, daß die Luft wieder rein war.

»Wo sind sie hin?« fragte er.

Borghorst machte eine Kopfbewegung nach hinten. »In den anderen Raum. Dort findet die eigentliche Party statt. Aber wir sind nicht hier, um uns zu amüsieren. Wir müssen den Senderaum finden.«

»Haben Sie auch eine Idee, wie wir das schaffen sollen?« fragte Leismann. »Wir können schlecht jemanden fragen.«

Borghorst griff in die Tasche und wedelte triumphierend mit einer farbigen Hochglanzbroschüre. »Das ist gar nicht nötig. Hier. Eine Informationsbroschüre, die sie zu dieser Veranstaltung herausgegeben haben. Sie sind so stolz auf diesen Bau, daß sie jede Kleinigkeit detailliert aufgeführt haben. Ich habe vorhin ein bißchen darin geblättert. Der ganze technische Kram befindet sich im Keller. Hier oben sind nur Büros und ein paar Studios.«

»Und wie kommen wir hin?«

»Das ist kein Problem. Halten Sie einfach nach einer Tür Ausschau, die abgeschlossen ist.«

»Und die sicher auch bewacht wird«, fügte Yaegher hinzu.

Leismann sah plötzlich ein wenig erschrocken aus, und Borghorst grinste fröhlich. »Mit ziemlich großer Wahrscheinlichkeit sogar.«

Sie fanden beinahe auf Anhieb, wonach sie suchten. Es gab eine breite Treppe aus glänzendem Marmor, die nach oben führte, und daneben gleich drei Aufzüge. Die Treppe war mit einem roten Samttau gesperrt, und vor jedem der Aufzüge stand ein Sicherheitsbeamter.

»Und jetzt?« fragte Leismann. »Ich meine: Wollen Sie die Burschen niederschlagen oder Feueralarm auslösen oder sonstwas?«

»Sie lesen zu viele Kriminalromane, Professor«, sagte Borghorst. »Kommen Sie. Ich glaube, wir müssen zur Toilette. Alle drei.«

Sie fanden die entsprechende Tür sofort, aber es gab ein kleines Problem, mit dem sie allerdings hätten rechnen müssen: Sie waren nicht die einzigen, die das im Moment alles andere als stille Örtchen aufsuchten. Der Durchfluß an Sekt, Bier und anderen Alkoholika mußte trotz der noch frühen Stunde schon gewaltig sein.

»Die letzte Kabine auf der linken Seite«, raunte Borghorst. »Ich lasse die Tür offen. Wenn ich in zwei Minuten nicht zurück bin, kommen Sie nach. Einzeln.«

»Aber wieso –?«

Borghorst ging weiter und verschwand in der Kabine, und Yaegher blickte ihm völlig verwirrt hinterher. Was zum Teufel hatte er vor? Ins Klobecken zu springen und durch das Abflußrohr nach unten zu *tauchen*? Fragend sah er Leismann an, erntete aber auch von diesem nur einen hilflosen Blick und ein Achselzucken und trat schließlich an eines der Waschbecken. Während er die Hände unter den Wasserkran hielt und die überraschende Feststellung machte, daß es nahezu unmöglich war, sich nur eine Hand zu waschen, wenn die andere dabei nicht mittat, hielt er die Tür der Kabine, in der Borghorst verschwunden war, im Spiegel scharf im Auge. Natürlich sah er dabei auch sein eigenes Gesicht. Der Anblick war alles andere als ermutigend. Borghorst hatte recht gehabt. Seine Kleidung fiel vielleicht nicht einmal so sehr auf, wie sein *Gesicht* es tat. Es sah aus, als hätte er eine Rundum-Behandlung des Kosmetikstudios George Romero hinter sich.

Die zwei Minuten, von denen Borghorst gesprochen hatte, mußten längst vorbei sein, aber die Tür öffnete sich nicht wieder. Yaegher nickte Leismann unmerklich zu, und auch der Professor verschwand in der Kabine. Irgendwo rauschte eine Spülung, und einen Augenblick später trat ein grauhaariges, kaum einen Meter fünfzig großes Männchen neben Yaegher und fing an, sich in aller Ruhe die Hände einzuseifen. Yaegher kämpfte indessen weiter mit dem Wasserstrahl. Er mußte sich nicht einmal absichtlich ungeschickt anstellen, um Zeit zu gewinnen. Vergeblich fragte er sich, wie Menschen mit nur einer Hand dieses Problem wohl mehrmals täglich meisterten. Schließlich gab er es auf, darauf zu warten, daß der Zwerg endlich aufhörte, sich die Haut von den Fingern zu schrubben, und ging zu der Kabine. Leismann und Borghorst waren nicht da, aber unmittelbar über dem Toilettenbecken befand sich ein schmales Fenster, das weit offen stand.

Er verriegelte die Tür hinter sich – mochte sich das Personal morgen früh, wenn die letzten Champagnerleichen herausgekehrt wurden, darüber wundern und sie aufbrechen – und fuhr überrascht zusammen, als Borghorsts Stimme durch das offenstehende Fenster hereindrang und er seinen Namen hörte.

»Yaegher?«

Ungeschickt mit einer Hand an der Kabinenwand Halt suchend, kletterte er auf den Toilettenrand und sah aus dem Fenster. Borghorst und Leismann standen anderthalb Meter tiefer auf einem kleinen, pechschwarzen Innenhof und blickten zu ihm hoch. »Ja«, knurrte er. »Was hätten Sie eigentlich gemacht, wenn es jemand anderes gewesen wäre?«

Borghorst blinzelte irritiert und zog es vor, nicht darauf zu antworten, während Yaegher ungeschickt versuchte, sich durch das Fenster zu quetschen. Er schaffte es nicht. Das Fenster war zwar breit genug, aber er hatte nur eine Hand zur Verfügung.

»Warten Sie«, sagte Leismann, nachdem er ihm einige Augenblicke lang zugesehen hatte, wie er sich abmühte. Er streckte die Arme aus, packte den total verdutzten Yaegher und hob ihn zu sich heraus; mit ungefähr der Anstrengung, die es einen Erwachsenen gekostet hätte, einen Säugling aus dem Kinderwagen zu heben.

»Danke«, sagte Yaegher. In seiner Stimme war wohl viel von seiner Verblüffung zu hören, denn Leismann grinste für eine Sekunde und sagte: »Dreißig Jahre Bodybuilding. Für irgend etwas muß das ja schließlich gut sein.«

Yaegher sah sich auf dem Hof um; genauer gesagt, er *versuchte* es. Aber es war so dunkel, daß er nur zwei Schritte weit sehen konnte. »Was ist das hier?«

Es gab ein Rascheln, als Borghorst neben ihm in der Dunkelheit mit den Schultern zuckte. »Ein kleiner Innenhof, eigentlich ohne bestimmte Funktion. Aber wenn der Plan stimmt, den ich gesehen habe, müßte es hier irgendwo eine Feuertreppe geben.«

»Wie sind Sie so schnell an die Baupläne gekommen?« fragte Leismann verblüfft.

»Manchmal hat es doch seine Vorteile, bei der Polizei zu sein«, antwortete Borghorst. »Kommen Sie – ehe sich jemand zu fragen beginnt, was wir drei zusammen auf dem Klo machen.«

Behutsam begannen sie sich in verschiedenen Richtungen vorwärts zu tasten. Yaegher sah so gut wie nichts; dafür stolperte er ein paarmal über irgendwelchen Krempel, der im Dunkeln herumlag, und einmal wäre er fast gestürzt.

Es war Borghorst, der die Treppe fand. »Ich habe sie!« sagte er. Seine Stimme klang hörbar erleichtert. »Gott sei Dank haben sie sich an die Pläne gehalten. Kommt her.«

Die Treppe war so schmal, daß sie hintereinander gehen mußten, und die Auflagen der Feuerwehr waren zwar eingehalten und die Treppe gebaut worden, aber offensichtlich aus den billigsten Materialien. Mehrere Stufen bewegten sich fühlbar unter Yaeghers Füßen, und die gesamte Konstruktion schwankte und bebte unter dem Gewicht von drei Personen. Wenn hier eines Tages einmal ein Feuer ausbrechen und diese Treppe wirklich gebraucht werden sollte, dachte Yaegher, dann wird sie wahrscheinlich schlichtweg zusammenbrechen.

Borghorst erreichte den ersten Absatz, rüttelte an einer Tür und fluchte halblaut. »Abgeschlossen«, sagte er. »Verdammte Schweinerei!«

»Ist das nicht gegen alle Vorschriften?« fragte Leismann.

Borghorst lachte. »Sicher. Aber wissen Sie was? Wenn es uns nicht gelingt, diese Burschen aufzuhalten, dann sind das bald die Leute, die die Vorschriften *machen*. Versuchen wir es weiter oben.«

»Das ist das erste Mal, daß ich eine Treppe *hinaufgehe*, um in einen Keller zu gehen«, maulte Leismann. Aber er folgte Borghorst trotzdem gehorsam, und auch Yaegher ging hinter ihnen her.

Auch die nächsthöhere Feuerschutztür war abgeschlossen, aber in der dritten Etage hatten sie Glück: Die Tür bewegte sich, als Borghorst die Klinke hinunterdrückte, und er schlüpfte hindurch. Nach kaum einer Sekunde kam er zurück und winkte. »Die Luft ist rein«, sagte er. »Kommt.«

Sie gelangten in einen schmalen Korridor, der von nur wenigen, matt leuchtenden Lampen erhellt war. In jeder Richtung zweigten weitere Türen ab. Yaegher warf Borghorst einen fragenden Blick zu, erntete aber nur ein Achselzucken. Nach einigen weiteren Sekunden deutete Borghorst aber – willkürlich, wie Yaegher sicher war – nach links und ging los.

Yaegher sah sich aufmerksam um, während sie den Flur entlanggingen. Trotz der schwachen Beleuchtung konnte man erkennen, daß hier oben alles neu und frisch und zum Teil noch nicht einmal ganz fertig war. Die Luft roch nach Farbe und Terpentin, und an manchen Türen hingen noch Schilder mit der Warnung »VORSICHT, FRISCH GESTRICHEN«. Borghorst deutete nach oben, und als Yaeghers Blick seiner Geste folgte, entdeckte er den schwarzen Kasten einer Überwachungskamera unter der Decke. Die beiden winzigen Lämpchen darunter waren dunkel. Yaegher hoffte, daß die Kamera tatsächlich abgeschaltet und nicht nur die Birne an der Kontrollampe durchgebrannt war.

Vorhin, als sie durch die Tür von der Feuerleiter hereingekommen waren, hatte er geglaubt, es wäre absolut still. Aber das stimmte nicht. Nach und nach begann er Geräusche zu identifizieren: das ferne Echo der Party, das selbst hier oben, drei Stockwerke entfernt, noch zu hören war, das Rauschen der Klimaanlage und sogar das Summen der Dimmer, die das Licht der Lampen über ihren Köpfen zu einem matten Glanz dämpften. Er war fast sicher, hinter einigen Türen, an denen sie vorbeigingen, Stimmen hören zu können.

»Was suchen wir überhaupt?« fragte Leismann plötzlich.

Er hatte in ganz normaler Lautstärke gesprochen. Borghorst fuhr zusammen, warf ihm einen ärgerlichen Blick zu und legte warnend den Zeigefinger auf die Lippen. »Nicht so laut!« zischte er. »Oder wir brauchen nicht mehr weiterzusuchen. Den Fahrstuhl«, fügte er nach einigen Sekunden hinzu.

»An dem sind wir doch vor zwei Minuten vorbeigekommen.« Leismann sprach jetzt leiser, aber noch immer nicht so leise, wie vielleicht angeraten gewesen wäre.

»Ich weiß«, antwortete Borghorst. »Der Lift, der hinunter in die Lobby führt.« Er spießte Leismann mit Blicken regelrecht auf. »Ich bin sicher, die Wachmänner werden begeistert sein, wenn die Türen aufgehen und wir herausspazieren. Ein Gebäude von dieser Größe muß aber noch einen Aufzug haben. Wahrscheinlich mehrere.«

»Ich denke, Sie haben in die Pläne gesehen?«

»Genau. Ich habe *hineingesehen*. Ich habe sie nicht auswendig gelernt, und ich –«

Borghorst brach mitten im Wort ab und prallte so heftig zurück, daß er gegen Leismann stieß und ihn vielleicht von den Füßen gerissen hätte, hätte er ihn nicht zugleich auch festgehalten.

»Was –?«

»Still!« flüsterte Borghorst. Er gestikulierte heftig. »Yaegher! Kommen Sie her!«

Yaegher schlich auf Zehenspitzen neben ihn und lugte um die Biegung des Ganges, vor der Borghorst stehengeblieben war. Nur wenige Meter entfernt hatte sich eine Tür geöffnet, und ein Wachmann war herausgekommen. Sie hatten einfach Glück gehabt: Der Mann drehte ihnen den Rücken zu, und er war völlig damit beschäftigt, sich eine Zigarette anzuzünden; mit nur einer Hand. In der anderen trug er ein kleines Walkie-talkie.

Sie warteten, bis er weitergegangen und hinter der nächsten Biegung verschwunden war, dann schlichen sie weiter. Borghorst legte ein Ohr an die Tür, durch die der Wachmann gekommen war, und lauschte einige Sekunden.

»Nichts«, flüsterte er schließlich. »Ich glaube, ein Radio läuft.« Fragend sah er Yaegher an. »Riskieren wir es?«

»Und wenn es das Wachzimmer ist und da drinnen noch dreißig von diesen Typen auf uns warten?« fragte Leismann.

»Unsinn«, antwortete Borghorst. Yaegher begann sich zu fragen, woher er diese Überzeugung nahm, aber er kam nicht dazu, eine entsprechende Frage zu stellen, denn Borghorst drückte bereits die Klinke hinunter und trat ein. Leismann und Yaegher folgten ihm.

Borghorst hatte recht gehabt – es befand sich kein weiterer Wachmann im Zimmer. Und mehr noch.

»Volltreffer!« sagte er. »Das kommt ja wie bestellt.«

Yaegher konnte ihm nur beipflichten. Es *war* eine Art Wachraum. Die Besatzung – sollte sie überhaupt aus mehr als dem einen Mann bestanden haben, den sie gesehen hatten – war nicht da. Aber sie hatte ihre *Geräte* nicht mitgenommen. Praktisch die gesamte gegenüberliegende Wand bestand aus Monitoren, zwei, vielleicht drei Dutzend, von denen im Moment allerdings nur ein kleiner Teil eingeschaltet war. Zwei oder drei zeigten verschiedene Ansichten der Party im Erdgeschoß, allesamt von Positionen hoch unter der Decke aufgenommen, wo sich die Kameras befinden mußten, zwei weitere zeigten leere, matt erleuchtete Gänge. Darunter befand sich ein großes Instrumentenpult, das überaus kompliziert aussah.

Leismann trat neugierig näher und ließ seinen Blick über das Sammelsurium von Knöpfen und Schaltern gleiten.

»Verstehen Sie etwas davon?« fragte Yaegher.

»Nicht mehr als Sie, fürchte ich«, sagte Leismann, und Borghorst fügte besorgt hinzu:

»Fassen Sie bloß nichts an. Wer weiß, was sonst passiert.«

Yaegher blickte aufmerksam auf die Monitorwand. Es ging ihm auf einmal wieder schlechter. Ein starkes, körperliches Unwohlsein begann sich in ihm breitzumachen. Offensichtlich reichte mittlerweile schon die bloße Nähe eines Fernsehgerätes, um etwas in ihm in Bewegung zu bringen. Es fiel ihm jede Sekunde schwerer, die Monitore anzusehen. Alles in ihm schrie danach, sich herumzudrehen und davonzustürzen, aber er zwang sich mit aller Gewalt, dem Anblick standzuhalten.

»Es muß hier doch einen Plan oder einen Grundriß des Gebäudes geben«, sagte Borghorst. »Ich suche danach. Haltet die Bildschirme im Auge, damit wir nicht überraschend Besuch bekommen. Und rührt nichts an!«

Einer der Monitore zeigte tatsächlich den Flur vor dem Wachraum. Offensichtlich hatte der Wächter die Kamera eingeschaltet, um nicht selbst überraschend Besuch zu bekommen und beim Zeitunglesen oder sonstigen Tätigkeiten überrascht zu werden, für die er nicht bezahlt wurde. Die anderen zeigten die Party – und Evelin.

Im ersten Moment hatte Yaegher sie kaum erkannt. Sie trug ein langes, blaues Abendkleid, das mit Pailetten und Straß besetzt war und das bei jeder anderen protzig gewirkt hätte, ihr aber ausgezeichnet stand, und eine neue Frisur, die sie älter erscheinen ließ. Und sie war nicht allein. Neben ihr standen die beiden Gorillas vom Eingang.

»Ist da jemand, den Sie kennen?« fragte Leismann. Er hatte Yaeghers Blick wohl bemerkt.

Yaegher nickte zögernd. »Ja. Ich bin ... nur nicht sicher, ob ...« Eine untersetzte Gestalt mit Halbglatze und schwarzem Smoking trat auf Evelin zu und sprach sie an. Der Mann drehte der Kamera den Rücken zu, so daß Yaegher sein Gesicht nicht erkennen konnte, und natürlich konnte er auch Evelins Antwort nicht verstehen. Aber sie sah nicht sehr glücklich aus. Der Ausschnitt war nicht so gut, daß er Einzelheiten erkennen konnte, doch Yaegher war fast sicher, daß der Ausdruck auf ihrem Gesicht mühsam unterdrückter Zorn war. Oder Angst.

»Ich habe es«, sagte Borghorst. »Hier. Ich –« Er brach ab und riß verblüfft die Augen auf. »He! Das ist doch Ihre Freundin, oder?«

»Und Berger.« Yaegher deutete auf die schmale Gestalt im Smoking.

Borghorsts Augen wurden schmal. »Ich glaube, Sie haben recht«, sagte er. »Was zum Teufel haben denn die beiden miteinander zu schaffen?«

Yaegher hätte seinen gesunden Arm für eine Antwort auf diese Frage gegeben. Berger redete weiterhin auf Evelin ein, wobei er heftig mit den Händen gestikulierte. Sie hörte eine Weile zu, dann drehte sie sich mit einer ruckartigen Bewegung um und wollte gehen. Einer der Gorillas vertrat ihr unauffällig den Weg.

Yaegher blickte kurz auf das Pult vor sich, dann in Leismanns Gesicht. »Können Sie die Kamera steuern?«

Leismann holte sich mit einem Blick bei Borghorst Zustimmung, ehe er nickte. »Ich denke schon. Warten Sie ... Monitor 9, Pult 9 ... hier. Das müßte es sein.« Er drückte einen Knopf. Das Bild wurde unscharf und kippte zur Seite. Leismann lächelte entschuldigend, drückte ein paar andere Knöpfe, und das Bild stabilisierte sich wieder. Augenblicke später zoomte die Kamera auf Evelins Gesicht, bis ihr Kopf und ihre Schultern den Monitor fast ausfüllten. Yaegher hatte sich getäuscht. Sie hatte keine Angst. Sie kochte vor Zorn.

»Können wir dazu auch einen Ton bekommen?« fragte Borghorst. Leismann schüttelte den Kopf.

Sie sahen zu, wie sich Evelin und Berger noch eine Weile stritten. Schließlich drehte sie sich abermals um und ging. Diesmal hinderte sie der Kleiderschrank nicht daran. Im Gegenteil. Als Leismann den Bildausschnitt wieder vergrößerte, sahen sie, daß auch der zweite Gorilla und Berger ihr folgten.

Sie gingen zum Aufzug. Der Wachmann davor trat zur Seite, nachdem Berger ein paar Worte mit ihm gewechselt hatte, und die Lifttüren glitten auf. Die vier traten ein, und die Türen schlossen sich rasch wieder hinter ihnen. Borghorst fluchte.

»Konnten Sie erkennen, welchen Knopf sie gedrückt haben?«

Leismann sagte: »Nein«, aber Yaegher reagierte gar nicht. Berger hatte die Hand nach der Schalttafel ausgestreckt, aber Yaegher hatte nicht darauf geachtet, welchen Knopf er gedrückt hatte, denn seine Aufmerksamkeit war von etwas anderem in Anspruch genommen worden. Als sie den Lift betrat, hatte Evelin ihre Handtasche aufgeklappt. Und darin hatte etwas kupferfarben aufgeblitzt. Etwas Großes, Wuchtiges, das aussah wie eine zu breit geratene Sonnenbrille ...

»He!« sagte Leismann plötzlich. Er deutete auf einen anderen Monitor. »Seht mal da!«

Der Bildschirm, der bisher so tot wie die meisten anderen waren, hatte sich selbständig eingeschaltet. Aber er zeigte nicht Bilder von irgendeiner anderen Videokamera hier im Haus, sondern das rot-gelbe Emblem des TNT-Network. In der rechten unteren Ecke zählte eine weiße Digitalanzeige von 30:60 an rückwärts.

»Das muß das Fernsehbild sein«, sagte Leismann. »Der Countdown läuft.«

Aber das war nicht alles. Yaegher starrte wie gebannt auf den Monitor. Er begann zu zittern. Kalter Schweiß bedeckte seine Stirn, und zum ersten Mal seit zwei Tagen spürte er seine rechte Hand wieder. Ein ziehender Schmerz begann in seinen Fingerspitzen und breitete sich rasch bis in seine Schulter hinauf aus. »Es ist de...«, flüsterte er.

Borghorst sah ihn alarmiert an. »Was haben Sie?«

»Das Signal.« Yaegher deutete zitternd auf den Fernsehschirm. »Ich kann es spüren, Borghorst. Wir... wir haben uns getäuscht. Sie fangen nicht langsam an. Sie strahlen es aus.«

Borghorsts Blick verriet Zweifel, aber er wirkte zugleich auch sehr erschrocken. Das war keine Einbildung. Yaegher war nicht hysterisch. Er spürte es jetzt auch. Ein Gefühl, das so massiv war, daß er fast meinte, es anfassen zu können.

Es ging von diesem Fernsehschirm aus, ein Saugen und Wühlen, als fräße sich eine Million unsichtbarer Ameisen schnell und gnadenlos bis auf den Grund seiner Seele. Es war ein Befehl, ein Befehl von unwiderstehlicher Kraft, dem er nichts entgegenzusetzen hatte, und dem er nur deshalb nicht auf der Stelle gehorchte, weil er noch keine konkreten Anweisungen gab. Aber wann immer sie kommen würden, würde jeder, der dieses Bild sah, sie auch befolgen. Das Signal war da, und es stieß die Türen zum Willen des Betrachters auf, um den Weg für alles vorzubereiten, was danach kam.

»Was haben Sie?« fragte Leismann besorgt.

Yaegher starrte ihn an. »Spüren Sie es denn nicht?« fragte er. »Sie... Sie müssen es doch auch fühlen!«

Leismann schüttelte nur den Kopf. Er spürt es tatsächlich nicht, dachte Yaegher. Aber er war trotzdem sicher, daß es wirkte, sowohl auf ihn als auch auf Borghorst. Offensichtlich war er selbst bereits so sensibel, daß er das Signal selbst fühlen konnte. Aber konnte er sich auch dagegen *wehren*?

Er versuchte es; ohne Erfolg. Da war nichts, wogegen er kämpfen konnte, weil es noch keinen Befehl gab, gegen den er sich hätte wehren können. Man konnte einen Baum festbinden, damit er nicht vom Sturm umgeworfen wurde, aber wie sollte man gegen den Sturm selbst kämpfen?

»Oh, verflucht!« sagte Borghorst plötzlich. »Wir kriegen Gesellschaft.«

Yaegher und Leismann blickten erschrocken auf den gleichen Monitor wie er. Sie alle waren für Augenblicke so sehr vom Anblick des Testbildes gebannt gewesen, daß keiner daran gedacht hatte, den Korridor im Auge zu behalten; vielleicht ein verhängnisvoller Fehler. Der Wachmann kam zurück. Er hatte seine Zigarette fast aufgeraucht, schlenderte gemächlich näher und zog dabei mit der linken Hand den Reißverschluß seiner Hose zu. Er hatte sein Zimmer wohl nur für einige Augenblicke verlassen, um zur Toilette zu gehen, und vergessen, die Tür abzuschließen.

»Verdammt!« sagte Borghorst noch einmal, sprang zur Tür und drehte den Schlüssel herum, der im Schloß steckte. Er gab sich keine Mühe, dabei leise zu sein, aber der Mann auf dem Monitor hörte es offenbar nicht. Er hatte es auch nicht sehr eilig, sondern schlenderte gemächlich näher. Sie hatten noch ein paar Sekunden, mehr nicht.

»Und jetzt?« fragte Borghorst. Er blickte auffordernd von einem zum anderen. »Zwei Möglichkeiten. Wir überwältigen ihn, oder wir verbarrikadieren uns hier.«

»Wozu?« fragte Yaegher. Der Raum hatte keinen zweiten Ausgang.

Borghorst drehte den Schlüssel ein zweites Mal im Schloß, legte die Hand auf die Klinke und starrte gebannt auf den Bildschirm. Der Wächter hatte die Tür fast erreicht. Ohne Hast streckte er die Hand nach der Klinke aus, drückte sie herunter – und stolperte ungeschickt und mit einem überraschten Aufschrei ins Zimmer, weil Borghorst die Tür mit aller Gewalt aufriß und er zu spät auf die Idee kam, die Klinke loszulassen. Borghorst stellte ihm ein Bein, über das er auch prompt stolperte, und Yaegher versetzte ihm mit dem gesunden Arm einen Handkantenschlag in den Nakken.

Beinahe hätte es sogar geklappt.

Der Wachmann stöhnte vor Schmerz auf, fiel der Länge nach

aufs Gesicht und blieb eine oder zwei Sekunden lang reglos liegen. Yaegher und Borghorst standen bereit, ihn zu packen und festzuhalten, als er sich wieder zu rühren begann, während Leismann geistesgegenwärtig die Tür wieder ins Schloß warf.

Aber sie hatten den Mann unterschätzt. Er versuchte zwar nicht, sich zu wehren, obwohl Yaegher nicht einmal sicher war, daß er nicht eine gute Chance gehabt hätte, Borghorst und ihn gemeinsam zu überwältigen, denn er war weitaus kräftiger als es auf dem Fernsehbild den Anschein gehabt hatte. Er versuchte überhaupt nicht, sich zu wehren, sondern griff blitzartig nach dem Funkgerät an seinem Gürtel. Borghorst entriß es ihm, aber zu spät: Yaegher sah, daß seine Finger alle drei Tasten auf der Oberseite des Walkie-talkies niederdrücken konnten, ehe Borghorst ihm das Gerät entrang, und zumindest eine davon war offensichtlich eine Alarmtaste, denn praktisch im gleichen Sekundenbruchteil begann auf dem Instrumentenpult eine rote Lampe zu blinken. Und wahrscheinlich nicht nur dort.

Borghorst bemerkte es im gleichen Augenblick wie er. Er verdrehte die Augen. »Was schiefgehen kann, geht schief, wie?« fragte er. »Na gut, jetzt haben wir nichts mehr zu verlieren.«

Mit einer groben Bewegung drehte er den Wachmann auf den Rücken. »Also gut, Freundchen«, sagte er. »Mach keine Dummheiten. Wie kommen wir hier raus?«

»Überhaupt nicht«, antwortete der Wachmann. »Was habt ihr drei Idioten hier überhaupt zu suchen? Hier gibt es nichts zu stehlen.«

»Was tun Sie da?« fragte Leismann nervös. »Wir müssen weg!«

»Ihr Kumpel hat recht«, sagte der Wachmann. Seine Stimme war ganz ruhig. Er lächelte sogar. »In drei Minuten wimmelt es hier von meinen Kollegen. Ihr habt keine Chance, hier rauszukommen. Also macht lieber keine Dummheiten, gebt lieber auf.«

Borghorst starrte ihn aus brennenden Augen an. Aber er sagte nichts, sondern griff plötzlich unter die Jacke, zog ein paar Handschellen hervor und ließ sie um die Handgelenke des Wächters schnappen. »So, nur damit du nicht auf dumme Ideen kommst. Und jetzt raus hier!«

»Zu spät«, sagte Leismann. Er deutete auf den Monitor, auf dem der Gang vor dem Wachraum zu sehen war. Drei weitere Wachleute waren dort aufgetaucht. Und diesmal *rannten* sie. Einer von ihnen hielt eine großläufige Pistole in den Händen.

»Tür zu!« schrie Borghorst.

Leismann sah ihn irritiert an. »Aber sie ist doch –«

Borghorst sprang auf, stieß ihn so grob zur Seite, daß er stolperte, warf sich mit der Schulter gegen die Tür und drehte gleichzeitig den Schlüssel herum. Keine Sekunde zu früh, denn praktisch im gleichen Moment erbebte die Tür unter dem Anprall eines schweren Körpers. Ein wütender Schrei erscholl, dann wurde gegen die Tür geschlagen, und eine gedämpfte, aber sehr herrische Stimme verlangte: »Aufmachen! Sofort!«

»Toll«, sagte Borghorst. »Wirklich toll. Das haben wir toll hingekriegt. Wir drei sind schon Klasse.« Er half Leismann auf die Füße und deutete mit einer Kopfbewegung auf die Monitorwand. »Sehen Sie zu, daß Sie die Dinger irgendwie in Gang kriegen. Wir haben jetzt nichts mehr zu verlieren.«

»Ihr habt aber auch nichts mehr zu gewinnen«, sagte der Posten vom Boden aus. Seine Stimme klang heiter. Beinahe fröhlich. »Was habt ihr euch eigentlich davon versprochen, ihr Pfeifen? Eine Sondereintrittskarte in den Knast?«

Borghorst ignorierte ihn. Mit einem raschen Schritt trat er neben Leismann und sah zu, wie dieser einen Monitor nach dem anderen in Betrieb nahm. Die meisten zeigten leere, kaum beleuchtete Korridore oder einfach nur verschlossene Türen, auf die die entsprechende Kamera gerade gerichtet war. Nur auf einem war ein Bild zu sehen, das anders war: Es zeigte einen großen Raum, der mit komplizierten technischen Gerätschaften vollgestopft war und in dem sich ein knappes Dutzend Männer und Frauen in weißen Kitteln aufhielt. Alle trugen kupferfarbene Schutzbrillen.

Wieder wurde gegen die Tür gehämmert. Yaegher sah auf den Monitor, auf dem der Gang zu sehen war. Jetzt waren es fünf Männer, die sich vor der Tür aufgebaut hatten. Einer davon machte sich am Schloß zu schaffen, allerdings mit wenig Erfolg. Die anderen standen ziemlich ratlos herum. Bis auf einen, der einen Schritt zurückgewichen war und den Kopf gehoben hatte, so daß er genau in die Kamera sehen konnte.

»Hört mir zu, ihr da drinnen«, sagte er. »Ich weiß nicht, wer ihr seid oder was ihr wollt. Aber was immer es ist, ihr werdet es nicht bekommen. Ihr habt keine Chance. Also seid vernünftig und kommt raus.«

»Aber sicher«, sagte Borghorst spöttisch. »Wir ergeben uns, und dann reden wir in aller Ruhe über alles, wie?«

Als hätte er ihn verstanden, fuhr der Mann draußen auf dem Flur fort: »Hört zu. Uns ist nicht daran gelegen, großes Aufsehen zu erregen. Wenn ihr unserem Kollegen nichts getan habt, verspreche ich euch, daß wir die Polizei raushalten, okay? Wir regeln das unter uns.«

»Darauf wette ich«, knurrte Borghorst. »Sie werden uns garantiert kein Haar krümmen. Außer daß sie uns vielleicht ein bißchen das Gehirn aus dem Schädel brennen, wie?« Er wandte sich zu Yaegher um. »Können Sie irgend etwas tun?«

»Was denn?« fragte Yaegher.

»Das weiß ich auch nicht, verdammt noch mal!« polterte Borghorst los. »Ich dachte, Sie ... Sie könnten –«

Er deutete mit einem Handwedeln auf die Bildschirme und sprach nicht weiter.

Auch Yaegher konzentrierte sich wieder auf die Überwachungsanlage. Auf den ersten Blick schien sich nichts geändert zu haben, aber wenn man genauer hinsah, bemerkte man es doch. Die Korridore und Flure waren nicht mehr leer. Gestalten in dunkelblauen Phantasieuniformen waren darin zu sehen, und auch das ausgelassene Treiben der Party hatte sich verändert. Man sah es nur, wenn man genau hinsah, dann aber sehr deutlich: Einige Gesichter wirkten unter der aufgesetzten Fröhlichkeit angespannt. Ein paar der breitschultrigen Herren in den dunkelblauen Maßanzügen bewegten sich plötzlich, telefonierten, sprachen in kleine Handfunkgeräte oder tuschelten miteinander. Dort ging etwas vor.

»Seid vernünftig!« sagte der Mann auf dem Korridor. »Ihr habt keine Chance. Also macht es nicht noch schlimmer, und kommt raus.«

»Wissen Sie, was das Schlimmste ist?« fragte Borghorst. »Der Kerl hat recht. Wir kommen hier wirklich nicht mehr raus.«

»Und sie nicht rein«, sagte Leismann.

»Das brauchen sie auch nicht«, knurrte Borghorst. Er deutete auf das TNT-Testbild. Die Digitalanzeige war bei 23:21 angekommen. »Sie müssen nur warten. Noch gut zwanzig Minuten, und die ganze Geschichte ist vorbei.«

Sie würden nicht warten. Yaegher wußte es plötzlich. Sein Denken hatte sich irgendwie zweigeteilt. Da war das, was er sah, hörte und fühlte, und parallel und unabhängig davon das, was er *wußte*, ohne daß es irgendeiner logischen oder sonstigen Begründung bedurfte. Sie würden nicht warten. Aus irgendeinem Grund, der ihm nicht klar war, *konnten* sie nicht warten.

Und sie warteten auch nicht.

Der Mann draußen auf dem Flur versuchte jedenfalls nicht weiter, sie zum Aufgeben zu bewegen, sondern trat an ein Telefon, das an der Wand befestigt war. Er tippte eine Nummer ein und sprach einige Sekunden in den Hörer, dann hängte er ein.

»Ich nehme an, jetzt fahren sie die großen Geschütze auf«, sagte Leismann. Er war unbemerkt neben ihn getreten und hatte die Szene auf dem Monitor ebenfalls verfolgt. Yaegher zuckte mit den Schultern. Was sollte er auch antworten? Leismann hatte recht. Etwas... geschah. *Jetzt.*

Sein Blick irrte mit wachsender Verzweiflung über die Monitore. Die Antwort auf all seine Fragen war darauf irgendwo zu sehen, das wußte er, aber er wußte nicht, wo sie war, und er wußte auch nicht, wie sie aussah.

»Was ist denn das?« fragte Leismann. Stirnrunzelnd sah er auf den Bildschirm, der das Labor mit den weißbekittelten Männern und Frauen zeigte. Er schien ihn erst jetzt zu bemerken. »Merkwürdig.«

»Was?« fragte Yaegher.

»Dieses Bild. Was ist das?«

»Die Sendezentrale, nehme ich an.«

»Ausgeschlossen.« Leismanns Antwort kam wie aus der Pistole geschossen. »Das kann auf keinen Fall hier im Haus sein. Nicht einmal in der Stadt.«

»Warum?« fragte Borghorst.

»Sehen Sie diesen Computer?« Leismann deutete auf eine sonderbare Konstruktion im Hintergrund des Bildes, von der Yaegher bisher nicht angenommen hatte, daß es ein Computer war. Sie sah nicht aus wie ein Computer, sondern wie ein aufrecht stehender, ins Absurde vergrößerter Hufeisenmagnet von schreiend roter

Farbe. »Das ist eine CRAY. Der leistungsfähigste Computer, der je gebaut wurde. Es gibt nur drei Stück davon auf der Welt. Ich hätte es bestimmt erfahren, wenn sie einen davon hierhergebracht hätten.«

»Vielleicht haben sie einen vierten gebaut«, sagte Borghorst.

»Sicher. Wenn sie ungefähr eine Milliarde Dollar, fünfhundert Spezialisten und etwa drei Jahre Zeit gehabt hätten...« Leismann schüttelte den Kopf. »Nein.«

»Diese drei CRAY-Computer – wo stehen sie?« fragte Yaegher.

»In Amerika«, antwortete Leismann. »Einer bei –«

»Jetzt hört mir mal zu, ihr da drinnen«, drang die Stimme des Wachmannes durch die Tür. »Das ist jetzt eure letzte Chance. Kommt raus und sagt uns, was ihr vorhabt, und vor allem, wer euch *geschickt* hat, und wir regeln das irgendwie. Mein Ehrenwort!«

»Vielleicht hat er recht«, murmelte Leismann. »Ich meine, wir... wir könnten ihnen irgendeine Geschichte erzählen, und... und sie lassen uns vielleicht wirklich laufen.«

»Wie bitte?« fragte Yaegher.

»Möglicherweise schon«, sagte nun auch Borghorst. »Was können wir ihnen schon tun? Niemand nimmt uns doch diese verrückte Geschichte ab.«

Auf einmal hatte ihn sein Gespür im Stich gelassen. Auch Yaegher war plötzlich felsenfest davon überzeugt, daß sie den Männern in den blauen Uniformen dort draußen trauen konnten. Leismann hatte recht, und Borghorst auch – sie *konnten* ihnen irgendeine hanebüchene Geschichte erzählen, und sie *würden* ihnen glauben und sie laufenlassen, denn sie konnten es sich leisten, ihnen zu glauben. Zugleich wußte er sehr wohl, daß sie das natürlich nicht tun würden. Zumindest nicht, ehe sie ihnen nicht – wie Borghorst es formuliert hatte – das Gehirn aus dem Schädel gebrannt hatten.

»Das ist eine Falle!« sagte er. »Wehrt euch! Glaubt ihnen nicht!« Und dann fuhr er herum, stürzte an das Pult und schaltete einen Monitor nach dem anderen ab.

Bis auf einen. Der Fernseher mit den TNT-Emblemen ließ sich nicht abschalten. Es gab keinen Knopf für den Monitor. Yaegher sah sich einige Sekunden lang verzweifelt nach etwas um, womit er ihn zerschlagen konnte, und hielt dann inne.

Es hatte keinen Sinn, das Gerät zu zerstören. Die Droge hatte bereits gewirkt, und sie würde weiter wirken, ob er das Medium, das sie transportiert hatte, nun zerstörte oder nicht.

Aber vielleicht war das zugleich auch ihre Rettung. Vielleicht hatten sie einen Fehler gemacht, als sie auf *diese* Weise angriffen; denn es war vielleicht die einzige, auf der er ihnen wirklich überlegen war. Oder zumindest ebenbürtig. Er versuchte mit aller Macht, eine Tür herbeizuzwingen, gleich dort, neben dem Stahlregal mit den Monitoren, eine Tür, die ins Freie und zu einer Treppe führte. Es ging nicht. Wie es schon einmal nicht gegangen war.

Während sich Borghorst und Leismann, noch zögernd und sichtlich verwirrt über ihr eigenes Verhalten, der Tür näherten, um sie zu öffnen und das Wachpersonal hereinzulassen, versuchte Yaegher für eine Sekunde Ruhe in seinem Bewußtsein zu schaffen. Wenn er die innere Logik dieser Geschichte durchschaute, hatten sie vielleicht noch eine Chance. Der Angriff erfolgte direkt über und *mit* dem Fernseher, und der Fernseher –

– war der Ausweg!

»Lauft!« brüllte er. Gleichzeitig packte er Borghorst und Leismann jeweils an den Armen, stürmte los und zerrte sie einfach mit sich.

Die beiden waren viel zu überrascht, um zu begreifen, was er vorhatte; geschweige denn, sich zu wehren. Haltlos stolperten sie gemeinsam auf das Pult und den Fernsehschirm zu, aber der Fernseher war auf einmal kein kleiner Monitor mehr, sondern eine gewaltige, himmelhohe Wand voller fließender Farben und Licht, und während sie sich ihr näherten, dehnte sie sich immer weiter und weiter aus, wuchs gleichzeitig in Höhe und Breite –

– und war verschwunden.

Sie schwebten in einem gewaltigen, leeren Nichts. Endlos weit entfernt glaubte Yaegher einen schattenhaften Umriß zu erkennen, ein formloses Etwas von schier unvorstellbarer Größe und Struktur. Es schleuderte Blitze, hell wie die Sonne, aber sonderbar langsam, wie Laserschnüre in einem Science-fiction-Film, dessen Regisseur sich entschlossen hat, um des dramatischen Effektes willen auf Realismus zu verzichten. Die Blitze zeichneten lang nachglühende Bahnen in die Dunkelheit, die sie umgab, verfehlten sie in großer Entfernung und flackerten immer wieder und wieder auf. Nach einer Weile drehte sich Yaegher um, ohne die beiden anderen loszulassen, und sah ihnen nach.

Das Universum hinter ihnen war so groß wie das vor ihnen, aber es war nicht leer. Es schien nur so. Eine ungeheuerliche Mauer aus schwarzen Planeten füllte den Raum hinter ihnen aus, unregelmäßig geformte, satanische Gebilde von der Farbe der Nacht, die aber immer dann, wenn sie von den Blitzen getroffen wurden, rot und grün und blau aufleuchteten und wieder erloschen. Und plötzlich wußte Yaegher, wo sie waren.

Gleichzeitig erkannte er auch die Gefahr, in der sie sich befanden. Das Gefühl, schwerelos im Nichts zu schweben, täuschte. In Wahrheit war es ein rasender Sturz, den sie nur nicht wahrnehmen konnten, weil sie ihn nicht sahen und weil es keinen Luftwiderstand gab. Irgendwann würden sie aufschlagen und zerschmettern, falls ihr Blut nicht vorher zu kochen begann und ihre Körper in dem Vakuum um sie herum einfach explodierten ... Sie mußten hier raus.

Weiter.

Der Gedanke allein hatte gereicht. Plötzlich war wieder Helligkeit rings um sie herum. Yaegher sah den Boden auf sie zurasen, ließ die beiden anderen los und konnten gerade noch die Beine an den Leib ziehen, um dem Aufprall die allergrößte Wucht zu nehmen. Trotzdem überschlug er sich zwei-, dreimal, ehe er gegen etwas Hartes prallte und halb benommen liegenblieb.

Es dauerte eine Weile, bis er sich wieder aufrichtete. Er hatte rasende Kopfschmerzen. Das Pochen und Rauschen in seinen Ohren wurde lauter, und er spürte, wie ihm das Blut aus Nase, Ohren und Augenwinkeln lief. Alles, was er sah, war wie hinter einem roten Schleier verborgen.

Borghorst und der Professor lagen nicht weit von ihm auf dem Boden und hatten mit den gleichen Schwierigkeiten zu kämpfen wie er. Ihre Gesichter waren blutüberströmt, und Borghorst preßte die Handflächen gegen die Schläfen und stöhnte ununterbrochen. Sehr viel länger hätten sie nicht dort drinnen bleiben dürfen, obwohl es – wenn er bedachte, wie extrem langsam der Kathodenstrahl gewesen war – in Wirklichkeit nicht einmal eine halbe Sekunde gewesen sein konnte. Aber wenn Gott gewollt hätte, daß der Mensch im Vakuum leben kann, dachte er sarkastisch, dann hätte er ihm eine Haut aus Plastik und einen Kopf unter einem Goldfischglas gegeben.

Er stand auf, ging zu Borghorst hinüber und sah ihm ins Gesicht. »Alles okay?«

»Nichts ist okay«, stöhnte Borghorst. Er nahm die Hände herunter, und Yaegher erschrak, als er sein Gesicht sah. Seine Haut war teigig und aufgedunsen und von einem Netz aus Tausenden winziger geplatzter Äderchen durchzogen. Das Weiße in seinen Augen war verschwunden und hatte einem unangenehmen, schlierigen Rosa Platz gemacht. Aber nach Borghorsts Blick zu urteilen, bot er selbst wohl auch keinen erfreulicheren Anblick.

»Wo sind wir?« fragte Leismann. Seine Augen weiteten sich in fassungslosem Staunen, als er sich umsah. Und auch Yaegher konnte sich eines Schauderns nicht erwehren, obwohl *er* wußte, wo sie sich befanden.

Ihre Umgebung glich dem Alptraum eines Architekten, der nebenher auch noch Elektronik studiert hatte; und der mit der euklidischen Geometrie auf dem Kriegsfuß stand. Der Boden war von einem kräftigen, dunklen Grün, aber keineswegs glatt, wie Yaegher angenommen hatte, sondern gewellt und von Furchen, Gräben, Rissen und Schlünden durchzogen. Gewaltige Wülste aus schimmerndem Kupfer, Silber und Zinn durchzogen diese Welt wie grob zusammengeschweißte Gebirge, kreuzten sich überall und trennten sich wieder, waren manchmal zu spitzen Gipfeln mit geschwärzten Flanken aufgeworfen und verschwanden dann jäh in kreisrunden, unvorstellbar tiefen Abgründen. In der Ferne erhob sich die Skyline einer bizarren Wolkenkratzerstadt aus Transistoren und Dioden, und zur Linken ragte eine unvorstellbar große, gewaltige Masse aus schwarzem Glas in den Himmel. Das Licht kam aus zahllosen, winzigen Sonnen, die nicht nur über ihnen, sondern rings um sie herum in einem unverständlichen Rhythmus aufleuchteten und erloschen, so daß sie mal keinen, dann wieder ein Dutzend verschiedener Schatten in verschiedene Richtungen zugleich warfen.

»Aber das ist doch unmöglich!« krächzte Leismann.

Yaegher ersparte es sich, darauf zu antworten. Sie bewegten sich schon längst nicht mehr in der Welt des Möglichen oder Unmöglichen, sondern in der des Denkbaren und Undenkbaren. Im Grunde hatte Leismann dies längst begriffen, aber es erging ihm nicht anders als Yaegher selbst am Anfang – er weigerte sich, das zuzugeben.

»Erklärt mir nichts«, sagte Borghorst erschüttert. »Ich will gar nicht wissen, wo wir hier sind. Ich schätze, ich drehe völlig durch, wenn ihr es mir sagt.«

Er stand auf. Yaegher half ihm dabei, und erst nachdem er es getan hatte, fiel ihm auf, daß er dazu *beide* Hände benutzt hatte. Verblüfft sah er an sich hinab und stellte fest, daß seine rechte Hand zwar ihre normale Farbe nicht zurückbekommen hatte, trotzdem aber völlig beweglich war.

»Wie kommen wir hier wieder raus?« fragte Borghorst.

Yaegher drehte sich zu Leismann um. »Ich schätze, das wissen Sie besser als ich.«

Im ersten Moment schien es, als hätte Leismann die Frage gar nicht gehört. Er saß noch immer da und starrte aus schreckgeweiteten, rosafarbenen Augen in die Runde. Aber dann hob er die Hand und deutete in die Richtung, in der sich die Türme der Transistorstadt über der Ebene erhoben. »Dort. Ich ... ich hoffe es wenigstens. Aber ich weiß nicht, wie wir ...«

»Das erledige ich«, unterbrach ihn Yaegher. Eine dünne, boshafte Stimme in seinen Gedanken fragte ihn, woher er die Überzeugung nahm, das zu können, aber er brachte sie mit einem ärgerlichen Befehl zum Schweigen, und zog Leismann auf die Füße, wie er es zuvor auch mit Borghorst getan hatte. »Kommen Sie. Ich möchte nicht zu lange hier drinnen bleiben.«

Sie marschierten los. Es war schwerer, als er geglaubt hatte. Die meisten der autobahnbreiten Lötbahnen, über die sie hinwegklettern mußten, waren zwar kaum kniehoch, aber sie waren glatt wie poliertes Glas, und manchmal gab es Hindernisse, die sie nicht überklettern konnten, sondern in weitem Bogen umgehen mußten. Zwei oder dreimal wagten sie es nicht, den Fuß auf eine der Leiterbahnen zu setzen, denn sie vibrierte und summte und war von einer unheimlichen, nicht wirklich erkennbaren Bewegung erfüllt.

»Was passiert eigentlich, wenn jemand den Apparat ausschaltet?« fragte Leismann nach einer Weile. »Oder zerschlägt?«

Borghorst wurde blaß, aber Yaegher hob nur die Schultern. »Das weiß ich nicht. Wahrscheinlich nicht viel. Ehrlich gesagt, habe ich viel mehr Angst, daß jemand etwas ganz anderes tut.«

»Und was?«

Die Antwort auf diese Frage kannte Yaegher auch nicht. Aber sie bekamen sie knapp eine halbe Stunde später – in der Welt draußen, deren Bewohner sich tatsächlich einbildeten, sie wäre die *Realität*, konnten allerhöchstens ein paar Sekunden vergangen sein. Allmählich begannen sie die Anstrengungen des Marsches zu spüren. Transistorville war noch nicht sichtbar näher gekommen, und Yaegher dachte schon eine geraume Weile über einen schnelleren Weg nach, diesem High-Tech-Alptraum irgendwie zu entkommen, ohne den Männern, die zweifellos auf der anderen Seite des Fernsehschirmes auf sie warteten, direkt in die Arme zu laufen, als Borghorst plötzlich stehenblieb und aus eng zusammengekniffenen Augen nach rechts schaute.

»Da bewegt sich was.«

Erschrocken blickte Yaegher in dieselbe Richtung. Im ersten Moment sah er nichts und dachte schon, Borghorst hätte sich getäuscht. Aber dann waren auf einmal zwei, drei, vier winzige weiße Lichtpunkte zwischen den Türmen der Diodenstadt erschienen. Sie bewegten sich; anders als die flackernden Lichter, die diese unheimliche Welt erhellten. Sie bildeten eine Kette und schwenkten ganz allmählich in ihre Richtung. Es sah aus wie eine Kolonne von Motorrädern, dachte Yaegher schaudernd, die die Stadt verlassen und auf die Autobahn fahren.

»Was ist das?« murmelte Leismann.

»Das, was ich befürchtet habe«, sagte Yaegher düster. »Ich schätze, sie haben begriffen, was ich getan habe, und antworten auf dieselbe Weise.«

»Und wahrscheinlich beherrschen sie dieses Spielchen ein bißchen besser als Sie«, fügte Borghorst hinzu.

»Das wird sich erst noch zeigen«, sagte Yaegher. »Los! Lauft! Und bleibt weg von den Bahnen!«

Während sie mit weit ausgreifenden Schritten davonstürmten, sahen sich die drei immer wieder um. Die scheinbare Langsamkeit ihrer Verfolger täuschte. Sie waren alles andere als langsam, sondern rasend schnell, und es *waren* Motorräder, vielleicht schon allein deshalb, weil sich Yaegher sie als solche vorgestellt hatte, als er sie das erste Mal sah. Aber während er und die beiden anderen einfach geradeaus stürmten, schienen sie aus irgendeinem Grund gezwungen zu sein, den Zinnbahnen zu folgen, die in scheinbar willkürlichem Hin und Her über die Platine gezogen waren.

Trotzdem kamen sie näher.

Und während sie das taten, erkannte Yaegher zweierlei. Zum einen wußte er, wer die Gestalt war, die im Sattel der vorderen Maschine hockte und eine anderthalb Meter lange Kette schwang: Steiger. Sein Gesicht war bis zur Unkenntlichkeit verkohlt, und sein rechtes Bein schien ein paar zusätzliche Gelenke bekommen zu haben, aber das hinderte ihn nicht daran, seine Maschine in wahnwitzigem Tempo heranrasen zu lassen. Das andere war, daß die Motorräder gar keine richtigen Motorräder waren, und das war auch der Grund, weswegen sie den Leiterbahnen folgen mußten. Sie sahen aus wie schwere Motorräder, aber sie hatten keine Räder, sondern große, silberne, ständig ihre Form verändernde... *Etwas*, die nicht über das Zinn rollten, sondern irgendwie Teil davon zu sein schienen.

»Wir müssen sie aufhalten!« schrie Yaegher. »Leismann! Können wir irgendwie einen Kurzschluß bauen?«

Leismann sah sich um, während er weiterrannte, und änderte plötzlich seine Richtung. Borghorst kreischte mit überschnappender Stimme: »Sind Sie wahnsinnig? Wir werden alle draufgehen!«

Weder Leismann noch Yaegher achteten auf ihn. Leismann rannte mit weit ausholenden Sätzen auf ein braungrünes Etwas von der Größe und ungefähren Form eines Ölfasses zu, das an zwei unterarmstarken Kupferdrähten aus dem Boden wuchs. »Helft mir!« keuchte er. »Wir müssen es abbrechen. Schnell!«

Er begann wie von Sinnen an dem Faß zu rütteln. Es bewegte sich tatsächlich. Die Kupferstangen besaßen nicht einmal einen Bruchteil der Stabilität, nach der sie aussahen. Sie bogen sich durch, zumal Yaegher ihm nach Kräften half. Borghorst rührte sich nicht.

»Verdammt noch mal, helfen Sie uns!« befahl Yaegher. Die Motorräder befanden sich noch einige hundert Meter entfernt. Die Form der Lötbahn zwang sie zu einem gewaltigen Umweg, aber sie würden trotzdem in ein paar Sekunden heran sein.

Yaegher glaubte bereits das tückische Funkeln in Steigers Augen erkennen zu können.

Borghorst schüttelte stur den Kopf. »Ich bin doch nicht lebensmüde!« sagte er. »Glaubt ihr, ich will einen Schlag kriegen?«

Yaegher stemmte sich mit verzweifelter Kraft gegen den Transistor. Er zitterte und schwankte unter dem Druck, den Leismann und er auf ihn ausübten, aber das reichte nicht ganz.

»Um Gottes willen, helfen Sie uns!« schrie Leismann. »Sie können hier wirklich keinen elektrischen Schlag bekommen! Wenn das überhaupt möglich wäre, wären wir sowieso längst tot!«

Borghorst zögerte noch immer. Unentschlossen blickte er zu den heranrasenden Motorrädern zurück – noch fünfzig Meter, schätzte Yaegher –, dann gab er sich einen sichtbaren Ruck und warf sich mit aller Kraft direkt neben Leismann gegen den Transistor. Es knirschte, eine der Kupferstangen brach ab, und Leismann, Yaegher und Borghorst stürzten gleichzeitig zu Boden.

Yaegher fiel auf den Rücken und erstarrte, als er begriff, daß sein Gesicht und seine rechte Schulter nur Zentimeter vom zersplitterten Ende der Kupferstange entfernt waren. Ein elektrisches Summen erfüllte die Luft. Die Spannung war so stark, daß er sie fühlen konnte wie Tausende unsichtbarer Spinnenbeine, die über sein Gesicht krabbelten. Zischende Funken stoben aus dem abgebrochenen Draht, aber es waren keine einfachen Lichtpunkte, sondern filigrane, leuchtende Gebilde, zerbrechlichen Eiskristallen gleich, die aus purem Licht bestanden und Hunderte von winzigen, vielfach verästelten Armen hatten. Beinahe anmutig erhoben sie sich aus dem Draht und führten für einige Sekunden einen komplizierten Tanz in der Luft unmittelbar über Yaeghers Gesicht auf, und obwohl er wußte, daß die winzigste Berührung eines dieser grazilen Gebilde ausreichen würde, ihn auf der Stelle zu töten, schlug ihre überirdische Schönheit ihn für ein paar Augenblicke so sehr in ihren Bann, daß er nicht einmal Angst hatte.

Irgendwo hinter ihm erscholl ein gellender Schrei: Yaegher sah auf und erkannte, daß auch über dem Lötzinn-Highway Funken tanzten. Aber die waren anders als diese hier, nicht von orangeroter und weißer Farbe, sondern von einem stechenden, bösartigen Blau, und sie umkreisten Steiger und die drei anderen Motorradfahrer wie ein Schwarm angreifender Wespen.

Aus den Motorrädern schlugen Flammen. Die schimmernden Un-Objekte, die sie anstelle von Rädern hatten, verloren auch noch das letzte bißchen Form und flossen auseinander wie große Quecksilberklumpen. Eine der Maschinen überschlug sich und warf ihren Fahrer ab wie ein bockendes Pferd, die anderen fielen einfach um. Aber die Männer stürzten nicht einfach zu Boden, denn auch dieser hatte sich verflüssigt und kochte. Schreiend und verzweifelt um sich schlagend versanken sie in dem flüssigen Zinn wie in einem tödlichen Spiegelsumpf. Aus ihren Kleidern und den Haaren begannen Flammen zu schlagen. Yaegher sah rasch weg.

Er wagte es erst, aufzustehen, als das Kribbeln auf seinem Gesicht allmählich nachließ und auch keine Funken mehr aus dem abgebrochenen Kupferdraht stiegen. Trotzdem rutschte er ein gutes Stück weit auf dem Rücken davon, ehe er sich behutsam aufrichtete und mit ein paar schnellen Schritten die Entfernung zwischen sich und dem Draht noch weiter vergrößerte.

Borghorst war bereits auf den Füßen und spießte ihn und Leismann mit Blicken regelrecht auf. »Ich denke, man kann hier keinen elektrischen Schlag bekommen?« fragte er.

»Das war gelogen«, sagte Leismann ruhig. »Irgendwie mußte ich Sie ja schließlich dazu bringen, uns zu helfen. Allein hätten wir es nicht geschafft.«

Borghorsts Gesicht verdüsterte sich noch weiter. Für einen kurzen Augenblick war Yaegher fast davon überzeugt, daß er die Fäuste ballen und sich auf den Professor stürzen würde, aber dann drehte er sich wortlos mit einem Ruck um und starrte wieder die Leiterbahn hinter ihnen an.

Das Zinn hatte aufgehört zu kochen und war wieder erstarrt. Die Motorräder waren verschwunden, und auch von zweien ihrer Fahrer war keine Spur mehr zu sehen. Der dritte lag mit dem Gesicht nach unten in der erstarrten Masse. Und Steiger war noch am Leben.

Im allerersten Moment weigerte sich Yaegher einfach, zu glauben, was er sah. Steiger steckte bis zur Brust in geschmolzenem und wieder erstarrtem Zinn. Seine rechte Seite – Brust, Arm, Schulter, Hals und Gesicht waren verspiegelt, aber das linke, sehende Auge starrte ihn voll von loderndem Haß an, und die Hälfte seines Mundes, die sich bewegen konnte, versuchte Worte zu formen. Er sprach, aber es waren Laute wie aus Metall, keine menschliche Stimme, sondern etwas, das entsetzlicher war als alles, was Yaegher je zuvor im Leben gehört hatte.

»Wir kriegen dich!« krächzte er. »Du entkommst uns nicht. Wir sind besser als du!« Seine Hand, halb in Silber eingeschmolzen, das sie wie ein blitzender Handschuh umhüllte, halb eine verbrannte Klaue, fuhr mit einem schrecklichen, klirrenden Scharren über das Zinn.

»Nein!« stöhnte Yaegher. »Hör auf! Verschwinde!«

»Wir ... kriegen dich«, wimmerte Steiger. »Wir sind besser als du, hörst du? Besser als –«

»HÖR auf!« brüllte Yaegher, der halb wahnsinnig war vor Grauen. *»Verschwinde! VERSCHWINDE!«*

Steiger verschwand. Das Zinn in seiner unmittelbaren Umgebung wurde wieder flüssig, und plötzlich sah es aus, als ob eine Riesenhand nach ihm griffe und ihn mit einem einzigen, harten Ruck in die Tiefe zerrte. Eine Sekunde lang brodelte und zuckte das Zinn noch, dann schloß sich die silberne Masse mit einem satten, schmatzenden Laut wieder und erstarrte.

»Gütiger Gott!« flüsterte Leismann. »Wie haben Sie das gemacht?«

Wie schon so oft in letzter Zeit bestand Yaeghers Antwort auch jetzt aus einem Achselzucken und einem Blick, in dem sich eine Furcht spiegelte, deren wahres Ausmaß er gerade erst zu erahnen begann. »Ich weiß es nicht«, sagte er. »Ich ... ich habe es einfach getan. Ich wollte es, und da habe ich es getan, einfach so. Verstehen Sie?«

Zu seiner Überraschung nickte Leismann, wenn auch erst nach spürbarem Zögern und auf eine Art, in der mindestens ebensoviel Furcht lag wie in Yaeghers Blick. »Ja«, sagte er. »Ich glaube, ich fange allmählich an, es zu verstehen.«

»So?« Borghorst fuhr sich nervös mit der Hand über das Kinn. »Dann erklären Sie es mir bitte auch, bevor ich den Verstand verliere. Ich verstehe nämlich nichts mehr.« Sein Blick hing gebannt an der mattsilbernen Masse, die Steiger und die anderen gerade eben verschlungen hatte.

»Er kann hier alles tun, was er will«, sagte Leismann. »Dies hier ist *seine* Welt, verstehen Sie?«

»Nein«, antwortete Borghorst. Sein Blick torkelte wie ein verwirrter Schmetterling zwischen Yaegher und Leismann hin und her, ohne irgendwo Halt zu finden.

»Nichts von alledem hier geschieht wirklich.« Leismann tippte sich mit der Spitze seines kleinen Fingers an die Stirn. »Es findet nur hier oben statt, und deshalb hat er die Macht eines Gottes.«

»Aber wenn es nur...« Borghorst hatte sichtbare Mühe, dem Gedanken zu folgen. »...wenn es nur ein Traum ist, *Yaeghers Traum*, wieso...«

»Haben wir dann daran teil?« Leismann hob die Schultern. »Woher zum Teufel soll ich das wissen?«

So war es nicht. Leismann hatte recht und unrecht zugleich. Sie waren *wirklich* hier. Ihre Umgebung war so real wie die Gefahren, die sie beinhaltete, und vielleicht hatte er die Macht eines Gottes, aber wenn, dann war es nur die dunkle, destruktive Seite dieser Macht – die Macht, zu zerstören und zu vernichten, nicht die, zu schaffen und zu heilen.

Und er *wollte* es. Es war wie gestern auf dem Parkplatz, als er Steiger das erste Mal getötet hatte. Das Geschehen entsetzte ihn, aber zugleich heulte ein uralter, düsterer Teil seiner Seele auch auf wie ein wildes Tier, das nach Ewigkeiten endlich Blut schmeckte und nach mehr schreit und an seinen Ketten zerrte. Noch hielten sie, aber er wußte nicht, wie lange noch.

»Wenn es wirklich so ist, dann... dann kann uns ja gar nichts passieren«, sagte Borghorst. »Ich meine, es ist sein Traum, oder nicht? Er kann uns nichts anhaben!«

»Genau«, sagte Leismann düster. »So wenig, wie vorhin in meinem Haus.«

Borghorst wurde noch bleicher, aber er gab nicht auf. »Aber vielleicht kann er uns hier herausbringen«, sagte er. »Wenn er alles kann, dann kann er sicher auch das.« Er fuhr auf dem Absatz zu Yaegher herum. »Das können Sie doch, oder? Sie können uns doch hier wieder herausbringen?«

Yaegher sah ihn nur traurig an. Wahrscheinlich konnte er es, und wahrscheinlich war es tatsächlich so, wie Leismann vermutete, und er konnte hier so ziemlich *alles* tun, solange er sich an gewisse Spielregeln hielt. Wahrscheinlich war es nicht einmal Leismanns »Kurzschluß« gewesen, der Steiger und die drei anderen getötet hatte, sondern jene furchtbare Macht, die irgendwo tief in ihm schlummerte. Er hatte Leismanns Hilfe wahrscheinlich nur gebraucht wie ein Hypochonder ein Placebo.

Er *konnte* sie hier herausschaffen. Er konnte sie bringen, wohin er wollte. Aber zugleich hatte er auch beinahe panische Angst davor, das zu tun: die grauenhafte Macht in seinem Inneren zu entfesseln, eine Kraft, von der er nicht wußte, ob *sie* nicht am Ende Gewalt über *ihn* erlangen würde, wenn er sie einmal zu oft benutzte.

»Versuchen Sie es wenigstens«, sagte Leismann. Anders als Borghorst schien er zumindest zu ahnen, was in Yaegher vorging. »Wir dürfen nicht zu lange hierbleiben.«

»Wir haben Zeit«, antwortete Yaegher. »Bis sie merken, was passiert ist, vergehen hier Stunden.«

»Sind Sie sicher, daß Sie dann noch zurück können?« fragte Leismann.

An diese Möglichkeit hatte Yaegher noch gar nicht gedacht, aber sie war da, und sie war sogar äußerst real: daß er nämlich den Weg zurück gar nicht mehr finden würde, wenn er sich zu lange in der Welt des Denkbaren aufhielt. Oder daß er sie dann vielleicht auch nicht mehr finden *wollte*.

Er blickte auf seine rechte Hand hinab. Keiner seiner Besuche auf der anderen Seite der Wirklichkeit war folgenlos geblieben. Solange er hier war, spürte er nichts, aber es konnte sein, daß er bei seiner Rückkehr feststellen mußte, daß der Preis diesmal ein wenig zu hoch gewesen war.

»Es wird nicht besser, wenn Sie warten«, sagte Leismann. Er hatte seinen Blick richtig interpretiert.

»Ich weiß«, flüsterte Yaegher. Leismann hatte recht. Jede Sekunde länger, die sie hierblieben, machte es nur schlimmer. Und sie verstrich auch auf der anderen Seite, auch wenn sie dort vielleicht hundert- oder tausendmal so lange dauerte; sie verstrich, und ihre Frist lief ab.

»Ich versuche es«, sagte er. »Aber das ist nicht so einfach. Ich muß mich an die Regeln halten.«

Diesmal verstand Leismann offenbar doch nicht, was er damit meinte. Aber er gab sich mit dem zufrieden, was er begriff, und machte eine auffordernde Geste. »Und wie?«

Yaegher sah sich unschlüssig um. »Der Kurzschluß«, sagte er, »hat er alles zerstört, oder funktioniert das Gerät noch?«

»Sicher«, antwortete Leismann. »Warum?«

Yaegher überlegte angestrengt. Die Idee war noch diffus und vollkommen absurd. Aber eigentlich auch nicht absurder als das meiste, was er in den letzten Tagen erlebt hatte. »Das Empfangsteil. Glauben Sie, daß es noch funktioniert und daß Sie es finden?«

»Ja, ja und nein«, antwortete Leismann. »Ja, es funktioniert noch, ja, ich weiß, wo es ist, und nein, wir können nicht dorthin.«

»Wieso nicht?« fragte Borghorst.

»Weil wir in diesem Größenverhältnis eine Woche brauchen, um es zu erreichen«, antwortete Leismann. »Oder auch zwei.«

»Das ist nicht nötig«, sagte Yaegher. »Zeigen Sie mir eine Leitung, die dorthin führt. Ein Kabel, eine Lötbahn, irgend etwas.«

Leismann sah plötzlich aus, als wäre er gar nicht mehr so begeistert von seiner eigenen Idee. Nervös fuhr er sich mit der Zungenspitze über die Lippen.

»Ich weiß, was ich tue«, sagte Yaegher beruhigend. Obwohl das glatt gelogen war. »Keine Sorge. Sie haben doch selbst gesagt, ich hätte hier die Macht eines Gottes.«

Leismann drehte sich unentschlossen im Kreis, hob zweimal die Hand, als wolle er auf etwas deuten, führte die Bewegung dann aber doch nicht zu Ende. »Ich bin nicht sicher«, gestand er. »Ich bin kein Fernsehtechniker. Ich erkenne einen Empfänger, wenn ich ihn sehe, aber das ...«

»Wir müssen es riskieren«, sagte Yaegher. »Früher oder später werden sie merken, daß wir ihre Leute ausgeschaltet haben, und etwas anderes versuchen.«

»Und was zum Beispiel?« fragte Borghorst nervös.

Yaegher wandte den Kopf und sah ihn an. »Sie könnten zum Beispiel etliche zehntausend Volt in den Apparat jagen«, sagte er. »Und dann werden wir gebraten.«

»Oh«, sagte Borghorst. Sonst nichts.

»Dort hinten.« Leismann deutete auf ein blaues Plastikkabel vom Durchmesser eines zweistöckigen Hauses, vielleicht einen Kilometer entfernt. »Wenigstens hoffe ich es. Sicher bin ich nicht.«

»Und wenn Sie sich irren?« fragte Yaegher.

»Landen wir irgendwo«, antwortete Leismann. »Vielleicht in

einer Sackgasse. Vielleicht wieder in der Bildröhre. Oder im Hochspannungsteil.«

Schweigend marschierten sie los.

Sie brauchten fast zwanzig Minuten, bis sie das Kabel erreicht hatten, und ungefähr auf der Hälfte der Strecke sagte Borghorst: »Noch eine halbe Stunde, und ich verliere den Verstand. Wie halten Sie als Wissenschaftler das überhaupt aus, Professor?«

»Eben so«, antwortete Leismann. »Als Wissenschaftler. Ich versuche nicht, alles zu verstehen. Ich versuche lediglich, das Unmögliche zu eliminieren. Wenn ich es konsequent genug tue, muß das, was übrig bleibt, die Wahrheit sein, so unglaublich sie auch scheinen mag.«

»Und das klappt?« erkundigte sich Borghorst mißtrauisch.

»Manchmal«, antwortete Leismann.

Borghorst sagte noch einmal: »Oh«, und das war das letzte, was einer von ihnen sagte, bis sie das Kabel erreichten. Es war noch viel größer, als es von weitem den Anschein gehabt hatte, und seine Oberfläche war nicht glatt, sondern voller Falten und Unebenheiten und von tiefen Kratzern und Rissen durchzogen. Es war bedeckt von riesigen Flecken, die wie verätzt aussahen, als hätte jemand Säure darüber gegossen.

»Und jetzt?« fragte Borghorst. »Warten wir auf die U-Bahn?«

»Warum nicht?« gab Yaegher zurück. Borghorst blinzelte, und einen Augenblick später riß er ungläubig die Augen auf, denn die blaue Plastikmauer teilte sich jäh vor ihnen und gab den Blick auf einen gewaltigen, finsteren Tunnel frei. Das war kein U-Bahn-Schacht. Und wenn, dann der sonderbarste, den Yaegher je zu Gesicht bekommen hatte. Seine Wände, obwohl schwarz und beinahe unsichtbar, waren in beständiger, ununterbrochen fließender Bewegung, und es gab keine Schienen, sondern nur einen einzelnen, leuchtenden Strang, der im Nichts schwebte und aus purer Energie zu bestehen schien. Von rechts näherte sich ein zweiter, leuchtender Punkt – ein Zug, der mit einem dumpfen elektrischen Summen heranglitt und unmittelbar vor ihnen zum Stehen kam. Es war ein schlankes, silberfarbenes Gefährt von futuristischem Äußeren. Und es war nicht leer.

Die Türen glitten mit einer sonderbar fließenden Bewegung auf, und Yaegher sah, daß auf den verchromten Metallbänken...

Dinge saßen. Einige von ihnen hätte man für Menschen halten können, andere für Gespenster, aber sie waren nichts von alledem. Jedes hatte eine andere Form, jedes eine andere Farbe. Einige glichen durchscheinenden Gestalten mit zu vielen oder zu wenigen Gliedmaßen, andere bestanden aus leuchtenden Ziffern, die wie von einem Orkan ununterbrochen durcheinandergewirbelt wurden, ohne jemals wirklich den Zusammenhalt zu verlieren, und wieder andere waren von so abstrakter Form, daß es Yaegher unmöglich war, sie zu beschreiben.

»Was ist das?« krächzte Borghorst.

»Informationen«, antwortete Leismann. »Die Daten, die vom Empfänger zur Bildröhre geschickt werden. Kommen Sie.« Er winkte und machte als erster einen zaghaften Schritt in den Tunnel und den Zug. »Ich glaube, sie tun uns nichts.«

»Allmählich begreife ich, warum das Fernsehprogramm so chaotisch ist«, sagte Borghorst, während er neben Yaegher durch die Tür trat. Der Zug setzte sich lautlos und sehr schnell wieder in Bewegung, kaum daß sie ihn betreten hatten, und Yaegher sah sich verstört um. Es waren Hunderte, wenn nicht Tausende der unheimlichen Gestalten, die den Wagen bevölkerten.

Leismann deutete stumm auf eine freie Sitzbank, und sie gingen hinüber. Als Yaegher sich setzte, streifte er eine der Gestalten mit der Hand. Er fühlte nichts. Seine Finger glitten durch den flakkernden Leib des Geschöpfes hindurch, als wäre der gar nicht vorhanden.

»Informationen«, sagte Leismann. »Wissen kann man nicht anfassen.«

Die Zahlen und Ziffern, aus denen das Gespenst bestand, wirbelten für einen Moment wild durcheinander, ehe sie sich wieder gruppierten und ihren gewohnten, kreisenden Tanz umeinander begannen. Yaegher sah dem Treiben einige Augenblicke lang gebannt zu, bis ihm von dem Anblick schwindelig zu werden drohte.

»Hoffentlich habe ich nichts durcheinandergebracht«, sagte er – und war plötzlich selbst überrascht. Nicht so sehr von seinen Worten, sondern eher davon, wie ehrlich er sie meinte. Egal, was Leismann über die Gespenster behauptete – für ihn waren sie eine Art Geschöpfe, wunderschöne, bizarre Geschöpfe, und er wollte nicht, daß ihnen ein Leid geschah. Gerade jetzt, als er auf vielleicht ein Millionstel seiner Größe reduziert war, empfand er eine besonders tiefe Ehrfurcht vor dem Leben; mehr noch, vor allem, was *war.*

»Kaum«, antwortete Leismann. »Und selbst wenn, macht das nichts. Es gibt Kontrollmechanismen, die jede Information auf ihre Richtigkeit überprüfen, bevor sie verarbeitet wird.«

»Na, dann schaut mal lieber nach, ob ihr auch einen gültigen Fahrschein habt«, sagte Borghorst spöttisch. »Nicht, daß es Ärger gibt, wenn der Kontrolleur kommt.«

Yaegher setzte sich. Er war bis ins Innerste erschüttert. Wenn das alles hier nur seiner Einbildung entsprang, dachte er, dann war mit ihm wirklich einiges nicht in Ordnung.

Der Zug raste immer schneller dahin, und Borghorst, der aus dem Fenster sah, wurde immer nervöser. Schließlich fragte er: »Wenn Sie sich getäuscht haben, Professor, und wir nicht zum Empfänger fahren – wo kommen wir dann an?«

Leismann hob mit einem Lächeln die Schultern. »Das Äquivalent für ein Hochspannungsteil dürfte für unser Verständnis ein Schmelzofen oder etwas Ähnliches sein, nehme ich an.«

Borghorst wurde noch ein bißchen blasser, und Leismann fügte hinzu: »Aber wie gesagt: Das ist nur eine Annahme.«

»Es könnte auch ein Säurebad sein, wie?«

»Sicher«, sagte Leismann. »Aber eigentlich eher unwahrscheinlich.«

Borghorst funkelte ihn an. »Haben Sie eigentlich überhaupt keine Angst?«

»Was würde das schon ändern?« fragte Leismann. »Außerdem ist das alles hier viel zu phantastisch, als daß ich kostbare Zeit damit verschwenden könnte, Angst zu haben.« Seine Augen leuchteten vor Begeisterung. »Das ist das größte Abenteuer meines Lebens, verstehen Sie nicht? Ganz egal, ob ich das nun träume oder wirklich erlebe, es ist unglaublich!«

»Geben Sie acht, daß Sie es auch *überleben*, Professor«, sagte Borghorst mit besonderer Betonung.

Leismann lächelte nur zur Antwort, und Borghorsts Blicke wurden noch einmal um mehrere Nuancen finsterer. Aber auch Yaegher verstand Leismanns Begeisterung nicht mehr völlig. Was sie erlebten, *war* phantastisch, aber für einen Mann, der vor nicht einmal zwei Stunden seine Frau verloren hatte, benahm er sich doch irgendwie seltsam.

Außerdem hätte er allen Grund haben müssen, Angst zu haben, denn diese Welt barg Gefahren. Und das mußte gar nicht Leismanns Schmelzofen oder eine Bande kettenschwingender Rocker auf Quecksilber-Motorrädern sein...

Borghorst richtete sich plötzlich auf und blickte zum Heck des Zuges. »Seht mal da!« sagte er. »Was ist das?«

Zwischen den flackernden Informationsträgern waren andere Gestalten aufgetaucht. Sie waren größer, massiger und hatten mehr Substanz. *Entschieden* mehr Substanz.

Sie waren an die zwei Meter groß und glichen massigen, aufrecht auf ihren beiden hinteren Beinpaaren gehenden Spinnen, die aber mindestens zwölf statt acht Gliedmaßen hatten. Ihre Körper waren nicht haarig, sondern glatt und hart und schienen aus einem mattsilberfarbenen Metall zu bestehen. Yaegher konnte keinerlei Sinnesorgane erkennen; aus den flachen, augenlosen Schädeln wuchs allerdings etwas, das wie ein einzelner, vielfach untergliederter Fühler aussah. Es waren drei. Obwohl sie sich sehr rasch mit kleinen, schnellen Rucken bewegten, kamen sie nur ganz allmählich von der Stelle, denn sie traten an jede einzelne Information heran und betasteten sie eine Sekunde lang mit ihren Fühlern, ehe sie sich der nächsten zuwandten.

»Da haben Sie Ihre Kontrolleure, Borghorst«, sagte Yaegher. »Hoffen wir, daß wenigstens *Sie* einen Fahrschein haben.« Er fuhr zu Leismann herum. »Der Korrekturmechanismus, von dem Sie gesprochen haben?«

»Ich fürchte.« Leismanns Lippen wurden zu einem blutleeren, gespaltenen Strich.

»Was tun sie denn, wenn sie auf jemanden treffen, der nicht hierher gehört?« fragte Borghorst.

»Sehen Sie hin«, riet Leismann. »Ich glaube, sie haben gerade einen.«

Tatsächlich war eine der Spinnen stehengeblieben. Ihr Fühler tastete immer wieder über den Körper der Informationseinheit, die sie kontrollierte, und obwohl Yaegher wußte, daß es absolut unmöglich war, glaubte er für einen Moment doch deutlich Anzeichen von Nervosität an der schillernden Gestalt zu erkennen.

Plötzlich packte die Spinne mit ihren vorderen sechs oder acht Beinen zu. Es ging ganz schnell und vollkommen lautlos. Ein silberner Stachel zuckte aus dem Leib des Kontrolleurs heraus und durchbohrte das Opfer. Die Lichtgestalt flackerte, bäumte sich ein letztes Mal im Griff ihres Peinigers auf – und verschwand.

»Da haben Sie Ihre Antwort«, sagte Leismann. »Schwarzfahren lohnt sich eben doch nicht.«

Niemand antwortete. Borghorst sah sich nervös um, während Yaegher die drei silberfarbenen Gestalten nicht aus den Augen ließ. Sie kamen näher, ganz langsam zwar, aber sie *kamen* näher.

»Wir sollten machen, daß wir hier verschwinden«, sagte Borghorst. »Weiß jemand, wo dieser Zug das nächste Mal hält? Und wann?«

Leismann schwieg. Yaegher sagte: »Garantiert nicht, bevor nicht alle Fahrgäste kontrolliert worden sind.«

»Woher wollen Sie das wissen?«

»Weil es in der richtigen U-Bahn auch nicht anders ist«, sagte Leismann an Yaeghers Stelle. »Sie kontrollieren nur auf Strecken, die so lang sind, daß in der Zwischenzeit niemand aussteigen kann.« Er stand vorsichtig auf. »Laßt uns verschwinden. Aber unauffällig.«

Es nutzte nichts. Der Abstand zwischen ihnen und den Kontrolleuren wuchs wieder, aber der Zug war nicht endlos; nach nur wenigen Minuten hatten sie das Ende des Abteils erreicht und standen vor einer geschlossenen Metalltür. Die silbernen Spinnengestalten waren jetzt kaum mehr zu erkennen, aber sie kamen bereits wieder näher.

»Gibt es hier so etwas wie eine Notbremse?« fragte Borghorst.

Yaegher verneinte. »Ist leider nicht vorgesehen. Außerdem – wo wollten Sie hin?« Er deutete in die vorüberhuschende Schwärze. »Da draußen ist kein Bahnsteig. Und der nächste Zug dürfte schon bald folgen.«

»Ihre Phantasie beginnt mir allmählich auf die Nerven zu gehen«, sagte Borghorst. »Sie sollten irgendwann einmal einen guten Psychologen konsultieren, Yaegher.«

Yaegher ersparte es sich, zu antworten, sondern konzentrierte sich statt dessen lieber darauf, die Tür zu öffnen. Sie bestand aus dem glatten, silberfarbenen Metall, aus dem der ganze Zug gemacht war, und hatte kein Fenster. Er nahm an, daß sich dahinter der Fahrstand der Lok befand. »Helfen Sie mir!« sagte er nervös. »Sie geht nicht auf!«

Sie rüttelten mit vereinten Kräften zu dritt an der Tür. Sie bewegte sich nicht um einen Millimeter. Yaegher sah über die Schulter zu den Kontrolleuren zurück. Sie waren näher gekommen, ein gutes Stück sogar. Offensichtlich bewegten sie sich immer dann schneller, wenn man gerade *nicht* hinsah.

Borghorst rüttelte verzweifelt weiter an der Tür, aber sie saß so unverrückbar im Rahmen, als wäre sie festgeschweißt. »Tun Sie doch etwas, Yaegher!« kreischte er. »Befehlen Sie dem Scheißding, aufzugehen!«

Yaegher starrte ihn eine Sekunde lang verblüfft an, dann die Tür – und sie glitt summend zur Seite, um den Blick auf den Fahrstand freizugeben. Sie stürzten gleichzeitig und so überhastet los, daß sie sich gegenseitig behinderten. Für eine Sekunde entstand in der schmalen Tür ein Gerangel und Geschiebe, eine Szene wie aus einem Slapstick-Film, nur daß sie überhaupt nicht *komisch* war. Ganz im Gegenteil – Yaegher sah wieder zurück und erkannte voller Entsetzen, daß die drei Spinnengestalten fast ganz heran waren. Die Fühler auf ihren Köpfen bewegten sich nervös, als spürten sie, daß sich in ihrer Nähe etwas vollkommen Falsches aufhielt.

Yaegher kam erst frei, als ihn einer der Fühler beinahe erreicht hatte. Mit einem hastigen Satz warf er sich durch die Tür, prallte gegen Leismann und benutzte dessen breite Schultern als Angelpunkt, um schnell herumwirbeln zu können. Gleichzeitig befahl er der Tür, sich zu schließen. Sie gehorchte, fiel wie ein sich waagerecht bewegendes Schaffott ins Schloß und trennte den Fühler und zwei oder drei Arme des Kontrolleurs ab, der Yaegher gerade hatte folgen wollen.

»O verdammt«, seufzte Borghorst. »Das war knapp!«

»Vielleicht *zu* knapp«, murmelte Leismann. »Seht doch!«

Die abgetrennten Gliedmaßen der Spinne lagen nicht still. Es waren auch keine Gliedmaßen mehr. Sie zerfielen zu spiegelnden Pfützen, die sich binnen Sekunden in Hunderte von winzigen Quecksilbertröpfchen aufspalteten, die auch ihrerseits wieder auseinanderbrachen. Nach einem Augenblick war alles verschwunden, als hätte der Boden es verschluckt.

Genau das hatte er auch. Irgendwie begriff Yaegher plötzlich, daß die Spinnenkreaturen keine eigenständigen Geschöpfe waren, sondern *Teil* dieses Zuges. Die Tür bewegte sich. Sie glitt nicht wieder auf, sondern zuckte und vibrierte, und dann erschien in ihrer Mitte eine silbern schimmernde Beule, zuckend und sich windend, wie ein lebendes Wesen. Sie wurde rasch größer und floß dann wie ein gewaltiger Lötzinntropfen zu Boden. Noch während dieser Bewegung bildete sich der riesige spinnenähnliche Körper weiter aus.

Borghorst kreischte hysterisch auf, prallte rücklings gegen das Steuerpult und zerrte eine Pistole unter dem Jackett hervor. In seinen Augen loderte etwas, das vielleicht noch nicht Wahnsinn war, ihm aber bereits gefährlich nahe kam.

»Borghorst – nein!« brüllte Leismann.

Aber es war zu spät. Borghorst legte die Waffe mit beiden Händen auf den Kontrolleur an und feuerte das Magazin mit einer einzigen Bewegung leer, und Wahnsinn oder nicht, er war ein ausgezeichneter Schütze. Alle acht Kugeln schlugen dicht nebeneinander in den flachen Silberschädel des Kontrolleurs ein.

Ohne jede Wirkung. Das Geschöpf wankte nicht einmal. Es verharrte nur einen Moment lang reglos. Dann lief eine rasche, wellenförmige Bewegung über die Vorderseite seines gesichtslosen Schädels – und plötzlich fielen die Geschosse, die Borghorst hineingefeuert hatte, klirrend zu Boden.

Der Kontrolleur bewegte sich weiter. Borghorst schrie und versuchte zurückzuweichen, aber es gab keinen Platz mehr, wohin er fliehen konnte. Die Arme des riesigen Spinnenmonsters schlossen sich wie die Stäbe eines silbernen Gitterkäfigs um ihn. Ein zitternder Fühler berührte Borghorsts Gesicht, tastete über seine Augen, seine Nase, den weit aufgerissenen Mund –

– und zog sich wieder zurück. Die Arme der Kreatur öffneten sich. Borghorst prallte mit einem erschöpften Stöhnen gegen die Wand und begann zu Boden zu rutschen, und der Kontrolleur wandte sich um. Sein zitternder Fühler tastete in Yaeghers Richtung, wandte sich für eine Sekunde Leismann zu und kehrte dann wieder zu Yaegher zurück.

»Nicht bewegen!« sagte Leismann in einem hastigen, hellen Flüsterton. »Ich glaube, er tut uns nichts.«

Yaegher hätte sich nicht einmal bewegen können, wenn er es gewollt hätte. Er war wie gelähmt. Entsetzt starrte er auf Borghorst hinab. Der Inspektor saß mit angezogenen Knien und leerem Blick an der Wand. Er war körperlich unversehrt, aber wie es hinter seiner Stirn aussah ... nun, das würde er in einigen Sekunden am eigenen Leib erfahren.

Die Arme der Spinne schlossen sich um ihn mit einem Griff, der zwar ungeheuer stark, zugleich aber auch beinahe sanft war, und der tastende Fühler berührte sein Gesicht. Das Metall war kühl und glatt und nicht annähernd so hart, wie sein silbernes Aussehen glauben machte.

Es war ein unbeschreibliches Gefühl. Weder angenehm noch unangenehm, weder Schmerz noch Lust, aber es war auch nicht neutral, sondern völlig *anders* als alles, was er je zuvor gespürt hatte. Er wurde sondiert. Etwas Unsichtbares griff in seinen Geist, sortierte, begutachtete und beurteilte ihn, aber nicht nur ihn, sondern auch seinen Körper, jedes einzelne Molekül, jedes noch so winzige Stück seines Seins – und zog sich zurück. Der Griff der silbernen Spinnenarme öffnete sich, und der Kontrolleur wandte sich Leismann zu. Der Vorgang, den Yaegher schon bei Borghorst und am eigenen Leib erlebt hatte, wiederholte sich. Es dauerte nur wenige Sekunden. Yaegher war es vorgekommen wie eine Ewigkeit, aber in Wirklichkeit vergingen nur Augenblicke, bis das Geschöpf auch von Leismann zurücktrat. Und verschwand. Es ging nicht oder sickerte auf dieselbe unheimliche Weise durch die Tür, auf die es hereingekommen war, sondern verlor einfach seinen inneren Halt, floß auseinander und wurde wieder eins mit dem Metall des Wagens, von dem es ein Teil war.

»Was ... was war das?« stammelte Borghorst. »Das war das Schlimmste, was ich ... was ich jemals erlebt habe.« Er hob mit einer mühsamen, abgehackten Bewegung den Kopf und starrte erst Yaegher und dann den Professor an. »Wieso haben sie uns ... nichts getan?«

»Das weiß ich nicht«, gestand Leismann. »Ich nehme an, sie können mit uns nichts anfangen. Wir kommen in ihrem Programm einfach nicht vor. Alles in Ordnung mit Ihnen?«

Borghorst nickte nervös, und Leismann sah Yaegher an.

»Ich bin okay.«

»Dann sollten wir überlegen, wie wir weitermachen.« Leismanns Stimme klang völlig fremd. Er war zutiefst verstört. Yaegher fragte sich, was *er* wohl empfunden hatte, als der Kontrolleur in seinem Geist herumstocherte. Vielleicht war es gar nicht so, daß sie alle dasselbe spürten.

Sie erlebten ihre nächste Enttäuschung, als sie sich dem Steuerpult zuwandten. Es gab keines. Das hieß, es gab ein Pult, aber das war leer; eine glatte, sanft gerundete Metallfläche, über die ab und zu Farben huschten.

»Toll«, maulte Borghorst. Er sah Yaegher an, als wäre das alles hier seine Schuld. Und wahrscheinlich war es ganz genau das, was er auch dachte. »Können Sie irgend etwas tun?«

»Ich kann doch nicht zaubern!« sagte Yaegher gereizt.

»Nein?« fragte Borghorst. Sein Blick wurde lauernd. »Das Gefühl hatte ich bisher schon.«

Yaegher schluckte die zornige Antwort hinunter, die ihm auf der Zunge lag. Sie waren plötzlich alle drei gereizt, und die Spannung wuchs weiter. Vielleicht hatte der Kontrolleur doch mehr getan, als sie bloß in Augenschein zu nehmen. Statt Borghorst anzufahren, wozu er im Moment immer größere Lust verspürte, blickte er noch einmal auf dieses unheimlich leere Pult hinab und dann durch die dreieckigen, an starrende Insektenaugen erinnernden Fenster nach vorne. Der Zug raste mit unvorstellbarer Geschwindigkeit durch einen Tunnel aus Schwärze, gelenkt von einem Band aus gelbem Licht, das sich wie ein verirrter Sonnenstrahl in einem Universum voller längst erloschener Sterne in der Unendlichkeit verlor. So ähnlich, dachte er, muß es sein, wenn in unvorstellbarer Zukunft einmal das Ende des Universums gekommen ist, wenn all die Sonnen und Galaxien längst erloschen sind wie ausgebrannte Kerzen und nichts mehr existierte als Dunkelheit und Leere und Zeit, die so unbemerkt verstreicht, daß es keine Rolle mehr spielt, ob eine Sekunde verstreicht oder hundert Milliarden Jahre. Vielleicht war es auch vorher so gewesen, bevor alles begann, und vielleicht gab es auch gar keinen Unterschied, und gestern und heute und morgen war dasselbe, nur unterschiedlich erscheinende Facetten der einen, großen Illusion, die Zeit hieß.

Der Gedanke ließ ihn schwindeln, und gerade weil er so abstrakt war und Yaegher sehr wohl wußte, daß er den Sinn dahinter nicht einmal in Ansätzen zu erahnen imstande war, erfüllte ihn eine tiefe Ehrfurcht vor der Größe des Universums und dem gewaltigen Plan, der dahinter stand.

Gleichzeitig lichtete sich der Schleier in seinen Gedanken ein wenig. Auf einer inneren von Logik und wissenschaftlichem Begreifen losgelösten Ebene *wußte* er plötzlich, daß er es konnte, und er wußte sogar, wie. Sowohl Borghorst als auch Leismann waren gleichzeitig im Irrtum und hatten doch auch recht. Auch Wissenschaft und Magie waren nichts als verschiedene Seiten der gleichen Sache, einer Kraft, die völlig anderer Natur war, als sie beide annahmen.

»Also gut«, sagte er. »Haltet euch fest. Nächster Halt: WIRKLICHKEIT.«

40

DIE FAHRT wurde immer schneller, eine rasende Jagd durch ein wirbelndes schwarzes Nichts, das nicht leer war, sondern voller Dinge, die zu erkennen den Menschen mit ihren Sinnen unmöglich war. Trotzdem spürten sie, daß sich etwas änderte. Der Weg führte nicht mehr dorthin, wo er immer hingeführt hatte und wo er hinführen sollte, und der Zug spürte es ebenfalls und reagierte darauf. Er *veränderte* sich.

Etwas an ihm hatte Yaegher die ganze Zeit über irritiert, aber was es war, das bemerkte er erst jetzt, nachdem es eben nicht mehr so war wie vorher. Er war nicht überzeugend gewesen. Jedes Detail stimmte, jede Kleinigkeit war da und massiv und genau so, wie sie sein sollte, und trotzdem hatte er irgendwie nicht *echt* gewirkt – er war wie eine jener hyperrealistischen Computergrafiken gewesen, wirklichkeitsgetreu bis ins allerletzte Detail, und trotzdem nicht vollkommen überzeugend, vielleicht sogar deshalb, weil sie *zu* echt war, so daß sich im Betrachter irgend etwas instinktiv dagegen sträubte, das Bild als Realität anzuerkennen.

Jetzt war das nicht mehr so. Der Zug wurde... wirklich. Mit jeder Windung, die er durch den Tunnel im Nichts raste, mit jedem Überschlag, den er durch die Zeit und die Unendlichkeit machte, gewann er ein Stück Realität. Ist es möglich, dachte Yaegher, daß ich etwas *mitnehme*, daß ich Dinge aus der Welt des Denkbaren mit hinüber in die des Greifbaren bringe und sie dadurch *wirklich* mache? Der Gedanke war erregend und faszinierend und furchtbar zugleich.

Es ging jetzt immer schneller. In dem chaotischen Durcheinander jenseits der Fenster *war* etwas, selbst wenn Yaegher immer noch nicht sagen konnte, was das war. Aber auch das Äußere gewann an Substanz. Die leuchtenden Energiebahnen verloren ihren Glanz und erstarrten zu einem grauen Stahlband, über das der Zug dahinjagte, und schließlich war sogar der Tunnel nicht mehr unendlich. Vor ihnen erschien eine graue Dämmerung, noch sehr weit entfernt, aber näher kommend; und das sehr schnell. Nun, wo es etwas gab, an dem sein Blick Halt fand, begriff Yaegher zum ersten Mal, *wie* schnell dieser Zug dahinraste.

Und er war nicht der einzige, dem dies plötzlich klar wurde, denn Borghorst stöhnte erschrocken auf: »Anhalten! Um Himmels willen, Yaegher – halten Sie den Zug an!«

Er versuchte es. Der Zug wurde tatsächlich langsamer, aber er bremste nicht schnell genug ab, obwohl das Manöver sie alle drei gegen das Pult schleuderte und Funken zu beiden Seiten des Wagens unter den Rädern hervorstoben. Der graue Schatten kam immer noch näher und wurde zu einer Wand, die das Tunnelende wie ein Pfropfen verschloß, und einen Sekundenbruchteil, ehe sie dagegenkrachten, konnte Yaegher sogar die Struktur ihrer Oberfläche erkennen. Sie paßte so wenig in diese Welt wie er und die beiden anderen, denn sie bestand aus grobem, rissigem Beton. Seltsam – er hätte nie geglaubt, daß die Grenze zwischen den Welten aus Zement gemacht war.

Der Aufprall war fürchterlich. Wie eine fünfzig Meter lange Granate aus Chromstahl rutschte der Zug auf kreischenden Rädern gegen die Wand und bohrte sich hinein. Yaegher und die beiden anderen wurden von den Füßen gerissen und zu Boden geschleudert. Metall und Glas zerbrachen kreischend, Funken stoben auf, und winzige hellblaue Flammen züngelten aus dem zerborstenen Steuerpult. Dann kippte der Tunnel vor den Fenstern zur Seite und zerfiel. Die Luft stank plötzlich so intensiv nach verschmortem Plastik, daß sie kaum mehr atmen konnten, und irgendwo rieselte Glas wie ein nicht enden wollender Wasserfall. Der Zug brach donnernd durch die Mauer und kippte kreischend wie mit dem Stöhnen eines sterbenden Riesentiers endgültig aus den Schienen.

Yaegher sprang auf und war mit einem Satz an Borghorst und Leismann vorbei am Fenster. Die beiden waren übereinandergestürzt und behinderten sich dabei nach Kräften, wieder aufzustehen.

Sie befanden sich jetzt in der Halle, die sie auf dem Monitor gesehen hatten und die in Wirklichkeit einen noch bizarreren Anblick bot als auf dem Fernsehschirm. Sie mußte gigantisch sein, denn ihre Wände waren nicht zu sehen. Die Computerbänke und Schaltpulte deuteten ein grobes Quadrat an. Alles, was sich jenseits seiner nicht existierenden Wände befand, war Dunkelheit. Männer und Frauen in weißen Kitteln und mit großen, kupferfarbenen Skibrillen standen an den Geräten und bedienten sie, andere hasteten geschäftig umher oder redeten miteinander – aber niemand hatte von ihnen bisher Notiz genommen!

Leismann und Borghorst hatten es endlich geschafft, ihre Gliedmaßen dem jeweils rechtmäßigen Besitzer zuzuordnen und erhoben sich. Leismann trat neben ihn, während Borghorst, gegen den Boden des Zuges gelehnt, der plötzlich die Rückwand bildete, stehenblieb und sich stöhnend den Kopf hielt. Leismann sagte nichts. Er stand einfach nur einige Sekunden lang fassungslos da und begann dann, noch immer ohne ein einziges Wort gesprochen zu haben, ins Freie zu klettern. Ganz automatisch wollte Yaegher ihm folgen, aber dann überlegte er es sich doch anders und drehte sich noch einmal zu Borghorst um. »Alles in Ordnung?« fragte er.

Borghorst nickte; mit einem Ausdruck auf dem Gesicht, der sehr deutlich machte, daß *nichts* in Ordnung war. Stöhnend schob er sich an der Wand entlang in die Höhe, preßte die Handfläche gegen die Stirn und betrachtete anschließend eine Sekunde lang das Blut, das an seinen Fingern klebte. »Erinnern Sie mich daran, daß ich Ihren Führerschein einziehen lasse, sobald wir wieder zurück sind«, maulte er.

Yaegher lächelte. »Versprochen. Können Sie weitermachen?«

»Nein«, antwortete Borghorst noch übellauniger als zuvor.

»Ich werde einfach hier warten, bis ein Schaffner kommt und mir eine Rückfahrkarte verkauft.«

Diesmal verzichtete Yaegher auf eine Antwort. Statt dessen griff er kommentarlos unter Borghorsts Achseln, zog ihn vollends in die Höhe und drehte ihn in der gleichen Bewegung und schon etwas entschlossener als mit *sanfter* Gewalt herum. Borghorst riß seinen Arm zwar nach einer Sekunde der Verblüffung wieder los, aber er setzte sich wenigstens in Bewegung.

Leismann war mittlerweile halb aus dem Fenster geklettert. Er stellte sich dabei denkbar ungeschickt an – was ihm vermutlich das Leben rettete. Yaegher spürte es, ehe er es wirklich *sah*, und sein Schrei ließ Leismann mitten in der Bewegung erstarren, ehe Yaegher bewußt *begriff*, was da vorging. Leismanns Kopf, Schultern und Arme befanden sich bereits ein Stück außerhalb des Zuges – und sie begannen sich aufzulösen. Vielleicht war es das falsche Wort, mit großer Wahrscheinlichkeit sogar, aber Yaegher fand keine Begriffe, um etwas zu beschreiben, das aus der Welt des Unbeschreibbaren stammte. Etwas geschah mit Leismanns Körper: ein Gitter haarfeiner, blauer Linien erschien auf seinem Körper, ein dünnes, filigranes Gespinst, das sich wie ein leuchtendes elektrisches Koordinatennetz über seine Haut legte und immer feinmaschiger und enger wurde. Er konnte es bisher nicht einmal gespürt haben, und auch der Schrei, den er plötzlich ausstieß, war kein Schmerzenslaut; aber vielleicht etwas, das schlimmer war.

»Zurück!« schrie Yaegher. *»Leismann! Zurück!«* Er stürzte vor, packte ihn an den Beinen und zerrte mit aller Kraft. Ein unangenehmes, prickelndes Gefühl breitete sich in seinen Händen aus, und während Borghorst und er Leismann mit verzweifelter Kraft zurück in den Wagen zerrten, konnten sie noch sehen, wie das Netz dichter wurde und dabei *in die Tiefe* wuchs: Leismanns Körper wurde gleichsam durchsichtig, als würde er in Milliarden und Abermilliarden winziger elektrischer Rhomboide zerlegt, die sich ihrerseits immer weiter und weiter aufspalteten und schon bald nicht mehr einzeln sichtbar waren, so daß sie scheinbar wieder zu einer einzigen, leuchtend-pulsierenden Masse zusammenschmolzen.

Und es hörte nicht auf, als sie ihn in den Wagen zurückgezerrt hatten. Wenigstens nicht sofort. Leismann fiel mit einem dumpfen

Laut auf den Boden und krümmte sich. Funken stoben aus seinem Haar und seinen Fingerspitzen, kleine, elektrische Wasserfälle ergossen sich aus seinen Augen, und sein Schrei war plötzlich lautlos, aber dafür leuchtend, ein optisches Kreischen aus grellen Farben und durcheinanderwirbelnden Miniaturblitzen.

Es dauerte lange, bis das Gleißen und Lodern allmählich an Leuchtkraft verlor. Yaegher und Borghorst waren entsetzt bis an die Rückwand der um neunzig Grad gekippten Fahrerkabine zurückgewichen und beobachteten mit dem gleichen Entsetzen, wie Leismanns Körper langsam, unendlich langsam nur und scheinbar widerwillig, als würde sich etwas in ihm mit aller Macht gegen die abermalige Transformation wehren, wieder sein normales Aussehen annahm. Und auch das nicht völlig. Nach einer Zeit, die Angst und Grauen zum Zehnfachen ihrer wirklichen Länge gedehnt hatten, erlosch das blaue Gitternetz auf seiner Haut wieder, aber er war nicht mehr derselbe. Yaegher konnte den Unterschied nicht in Worte fassen, aber er war da; zu gering, um ihn zu erkennen, aber auch eindeutig zu groß, um darüber hinwegzugehen.

Mühsam öffnete Leismann die Augen, und ein neuerlicher, noch tieferer Schrecken durchfuhr Yaegher. Für eine Sekunde waren Leismanns Augen keine Augen, sondern blaue, flammende Tümpel voll von unheimlichem Licht, als wäre das höllische elektrische Feuer gar nicht vergangen, sondern nur in seinen Schädel hineingekrochen, um ihn von innen heraus zu verzehren. Dann erlosch auch dieses Licht. Aber etwas blieb.

»Großer Gott, was ... was war das?« stammelte Borghorst.

Leismann schüttelte benommen den Kopf. »Ich weiß ... nicht«, murmelte er. Auch seine Stimme hatte sich verändert, und auch dies war eine Veränderung, die nicht definierbar, aber *da* war. »Ich ... ich hatte das Gefühl ... *zerrissen* zu werden«, sagte er stockend. Er stemmte sich in die Hocke, blieb einen Herzschlag lang in einer fast grotesk anmutenden Haltung sitzen und sah zu dem Fenster hoch, durch das er hatte hinaussteigen wollen. Dann sagte er: »Vielleicht wäre *digitalisiert* der passendere Ausdruck.«

Yaegher dachte einen Moment lang vergebens darüber nach, was der Professor wohl wirklich damit gemeint haben mochte, dann tat er den Gedanken als unwichtig ab und streckte die Hand aus, um

Leismann vollends auf die Beine zu helfen. Leismann blickte seine Finger eine Sekunde lang verwirrt an, als begriffe er den Sinn dieser Geste gar nicht, dann schüttelte er den Kopf und stand mit einer überraschend geschmeidigen Bewegung auf.

»Das war das Entsetzlichste, was ich je erlebt habe«, sagte er.

»Können Sie gehen?« fragte Yaegher.

»Sicher.« Leismann lachte unecht. »Wenn Sie mir verraten, wohin. Ich habe das Gefühl, daß wir hier nie mehr herauskommen.«

Yaegher sagte ein paar Sekunden lang gar nichts. Die beiden anderen sahen ihn erwartungsvoll an, und er wurde sich immer unangenehmer der Tatsache bewußt, daß sie darauf warteten, daß er etwas *tat*. Vermutlich hatten sie recht. Er hatte ihnen ja zur Genüge demonstriert, daß es in seiner Macht lag, diese Welt – fast – nach Belieben zu verändern und zu beherrschen. Und vermutlich hätte er sie sogar *vollkommen* beherrschen können, vielleicht wirklich mit der Macht eines Gottes, hätte er ihre Natur vollständig durchschaut. Aber das hatte er nicht. Und es blieb ihnen auch nicht mehr die Zeit, das zu tun.

Beinahe hilflos sah er aus dem Fenster. Der sonderbare Computersaal war noch immer da. Er war noch unverändert, aber das war nicht der Ausweg, nach dem sie gesucht hatten. Es war nicht die Wirklichkeit; zumindest nicht *ihre* Wirklichkeit. Es war eine andere Welt, vielleicht der Traum eines anderen, vielleicht eine von den zahllosen möglichen Realitäten, die neben- und ineinandergeschachtelt gleichzeitig und überall existierten, und etwas anderes, eine Macht, die allgegenwärtig und von unerahnbarer Natur war, verhinderte einen beliebigen Wechsel von einer Welt in die andere.

»Wir sind hier hereingekommen«, sagte er – im Grunde nur, um *überhaupt etwas* zu sagen –, »also kommen wir auch irgendwie wieder heraus.«

»Vielleicht auf demselben Weg, auf dem wir hereingekommen sind«, sagte Leismann. Er deutete auf die Tür. »Versuchen wir es.«

Was sie als erstes versuchten, war, die Tür zu öffnen – was zuerst beinahe unmöglich schien. Wenn es überhaupt einen Öffnungsmechanismus gab, so war er wohl durch den Aufprall beschädigt worden, denn alles Rütteln, Zerren und Stoßen nutzte nichts. Erst als Yaegher auf die Idee kam, der Tür schlichtweg zu *befehlen*, sie solle sich öffnen, setzte sie sich scharrend und winzige gelbe Funken sprühend in Bewegung. Nicht sehr weit – der Spalt, der entstand, reichte gerade aus, daß sie sich mit Mühe und Not hindurchzwängen konnten.

Das Abteil bot einen furchtbaren Anblick. Ganz instinktiv hatte Yaegher angenommen, es verwüstet, aber leer vorzufinden, aber das war nicht der Fall. Es *war* verwüstet – aber es war nicht *leer.*

Die Fahrgäste waren noch da. Zwischen den zertrümmerten Bänken, erschlagen von herausgerissenen Metallplatten, aufgespießt von spitzen Klingen und Dolchen aus Chromstahl, übereinandergeworfen und zerschmettert durch die furchtbare Wucht des Aufpralles, lagen schimmernde Lichtgestalten, vergehenden Elfen gleich, die allmählich verblaßten; langsam, unter Qualen, wie es schien, lautlos, aber nicht still.

Das Bild ähnelte auf entsetzliche Weise denen eines *wirklichen* Zugunglücks, die Yaegher einmal gesehen hatte, aber es war schlimmer – damals waren es Bilder gewesen, Bilder von sterbenden Menschen zwar, aber eben nur *Bilder.* Dies hier war Realität. Und irgendwie ... lebten sie. Es spielte keine Rolle, ob es sich um elektrische Impulse oder bloße Informationen oder vielleicht wirklich nur um eine Ausgeburt seiner Phantasie handelte. Die Lektion, die Yaegher am intensivsten gelernt hatte, seit sie diese bizarre Nicht-Welt zu erkunden begonnen hatten, war, daß *alles* lebte. Es gab keinen wirklichen Unterschied. Existenz war gleichbedeutend mit Leben, und es machte überhaupt keinen Unterschied, ob sich der Mensch einbildete, für dieses Existieren verantwortlich zu sein. Mit einem tiefen Gefühl der Ehrfurcht, aber auch des Entsetzens wurde Yaegher klar, *wie* recht Leismann gehabt hatte, als er vorhin behauptete, er hätte hier die Macht eines Gottes. Er *hatte* sie, aber nicht nur er, sondern jeder Mensch, jedes denkende Wesen im Universum, das in der Lage war, irgend etwas zu erschaffen. Denn Schöpfen bedeutete nichts anderes als genau dies – etwas Göttliches, unvorstellbar Kostbares zu tun. Aber ihm schwindelte, als er begriff, welch unvorstellbare Verantwortung diese Macht zugleich auch bedeutete, und wie wenig sich die meisten Menschen darüber im klaren waren. Und wenn, wie wenig es ihnen bedeutete.

»Was halten Sie davon«, drang Borghorsts Stimme in seine

Gedanken, »wenn Sie vielleicht später über die Natur des Universums nachdenken könnten und uns jetzt erst einmal dabei helfen, hier herauszukommen?«

Völlig verwirrt sah Yaegher ihn an. »Woher wissen Sie –«

»Was Sie denken?« Borghorst kicherte. »Das steht sehr deutlich auf Ihrem Gesicht geschrieben, mein Junge. Außerdem«, fügte er etwas leiser und in nicht mehr ganz so höhnischem Ton hinzu, »fühle ich es auch. Sie leben, nicht wahr?«

Yaegher ließ seinen Blick ein letztes Mal über die sterbenden Feengestalten gleiten. Er antwortete nicht, aber das war auch nicht nötig. Eine weitere, überraschende Erkenntnis war da: Er war nicht der einzige, der begann, die wahre Natur des Universums zu erahnen, und den dieses Ahnen allein bis auf den Grund seiner Seele erschütterte.

Mit einer fast körperlichen Anstrengung streifte er den Gedanken ab und folgte Borghorst, der mit halb ausgebreiteten Armen über den schräg stehenden Boden balancierte und versuchte, Leismann einzuholen. Der Professor hatte die Tür erreicht und rüttelte ebenso erfolglos und verbissen daran wie gerade an der des Fahrerstandes. Allerdings konnte hier auch Yaegher nicht helfen – die Tür war nur noch ein verbogenes Etwas aus Metall und zerborstenem Glas, das sich nie mehr bewegen würde. Und selbst wenn, hätte es nichts genutzt, denn der Zug war aus den Schienen gesprungen und auf die Seite gestürzt; unter der zertrümmerten Tür war nur ebenso zertrümmerter, aber undurchdringlicher Beton. Sie rüttelten trotzdem eine Weile daran, dann gaben sie es auf.

»Und jetzt?« Borghorst sah Yaegher erwartungsvoll an. »Können Sie ...« Er stockte, druckste eine Sekunde herum, als wäre es ihm unangenehm, weiterzusprechen und fragte dann: »Ich meine – können Sie eine neue Tür machen?«

»Ich habe schon einmal gesagt, ich kann nicht zaubern«, antwortete Yaegher. Er deutete zum Heck des Zuges. »Vielleicht haben wir weiter hinten mehr Glück.« Sein Unbehagen wurde mit jeder Sekunde stärker. Es war nicht nur das stets in ihm präsente Wissen, daß die Zeit ablief, in der sie die Katastrophe in der Wirklichkeit irgendwie aufhalten konnten. Schneller als diese Frist lief ihre Zeit ab, *hier* zu bleiben. Sie sollten nicht hier sein. Nicht an diesem Ort, und schon gar nicht in diesem *Zug*.

So rasch es in dem zertrümmerten Wagen möglich war, bewegten sie sich weiter. Das Vorwärtskommen wurde zusätzlich dadurch erschwert, daß sich nicht nur Yaegher, sondern auch die beiden anderen ganz instinktiv bemühten, den »Leichen« der legitimen Fahrgäste auszuweichen, die überall zwischen den zertrümmerten Bänken lagen. Es wäre Yaegher unerträglich gewesen, eine der Lichtgestalten zu berühren oder gar auf sie zu treten.

Nach einer Weile wurde es ein wenig besser, denn der Zug war nicht völlig aus der Schiene gesprungen, sondern nur mit seinem vorderen Drittel entgleist, so daß der Boden unter ihren Füßen allmählich wieder in die Waagerechte kam. Die Zerstörungen waren im hinteren Teil des Wagens nicht so schlimm, obwohl sie auch hier sichtbar waren. Und aus irgendeinem Grund starben nicht nur die Fahrgäste in dem zertrümmerten Abteil, sondern auch die, die sich in der fast unbeschädigten Sektion des Wagens aufhielten. Nicht alle waren bereits tot. Manche bewegten sich noch, und ein paarmal glaubte Yaegher etwas wie ein lautloses Stöhnen zu hören, eine Hand aus verwehendem Licht zu sehen, die anklagend auf ihn deutete, ein Gesicht aus schimmerndem Glanz, das voller Schmerz auf die Eindringlinge aus einer anderen Welt blickte, die es nicht gerufen hatte und die trotzdem den Tod brachten.

Er begriff zu spät, wie gefährlich ein solcher Gedanke in einer Welt war, die ebenso prompt und unbarmherzig auf *Vorstellungen* reagierte wie die andere auf *Taten*. Etwas geschah, lautlos und fast unmerklich im allerersten Augenblick, aber das änderte sich schnell. Die Blicke, die ihnen folgten, waren plötzlich nicht mehr eingebildet. Er *glaubte* nicht mehr, anklagend ausgestreckte Hände und ein mühsames Sichvorwärtsschleppen und Kriechen zu sehen, sondern er sah es wirklich, und mit einem Male war da eine fühlbare, unangenehme Spannung. Etwas berührte schwerelos und zitternd wie Altweibersommer seinen Fuß. Yaegher sah hin und schrie vor Schrecken auf, als er sah, daß eines der Geschöpfe mit einer leuchtenden Digitalhand nach ihm gegriffen hatte und ihn festzuhalten versuchte. Er riß sich los, ohne mehr als den Hauch eines Widerstandes zu fühlen. Die Hand, die nur aus leuchtendem Nichts und flimmernden Ziffern und Symbolen bestand, wirbelte auseinander wie ein Mückenschwarm, in den der

Sturm gefahren ist. Doch die Bruchstücke fanden sich nicht wieder zusammen, sondern trieben weiter voneinander, bis sie wie kleine, ausgebrannte Sterne einer nach dem anderen erloschen.

Yaegher machte einen hastigen Schritt zur Seite und gleich wieder zurück, denn auch aus der anderen Richtung griffen plötzlich Hände nach ihm. Ein sonderbar melancholischer Laut wie ein tiefes, schmerzerfülltes Seufzen klang durch den Wagen. Eigentlich war es kein wirkliches Geräusch, sondern eher etwas *Fühlbares*, wie ein Erbeben in der Struktur der Wirklichkeit, leise, doch zugleich ungeheuer machtvoll.

»Schnell!« sagte Leismann. »Raus hier. Das gefällt mir nicht!«

In seiner Stimme war etwas, das Yaegher nicht gefiel; ein Unterton von vibrierender Panik, die auch ihn anzustecken drohte. Vielleicht, weil ihm ganz plötzlich auffiel, wie ähnlich das, was Leismann vorhin widerfahren war, diesem Phänomen hier war. Möglicherweise *wußte* Leismann, was ihnen bevorstand, wenn sie hier zu lange blieben.

Sie rannten nicht, bewegten sich aber so schnell weiter durch den Zug, wie sie konnten, und schließlich fanden sie eine zweite Tür. Und nicht nur das – sie funktionierte sogar noch und glitt, zwar scharrend und Schauer von kleinen gelben Funken hervorsprühend, aber sehr schnell vor ihnen auseinander. Dahinter lag nicht der Tunnel, sondern ein ganz normaler, hell gestrichener Korridor, den Yaegher im allerersten Moment nicht sofort erkannte.

»Raus!« schrie Borghorst plötzlich. *»Schnell!«*

Yaegher sah eine Bewegung aus den Augenwinkeln, die nicht von Borghorst oder Leismann stammte und rannte los, ohne noch Zeit mit einem weiteren Blick oder gar einer Frage zu verschwenden. Mit einem gewaltigen Satz sprang er über eine in bösartigem grünem Licht lodernde Gestalt hinweg und halbwegs durch sie hindurch, prallte gegen ein Trümmerstück und spürte, daß er die Balance zu verlieren drohte. Er taumelte mit wild rudernden Armen weiter, gab es auf, um sein Gleichgewicht zu kämpfen und nutzte den Schwung des beginnenden Sturzes, um noch einen grotesken, weit ausgreifenden Schritt zu machen, der ihn durch die offenstehende Tür nach draußen beförderte, wo er schwer auf die Knie und eine halbe Sekunde später der Länge nach hinfiel.

Sie hatten es geschafft, aber diesmal war es mehr als nur *knapp* gewesen. Hinter ihm stolperten Leismann und Borghorst aus der Tür, die von außen nichts anderes war als die des Aufzuges. Dahinter lag jedoch keine Liftkabine, sondern das Innere des Zuges, erfüllt von flimmernden, leuchtenden Gestalten, die plötzlich nichts mehr mit den filigranen, schwebenden Geschöpfen gemein hatten, die sie bisher gewesen waren, sondern zu etwas ... Bösem geworden waren, zu flackernden Dämonen in stechendem giftigem Grün und höllischem Rot, die mit schleppenden Schritten näher kamen, schwankend und scheinbar ziellos wie Zombies in einem Horrorfilm, ebenso absurd und ebenso unaufhaltsam. Für eine einzige, aber durch und durch entsetzliche Sekunde war Yaegher davon überzeugt, daß sie ihnen in den Flur hinaus folgen würden und den Weg in die Wirklichkeit einschlagen würden, den sie selbst ihnen gezeigt hatten.

Sie konnten es nicht. Sie versuchten es, aber es *gab* noch eine Grenze, die sie nicht überschreiten konnten, unsichtbar zwar, aber für sie undurchdringlich wie eine Wand aus Panzerglas, die die Liftkabine verschloß. Riesigen bizarren Fischen in einem Aquarium gleich drängten sich immer mehr der lodernden Gestalten an die unsichtbare Barriere, bis Borghorst schließlich mit einem raschen Schritt zur Schalttafel ging und die Türen schloß. Hastig wich er dann wieder zurück und drehte sich mit einem Ausdruck sichtbarer Erleichterung auf dem Gesicht wieder herum.

»Das wäre geschafft«, sagte er. »Knapp, aber geschafft. Eigentlich sind wir gar nicht so schlecht für drei blutige Anfänger.« Die Erleichterung in seiner Stimme klang so wenig überzeugend, wie es das Lächeln auf seinem Gesicht war. Sowohl Leismann als auch Yaegher sparten sich jede Antwort.

Einige Sekunden lang sahen sie sich ratlos um, dann deutete Borghorst – Yaegher war sicher, vollkommen willkürlich – nach rechts und marschierte los. Yaegher stand hastig auf und hielt ihn mit einer Handbewegung zurück.

»Warten Sie. Es ist besser, wenn –« Er unterbrach sich und wandte sich nach einer Sekunde und mit einem fragenden Blick an Leismann. »Haben Sie noch die Brille?«

Leismann zog die kupferfarbene Schutzbrille aus der Tasche, setzte sie auf Yaeghers Nicken hin auf und übernahm kommentarlos die Führung. Der Gang bog nach zehn oder zwölf Schritten im rechten Winkel ab und endete nach einem weiteren halben Dutzend Meter vor einer schmucklosen, grüngestrichenen Feuerschutztür. Sie hatte weder ein Schloß noch eine Klinke. In der Wand daneben befand sich ein schwarzes Kästchen mit einer Zehnertastatur und einem schmalen, rechteckigen Schlitz darunter.

»Endstation«, sagte Borghorst verdrießlich. »Ich schätze, das war's.«

Yaegher schwieg. Leismann setzte die Brille ab, betrachtete das Kästchen ein paar Sekunden lang sehr aufmerksam, ohne es jedoch zu berühren, und stimmte Borghorst dann mit einem niedergeschlagenen Nicken zu.

»Keine Chance. Nicht ohne die Codezahl. Und wahrscheinlich noch irgendeine Ausweiskarte.« Er deutete auf den Schlitz unter der Taste und sah erst Borghorst an und dann Yaegher. »Hat einer von Ihnen daran gedacht, den Wächter nach etwas in dieser Art zu durchsuchen?«

Yaegher verneinte, während Borghorst in der ersten Sekunde fast beleidigt aussah, daß Leismann es gewagt hatte, das Thema überhaupt zur Sprache zu bringen, ehe auch er sich zu einem widerwilligen Kopfschütteln durchrang. »Nein. Aber gegenseitige Vorwürfe helfen uns jetzt auch nicht. Was sollen wir tun? Gehen wir zurück?«

Yaegher sah auf die Uhr und erschrak. Wenn sie noch richtig ging, dann hatten sie nicht einmal mehr acht Minuten, ehe der Sender offiziell seinen Betrieb aufnahm. Der Countdown lief, und die Zeit schien immer schneller zu vergehen, je mehr sie sich dem Punkt Null näherte.

»Können wir sie aufbrechen?« fragte er.

»Diese Tür?« Borghorst nickte. »Klar. Kein Problem. Ein Pfund Plastiksprengstoff oder eine Dampframme von entsprechender Größe...« Er seufzte. »Keine Chance. Aber immerhin sind wir fast da.«

»Wie meinen Sie das?«

Borghorst deutete mit einer Kopfbewegung auf den oberen Rand der Tür. Yaeghers Blick folgte der Geste, und er sah erst jetzt, daß in den grüngestrichenen Stahl eine winzige Buchstaben- und Zahlenkombination eingeätzt war: K 132.

»Raum 132, Kellergeschoß«, übersetzte Borghorst. »Wir hätten eine Station weiter fahren sollen. Aber knapp vorbei ist auch daneben, nicht wahr? Immerhin können –«

»Still!« unterbrach ihn Leismann. »Da kommt jemand!«

Auch Yaegher hörte es jetzt: Schritte, die sich ohne große Hast näherten, trotzdem aber viel zu schnell, als daß sie noch eine Chance gehabt hätten, sich irgendwo zu verstecken (ganz davon abgesehen, daß es nichts gab, was als Versteck für drei Männer hätte herhalten können). Borghorst griff unter den Mantel, um seine Waffe zu ziehen, aber Yaegher winkte hastig ab und machte zu Leismann beschwörende Gesten, und obwohl er es kaum zu hoffen gewagt hatte, schien der Professor zu begreifen, was er von ihm wollte: Er straffte sich, rückte in der gleichen Bewegung seine Brille zurecht und griff in die Tasche. Rasch klappte er seine Brieftasche auf, zog eine Kreditkarte hervor und schob sie in den Eingabeschlitz des Türcomputers. Die Schritte kamen näher. Als sie die Biegung des Gangs fast erreicht hatten, drehten sich Yaegher und Borghorst zur Tür um, während Leismann gedämpft vor sich hinzufluchen begann und mit dem Mittelfinger auf die Tastatur einhämmerte. Als die Schritte um die Ecke bogen, hob er ein wenig die Stimme; nicht sehr, sondern gerade genug, um überzeugend den Erbosten zu spielen.

»Scheißtechnik. Das Zeug kostet Millionen, aber der Abakus meines fünfjährigen Sohnes funktioniert besser!«

Die Schritte stockten. Leismann wandte den Kopf, und Yaegher sah das verzerrte Spiegelbild seines Gegenübers als Schatten über seine Brille huschen. Er widerstand der Versuchung, sich ebenfalls herumzudrehen. Die Chance, daß Leismanns Schutzbrille als Legitimation ausreichte, hier unten sein zu dürfen, war klein genug, auch ohne daß der Wachmann *sein* Gesicht sah.

»Was tun Sie hier?« fragte eine Stimme, in der sich Überraschung mit einer Spur von Unsicherheit mischte.

»Das frage ich mich auch«, antwortete Leismann mit perfekt geschauspielertem Ärger. Er drehte sich halb zu dem Sicherheitsbeamten um, wobei er mit aufgeregten Gesten auf den Computer zeigte, aus dem ein Drittel seiner Kreditkarte herausragte wie eine höhnisch ausgestreckte Zunge. »Wir irren seit einer halben Stunde durch dieses Labyrinth und versuchen, irgendeine von diesen Scheißtüren aufzubekommen.«

»Wo ist denn da das Problem? Wenn Sie über eine gültige Karte und Zugangsnummer verfügen, muß es funktionieren.« Die Schritte kamen wieder näher, aber nicht mehr so schnell wie zuvor. Der Mann war mißtrauisch. Oder unsicher. Yaegher tauschte einen verstohlenen Blick mit Borghorst.

»Wo das Problem ist?« ereiferte sich Borghorst. »Dieses Mistding funktioniert nicht, *das* ist das Problem!«

»Vielleicht ist die Karte defekt. Das kommt schon mal vor. Warum benutzt nicht einer der anderen Herren –«

Borghorst drehte sich herum und zog in der gleichen Bewegung seine leergeschossene Pistole. »– seine Waffe?« fragte er lächelnd. »Das werde ich tun, wenn Sie mich dazu zwingen, glauben Sie mir.«

Der Wachmann erstarrte mitten in der Bewegung. Auch er trug eine der großen, kupferfarbenen Brillen, so daß nur etwa die Hälfte seines Gesichtes überhaupt zu erkennen war. Trotzdem glaubte Yaegher erkennen zu können, wie sein Blick rasch und taxierend über ihre Gesichter glitt und schließlich an der Waffe in Borghorsts Händen hängenblieb. »Ihr seid doch die drei, die oben eingebrochen sind«, sagte er. »Es nutzt euch gar nichts, wenn ihr mich erschießt.«

»Das haben wir auch nicht vor«, sagte Yaegher rasch. »Wenn Sie vernünftig sind, passiert Ihnen nichts.« Er deutete auf die Tür. »Machen Sie auf.«

»Das kann ich nicht«, antwortete der Wachmann.

Borghorst hob seine Waffe ein Stückchen höher. Die Mündung deutete jetzt direkt auf das Gesicht des Wächters.

»Das nutzt euch auch nichts«, sagte er. Seine Stimme bebte, aber nur ganz sacht. Wenn er Angst hatte, dann beherrschte er sich meisterhaft. Seine erste Einschätzung, was diese Männer anging, dachte Yaegher, war richtig gewesen. Das waren weder pensionierte Verkehrspolizisten noch irgendwelche Möchtegern-Rambos, die man in eine Phantasieuniform gesteckt hatte, um ihnen ein Gefühl von Macht zu vermitteln. Das waren Profis. »Ihr könnt mich umbringen, aber damit kriegt ihr die Tür auch nicht auf.«

»Das stimmt«, sagte Yaegher, ehe Borghorst antworten konnte. »Aber wir sind hier, oder? Obwohl ungefähr zwei Dutzend Ihrer Kollegen versucht haben, uns aufzuhalten. Glauben Sie mir – wir *kommen* durch diese Tür, ob mit oder ohne Ihre Hilfe. Der Unterschied ist nur, ob wir eine oder fünf Minuten dafür brauchen. Ist Ihnen Ihr Leben die fünf Minuten wert, die Sie uns vielleicht aufhalten können?«

Er war sich der Tatsache bewußt, daß er Unsinn redete; sie waren hier nicht mehr in der abstrakten Welt der Visionen, sondern auf einer Ebene der Realität, auf der er vor dieser beschissenen Tür bis zum Sankt-Nimmerleins-Tag stehen und ihr befehlen konnte, sich zu öffnen, ohne daß irgend etwas passierte. Aber er mußte wohl sehr überzeugend geklungen haben, denn der Wächter schwieg einige Sekunden, und der Ausdruck trotziger Selbstsicherheit auf seinen Zügen bekam Risse.

»Zehn Sekunden«, sagte Borghorst ruhig.

»Das nützt euch alles nichts«, wiederholte der Wächter. »Hinter dieser Tür ist doch nur eine weitere Tür. Und die Codenummer dafür kenne ich nicht.«

Yaegher wußte, daß sie gewonnen hatten. Der Mann *war* Profi, und dazu gehörte auch, daß er wußte, wann er verloren hatte. »Wenn das stimmt, dann können Sie uns ja beruhigt aufmachen«, sagte er. »Wir kommen ja nicht weit, also wird Ihnen niemand irgendeinen Vorwurf machen können.«

Borghorst fügte hinzu: »Acht Sekunden.«

»Das tun Sie nicht«, sagte der Wächter. Er klang jetzt deutlich nervös. »Sie legen mich nicht einfach um. Sie sind keine Killer.«

»Fünf«, sagte Borghorst.

»Sie haben recht«, sagte Yaegher. »Schießen Sie ihm ins Knie, Borghorst. Ins rechte.«

Borghorst senkte die Waffe, zog den Hahn zurück und sagte: »Drei.«

»Okay.« Der Wachmann resignierte. Rasch, aber mit Bewegungen, die eindeutig und vorsichtig genug waren, Borghorst nicht zu einer falschen Reaktion zu verleiten, griff er in die Jacke und zog eine weiße Plastikkarte heraus. »Neunzehnzweiundzwanzig«, sagte er. »Aber die Codenummer für die nächste Tür weiß ich nicht. Wirklich.«

Während Leismann mit der Codenummer und der Karte des Wachmannes die Tür öffnete, nahm Borghorst dessen Waffe und das Funkgerät an sich. Anschließend fesselten sie ihn mit seinen eigenen Handschellen. Yaegher nahm ihm die Brille ab. Das Gesicht, das dahinter zum Vorschein kam, war überraschend jung; viel jünger, als die bisher sichtbare Hälfte hatte erkennen lassen. Große, schreckensdunkle Augen blickten Yaegher an. Auf der Stirn darüber glänzte Schweiß in einem feinen, fast geometrischen Netz. Irgend etwas an diesem Gesicht irritierte Yaegher ebenso, wie ihn irgend etwas an der Reaktion des Wächters gestört hatte, aber er wußte nicht, was es war und er hatte auch keine Zeit, darüber nachzudenken. Leismann hatte die Tür geöffnet, und ein Blick auf die Armbanduhr zeigte Yaegher, daß ihnen nur noch knapp vier Minuten blieben.

Der Wachmann hatte die Wahrheit gesagt: Auf der anderen Seite der Tür lag nichts als ein anderer Korridor, der nach wenigen Schritten vor einer weiteren Tür endete.

Borghorst versetzte dem Wächter einen – völlig überflüssigen – Stoß zwischen die Schulterblätter, der den Jungen gegen die Wand taumeln ließ. »Aufmachen!«

»Das kann ich nicht!« antwortete der Wachmann. In seiner Stimme war jetzt ein hysterisches Zittern, das sicher nicht geschauspielert war. »Versuchen Sie es doch selbst! Meine Karte hat hier keine Gültigkeit. Ich ... ich kann Ihnen nicht weiterhelfen! Bitte, ich ... ich tue hier nur meinen Job!«

»Was ist dahinter?« fragte Yaegher. Die Reaktion des jungen Mannes verwirrte ihn mehr und mehr. Es war, als hätte er ihm nicht nur die Brille, sondern damit auch jeglichen Mut abgenommen. Der Bursche war höchstens neunzehn; zwar sehr groß, aber trotzdem noch ein halbes Kind. Und er *benahm* sich auch so.

»Die Studios. Aber ich ... ich war noch nie dort. Niemand vom Wachpersonal hat zu diesem Trakt Zutritt, das müssen Sie mir glauben!«

Borghorst hob die Pistole, aber Yaegher fiel ihm mit einer raschen Bewegung in den Arm. »Lassen Sie ihn«, sagte er. »Er sagt die Wahrheit.« Er wandte sich mit einem fragenden Blick an Leismann, erntete aber nur ein Kopfschütteln. Der Professor hatte Karte und Codezahl des Wächters ausprobiert, aber die Tür rührte sich nicht. Er sah auf die Uhr. Zweieinhalb Minuten. Im Grunde hatten sie jetzt schon keine Chance mehr.

Nachdenklich musterte er die kleine Schalttafel neben der Tür, dann Leismanns Gesicht mit der Kupferbrille und schließlich wieder die Tafel. Vielleicht, wenn er ... die Idee war so absurd, daß er es im ersten Augenblick nicht einmal fertigbrachte, den Gedanken klar formuliert zu Ende zu bringen. Andererseits – was hatten sie noch zu verlieren?

Er verschenkte weitere unersetzliche fünf der ihnen verbleibenden hundertfünfzig Sekunden damit, Borghorst die Brille des Wachmannes zu geben und sich davon zu überzeugen, daß er sie aufsetzte, dann trat er neben Leismann, streckte die Hand nach der Schalttafel aus und berührte sie mit den Fingerspitzen.

»Was tun Sie da?« erkundigte sich Borghorst.

So ganz genau wußte Yaegher das selbst nicht. Es war nicht einmal wirklich eine Idee, sondern eher schon der verzweifelte Griff nach dem Strohhalm, und eigentlich noch nicht einmal das. Er ließ sich einfach treiben und sah interessiert und ohne die mindeste Vorstellung von dem, was geschehen würde, zu, was seine Hände taten. Seine Fingerspitzen berührten das Tastenfeld – und tauchten hinein, als wäre der schwarze Kunststoff nicht mehr als eine hauchdünne Membran, durch die seine Finger ohne fühlbaren Widerstand hindurchgleiten konnten. Borghorst, der hinter ihm stand und mißtrauisch den Wachmann im Auge behielt, bemerkte es nicht einmal, aber Leismann zog erstaunt die Luft zwischen den Zähnen ein.

Es dauerte nur Sekunden, aber es blieb, wie es begonnen hatte – unheimlich und geheimnisvoll und selbst für Yaegher nicht ganz verständlich. Seine Fingerspitzen waren nicht nur seinen Blicken entzogen, sondern schienen gar nicht mehr zu existieren. Dafür war der Computer im Inneren der Schalttafel plötzlich Teil seines Körpers geworden. Es geschah auf eine erschreckend undramatische, fast selbstverständliche Art: Chips und gedruckte Schaltungen schienen Teil seines Organismus zu sein, wie es bisher Haut und Nervenenden gewesen waren, und er bediente sich ihrer ebenso selbstverständlich, wie er es mit seinem eigenen Körper konnte, ohne über alle Geheimnisse seines Funktionierens und seines chemischen Aufbaus Bescheid wissen zu müssen. Es reichte vollkommen aus, daß er es *wollte*. Ein scharfes Klicken war zu hören, und die Tür vor ihnen glitt zur Seite.

»Wie zum Teufel haben Sie das gemacht?« fragte Borghorst.

Leismann sagte nichts, aber Yaegher konnte seinen fassungslosen Blick selbst durch den verkupferten Schirm der Brille hindurch spüren.

Der Korridor hinter der Tür unterschied sich grundlegend von den Teilen des Gebäudes, in denen sie bisher gewesen waren. Das Licht war zu einem angenehmen, gelblichen Schein gedämpft, und auf dem Boden lag ein knöchelhoher Teppich, der zusammen mit der Stoffbespannung der Wände und den dicken Styroporplatten an der Decke jegliches Geräusch auf ein Minimum dämpfte. Eine Anzahl großer Milchglastüren zweigte zu beiden Seiten des Ganges ab, und auch hier gewahrten sie unter der Decke die offenbar unvermeidliche Videokamera. Über einer der Türen brannte ein rotes Licht.

»Die Sendezentrale?« fragte Leismann. Die Frage galt Borghorst, aber offensichtlich hatte der den Grundriß des Gebäudes tatsächlich nicht gründlich genug studieren können, denn seine Antwort bestand nur aus einem verlegenen Achselzucken.

»Schauen wir nach«, schlug er vor. »Aber zuerst müssen wir sehen, daß wir unseren Freund hier loswerden.« Er packte den Wachmann so grob am Arm, daß der vor Schmerz zusammenfuhr, öffnete die erstbeste Tür und stieß ihn hindurch. Er hörte einen angstvollen Aufschrei, gefolgt von einem dumpfen Schlag und dem Geräusch, das ein schwerer Körper verursachen mochte, der zu Boden fiel. Kaum eine Sekunde später kehrte Borghorst zurück und zog die Tür hinter sich zu. Auf seinem Gesicht lag ein Lächeln, das Yaegher gar nicht gefiel.

»Was haben Sie mit ihm gemacht?« fragte Leismann.

»Nichts«, antwortete Borghorst. »Er wird höllische Kopfschmerzen haben, wenn er aufwacht, aber das ist auch alles. Wahrscheinlich ist er froh, daß es vorbei ist. Hätte nicht viel gefehlt, und er hätte sich in die Hosen geschissen.« Er zuckte mit den Schultern. »Es ist wahrhaftig nicht das erste Mal, daß ich so etwas erlebe. Kerle, die sich selbst für stahlharte Burschen halten, wie? Aber sie klappen zusammen wie Taschenmesser und schreien nach ihrer Mami, sobald man sie etwas härter anfaßt.«

Das war es aber sicher nicht. Borghorsts Erklärung klang einleuchtend, aber es war nicht so, und obwohl ihnen die Zeit immer schneller davonrannte und sie im Grunde mit jeder Sekunde rechnen mußten, blieb Yaegher noch einmal stehen und griff wortlos nach Borghorsts Brille.

Borghorst versuchte ihn daran zu hindern, aber er war nicht schnell genug. In der allerersten Sekunde sah er einfach nur zornig aus, dann machte sich ein Ausdruck verblüffter Fassungslosigkeit auf seinem Gesicht breit. »Oh«, sagte er.

»Was ist?« fragte Leismann.

Yaegher drehte die Brille eine Sekunde lang unschlüssig in der Hand. Er zögerte, sie Borghorst zurückzugeben. Dann tat er es doch. So gefährlich sie sein mochte, sie war vielleicht Borghorsts einziger Schutz vor einer noch viel größeren Gefahr.

»Spüren Sie etwas?« fragte er Leismann, während er mit einem Gefühl immer größer werdenden Unbehagens zusah, wie Borghorst seine Brille wieder aufsetzte. Im gleichen Moment, in dem er es tat, ging fast unmerklich eine Veränderung mit ihm vor. Er schien irgendwie ... größer zu werden. Natürlich wuchs er nicht wirklich, er bewegte sich nicht einmal. Aber man konnte regelrecht sehen, wie er plötzlich neu von Kraft und Selbstbewußtsein erfüllt wurde.

»Nein«, antwortete Leismann. »Was sollte ich spüren?«

»Keine Angst?« fragte Yaegher. »Nicht einmal ein bißchen Nervosität?«

»Nein.« Leismann schüttelte heftig den Kopf. »Warum sollte ich? Wir –« Er stockte, sah Yaegher eine Sekunde lang verblüfft an und fuhr dann in völlig verändertem Tonfall fort: »Ich verstehe. Sie meinen –«

»– daß unsere Freunde ihre ganz speziellen Methoden haben, ihre Leute zu motivieren, ja«, sagte Yaegher grimmig. Er deutete auf Borghorsts Brille. »Anscheinend sind diese Dinger nicht nur als Schutz zu gebrauchen.« Er schnitt Leismanns Antwort mit einer Handbewegung ab und deutete auf die Tür, über der das Rotlicht brannte. »Kommt.«

Als er die Hand nach der Türklinke ausstreckte, sah er auf die Uhr. Sie hatten noch fünfunddreißig Sekunden, um die Welt zu retten.

41

Ironie des Schicksals: Jetzt, wo es wahrscheinlich zu spät war, hatten sie Glück, obwohl ihre Chance nur eins zu hundert stand. Die Tür war nicht abgeschlossen, und sie führte zur Sendezentrale; oder zumindest zu einem Studio, das im Moment den gleichen Zweck erfüllte. Und sie hatten sogar doppeltes Glück: Das Geschehen auf der anderen Seite der deckenhohen Glasscheibe, die den Raum in zwei verschieden große und unterschiedlich beleuchtete Hälften teilte, schlug alle Zuschauer in dem Raum so sehr in seinen Bann, daß in den ersten Sekunden niemand von ihrem Eintreten Notiz nahm.

Es dauerte wirklich nur ein, zwei Herzschläge lang, aber Yaeghers Sinne arbeiteten mit höchster Energie, und er sah und registrierte alles mit phantastischer Klarheit, in Bruchteilen von Sekunden und auf einem Dutzend Ebenen der Wahrnehmung zugleich: Der Raum, der vor ihnen lag, glich mehr einem Ton- als einem Fernsehstudio. Vor der Glasscheibe war ein gewaltiges Mischpult mit buchstäblich Tausenden von Knöpfen und Schiebereglern aufgebaut, an dem sicher ein Dutzend Männer und Frauen saßen, die gebannt dem Geschehen auf der anderen Seite der Scheibe folgten, soweit sie nicht damit beschäftigt waren, irgendwelche Einstellungen vorzunehmen oder einen Monitor zu überwachen, von denen es an die hundert in allen nur denkbaren Größen und Ausführungen gab. Auf den meisten war nichts anderes zu sehen als das, was sich auf der anderen Seite der Glaswand abspielte, aber eben nur auf den meisten. Einige zeigten andere Räumlichkeiten hier im Gebäude: leerstehende Büros und Gänge, aber auch den hell erleuchteten Eingang, vor dem noch immer schimmernde Luxuskarossen anhielten, die Lobby und den Raum, in dem die eigentliche Party stattfand, den sie ja gar nicht betreten hatten. Im Augenblick regte sich dort jedoch kaum etwas. Die Aufmerksamkeit der gut tausend Gäste und des Personals war gebannt auf eine gigantische Videowand gerichtet, auf der in zehn Meter großen Buchstaben das Emblem des Senders zu sehen war, und darunter, kaum kleiner und unbarmherzig rückwärts laufend, die Digitalanzeige, die die verbleibende Zeit bis zur offiziellen

Inbetriebnahme des Senders anzeigte. Der Anblick erinnerte Yaegher an den einer Silvesterparty, deren Gäste mit angehaltenem Atem darauf warteten, daß das neue Jahr hereinbricht. Auf anderen Monitoren waren Aufnahmen zu sehen, die offensichtlich aus einem halben Dutzend Ü-Wagen irgendwo in der Stadt gemacht wurden, und auf einem schließlich wieder die Halle mit den weißbekittelten Männern und Frauen und dem riesigen roten Hufeisen, das Leismann als CRAY-Computer bezeichnet hatte. Zu seiner maßlosen Verblüffung sah Yaegher, daß eine der Wände zum Teil zusammengebrochen war. Aus dem Wust von Betontrümmern und Schutt ragte etwas hervor, das wie das zusammengestauchte Vorderteil eines futuristischen U-Bahn-Wagens aussah.

Er wandte seine Aufmerksamkeit dem Raum hinter der Glasscheibe zu –

– und vergaß schlagartig alles andere.

Evelin war dort drüben. Sie saß zusammen mit Berger, Strauss und drei weiteren Männern, deren Gesichter Yaegher allesamt schon einmal gesehen hatte, ohne daß er im Moment genau sagen konnte, wo und in welchem Zusammenhang das gewesen war, an einem halbrunden Tisch aus Chrom und Glas. Einer der Plätze war noch frei.

»Achtung!« Die Stimme drang, angekündigt von einem scharfen Schnappgeräusch, aus einem Lautsprecher unter der Decke, und im gleichen Augenblick, in dem sie das gebannte Schweigen unterbrach, wurden Yaegher und die beiden anderen entdeckt. Verwirrte, vielleicht ein wenig verärgerte, aber keinesfalls mißtrauische oder gar erschrockene Blicke wandten sich ihnen zu. »Noch zwanzig Sekunden. Der Countdown läuft!«

»Das glaube ich nicht«, sagte Yaegher.

In einer einzigen, ruckhaften Bewegung wandten alle Anwesenden die Köpfe und starrten ihn an. Yaegher sah noch immer nirgendwo auch nur die Andeutung von Erschrecken. Offensichtlich war die Vorstellung, daß irgend jemand unbefugt in das Allerheiligste dieses Gebäudes eindringen konnte, für alle Anwesenden hier so absurd, daß sie diesen Gedanken nicht einmal jetzt fassen konnten.

Das verblüffte Schweigen hielt allerdings nur eine Sekunde an.

Dann sprang ein kurzbeiniger Mann in T-Shirt und zerwetzter Cordhose von seinem Stuhl hoch und begann wild mit beiden Armen zu gestikulieren. »Was sind denn das für Vögel?« kreischte er hysterisch. »Seid ihr wahnsinnig? Verschwindet! Macht, daß ihr rauskommt! Wir gehen in zwölf Sekunden auf Sendung!«

»Nein«, sagte Borghorst ruhig und hob seine Pistole. »Daraus wird nichts, fürchte ich.«

Die Augen des Hysterikers quollen vor Schrecken sichtbar aus den Höhlen. Er stieß ein fast komisch klingendes Quietschen aus, plumpste auf seinen Stuhl zurück und begann, nach Atem zu ringen. Einige der anderen sprangen ebenfalls von ihren Plätzen hoch oder begannen wild durcheinanderzurufen, und ein besonders beherzter (oder dummer) Mann griff in seine Jacke und zog eine Pistole. Borghorst bemerkte die Bewegung aus den Augenwinkeln und schwenkte seine Waffe herum, und der andere rettete sich selbst das Leben, indem er seine Pistole fallen ließ und zurück auf seinen Stuhl sank. Leismann bückte sich nach der Waffe und steckte sie ein.

»Sehr gut«, sagte Borghorst grimmig. »Wenn ihr alle hier schön vernünftig seid, dann passiert keinem etwas, mein Wort darauf.«

Yaegher sah auf eine der zahllosen Digitaluhren, die ihm von ebenso vielen Monitoren entgegenblinkte. Noch sechs Sekunden. Fünf. Vier.

»Was wollen Sie?« fragte der Mann im T-Shirt und rang mühsam um Atem. Sein Blick irrte flackernd wie der eines Wahnsinnigen zwischen ihnen und den Digitalanzeigen hin und her. Noch zwei Sekunden. Noch eine. Die Uhr erreichte die Null und begann wieder aufwärts zu zählen. Aus dem Gesicht des Mannes wich jedes bißchen Farbe.

»Großer Gott, jetzt ist es passiert«, flüsterte er. »Wir haben es verpaßt. Was wollen Sie? Es gibt hier nichts zu holen! Wir sind nur ein Fernsehsender, der seinen allerersten Sendetermin verpaßt hat!« Seine Stimme klang wie die eines Mannes, der um sein Leben fleht.

»Ich fürchte, Sie werden auch noch den nächsten verpassen«, sagte Borghorst. »Und sogar noch eine ganze Menge mehr. Sie werden mit diesem Ding niemals auf Sendung gehen.«

»Sie ... Sie müssen verrückt sein!« krächzte der Mann. »Ihr habt den Verstand verloren, wie? Was... was soll denn dieser Unsinn?!«

Yaegher spürte die Bewegung viel mehr, als daß er sie sah; und er reagierte auch nicht wirklich. *Etwas* in ihm reagierte auf eine Art, die er nicht einmal dann wirklich verstand, als er es tat. Die Hand des Aufnahmeleiters war Millimeter für Millimeter auf eine unscheinbare graue Taste zugekrochen, während er mit ihnen geredet hatte. Yaegher wußte nicht, was diese Taste bewirkt hätte, aber was immer es war, sie konnte es ohnehin nicht mehr, denn im gleichen Moment, in dem die Finger des Mannes sie berührten, war sie keine Taste mehr, sondern etwas Spitzes, Reißendes, das mit rasiermesserscharfen Zähnen zuschnappte und ein halbes Dutzend tiefer, blutender Risse in den Fingern des Mannes zurückließ. Mit einem gellenden Schrei riß er die Hände zurück und starrte fassungslos auf seine blutenden Finger und das schnappende Ding auf dem Mischpult vor sich.

Jemand begann hysterisch zu kreischen und brach nach einer Sekunde wieder ab, und der Mann unmittelbar neben dem Aufnahmeleiter sprang so erschrocken hoch und dann wieder zurück, daß sein Stuhl umfiel.

Yaegher war von allen hier drinnen vielleicht am meisten überrascht – nicht einmal so sehr, *daß* er es getan hatte, sondern viel mehr über die *Selbstverständlichkeit*, mit der es passiert war. Was immer mit ihm geschehen war, dachte er dauernd, sie hatten mit ihm viel, viel mehr getan, als wenn sie ihm ein Video geschickt hätten, das ihn in den Wahnsinn trieb.

»Was... was wollen Sie?« krächzte der Sendeleiter. »Wer... wer sind Sie? *Was* sind Sie, und was wollen Sie von uns?«

Yaegher antwortete nicht, aber Borghorst trat unauffällig einen Schritt näher und flüsterte: »Eine gute Frage. Was zum Teufel sollen wir tun? Wir können sie nicht ewig in Schach halten.«

Yaegher sagte auch jetzt noch nichts. Er lauschte in sich hinein. Dieses Wilde, Böse, Zerstörerische war noch immer da, stärker und heftiger an seinen Ketten zerrend denn je, aber daneben war plötzlich noch etwas anderes, nicht nur die Bestie, sondern etwas *Zukünftiges*, als hätte er nicht nur einen Schritt zurück getan, sondern zugleich einen ebenso großen nach vorne. Er hatte sich zu einem Wesen weiterentwickelt, das nicht länger auf seine Hände angewiesen war, um Materie und Energie zu beherrschen. Und zugleich spürte er, wie in seinem Inneren ein lautloser Kampf zwischen diesen beiden Geschöpfen entbrannte. Er wußte noch nicht, welche Seite den Sieg davontragen würde, das Ungeheuer oder dieses andere, fremde Ding, für das er keinen Namen hatte, von dem er sogar nicht einmal wußte, ob es nicht vielleicht schlimmer war als das Tier in ihm. Aber eines wußte er mit unerschütterlicher Sicherheit: daß *er*, Yaegher, nicht der Sieger sein würde.

»Yaegher!« sagte Borghorst. Seine Stimme klang drängend.

Ein Lautsprecher knackte, und eine andere Stimme, die Yaegher fast ebenso vertraut war, sagte: »Was ist denn da draußen los? Wieso sind wir nicht auf Sendung? Wir sind schon vierzig Sekunden über der Zeit!«

Yaegher wandte den Blick. Evelin hatte sich vorgebeugt und sprach in ein Mikrofon, das vor ihr auf dem Tisch stand. Sie sah sehr zornig aus. Aber nicht beunruhigt. Das grelle Licht dort drinnen und die schwache Beleuchtung hier draußen hatten die Scheibe offensichtlich in einen schwarzen Spiegel verwandelt. Sie konnte nicht sehen, was dort draußen vorging.

Yaegher warf dem Sendeleiter einen auffordernden Blick zu. »Tun Sie es.«

»Wie?« fragte der Mann. Borghorst fuhr zusammen wie unter einem elektrischen Schlag, und auch Leismann hob überrascht den Kopf.

»Gehen Sie auf Sendung!« befahl Yaegher. »Aber kein Wort von uns!«

»Yaegher«, keuchte Borghorst. »Sind Sie verrückt?!«

Der Sendeleiter zögerte noch eine Sekunde, dann legte er mit der unverletzten Hand einen Schalter auf seinem Pult um und beugte sich über ein Mikrofon. »Noch zehn Sekunden. Achtung!«

»Das will ich hoffen«, sagte Evelin gereizt. »Und ich will auch hoffen, daß Sie eine verdammt gute Ausrede für diese Panne haben. Wenn nicht, war das die kürzeste Anstellung Ihres Lebens. Und die letzte!«

»Fünf Sekunden. Vier. Drei. Zwei. Eins. Achtung – *on air*!«

Das Bild auf den Monitoren, die bisher das TNT-Symbol und die Digitaluhr gezeigt hatten, machte Evelins strahlendem Lächeln Platz, und das einzige, das Yaegher im allerersten Moment denken konnte, war, daß er sie noch nie so schön und bezaubernd erlebt hatte wie jetzt. Hastig sah er weg und wandte sich an Borghorst.

»Keine Sorge, Borghorst. Ich weiß, was ich tue. Es ist die einzige Chance, die ich noch habe.« Er machte eine Kopfbewegung zu dem Raum hinter der Scheibe. »Ich gehe jetzt dort hinein.«

Borghorst riß den Mund auf. »Sie – ?!«

»Sie können mich begleiten oder gehen«, fuhr Yaegher fort. »Ich werde Ihnen und Professor Leismann die Wachen vom Hals halten, wenn Sie gehen wollen. Vielleicht haben Sie eine Chance. Aber ich überlasse Ihnen die Entscheidung.«

Und damit wandte er sich um und ging auf die Tür in der gläsernen Wand zu, ohne Borghorsts Antwort abzuwarten. Er zog die Pistole, die Borghorst ihm gegeben hatte, aus der Manteltasche, während er das tat, und er ging sehr langsam. Sein Blick blieb unablässig auf Evelins Gesicht haften, das ihm von einem Dutzend Monitore entgegenblickte.

Sie hatte bisher kein Wort gesprochen, sondern einfach nur in die Kamera gelächelt. Jetzt begann sie: »Herzlich willkommen, meine Damen und Herren, zur ersten offiziellen Sendung von TNT-NETWORK, das hiermit seinen landesweiten Betrieb aufnimmt.« Ihr Lächeln veränderte sich, als sie der Kamera und den Millionen Zuschauern dahinter zublinzelte. »Wie Sie sicher gemerkt haben, fangen wir gleich mit einer Minute Verspätung an; nach dem Motto: Laßt uns alles Unangenehme sofort hinter uns bringen, damit wir Ihnen später ein um so besseres Programm bieten können.« Sie lachte. »Jetzt aber im Ernst: Mein Name ist Evelin Freytag, und ich werde Sie in den nächsten Wochen und Monaten durch das Programm führen, tatkräftig unterstützt von einigen Kolleginnen und Kollegen.«

Yaegher hatte die Tür erreicht und zögerte noch ein letztes Mal. Sein Blick wanderte zwischen Evelins Gesicht auf den Bildschirmen und dem hinter der Glasscheibe hin und her. Sie plapperte fröhlich weiter, und ihre Ansage war alles andere als gut. Sie hatte kein Talent zum Moderator und gab sich nicht einmal besondere Mühe – und wozu auch? Sie war nicht auf Charme und Wortgewandtheit angewiesen, um die Zuschauer in ihren Bann zu ziehen.

Er öffnete die Tür und trat ein. Berger, Strauss und die drei anderen sahen irritiert hoch, als er näher kam. Berger erschrak, während sich auf Strauss' Gesicht eine Mischung aus Fassungslosigkeit und schierem Entsetzen ausbreitete. Evelin bemerkte ihn im allerersten Moment nicht einmal, sondern sprach noch einige Sekunden weiter. »... und vor allem ohne irgendwelche Werbeeinblendungen. Unser Programm wird ausschließlich von privaten Sponsoren und der internationalen Film- und Videoindustrie finanziert, die...«

Sie hatte ihn immer noch nicht bemerkt, aber sie mußte wohl gehört haben, daß irgend etwas nicht stimmte, denn sie verhaspelte sich, geriet für einen Moment aus dem Konzept und versuchte es dann noch einmal. »Was wir machen, ist konsequentes Fernsehen, ohne irgendwelchen Schnickschnack, ohne Reklame, ohne –«

»– die Möglichkeit, abzuschalten?« fiel ihr Yaegher ins Wort.

Berger wurde leichenblaß. Einer der drei anderen setzte dazu an, etwas zu sagen, brach aber sofort wieder ab. Strauss erhob sich halb von seinem Platz und sank wieder zurück, als Yaegher die Pistole auf ihn richtete. Evelin starrte ihn nur an.

»Warum sprichst du nicht weiter?« fragte Yaegher. Er bewegte sich langsam auf den Tisch zu. »Sag es ihnen, Evelin. Sag all diesen Leuten dort draußen, was sie wirklich bekommen, wenn sie euer famoses Programm einschalten. Eine Gehirnwäsche, nicht wahr? Gratis. Ob sie es wollen oder nicht.«

Evelin sagte noch immer nichts. Ihr Gesicht blieb vollkommen unbewegt, aber in ihrem Blick lag etwas, das Yaegher nicht einordnen konnte. Kein Schrecken, aber auch kein Zorn, sondern fast so etwas wie... *Trauer*?

»Yaegher!« krächzte Berger. »Wie... wie kommen Sie hierher? Verschwinden Sie! Hauen Sie ab! Sie... Sie verderben alles, Sie Idiot!«

Yaegher beachtete ihn nicht einmal, sondern ging langsam auf den Tisch zu. Sein Blick blieb unverwandt auf Evelins Gesicht gerichtet. Sie war wunderschön und so bezaubernd wie nie zuvor; hundertmal faszinierender, als sie auf den Monitoren draußen ausgesehen hatte. Es war ihm unmöglich, Zorn oder auch nur Bitterkeit zu empfinden.

»Abschalten!« befahl Strauss mit überschnappender Stimme. »Schaltet ab! Runter vom Sender!«

Sie versuchten es. Yaegher spürte, wie Leitungen unterbrochen und Geräte abgeschaltet wurden, aber er ließ es nicht zu. Es war wie vorhin, als er die Tür geöffnet hatte, und wie vorhin geschah es fast ohne sein Zutun: Er war plötzlich *Teil* der gewaltigen Anlage. Gedruckte Schaltungen und Leiterbahnen wurden zu seinen Nerven, Chips und Dioden zu Knotenpunkten in seinem Gehirn; für einige Sekunden war er nicht mehr er selbst, sondern ein gewaltiges Wesen, dessen Nervensystem sich in dem ganzen Gebäude ausbreitete.

»Abschalten!« keuchte Strauss noch einmal. *»Ihr sollt abschalten, ihr verdammten Idioten!«*

Das Bild auf den Monitoren flackerte. Flirrende weiße Streifen liefen über die Mattscheibe und erloschen wieder. Nichts hatte sich verändert. Das Abbild von Strauss' fassungslosem Gesicht war noch immer auf dem Fernseher; auf diesem und auf denen draußen auf der anderen Seite der Scheibe und auf etlichen hunderttausend oder vielleicht auch Millionen anderen Apparaten überall im Land.

»Abschalten!« wimmerte Strauss. »Schaltet doch ab!«

»Es... es geht nicht«, antwortete eine Lautsprecherstimme, offenbar die des Sendeleiters. »Ich versuche es ja, aber die... die Geräte reagieren nicht!«

»Gebt euch keine Mühe«, sagte Yaegher ruhig. »Ihr könnt nicht abschalten. Nicht, solange ich es nicht will.«

Die Tür, durch die er eingetreten war, wurde wieder geöffnet. Er warf einen Blick über die Schulter zurück und sah Borghorst und Leismann, die hintereinander eintraten. Beide trugen die großen Kupferbrillen. Er wandte sich wieder dem Tisch zu und betrachtete den freien Stuhl zwischen Evelin und Strauss. Er fragte sich, wer von den beiden darauf Platz nehmen würde.

Berger wurde noch bleicher, als er Borghorst erblickte. »Sind... sind Sie wahnsinnig?« keuchte er. »Wieso bringen Sie ihn hierher? Wissen Sie nicht, wer das ist?!«

Yaegher ignorierte ihn. »Warum?« fragte er. Er sprach ganz leise, aber in seiner Stimme mußte etwas Neues sein, denn zum ersten Mal zeigte sich eine Reaktion auf Evelins Gesicht, wenn er sie auch nicht deuten konnte. »Warum das alles, Evelin? Erkläre es mir.« Er machte eine weit ausholende Geste auf die Glasscheibe und die elektronischen Kameras, die rechts und links davon aufgebaut waren. »Erklär es ihnen allen!«

»Halten Sie den Mund!« sagte Strauss. »Sie sagen kein Wort, haben Sie das verstanden?« Er wandte sich jetzt direkt an die Kamera, und Yaegher ließ es zu, daß sein Gesicht plötzlich in Großaufnahme auf sämtlichen Monitoren erschien.

»Meine Damen und Herren«, begann er. »Was jetzt geschieht, war nicht geplant. Dieser Mann hat offensichtlich den Verstand verloren, wie Sie selbst sehen, und zwingt uns mit Waffengewalt –«

Yaegher demonstrierte ihm, was das Wort *Waffengewalt* in seiner ursprünglichen Form bedeutete. Er schoß ihm in den Arm. Strauss preßte eine Hand gegen seine Schulter und sank stöhnend in seinem Sitz zusammen, obwohl die winzige Kugel vom Kaliber .22 kaum nennenswerten Schaden angerichtet haben konnte.

»Sag es ihnen!« wiederholte Yaegher. Evelin schwieg noch immer, und daher wandte er sich selbst der Kamera zu, nachdem er Borghorst und Leismann mit einer Kopfbewegung signalisiert hatte, sie sollten die anderen in Schach halten. »Gut. Dann werde ich es selbst tun.« Er räusperte sich, sah in die Kamera und registrierte aus den Augenwinkeln, wie nervös und unsicher sein Gesicht auf den Fernsehschirmen wirkte. »Sie kennen mich nicht«, begann er. »Sie haben mich noch nie gesehen, und ich vermute auch, Sie werden mich nie wiedersehen, denn die Wahrscheinlichkeit, daß ich das hier überlebe, ist nicht sehr hoch. Wahrscheinlich halten mich die meisten von Ihnen wirklich für verrückt. Ich bitte Sie trotzdem, mir einige Minuten zuzuhören.« Nervös fuhr er sich mit der Zungenspitze über die Lippen. Sie waren trocken und rissig, und die Worte kamen nur widerwillig heraus. Warum war es so schwer, vor einer Kamera zu reden, selbst in einem solchen Moment?

»Sie denken vielleicht, Sie sehen das Programm eines neuen Fernsehsenders, aber das stimmt nicht. Was hier geschieht, ist mehr. Viel mehr. Sie werden manipuliert. Dieser Sender strahlt Impulse aus, die Ihren Willen ausschalten. Es dauert nicht lange, und Sie werden zu Marionetten der Leute, die hier sitzen und das Programm bestimmen – ein Programm, das *in Ihren Köpfen* abläuft, nicht auf der Mattscheibe! Ich weiß nicht, ob es nicht jetzt schon zu spät ist, aber wenn diese Sendung vorüber ist, dann schalten Sie ab und schalten Sie diesen Sender *nie wieder ein,* wenn Sie weiter Herr Ihrer eigenen Entscheidungen bleiben wollen. Ich weiß, daß sich meine Geschichte phantastisch anhört, aber Sie müssen mir wirklich glauben! Irgend jemand muß etwas gegen diese Leute unternehmen und ihnen das Handwerk legen, falls mir das nicht gelingt.«

»Yaegher, aufpassen!« schrie Berger.

Yaegher fuhr herum. Er hatte geahnt, daß sie etwas unternehmen würden, aber er hatte nicht gedacht, daß es so schnell gehen würde: Auf der anderen Seite des Studios war eine Tür aufgeflogen, durch die drei der blau uniformierten Wachmänner hereinstürmten. Und diese drei zögerten keine Sekunde. Ein Schuß fiel, und die Kugel traf Yaegher in die Schulter, dicht oberhalb seines Herzens.

Im allerersten Moment war der Schmerz unvorstellbar, aber er brauchte nur eine Sekunde, um die entsprechenden Nervenbahnen zu lokalisieren und abzuschalten. Rasch und so selbstverständlich, wie man sich ein Staubkorn aus den Augenwinkeln reibt, griff er in sich hinein, brachte den Blutstrom zum Versiegen und befahl den zerrissenen Adern und Nerven, sich wieder zusammenzufügen. Augenblicke später schloß sich der Schußkanal in seinem Fleisch. Alles, was zurückblieb, war ein wenig mehr als ein daumengroßer hellroter Fleck auf seinem Mantel. Die Wunde hatte nicht einmal Zeit gehabt, richtig zu bluten.

Bergers Unterkiefer klappte hinunter. Strauss' Augen quollen vor Entsetzen so weit aus den Höhlen, daß Yaegher für eine Sekunde ernsthaft darauf gefaßt war, sie auf den Tisch fallen und davonrollen zu sehen, während Evelin nur erstaunt die Brauen zusammenzog.

Ein zweiter Schuß fiel, aber die Kugel, die diesmal auf sein Gesicht gezielt war, erreichte ihn nicht, sondern prallte auf halbem Wege gegen ein unsichtbares Hindernis und heulte als Querschläger davon, ehe sie einen der Scheinwerfer unter der Decke zerschlug.

Zu einem dritten Schuß kamen die Wachmänner nicht mehr. Yaegher hob mit einem Ruck den Kopf und starrte sie an, und gleichzeitig tat das *Ding* in seinem Inneren (nein, es waren *beide*: die Macht des Überwesens, gepaart mit der Blutgier der Bestie) etwas, von dem er selbst nicht verstand, *wie* er es tat. Die Männer erstarrten nicht nur für einen Moment in der Bewegung, sondern für alle Zeiten, als die Luft rings um sie herum zu einem drei Meter dicken Würfel aus Glas gerann.

»Oh, mein Gott!« hauchte Strauss. »Was ... was um Himmels willen haben Sie getan? Wer sind Sie?«

»Das sollte ich Sie fragen«, antwortete Yaegher leise. »Sie müßten das eigentlich besser wissen als ich, denn Sie und Ihre Freunde haben mich erschaffen.«

»Was reden Sie da!« sagte Strauss. »Sie sind wahnsinnig, komplett wahnsinnig!«

»Ich bin sicher, Sie wollten es nicht«, fuhr Yaegher fort. »Aber Sie haben es getan. Sie haben ein Ungeheuer erschaffen, und sie werden vielleicht noch Tausende davon erschaffen. Und vielleicht noch viel schlimmere! Sie spielen mit Kräften herum, die Sie nicht einmal begreifen können, Sie Narr! Sie und Ihre sauberen Freunde sind die wirklich Wahnsinnigen hier!«

Strauss sank in seinem Stuhl zusammen. Seine Schulter blutete heftig, und er wimmerte wie ein kleines Kind. Und trotzdem gab er noch nicht auf, sondern stemmte sich plötzlich wieder in die Höhe und starrte aus blutunterlaufenen Augen in die Kamera. »Sie dürfen diesem Wahnsinnigen nicht glauben«, sagte er. »Sie sehen selbst, was er getan hat. Er hat mich verwundet, und drei Wachmänner umgebracht! Ich weiß nicht, wer er ist und was er mit diesem Irrsinn bezweckt, aber er –«

»Er sagt die Wahrheit.«

Strauss brach mit einem krächzenden Laut ab und starrte Evelin an. Sie hielt seinem Blick eine Sekunde lang schweigend stand und sagte dann noch einmal und wieder sehr ruhig: »Er sagt die Wahrheit. Alles ist genau so, wie Yaegher es behauptet hat.«

»Sie lügt!« kreischte Strauss. »Hören Sie nicht auf sie! Sie lügt!«

»Geben Sie auf, Strauss«, sagte Evelin. Sie lächelte auf eine sehr milde, traurige Art. »Es ist vorbei. Ich kann nicht mehr. Und ich will auch nicht mehr.« Sie atmete tief und hörbar ein, so daß es fast wie ein Seufzen klang, und sah dann zu Yaegher hoch. »Bin ich noch auf Sendung?«

Ohne den Blick von ihrem Gesicht zu wenden, nickte Yaegher. »Ja. Aber beeil dich. Ich weiß nicht, wie lange noch.« Früher oder später würden sie einen Weg finden, die Übertragung zu unterbrechen, das wußte er. Und wenn sie die Antennen in die Luft sprengten.

Evelin richtete ihren Blick direkt in die Kamera, sammelte sich und begann mit sehr ruhiger, sehr gefaßter Stimme: »Alles, was Sie gerade gehört haben, entspricht der Wahrheit. Dies ist kein kommerzieller Fernsehsender. Im Grunde ist es überhaupt kein Fernsehsender, sondern ein Instrument, um Menschen zu beeinflussen. Parallel zum Fernsehsignal wird ein elektronischer Impuls ausgestrahlt, der direkt auf bestimmte Teile des menschlichen Gehirns einwirkt und dessen bewußte Entscheidungsfreiheit ausschaltet. Es ist möglich, den menschlichen Geist auf diese Weise vollkommen zu beherrschen. Und es wurde bereits eingesetzt, in dieser Stadt und in anderen, und es wird weiter eingesetzt werden, hier und ... an einem Dutzend anderer Orte. Schalten Sie ab. Schalten Sie Ihren Fernseher ab und nie wieder ein, solange den Drahtziehern dieser Verschwörung nicht endgültig das Handwerk gelegt worden ist.«

Ein flimmernder Streifen lief diagonal über den Monitor mit Evelins Gesicht. Ihre Stimme erlosch und wurde von einem an- und abschwellenden Pfeifen ersetzt, dann zerbarst das Bild vollends zu einem abstrakten Muster aus Farben und sich ständig verändernden Streifen und Linien, und Leismann sagte ruhig: »Das war's. Sie haben einen Störsender in Betrieb genommen.«

»Das macht nichts«, sagte Yaegher. »Alle haben es gehört. Und ein paar werden es glauben.«

»Niemand wird Ihnen glauben, Sie Idiot«, sagte der Mann, der neben Evelin saß. »Und selbst wenn – was nutzt das schon! Wir sind schon viel zu stark. Nicht einmal Sie können uns noch aufhalten.«

Yaegher hob seine Pistole, aber der grauhaarige Mann blieb ganz ruhig. Er lächelte sogar. »Erschießen Sie mich ruhig«, sagte er. »Aber das ändert auch nichts.«

Yaegher war beinahe in Versuchung, es zu tun. Er *wollte* es tun, mehr als alles andere. Doch dann senkte er mit einem Ruck seine Waffe und drehte sich zu Berger herum. »Warum haben Sie mich gewarnt?« fragte er. »Sie hätten mich erschossen, wenn Sie es nicht getan hätten.«

»Weil ich auf Ihrer Seite stehe, Sie Idiot!« sagte Berger.

»Was soll das heißen?«

»Daß Sie und ich aus dem gleichen Grund hier sind«, antwortete Berger zornig. »Um diese Wahnsinnigen aufzuhalten!«

»Sie wollen behaupten, daß Sie –«

»– ich von Anfang an gewußt habe, was hier wirklich vorgeht, ja!« fiel ihm Berger ins Wort. »Für wie dumm halten Sie mich eigentlich oder für wie korrupt? Haben Sie wirklich geglaubt, daß ich mich von diesem –« Er starrte Strauss an und spie das nächste Wort regelrecht hervor: »– *Abschaum* kaufen lasse?«

»Wenn das wahr ist, warum haben Sie mich dann kaltzustellen versucht?« fragte Yaegher mißtrauisch.

»Um Sie zu schützen, Sie Trottel!« schnappte Berger.

»Sie hätten mich ins Vertrauen ziehen können«, antwortete Yaegher. Seine Gedanken überschlugen sich. Irgend etwas sagte ihm, daß Bergers Behauptung der Wahrheit entsprach; und zugleich weigerte er sich beharrlich, ihm zu glauben. »Wir hätten zusammenarbeiten können.«

»Vertrauen?« Berger lachte. »Wie denn, um Himmels willen! Sie wissen doch, wozu diese Leute fähig sind. Ich konnte ja nicht einmal mir selbst vertrauen.« Er schüttelte heftig den Kopf. »Es war schwer genug, mich in diese Organisation einzuschleichen, ohne Ihre *Hilfe*. Sie hätten sich raushalten sollen, Yaegher. Verdammt, ich... ich hätte Sie niemals auf Issler ansetzen dürfen. Wenn ich geahnt hätte, wie weit Sie kommen, hätte ich es bestimmt verhindert. Ich gehöre nicht dazu, glauben Sie mir.«

»Eine hübsche Geschichte.« Borghorst trat mit einem schnellen Schritt neben ihn und richtete seine Waffe auf Berger. »Wie ist es – glauben Sie die etwa?«

»Sollte ich nicht?« fragte Yaegher.

»Der Kerl will doch nur seinen Hals retten«, sagte Borghorst kalt.

»So wie Sie?« Bergers Augen glitzerten, als wären sie Kugeln aus poliertem Glas. »Eines ist klar – sie hatten die ganze Zeit über Leute bei der Polizei. Ich war nur nicht ganz sicher, ob Mendel mit oder ohne Ihr Wissen für Strauss spioniert hat. *Daß* er es tut, weiß ich seit Monaten.«

»Tja.« Borghorst grinste. »Sieht so aus, als ob einer von uns lügt.

Das Dumme ist nur – *ich* stehe hier, nachdem ich ein paarmal um Haaresbreite umgebracht worden bin, und Sie sitzen auf der anderen Seite des Tisches.« Er sah Yaegher an und machte eine auffordernde Geste. »Die Entscheidung, wem von uns Sie glauben werden, kann ich Ihnen nicht abnehmen.«

»Vielleicht können wir sie auf später vertagen«, sagte Leismann. Er deutete nervös auf einen der Monitore. »Wir kriegen gleich Besuch. Und die Herren sehen nicht so aus, als wären sie an einer Diskussion interessiert.«

Auf dem Monitor war der Gang vor dem Kontrollraum zu sehen, durch den auch sie selbst hereingekommen waren. Mehr als ein Dutzend Sicherheitsbeamte näherten sich der Tür. Sie waren mit kurzläufigen Maschinenpistolen und Gasmasken ausgerüstet. Yaegher sorgte dafür, daß sie nicht allzu schnell hereinkommen würden: Die Tür verschwand und machte einer Platte aus massivem Panzerstahl Platz. Aber auch das verschaffte ihnen höchstens einige Minuten Zeit. Yaegher zweifelte nicht daran, daß seine beiden stummen Brüder noch einige Überraschungen für die Sicherheitsbeamten auf Lager hatten, aber er konnte es nicht mit einer ganzen Armee aufnehmen.

»Hast du eine Zigarette für mich?« fragte Evelin.

Yaegher sah sie verwirrt an. Ihr Gesicht war so unbewegt und erschöpft wie zuvor, aber in ihrer Stimme war etwas, was ihn aufhorchen ließ. Auch Borghorst legte mißtrauisch den Kopf zur Seite.

»Bitte«, sagte Evelin.

Yaeghers Verwirrung wuchs immer mehr. Trotzdem wechselte er die Pistole von der rechten in die linke Hand, griff in die Manteltasche und zog zu seiner eigenen Überraschung eine zerdrückte Packung Camel heraus. Sie war nicht nur halb zerquetscht, sondern aufgeweicht; die wenigen Zigaretten, die sich noch darin befanden, waren zu einer breiigen Masse zusammengepappt. Das war allerdings kein Wunder. Immerhin hatte Leismanns Frau sie zusammen mit seinem Mantel gewaschen und getrocknet – nachdem *er* damit ein Vollbad genommen hatte. Es waren die Zigaretten, die er Steiger in der Gasse hinter seinem Haus abgenommen hatte. Das war also keine Vision gewesen. Er wußte jetzt, wer von beiden log.

Fast im gleichen Augenblick begriff auch Borghorst, was der Anblick der völlig aufgeweichten Zigarettenpackung in Yaeghers Hand bedeutete. Er sprang einen Schritt zurück und hob gleichzeitig die Waffe. Hätte er sofort abgedrückt, dann hätte er Yaegher vielleicht sogar erwischt. Aber er hatte gesehen, wie leicht der mit der Kugel fertig geworden war, die ihm der Wachmann in die Schulter geschossen hatte, und daher versuchte er, seine Waffe weit genug zu heben, um ihm die Kugel direkt zwischen die Augen zu jagen. Er war schnell. Doch Yaegher war schneller.

Borghorsts Brille explodierte. Ein weißblauer Blitz loderte für Sekundenbruchteile hinter dem kupferfarbenen Glas, dann barst sein Gesicht auseinander und überschüttete Yaegher mit einem Schwall aus Blut und Knochensplittern und Glas. Er taumelte zurück und wandte sich um, und in der gleichen Sekunde fiel Strauss mit einem würgenden Schrei nach hinten, als seine Augen in seinem Gesicht zu kochen begannen. Blut schoß ihm aus Nase, Mund und Ohren. Er war tot, noch ehe er vom Stuhl fiel.

Aber es war noch nicht vorbei. Die Bestie in ihm hatte Blut geleckt und schrie nach mehr, und sie wurde stärker, mit jedem Tropfen, den sie bekam. Der Mann neben Evelin brach wie vom Blitz getroffen zusammen. Aus jeder Pore seines Körpers quoll Blut in winzigen, hellroten Tröpfchen. Eine Sekunde später stürzten auch die beiden anderen Männer von ihren Stühlen. Und das Monstrum hatte noch immer nicht genug. Die Kraft war da, ein tobender Wirbel aus flammender, destruktiver Energie, der ein Opfer brauchte. Ein Knistern wie von ungeheurer elektrischer Spannung erfüllte die Luft, und Yaegher sah voller Entsetzen, wie ein Schauer winziger, weißblauer Funken aus seinen Fingerspitzen zu sprühen begann. Das Licht im Raum flackerte, erlosch und flammte wieder auf. Aber jetzt war es rot und böse, ein diabolischer Schein, wie Licht aus den tiefsten Tiefen der Hölle. Er versuchte, die furchtbare Energie in sich zu dämpfen, aber es war unmöglich, die zerstörerische Kraft mußte hinaus. Sie brauchte ein Ziel, auf das er sie richten konnte, wenn sie nicht hier drinnen alles verheeren und jedes Leben auslöschen sollte. Sein Blick irrte immer verzweifelter durch den Raum und blieb an dem Monitor hängen, der den Gang draußen zeigte. Die Wachmänner machten sich mit Brechstangen und anderen Werkzeugen an der Tür zu schaffen, soweit sie nicht noch immer fassungslos dastanden und mit offenem Mund die massive Stahlplatte anstarrten, in die sich die Glastür verwandelt hatte.

Yaegher wollte es nicht, aber er konnte es auch nicht mehr zurückhalten. *Etwas* in ihm bäumte sich auf, und im gleichen Augenblick fuhr ein unsichtbarer Sturmwind unter die Wachmänner und riß sie von den Füßen. Das Bild war ohne Ton, aber Yaegher sah, wie sich ihre Münder zu einem stummen Schrei öffneten und Körper mit knochenbrechender Wucht gegen die Wände geschmettert wurden. Das Licht flackerte, wurde zu einem stroboskopischen Wirbel in höllischen Farben, in denen die Bewegungen der Männer abgehackt und ruckhaft wie die von amoklaufenden Robotern wurden, und dann fuhr etwas Riesiges, Gräßliches unter die durcheinanderstürzenden Gestalten und riß sie in Stücke. Yaegher schloß die Augen und wandte sich ab. Das Toben hinter seiner Stirn ließ nach. Es verschwand nicht ganz, aber er hatte es jetzt unter Kontrolle, auch wenn er nicht wußte, wie lange das dauern mochte. Das nächste Mal würde es schlimmer werden.

Auch das Studio bot einen Anblick des Grauens, als er die Augen wieder öffnete. Strauss und die drei Unbekannten waren tot und von ihren Stühlen gerutscht oder über dem Tisch zusammengesunken, und Borghorst lag direkt neben ihm, wie in einem toten Winkel, so daß ihm wenigstens der Anblick seines zerstörten Gesichtes erspart blieb. Berger und Evelin waren von ihren Stühlen aufgesprungen und starrten ihn an, und Leismann war mit schreckensbleichem Gesicht vor ihm zurückgewichen, bis er mit dem Rücken gegen den Glaswürfel stieß, in den die Wachmänner eingeschlossen waren.

»Raus!« stöhnte Yaegher. »Wir müssen ... weg. Ich weiß nicht, was ... was beim nächsten Mal ... passiert.«

Berger rührte sich nicht. Er starrte Yaegher an, und sein Blick füllte sich mit Grauen. »Mein Gott, Yaegher ... was ... was haben Sie ... getan?« stammelte er. »Wer sind Sie? *Was sind Sie?«*

»Fragen Sie sie«, antwortete Yaegher mit einer Geste auf Evelin. »*Sie* haben mich gemacht.«

Er drehte sich vollends zu ihr um. »War alles gelogen?« fragte er.

Evelin schwieg. Er ... verstand sie nicht mehr. Sie hatte ihm wieder einmal geholfen, denn ihre Bitte um eine Zigarette war nichts anderes als eine Warnung gewesen, die Borghorst zu spät begriffen hatte. Aber warum? *Warum?* »Alles, was... was du empfunden hast? Du hast nur mit mir gespielt, nicht wahr? Wahrscheinlich hast du dich köstlich über den naiven Trottel amüsiert, der sich in dich verliebt hat und dir helfen wollte.«

»Nein«, antwortete Evelin. »Vielleicht am Anfang. Aber später... ich... ich weiß nicht, ob es Liebe ist, aber ich mag dich, Yaegher. Ich wollte nicht, daß dir etwas passiert, glaub mir.«

»Aber sicher. Deshalb hast du auch die ganze Zeit für Borghorst gearbeitet, nicht wahr?« Seine Worte hatten spöttisch klingen sollen, aber sie hörten sich einfach nur bitter an; und sehr verletzt.

»Ich hatte keine andere Wahl«, antwortete Evelin. »Du weißt nicht, was sie wirklich können. Es ist schlimmer, als du ahnst. Du tust Dinge, die du nicht willst, aber du bist hilflos dagegen. Es ist die Hölle, Yaegher. Was du den Leuten dort draußen an den Fernsehgeräten erzählt hast, stimmt nicht einmal. Sie bringen dich nicht durch Manipulation dazu, ihnen freiwillig zu gehorchen. Sie brechen einfach deinen Willen. Du bist wie... wie eingesperrt in deinem eigenen Kopf. Du hörst dich Dinge sagen und siehst dich Dinge tun, die du um nichts in der Welt tun willst. Es ist nicht wie Hypnose, sondern... schlimmer. Tausendmal schlimmer.« Ihre Augen füllten sich mit Tränen.

Yaegher hätte ihr so gerne geglaubt. Er *glaubte* ihr mit jenem Teil seines Bewußtseins, der für das Wollen und die Sehnsüchte zuständig war. Und zugleich wußte er, daß sie nicht die Wahrheit sagte. Wie war das: *Sie zwingen dich, Dinge zu sagen und zu tun, die du nicht willst.* Großer Gott, wem konnte er überhaupt noch glauben?

»Hast du Fred dieselbe Geschichte erzählt, bevor du ihn umgebracht hast?« fragte er bitter.

Evelin fuhr zusammen, als hätte er sie geschlagen, aber es war Berger, der an ihrer Stelle antwortete. »Issler war keine Gefahr für sie. Er war nur ein mieser, kleiner, bestechlicher Polizist, der auch seinen Teil vom Kuchen haben wollte. Ich nehme an, sie haben ihn nur vorsorglich umgebracht, weil sie nicht genau wußten, wieviel er herausgefunden hatte.«

»Stimmt das?« fragte Yaegher.

Evelin nickte. »Ja. Er... wußte nichts.«

»Aber sie hatten dich auf ihn angesetzt«, sagte er bitter. »Genau wie auf mich.»

»Nein!« Evelin schrie fast; aber nur dieses eine erschrockene Wort. Als sie weitersprach, war ihre Stimme wieder so tonlos und leise wie zuvor. »Ich sollte dich nur beobachten, aber dann... dann wollte ich nicht, daß... daß dir etwas zustößt.«

»Deshalb hast du mir auch Steiger auf den Hals gehetzt, wie?« fragte Yaegher.

»Er sollte dir nur die Kassette abnehmen, das ist alles«, antwortete Evelin.

»Du –«

»Wir sollten machen, daß wir hier wegkommen«, mischte sich Berger ein. »Reden können wir noch lange genug, wenn wir lebend hier herauskommen.«

»Es hat keinen Zweck«, sagte Evelin. »Wir kommen hier nicht raus. Niemand entkommt ihnen.«

»Bisher habe ich es ganz gut geschafft«, antwortete Yaegher. Aber er wußte, daß sie recht hatte. Sie hatten keine Chance. Im Grunde hatte er von Anfang an nie eine gehabt.

»Sie sind schon viel zu stark«, sagte Evelin traurig. »Niemand kann sie mehr aufhalten. Denkst du eigentlich, du wärst der erste, der es versucht?«

»Ich *habe* es wenigstens versucht«, antwortete Yaegher. Er blickte auf den Monitor, auf dem der Gang zu sehen gewesen war. Das Bild war erloschen. Was immer dort draußen gewütet hatte, hatte die Kamera ebenso zerstört wie alles andere. »Du dagegen –«

»Ich habe ihnen geglaubt!« begehrte Evelin auf.

»Wie bitte?«

»Ich habe ihnen geglaubt«, bestätigte sie. »Am Anfang jedenfalls. Die Idee hat mich fasziniert. Nenn mich eine Närrin, aber es war so.«

»Welche Idee?« fragte Berger. »Die gesamte Menschheit zu versklaven?«

Evelin warf ihm einen durch und durch verächtlichen Blick zu. »Sie zu ihrem Glück zu zwingen, wenn Vernunft und Überredungskunst es nicht schaffen«, sagte sie. Sie lachte bitter. »Sie glauben wirklich, Sie wüßten, wer hinter dem allem hier steckt, Sie dummer alter Mann? Sie wissen nichts!«

»Aber Sie, was?« fragte Berger spöttisch.

»Nein. Niemand weiß das genau. Es ist ... eine Gruppe. Eine unvorstellbar mächtige Organisation. Und sie wird von Tag zu Tag mächtiger. Sie beherrscht inzwischen schon die Hälfte der Welt.«

»Klar doch«, sagte Berger abfällig, »die große Verbrecherorganisation im Hintergrund, die an den Fäden des Schicksals zieht, ohne daß es irgend jemand merkt. Aus welchem Comic haben Sie diese Idee eigentlich?«

»Aber Sie bemerken es doch auch«, widersprach Evelin ruhig. »Machen Sie die Augen auf, Berger! Sehen Sie nicht, was seit ein paar Jahren in der Welt vorgeht? Wir leben in einer Zeit der Wunder! Völker, die seit Jahrzehnten verfeindet sind, sind plötzlich Freunde geworden. Der große Krieg, vor dem die Welt ein halbes Jahrhundert lang gezittert hat, findet nicht statt! Tyranneien werden gestürzt. Aber das sind keine Wunder, Sie Narr. Das alles haben *sie* getan!«

»Lächerlich«, sagte Berger. Aber er klang ein kleines bißchen unsicher; fast erschrocken.

»Was ist lächerlich?« fragte Evelin. »Die Vorstellung, daß die Menschheit nach zweitausend Jahren, die sie emsig an ihrem Untergang gearbeitet hat, innerhalb von fünf Jahren plötzlich vernünftig wird? Sie haben recht – das *ist* lächerlich.« Sie wandte sich wieder zu Yaegher um, und der erregte Ton in ihrer Stimme verschwand wie abgeschaltet. »Ich habe daran geglaubt«, sagte sie noch einmal. »Und irgendwie tue ich es immer noch.«

Yaegher blickte sie voller Trauer an. Er sagte nichts.

»Ich weiß, was du jetzt denkst«, fuhr Evelin fort. »Ich habe mir die gleichen Fragen gestellt, immer und immer wieder. Ob es richtig ist, den Menschen ihre Freiheit zu nehmen, ob sie das Recht haben, ein ganzes Volk zu seinem Glück zu zwingen.«

»Oder das, was andere dafür halten«, sagte Berger.

»Die Welt ist besser geworden, in den letzten Jahren, oder? Es spielt keine Rolle, aus welchen Gründen. Noch zehn Jahre oder zwanzig, und niemand muß mehr Angst vor einem Krieg haben. Es wird keine Furcht mehr geben, keinen Neid, keinen Haß –«

»Keine Freiheit!« sagte Berger.

»Freiheit!« Evelin schüttelte den Kopf. »Ein großes Wort. Aber der Preis, den die allermeisten dafür zahlen, ist zu hoch.« Sie seufzte. »Nenn es zynisch oder dumm, aber ich habe es geglaubt.«

»Und heute?« fragte Yaegher.

Evelin schwieg einen endlosen Augenblick. Sie sah ihn nicht an. »Es ist zu spät«, flüsterte sie. »Niemand kann sie jetzt noch aufhalten. Nicht einmal mehr du. Du bist stark, Yaegher, aber nicht stark genug.«

»Warum habt ihr mich dann überhaupt so weit kommen lassen?« fragte Yaegher bitter.

Evelin senkte den Blick, und Leismann nahm seine Brille ab, trat ohne Hast neben sie und sagte: »Um zu sehen, wohin Sie sich noch entwickeln, Yaegher. Sie waren ein Phänomen. Nicht der erste, aber sehr wenige haben in so kurzer Zeit solch erstaunliche Kräfte entwickelt wie Sie. Sie gleich am Anfang auszuschalten, wäre ein Fehler gewesen. Wir mußten Sie beobachten.« Er lachte leise und ohne Humor. »Immerhin wäre es denkbar, daß noch andere wie Sie auftauchen, und vielleicht sind wir dann nicht rechtzeitig genug zur Stelle, um sofort einzugreifen. Betrachten Sie sich als Objekt wissenschaftlicher Neugier, mein Freund. Vielleicht erleichtert es Ihnen die Sache ein wenig. Ihr Tod ist nicht ganz sinnlos, sondern dient der Forschung.«

Yaegher blickte den freien Stuhl neben dem von Evelin an. Er hatte sich getäuscht. Der Platz war nicht für Borghorst reserviert gewesen.

»Hast du es gewußt?« fragte er Evelin. »Er ist der große Boß im Hintergrund, wie?«

»Sagen wir, ein nicht ganz so kleiner Boß unter den Kleinen«, sagte Leismann lächelnd. »Und jetzt ist es genug, Yaegher. Sie können sich weiter gegen uns stellen und sterben oder Vernunft annehmen und mit uns zusammenarbeiten.«

»Was muß ich dafür tun?« fragte Yaegher bitter. »Meine Frau umbringen lassen, so wie Sie?«

»Unfälle kommen vor«, sagte Leismann kalt. »Ich nehme an, das war Ihre Antwort?«

Und plötzlich spürte Yaegher Zorn, einen Zorn, der eine halbe Sekunde später zu Wut und in der nächsten halben Sekunde zu purer Raserei wurde. Er spürte, wie das Ding in ihm mit aller

Gewalt an seinen Ketten zu zerren begann, stärker und wütender als zuvor, und diesmal versuchte er nicht, es zu bekämpfen. Im Gegenteil.

»Unfälle kommen vor, wie?« schrie er. »Ihr ... ihr Wahnsinnigen! Ihr spielt mit Gewalten, die ihr nicht einmal begreift!«

»Wir arbeiten daran«, lächelte Leismann. Seine Hand glitt in die Jackentasche und kam mit einem kleinen, schwarzen Kästchen wieder zum Vorschein.

»Und inzwischen geht vielleicht die halbe Welt zum Teufel«, sagte Yaegher. Seine Stimme schwankte. Er zitterte am ganzen Leib. Der Druck in seinem Inneren wurde unerträglich, aber er kämpfte nicht mehr dagegen an. Er *wollte* es. Und er *tat* es. In einer einzigen, lautlosen Explosion rasender Wut entfesselte er die beiden Ungeheuer in seiner Seele und lenkte ihre ganze, unvorstellbar große, zerstörerische Kraft auf die breitschultrige Gestalt neben Evelin wie einen unsichtbaren Blitz mentaler Energie von der Zerstörungskraft einer Atombombe, der nichts im Universum widerstehen konnte.

Nichts geschah.

Leismann lächelte. »Sie sind ein Dummkopf, Yaegher. Ein gefährlicher Mann, aber trotzdem ein Dummkopf.« Er hob das schwarze Kästchen und zielte wie mit einer Waffe damit auf Yaegher. »Sie hören nicht zu, wenn man mit Ihnen redet. Schauen Sie auf Ihre rechte Hand.«

Yaegher gehorchte. Es dauerte fast eine Sekunde, bis ihm überhaupt auffiel, was Leismann meinte.

Seine Hand war ganz normal. Sie bestand aus Fleisch und Blut. Dies war nicht die Wirklichkeit. Sie war es nie gewesen.

Er sah auf und erkannte endlich, was Leismann wirklich in der Hand hatte: eine Fernbedienung.

»Wir sind ... noch immer *dort*?« murmelte er.

Leismann nickte. »Wenn Sie es so nennen wollen.«

Aber wieso hatte er Leismann dann nichts anhaben können? Wieso ließen ihn seine Kräfte dann plötzlich im Stich, wenn sie sich noch immer in einer Welt aufhielten, in der er über fast unbegrenzte Macht verfügte?

»Weil Sie offenbar wirklich nicht zugehört haben«, sagte Leismann, der seine Gedanken gelesen hatte. »Sie sind nicht der erste,

Yaegher. Sie sind gut, aber ein paar von uns sind besser. Dies hier ist *mein* Traum. Und nun wird es Zeit, aufzuwachen.«

Er hob die Hand ein wenig höher. Yaegher stieß einen gellenden Schrei aus und stürzte mit geballten Fäusten vor, und Leismanns Zeigefinger senkte sich auf die Fernbedienung und drückte die STOP-Taste.

Epilog

DAS ROTE Lämpchen auf der Oberseite des anthrazitfarbenen Designertelefons flackerte seit fünf Minuten. Wer immer sie zu erreichen versuchte, hatte viel Geduld oder ein sehr dringendes Anliegen. Wahrscheinlich beides.

Evelin würde trotzdem nicht abheben. Es gab nur eine kleine Zahl handverlesener Personen, die die Nummer dieses speziellen Anschlusses kannten. Das verlieh dem Flackern des roten Lämpchens zwar um so mehr Gewicht, aber auch das gehörte zu den vielen Privilegien, über die sie verfügte, seit sie dieses Büro im obersten Stock des TNT-Towers bezogen hatte: Sie konnte es sich leisten, auch jemand *Wichtigen* einmal warten zu lassen.

Sie stand auf, nahm ihre Handtasche vom Tisch und trat wie gewohnt noch einmal an die große Panoramascheibe, um einen Blick über die Stadt zu werfen. Sie hatte es am ersten Tag getan, als sie dieses Büro bezogen hatte, und seither jeden Abend in den zwei Jahren, die sie jetzt Geschäftsleiterin der hiesigen TNT-Filiale war. Es war ein Anblick, an dem sie sich nie würde sattsehen können, selbst wenn sie noch zwanzig weitere Jahre Tag für Tag in dieses Büro kam. Die Höhe und die schier unendliche Weite gaben ihr ein Gefühl von Freiheit, das sie nur hier oben und auch hier nur bei ganz seltenen, flüchtigen Gelegenheiten verspürte.

Die Stadt war schön. In das triste Betongrau und Backsteinrot hatte sich in den letzten Jahren ein Hauch von Grün gemischt, der mit jedem Frühjahr kräftiger wurde, und im Norden stanzte die Skyline der neu entstandenen Satellitenstadt schwarze Rechtecke aus dem Himmel. Die Stadt entwickelte sich gut; besser denn je zuvor, und mit jedem Jahr ein wenig schneller. Nur manchmal hatte sie das Gefühl, daß irgend etwas fehlte, aber sie wußte nicht, was, und sie hatte diesen Gedanken aus irgendeinem Grund auch nie lange genug verfolgt, um es herauszufinden.

Sie tat es auch jetzt nicht. Nach ein paar Sekunden wandte sie sich ab und ging zur Tür; die Wirklichkeit hatte sie wieder. Eine sehr anstrengende Wirklichkeit noch dazu. So glücklich sie dieser Job machte, sosehr laugte er sie aus. Manchmal war sie einfach müde, ungefähr so wie heute. Sie dachte an das Telefongespräch mit Leismann – großer Gott, mehr als anderthalb Stunden über eine Satellitenverbindung, die so miserabel war, daß sie die Hälfte von dem, was er sagte, mehr *erraten* als *verstanden* hatte – und die nicht enden wollenden Verhandlungen mit den Südamerikanern, die sich nun schon seit Monaten dahinschleppten. Natürlich wußten beide Seiten, daß sie ihnen früher oder später eine Sendelizenz erteilen würden, und natürlich wußten beide Seiten, wo ungefähr zwischen den beiden Angeboten die Summe liegen würde, auf die sie sich schließlich einigen würden. Und trotzdem verschwendeten sie seit Wochen kostbare Zeit und noch kostbarere Kraft dafür, um Prozente zu feilschen wie anatolische Marktweiber. Verrückt. Aber so war dieser Job nun einmal.

Sie öffnete die Tür, nickte ihrer Sekretärin zu und tat so, als entginge ihr der durchdringende Geruch nach frischem Nagellack, der in der Luft hing. »Ich gehe heute etwas früher, Angela«, sagte sie. »Wenn noch jemand anruft, notieren Sie es bitte. Guten Abend.«

»Ein schönes Wochenende, Frau Freytag«, antwortete Angela und erinnerte Evelin damit diskret daran, daß morgen Samstag war und die Hälfte ihrer Kolleginnen schon vor Stunden Feierabend gemacht hatte.

Evelin lächelte, ging weiter und blieb dann noch einmal stehen, die Hand bereits nach dem Türgriff ausgestreckt. Angela beherrschte sich meisterhaft, als sie sich noch einmal zu ihr herumdrehte, aber doch nicht so gut, daß Evelin das ärgerliche Funkeln in ihren Augen entging.

»Nur eine Kleinigkeit noch«, sagte sie, »dann können Sie Feierabend machen.« Sie machte eine Kopfbewegung zur offenstehenden Tür zu ihrem Büro hin. »Auf meinem Schreibtisch liegt eine Kassette mit den Wahlspots, die die Partei in Auftrag gegeben hat. Oberbürgermeister Berger möchte sie sehen, ehe wir den endgültigen Schnitt machen. Kopieren Sie sie, und schicken Sie ihm das Duplikat. Es sind nur zehn Minuten.«

Angela stand schweigend auf und ging in Evelins Büro, um die Kassette zu holen. Sie kam schon nach wenigen Sekunden zurück. »Welche Leerkassette soll ich nehmen?«

Die Frage war vollkommen überflüssig. In dem Wandschrank in Evelins Büro standen mindestens zwei Dutzend originalverpackter Videobänder. Es war Angelas Art, ihrem Ärger über die neuerliche Verzögerung Ausdruck zu verleihen. Ihr Verhältnis war nie sehr gut gewesen, aber in letzter Zeit hatte es sich drastisch verschlechtert. Irgendwann – und dieses *irgendwann* war nicht mehr sehr lange hin – würde sie sich von ihr trennen müssen, dachte Evelin. Aber gute Chefsekretärinnen waren fast ebenso schwer zu finden wie gute Chefs, und außerdem hatte Evelin im Moment einfach keine Lust, sich mit ihr zu streiten. Wortlos ging sie an Angela vorbei, öffnete den Wandschrank und wollte gerade die Cellophanverpackung einer Videokassette aufreißen, als ihr Blick auf ein anderes Band fiel, das auf dem obersten Regalbrett lag. Sie stellte sich auf die Zehenspitzen, angelte das Band herunter und blickte stirnrunzelnd einen Moment lang auf das Etikett. Die Schrift darauf war ihre eigene, aber sie erinnerte sich im ersten Augenblick nicht einmal daran, das Etikett ausgefüllt zu haben.

Die Kassette war von einer millimeterdicken, einheitlichen Staubschicht bedeckt, in der ihre Fingerabdrücke so deutlich zu erkennen waren wie unter der Fluoreszenz-Lampe eines Polizeilabors. Evelin wischte sie sauber, schloß die Tür und drehte die Kassette einige Sekunden unschlüssig in der Hand. Sie erinnerte sich kaum, sie dort hineingelegt zu haben, aber sie glaubte, sich an ihren Inhalt zu erinnern, wenn auch nur schwach: Es war irgendwelches krauses, experimentelles Zeug gewesen, Farben und Formen und Bewegungen, ohne erkennbaren Sinn, das sie aber aus irgendeinem Grund bis in ihre Träume hinein verfolgt hatte. Selbst jetzt verspürte sie noch ein schwaches Unbehagen, während sie die Kassette in der Hand hielt.

Sie ging wieder zu Angela hinaus und gab ihr das Band. Ihre Sekretärin warf einen Blick auf das Etikett und runzelte die Stirn. »Yaegher?« fragte sie. »Was ist das?«

»Unsinn«, antwortete Evelin, die bereits im Hinausgehen begriffen war. »Vergangenheit, Angela. Kopieren Sie den Werbespot auf das Band.«

»Und der Rest?« fragte Angela. »Der Spot dauert zehn Minuten, und das ist eine zweihundertvierziger Kassette.«

Evelin überlegte eine Sekunde, dann zuckte sie mit den Schultern und ging endgültig hinaus. »Löschen Sie ihn.«

INTERNATIONALE THRILLER

Richard Lourie
Verräter leben länger
9390

Brian McAllister
Unternehmen Delta Force
9395

Jeffrey Archer
Kain und Abel
9355

Jack Cannon
Bis aufs Blut
9369

Peter O'Donnell
Modesty Blaise – Die Lady spannt den Bogen
9413

Martin Cruz-Smith
Totentanz um eine Königskrone
9430

GOLDMANN

INTERNATIONALE THRILLER

Stephen Becker
Der Shan
9468

Kenneth Goddard
Der Alchimist
9440

Jack Cannon
Die Nacht des Phoenix
9370

Lionel Davidson
Die Rose von Tibet
9399

Richard Moran
Höllenglut
9294

Alfred Coppel
Flug 17 entführt
9252

GOLDMANN

INTERNATIONALE THRILLER

Michael Hartland
Die Stunde der Falken
9364

Jack Cannon
Der Heckenschütze
9371

Jeffrey Archer
Ein Mann von Ehre
9436

Sol Stein
Ein Hauch von Verrat
9599

Martin Cruz-Smith
Los Alamos
9606

Jack Curtis
Die Spur der Krähe
9618

GOLDMANN